금석이야기집 일본부[八]

今昔物語集 八

KONJAKU MONOGATARI−SHU 1−4

by MABUCHI Kazuo, KUNISAKI Fumimaro, INAGAKI Taiichi

ⓒ 1999/2000/2001/2002 MABUCHI Kazuo, KUNISAKI Fumimaro, INAGAKI Taiichi

Illustration ⓒ 1999/2000/2001/2002 SUGAI Minoru

All rights reserved.

Original Japanese edition published by SHOGAKUKAN INC., Tokyo.

Korean translation rights in Korea arranged with SHOGAKUKAN INC., Japan

through THE SAKAI AGENCY and BESTUN KOREA AGENCY.

금석이야기집 일본부(八)

1판 1쇄 인쇄   2016년 4월 15일
1판 1쇄 발행   2016년 4월 20일
—
교주 · 역자 ㅣ 馬淵和夫 · 国東文麿 · 稲垣泰一
한역자 ㅣ 이시준 · 김태광
발행인 ㅣ 이방원
—
발행처 ㅣ 세창출판사
　　　　신고번호 · 제300−1990−63호ㅣ주소 · 서울 서대문구 경기대로 88 냉천빌딩 4층ㅣ전화 · (02)723−8660
　　　　팩스 · (02)720−4579 ㅣ http://www.sechangpub.co.kr ㅣ e−mail: sc1992@empal.com
—
ISBN 978−89−8411−604−7 94830
ISBN 978−89−8411−596−5 (세트)
—
· 이 책은 한국연구재단의 지원으로 세창출판사가 출판, 유통합니다.
· 잘못된 책은 구입하신 서점에서 바꾸어 드립니다.
· 책값은 뒤표지에 있습니다.
—
이 도서의 국립중앙도서관 출판시도서목록(CIP)은 e−CIP홈페이지(http://www.nl.go.kr/ecip)와 국가자료공동목록
시스템(http://www.nl.go.kr/kolisnet)에서 이용하실 수 있습니다. (CIP제어번호: CIP2016008603)

금석이야기집 일본부

今昔物語集 (권28 · 권29)

A Translation of "Konjaku Monogatarishu"

【八】

馬淵和夫 · 国東文麿 · 稲垣泰一 교주 · 역

이시준 · 김태광 한역

세창출판사

머리말

『금석이야기집今昔物語集』은 방대한 고대 일본의 설화를 총망라하여 12세기 전반에 편찬된 일본 최대의 설화집이며, 문학사에서는 '설화의 최고봉', '설화의 정수'라 일컬어지는 작품이다. 작품의 내용은 크게 천축天竺(인도), 진단震旦(중국), 본조本朝(일본)의 이야기로서 본 번역서는 작품의 약 3분의 2의 권수를 차지하고 있는 본조本朝(일본)의 이야기를 번역한 것이다.

우선 서명을 순수하게 우리말로 직역하면 '옛날이야기모음집' 정도가 될 성싶다. 『今昔物語集』의 '今昔'은 작품 내의 모든 수록설화의 모두부冒頭部가 거의 '今昔' 즉 '이제는 옛이야기이지만'으로 시작되기 때문에 붙여진 서명이다. 한편 '物語'는 일화, 이야기, 산문작품 등 폭넓은 의미를 포괄하는 단어이며, 그런 이야기를 집대성했다는 의미에서 '集'인 것이다. 『금석이야기집』은 고대말기 천화千話 이상의 설화를 집성한 작품으로서 양적으로나 문학사적 의의로나 일본문학에서 손꼽히는 작품의 하나이다.

하지만 작품성립을 둘러싼 의문은 여전히 남아 있어, 특히 편자, 성립연대, 편찬의도를 전하는 서序, 발跋이 없는 관계로 이 분야에 대한 연구는 많은 이설異說들을 낳고 있다. 편자 혹은 작가에 대해서는 귀족인 미나모토노 다카쿠니源隆國, 고승高僧인 가쿠주覺樹, 조슌藏俊, 대사원의 서기승書記僧 등이 거론되는가 하면, 한 개인의 취미적인 차원을 뛰어넘는 방대한 양과 치밀한 구성으로 미루어 당시의 천황가天皇家가 편찬의 중심이 되어 신하와 승려들이 공동 작업을 했다는 설도 제시되는 등, 다양한 편자상이 모색되고 있다. 한편, 공동 작업이라는 설에 대해서 같은 유의 발상이나 정형화된 표현이 도처에 보여 개인 혹은 소수의 집단에 의한 것이라고 보는 반론도 설득력을 가지고 공존하고 있다. 성립의 장소는 서사書寫가 가장 오래되고 후대사본의 유일한 공통共通 조본인 스즈카본鈴鹿本이 나라奈良의 사원(도다이지東大寺나 고후쿠지興福寺)에서 서사된 점으로 미루어 봤을 때, 원본도 같은 장소에서 만들어졌으리라 추정되고 있다.

그리고 성립연대가 12세기 전반이라는 점에서 대부분의 연구자가 일치된 견해를 보이고 있다. 출전(전거, 자료)으로 추정되는『도시요리 수뇌俊賴髓腦』의 성립이 1113년 이전이며 어휘나 어법, 편자의 사상, 또는 설화집 내에서 보원保元의 난(1156년)이나 평치平治의 난(1159)의 에피소드가 다루어지고 있지 않다는 점이 이를 뒷받침한다.

전체의 구성(논자에 따라서는 '구조' 혹은 '조직'이라는 용어를 사용)은 천축天竺(인도), 진단震旦(중국), 본조本朝(일본)의 삼부三部로 나뉘고, 각부는 각각 불법부佛法部와 세속부世俗部(왕법부)로 대별된다. 또한 각부는 특정주제에 의한 권卷(chapter)으로 구성되고, 각 권은 개개의 주제나 어떠한 공통항으로 2화 내지 3화로 묶여서 분류되어 있다. 인도, 중국, 본조의 삼국은 고대 일본인에게 있어서 전 세계를 의미하며, 그 세계관은 불법(불교)에 의거한다. 이렇게 『금석』은 불교적 세계와 세속의 경계를 넘나들면서 신앙의 문제, 생의 문제 등 인간의 모든 문제를 망라하여 끊임 없이 그 의미를 추구해 마지않는 것이다. 동시에『금석』은 저 멀리 인도의 석가모니의 일생(천축부)에서 시작하여 중국과 일본의 이야기, 즉 그 당시 인식된 전 세계인 삼국의 이야기를 망라하여 배열하고 있다. 석가의 일생(불전佛傳)이나 각부의 왕조사와 불법 전래사, 왕법부의 대부분의 구성과 주제가 그 이전의 문학에서 볼 수 없었던 형태였음을 상기할 때, 『금석이야기집』 편찬에 쏟은 막대한 에너지는 설혹 그것이 천황가가 주도한 국가적 사업이었다손 치더라도 가히 상상도 못 하리라는 사실을 인정하지 않을 수 없다. 과연 그 에너지는 어디서 기인하는 것일까? 그것은 편자의 현실에 대한 인식에서부터라 할 수 있으며, 그 현실은 천황가, 귀족(특히 후지와라藤原 가문), 사원세력, 무가세력이 각축을 벌이며 고대에서 중세로 향하는 혼란이 극도에 달한 이행기移行期였던 것이다. 편자는 세속설화와 불교설화를 병치倂置 배열함으로써 당시의 왕법불법상의 이념을 지향하려 한 것이며, 비록 그것이 달성되지 못하고 작품의 미완성으로 끝을 맺었다 하더라도 설화를 통한 세계질서의 재해석·재구성에의 에너지는 희대의 작품을 탄생시킨 것이다.

『금석이야기집』의 번역의 의의는 매우 크나 간단히 그 필요성을 기술하면 다음의 세 가지를 들 수 있다.

첫째, 『금석이야기집』은 전대의 여러 문헌자료를 전사轉寫해 망라한 일본의 최대의 설화집으로서 연구 가치가 높다.

일반적으로 설화를 신화, 전설, 민담, 세간이야기(世間話), 일화 등의 구승口承 및 서승書承(의거자료에 의거하여 다시 기술함)에 의해 전승된 이야기로 정의 내릴 수 있다면, 『금석이야기집』의 경우도 구승에 의한 설화와 서승에 의한 설화를 구별하려는 문제가 대두됨은 당연하다 하겠다. 실제로 에도江戸시대(1603~1867년)부터의 초기연구는 출전(의거자료) 연구에서 시작되었고 출전을 모르거나 출전과 동떨어진 내용인 경우 구승이나 편자의 대폭적인 윤색으로 해석하는 경향이 있었다. 하지만 새로운 의거자료가 확인되는 가운데 근년의 연구 성과에 의하면, 『금석이야기집』에는 구두의 전승을 그대로 기록한 것은 없고 모두 문헌을 기초로 독자적으로 번역된 것으로 확인되고 있다. 이하 확정되었거나 거의 확실시되는 의거자료는 『삼보감응요략록三寶感應要略錄』(요遼, 비탁非濁 찬撰), 『명보기冥報記』(당唐, 당림唐臨 찬撰), 『홍찬법화전弘贊法華傳』(당唐, 혜상惠祥 찬撰), 『후나바시가본계船橋家本系 효자전孝子傳』, 『도시요리 수뇌俊賴髓腦』(일본, 12세기초, 源俊賴), 『일본영이기日本靈異記』(일본, 9세기 초, 교카이景戒), 『삼보회三寶繪』(일본, 984년, 미나모토노 다메노리源爲憲), 『일본왕생극락기日本往生極樂記』(일본, 10세기 말, 요시시게노 야스타네慶滋保胤), 『대일본국법화험기大日本國法華驗記』(일본, 1040~1044년, 진겐鎭源), 『후습유 와카집後拾遺和歌集』(일본, 1088년, 후지와라노 미치토시藤原通俊), 『강담초江談抄』(일본, 1104~1111년, 오에노 마사후사大江匡房의 언담言談) 등이 있다. 종래 유력한 의거자료로 여겨졌던 『경률이상經律異相』, 『법원주림法苑珠林』, 『대당서역기大唐西域記』, 『현우경賢愚經』, 『찬집백연경撰集百緣經』, 『석가보釋迦譜』 등의 경전이나 유서類書는 직접적인 자료라고 할 수 없고, 『주호선注好選』, 나고야대학장名古屋大學藏 『백인연경百因緣經』과 같은 일본화日本化한 중간매개의 존재를 생각할 수 있으며, 『우지대납언이야기宇治大納言物語』, 『지장보살영험기地藏菩薩靈驗記』, 『대경大鏡』의 공통모태자료共通母胎資料 등의 산일散逸된 문헌을 상정할 수 있다.

둘째, 『금석이야기집』은 중세 이전 일본 고대의 문학, 문화, 종교, 사상, 생활양식 등을 살펴보는 데에 있어 필수적인 자료이다.

전술한 바와 같이 인도, 중국, 일본의 삼국은 고대 일본인에게 있어서 전세계를 의미하며, 삼국이란 불교가 석가에 의해 형성되어 점차 퍼져나가는 이른바 '동점東漸'의 무대이며, 불법부에선 당연히 석가의 생애(불전佛傳)로부터 시작되어 불멸후佛滅後 불법의 유포, 중국과 일본으로의 전래가 테마가된다. 삼국의 불법부는 거의 각국의 불법의 역사, 삼보영험담三寶靈驗譚, 인과응보담이라고 하는 테마로 구성되어 불법의 생성과 전파, 신앙의 제 형태를 내용으로 한다. 한편 각부各部의 세속부는 왕조의 역사가 구상되어 있다. 특히 본조本朝(일본)부는 천황, 후지와라藤原(정치, 행정 등 국정전반에 강력한 영향력을 가진 세습귀족가문, 특히 고대에는 천황가의 외척으로 실력행사) 열전列傳, 예능藝能, 숙보宿報, 영귀靈鬼, 골계滑稽, 악행惡行, 연예戀愛, 잡사雜事 등의 분류가 되어 있어 인간의 제상諸相을 그리고 있다.

셋째, 한일 설화문학의 비교 연구뿐만이 아니라 동아시아 설화, 민속분야의 비교연구에 획기적인 계기가 될 것으로 기대된다.

먼저 동아시아에서 공통적으로 신앙하고 고대부터 현대에 이르기까지 막대한 영향력을 끼치고 있는 불교 및 이와 관련된 종교적 설화의 측면에서 보면, 『금석이야기집』 본조부에는 일본의 지옥(명계)설화, 지장설화, 법화경설화, 관음설화, 아미타(정토)설화 등이 다수 수록되어 있다. 이와 같이 불교의 세계관에 의해 형성된 설화, 불보살의 영험담 등은 일본뿐만 아니라 한국, 중국에서 또한 공통적으로 보이는 설화라 할 수 있다. 불교가 인도에서 중국, 그리고 한국, 일본으로 전파·토착화되는 과정에서, 각국의 독특한 사회·문화적인 토양에서 어떻게 수용·발전되었는가를 설화를 통해 비교 고찰함으로써, 각국의 고유한 종교적·문화적 특징들이 보다 객관적이고 명확하게 이해될 수 있을 것으로 판단된다.

한편, 『금석이야기집』 본조부에는 동물이나 요괴 등에 관한 설화가 다수 수록되어 있다. 용과 덴구天狗, 오니鬼, 영靈, 정령精靈, 여우, 너구리, 멧돼지 등이 등장하며, 생령生靈, 사령死靈 또한 빼놓을 수 없다. 용과 덴구는 불교에서 비롯된 이류異類이지만, 그 외의 것은 일본 고유의 문화적·사상적 풍토 속에서 성격이 규정되고 생성된 동물들이다. 근년의 연구동향을 보면, 일본의 '오니'와 한국의 '도깨비'에 대한 비교고찰은 일반화되고 있다고 판단된다. 이제는 더 나아가 그 외의 대상에 대해서도 관심을 가지고 문화적인 비교연구가 활성화되어야만 할 것이며, 『금석이야기집』의 설화는 이러한 연구에 대단히 유효한 소재원이 될 것으로 기대하는 바이다.

전술한 바와 같이 본 번역서는 『금석이야기집』의 약 3분의 2를 차지하는 본조本朝(일본)부를 번역한 것으로 그 나머지 천축天竺(인도)부, 진단震旦(중국)부의 번역은 금후의 과제로 삼고자 한다.

권두 해설을 집필해 주신 고미네 가즈아키小峯和明 교수님께 감사를 드린다. 교수님은 일본설화문학을 중심으로 동아시아 설화문학, 기리시탄 문학, 불전 등을 연구하시며 문학뿐만이 아니라 역사, 종교, 사상 등 다방면의 학문에 큰 업적을 남기신 분이다. 개인적으로는 일본 유학시절부터 지금까지 설화연구의 길잡이가 되어 주셨고, 교수님의 저서를 한국에서 『일본 설화문학의 세계』란 제목으로 번역·출판하기도 하였다. 다시 한 번 흔쾌히 해설을 써 주신 데에 대해 심심한 감사를 드린다.

마지막으로 방대한 분량의 원고를 꼼꼼히 읽어 교정·편집을 해주신 세창출판사 임길남 상무님께 감사를 드리는 바이다.

2016년 2월

이시준, 김태광

차
례

머리말 · 5 ┃ 일러두기 · 16

부록

일러두기

1. 본 번역서는 新編 日本古典文學全集 『今昔物語集 ①~④』(小學館, 1999년)을 저본으로 한 것으로 모든 자료(도판, 해설, 각주 등)의 이용을 허가받았다.

2. 번역서는 총 9권으로 구성되어 있고 각 권의 수록 내용은 다음과 같다.
   ①권-권11·권12　　　　　　　　　②권-권13·권14
   ③권-권15·권16　　　　　　　　　④권-권17·권18·권19
   ⑤권-권20·권21·권22·권23　　　　⑥권-권24·권25
   ⑦권-권26·권27　　　　　　　　　⑧권-권28·권29
   ⑨권-권30·권31

3. 각 권의 제목은 번역자가 임의로 권의 내용을 고려하여 붙인 것임을 밝혀 둔다.

4. 본문의 주석은 저본의 것을 기본으로 하였으며, 독자층을 연구자 대상으로 하는 연구재 단 명저번역 사업의 취지에 맞추어 가급적 상세한 주석 작업을 하였다. 필요시에 번역자 의 주석을 첨가하였고, 번역자 주석은 '＊'로 표시하였다.

5. 번역은 본서 『금석 이야기집』의 특징, 즉 기존의 설화집의 설화(출전)를 번역한 것으로 출 전과의 비교 연구가 중요하다는 점을 고려하여 가능한 한 직역을 위주로 하였다. 단, 가 독성을 위하여 주어를 삽입하거나, 긴 문장의 경우 적당하게 끊어서 번역하거나 하는 방 법을 취했다.

6. 절, 신사의 명칭은 다음과 같이 표기하였다.
   예 東大寺 ⇒ 도다이지　**예** 賀茂神社 ⇒ 가모 신사

7. 궁전의 전각이나 문루의 이름, 관직, 연호 등은 우리 한자음으로 표기하였다.
   예 一條 ⇒ 일조 **예** 淸凉殿 ⇒ 청량전 **예** 土御門 ⇒ 토어문 **예** 中納言 ⇒ 중납언
   예 天永 ⇒ 천영

   단, 전각의 명칭이 사람의 호칭으로 사용될 때는 일본어 원음으로 표기하였다.
   예 三條院 ⇒ 산조인

8. 산 이름이나 강 이름은 전반부는 일본어 원음으로 표기하되, '山'과 '川'은 '산', '강'으로
   표기하였다.
   예 立山 ⇒ 다테 산 **예** 鴨川 ⇒ 가모 강

9. 서적명은 우리 한자음과 일본어 원음을 적절하게 혼용하였다.
   예 『古事記』 ⇒ 고사기 **예** 『宇治拾遺物語』 ⇒ 우지습유 이야기

10. 한자표기의 경우 가급적 일본식 한자를 한국에서 일반적으로 통용하는 글자로 변환시
    켜 표기하였다.

금석이야기집 今昔物語集

권 28

【滑稽】

주지主旨 본권의 내용은 이를테면 소화笑話라고 할 수 있는 권으로, 도성 안팎에 풍문으로 전해진 유머러스한 이야기를 일괄적으로 수록하고 있다. 등장인물은 사회 각층에 걸쳐 있고 그들이 연출하는 웃음의 제상諸相도 아주 다채로워서 왕조사회 특히 귀족관료사회를 중심으로 전승된 소화의 온퍼레이드를 접하는 느낌이 든다. 이것을 읽는 사람은 홍소哄笑하기도 하고 쓴웃음을 짓게 되기도 하지만, 모두 단순·명쾌·활달한 이야기이기에 헤이안平安 사람들의 밝은 웃음에 공감하게 될 것이다.

권28 제1화

근위부近衛府 사인舍人들의 이나리稲荷 신사 참배 길에, 시게카타重方가 여인을 만난 이야기

2월 첫 오일午日의 후시미伏見 이나리稲荷 신사神社 제일祭日에, 동료들과 함께 이나리 신사 참배에 나선 호색한 만타노 시게카타茨田重方가 자신의 아내가 분장한 미인에게 교제를 청하다 크게 실패한 이야기. 뭇사람들 앞에서 평소의 바람기가 폭로되어 호되게 망신을 당한 끝에 혼쭐이 난 이야기. 여자를 꼬시려 하는 시게카타와 그것을 교묘하게 받아넘기는 미인으로 분장한 아내와의 대화묘사가 매우 뛰어나며, 여자에게 뺨을 맞은 뒤의 확 뒤바뀌는 구성 등은 본집 굴지의 명작이라 할 수 있다.

이제는 옛이야기이지만, 2월의 첫 오일午日¹은 예로부터 온 도읍의 상중하 사람들이 이나리稲荷² 신사 참배라 하여 모두 후시미伏見의 이나리稲荷 신사神社에 참배하는 날이었다.

그런데 어느 해인가 예년보다 참배인이 많이 몰린 적이 있었다. 이날 근위부近衛府³의 사인舍人⁴들도 참배 길에 나섰다. 오와리노 가네토키尾張兼時,⁵

---

1 2월의 처음 간지干支가 '오午'가 되는 날. 이날 이나리 신사에 참예하여 경내의 '영험의 삼나무' 작은 가지를 받아 초복招福의 연연緣으로 한 풍습(『야마시로 지방 풍토기山城國風土記』 일문逸文, 『대경大鏡』 권6·미치나가 전도長傳).
2 → 사찰명.
3 육위부의 하나. 궁궐의 경비·호위·제사·행차의 호종 등의 임무를 수행하던 관청.
4 여기서는 근위부의 관료로, 장감將監 이하의 총칭. 사인에는 무악舞樂·기사騎射·스모相撲 등의 제예諸藝의 명수가 있었음.
5 → 인명.

시모쓰케노 긴스케下野公助,[6] 마무타노 시게카타茨田重方,[7] 하다노 다케카즈秦武員,[8] 마무타노 다메쿠니茨田爲國,[9] 가루베노 긴토모輕部公友[10] 등 당시 명성이 자자하던 사인들이, 도시락과 술을 자루에 담아 하인에게 들리고 나란히 함께 길을 나섰다. 그들이 이나리 신사의 두 번째 신전[11]에 거의 다 왔을 무렵이었다. 참배하러 가는 사람들과 참배를 마치고 돌아가는 사람들로 북적대는 인파 속에서 매우 맵시 있게 차려입은 여인네 하나와 마주쳤는데 윤기도는 진보랏빛 겉옷에, 다홍에 연둣빛 옷을 겹쳐 입고 요염한 모습으로 길을 걷고 있었다.

사인 일행이 가까이 다가오는 것을 본 여인은 잔걸음으로 옆으로 비껴나 나무 밑에 몸을 숨기고 서 있었다. 그러자 사인들은 지나가면서 낯 뜨거운 농담을 건네는가 하면 가까이 다가가 몸을 숙여 여인의 얼굴을 들여다보거나 하였다. 그중에서도 시게카타는 원래가 《호색한》[12] 심성의 소유자로 부인이 늘 강샘을 했는데 그럴 때마다 절대로 그런 일은 없다고 잡아떼서 부부싸움이 끊일 날이 없는 사람이었다. 그런 위인인지라 유독 혼자 걸음을 멈추고 행여 여인을 놓칠세라 눈을 떼지 않고 따라가더니 가까이 다가가 은근히 수작을 걸었다. 그러자 여인은

"부인을 두신 분께서 지나가다 일시적인 기분으로 하시는 말씀일 텐데 그런 말을 믿을 사람이 어디 있겠어요?"

라고 말을 하는데 그 목소리가 참으로 애교가 있었다. 이에 시게카타는

---

6 → 인명.
7 → 인명.
8 → 인명. '다케카즈武員'는 전 미상. 본권 제10화에는 '좌근左近의 장조將曹'로 등장함.
9 → 인명.
10 → 인명.
11 후시미伏見 이나리稲荷 신사神社의 상·중·하 세 신전 중, 두 번째인 중사中社를 말함. 사타히코노 오카미佐田彦大神를 제사 지냄.
12 한자표기 명기를 위한 의도적 결자.

"여보시오 아가씨, 내 변변치 못한 마누라가 있긴 있지만 낯짝은 영락없이 잔나비를 빼닮은 데다 성질하고는 꼭 시장바닥에서 물건 파는 아낙 같아 헤어지고 싶은 생각이 간절하지만 그렇다고 당장 바느질을 해 줄 사람이 있는 것도 아니어서 '마음에 드는 사람을 만나게 되면 그쪽으로 바꿔야지.' 하고 내심 생각하고 있었던 참이라 이리 말씀드리는 것이오."

라고 둘러댔다. 그러자 여인은

"그건 진심에서 하시는 말씀이신가요? 농으로 해보시는 말씀이신가요?"

라고 물었다. 시게카타가

"이 신전의 신께서도 다 아시는 일로서 오랫동안 바라 온 일이라오. 이렇게 참배한 보람이 있어 아가씨 같은 분을 점지해 주셨나 생각하니 정말 기쁘구려. 그런데 아가씨께서는 홀몸이시오? 그리고 사시는 곳은 어디시오?"[13]

라고 묻자, 여인은

"저도 마찬가지로 이렇다고 할 지아비가 없습니다. 한동안 대갓집에서 일한 적도 있지만 남편이 하지 말라고 해 그만두었지요. 그 남편도 그만 시골에서 세상을 뜨고 말았기에 지난 삼 년 동안 서로 믿고 의지할 만한 사람이 있었으면 좋겠다고 생각해 이 신전을 찾아 빌어 왔지요. 진정 저에게 호의를 가지고 계신다면 제 집을 알려 드리지요. 아니야, 오가다 만난 분의 말씀을 곧이곧대로 받아들이다니 무슨 바보 같은 짓이람. 어서 가세요. 저도 그만 가야겠어요."

하고는 그냥 가려 했다. 이를 본 시게카타는 두 손을 이마위로 싹싹 빌며 에보시烏帽子[14]가 여인의 가슴팍 언저리에 닿을 만큼 머리를 조아리면서

---

13 여자가 자신의 거처를 알려 주는 것은 남자가 찾아와 연을 맺는 것을 인정한다는 의사 표시.
14 성인식을 치른 남자가 쓰던 두건.

"신이시여 도와주십시오.[15] 아니 어찌 그런 섭섭한 말씀을 하실 수 있단 말이오. 지금 당장 여기서 댁으로 가 예전 집엔 두 번 다시 발을 들여놓지 않겠소."

하며 고개 숙여 애원을 했다. 그러자 여인은 시게카타의 상투를 에보시 채로 힘껏 움켜잡더니 산[16]이 울릴 정도로 뺨을 세차게 내려쳤다.

순간 깜짝 놀라 시게카타가

"아니 이게 무슨 짓이오?"

하며 고개를 들어 여인의 얼굴을 올려다보니 놀랍게도 자기 아내가 변장을 한 것이었다. 너무도 놀라

"아니 당신 미쳤소?" 하자

"당신은 어찌 이리 뻔뻔한 짓을 할 수 있단 말이에요. 저기 있는 당신 동료들이 툭하면 찾아와 '안심할 수 없는 사람'이라 해대기에 내가 질투를 하게끔 하려고 그러나 보다 하고 믿지 않았는데 실은 사실을 알려 준 것이었네요. 당신이 말한 대로 오늘부터 우리 집에 왔다가는 이 신사의 천벌을 받아 화살을 맞아 부상을 당할 줄 아세요. 아니 어떻게 그런 소리를 할 수 있단 말이에요. 그 낯짝을 잡아 뜯어서 길가는 사람들에게 보여 주고 웃음거리로 만들고 말까 보다, 이 파렴치한 작자 같으니라고."

하고 펄펄 뛰었다. 시게카타가

"그만 진정하시오. 당신이 하는 말 하나하나가 다 맞소."

하고 허허 웃으며 달래 보았으나 전혀 듣지 않았다.

한편 다른 사인들은 이런 줄도 모르고 길 언덕 위에 올라가

"만타는 왜 이리 늦는 거야?"

---

15 이나리 신사의 제신祭神을 가리킴.
16 이나리 산. 과장된 표현임.

라며 뒤돌아보니 여자에게 《딱 붙잡》[17]혀 있는 모습이 보였다.

"저건 어찌된 일이야?"

하며 되돌아가 가까이 가서 보니 부인에게 상투를 꽉 잡혀 옴짝달싹 못하고 서 있는 것이었다. 이것을 본 사인들이 부인에게

"잘 하셨소. 그러기에 평소 우리가 뭐라 합디까."

라며 부인을 치켜세우며 야단법석을 떨자 이 말을 들은 부인은

"이 양반들 말이 맞았잖아. 당신의 못된 바람기가 이렇게 모두 드러났으니 말이야."

하며 상투를 놓아 주자 시게카타는 쭈글쭈글 다 구겨진 에보시를 매만지며 위쪽으로 걸어갔다. 그 시게카타를 향해 부인은

"그 홀딱 빠진 여자 집으로 가라고. 만약에 우리 집으로 왔다가는 내 반드시 다리를 부러뜨려 놓고 말테니까"

라고 하고 아래쪽으로 내려갔다.

그 후 그렇게 심한 말을 들어 놓고도 시게카타가 집으로 돌아와 온갖 비위를 다 맞추고 달래자 아내의 화도 차츰 가라앉게 되었다. 이에 시게카타가

"그런 똑 부러진 짓을 하는 것을 보면 역시 내 마누라야."

라고 하자 부인이

"시끄러워요. 이런 바보 같은. 눈먼 장님처럼 자기 마누라인지도 못 알아보고 목소리도 분간 못해 바보짓을 해 놀림거리가 되다니 이런 어처구니없는 일이 또 어디 있담."

하고 말했다. 마누라에게조차도 놀림을 당하는 꼴이었다. 그 후 이 일이 널

---

17 이대로는 의미 불통. 한자표기 명기를 위한 의도적 결자가 소멸된 것으로 추정. 전후문맥을 고려하여 보충함.

리 알려지게 되자 젊은 대갓집 자제들이 툭하면 놀려대는 바람에 시게카타는 젊은 대갓집 자제들이 있는 곳은 항상 피해 다녔다.

이 부인은 시게카타가 세상을 뜨자 아직 나이도 한창[18]이고 해서 다른 사람에게 개가했다고 이렇게 이야기로 전하여 내려오고 있다 한다.

18 시게카타 부인은 아무래도 당시 상당히 젊었던 것 같음.

제1화

근위부近衛府 사인舍人들의 이나리稲荷 신사 참배 길에,
시계카타重方가 여인을 만난 이야기

近衛舎人共稲荷詣重方値女語第一

今昔、衣曝ノ始午ノ日ハ、昔ヨリ京中ニ上中下ノ人稲荷
詣トテ参リ集フ日也。

其レニ、例ヨリハ人多ク詣ケル年有ケリ。其ノ日近衛官ノ
舎人共参ケリ。尾張ノ兼時、下野ノ公助、茨田ノ重方、秦ノ
武員、茨田ノ為国、軽部ノ公友ナド云フ止事無キ舎人共、餌
袋、破子、酒ナド持セ、烈テ参ケルニ、中ノ御社近ク成ル
程ニ、参ル人返ル人様々行キ違ケルニ、艶ズ装ゾキタル女会
タリ。濃キ打タル上着ニ、紅梅萌黄ナド重ネ着テ、生メカシ
ク歩ビタリ。

此ノ舎人共来レバ、女走去テ木ノ本ニ立隠レテ立タルヲ、
此ノ舎人共不安ズ可咲キ事共ヲ云懸テ、或ハ低シテ女ノ顔ヲ
見トシテ過ギ持行クニ、重方ハ本ヨリ□々シキ心有ケル者ナ

レバ、妻モ常ニ云妬ミケルヲ、不然ヌ由ヲ云ヒ戦テゾ過ケル
者ナレバ、重方、中ニ勝レテ立留リテ、此ノ女ニ目ヲ付テ行
ク程ニ、近ク寄テ細ニ語ヲ、女ノ答フル様ニ、「人持給ヘラム
人ノ行摺ノ打付心ニ宣ハム事、聞カムコソ可咲ケレ」ト云フ
音、極テ愛敬付タリ。

重方ガ云ク、「我君々々。賤ノ者持テ侍レドモ、シヤ顔ハ
猿ノ様ニテ、心ハ販婦ニテ有レバ、『去ナム』ト思ヘドモ、
忽ニ綻可縫キ人モ無カラムガ悪ケレバ、『心付ニ見エム人
二見合ハバ、其ニ引移ナム』ト深ク思フ事ニテ、此ク聞ユル
也」ト云バ、女、「此ハ実言ヲ宣フカ、たはぶれニテ、戯言ヲ宣フカ」ト問
ヘバ、重方、「此ノ御社ノ神モ聞食セ。年来思フ事ヲ。『此
参勌験シ有テ、神ノ給タル』ト思ヘバ、極クナム喜シキ。然
テ、御前ハ寡ニテ御スルカ。亦何クニ御スル人ゾ」ト問ヘバ、
女、「此ニモ、指セル男モ不侍シテ宮仕ヲナムセシヲ、人制
セシカバ不参ナリシニ、其ノ人田舎ニテ失ニシカバ、此ノ三
年ハ、『相ヒ憑ム人モガナ』ト思テ、此ノ御社ニモ参タル也。

実ニ思給フ事ナラバ、有所ヲモ知ラセ奉ラム。イデヤ、行摺
ノ人ノ宣ハム事ヲ憑ムコソ嗚呼ナレ。早ク御シネ。丸モ罷ナ
ム」ト云テ、只行キ過レバ、重方手ヲ摺ニ額ニ宛テ、女ノ
胸ナ許ニ烏帽子ヲ差宛テ、「御神助ケ給ヘ。此ル侘シキ事ナ
聞カセ給ソ。ヤガテ此ヨリ参テ、宿ニハ亦足不踏入ジ」ト云
テ、低シテ念ジ入タル髻ヲ、烏帽子超シニ此ノ女ヒタト取テ、
重方ガ頬ヲ山響ク許ニ打ツ。

其時ニ重方奇異ク思エテ、
「此ハ何ニシ給フゾ」ト云テ、
仰ギテ女ノ顔ヲ見レバ、早ヲ
我ガ妻ノ奴ノ謀タル也ケリ。重
方奇異ク思テ、「和御許ハ物ニ
狂フカ」ト云ヘバ、女、「己ハ
何カデ此ノ後目タ無キ心ハ仕フ
ゾ。此ノ主達ノ、『後目タ無キ
奴ゾ』ト、来ツ、告レバ、『我

稲荷神幸（年中行事絵巻）

レヲ云ヒ腹立ムト云
ナメリ」ト思テコソ
不信ゼザリツルヲ、実
ヲ告ルニコソ有ケレ。
己云ツル様ニ、今
日ヨリ我ガ許ニ来ラバ、此ノ御社ノ御箭目負ナム物ゾ。何カ
デ此ハ云ゾ。シヤ頬打懃テ行来ノ人ニ見セテ咲ハセムト思フ
ゾ。已ヨ」ト云ヘバ、重方、「物ニナ不狂ソ。尤モ理也」ト
咲ツ、棍云ヘドモ、露不許ズ。

而ル間、異舎人共此ノ事ヲ不知ズシテ、上ノ岸ニ登リ立テ、
立テリ。舎人共、「彼レハ何ニ為ルゾ」ト云テ見返タレバ、女ト取組テ
寄テ見レバ、妻ニ打チ被□テ立ケリ。其ノ時、舎人共、「吉
クシ給ヘリ。然バコソ年来ハ申ツレ」ト讃メ嗷シル時ニ、女
此ク被云テ、「此ノ主達ノ見ルニ、此ク己ガシヤ心ハ見顕ハ
ス」ト云テ、髻ヲ免シタレバ、重方烏帽子ノ萎タル引疏ナド

舎人（伴大納言絵詞）

シテ上様ニ参ヌ。女ハ重方ニ、「己ハ其ノ仮借シツル女ノ許ニ行ケ。我ガ許ニ来テハ、必ズシヤ足打折テム物ヲ」ト云テ、下様へ行ニケリ。

然テ、其ノ後、然ヨク云ツレドモ、重方家ニ返来テ棍ケレバ、妻腹居ニケレバ、重方ガ云ク、「己ハ尚重方ガ妻ナレバ、此ク厳キ態ハシタル也」ト云ケレバ、妻、「穴鎌マ、此ノ白物。目盲ノ様ニ人ノ気色ヲモ不見知ズ、音ヲモ不聞

知デ、嗚呼ヲ涼テ人ニ被咲ルハ、極キ白事ニハ非ズヤ」ト云テゾ、妻ニモ被咲ケル。其ノ後、此ノ事世ニ聞エテ、若キ君達ナドニ吉ク被咲ケレバ、若キ君達ノ見ユル所ニハ、重方逃ゲ隠レナムシケル。

其妻、重方失ケル後ニハ、年モ長ニ成テ、人ノ妻ニ成テゾ有ケル、トナン語リ伝ヘタルトヤ。

요리미쓰賴光의 종자들이
무라사키노紫野로 구경을 간 이야기

미나모토노 요리미쓰源賴光의 종자로, 무용武勇으로 이름을 떨치던 다이라노 사다미
치平貞道 · 다이라노 스에타케平季武 · 사카타노 긴토키坂田公時 등 3명이 가모賀茂 축
제 행렬을 구경하려고 여인용 수레로 꾸민 수레에 올라타고 무라사키노紫野로 나섰는
데, 3명 모두 수레는 처음 타는 터라 수레 안에서 이리저리 흔들리는 바람에 큰 소동이
벌어지고 결국 수레에 취해서 추태를 보이고 행렬을 보지도 못하고 되돌아왔다는 이
야기. 말을 달리는 용사勇士도 수레 안에서는 통 맥을 못 추었다는 내용으로, 귀족문
화와 무가武家문화의 차이점이 만들어 낸 골계담. 앞 이야기와는 제례祭禮 장소에서의
볼썽사나운 모습이 자아내는 웃음으로 연결된다.

이제는 옛이야기이지만, 셋쓰攝津의 수령 미나모토노 요리미쓰源賴光[1]의
종자로 있던 다이라노 사다미치平貞道,[2] 다이라노 스에타케平季武,[3] 《사카타
노坂田》[4] 긴토키公時라는 세 명[5]의 무사가 있었다. 모두가 하나같이 위풍이
당당하고 무예가 출중하고 대담하며 사려가 깊어 어디 하나 흠잡을 구석이

---

1 → 인명.
2 → 인명. 권25 제10화 참조.
3 → 인명.
4 '긴토키'의 성의 명기를 위한 의도적 결자. '사카타坂田'가 해당. 사카타노 긴토키坂田公時(→인명).
5 요리미쓰 사천왕四天王 중 세 명이 이 이야기의 주역으로서 한곳에 모인 셈임. 참고로 「저문집著聞集」 권9
   제335화에는 와타나베노 쓰나渡邊綱를 필두로 이 세 명을 추가하여 요리미쓰 사천왕이라 함.

없었다. 그래서 동국東國⁶에서도 종종 무공을 세웠고 사람들이 두려워하는 무사들인지라 셋쓰 수령도 이들 세 사람을 신뢰하여 자신의 신변에 두고 중히 부리고 있었다.

그러던 중, 가모賀茂 축제의 둘째 날,⁷ 돌아오는 행렬을 어떻게든 구경하려고 이 세 명의 무사가 서로 이야기를 나누며 그 방법을 모색했는데

"줄지어 말을 타고 무라사키노紫野⁸에 가는 것은 보기 흉할 것이야. 얼굴을 숨기고 걸어갈 수도 없는 노릇이고. 꼭 보고 싶은데 어떻게 하면 좋을까?"

하고 고민하고 있었다. 한 명이

"자, 모 스님의 수레를 빌려 그것을 타고 구경하자."

라고 하자, 또 한 명이

"익숙지 않는 수레를 탔다가 도중에 귀공자들이라도 만난다면 수레에서 끌어내려져 발로 차여 개죽음당할지도 모르는 일이지."

하고 걱정했다. 또 한 명이

"속 발下簾⁹을 늘어뜨리고 부인 수레¹⁰처럼 해서 구경하는 것은 어떨까?"

라고 하자, 다른 두 명이

"그거 참 좋은 생각이야!"

하고 결론을 내렸다. 그리고 방금 말한 스님의 수레를 즉시 빌려 왔다. 발을

---

6 관동關東.
7 가모제賀茂祭(음력 4월의 두 번째의 유酉의 날)의 둘째 날. 재왕齋王이 상사上社의 신관神館에서 재원齋院으로 돌아오는 대행렬이 화려하여 관람석이나 수레에서 그것을 구경했음.『마쿠라노소시枕草子』의 '볼거리(見るものは)' 단 참조.
8 교토 시京都市 기타 구北區 무라사키노紫野. 무라사키노의 아리스 강有栖川은 재원의 처소가 있어 둘째 날의 돌아오는 행렬을 구경하기 위해 사람들이 모인 지점임.
9 소 수레의 전후에 있는, 발의 안쪽에 걸어서 늘어뜨리는 비단 천.
10 부인이 외출할 때 타는 소 수레. 발의 옆이나 아래로 화려한 옷소매나 옷자락을 꺼내 놓는 것(이다시기누出衣)이 예사였음.

늘어뜨리고 세 명의 무사는 구깃구깃한 감색의 스이칸水干 하카마袴[11]를 입은 채 탔다. 신발은 모두 수레에 들여놓고 소매도 밖으로 나오지 않도록 해서 탔기에,[12] '도대체 어떤 부인이 타고 있는 거지!'라고 사람들의 궁금증을 자아내게 만들 정도였다.

이렇게 무라사키노를 향해 수레를 타고 갔는데, 세 명 모두 아직 한 번도 수레를 타본 적이 없는 자들이어서, 마치 상자 뚜껑 속에 무엇인가를 넣고 흔드는 것처럼, 세 명은 모두 마구 흔들거리고[13] 혹은 수레의 세워놓은 판자[14]에 머리를 부딪히고 혹은 뺨을 서로 부딪혀 뒤로 나자빠지거나 앞으로 엎어진 채 쩔쩔매며 가니 도저히 견딜 수 없는 일이었다. 이렇게 흔들거리며 가는 사이 세 명 모두 완전히 수레에 취해 발판[15]에 마구 토하거나 에보시烏帽子를 떨어뜨렸다.[16] 소는 체력이 뛰어나고 우수해서 거침없이 죽죽 끌고 가니 세 명은 시골사투리[17]로

"그렇게 빨리 가지 마. 가지 마."

라고 외쳐대며 가자, 같은 길을 뒤따라오던 수레와 그 수레를 따르던 도보의 하인들도 수상히 여기며

'도대체 저 부인 수레에는 어떤 사람이 타고 있는 거지. 소리는 마치 동국의 기러기가 울어대는 것처럼 참 잘도 《울어대》[18]니, 정말 이상한 일이다.

---

11 '스이칸'은 가리기누狩衣를 간소화한 것임. 일반서민은 외출복으로 늘 착용했음. 여기서의 '하카마'는 '스이칸'을 입을 때의 그 하의下衣.
12 이다시기누가 없었기에 정체가 모호해 오히려 왠지 기품이 느껴지는 부인 수레로 보인 것임.
13 수레 안의 손잡이를 잡아 넘어지는 것을 방지하는 방법을 몰랐던 것임.
14 소 수레 안쪽 좌우의 구경 창문 아래쪽에 검게 옻칠을 한 판자. 이곳에 부착되어 있는 손잡이를 잡아 넘어지는 것을 방지함.
15 수레의 앞쪽 출입구에 있는 조금 널찍한 횡판橫板.
16 당시 낙관落冠은 지극히 무례한 것이었기에 보기흉한 행동으로 비웃음의 대상이 되었음. 본권 제6화·26화 참조. 『고사담古事談』 권1 제28화에도 미치쓰나道綱 낙관 이야기가 보임.
17 동국 사투리였던 것임.
18 전사傳寫하는 과정에서 공간이 소멸된 것으로 상정됨. 한자표기를 위한 의도적 결자로 전후문맥을 고려하

동국의 촌색시들이 구경을 온 것 같지만, 톤이 굵은 목소리인 걸 보면 남자 목소리이구만.'

하고 도통 영문을 알 수 없었다.

이렇게 해서 무라사키노에 도착하여 소를 풀고 수레를 세웠다. 그러나 너무 빨리 도착해서 행렬이 지나가는 것을 기다리는 동안 이 세 명은 수레 멀미로 속이 거북해지고 눈이 핑 돌아 뭐든지 거꾸로 보였다. 심한 멀미로 세 명 모두 엎드린 채 잠이 들어 버렸다.

그러는 사이 시간이 되어 행렬이 지나갔고, 이 자들은 죽은 듯이 잠들어 전혀 알아차리지 못한 채 행사는 끝이 나 버렸다. 행렬이 다 지나가고 여기저기서 수레에 소를 걸어 돌아갈 채비를 하는 소란에 겨우 깨어나 의식을 되찾았다. 속은 좋지 않고 잠들어 버린 탓에 행렬을 보지도 못하고 끝나고 만 것이 마냥 화가 나고 분했다. 그러나 이들은

'돌아갈 때 또다시 수레를 마구 내달린다면 우리들은 도저히 살아 있을 수가 없을 게다. 천 명의 적병 속으로 말을 몰고 뛰어드는 것은 흔히 있는 일이니 조금도 무섭지 않다. 그러나 궁상스럽기 짝이 없는 소몰이 어린 녀석 한 놈에게 몸을 맡기고 또 다시 그렇게 혼쭐이 나서는 그야말로 끝이다. 이 수레로 돌아가면 도저히 우리들은 살아남지 못할 것이니 한동안은 이대로 여기에 있자. 그리고 대로에 사람들의 왕래가 없어지고 나서 걸어서 돌아가는 것이 상책이다.'

라고 정하고, 인적이 끊긴 후 세 명 모두 수레에서 내려서 수레만을 먼저 돌려보냈다. 그 후 모두 □□[19]을 신고 에보시를 코끝까지 눌러 쓰고 부채로 얼굴을 가린 채 일조一條에 있는 셋쓰 수령의 집으로 돌아갔다.

여 보충함.

19 한자표기를 위한 의도적 결자. '버선'이나 '신발' 등이 상정됨.

이것은 스에타케가 나중에 이야기한 것으로,[20]

"아무리 용감한 무사라 하더라도 수레에서의 싸움에는 소용없는 일이야. 그 이후로는 아주 질려서 수레 근처에는 얼씬도 하지 않았다."

라고 말했다.

그러므로 용감하고 사려분별이 있는 자들이기는 했지만 아직 한 번도 수레를 타 본 적이 없었던 자들인지라 그렇게 수레에 취해 죽을 뻔했으니 정말 어처구니가 없구나 하였다고 이렇게 이야기로 전하여 내려오고 있다 한다.

---

20 본 이야기가 직접경험에 의한 전승임을 전하는 기사임.

賴光郎等共紫野見物語第二

今昔、摂津ノ守源ノ頼光ノ朝臣ノ郎等ニテ有ケル、平ノ貞道、平ノ季武、□ノ公時ト云フ三人ノ兵有ケリ。皆、見目ヲ鑭々ク、手聞キ魂太ク思量有テ、愚ナル事無カリケリ。

然レバ東ニテモ度々吉キ事共ヲシテ、人ニ被恐タル兵共也。

ケレバ、摂津ノ守モ此レ等止事無キ者ニシテ、後前ニ立テゾ仕ヒケル。

而ル間、賀茂ノ祭ノ返サノ日、此ノ三人ノ兵云合セテ、「何カデカ今日物ハ可見キ」ト謀ケルニ、「馬ニ乗リ次キテ紫野へ行カムニ、極ク見苦カルベシ。歩ヨリ顔ヲ塞ギテ可行キニハ非ズ。物ハ極テ見マ欲シ、何ガ可為キ」ト歎ケルニ。

一人ガ云ク、「去来、某、大徳ガ車ヲ借テ、其ニ乗テ見ム」ト。

亦一人ガ云ク、「不乗知ヌ車ニ乗テ、殿原ニ値ヒ奉テ、引落シテ被蹴ヤ、由無キ死ニヲヤセムズラム」ト。今一人ガ云ク、「下簾ヲ垂テ女車ノ様ニテ見ムハ何ニ」ト。今二人ノ者、「此ノ義吉カリナム」ト云テ、此ク云フ大徳ノ車、既ニ借持来ヌ。

下簾ヲ垂テ、此ノ三人ノ兵、賤ノ紺ノ水干袴ナドヲ着乍ラ乗ヌ。履物共ハ皆車ニ取入レテ、三人袖モ不出サシテ乗ヌ。

然テ紫野様ニ遣セテ行ク程ニ、三人乍ラ、未ダ車ニモ不乗ザリケル者共ニテ、物ノ蓋ニ物ヲ入テ振ラム様ニ、三人被振合テ、或ハ立板ニ頭ヲ打チ、或ハ己等ドチ頰ヲ打合セテ仰様ニ倒レ、低シ様ニ転テ行クニ、惣テ可堪キニ非ズ。如此クシテ行ク程ニ、三人乍ラ酔ヌレバ、踏板ニ物突散シテ、烏帽子ヲ踏落シテケリ。牛ノ一物ニテ、早ク引ツ、行ケバ、横ナバリタル音共ニテ、「痛クナ不早メ

出車(石山寺縁起)

ソタソ」ト云行ケバ、同ク遣次ケテ行ク車共モ、後ナル歩チ

雑色共モ、此ヲ聞テ怪ビテ、「此ノ女房車ノ、何ナル人ノ乗

タルニカ有ラム。東鴈ノ鳴合タル様ニテ吉ク□ニタルハ。

心モ不得ヌ事カナ。『東人ノ娘共ノ物見ルニヤ有ラム』ト思

ヘドモ、音気ハヒ大キニニテ男音也」惣テ心不得ズゾ思ケル。

此テ、既ニ紫野ニ行着テ車掻下シテ立テバ、余リ疾ク行

立ツレバ、事成ルヲ待ツ程ニ、此ノ者共、車酔ヒタル心地共

ナレバ、極キ心地悪ク成テ、目転テ万ノ物逆様ニ見ユ。痛

ク酔ニケレバ、三人乍ラ尻ヲ逆様ニテ寝入ニケリ。

而ル間ニ、事成テ物共渡ルヲ、死タル様ニ寝タル者共ナレ

バ、露不知デ止ヌ。事畢テ車共懸ケ騒グ時ニナム目悟メテ

驚タリケル。心地ハ悪シ、寝入テ物ハ不見ズ成ヌレバ、腹

立シク妬タク思フ事無限キニ、「亦返サノ車飛バシ騒ムニ、

我等ハ生テハ有ナムヤ。千人ノ軍ノ中ニ一馬ニ走ラセテ入ラム

事ハ、常ニ習タル事ナレバ不怖ズ。只貧窮気ナル牛飼童ノ奴

独ニ身ヲ任セテ、此ク被捲レテハ、何ノ益ノ可有キゾ。此ノ

車ニテ亦返ラバ我等ガ命ハ有ナムヤ。然レバ只暫シ、此テ有

ラム。然テ大路ヲ澄シテ、歩ヨリ可行キ也」ト定メテ、人澄

テ後、三人乍ラ車ヨリ下ヌレバ、車ハ返シ遣ツ。其ノ後、皆

□ヲ履テ、烏帽子ヲ鼻ノ許ニ引入テ、扇ヲ以テ顔ヲ塞テゾ、

摂津ノ守ノ一条ノ家ニハ返タリケル。

季武ガ後ニ語リシ也。「猛キ兵ト申セドモ、車ノ当ニハ不用

ニ候ナリ。其ヨリ後懲トモ懲テ車ノ当ニハ不罷リ寄ズ」ト。

然レバ、心猛ク思量賢コキ者共ナレドモ、未ダ車ニ一度モ

不乗ザリケル者共ニテ、此ク悲シテ酔死タリケル、嗚呼ノ事

也、トナム語リ伝ヘタルトヤ。

엔유인圓融院의 정월 첫 자일子日 들놀이에 찾아간
소네노 요시타다曾禰好(吉)忠 이야기

엔유圓融 천황이 정월 첫 자일子日 들놀이를 무라사키노紫野에서 열었을 때의 일로,
소네노 요시타다曾禰好(吉)忠가 부르지도 않았는데 누추한 의상으로 찾아와 가인歌人
들 좌석의 말석에 착석한 것을 들켜, 젊은 귀족과 전상인殿上人들에게 쫓겨나고 짓밟
혀 호되게 혼난 이야기. 요시타다의 가인으로서의 기골과 함께 괴짜다운 모습을 그린
에피소드. 앞 이야기와는 무라사키노에서 일어난 사건이라는 점에서 연결된다.

이제는 옛이야기이지만, 엔유인圓融院[1]이 정월 첫 자일子日[2] 들놀이를 위
해 후나오카船岳[3]라는 곳에 행차하셨다. 굴천원堀川院[4]에서 출발해서 이조
二條 대로를 서쪽으로 대궁大宮[5] 대로로 나와서 오미야大宮 대로를 북쪽으로
올라갔다. 그 행차를 보기 위해 구경하는 수레들이 빼곡히 늘어섰고 동행한
상달부上達部[6]·전상인殿上人[7]들의 복장은 그림으로도 표현할 수 없을 정도

1 엔유 천황(→인명). 안화安和 2년(969)에서 영관永觀 2년(984)까지 재위.
2 보통 정월 첫 자일子日 들놀이 행사. 조정에서는 군신들에게 연회를 베풀어 들녘으로 나가, 자일 즉 네노베
 根延와 연관해 잔솔을 뽑고 식재연명息災延命을 기원했음. 이 들놀이는 엔유 천황 퇴위 이듬해 봄 기념행사
 로서 상세한 내용은 『소우기小右記』, 『대경大鏡 이서裏書』 권6, 『고사담古事談』 권1에 보임. 본권 권24 제40화
 참조.
3 후나오카 산船岡山. 운림원雲林院 서북방의 구릉. 일조주작一條朱雀의 북방에 해당.
4 → 지명(헤이안 경도平安京圖).
5 동대궁東大宮 대로.
6 3위 이상의 공경公卿 및 4위 참의參議의 총칭.
7 청량전淸涼殿의 전상殿上에 오르는 것이 허락된 4위, 5위와 6위의 당상관堂上官의 총칭.

로 아름다웠다.

엔유인은 운림원雲林院[8]의 남쪽 대문 앞에서 말로 바꿔 타시고 무라사키노紫野[9]에 도착하셨다. 후나오카 산 북쪽 사면의 여기저기에 무더기로 나 있는 잔솔 속으로 물을 끌어들여 흐르게 하고, 돌을 세우고, 모래를 깔고, 당금唐錦[10]의 천막을 세워서, 그곳에 발簾을 치고 발판을 깔고 난간欄干을 붙여 놓으니 이루 말할 수 없이 훅류했다. 원이 그곳에 들어섰는데, 그 주변에는 비단 장막이 둘러쳐져 있었다. 원의 자리 가까이에는 상달부의 자리가 있고 그다음으로 전상인의 자리가 마련되고, 전상인의 자리 끝 쪽에 장막을 따라 옆쪽으로 가인歌人[11]들의 자리가 만들어져 있었다.

원이 자리에 앉자 분부에 따라 상달부, 전상인들이 착석했다. 가인들은 미리 연락이 있었기에 모두 참석해 있었다.

"자리에 착석하라."

라는 분부가 내리자 그에 따라 정해진 순서대로 자리에 앉았다. 그 가인이란 오나카토미노 요시노부大中臣能宣,[12] 미나모토노 가네모리源兼盛,[13] 기요하라노 모토스케淸原元輔,[14] 미나모토노 시게유키源滋之,[15] 기노 도키후미紀時文[16] 등이다. 이 다섯 명은 원으로부터 미리 회문廻文[17]으로 참석하라는 분부가 있었기에 모두 의관衣冠[18]을 갖추고 참석한 것이었다.

---

8 → 사찰명.
9 교토 시京都市 기타 구北區 무라사키노紫野..
10 중국 도래의 두꺼운 천의 견직물 총칭.
11 와카和歌를 지어 바쳐야 하는 사람들.
12 → 인명.
13 바르게는 다이라노 가네모리平兼盛(→인명).
14 → 인명.
15 → 인명. '重之'라고도 함.
16 → 인명.
17 회장廻狀. 수신인명을 연명連名으로 해서 돌리는 서한. 권유 · 소집의 서한.
18 속대束帶 다음으로의 정장.

모든 사람이 착석하고 조금 지났을 때 가인의 말석에 에보시烏帽子를 쓰고 조지조메丁子染[19]의 가리기누狩衣 하카마袴[20]를 입은 늙은이가 찾아와 착석했다. 사람들은 모두

"도대체 누구지?"

하고 자세히 보니 소네노 요시타다曾禰好忠[21]였다.

전상인들이

"거기 온 자넨 소탄曾丹[22]인가?"

라고 슬그머니 묻자, 이렇게 질문을 받은 소탄은 성난 얼굴로

"그렇소이다."

라고 대답했다. 그것을 듣고 전상인들이 이날 행사 판관대判官代[23]에게

"저 소탄은 불러서 온 것인가?"

라고 묻자, 판관대는

"부른 일이 없습니다."

라고 대답했다. 판관대는 그렇다면 혹시 다른 사람이 분부를 받아 전달한 것일까 하고 차례차례로 돌아다니며 물어보았지만 아무도 그런 분부를 받은 적이 없다고 했다. 그래서 소탄의 뒤로 다가가,

"도대체 이게 무슨 짓인가. 어찌 부르지도 않았는데 온 것인가?"

라고 질책을 하자, 소탄이

"가인들에게 참석하라는 분부가 있었다는 것을 듣고 참석한 것입니다. 어찌 안 올 수가 있겠습니까? 나는 여기 참석해 있는 분들에게 결코 뒤지지 않

---

19 거무스름한 등색橙色.
20 가리기누 옷차림의 상하. 귀족·관인 등의 약식 의복임. 복장이 어울리지 않는 사내가 쳐들어온 셈임.
21 → 인명.
22 소네노 요시타다(→인명)의 통칭. 단고丹後의 차관(연掾)이었던 것에서 불려진 약칭으로 일종의 멸칭蔑稱. 「대초지袋草紙」 상권에 이 호칭의 유래가 보임.
23 이날 행사를 관리하는 원 청廳의 판관(3등관).

아요."

라고 대답했다. 이 말을 들은 판관대는

'이놈은 어처구니없게도 부르지도 않았는데 참석한 것이구나!'

라고 알아차리고,

"어찌 부르지도 않았는데 찾아온 것인가? 어서 나가시게."

라고 다그쳤다. 그러나 소탄은 일어서려 하지 않고 여전히 그대로 앉아 있었다.

그때, 호콘인法建院 대신大臣[24]과 간인閑院 대장大將[25] 등이 이 말을 들으시고

"그 녀석의 목덜미를 잡아 밖으로 끌어내라."

라고 지시하자, 젊고 힘이 좋은 하급 귀족과 전상인들이 우르르 소탄의 뒤로 돌아가 장막 밑으로 손을 넣어 소탄의 가리기누 목덜미를 잡아 뒤로 벌러덩 눕혀 장막 밖으로 끌어내서 한 발씩 짓밟았다. 그렇게 소탄은 일고여덟 번 정도나 짓밟혔다. 그제야 소탄이 벌떡 일어나 쏜살같이 달아났다. 전상인의 젊은 호위무사와 소사인小舍人 동자[26]들이 달아나는 소탄의 뒤를 쫓아가 손뼉을 치며 웃었다. 마치 고삐 풀린 말을 쫓듯이 큰 환호성을 지르며 쫓아갔다. 이것을 본 많은 사람들은 젊은이 늙은이 할 것 없이 목청껏 웃어댔다.

소탄은 그대로 근처의 조금 높은 언덕 위로 달려 올라가 뒤를 돌아다보며, 웃으면서 쫓아오는 자들을 향해 큰 소리로

"너희들은 뭘 웃느냐? 나는 이미 수치를 수치로 생각지 않는 노인이다. 그

---

24 바르게는 호코인法興院(→헤이안 경도). 후지와라노 가네이에藤原兼家(→인명)를 가리킴. 이때는 우대신右大臣. 57세.

25 후지와라노 아사테루藤原朝光(→인명)를 가리킴. 정원貞元 2년(977) 좌대장左大將, 이때 35세. 권24 제40화 참조.

26 육위부近衛府나 장인소藏人所 등에 잡역雜役으로 일하는 소년.

러니 말해 주지. 잘 들어라. 상황上皇²⁷께서 자일에 행차하셨다. 그때 가인들을 초대한다는 소식을 듣고 요시타다가 찾아가 착석했다. 그리고 가이구리搔栗²⁸를 우두둑우두둑 씹었다. 그다음 쫓겨나고 그다음 걷어차였다. 이것이 무슨 수치냐?"

라고 소리쳤다. 이 말을 듣고 지위의 상중하를 막론하고 모든 사람들은 장내가 떠나갈 듯 웃었다. 그 뒤 소탄은 도망쳐 어딘가로 사라졌다. 그 당시에는 사람들이 모두 이 이야기를 주제로 하여 웃었었다.

   그러므로 미천한 태생은 역시 어쩔 수 없는 일이다. 요시타다는 와카和歌는 능숙했지만 사려분별이 부족하여, 가인들을 불러들인다는 소식을 듣고 초대도 없었는데 찾아가 이런 수치를 당하고 수많은 사람들의 놀림거리가 되고, 후세까지 웃음거리가 되었다고 이렇게 이야기로 전하여 내려오고 있다 한다.

---

27 여기서는 엔유인을 가리킴.
28 지금의 황밤으로 추정됨. 가인들의 자리에 놓여 있던 과자.

円融院御子日参曾禰吉忠語第三

今昔、円融院ノ天皇、位去セ給テ後、御子ノ日ノ逍遥ノ為ニ、船岳ト云フ所ニ出サセ給ケルニ、堀川ノ院ヨリ出サセ給テ、二条ヨリ西ヘ大宮マデ、大宮ヨリ上ニ御マシケルニ、上達部殿上人ノ仕レル装束、書物見車所無ク立重タリ。ムニモ可書尽クモ非ズ。

院ハ雲林院ノ南ノ大門ノ前ニシテ御馬ニ奉テ、紫野ニ御マシ着タレバ、船岳ノ北面ニ小松所々ニ群生タル中ニ、遣水ヲ遣リ、石ヲ立、砂ヲ敷テ、唐錦ノ平張ヲ立テ、簾ヲ懸、板敷ヲ敷キ、高欄ヲ加テ、其ノ微妙キ事無限シ。其レニ御マシテ其ノ廻ニ、同錦ノ幕ヲ引廻カシタリ。御前近ク上達部ノ座有リ。其ノ次ニ殿上人ノ座有リ。殿上人ノ座ノ末ノ方ニ、幕ニ副テ横様ニ、和歌読ノ座ヲ敷タリ。

既ニ御マシ着ヌレバ、上達部殿上人皆座ニ着ヌ。和歌読共ハ兼テ召有ケレバ、皆参テ候フ。「座ニ候ヘ」ト仰セ被下ヌレバ、仰セニ依テ次第ニ廻シ文ヲ以テ可参由被催タリケレバ、此ノ五人ハ兼テ院ヨリ召ニ依テ座ニ着ヌ。其ノ和歌読共ハ大中臣ノ能宣、源ノ兼盛、清原ノ元輔、源ノ茲之、紀ノ時文等也。

既ニ座ニ着並ヌルニ、暫許有テ、此ノ和歌読ノ座ノ末ニ、烏帽子キタル翁ノ、丁染ノ狩衣袴ノ賤気ナルヲ着タル、来テ座ニ着ヌ。人々有テ、「此ハ何者ゾ」ト思テ目ヲ付テ見レバ、曾禰ノ好忠也ケリ。殿上人共、「彼レハ曾丹ガ参タルカ」ト

忍ビ問ヘバ、曾丹此ク被問テ気色立テ、「然ニ候フ」ト答フ。

其ノ時ニ、行事ノ判官代ニ、「後曾丹ガ参タルニ、召メ」ト殿上人共問ケレバ、判官代、「然ル事モ無シ」ト答フレバ、

「然ハ異人ノ承ハリタルカ」ト尋ネ持行クニ、惣テ「承ハリ

タリ」ト云フ人無シ。然レバ行事ノ判官代、曾丹ガ居タル後

ニ寄テ、「此ハ何ニ。召モ無ニハ参テ居タルゾ」ト問ヘバ、

曾丹ガ云ク、「歌読共可参キ由被催ル、ト承ハレバ、参タル

ゾカシ。何デカ不参ザルベキ。此ノ参タ主達ニ可劣キ身カ

ハ」ト。判官代此レヲ聞キ、「此奴ハ早ウ、召モ無キニ、押

テ参タル也ケリ」ト心得テ、「何ニ召モ無キニハ参タルゾ。

速ニ罷リ出ヨ」ト追立ルニ、尚ヲ不立シテ居リ。

其ノ時ニ、法建院ノ大臣、閑院ノ大将ナド、此ノ事ヲ聞給

テ、「シヤ衣ノ頸ヲ取テ引立ヨ」ト行ヒ給ヘバ、若ク勇タル

下﨟殿上人数曾丹ガ後ニ寄テ、幕ノ下ヨリ手ヲ指入テ、

曾丹ムガ狩衣ノ頸ヲ取テ、仰様ニ引倒シテ、幕ノ外ニ引出シ

タルヲ、一足ズ、殿上人共踏ケレバ、七八度許被踏ニケリ。

其ノ時ニ曾タムガ起走テ、身ノ成様モ不知逃テ走ケレバ、殿
上人若キ随身共小舎人童共、曾タムガ走ル後ニ立テ、追次
放馬ナドノ様ニ追ヒ喤ル事、糸騒タシ。

然レバ、此ヲ見ルニ、多ノ人、老タル若キトモ無ク、咲ヒ合
タル事無限シ。

其ノ時ニ曾タム、片岳ノ有走リ登立テ、見返テ、追次キテ
咲フ者共ニ向テ、音ヲ高ク挙テ云ク、「汝等ハ何事ヲ咲フゾ。
我ハ恥モ無キ身ゾ。云ハム、聞ケヨ。太上天皇子日ニ出サセ
給フ、歌読共ノ召、ト聞テ、好忠ガ参テ座ニ候フ、搔栗ヲホ
ト食フ。次ニ被追立ル。次ニ被蹴ル。何ノ恥ナル」ト云フ
ヲ聞テ、上中下ノ人々咲フ音、糸喤タ、シ。其後曾タム逃テ
去ニケリ。

其比ハ人皆此ノ事ヲ語テナム咲ヒケル。

然レバ可咲ノ者ハ尚ヲ弊キ也。好忠和歌ハ読ケレドモ、心
ノ不覚ニテ、歌読共召ト聞テ、召モ無キニ参テ、此ル恥ヲ見
シ、万ノ人ニ被咲レテ、末ノ代マデ物語ニ成ル也ナム語リ伝
ヘタルトヤ。

오와리尾張 수령 □□
오절소五節所의 이야기

가까스로 오와리尾張 수령이 된 나이든 수령 아무개는 국정國政에 힘써 오와리 지방을 부흥시키고, 그 공로를 인정받아 오절五節 행사 준비의 역할을 하명받는다. 수령은 오절소五節所의 장식, 의상 등을 훌륭하게 꾸몄지만, 아무래도 궁중의 예법에 어둡고 자녀, 일족의 행동거지도 촌티가 나서, 젊은 전상인殿上人과 장인藏人들의 조소嘲笑의 표적이 된다. 그들은 장난으로 오절소 습격을 예고하고 당일 이상한 차림새로 들이닥쳐 위협을 가하는 바람에 국수 일족 모두가 심하게 조롱을 당한다. 도읍의 상류귀족이 성실한 시골 촌놈을 괴롭히는 상황이 극명하게 그려진 장편. 연령의 차이는 있지만 오와리 수령의 모습은 어딘가 모르게 『충신장忠臣藏』의 아사노 내장두淺野內匠頭를 방불케 한다.

이제는 옛이야기이지만, □□천황)¹의 치세에, □□□□□²라는 자가 있었다. 한물간 옛 수령으로 오랜 세월 동안 어디에도 부임도 하지 못하고 있었는데, 간신히 오와리尾張³의 수령으로 임명되어 크게 기뻐하며 서둘러

---

1 천황 이름 명기를 위한 의도적 결자.
2 성명 명기를 위한 의도적 결자. 참고로 저본에서는 아래의 공간간격이 누락되어 있지만 전사轉寫 중의 누락으로 봄.
3 오와리 지방은 면적이 넓은 지방으로 노비濃尾 평야의 동쪽 반을 차지하여 광대한 옥야沃野를 가졌으며 사찰이나 상류귀족의 장원莊園도 많았음.

임지로 내려갔다. 그러나 그 지방은 완전히 황폐해져 있어 전답을 일구는 일조차 전혀 없었다.[4] 이 신임 수령은 원래 성실하고 사리사욕[5]이 없는 공정한 인물인데다 이전에 역임했던 지방들에서도 선정을 베풀었던 터라 이 지방에 내려와서도 잘 다스린 결과 오와리 지방을 보통의 다른 지방 정도로 만들었고 더 나아가 더 풍족한 지방으로 만들었다. 그래서 이웃 지방 백성들이 구름처럼 몰려들어 언덕이든 산이든 할 것 없이 모두 개간하여 전답으로 만들었기에 2년 만에 오와리 지방은 좋은 지방이 되었다.

이렇게 되자 이 이야기를 들으신 천황도

"전임 국사國司가 오와리 지방을 망쳐 놓아 몹시 황폐화되었다고 들었는데 이번 국사는 재임 2년 만에 부유하게 만들었으니 훌륭하구나."

라고 말씀하셨고, 상달부上達部[6]들이나 세상 사람들 모두

"오와리는 이제 훌륭한 지방이 되었다."

고 입이 마르도록 칭찬을 했다.

그리하여 3년째에는 오와리 지방은 오절五節[7] 행사를 담당하는 곳으로 정해졌다. 오와리는 비단과 실, 솜 등의 산지여서 부족한 것 하나 없었다.[8] 더구나 수령은 원래 제반사에 밝은 사람인지라 의상의 색깔이나 문양, 바느질 등 어느 것 하나 흠잡을 데 없이 보기 좋게 만들어 바쳤다. 오절소五節所[9]는

4　헤이안平安 시대 중기, 오와리 지방이 국수의 가렴주구苛斂誅求로 피폐된 사실은 영원永延 2년(988)의 '오와리국군사백성등해尾張國郡司百姓等解' 등에 비추어 알 수 있다. 이하의 서술로 볼 때 오와리 재건을 위해 근엄실직謹嚴實直한 인품과 왕년의 수완을 인정받아서 선임된 것으로 보임.

5　당시 국수에 의한 가렴주구는 본권 제38화에 의해 익히 알려진 바임.

6　3위 이상의 공경公卿의 별칭. 4위의 참의参議도 포함됨.

7　신상제新嘗祭의 여흥인 오절五節의 춤을 추는 무희를 내보내는 역할을 맡게 된 것. 매월 10월 하순 축일丑日에 입궐하여 춤 교습을 받아 조다이帳台에서 시연, 다음 인일寅日에 청량전淸涼殿 어전御前에서 시연 후 오일午日에 풍락전豊樂殿 앞무대에서 춤을 춤. 그 후 천황은 풍락전에서 군신群臣들에게 향찬饗饌과 녹祿을 하사(풍명절회豊明節會). 오절 행사를 맡는 것은 명예로운 일로 여겨졌지만 경제적인 부담이 큼.

8　오절 행사에 필요한 장속裝束을 조달하는 것은 중요한 일로, 오와리 지방이 지목된 가장 큰 조건임.

9　축일에 입궐한 오절 행사 때 춤을 출 무희舞姬들의 대기소. 상령전常寧殿 안에 마련되었음.

상령전常寧殿[10] 서북방 구석에 설치되어 있었는데, 그곳의 발簾의 색깔이나 휘장대에 건 천, 발아래로 드러낸 여인내의 옷자락 등, 모두 멋지게 수를 놓아 '아무래도 이건 아니지'라고 생각되는 색조色調는 전혀 없었다. 그러므로 모두들

"정말 대단한 재주꾼이네."

라며 입에 침이 마르도록 칭찬을 했다. 이 오절소가 다른 오절소보다 무희의 시중꾼이나 어린 계집아이들[11]도 훌륭했기에, 전상인殿上人과 장인藏人[12]들이 끊임없이 이 오절소 안을 기웃거리며 관심을 끌려는 행동을 해댔지만,[13] 수령을 비롯하여 그 자식과 일족들은 모두, 오절소 안에 있는 병풍 뒤에 모여 모습을 드러내지 않았다.

그런데 이 수령은, 신분이 천하지 않은 자의 자손이긴 했지만, 무슨 연유인지 수령의 아버지도 수령 자신도 장인도 못 되고 전상간殿上間에도 오르지 못해 궁중의 상황은 전해 듣지도 못했고 하물며 본 적도 없었다. 그러니 아이들도 그런 것에 대해서는 전혀 알지 못했다. 이런 까닭에 이 오절소 안에 웅크려서 대궐 전각의 모습이나, 각 마마들을 섬기는 여관女官들이 가라기누唐衣[14]·지하야褘禪[15]를 입고 걷는 모습, 전상인들이나 장인들이 속옷인 우치기袿의 소매를 내고 견직물인 사시누키指貫를 입고 한껏 차려입고 다니는 모습을 호기심어린 눈으로 쫓으며 발 근처까지 나와 앞다투어 구경하였다. 그러다가 전상인이 가까이 오면 또 병풍 뒤로 달아나 숨었다. 앞서 달아나던 자가 뒤에 오는 자에게 사시누키의 소맷자락을 밟혀 넘어지자 뒤따르

---

10   정관전貞觀殿 남쪽에 위치하고 황후皇后·여어女御들이 살아 후정后町·오절전五節殿이라고도 불렸음.
11   무희에게는 시중드는 사람 8명, 어린 계집아이 2명, 하녀 4명이 따르는 것이 통례.
12   오위五位 또는 육위六位의 장인소藏人所 직원. 조칙詔勅의 전주傳奏, 상주上奏, 기밀문서의 관리 등에 종사함.
13   귀공자들은 매년 오절소에 깊은 관심을 보였음. 『무라사키 식부 일기紫式部日記』에도 그런 기사가 보임.
14   헤이안平安 시대의 여자의 정장 상의. 비단, 능직 등의 면직물로 만들었음.
15   제사 등에 부적으로 목에서 어깨까지 걸치던 얇은 천인 히레領로 추정됨.

던 자도 그것에 걸려 또다시 넘어졌다. 어떤 자는 갓을 떨어뜨리고 어떤 자는 앞다투어 허겁지겁 병풍 뒤로 뛰어들었다. 게다가 병풍 뒤로 들어갔으면 그대로 웅크려 있으면 될 것을, 사람이라도 지나가면 앞다투어 쫓아 나와서 쳐다봤다. 그러하니 발 안의 추태란 이루 말할 수가 없었다. 젊은 전상인과 장인들은 그것을 보고 웃으며 흥거워했다.

그러던 중, 젊은 전상인들이 숙직소[16]에 모여 서로 이야기를 나누길

"이 오와리 오절소는 가지가지 색채로 정말 멋지게 장식했네. 시중꾼과 계집애들도 올해의 오절로는 여기가 가장 훌륭하지. 하지만 이 수령의 가족들은 궁중예절에 대해선 듣지도 본 적도 없는 것 같아. 아주 사소한 일에도 궁금해 하며 무턱대고 쫓아다니고, 또한 우리들을 무서워해서 가까이 다가가면 허겁지겁 숨어 버리고. 정말 바보 같은 자들이야. 자, 어떤가, 계책을 꾸며 저 녀석들을 한번 놀라게 하지 않겠는가? 어떻게 하면 좋을까?"

라고 하자, 다른 한 전상인이

"□□"[17]

라 말하자, 또 다른 전상인이

"놀라게 할 좋은 방법이 있어."

라고 했다. 한 사람이

"어떻게 하려고?"

라고 묻자

"저 오절소로 가서 자못 호의好意어린 얼굴로 이렇게 말해 주는 거야. '전상인들이 이 오절소를 몹시 비웃고 있어요. 조심하세요. 전상인들이 이 오절소를 웃음거리로 만들려고 이런 짓을 꾸미고 있습니다. 바로 그것은 모든

---

16 궁중의 야간경비를 위한 숙박소.
17 이대로는 문의文意가 통하지 않음. 한 전상인의 말이 있었던 것으로 보고 공간간격을 설정.

전상인들이 이 오절소를 위협하려고 모두 허리끈을 풀고 노시直衣[18] 상의를 벗어 어깨까지 내리고 이 오절소 앞에 쭉 늘어서서 노래를 지어 부르려는 것입니다. 그 노래라는 것은,

"길게 자란 살쩍은 흔들어 대며, 걸어가야지 매력적이지요."[19]

라는 노래입니다. 그 '길게 자란 살쩍'이란 오와리 수령님의 숱이 적어 빈모도 빠져서 없음에도 불구하고, 그런 꼴로 오절소의 젊은 여자와 섞이어 계시는 것을 노래한 것입니다. '걸어가야지 매력적이지요.'라는 것은 수령님이 뒷걸음치며 걷는 모습이 《우아》[20]한 것을 노래한 것입니다.[21] 이렇게 말씀드려도 정말이라고 생각지 않으시겠지요. 하지만 내일 미신未申[22] 쯤에 전상인과 장인이 모두 어깨를 벗고 노시 상의를 허리에 동여매고 노소를 불문하고 이 노래를 부르며 가까이 오면 제 말이 정말이라고 믿어 주세요.'라고 이렇게 말해 주는 거야."

라고 하자 다른 전상인이

"그럼 그대가 직접 가서 말을 잘해 주시게."

라고 약속을 하고 헤어졌다.

이 안을 낸 전상인은 인일寅日[23] 아직 날도 완전히 새기도 전에 오절소로 가서 수령의 아들이라는 젊은이를 만나 계획대로 짐짓 호의를 갖고 있는 듯한 얼굴로 자세히 이야기를 들려주었다. 아들은 매우 놀란 얼굴을 하고 들

---

18 귀인의 평복.

19 「아야노코지 도시카즈 경기綾小路俊量卿記」 참조. 「건무연중행사建武年中行事」에 따르면, 축일에 후정后町(상령전常寧殿)의 복도, 즉 오절소 앞에서 전상인들이 '길게 자란 살쩍'의 곡을 노래하며 난무亂舞하는 풍습이 있었음. 이것을 이용해서 무지의 오와리 수령 일가를 놀라게 하려 한 것.

20 한자표기를 위한 의도적 결자.

21 수령 일가의 무지를 이용하여 억지로 갖다 붙인 해석. 수령의 두발이 적어 상투에 묶이지 못한 빈모가 흐트러져 처져 있는 것을 조롱한 것.

22 오후 3시경.

23 이날 어전에서 시연이 있고 청량전에서 향연 후에 전상인의 영가詠歌와 난무亂舞가 이어짐.

고 있었다. 이야기를 끝내고 나서

"쓸데없는 말을 했군. 다른 귀공자들에게 혹여 들키기라도 하면 큰일이다. 조용히 몰래 돌아가야지. 내가 이런 이야기를 알려 줬다고 절대 얘기하면 안 되네."

라고 말하고 돌아갔다.

이 수령의 아들은 아버지에게 가서

"신겐新源[24] 소장少將님이 지금 오셔서 이런 일을 알려 주셨습니다."

라고 말하자, 부친인 수령은 이 이야기를 듣고

"아이고 이런"

하고, 그냥 부들부들 떨며 머리를 잡고 흔들며

"전날 밤[25] 귀공자들이 그 노래를 부르고 있어서, 무슨 노래를 부르나 하고 이상하게 여겼는데, 그렇다면 이 늙은이를 가지고 부른 거군. 내게 무슨 잘못이 있다고 그렇게 이 늙은이를 노래로 만들어 부르는 거지. 오와리 지방은 대대로 전임 국사의 실정으로 황폐해져 버려 천황께서 그냥 내버려둘 수 없다 하셔서 내가 그것을 어떻게든 해보려고 있는 수단이란 수단은 다해 훌륭한 지방으로 부흥시키고, 안정시킨 것이 뭐가 잘못됐다는 거야. 그리고 이 오절을 맡은 것은 결코 좋아서 한 것이 아니다. 아주 힘든 일이지만 천황이 강제로 임명하시고 재촉하기에 맡았을 뿐이다. 또한 빈모가 없는 것도, 남자가 젊고 한창나이에 살쩍이 없다면 우습고 이상하기도 하겠지만, 칠십이나 되어 살쩍이 빠져 없는 것이 뭐가 이상하다는 거야? 뭣 때문에 '길게 자란 살쩍'이란 노래를 부를 필요가 있는 거지?[26] 또한 그저 내가 미운 것이

---

24 미나모토源 성을 가진 신임 근위부近衛府 소장. 미나모토 성의 소장이 또 한 명 있는 경우에 구별해서 부르는 호칭.

25 즉, 축일날 밤.

26 오절 관습으로 부르는 것을 모르는 노국사의 격분은 본인 입장에선 아주 진지하더라도 다른 입장에서 보면

라면 차라리 죽이든지 발로 차든지 밟아 버리든지 하면 되지. 무엇 때문에 천황이 계신 왕궁 안에서 끈을 풀어 어깨를 드러내고 미친 듯이 불러야만 한다는 것이야. 절대 그런 일이 있을 리 없다.[27] 그 소장 분이 그런 말을 한 것은 네가 나가서 어울리지도 않고 틀어박혀만 있으니 소장 분이 너를 겁주려고 아무렇게나 말한 것이야. 요즈음의 젊은것들은 남을 배려할 줄 몰라서 이런 무책임한 짓을 하는 것이다. 다른 사람이라면 이런 짓거리로 겁을 주고 속일 수도 있겠지. 하지만 비록 신분은 천하더라도 나는 중국에 관한 것이든 우리나라에 관한 것이든 모두 통달한 몸이다. 젊은 귀공자들이 그런지도 모르고 겁주려고 멋대로 한 모양이다. 다른 사람이라면 속을지도 몰라도 이 늙은이는 절대 속지 않는다. 만일 지금 말한 대로 왕궁 내에서 실제로 그렇게 끈을 풀고 허리에 묶은 뒤 미친 듯이 불러댄다면, 그 일로 인해 그분들은 필시 중죄를 면치 못할 테지. 정말 가엾은 짓이지."

라며 실낱같이 가는 정강이를 허벅지까지 드러내고 부채질을 픽픽 해대며 화를 냈다.

이렇게 화를 내긴 했지만, 어젯밤 동쪽 거리에 와서 그 귀공자들이 장난친 일을 생각하니 정말로 그럴지도 모른다는 생각에, 이윽고 미시경이 되었을 때에는 도대체 어떻게 될까 하고 모두 가슴을 졸이고 있었다. 그리고 미시를 조금 지났을 쯤 자신전紫宸殿[28] 쪽에서 시끌벅적 노래를 부르며 오는 소리가 났다.

"어떻게 해, 어떻게 해, 온 것 같아."

라며 모두 한곳에 모여 얼어붙어 말도 하지 못하고 온몸을 부들부들 떨고

매우 우스움.

27 무예강無禮講 행사를 모르는 것임. 멋모르는 시골뜨기의 발상.

28 오절소가 설치된 상령전에서는 남쪽에 해당되는 자신전 쪽.

있었다. 남동쪽[29]에서 이 오절소 쪽으로 많은 사람들이 패거리로 몰려왔다. 보니, 한 사람도 제대로 된 사람이 없었다. 모두 노시 상의를 엉덩이부근까지 내리고 어깨동무를 하고 몰려와서는 금방이라도 덮칠 듯이 안을 엿보았다. 오절소 앞의 가선 두른 돗자리 근처에 신발을 벗고 앉거나 혹은 드러눕고 혹은 엉덩이를 붙여 앉거나 혹은 발에 기대어 안을 엿보았다. 혹은 마당에 서있는 자도 있어 그들이 모두 함께 소리를 맞춰 그 '길게 자란 살쩍'이라는 노래를 부른다. 이와 같이 겁을 주려는 계획을 알고 있는 젊은 귀공자 네다섯 명은 발 안에 있는 사람들이 모두 놀라 쩔쩔매는 모습을 우스워하며 지켜보고 있었지만, 그 사정을 모르는 연배年輩의 전상인들은 이 오절소 안의 모든 사람이 그렇게 무서워하며 떨고 있는 것을 몹시 이상하게 생각했다.

한편 수령은 요전에는 갖은 이유를 들어 그런 일은 결코 없을 것이라고 우겨댔지만, 모든 전상인과 장인이 어깨를 벗고 그 노래를 부르며 다가오는 것을 보고는

'그 소장님은 비록 나이는 젊지만 신뢰할 수 있는 분이시니까 그렇게 진실을 말해 주신 것이야! 만일 그렇게 가르쳐 주지 않았다면 나에 관해 부르는 것도 모르고 멍청히 있었을 뻔했네. 정말 친절하신 분이야. 천년만년 영광이 함께 하시길.'

하며 손을 비비며 기도하고 있었는데, 몰려온 귀공자들은 어느 한 사람 제대로 된 자가 없고 진창 술에 취해 어깨를 벗어 내린 모습으로 발 안을 엿본다. 수령은 당장이라도 그들에게 끌려 나가 늙은 허리를 짓밟힐 것 같아 급히 병풍 뒤로 몸을 숨기고 벽대壁代[30] 사이에서 떨고 있었다. 아이들과 친족들도 모두 우르르 달아나 몸을 숨기고 부들부들 떨었다.

---

29 상령전 서북쪽에 배치된 오와리 수령의 오절소에서 남전南殿(자신전)은 남동쪽에 해당됨.
30 궁궐 등에서 공간을 나누거나 가리기 위해 벽 대신에 사용한, 휘장대와 비슷한 드리운 천.

이후에 전상인들이 모두 전상간殿上間[31]으로 되돌아갔지만, 그 뒤에도 수령은 아직

"귀공자들이 아직도 있느냐? 아직도 있느냐?"

하며 사람을 내보내 상황을 살폈다. 그리고

"한 사람 남김없이 모두 갔습니다."

라는 말을 듣고서야 부들부들 떨며 간신히 기어 나와 떨리는 목소리로

"왜 이 늙은이를 우습게 만든단 말인가. 이러한 무례한 짓을 하다니. 천황을 위해서도 어이없는 짓이다. 저분들은 응당 처분이 있을 것이야. 알겠느냐, 너희들, 잘 보고 있거라. 천지신명이 굽어 살피시는 신대神代 이래 지금까지 이런 불상사는 한 번도 없었다. 우리나라 역사서에도 절대 기록된 적이 없다. 희한한 세상이 되고 말았어."

라며 하늘을 우러러 탄식을 했다.

옆[32] 오절소 사람들이 이것을 엿보며 우습게 생각하여, 나중에 관백 나리의 장인소藏人所에 가서 한 이야기가 전해지고 전해져, 금세 귀족과 황족 분들에게까지 널리 퍼져 그야말로 웃음거리가 되었다. 당시는 사람이 두세 명이 모이는 곳이면 이 이야기를 하며 서로 웃었다고 이렇게 이야기로 전하여 내려오고 있다 한다.

---

31 청량전의 전상간.
32 상령전 안에 오와리 수령의 오절소에 인접해서 설치된 공경公卿들의 오절소.

尾張守□五節所語第四

今昔、□天皇ノ御代ニ、□ノ□□ト云フ者有ケリ。

年来、旧受領ニテ、官モ不成デ沈ミ居タリケル程ニ、辛クシ

尾張ノ守ニ被成タリケレバ、喜ビ乍ラ任国ニ忩ギ下タリケル

ニ、国皆亡ビテ田畠作ル事モ露無カリケレバ、此ノ守ミ本ヨ

リ心直クシテ、身ノ弁ヘナドモ有ケレバ、前々ノ国ヲモ吉

ク政ケレバ、此ノ国ニ始メテ下テ後、国ノ事ヲ吉ク政ケレ

バ、国只国ニ福シテ、隣ノ国ノ百姓雲ノ如クニ集リ来テ、

岳山トモ不云、田畠ニ崩シ作ケレバ、二年ガ内ニ吉キ国ニ成

ニケリ。

然レバ天皇モ此レヲ聞シ食テ、「尾張ノ国ハ前司ニ被亡サ

レテ、無下ニ弊ト聞食スニ、此ノ任二年ニ成ヌルニ吉ク福シ

タナレ」ト被仰ケレバ、上達部モ世ノ人モ、「尾張吉キ国ニ

成タリ」トゾ讃ケル。

然テ三年ト云フ年、五節被宛ニケリ。尾張ハ絹、糸、綿ナ

ド有ル所ナレバ、万ヅ不乏。況ヤ守本ヨリ物ノ上手ニテ、物

ノ色共、打目、針目、皆糸ト目安ク調ヘ立テ奉ケルニ、五

節ノ所ニ常寧殿ノ戌亥ノ角ヲゾシタリケルニ、簾ノ色、几

帳ノ帷、打出シタル女房ノ衣共、微妙ク縫重ネタリ。此コソ

色弊カメレト見ユル無シ。然レバ、「極カリケル物ノ上手ニ

コソ有ケリナリ」ト、皆人□讃ケル。然レバ、「傅童ナド他ノ五節ヨ

リモ勝タレバ、殿上人蔵人ナド、常ニ此ノ五節所ノ辺ニ立寄

リ気色バミケルニ、此ノ五節所ノ内ニ、守ヨリ始メテ子共類

親共皆屏風ノ後ニ集ヒ居タリ。

而ルニ、此ノ守不賤ヌ人ノ流ニテハ有ケレドモ、何ナル事

ニテカ有ケム、此ノ守ノ祖モ此ノ守、蔵人ニモ不成ズ、殿上

モ不被許ザリケレバ、内辺ノ事ヲ伝テモ不聞ズ、況ヤ見ル事

ハ無カリケリ。然レバ、子共モ露不知ザリケリ。其レニ殿共

ノ立様造様、宮々ノ御方ノ女官共ノ唐衣襴着テ行キ、殿

上人、蔵人ノ出シ袖ヲシ、織物ノ指貫ヲ着、様々ニ装ゾキテ

通ルヲ、此ノ五節所ノ内集リ居テ、只此等ニ目ヲ付テ追シラ

ガヒテ、簾許ニ出重ナリテ見ケルニ、殿上人近ク寄レバ屏

風ノ後ニ逃隠レ、間、前ニ逃人ハ後ニ逃ル人ニ指貫ヲ被踏

テ倒レ、ニ、後ノ者

モ亦顚テ倒ル。或

ハ冠ヲ落シ、或ハ先

ズ我レ疾ク隠レムト

迷ヒ入ル。入ナバ然

テ曲リ居タルベキニ、

亦少ノ者モ渡レバ、

追シラガヒテ出テ見

五節の舞姫（承安五節絵巻）

ル。然レバ、簾ノ内ノ様悪キ事無限シ。若キ殿上人蔵人ナド、

此ヲ見テ咲ヒ興ジケリ。

而ル間、若キ殿上人共、宿直所ニ□居テ、各云合タル様、

「此ノ尾張ノ五節所ハ物ノ色ナド微妙クシ立タル物カナ。童

傅モ今年ノ五節ニハ此ゾ勝レタル。但シ、此ノ守ノ一家

ニ内辺ノ事ヲ未ダ聞ニモ不聞ズ、亦不見ザリケレバ、露ノ事

ヲ恋ガリテ追シラガヒテ出テ見レバ隠レ騒グハ、嗚呼ニ極キ物カナ。

亦我等ニ恐シ、近ク寄

レバ隠レ騒グハ、嗚呼ニ極キ物カナ。去来、此ノ五節所、弥ヨ

恐シ迷ハサム。何ガ可為キ」ト。一人ノ殿上人、近ク寄

亦或ル殿上人ノ云ク、「恐キ様ナリ

為ルゾ」ト問ヘバ、「彼ノ五節所ニ行テ、得意立テ可告キ様

ハ、『此ノ五節所ヲバ殿上人達極ク咲フゾ。然カ知ル

此ノ五節所ヲ恐ハムトテ、皆紐ヲ解テ襴表衣ヲ脱下テ、五節

所ノ前ニ立並テ、歌ヲ作リ歌ハムトテ、其ガ作タル様ハ、

鬢夕ラハアユカセバコソヲカセバコソ愛敬付タレ

54

沓（北野天神縁起）

ト。「鬢タヽラ」ト云ハ、守ノ主ノ毛清ク鬢ノ落タルヲ、此ル鬢タヽラシテ五節所ニ、若キ女房ノ中ニ交リ居給タルヲ歌ハムズル也。『アユカセバコソ愛敬付タレ』ト云ハ、守後向テ歩ビ給ガ□ヤカナルヲ歌ハムズル也。此ク告申ス事ヲバ実トモ信ジ不給ハジ。其レハ、明日ノ未申ノ時許ニ殿上人蔵人ノ有ル限リ、皆編テ襴、表ノ衣ヌ、皆要カラミテ、長 若キトモ不云ズ、此レヲ歌ヒテ寄来ル者ナラバ、此ニ申ス事ヲ実也ケリト信ジ給へ」ト告ゲムト思フゾ」ト云ヘバ、異殿上人、「実ニ和君行テ利口ニ云ヒ聞セヨ」ト云ヒ契テ、散ヌ。

此ク云フ殿上人、寅ノ日ノ未ダ朝、彼ノ五節所ニ行テ、守ノ子ナル若キ者ニ会テ、得意立、此ノ謀ツル事ヲ細々ト語リ聞スレバ、極ク恐タル気色ニテ聞キ居タリ。云畢ツレバ、「益無シ。君達

モゾ不意ニ見ル。和ラ密ニ返ナム。『此ク告聞エタリ』ト異君達ニナ努々不宣ヒソ」ト云テ、去ヌ。

此ノ子、祖ノ許ニ、「新源少将ノ君コソ御シテ、此ル事ヲナム告給ツル」ト云ヘバ、祖ノ守ハ主、此レヲ聞クマ丶ニ、「然々テ」ト云マ丶ニ、只振ヒニ振ヒテ、頭ヲワナ丶カシテ、「夜前君達ノ、此ノ歌ヲ歌ヒシヲ、『何ニヲ歌フニカ』ト怪ク思ヒシハ、然ハ此翁ヲ歌ヒケルニコソ有ケレ。何ノ罪ノ錯ノ有レバ、此ク翁ヲバ歌ニ作テハ可歌キゾ。尾張ノ国ノ代々ノ国司ニ被亡失ニタルヲ、天皇ノ棄ガテラ成給ヒタレバ、『何ガハセム』ト思テ、極キ術ノ深ヲ、吉キ国ニ懇立テ奉ルガキカ。亦此ノ五節奉ル事ハ、己ガ好テ望テ奉ルカハ。天皇ノ押宛テ被責レバ、難堪ケレドモ奉ニコソ有レ。亦鬢ノ無キ事ハ、若ク盛ナル齢ニ鬢ノ落失タラバコソ嗚呼ニモ可咲クモ有ラメ、年七十二成タレバ、鬢ノ落失タラムハ可咲キ事カハ。然レバヤハ鬢タヽラトハ可歌キ。亦己ヲコソ、憾ク八、打モ殺シ蹴モ踏マメ、何カデ帝王ノ御マス王宮ノ内ニテ、紐

ヲ解キ編テハ狂ヒ可歌キゾ。更ニヨモ然ル事不有ジ。其レハ、

其ノ少将ノ君ノ、和主ノ出立モセズ籠タレバ、恐サムトテ虚言ヲ被云ルナリ。近来ノ若キ人ハ思遣モ無ク、此ク虚言ヲ為ル也。然前ニ異人ヲコソ恐シ謀ラメ、

事モ此ノ朝ノ事モ皆吉ク知シ身ヲバ、然モ否不知給ヌ若キ君達ノ、口ニ任セテ恐シ給フナリ。異人ハ被謀ルトモ、翁ハ

更ニヨモ不被謀ジ。若シ恐スラム様ニ実ニ王宮ノ内ニテ、然カ紐ヲ解キ、要カラミテ狂色テハ、己ニ依テ其ノ主達ハ重キ罪

ニ当ナム者ヲ。穴糸惜」ト云テ、糸筋様ナル脛ギヲ股マデ褰ゲテ、扇ギ散シテ嘖リ居タリ。

此コソ腹立ドモ、「夜前、東ノ面ノ道ニテ、此ノ君達ノア

ダエシ気色ハ、然モシテムカシ」ト思ケレバ、漸ク未ダ時ニ

成ル程ニ、何ガ有ラムト胸ツブレテ思ヒ合ヘリケルニ、未下

ル程ニ、南殿ノ方ヨリ歌ヒ嘲テ来ル音ス。「ソ、、来ニタナ

リ」ト集テ、舌ヲ丸ガシ、顔ヲ振リツ、恐居タルニ、南東

ヨリ、此ノ五節所ノ方ニ押凝テ来タルヲ見レバ、一人トシテ

尋常ナル者ノ無シ。皆襴、表ノ衣ヲ尻許マデ脱下タリ。皆手

ツラカヒツ、寄来テ、寄懸リテ内ヲ臨シテ、五節所ノ前ノ畳

首ニ或ハ沓ヲ脱テ居、或ハ尻ヲ懸ケ、或ハ簾ニ寄

懸リテ内ヲ臨リ、或ハ庭ニ立テリ。亦皆諸音ニ此ノ鬢タ、

ラノ歌ヲ歌フ。此ク恐ス事ヲ知タル若キ殿上人四五人コソ、

簾ノ内ニ有ト有ル者ノ恐ヂ迷フ気色ヲ可咲トモ見レ、案内モ

不知ザリケル長殿上人共ハ、此ク此ノ五節所ニ有ト有ル

者共モ然テワナ、ク、ヲ、極テ怪ト思ヒケリ。

然ノ守ハ、然コソ、「然ル事不有ジ」ト道理ヲ立テ、云居

タリツレドモ、有ト有ル殿上人蔵人ヲ皆ヌレド、此ノ歌ヲ歌

ヒテ寄来ル時ニ、「此ノ少将君ハ幼ク御ヌレド、人ノ為ニ

後安キ心御シケレバ、実ト告給ニコソ有ケレ。此ク告ゲ給フ

事無カラマシカバ、我ガ事トモ不知デ耄居ラマシ。哀ナリケル

君ノ御心カナ。千年万年平カニ栄ヘ給ヘ」トテ、手ヲ摺テ祈

リ居ルニ、此ノ君達、一人直キ者モ無ク、酔様垂テ、編タ

ル人共ノ簾ノ内ヲ臨ク時ニ、守、「今ゾ我レハ被引出テ、老

腰被踏折ル」ト思ヒケレバ、迷ニ屏風ノ後ニ這入テ、壁代ノ

迫ニワナ〻キ居タリ。子共、親シキ族ナドハ、皆重ナリテ逃

隠テ籬ヒ居タリ。

然テ殿上人皆殿上ニ返ヌ。其ノ後ニ尚、「君達ヤ有〻」

ト見セテ、「一人モ無ク皆御シヌ」ト云ケレバ、其ノ時ニゾ

守ワナ〻ク〳〵這出デ〻、籬音ニテ、「何デカ翁ヲコソ咲ヒ

給ハス。帝王ノ御為ニ此ク無礼ヲ至セルハ、奇異キ事也。此

ノ主達ハ必ズ事有ナム者ノ。吉シ見ヨ、己等。天地日月□

カニ照シ給フ神ノ御代ヨリ以来、此ル事無シ。国史ヲ見ルニ

敢テ不記サズ。極ク成ヌル世ノ中カナ」ト仰ギ居タリケリ。

隣ナル五節所ノ人共ノ臨テ、「可咲」ト思ケルマ〻ニ、後

ニ関白殿ノ蔵人所ニ参テ語ケルヲ聞継テ、殿原宮原ニ聞エ畢

テ、被咲ケル事無限シ。其ノ比ハ人二三人モ居タル所ニハ、

此ノ事ヲナム語テ咲ヒケル、トナム語リ伝タルトヤ。

에치젠越前 수령 다메모리爲盛와 육위부六衛府 관인官人 이야기

에치젠越前 수령 다메모리爲盛가 대량미大粮米를 납부하지 않자, 이에 화난 육위부六衛府 관인들이 다메모리 저택에 대거 몰려들어 실력으로 호소를 했는데, 노회老獪한 다메모리가 한 가지 계책을 생각해 내어 관인들을 혹서酷暑에 방치해 목을 마르게 한 뒤, 우선 근위부近衛府 관인을 불러들여 젓갈을 안주로 내놓고, 설사를 하게 하는 약을 넣은 막걸리를 대접하여 설사증상을 일으키게 만들어 대혼란 속에 실력으로 호소하는 집단을 퇴산시킨 이야기. 기상천외한 묘안을 사용하여 관인들을 내쫓은 통쾌극으로, 설사증상에 우왕좌왕하는 관인들의 모습은 우스꽝스럽다. 다메모리의 변명에는 '노회老獪한 노인'의 진면목이 잘 드러나 있다.

이제는 옛이야기이지만, 후지와라노 다메모리藤原爲盛[1]라는 사람이 있었다. 이 사람이 에치젠越前[2]의 수령으로 있었을 때에, 육위부六衛府 하급관리에게 지급해야 할 대량미大粮米[3]를 납부하지 않았다. 그래서 그곳 관리를 비롯하여 그 수하들까지도 대거 천막도구 등을 가지고 다메모리의 저택에 몰려와 문 앞에 천막을 치고 그 밑에 의자를 나열하고는, 죽치고 앉아 집안

1 → 인명.
2 → 옛 지방명.
3 '공량公粮'이라고도 함. 육위부에서 민부성民部省·태정관太政官에 신청해서 다달이 지급되는 관급미官給米. 여기서는 에치젠 수령의 공출분.

사람들의 출입을 막고 강경하게 납부를 요구했다.

　마침 6월경이라 몹시 덥고 해가 긴 때였다. 날이 새기 전부터 미시未時[4] 경까지 죽치고 앉아 있었기에 관리들은, 햇볕이 내리쬐어 곤혹스러웠지만

　　"대량미를 납부하지 않는 이상 절대 돌아갈 수야 없지."

라고 하며 더위를 참고 있었다. 그러자 저택 문을 빠끔히 열고 나이가 지긋한 종자가 목을 내밀며

　　"수령나리의 분부이십니다. '한시라도 빨리 대면하고 싶지만 혹독하게 독촉을 당하는 바람에 여자들이 무서워서 부들부들 떨고 있어 만나서 자초지종도 말씀드리지 못하고 있습니다. 이런 더운 때에 햇볕에 장시간 노출되어 있으시니 필시 목이 마르실 테지요. 칸막이 너머[5]로라도 대면하여 자초지종을 말씀드리고 싶은데 그전에 가볍게 식사를 대접할까 합니다. 어떠신지요? 괜찮으시다면 먼저 좌우 근위부近衛府의 나리분들과 그 사인舍人분들부터 들어오십시오. 병위兵衛와 위문부衛門府의 나리분들은 근위부의 나리분들이 드시고 난 뒤 안내하겠습니다. 한 번에 다 모셔야 마땅하지만 아무래도 누추하고 비좁은 곳이기에 한꺼번에 다 같이 모실 곳이 마땅하지 않기 때문입니다. 해서 잠시만 기다려 주시고 먼저 근위부 나리 분들부터 들어오십시오.'라고 주인님이 말씀하셨습니다."

라고 말했다. 관리들은 하루 종일 내리쬐는 햇볕에 매우 목이 마르던 차에 이런 제의가 있었기에 이참에 자신들의 요구를 말해야겠다고 생각하고 감사의 인사를 하며

　　"그건 정말 반가운 말씀이십니다. 즉시 안에 들어가서 이렇게 온 사정을

4　미시는 오후 2시. 새벽녘부터 오후 2시경까지를 말함.
5　*원문에는 "모노고시物越シ"라 되어 있는데, 발이나 휘장대 등의 물건을 사이에 두고 대면한다는 뜻으로 여기서는 정식 대면이 아닌 약식 대면이란 뜻으로 사용된 것일까?

말씀드리지요."

라고 대답했다. 그것을 들은 종자는 "그럼." 하고 말하며 문을 열자, 좌우 근위부 나리들과 그 사인들이 모두 안으로 들어갔다.

　중문中門[6] 북쪽 복도에는 긴 돗자리가 동서로 마주보게 세 칸三間 정도 깔려 있었고 밥상이 삼십 개 정도 마주보게 놓여 있었다. 그 위에 놓여 있는 것을 보니 짠 말린 도미를 잘라서 수북이 담아 놓은 것이었다. 또한 짜게 보이는 자반연어가 있었고, 염장 전갱이, 도미 간장절임 등 모두 짠 것들만 가득 담겨 있었다. 과일로는 완전히 익은 보라색의 자두가 큰 가스가春日 쟁반[7]에 열 개씩 담겨 있었다. 그것들을 늘어놓은 뒤, "그럼 먼저 근위부 나리분들만 이쪽으로 들어오십시오."

라고 하자, 오와리노 가네토키尾張兼時[8]와 시모쓰케노 아쓰유키下野敦行[9]라는 사인을 필두로 이름이 알려진 나이든 나리들이 우르르 들어왔다. 그러자 종자가

"다른 위부 나리가 들어오면 안 되니까."

라며 문을 닫고 자물쇠를 채우고 열쇠를 들고 들어가 버렸다.[10]

　좌우 근위부 나리들이 중문이 있는 곳에 모여 있자, 이 종자가

"어서 들어오십시오."

라고 하기에 모두 복도로 올라가 동서로 마주보며 착석했다. 그 후

"어서 술잔을 올리거라."

6　헤이안 시대 귀족주택의 건축양식(침전 양식寢殿造)에서 동서의 긴 복도 중간지점에 위치한 문. 사족문四足門에 가깝고 내빈이 출입함. '북쪽 복도'는 그곳에서 북측의 다이노야對屋에 가까운 복도.
7　가스가春日 칠의 높은 잔이나 납작한 쟁반. 겉은 주홍, 안은 검게 나전螺鈿 등을 뿌린 것. 나라 특산품.
8　좌근위 장감將監(→인명).
9　우근위 장감將監(→인명). 권14 제44화 참조.
10　다른 위부 사람들이 안의 상황을 알지 못하도록 하기 위함과 설사를 참지 못하고 소리를 내지 때까지 안에 들어온 무리가 밖으로 못 나가게 하기 위한 조치.

라고 했지만 좀처럼 가져오질 않았다. 나리들은 공복인 대로 우선 급히 젓
가락을 들고 연어와 도미, 젓갈, 간장절임 등 짠 것들을 조금씩 먹기 시작
했다.

"술잔이 늦군. 어찌된 일이냐?"

라고 재촉하지만 좀처럼 가져오질 않았다. 수령은

"실은 직접 뵙고 인사드려야 하지만 지금 심한 감기를 앓고 있어 당장은
나갈 수가 없습니다. 잠시 술을 들고 계시면 찾아뵙도록 하겠습니다."

라고 종자에게 말을 전하게 하고는 나오질 않았다.

드디어 겨우 술이 나왔다. 안이 움푹 패인 큰 술잔을 두 개 각각 쟁반에
얹어 젊은 종자 둘이서 바쳐 들고 마주보고 앉아 있는 가네토키와 아쓰유키
의 앞에 두었다. 그다음 큰 주전자 가득히 술을 담아 가져왔다. 가네토키와
아쓰유키는 각각 술잔을 들고 넘칠 듯이 받아 마셨다. 술은 좀 탁해 시큼했
지만, 내리 쬐는 햇볕에 목이 바짝 타 있던 터라 단숨에 벌컥벌컥 들이켰다.
잔을 내려놓지도 않고 연달아 석 잔을 완전히 비웠다.

이어 사인들도 모두 애타게 기다렸던 터라 두세 잔, 네다섯 잔씩 바짝 탄
목에 그대로 들이켰다. 자두를 안주로 삼아 술을 마시는데 차례차례로 연거
푸 권하기에 모두 네다섯 번, 대여섯 번씩 마셨다. 그 후 수령이 발 안쪽에
서 무릎걸음으로 나와

"제가 인색하여 나리들에게 이렇게 독촉을 받는 수모를 당할 줄은 생각도
못했습니다. 실은 우리 지방이 작년에 가뭄이 들어 조세를 징수할 만한 것
이 없었지요. 겨우 조금 징수한 쌀이라고는 고귀한 분[11]에게 바칠 용도로 독
촉을 받아 죄다 바치고 조금도 남아 있지 않아, 내 집 끼니를 이어가는 데도

---

11 원院이나 천황 등 소홀히 할 수 없는 높은 분에게 바쳐야 할 과세.

어려운 형편인지라 집에 부리는 여자아이 등이 허기진 배를 움켜잡고 있던 터에 또 이러한 수모를 겪으니 차라리 죽어 버릴까라고도 생각했습니다. 우선 나리들의 식탁에 소량의 밥조차 올리지 못하는 것을 보시더라도 헤아려 알 수 있으실 것입니다. 전생의 숙보宿報가 변변치 못해 오랜 세월 관직에 오르지 못하다가 겨우 맡은 것이 이런 피폐한 지방[12]이다 보니 이렇게 창피를 당하는 것도 결코 남 탓을 할 일은 아니지요. 모든 것이 내 탓이고 창피를 당할 숙보를 가진 게지요."

라며 엉엉 울었다.

이렇게 엉엉 울며 끝없이 변명을 하는 것을 계속 듣고, 가네토키와 아쓰유키가

"모두 지당한 말씀입니다. 저희들 모두 수령님의 심중을 이해합니다. 그렇지만 이것은 우리들 한 사람만의 일이 아닙니다. 최근에는 위부衛府[13]의 식량이 바닥이 나서 사인들이 모두 몹시 난감해 이렇게 몰려온 것으로, 이런 것도 모두 서로 같은 입장인지라 안됐다고 생각은 하지만 업무상 본의 아니게 이렇게 찾아온 것입니다."

라고 말하는 중에 두 사람의 배가 연신 소리를 내기 시작했다. 수령이 바로 옆에 있었기에 그 소리가 잘 들렸다. 배에서 꾸룩꾸룩 하는 소리가 계속 나자 처음 잠시 동안은 홀笏로 탁자를 쳐 얼버무리거나 주먹을 밥상 한쪽에 찔러 넣는 시늉을 했다.[14] 수령이 발 너머로 둘러보니 말석에 앉아 있는 자까지 모두 배에 소리가 나며 참느라 몸을 꼼지락꼼지락 거렸다.

얼마 후, 가네토키가

---

12 즉 에치젠 지방.
13 여기서는 근위부로 한정해도 됨.
14 설사를 꾹 참고 있는 모습.

"잠깐 실례하겠습니다."라고 말하자마자 쏜살같이 뛰쳐나갔다. 가네토키가 일어서는 것을 기다렸다는 듯이 다른 사인들도 앞다투어 자리를 박차고 일어나 쫓아가고, 앞다투어 마루를 달려 내려가거나 나케시長押[15]에서 뛰어내렸는데, 그 사이 주르륵 소리를 내며 입은 채로 똥을 싸기도 하고, 혹은 현관에 뛰어들어 옷을 벗을 새도 없이 똥을 싸는 자도 있고, 혹은 황급히 벗어 엉덩이를 까고 대야의 물을 붓듯 싸고 혹은 숨을 곳도 못 찾아 우왕좌왕하며 똥을 싸는 자도 있었다. 이런 와중에도 서로 웃으며

"이럴 줄 알았어. 이 할아범, 좋게 해 줄 리는 만무하고 무언가 저지를 거라고 생각은 했었어. 이런 꼴을 당해도 저 수령나리가 그렇게 밉지는 않아. 우리들이 술을 먹은 것이 잘못이지."

라고 모두 웃으며 배탈이 난 배를 부여잡고 그 일대에 똥을 싸댔다.

그리고 나서 문을 또 열고는

"그럼 여러분 나가 주십시오. 계속하여 이번에는 다음 위부의 나리 분들을 들이지요."

라고 하자,

"그거 좋지. 어서 들어오게 해서 우리들처럼 또 똥을 싸게 해 주시게."

라며 하카마 등 곳곳에 똥을 싼 것을 닦지도 못하고 앞다투어 뒤쫓아 나갔다. 그것을 보고 남아 있는 다른 네 개 부서의 위부 관리들도 웃으면서 달아났다.

놀랍게도 이것은 다메모리가

'이 더운 날 천막 안에서 일고여덟 시간 녹초가 되게 만든 뒤 불러들여 목말라 있을 때 자두와 짠 생선 등을 안주로 허기진 배를 잔뜩 채우게 한 후

---

15 기둥과 기둥 사이에 수평으로 댄 나무.

시큼한 탁주에 나팔꽃[16] 씨를 진하게 갈아 넣어 먹이면 그놈들은 필시 배탈이 날 것이야.'

라고 생각하고 계략을 꾸민 것이었다. 이 다메모리는 아주 기발한 것을 잘 생각해 내는 사람으로 재미있는 이야기를 해 사람들을 배꼽을 쥐게 만드는 노회老獪한 노인[17]이었기에 이런 일을 벌인 것이었다. 사인들은 만만치 않은 집에 몰려 들어가 혼쭐이 났다고 하면서 당시 사람들은 서로 웃었다.

　그 이후 어지간히 질렸는지 육위부 관리들이 대량미를 미납한 수령 집에 쳐들어가는 일은 없었다. 다메모리는 기발한 것을 착상해 내는 명수로, 상대가 아무리 쫓아도 결코 물러서지 않을 자들이었기에 이런 재미있는 계략을 생각해 낸 것이라고 이렇게 이야기로 전하여 내려오고 있다 한다.

16　한방약으로 설사에 사용되었음.
17　세태·인정에 정통한 노인. 설화세계에서는 사람들을 웃기는 역을 맡는 노련한 노인이 많이 등장함. 본권 제6화 참조.

越前守為盛付六衛府官人語第五

今昔、藤原ノ為盛ノ朝臣ト云フ人有ケリ。越前ノ守ニテ
有ケル時ニ、諸衛ノ大粮米ヲ不成ザリケレバ、六衛府ノ官人
下部ニ至ルマデ皆発テ、平張ノ具共ヲ持テ、為盛ノ朝臣ガ家
ニ行テ、門ノ前ニ平張ヲ打テ、其ノ下ニ胡床ヲ立テ、為盛ノ
リ居並テ、家ノ人ヲモ出シ不入ズシテ責メ居タリケリ。
タリケルニ、此ノ官々ノ者共日長ナルニ、未ダ朝ヨリ未ノ時許マデ居
カリケレドモ、「物不成ザラムニ返ラムヤハ」ト思テ、念ジ
テ居タリケルニ、家ノ門ヲ細目ニ開テ、長ナル侍頸ヲ指出
テ云ク、「守ノ殿ノ、『申セ』ト候フ也。『須ク疾ク対面給ハ
ラバ欲ケレドモ、事ノ愕シク被責レバ、子共女ナドノ恐ヂ恐
侍レバ、否対面シテ事ノ有様モ申シ不侍ヌニ、此ク熱キ程ニ、

無期ニ被炮給ヒヌラムニ、定テ御咽ノ乾ヌラム。亦「物
超シニ対面シテ、事ノ由ヲモ申シ侍ラム」ト思ヒ給ルヲ、「忍
ヤカニ御坂ナド参セム」ト思フハ何ガ。便不無マジク、先
ヅ左右近ノ官人達ノ立給ナム後ニ可申シ。一度ニ可申ケレドモ、怪ノ
所ノ糸狭ク侍レバ、多ク可群居給ヌベキ所モ不侍ネバ也。暫
シ待給へ。先ヅ近衛官ノ官人達入給ナムヤ』トナム侍ル
ト云ヘバ、日被炮デ実ニ咽モ乾タルニ、此ク云出シタレバ、
「事ノ有様ヲモ云ハム」ト思テ、喜ビヲ成シテ、「糸喜キ仰
官人達ノ立給ナム後ニ可申シ。次々ノ府ノ官人達ハ近衛
答フレバ、侍其ノ由ヲ聞テ、「然」トテ門ヲ開タレバ、左右
近ノ官人舎人皆入ヌ。

中門ノ北ノ廊ニ、長莚ヲ西東向様ニ、三間許ニ敷セテ、
中机二三十許ヲ向座ニ立テ、其レニ居フル物ヲ見レバ、塩
辛キ干タル鯛ヲ切テ盛タリ、塩引ノ鮭ノ塩辛気ナル、亦切テ
盛タリ、鯵ノ塩辛鯛ノ醬ナドノ諸ニ塩辛キ物共ヲ盛タリ。菓

子ニハ吉ク臈タル李ノ紫色ナルヲ、大キナル春日ノ器ニ十
許ヅ、盛タリ。居畢テ後ニ、「然ハ先ヅ近衛官ノ官人ノ限、
此方ニ入給ヘ」ト云ヘバ、尾張ノ兼時下野ノ敦行ト云フ舎人
ヨリ始メテ、止事無キ年老タル官人共、打群テ入来ヌレバ、
「他ノ府ノ官人モゾ入ル」ト云テ、門ヲ閉テ鑰ヲ差シ、鑰ヲ
取テ入ヌ。

官人共ハ中門ニ並居タレバ、「疾ク登リ給ヘ」ト云ヘバ、
皆登テ、左右近ノ官人、東西ニ向座ニ着ヌ。其ノ後、「先御
坏疾ク参ヨ」ト云ヘドモ、遅ク持来ル程ニ、官人共物欲ケ
ルマヽニ、先ヅ忩テ箸ヲ取ツ。此ノ鮭、鯛、塩辛、醤ナドノ
モ不持来ズ。守、「対面シテ聞ユベケレドモ、只今乱レ風難
堪クテ、速カニモ否不罷出ズ。其ノ程御坏食テ後ニ、可罷
出シ」ト云ハセテ、不出来ズ。

然デ御坏参ラス。

居テ、若キ侍二人捧テ持来テ、兼時敦行ガ向座ニ居タル前

二置ツ。次ニ大ナル提ニ酒ヲ多ク入テ持来タリ。兼時敦行
各坏ヲ取テ泛許受テ呑ニ、酒少シ濁テ酸キ様ナレドモ、
日ニ被炮テ喉シ乾ニケレバ、只呑ニ呑ル。持乍ラ三度呑ツ。
次々ノ舎人共皆欲カリケルマヽニ、二三坏、四五坏ヅヽ、
喉テ、喉ノ乾ケルマヽニ呑テケリ。李ヲ肴ニシテ呑テ後ニ、亦
御坏ヲ頻ニ参セケレバ、皆四五度、五六度ヅヽ呑テ後ニ、
守簾超ニ居ザリ出テ云ク、「心カラ物ヲ惜ムデ、其達ニ此ク
被責申シテ、恥ヲ見ハ何デカ可思キ。彼ノ国ニ、去年旱魃
シテ、露許得ル物無シ。適マ露許得タリシ物ハ、先ヅ止事

東の中門・北の廊（年中行事絵巻）

無キ公事ニ被責シカバ、有限リ成シ畢テ、努々残物無ケレ

バ、家ノ炊料モ絶テ侍。女ノ童部ナドモ餓居テ侍ル間ニ、

此ル間恥ヲ見侍レバ、可然キ事思テナム侍ル。先ヅ其達ノ御

料ニ墓無ク当飯ヲダニ否不参セヌニテ押シ量リ給ヘ。前生ノ

宿報弊クテ、年来官ヲ不給ラデ、適マ亡国ニ罷成テ、此ク難

堪キ目ヲ見侍ルモ、人ヲ可恨申シ事ニモ非ズ。此レ、自ノ恥

ヲ可見キ報也。」ト云テ、哭ク事極ジ。

音モ不惜マズ云居タレバ、兼時敦行ガ云ク、「被仰ル事極

タル道理ニ候ゾ。皆押量リ思給フル事也。然レドモ己等一人

ガ事ニモ非ズ。近来府ニ露物不候デ、陣恪勤ノ者共侘申スニ

依テ此ク発リ候ヘバ、此レ皆互ニテ候ヘバ、糸惜ク思ヒ奉リ

乍ラ、此ク参テ候フモ、極テ不便ニ思フ」ナド云フ程ニ、此

ノ兼時敦行近ク居タレバ、腹ノ鳴ル事糸頻也。サフメキ喤

ルヲ、暫シハ忩々ヲ以テ札ヲ扣テ交ハス。或ハ奉ヲス斤□ニ彫

入レナドス。守簾超ニ見遣レバ、末ノ座ニ至ルマデ皆、腹鳴

合テ、スビキ□合ヘリ。

暫許有レバ、兼時、「白地ニ罷立ツ」ト云テ、忩ギ走ル

様ニテ行ヌ。其レヲ見テ、兼時ガ立ツニ付テ、異舎人共追シ

ラガヒテ座ヲ立テ走リ重ナリテ、板敷ヲ下ルニ、或ハ長押

下ル程ニ、ヒチメカシテ垂懸ケツ。或ハ車宿ニ行テ、着物ヲ

モ不解敢ズ痢ル者モ有リ。或ハ亦疾ク脱テ褰テ、樏ヘ水ヲ

出スガ如ク国ニ痢ル者モ有リ、或ハ隠レモ不求敢ズ痢リ迷ヒ

如此クスレドモ互ニ咲合テ、「然ハ思ツル事ゾカシ。『此ノ翁

共墓々シキ事不為セジ、必ズ怪ノ事出シテム』トハ押量ツル

事也。何様ニテモ守ノ殿ハ憖クモ不御ズ。我等ガ酒ヲ欲ガリ

テ呑ガ至ス所也」ト云テ、皆咲ヒテ腹ヲ病テ痢合タリ。

而ル間、門ヲ開テ、「然ハ出給ヘ。亦次々ノ府ノ官人達入

レ申サム」ト云ヘバ、「吉キ事ナンリ。疾ク入レテ亦己等ガ

様ニ痢ヨヤ」云テ、袴共ニ皆痢懸テ巾ヒ繚テ、追シラガヒ

テ出ルヲ見テ、今四ツ府ノ官人共ハ、咲テ逃テ去ニケリ。

早ウ、此ノ為盛ノ朝臣ガ謀ケル様ハ、「此ノ熱キ日、平張

ノ下ニ三時四時炮セテ後ニ呼入レテ、喉乾タル時ニ李、塩辛

キ魚共ヲ肴ニテ、空腹ニ吉クツヽシリ入サセテ、酸キ酒ノ濁

タルニ、牽牛子ヲ濃ク摺入レテ呑セラバ、其ノ奴原ハ不痢デハ

有ナムヤ」ト思テ、謀タリケル也ケリ。此ノ為盛ノ朝臣ハ、

極タル細工ノ風流有物ノ、物云ヒニテ人咲ハスル馴者ナル翁

ニテゾ有ケレバ、此モシタル也ケリ。由無キ者ノ許ニ行テ、

舎人共辛キ目ヲ見タリトテナム、其ノ時ノ人咲ヒケル。

其ヨリ後、コリニケルニヤ有ラム、物不成サヌ国ノ司ノ許

二、六衛府ノ人発テ行ク事ヲバ、不為ヌ事ニナム有ケル。極

タル風流ノ物ノ上手ニテ、追返サムニモ不返マジケレバ、此

ル可咲キ事ヲ構タリケル也、トナム語リ伝ヘタルトヤ。

가모제賀茂祭에 일조대로一條大路를 지나던 가인歌人 모토스케元輔 이야기

기요하라노 모토스케清原元輔가 가모제賀茂祭 봉폐사奉幣使로서 일조대로一條大路를 지날 때, 많은 구경꾼들이 보는 앞에서 말에서 떨어지고 갓을 떨어뜨려 대머리가 그 대로 드러나고 만다. 젊은 전상인殿上人이나 귀공자들이 폭소를 터트렸지만, 모토스 케는 조금도 굴하지 않고 돌아다니며 이치정연하게 낙마와 관이 떨어진 이유를 설명 하며, 선례를 들어 웃을 일은 아니라고 했다는 이야기. 시시한 이치를 늘어놓으며 설 교하는 모토스케의 모습은, 한층 더 웃음을 자아낸다. 앞 이야기와 마찬가지로 노련하 고 입담 좋은 노옹의 에피소드.

이제는 옛이야기이지만, 기요하라노 모토스케清原元輔[1]라는 가인歌人이 있었다. 이 사람이 내장료內藏寮[2] 차관이 되어, 가모제賀茂祭 봉폐사奉幣使[3] 로서 일조대로一條大路를 지나가고 있었다. 그때, □□[4]의 많은 젊은 전상 인殿上人들이 수레를 늘어놓고 구경하고 있는 앞을 지나가고 있었는데, 모 토스케가 타고 있던 화려하게 장식한 말이 무언가에 발이 걸려 모토스케는

---

1 → 인명.
2 중무성中務省에 소속되어 재물의 관리, 조달을 담당.
3 4월 중의 유일酉日, 가모신사賀茂神社의 마쓰리祭(아오이마쓰리葵祭라고도 함) 때 조정에서 파견되는 봉폐 사.
4 한자표기를 위한 의도적 결자. 해당어 미상.

머리를 땅으로 거꾸로 떨어져 버렸다.

　노인이 말에서 떨어지자 구경하고 있던 공달公達들이 저를 어쩌나 하고 있자, 모토스케는 재빨리 일어섰다. 하지만 갓이 벗겨져 적나라하게 드러난 머리는, 상투가 아예 없어, 마치 그릇을 뒤집어쓴 듯했다. 마부[5]가 당황하여 얼른 갓을 주워 건넸지만, 모토스케는 그 갓을 쓰려고도 하지 않고 오히려 손을 저어 제지하며

　"허둥대지 말고 잠시 기다려라. 공달들에게 해 둘 말이 있다."

라고 하며 전상인殿上人들이 있는 수레 쪽으로 걸어갔다. 마침 석양이 비치고 있을 때라 머리가 번쩍번쩍 빛나서, 이루 말할 수 없이 보기 흉했다. 대로에 있던 자들이 구름떼처럼 몰려들어 난리법석을 떨며 구경을 했다. 수레 안에 있는 사람이나 관람석[6]에 있는 사람이나 할 것 없이 모두 일어나 폭소를 터트렸다.

　모토스케는 천천히 공달들이 있는 수레 쪽으로 다가가

　"공달들께서는 이 모토스케가 말에서 떨어져 갓을 떨어뜨려 바보 같은 자라고 생각하시는 건가? 그건 그렇지가 않소. 사려 깊은 분들조차 무언가에 걸리어 넘어지는 것은 항상 있는 일이었지요. 하물며 말은 사려 깊은 동물이 아니잖소. 게다가 이 대로[7]는 돌이 울퉁불퉁하고, 또 말고삐를 세게 잡고 있었기에 말을 생각처럼 제대로 끌 수가 없고 이리저리 거칠게 끌려다니게 되오. 그러니 어쩔 수 없이 넘어진 말을 두고 못된 놈이라 할 수는 없지요. 돌에 걸려 말이 넘어지는 것을 어떻게 할 수가 있단 말이오. 당唐 안장[8]

5　제사祭使의 말을 끄는 사내. 흰 정장을 착용.
6　도로를 따라 한층 더 높이 만들어진 구경용의 마루 좌석.
7　일조대로는 울퉁불퉁한 곳이 많아 매우 안 좋은 길임.
8　당풍唐風의 의식儀式용의 화려한 안장. 대상회大嘗祭 미소기禊에 공봉供奉하는 승마에도 사용. 야마토大和 안장의 반대 개념.

은 마치 접시처럼 평평하여 어떤 물건도 잘 실을 수가 없소. 게다가 말이 심하게 걸려 넘어졌으니 이 또한 나쁜 것이 아니요. 또한 갓이 떨어진 것은 끈으로 묶는 것이 아니라, 잘 묶어 넣은 머리카락으로 고정하는 것인데, 내 머리털은 보시다시피 전혀 없어서요. 그러니 떨어진 갓을 원망할 일도 아니오. 또한 그 선례가 없는 것도 아니오. □□[9] 대신大臣은 대상회大嘗會의 어계御禊[10] 날에 떨어지셨고, □□[11] 중납언中納言은 모년 들놀이[12] 행차 때 떨어지셨소. 또한 □□[13] 중장中將은 가모제賀茂祭[14] 다음 날 무라사키노紫野[15]에서 떨어지셨지요. 이런 선례는 헤아릴 수 없을 정도로 많이 있소. 이러하니 사정도 잘 모르시는 요즈음의 젊은 공달들께서 이것을 비웃을 일은 아니지요. 비웃으시는 공달들이야말로 오히려 바보로 취급당할 것이오."

라고 말하면서 하나하나 손으로 수레를 세워가며 설명을 했다. 이렇게 말을 끝내고나서 멀리 물러나 대로 한가운데에 턱하니 버티고 서서 큰 소리로

"갓을 가져오너라."

라고 명하여 갓을 받아 머리에 썼다. 그때 이것을 보고 있던 사람들이 일제히 폭소를 터뜨렸다.

또한 갓을 주워 갖다 드리려고 다가선 마부가

"말에서 떨어지셨으면 금방 갓을 쓰지 않으시고 어찌 그렇게 길게 부질없이 말씀하신 것이옵니까?"

---

9   인명 명기를 위한 의도적 결자.
10 대상회에 앞서 10월 하순, 천황이 가모賀茂 강변에서 부정을 씻는 의식.
11 인명 명기를 위한 의도적 결자.
12 자일子日의 들놀이. 혹은 매사냥 등으로 들에 나가는 행차를 말하는가.
13 인명 명기를 위한 의도적 결자.
14 가모제에서 갓이 떨어져 대머리를 드러낸 유사한 장면은 『오치쿠보落窪』 권2 참조. 낙관落冠의 기사는 『좌경기左經記』 장화長和 5년(1016) 1월 16일 조항, 『중우기中右記』 원영元永 1년(1118) 4월 20일 조항, 『소우기小右記』 관홍寬弘 2년(1005) 1월 2일 조항 참조.
15 교토 시京都市 기타 구北區 무라사키노紫野.

라고 묻자, 모토스케가

"바보 같은 소리 하지 마라, 이놈. 이렇게 사물의 이치를 들려줘야지 다음 부터는 공달들이 비웃지 않을 것이야. 그렇지 않으면 말 많은 공달들이 언 제까지나 비웃을 테지."

라고 말하면서 행렬을 따라갔다.

이 모토쓰케는 세상물정에 밝은 노련한 인물로, 웃기는 이야기를 해서 사 람들의 배꼽을 쥐게 하는 일만 일삼는 노인이었기에 낯 두껍게 그렇게 말한 것이었다고 이렇게 이야기로 전하여 내려오고 있다 한다.

歌読元輔賀茂祭渡一条大路語第六

今昔、清原ノ元輔ト云フ歌読有ケリ。其レガ内蔵ノ助ニ成テ、賀茂ノ祭ノ使シケルニ、一条ノ大路渡ル程ニ、□ノ

若キ殿上人ノ車数並立テ物見ケル前ヲ渡ル間ニ、元輔ガ乗タル疲馬大ニ蹟シテ、元輔頭ヲ逆様ニシテ落ヌ。年老タル者ノ馬ヨリ落レバ、物見ル君達、糸惜ト見ル程ニ、元輔糸疾ク起ヌ。冠ハ落ニケレバ、髻露無シ、瓮ヲ被タル様也。馬副手迷ヲシテ冠ヲ取テ取スルヲ、元輔冠ヲ不為ズシテ、後へ手掻テ、「イデヤ、穴騒ガシ。暫シ待テ。君達ニ聞ユベキ事有」ト云テ、殿上人ノ車ノ許ニ歩ミ寄ル。夕日ノ差タルニ、頭ハ鑭々ト有リ。

極ク見苦キ事無限シ。大路ノ者、市ヲ成シテ見喤リ、走リ騒グ。車、狭敷ノ者共、皆延上テ咲ヒ喤ル。

而ル間、元輔君達ノ車ノ許ニ歩ビ寄テ云ク、「君達ハ元輔ガ此ノ馬ヨリ落テ、冠落シタルヲバ嗚呼也ト

賀茂祭の使(年中行事絵巻)

ヤ思ヒ給フ。其レハ然カ不可思議ニヤ思ヒ給フ。其ノ故ハ、心バセ有ル人ソラ物ニ躓テ倒ル事常ノ事也。何況ヤ、馬ハ心バセ可有キ物ニモ非ズ。其レニ、此ノ大路ハ極テ石高シ。亦馬ノ口ヲ張タレバ、歩バムト思フ方ニモ歩マセズシテ、此ク引キ彼引キ転カス。然レバ、我レニモ非デ倒レム馬ヲ、『悪』ト可思キニ非ズ。其レニ、石ニ躓テ倒レム馬ヲバ何ガ可為キ。唐鞍ハ糸盤也、物可拘クモ非ズ。其レニ、馬ハ痛ク躓ケバ落ヌ。其レ亦不弊ス。亦冠ノ落ルハ、拘ヒテ結フル物ニ非ズ。髪ヲ以テ吉ク掻入タルニ、被捕ルヽ也。其レニ、鬢髪失ニタレバ露無シ。然レバ、落ム冠ヲ可恨キ様無シ。其レ亦其ノ例無キニ非ズ。□ノ大臣ハ大嘗会ノ御禊ノ日落シ給フ、亦□ノ中納言ハ其ノ年ノ野ノ行幸ニ落シ給フ、□ノ中将ハ祭ノ返サノ日、紫野ニテ落シ給フ。如此ノ例計ヘ不可遣ズ。然レバ案内不知給ヌ近来ノ若君達、此レヲ可咲キニ非ズ。咲給ハム君達返テ鳴呼ナルベシ」。此ク云ツ、車毎ニ向テ、手ヲ折ツ、計ヘテ云聞カス。如此ク云畢テ遠ク立去テ、大路ニ突立テ、糸高ク、「冠持詣来」ト云テナム、冠ハ取テ指入レケル。其ノ時ニ此ヲ見ル人、諸心ニ咲ヒ嘲ケリ。

亦、冠取テストテ寄タル馬副ノ云ク、「馬ヨリ落サセ給ツル、即チ、御冠ヲ不奉デ、無期ニ由無シ事ヲ被仰ツルゾ」ト問ケレバ、元輔、「白事ナセソ、尊。此ク道理ヲ云聞セタラバコソ、後々ニ此ノ君達ハ不咲ザラメ。不然ズハ此ノ賢キ君達ハ永久咲ハム者ゾ」ト云テゾ、渡ニケル。此ノ元輔ハ、馴者ノ、物可咲ク云テ人咲ハスルヲ役ト為ル翁ニテナム有ケレバ、此モ面無ク云也ケリ、トナム語リ伝ヘタルトヤ。

오미 지방近江國 야하세矢馳 군사郡司의
불당 공양을 위한 덴가쿠田樂 이야기

히에이 산比叡山 서탑西塔의 교엔教圓 좌주座主가 아직 젊은 공봉供奉이었을 때의 이야기로, 교엔이 오미 지방近江國 야하세矢馳의 군사郡司에게 불당건립 공양 강사로 초청되어 나섰는데, 아무것도 모르는 시골뜨기 군사가 무악舞樂을 덴가쿠田樂로 착각하여 덴가쿠 춤을 연출해 교엔을 어리둥절하게 만든 이야기. 말솜씨가 좋은 교엔은 산에 돌아온 후, 이 별난 사건을 소승들에게 재미있게 이야기했다고 한다.

이제는 옛이야기이지만, 히에이 산比叡山[1] 서탑西塔[2]에 교엔教圓[3] 좌주座主라는 학승學僧[4]이 살고 있었다. 이야기를 잘 해 사람들을 웃게 만드는 설경說經[5] 교화敎化[6]를 하는 사람이었다.

이 사람이 아직 젊어 공봉供奉[7]이라는 직책으로 서탑에 살고 있을 때의 이야기이다. 오미 지방近江國 《구리타栗太》[8]군郡 야하세矢馳[9]라는 곳에 사

---

1 → 지명.
2 → 사찰명.
3 → 인명.
4 대사찰 소속의 학문승.
5 → 불교.
6 → 불교.
7 → 불교.
8 군명 명기를 위한 의도적 결자. '栗太'가 이에 해당.
9 비와호琵琶湖의 동남안東南岸, 현재의 구사쓰 시草津市 야하시 정矢橋町에 소재한 유명한 나루터. 히에이 산으로 가는 교통편이 좋음. '矢橋', '矢走'라고도 씀.

는 군사郡司[10]가 오랜 세월 동안 이 스님에게 귀의歸依하여 항상 찾아와서 스님의 궁핍한 산속생활을 돌봐 주었고,[11] 나이가 젊고 가난했던 교엔은 그것을 고맙게 생각하며 지내고 있었다. 어느 날 그 군사가 특별히 찾아왔다. 교엔이

"무슨 일로 오셨는지요?"

라고 묻자, 군사는

"오랜 세월동안 소원하여 이번에 불당佛堂을 만들었습니다. 그래서 정성으로 공양드리고자 합니다. 그동안의 정을 생각해서 와 주시지 않으시겠습니까? 그리고 그것을 위해 필요한 것이 있으시면 말씀하시는 대로 마련해 드리겠습니다. 저도 이제 많이 늙어서 그저 후세後世[12]를 빌고자 함입니다."

라고 말했다. 교엔은

"찾아뵙는 일이 뭐 어렵겠습니까. 그날 새벽녘에 미쓰三津[13] 근처로 배를 보내 주십시오. 또 야하세 나루로 말 두세 필[14]에 안장을 얹어 보내 주십시오. 그런데 공덕功德[15]을 정성들여 하려면 무악舞樂[16]으로 공양하는 것이 좋습니다. 이것은 모두 극락極樂[17]이나 천상의 모습을 옮긴 것이랍니다. 하지만 악인樂人[18]을 산에서 불러내는 일은 정말이지 비용이 많이 드는 일이니

10 국사國司의 아랫 직위에 있으며 군내郡內의 정무를 관장함. 대부분은 그 지방 호족이 임명되었음.
11 물적 원조를 했다는 의미.
12 → 불교.
13 비와호의 서남西南, 오쓰시大津市 시모사카모토下坂本 부근의 호반湖畔의 옛 이름. 선착장이 있었음. 사카모토 나루라고도 함.
14 승마용의 말 두세 필. 교엔 혼자가 아니라, 동행하는 승려 2명을 데려갈 생각이었던 것임.
15 → 불교.
16 신불神佛에게 바치는 음악. 법회의 식악式樂. 화금和琴, 히치리키(피리의 일종), 횡피리橫笛,가구라 피리神樂笛, 고려피리高麗笛 등을 사용함.
17 극락極樂(→불교)과 육도六道 중의 하나인 천상계天上界. 경전에 의하면 극락정토와 천상계에서는 보살과 천인이 음악을 연주하고 모든 새들이 이것에 창화唱和한다고 함. 이것을 모방하여 무악舞樂을 연주하는 것임.
18 아악雅樂(여기서는 법회의 무악)의 히에이 산 전속의 연주자들.

까요. 아무래도 부르기 힘드실 겁니다."

라고 하자, 군사가

"악인은 제가 살고 있는 야하세 나루에 모두 있으니, 음악을 연주하는 일은 일도 아닙니다. 그럼 음악을 준비하는 것으로 하겠습니다."

라고 말했다. 교엔 공봉이

"그렇게만 해 주신다면 대단한 공덕이 될 것입니다. 그럼 지금은 돌아가십시오. 당일 새벽 미쓰 나루로 가서 배를 기다리고 있겠습니다."

라고 하자, 군사가 기뻐하며

"잘 알겠습니다. 배를 즉시 준비하겠습니다."

라고 말하며 돌아갔다.

당일이 되어, 아직 어두울 때 서둘러 서탑에서 하산하여, 날이 하얗게 샐 때쯤 교엔이 미쓰에 당도했다. 배는 이미 준비되어 있었고 교엔은 배를 타고 야하세로 향했다. 야하세까지는 배를 타고 두 시간 정도의 거리였기에 사시巳時[19]경에 반대편 나루에 도착했다.

교엔이 도착해 보니, 이전에 '안장을 얹은 말 세 필'이라고 말해 두었는데, 말을 십여 필이나 끌고 와 있었다. 그리고 흰 복장[20]을 한 사내들이 십여 명 늘어서 있고 그 밖에 다양한 모습의 하인 사오십 명 정도가 여기저기 무리를 지어 서 있었다. 공봉은

'이 사람들은 구경이라도 나온 자들인가? 무엇을 구경하는 것인가.'

하고 좌우를 둘러봤지만 볼만한 것이라곤 아무것도 보이지 않았다. 배를 해안에 대고, 배에서 내려 가까이에 둔 말에 올라탔다. 데려온 법사 두 명도 말에 태우고 공봉이 앞서서 가니, 남은 십여 필 정도의 말에 그 흰 복장을

---

19 오전 10시경.
20 위에서 아래까지 흰색 일색의 복장. 덴가쿠 악인들의 단체 복장.

한 사내들이 우르르 올라탔다. 그때서야 비로소 이 사내들이 마중하러 나온 일행이었음을 알아차렸다.

해가 높이 떠올랐기에, 급히 말을 달렸는데, 흰 복장을 하고 말 탄 사내들을 보니, 어떤 자는 새까만 덴가쿠 북을 배에 매달고 양 소매에서 팔을 쑥 내밀어 양손에 채를 들고 있었다. 또 어떤 자는 피리를 불고, 다카효시高拍子[21]를 치고, □[22]을 치고, 고무래朳[23]를 들고는 여러 덴가쿠를 이단물二段物, 삼단물로 구성하여 시끄럽게 두들기고 불어 소리를 내며 마구 날뛰고 있었다.[24] 공봉은 이것을 보고 '도대체 무슨 일인가.' 싶었지만 □[25]하여 묻지도 못했다.

이리하여 이 덴가쿠의 무리들이 말 앞에 서기도 하고, 말 뒤에 붙기도 하고, 옆에 서기도 하면서 걸어갔다. 오늘 이 마을에 어령회御靈會[26]라도 있을지 모른다는 생각에 공봉은

'하필 이럴 때에 와서 이런 무리 속에 둘러싸여 가다니 정말 정신을 차릴 수가 없구나. 혹시나 아는 사람이라도 만나면 이를 어찌한담.'

이라고 생각하며, 소매로 얼굴을 가리고 가는 사이 마침내 군사의 집 근처에 이르렀다. 그 집 문 앞에는 사람들이 구름처럼 모여 지켜보고 있었다. 서둘러 가려고 했지만 이 덴가쿠 무리들이 공봉을 마주보고 북을 치고, □[27]을 삿갓 언저리에 대고, 고무래를 들어 머리 위에서 흔들며,[28] 앞으로 나아

---

21 타악기의 일종으로 두 장의 얇은 판을 두들겨 높은 음을 냄.
22 악기명의 명기를 위한 의도적 결자.
23 원래 긴 손잡이 끝에 거치鋸齒 모양의 횡판橫板이 붙은, 끌어모으는 용도의 농기구. 여기서는 그것을 덴가쿠 용으로 도구화한 것.
24 푹 빠져 연주하는 모습으로, 덴가쿠에 익숙하지 않은 교엔의 눈에는 그것이 미쳐 날뛰는 모습으로 비친 것.
25 한자 표기를 위한 의도적 결자. '기가 막혀'가 해당하는 한자인가.
26 사자死者의 원령이나 역병신疫病神을 달래고 진정시키기 위한 제례祭禮.
27 한자 표기를 위한 의도적 결자.
28 맞이하는 동작으로 손님 환영의 손짓일 것임.

가지 못하게 했다. 공봉은 정말 머리끝까지 화가 치밀었다.

간신히 군사 집의 문 앞에 도착해 말에서 내리려 하자, 군사 부자父子가 나와 좌우의 말고삐를 잡고 말에 태운 채 저택 안으로 정중히 맞이하며 들어갔다.[29] 공봉이

"그러지 마십시오. 그냥 여기서 내려 주십시오."

라고 했지만, 두 부자는

"아아, 황송할 따름입니다."

라고 하며 들은 척도 하지 않았다. 덴가쿠 무리들은 말 좌우에 줄을 서서 춤을 추며 차례로 들어왔다. 군사가

"너희들, 실수 없이 하거라."

라고 하자, 북을 치는 자 세 명이 말 앞에 와서 허리가 휘어질듯 춤을 추고 북을 마구 쳐댔다. 몹시 난감한 공봉은 그냥 빨리 내려 주었으면 싶었지만, 이렇게 춤을 미친 듯이 계속 추니 말도 앞으로 나아갈 수가 없다. 느릿느릿 말을 타고 앞으로 나아가니 저택 안에서도 구경꾼들이 성시成市를 이뤄 시끌벅적했다. 간신히 복도 끝에 말을 매자, 공봉은 기뻐하며 말에서 내렸다. 그러자 《준비한》[30] 방으로 안내를 했다.

공봉은 도무지 연유를 몰라 군사에게

"저기 군사님, 가르쳐 주십시오. 이 덴가쿠는 무엇 때문에 하신 겁니까?"

라고 묻자, 군사가

"제가 서탑으로 찾아뵐 때, '정성스런 공양에는 음악이 있어야 하는 것'이라고 하시어 그것을 준비한 것입니다. 또 어떤 사람이 '강사講師[31]를 맞이

29 말을 탄 채로 저택으로 안내하는 것은 빈객賓客에 대한 예의임.
30 한자 표기를 위한 의도적 결자.
31 법회 등을 주재하는 승려. 도사導師의 의미임. 참고로 악인樂人이 음악을 연주하며 강사를 맞이하는 장면은 권20 제35화에도 보임.

할 때는 음악이 있어야 한다.'고 하여 이렇게 한 것입니다."

라고 대답했다. 그때서야 비로소

  '이 녀석은 덴가쿠를 무악으로 착각한 것이구나.'

라는 것을 알고 너무 우스웠지만 이 이야기를 해줄 상대가 없어 그대로 공양을 마친 뒤 히에이 산으로 되돌아 올라와서 혈기왕성한 소승들한테 이 덴가쿠 이야기를 들려주었더니, 일제히 와락 폭소를 터트렸다. 공봉은 원래 말을 잘 하는 사람이었으니 얼마나 재미있게 말을 했을까.

  이 이야기를 들은 사람들은 모두 "천한 시골뜨기조차도 모두 알고 있는 사실을 그 군사가 모르다니, 정말이지 무지한 자로군." 하며 비웃었다고 이렇게 이야기로 전하여 내려오고 있다 한다.

近江国矢馳郡司堂供養田楽語第七

오미 지방近江国 아하세 야치 군사郡司의 불당 공양을 위한 덴가쿠田樂 이야기

今昔、比叡ノ山ノ西塔ニ住ケル教円座主ト云フ学生有ケリ。物可咲ク云テ人咲ハスル説経教化ヲナムシケル。

其レガ未ダ若クシテ供奉ト云テ、西塔ニ有ケル時ニ、近江国[　]ノ郡ニ矢馳ト云フ所ニ有ケル郡司ノ男、年来極ク此ノ人ニ志有テ、山ノ不合ノ事共ナド常ニ訪ケレバ、教円、若キ程ニテ貧キ身ナレバ、喜ク思テ過ケル程ニ、彼ノ郡司ノ男態ト来タリ。「何事ニ来ツルゾ」ト。郡司ノ男ノ云ク、「年来ノ願ニ依テ、仏堂ヲナム造リ奉リテ候フヲ、『此レ懃ニ吉ク供養ジ奉ラム』トナム思ヒ給フル。年来ノ睦ニ御マシナムヤ、何ニ。亦懃ニ可仕カラム事共ヲモ、被仰レムニ随テ構可候キ也。年罷老テ候ヘバ、偏ニ後世ノ為ニト思テナム候ゾ」ト云ヘバ、教円、「詣デム事ハ糸安キ事也。其ノ日ヲ未ダ朝メテ、三津ノ辺ニ迎ヘノ船ヲ遣セ給ヘ。亦矢馳ノ津ニ、馬ニ二三疋ニ鞍置テ遣セ可給キ也。然ラバ功徳懃ニ為ルニハ舞楽ヲ以テコソハ供養ズレ。此ハ皆極楽天上ノ様也。但シ其レハ楽人ナド呼下スハ、大事ナルハ。否呼ビ不給ジ」ナド云ヘバ、郡司ガ云ク、「楽人ハ己ガ住候フ津ニ皆候ヘバ、楽仕ラム事ハ、事ニモ不候ズ、安キ事ニ候フ。然レバ楽ヲ

可仕キニコソ候フナレ」ト云ヘバ、教円供奉ノ云ク、「然ダニ有ラバ、極タル功徳ニ成ナム。疾ク返テ、其ノ日ノ暁ニ三津ノ辺ニ行タル船ヲ可待キ也。御船ヲ疾ク参セム」ト云ヘバ、郡司喜テ、「承ハリヌ」ト云テ、去リヌ。

其ノ日ニ成テ、暁ニ未ダ暗キニ、西塔ヨリ念ギ下テ、三津ノ辺ニ白タラト明ル程ニ行タレバ、船ハ兼テヨリ儲ケタリケレバ乗テ行ケルニ、矢馳ニ渡ル程、一時計ノ渡リナレバ、巳時計コソ津ニ渡リ着タリケル。

見レバ、前ニハ、「鞍置タル馬三疋」ト云ヒシカド、十余疋許引立タリ。亦白装束シタル男共十余人許立並タリ。凡ソ様々ノ下人共四五十人計村々ニ立テリ。供奉、「此レハ物見ル者共ニヤ有ラム。何ヲ見ゾ」ト思テ、東西ヲ見廻セバ、露可見キ物モ只今不見エズ。船寄セツレバ下テ、引キ寄セタル馬ニ乗ヌ。供ナル法師二人亦馬ニ乗セテ、前ニ打立タルニ、今十余疋許ノ馬ニ、此ノ白装束シタル男共、ハラ／＼ト乗ヌ。「此ノ男共ハ迎ヘニ遣セタル也ケリ」ト、其ノ時ニナム心得ケル。

日ノ高ク成ヌレバ、馬ヲゾ念ギ行クニ、此ノ白装束ノ男共ノ馬ニ乗タル、或ハヒタ黒ナル田楽ヲ腹ニ結付テ、肱ヨリ肱ヲ取出シテ、左右ノ手ニ桴ヲ持タリ。或ハ笛ヲ吹キ、高拍子ヲ突キ、□突キ、杓ヲ差テ、様々ノ田楽ヲ、二ツ三ツ物ヲ儲テ、打嗚リ吹キ乙ツ、狂フ事無限シ。供奉此レヲ見テ、「此ハ何カニ為ル事ニカ有ラム」ト思ヘドモ、□テ否不問ズ。

而ル間、此ノ田楽ノ奴原、或ハ馬ノ前ニ打立テ、或ハ馬ノ後ニ有リ、或ハ喬平ニ立テ打行ク。然レバ供奉、「今日此ノ郷ノ御霊会ニヤ有ラム」ト思ヘバ、「極カリケル折ニシモ来リ会テ、此ル奴原ノ中ニ具シテ行クハ、物狂ハシキ態カナ。不意ニ知タル人ヤ会ハム」ト思ヘバ、袖ヲ以テ顔ヲ、ツフト

田楽（年中行事絵巻）

隠シテ行クニ、郡司ガ家漸ク近ク見ユ。家ノ門ノ前ニ、百千
ノ人立挙テ見ル。疾ク忩テ行カムト為ルニ、此ノ田楽ノ奴原、
供奉ニ向合テ、鼓ヲ打テ向ヒ、□ヲ笠ノ鉉ニ突懸ケ、杁ヲ捧
テ頭ノ上ニ招キ、此シツヽ行モ不遣セズ。腹立シキ事無限シ。
辛クシテ郡司ガ門ノ許ニ行着テ、馬ヨリ下ムト為ル程ニ、
郡司祖子出来テ、左右ノ馬ノ口ヲ取テ、乗セ乍ラ家ノ内ニ傳
キ入ルレバ、供奉、「此ナ不為ソ。只其ニテ下セ」ト云ヘド
モ、「穴忝ナヤ」ト云テ、耳ニモ不聞入ズ。然テ、此田楽ノ
奴原ハ、馬ノ左右ニ烈シツヽ、次キテ遊ビテ入ル。郡司、
「吉ク仕レ、己等」ト云ヘバ、鼓打ツ者三人、馬ノ前ニ向テ
乙仰張リ極ク打ケバ、供奉忩テ、疾ク下シテハ吉カヘル
ベキニ、此ク狂ヒ行ケバ、馬ヲモ不歩セズシテ、ノト〱ト
馬ヲ歩スル程ニ、家ノ内市ヲ成シテ喤ル。辛クシテ廊ノ有ル
妻ニ馬ヲ押寄セタレバ、喜ビ乍ラ下ヌ。□タル所ニ居ヘツ。
先ヅ心モ不得ヌ事ナレバ、供奉、郡司ニ、「彼ノ郡司ノ主
聞給ヘ。此ノ田楽ハ何ノ料ニテ為サセ給フゾ」ト問ヘバ、郡

司ガ云ク、「西塔ニ参タリシニ、『懃ニ為ル功徳ニハ、楽ヲ
ナム為ルゾ』ト被仰シカバ、儲テ候フ也。其レニ、『講師ヲ
バ楽ヲシテナム迎ヘ可奉キ』ト人ノ申セバ、参ラセテ候ヒツ
ル也」ト。供奉其ノ折ニゾ、「此奴ハ田楽ヲ以テ楽ト知リ
タリケル也ケリ」ト心得テ、可咲ク思ドモ、可云キ人モ無カ
リケレバ、供養ジ畢テ、山ニ返リ登テ、勇タル小僧共ノ中ニ、
田楽ノ事ヲ語レバ、ドヨミテ咲ケル事無限シ。供奉本ヨリ物
云ノ上手ナリケレバ、何カニ可咲ク語リケム。
「賤ノ田舎人ナレドモ、皆然様ノ事ハ知タル者ヲ。彼ノ郡司
ハ無下也ケル奴カナ」ト此レヲ聞ク人皆謗リ咲ケル、トナム
語リ伝ヘタルト也。

기데라木寺의 기조基僧가 남을 헐뜯어
이명異名이 붙은 이야기

후지와라노 고레마사藤原伊尹의 도원桃園 저택에서 계절의 독경이 개최되었을 때의 일로, 엔랴쿠지延曆寺·미이데라三井寺와 나라奈良의 학승들이 모여 앉아 있을 때, 고후쿠지興福寺의 주잔中算이 정원의 '고다치木立(나무 숲)'를 고의로 '기다치'로 잘못 말했다. 그러나 그것을 헐뜯은 기데라木寺의 기조基僧가 오히려 불명예스런 '고데라小寺의 고조小僧(가난한 절의 애송이)'라는 이명異名이 붙어, 만좌의 웃음을 산 이야기. 언어유희에 의한 소화笑話이지만 주잔의 말투에는 심술궂은 모략의 느낌이 감돈다.

이제는 옛이야기이지만, 이치조一條 섭정攝政[1] 나리가 살고 계시던 도원桃園[2]은 지금의 세손지世尊寺[3]이다. 그곳에서 섭정 나리가 계절의 독경讀經[4]을 개최했을 때, 히에이 산比叡山[5]과 미이데라三井寺[6]를 비롯한 나라奈良[7]에 있는 여러 절의 훌륭한 학승[8]들을 뽑아 초대하였다. 초대받은 승려

---

1 후지와라노 고레마사藤原伊尹(→인명).
2 → 지명·헤이안 경도.
3 → 사찰명.
4 → 불교.
5 → 사찰명. 여기서는 엔랴쿠지延曆寺를 가리킴.
6 → 사찰명. 온조지園城寺의 별명.
7 고후쿠지興福寺, 도다이지東大寺 등의 남도南都(나라)의 절.
8 여기서는 교학敎學에 조예가 깊은 학승.

들은 저녁 강좌가 시작되기를 기다리는 동안[9] 줄지어 앉아, 어떤 자는 경을 읽기도 하고, 어떤 자는 잡담을 나누거나 하고 있었다.

침전寢殿의 남쪽이 독경소讀經所로 《마련되》[10]어 있어, 그곳에 앉아들 있었는데, 그곳에서는 정원에 있는 산[11]이나 연못 등이 참으로 아름답게 보였다. 그것을 보고 야마시나데라山階寺[12]의 승려 주잔中算[13]이

"정말 멋지구나. 이 저택의 '기다치木立(나무숲)'는 다른 것들과는 비교가 안 된다."

라고 말했다. 그러자 옆에 있던 기데라木寺[14]의 기조基僧[15]라는 승려가 이 말을 듣자마자, "나라奈良의 법사는 역시 무식하구나.[16] 말투가 정말 천박하다. '고다치'라고 말해야 할 것을 '기다치'라고 하니, 정말 안타까운 일이로세."

라며 손끝으로 톡톡 튕겼다.[17] 이 말을 들은 주잔이

"이거 잘못 말했습니다. 그렇다면[18] 귀승은 '고데라小寺의 고조小僧(가난한 절의 애송이)'[19]라고 해야겠군요."

라고 말해 이 말을 들은 그 자리에 있던 승려라는 승려는 모두 큰 소리를 내며 크게 웃었다.

9　아침 강좌가 끝나고 저녁에 시작하는 독경 강좌를 기다리는 동안.
10　한자표기를 위한 의도적 결자.
11　축산築山.
12　→ 사찰명. 고후쿠지의 별명.
13　→ 인명. '仲算'이라고도 함.
14　→ 사찰명.
15　→ 인명. 바르게는 '基增'.
16　주잔을 알고 있으면서도 일부러 '나라의 법사'라고 말한 것은, 시골촌놈으로 취급하여 노골적으로 비꼰 것으로 교토와 나라 사이의 종파 간의 알력다툼이 그 배경에 있음.
17　엄지손가락 밑에 손톱을 대어 튕겨서 소리를 냄. 손끝으로 튕기는 것은 불가佛家에서 나온 풍습으로 경멸, 비난의 동작.
18　'기'를 '고'로 바꿔 말하는 것이 전부 옳다고 한다면.
19　'기데라木寺의 기조基僧' 중의 두 개의 '기' 음을 '고'로 고침으로써 '고小'와 통하게 하여 기조를 조롱한 말.

그때 섭정나리가 이 웃음소리를 들으시고

"왜들 그리 웃는가."

하고 물어보았고, 승려들이 있는 그대로 대답하자, 나리는

"그것은 주잔이 그렇게 말하려고 기조가 있는 앞에서 일부러 꺼낸 말을, 그런 줄도 모르고 보기 좋게 함정에 빠져 '가난한 절의 애송이'라는 말을 듣게 되었구나. 정말 딱하군."[20]

하고 말씀하셨고, 승려들은 한바탕 더 크게 웃었다. 그 일이 있는 후로 기조에게 '고데라노 고조'라는 별명이 붙게 된 것이었다. 기조는

'쓸데없이 남을 헐뜯는 바람에 오히려 별명이 붙고 말았다.'

고 후회하였다. 이 기조는 《닌나지仁和寺》[21]의 승려로, 기데라에 살고 있었기에 기데라의 기조라고 한 것이었다.

주잔은 뛰어난 학승이었지만 또한 이처럼 재치 있게 말을 잘하는 사람이었다고 이렇게 이야기로 전하여 내려오고 있다 한다.

---

20 주잔은 기조의 기질을 간파하고 그가 반발할 것을 예상하고 일부러 '기다치'라고 말한 것임.
21 사찰명 명기를 위한 의도적 결자. '닌나지'로 추정됨.

木寺基僧依物咎付異名語第八

● 제8화 ●

기데라 木寺의 기조基增가 남을 헐뜯어 이명異名이 붙은 이야기

今昔、一条ノ摂政殿ノ住給ケル桃薗ハ今ノ世尊寺也、其
ニテ摂政、季ノ御読経被行ル時ニ、山、三井寺、奈良ノ止事
無キ学生ヲ撰テ、被請タリケレバ、皆参タリケルニ、夕座ヲ
待ツ程ニ、僧共居並テ、或ハ経ヲ読ミ、或ハ物語ナドシテナ
ム居タリケル。

寝殿ノ南面ヲ御読経所ニ□タリケレバ、其ノ御読経所ニ
居並テ有ル程ニ、南面ノ山池ナドノ極ク諤キヲ見テ、山階寺
ノ僧中算ガ云、「哀レ、此ノ殿ノ木立ハ異所ニハ不似ズカシ」
ト云ケルヲ、傍ニ木寺ノ基増ト云フ僧居テ、此ヲ聞クマヽニ、
「奈良ノ法師コソ尚踈キ者ハ有レ。物云ハ賤キ者カナ。『木
立」トコソ云ヘ、『木立』ト云フラムヨナ。後目タ無キノ言
ヤ」ト云テ、夫ヲハタヽトス。中算此ク被云テ、「悪ク申シ

テケリ。然ラバ御前ヲバ、『小寺ノ小僧』トコソ可申カリケ
レ」ト云ケレバ、有ト有ル僧共皆此レヲ聞テ、音ヲ放テ愕
タヽシク咲ヒケリ。

其ノ時ニ、摂政殿此ノ咲フ音ヲ聞給テ、「何事ヲ咲フゾ」
ト問ハセ給ケレバ、僧共有ノマヽニ申シケレバ、殿、「此レ
ハ中算ガ此ク云ハムトテ、基増ガ前ニテ云ヒ出シタル事ヲ、
何デカ心ヲ不得ズシテ、基増ガ、案ニ落テ此ク被云タルコソ
弊ケレ」ト仰セ給ケレバ、僧共弥ヨ咲テ、其ヨリ後、小寺ノ
小僧ト云フ異名ハ付タル也ケリ。「無端ク物咎メシテ、異名
付タル」トテナム、基増悔シガリケル。此ノ基僧ハ五□ノ僧
也、木寺ニ住ケルニ依テ木寺ノ基増トハ云フ也。
中算ハ止事無キ学生也ケルニ、亦此ノ物云ヒナム可咲カリ
ケル、トナム語リ伝ヘタルトヤ。

젠린지禪林寺의 상좌승上座僧인 조데이助泥가 와리고破子를 빠트린 이야기

젠린지禪林寺 승정僧正인 진젠深禪(尋禪)이 상좌승上座僧 조데이助泥에게 어깨에 메는 짐으로 30여 개 분의 와리고破子의 조달을 의뢰했는데, 조데이는 그 절반을 자기가 떠맡겠다고 호언장담 했으면서도 하나도 준비하지 않고 당일 빈손으로 태연히 나타나 이리저리 교묘하게 둘러대며 사승師僧을 속인 뒤 도망친 이야기. 『우지 습유宇治拾遺』에 나오는 사람을 속이고 당황하게 만드는 법사의 선례라 할 만한, 장난이 지나친 승려 이야기. '조데이의 와리고'라는 말의 유래담이기도 하다.

이제는 옛이야기이지만, 젠린지禪林寺[1] 승정僧正이라는 분이 계셨다. 이름을 진젠深禪[2]이라고 했다. 이분은 구조 나리九條殿[3]의 아드님으로 정말 훌륭한 행자行者[4]였다. 그 제자로 도쿠다이지德大寺의 겐진賢尋[5] 승도僧都라는 사람이 있었다.

이 사람이 아직 젊었을 때 도지東寺[6]의 입사승入寺僧[7]이 되어 배당식拜堂

---

1 → 사찰명.
2 → 인명. '尋禪'으로 표기하는 것이 올바름. 다만, 모로스케師輔의 아들인 진카쿠深覺의 오기誤記로 보는 설도 있음. 진젠은 도지東寺에 입사해 젠린지의 주지를 역임.
3 → 인명. 후지와라노 모로스케藤原師輔.
4 불도 수행자.
5 → 인명.
6 → 사찰명.
7 동밀東密의 대사찰에서 아사리阿闍梨 다음 서열의 학승 계급.

式[8]을 거행하게 되었는데, 그 행사에 큰 와리고破子[9]가 많이 필요했다. 스승인 승정[10]은 어깨에 메는 짐으로 30여 개 분의 와리고를 준비해 주려고 생각해, 젠린지 상좌승上座僧[11]의 직책을 담당하고 있는 조데이助泥[12]라는 승려를 불러

"여차여차한 용도로 어깨에 메는 짐으로 30여 개 분의 와리고가 필요한데 사람들에게 말해 모아 오도록 하여라."

라고 했다. 그런데 조데이는 열다섯 명의 이름을 적어내고 한 사람당 한 짐씩 마련해 오도록 했다.

"남은 열다섯 짐 분량의 와리고는 누구에게 배정하려고 하느냐?"

라고 승정이 묻자, 조데이는

"이 조데이가 있는 이상 와리고는 전부 마련한 것이나 진배없습니다. 저 혼자서도 전부 마련할 수 있지만 사람들에게 부탁하라 하시기에 절반은 사람들로부터 받아 마련하고 남은 절반은 이 조데이가 마련하려고 합니다."

라고 대답했다. 승정은 이 말을 듣고

"그것 정말 고맙구나. 그럼 즉시 마련해서 가져오너라."

라고 말했다. 조데이는

"예, 이 정도 일도 못하는 가난뱅이가 어디 있겠습니까? 걱정하지 마십시오."

라고 하며 자리를 떴다.

당일이 되어 사람들에게 말해 둔 열다섯 짐은 모두 가져왔다. 그런데 조

---

8 신임 주지가 절에 들어올 때 행하는 배불拜佛 의식.
9 '와리고'는 덮개 달린 도시락 상자로, 노송나무의 얇은 판자로 만들고 내부에 칸막이가 있음.
10 진젠 승정을 가리킴.
11 삼강三綱의 하나. 절 안 승려를 지도하고 사무를 관장.
12 전 미상.

데이가 약속한 와리고는 아직 오질 않았다. 승정이

'이상하구나. 조데이의 와리고가 왜 이리 늦는가.'

라고 생각하고 있을 때, 조데이가 하카마의 바지자락을 걷어 부치고[13] 펄럭 펄럭 부채질을 하며 의기양양한 모습으로 나타났다. 승정이 보고

"와리고의 주인이 나타났군. 의기양양하군."

이라고 하자, 조데이기 승정 앞에 와서는 턱을 칙하니 치켜들고 앉았다 승정이

"어찌된 일인가?"

라고 묻자 조데이는

"실은 말입니다만, 와리고 다섯 짐은 빌리질 못했습니다."

라고 태연하게 말했다. 승정이

"그래서"

라고 말하자, 소리를 조금 낮추어서는

"그다음 다섯 개는 와리고를 담을 용기容器가 없습니다."

라고 말했다.

"그럼 남은 다섯 개는?"

라고 승정이 묻자, 더 한층 소리를 낮춰

"그것은 까맣게 까먹었습니다."

라고 대답을 했다.[14] 승정은

"완전히 제정신이 아니구나. 다른 사람들에게 말해 모았으면 마흔 짐이든 쉰 짐이든 모았을 것을. 이 자는 도대체 무엇을 생각하여 이런 중대한 일을 망친 것인가."

---

13 와리고를 모으려고 마치 동분서주한 것처럼 보이는 모습.
14 조데이는 승정의 화를 어름어름 넘기며 말도 안 되는 변명을 늘어놓음.

라고 화를 내며 그 이유를 물으려고

"녀석을 불러라."

라고 소리를 질렀지만 이미 행방을 감추고 달아난 뒤였다.

이 조데이는 항상 농담만 하는 사내였다.

이 일로 인해 '조데이의 와리고'[15]라는 말이 생긴 것이다. 이건 정말 어처구니가 없는 이야기라고 이렇게 이야기로 전하여 내려오고 있다 한다.

---

15 「이중력二中曆」 '능력能曆' 항목에 사곡私曲(부정不正)의 예로서 인용되고 있음. 교묘하게 말로 사람을 속이고 책임을 지지 않는 것을 의미하는 말.

禅林寺上座助泥軼破子語第九

今昔、禅林寺ノ僧正ト申ス人御ケリ。名ヲバ深禅トゾ申ケル。此レハ九条殿ノ御子也。極テ止事無カリケル行人也。

其弟子ニ徳大寺ノ賢尋僧都ト云フ人有ケリ。

其ノ人、未ダ若クシテ、東寺ノ入寺ニ成テ拝堂シケルニ、

大破子ノ多ク入ケルニ、師ノ僧正、「破子三十荷許調テ遣ラム」ト思給ケリ、僧正其ノ助泥ヲ召シテ、「然々ノ料ニ破子三十荷ト云フ僧有ケリ、入キヲ、人々ニ云テ催」ト宣ヒケレバ、助泥十五人ヲ書立テ、各一荷ヲ宛テ令催ム。僧正、「今十五荷ノ破子ハ誰ニ宛テムト為ルゾ」ト宣ヒケレバ、助泥ガ申サク、「助泥ガ候コソハ破子候ヨ。皆モ可仕ケレドモ『催セ』ト候ヘバ、半ヲバ催シテ、今半ヲバ助泥ガ仕ラムズル也」ト。僧正此ヲ聞テ、「糸喜キ事也。然ラバ疾ク調ヘテ奉レ」ト宣ヒツ。助泥、「然ラバ然許ノ事不為ヌ貧窮ヤハ有ル。穴糸惜」ト云テ、立テ去ヌ。

其ノ日ニ成テ、人々ニ催タル十五荷ノ破子皆持来ヌ。

助泥ガ破子未ダ不見エズ。

僧正、「怪シク助泥ガ破子ノ遅カナ」ト思給ケ

破子(和漢三才図会)

92

ル程ニ、助泥袴ノ扶ヲ上テ、扇ヲ開キ仕ヒテ、シタリ顔ニテ
出来タリ。僧正此ヲ見給テ、「破子ノ主、此ニ来ニタリ。極
クシタリ顔ニテモ来カナ」ト宣ヒケルニ、助泥、御所ニ参テ、
頸ヲ持立テ候フ。僧正、「何ゾ」ト問給ヘバ、助泥、「其ノ事
ニ候フ。破子五ツ否借リ不得候ヌ也」トシタリ顔ニ申ス。僧
正、「然テ」ト宣ヘバ、音ヲ少シ短ニ成シテ、「今五ハ入物ノ
不候ヌ也」ト申ス。僧正、「然テ今五ッハ」ト問給エバ、助
泥音ヲ極ク窃ニワナヽカシテ、「其レハ掻断テ忘レ候ニケリ」
ト申セバ、僧正、「物ニ狂フ奴カナ。催サマシカバ、四五十
荷モ出来ナマシ。此奴ハ何ニ思テ此ル事ヲバ闕ツルゾ」ト問
ハムトテ、「召セ」ト嗔シリ給ケレドモ、跡ヲ暗クシテ逃テ
去ニケリ。

此助泥ハ物可咲シフ云フ者ニテナム有ケル。
此ニ依テ「助泥ガ破子」ト云フ事ハ云フ也ケリ。此レ嗚呼
ノ事也、トナム語リ伝ヘタルトヤ。

근위近衛 사인舍人 하다노 다케카즈秦武員가
방귀를 뀐 이야기

근위近衛 사인舍人 하다노 다케카즈秦武員가 젠린지禪林寺 승정僧正의 단소壇所에 갔을 때의 이야기로, 승정 앞에서 실수로 그만 방귀를 크게 뀌고 말았다. 아무도 웃지 않고 전원 쥐죽은 듯 어색한 분위기가 흘렀는데, 다케카즈가 '아아, 죽고 싶구나.'라고 말해 만좌의 웃음을 자아내고 어색한 분위기를 깬 이야기. 말을 잘하는 다케카즈의 뛰어난 말솜씨를 칭찬하는 에피소드임. 방귀를 소재로 한 비슷한 이야기인 『우지 습유宇治拾遺』 제34화와 대조를 이룸. 『당대(當代) 이야기今物語』 제51화, 범순본梵舜本 『사석집沙石集』 권6 제8화에서는 설법의 명수가 방귀를 소재로 다루고 있다.

이제는 옛이야기이지만, 좌근위부左近衛府의 장조將曹[1]인 하다노 다케카즈秦武員[2]라는 근위부 사인舍人이 있었다. 이 남자가 어느 날 젠린지禪林寺[3] 승정僧正[4]의 단소壇所[5]에 찾아갔다. 승정이 다케카즈를 안뜰로 맞아들여 이야기를 나누고 있었는데, 웅크린 자세로 오랫동안 쪼그리고 앉아 있던[6] 다케카즈가 그만 실수로 매우 큰 소리를 내며, 방귀를 뀌고 말았다. 승정도

---

1 좌근위부에서 장감將監 밑에 있는 제4등관.
2 → 인명.
3 → 사찰명.
4 '젠린지 승정'은 '진젠深(尋)禪'(→인명)을 가리킴.
5 수행을 닦기 위해 단을 만든 도장. 엄숙한 장소임에 주의.
6 승정은 실내. 다케카즈는 뜰 앞에 쪼그리고 있었던 것임.

그 소리를 듣고 모두가 그 소리를 들었지만 《부끄러》[7]운 일인지라 승정도 아무 말이 없고, 그 앞에 대기하고 있던 많은 승려들도 잠시 동안 말없이 서로 얼굴을 쳐다보고 있었다. 그때 다케카즈가 갑자기 좌우의 손을 벌려 얼굴을 가리며

"아아, 죽고 싶구나."

라고 말했다. 그 소리를 듣자마자 그 앞에 있던 승려들이 모두 한바탕 웃음을 터뜨렸다. 그 웃는 틈을 타서 다케카즈는 일어서 재빨리 달아났다. 다케카즈는 그 후 오랫동안 승정을 찾아가질 않았다.

이러한 이야기는 역시 바로 들었을 때가 웃기는 것이다. 시간이 지나면 역시 《부끄러》운 일이다. 사람들은 원래 말을 재미있게 하는 근위 사인의 다케카즈이기에, 이렇게 '죽고 싶구나.'라고 말할 수 있었던 것이라고 했다. 그렇지 않는 사람이라면 매우 겸연쩍은 얼굴로 아무 말 없이 앉아 있었을 텐데, 그것은 정말 안쓰러운 일이라고 사람들이 서로 이야기했다고 이렇게 이야기로 전하여 내려오고 있다 한다.

---

7   한자표기를 위한 의도적 결자.

近衛舎人秦武員鳴物語第十

今昔、左近ノ将曹ニテ、秦ノ武員ト云フ近衛舎人有ケリ。

禅林寺ノ僧正ノ御壇所ニ参タリケレバ、僧正壺ニ召入テ物語ナドシ給ケルニ、武員、僧ノ御前ニ蹲ニ久ク候ケル間ニ、錯テ糸高ク鳴シテケリ。僧正モ此ヲ聞キ給ヒ、御前ニ数タ候ヒケル僧共モ此レヲ皆聞ケドモ、物□キ事ナレバ、僧正モ物モ不云ズ、僧共モ各顔ヲ守暫ク有ケル程ニ、武員左右ノ手ヲ披テ面ニ覆テ、「哀レ、死バヤ」ト云ケレバ、其ノ音ニ付テナム御前ニ居タリケル僧共、皆咲ヒ合タリケリ。其ノ咲フ交レニ、武員ハ立走テ、逃テ去ニケリ。其ノ後、武員久ク不参ザリケリ。

然カ有ラム事共、尚聞カムマ、ニ可咲キ也。程ド経ヌレバ、中々、□キ事ニテ有ル也。武員ナレバコソ、物可咲ク云フ近衛舎人ニテ然モ、「死ナバヤ」トモ云ヘ、不然ザラム人ハ、極テ苦リテ此モ彼モ否不云デ居タラムハ、極ク糸惜ナムカシ、トナム人云ケル、トナム伝ヘ語ケルトヤ。

기온祇園의 별당別當 간슈感秀가
송경료誦經料 취급을 받은 이야기

기온祇園 별당別當 간슈感秀가 어느 수령 집 아내와 몰래 사귀고 있었을 때의 일이다. 간슈가 수령의 집에 있었을 때에 남편이 귀가하자, 당황한 그는 당궤唐櫃 안에 숨는데, 그것을 간파한 수령이 간슈를 당궤 안에 그대로 가둔 채로 송경료誦經料로 하여 기온으로 보낸다. 승려들은 별당의 허가 없이 열 수 없다고 망설이고 있는데, 당궤 속에서 '그냥 집사승이 알아서 열어도 된다.'라는 말을 해 그 자리에 있던 모두를 아연실색케 만들고 탈출한 이야기. 승려의 밀통이 탄로 난 스캔들이지만, 수령의 기책奇策과 그것을 극복한 간슈의 재치 넘치는 말이 웃음을 증폭시킨다.

이제는 옛이야기이지만, 기온祇園[1]의 별당別當[2] 간슈感秀[3]라는 정액사定額寺[4]의 승려가 세상물정에 밝은 어느 나이 지긋한 수령의 아내와 밀통을 하고 있었다. 수령은 이 일을 어렴풋이 눈치채고는 있었지만 모르는 척하며 지내고 있었다. 어느 날 수령이 외출하자 간슈가 여자를 찾아와 머물며, 거리낌 없이 행동하고 있었다. 그때 수령이 돌아왔고 아내도 시녀들도 왠지

1 → 사찰명. 권31 제24화 참조.
2 사무를 총괄하는 수장首長의 승려. 주지.
3 → 인명. 미상. 한 판본에 '가이슈戒秀'로 되어 있는 것에 따르면, 세이 소납언淸少納言의 이복오빠로 장화長和 5년(1016) 사망.
4 정액사는 관사官寺에 준한 사찰로 관에서 소정의 보조가 나왔음.

안절부절못하고 있었다. 수령은

'필시 그자가 와 있는 것이구나.'

라고 생각하고 안방으로 가 보니 평소와 달리 그곳에 놓여 있던 당궤唐櫃[5]에 자물쇠가 채워져 있었다. 분명 그자를 그 안에 넣고 자물쇠를 채운 것이라 판단하고 연륜이 있는 종자를 한 명 불러, 인부 두 명을 데려오게 하고

"지금 당장 이 당궤를 기온으로 가져가 송경료誦經料[6]로 드리고 오너라."

라고 명하고 다테부미立文[7]와 함께 당궤를 메고 나와 종자에게 건네자 종자는 인부에게 짊어지게 하고 나갔다. 아내와 시녀들은 모두 놀란 듯 보였지만《멍하니》[8] 아무 말도 하지 못했다.

한편 종자가 이 당궤를 기온에 가져가자 승려들이 나와 이것은 대단히 값진 물품일 것이라며

"즉시 별당께 알리어라. 그때까지는 열 수가 없다."

라고 하면서 별당에게 보고하도록 사람을 보내고 기다리고 있었다. 상당한 시간이 지난 후에야 돌아온 승려가

"별당님을 찾아보았지만 어디에도 안 계십니다."

라고 말했다. 그러자 송경료의 당궤를 들고 온 종자가

"언제까지나 마냥 기다릴 수가 없습니다. 제가 이렇게 보고 있으니 걱정할 필요가 없습니다. 개의치 마시고 어서 여십시오. 저는 급합니다."

라고 말했다. 승려들이

"어떻게 하는 게 맞는 것인가."

하고 결정을 못 내리고 있었는데, 그때 당궤 속에서 모기 같은 소리로

---

5   네 다리가 달린 당풍唐風의 긴 궤짝.
6   송경을 위한 보시布施. 독경료.
7   헌납 취지가 적힌 정식 서장書狀. 개인 서신에 많이 쓰는 쪽지 모양의 무스비부미結び文와 대비되는 말.
8   한자표기를 위한 의도적 결자. 추정하여 보충함. 너무 놀라 어안이 벙벙한 모습.

"그냥 소사所司[9]가 알아서 열어도 된다."

라는 소리가 들렸다. 승려들이나 심부름 온 종자나 이 소리를 듣고는 깜짝 놀랐다. 그렇다고 그대로 내버려 둘 수도 없는 노릇이라 조심조심 당궤를 열어 보니 당궤에서 별당이 고개를 내밀었다. 그것을 보고 너무 놀란 승려들은 눈과 입을 《턱 벌린 채》[10] 모두 어딘가로 가 버렸다. 송경료의 심부름꾼도 도망쳐 돌아갔다. 그 사이에 별당은 당궤에서 나와 얼른 숨어 버렸다.

이것을 생각하면, 수령이 간슈를 당궤에서 끌어내어 걷어차고 밟았다면, 세간의 평판이 좋지 않았을 것이다. 그저 창피를 주자고 생각한 것은 정말 현명한 일이다. 그리고 간슈는 원래부터 말을 잘하는 사내여서 당궤 속에서 그런 말을 한 것이다.

이 이야기가 세상에 알려져 훌륭하게 대처하였다고[11] 칭송했다고 이렇게 이야기로 전하여 내려오고 있다 한다.

---

9   별당 밑에서 사무 일을 보는 집사執事 승려.
10 한자표기를 위한 의도적 결자. 눈이 휘둥그레지고 입을 다물지 못한 모습을 나타내는 한자가 추정됨.
11 자기 체면도 지키면서 간부姦夫도 충분히 혼내준 수령의 멋진 행동을 칭찬한 것임.

一〇

今昔、或ル長受領ノ家ニ、祇園ノ別当ニ感秀ト云ケル定額、忍テ通ヒケリ。

守此ノ事ヲ聊知タリケレドモ、不知ズ顔ニテ過シケル程ニ、守出タリケル間ニ感秀入リ替リ居テ、シタリ顔ニ翔ケル程ニ、守返リ来タリケルニ、怪ク主モ女房共モスベロヒタル気色見ケレバ、守思フニ、「然コソハ有ラメ」ト思テ、奥ノ方ニ入テ見レバ、唐櫃ノ有ルニ、不例ズ鏁差シタリ。「定メテ此ニ入レテ、鏁ヲ差タルナメリ」ト心得テ、長シキ侍一人ヲ呼テ、夫二人ヲ召サセテ、「此ノ唐櫃只今祇園ニ持参

テ、誦経ニシテ来レ」ト云テ、立文ヲ持セテ、唐櫃ヲ掻出シテ侍ニ取ラセツレバ、侍夫ニ差荷ハセテ出テ行ヌ。然レバ主モ女モ女房共モ奇異気色ハ有レドモ、□テ物モ不云ズ。

而ル間、侍此ノ唐櫃ヲ祇園ニ持参ラセツレバ、僧共出来テ、兼テ「別当ニ疾ク申セ。別当ニ案内ヲ云ハセニ遣テ待ツニ、

「此レハ止事無キ財ナメリ」ト思テ、使返リ来テ、而ル間、不審、良久ク、「否尋ネ会ヒ不奉ズ」トテ、「長々ト否待候ジ。已ガ見候ヘバ、不審ハ否不開ジ」ト云ヒツ、且ツ只開始ヘ。忿ガシク待ゾ。

誦経ノ使ノ侍ハ、「何ガ可有キヤ」ト云ヒ繚フニ、唐櫃ノ中ニ細ク侘シ気ナル音ヲ以テ、「只所司開キニセヨ」ト云フ音有リ。僧共モ誦経ノ使ノ侍モ、此レヲ聞テ、奇異ク思ヒ合ヘル事無限シ。然レドモ、然テ可有キ事ニ非ネバ、恐々ヅ唐櫃ヲ開ケツ。見レバ、別当唐櫃ヨリ頭ヲ指出タリ。僧共此レヲ見テ目口□テ皆立去ニケリ。誦経ノ使モ逃テ返ニケリ。而ル間、別当ハ唐櫃ヨリ出テ走リ隠ニケリ。

此レヲ思フニ、守、「感秀ヲ引出シテ、踏蹴モ聞耳見苦カリナム。只恥ヲ見セム」ト思ヒケル、糸賢キ事也カシ。感秀本ヨリ極タル物云ニテ有ケレバ、唐櫃ノ内ニテ此モ云フ也ケリ。

世ニ此ノ事聞エテ、可咲シクシタリ、トゾ讃ケル、トナム語リ伝ヘタルトヤ。

어느 명승名僧이 전상인殿上人의 아내의 거처에 몰래 다닌 이야기

어느 명승名僧이 전상인殿上人의 아내에게 몰래 다니고 있었을 때의 일로, 대궐에 출사해 있던 남편이, 사람을 보내 에보시烏帽子와 가리기누狩衣를 보내달라는 연락을 하고, 부인은 그만 실수로 승려가 벗어둔 옷을 보내서 밀통이 탄로 나고 남편으로부터 절연을 당했다는 이야기. 앞 이야기에 이어서 고승의 밀통에 얽힌 골계담이지만, 이 이야기는 아내의 어리석음만이 드러나 있다. 이야기 말미에는 와카和歌를 보내 인연을 끊은 남편의 재치 있는 대처를 칭송한다.

이제는 옛이야기이지만, 좋지 않은 소문인지라 누구라고 밝히지는 않지만,[1] 어느 전상인殿上人의 아내의 거처에 아주 유명한 명승名僧이 몰래 다니고 있었다. 남편은 그런 줄도 모르고 지내고 있던 중, 삼월 이십일경 남편이 입궐하였다. 승려는 그 틈을 타서 그 집에 들어와서는 승복을 벗고 의기양양하게 멋대로 《행동》[2]했는데, 아내는 그 벗은 승의僧衣를 남편의 옷이 걸려 있는 옷걸이에 함께 걸어 두었다.

그러던 중 대궐에 있던 남편이 사람을 보내

---

1   이 설화집의 대부분은 언제, 누가, 어디서를 명시하는 것이 보통임. 여기서는 전거典據 자료를 전재轉載했을 가능성이 높고 편자가 굳이 이름을 언급하지 않았다고 말하기 어려움. 유사한 기술은 권29 제22화에도 보임.
2   원문 그대로는 의미가 통하지 않아 공란을 설정하고 전후문맥을 고려하여 보충함.

"대궐에서 사람들과 함께 놀러가기로 되었는데, 에보시烏帽子와 가리기누狩衣를 보내 주시오."[3]

라고 했기에, 아내는 옷걸이에 걸어 둔 《부드러》[4]운 가리기누를 가져와 에보시와 함께 보자기에 넣어 보냈다. 남편은 이미 다른 귀족들과 함께 놀이 장소에 가 있어서, 심부름 온 사람은 그곳으로 짐을 바로 가져갔다. 전상인이 받아 열어 보니 에보시는 있는데 가리기누가 없고 그 대신 연한 쥐색의 승의가 들어 있었다. 전상인은

'이건 도대체 어찌된 일인가.'

하고 기가 막혀서

'그렇다면 정부情夫가 있어 그 사내의 승의를 잘못 넣은 것이구나.'

라고 알아차렸다. 전상인들이 같이 놀고 있어, 다른 귀족들도 그것을 보고 말았다. 부끄럽고 한심한 생각이 들었지만 어쩔 도리가 없어 옷을 접어 그대로 보자기에 넣고는

"도대체 오늘이 며칠인가. 사월 초하루 옷 갈아입는 날인가. 일찍도 갈아입었구나."[5]

라고 □□□[6] 써 보내고, 그대로 그 집으로 가지 않아 부부의 인연이 끝나 버렸다.

아내가 어리석어 가리기누를 보자기에 넣었다고 생각했었는데, 어둠속에서 부랴부랴 서둘러 넣다 보니 비슷한 《부드러》[7]운 승의를 가리기누로 알고 잘못 넣어 버린 것이었다. 아내는 남편의 편지를 보고 얼마나 놀랐을까. 그

---

3 놀이에 적합한 약식 복장인 가리기누 복장으로 갈아입으려 한 것임.
4 '부드러운'의 한자표기를 위한 의도적 결자.
5 이 이야기 모두에 오늘은 '삼월 이십 며칠경'이라고 보임. 동복을 하복으로 갈아입는 것은 4월 1일. 하복을 동복으로 갈아입는 것은 10월 1일로 되어 있었음.
6 해당어 미상.
7 → 주4.

러나 이미 어쩔 수가 없는 노릇이었다.

이 일은 숨기려 했지만 자연스레 세상에 알려져서, 이 남편을 사려 깊은 훌륭한 남자[8]라고 칭송했다고 이렇게 이야기로 전하여 내려오고 있다 한다.

8 재치 있는 사내의 대처를 칭송했다는 의미.

或殿上人家忍名僧通語第十二

今昔、誰トハ、聞憶ケレバ不書ズ、或殿上人ノ家ニ止事
無キ名僧忍テ通ヒケルヲ、男然モ不知デ過ケル程二、
二十日余リノ程二、其ノ人ノ内ヘ参ニケリ。其間二名僧其ノ
家ヘ入リ居テ、装束ヲ脱テ、シタリ顔□ケルニ、女房其ノ
脱タル装束ヲ取テ、男ノ装束共懸タル棹二交テ懸テケリ。
而ル間、内ヨリ、男人ヲ遣テ、「内ヨリ人々ト共二出テ遊
二行ク事ナム有ルニ、烏帽子ト狩衣ト取テ遣セヨ」ト云テ遣
セタリケレバ、女房棹二懸タル□ヨカナル狩衣ヲ取テ、烏帽
子二具シテ、袋二入レテ遣テケリ。然、既二其ノ遊ブ所二君

達共二行二ケルニ、其ノ所二使持行タレバ、開テ此レヲ見
ルニ、烏帽子ハ有リ、狩衣ハ無クテ、椎鈍ノ衣ヲ畳テ遣セタ
リ。「此ハ何ニ」ト奇異シク思テ、思フニ、「然ニコソハ有
ラメ」ト心得ツ。殿上人共居並テ遊ビケル所也ケレバ、異君
達モ此レヲ見ケリ。袋二入テ返シ遣ルトテ、此ナム書テ遣ケル、

衣ヲ畳ミ乍ラ、恥奇異ク思ヒケレドモ、甲斐無クテ、

トキハヲカニケフハウヅキノヒトカハマダキモシツル

コロモガヘカナ

ト□書テ遣テ、ヤガテ其ノ儘ニ、家ニモ不行シテ絶ニ
ケリ。

早ヤ、女房ノ愚ニテ、狩衣ヲ取テ袋ニ入ルト思ヒケルニ、
暗キ程ニテ、懸交ゼタリケレバ、騒ギテ取ケル程ニ、同様二
□ヨカナル僧ノ衣ヲ取リ違ヘテ入レテケル也ケリ。妻、男ノ
文ヲ見テ、何奇異ケム。然レドモ甲斐無クテ止ニタリ。
隠ストスレドモ此ノ事世二聞エテ男ヲゾ、「心バセ有リ、
極カリケル人カナ」ト讃ケル、トナム語リ伝ヘタルトヤ。

은銀을 세공하는 대장장이 노부마사延正가 가잔인花山院에게 문책당한 이야기

은銀을 세공하는 대장장이 노부마사延正가 가잔인花山院의 노여움을 사, 소환되어 11월 한창 추운 날에 물속에 들어가는 벌에 처해졌는데, 밤이 깊어진 후 큰 소리로 가잔인을 대놓고 비방하여 그것을 들은 가잔인이 감당이 안 된다며, 오히려 뛰어난 말재주를 칭찬하며 선물을 주고 사면한 이야기. 세간에서는 말재주 덕택이라고 칭찬했다고 한다. 마사노부의 발언은 가잔인의 귀에 들어가는 것을 계산한 책략임.

이제는 옛이야기이지만, 은銀을 세공하는 대장장이인 □[1]노부마사延正[2]라는 자가 있었다. 노부토시延利[3]의 아버지, 고레아키惟明[4]의 할아버지이다.

어느 날, 가잔인花山院[5]이 노부마사를 소환해 검비위사청檢非違使廳으로 보내 버렸다. 그리고도 화가 풀리지 않아

"엄한 벌로 다스려라."

라고 하셨기에, 검비위사청에 있는 큰 항아리에 물을 가득 채우고 그 안에 노부마사를 넣어, 겨우 목만 내밀 정도만 남겨 두었다. 11월의 일인지라 이

---

1 성명 명기를 위한 의도적 결자.
2 → 인명.
3 전 미상. 집안 대대로 대장장이였던 것으로 보임.
4 전 미상.
5 → 인명.

가 덜덜거리고, 온 몸을 부들부들 떨었다.

밤도 점점 깊어 갈 무렵 노부마사가 있는 힘껏 소리를 질렀다. 청廳[6]은 가잔인이 계시는 처소 바로 근처여서 노부마사가 외치는 소리가 또렷이 들렸다. 노부마사가

"어이, 세상 사람들아. 절대로 바보 법황法皇 가까이는 가지 마라. 정말 무서워 견딜 수 없다. 그냥 상것으로 있으면 된다. 이것을 꼭 명심해라. 어이, 알았냐?"

라고 외쳐 대는 것을 원이 들으시고

"그놈, 참 거창한 소리를 해 대는구나. 상당히 말재주가 있는 자가 아닌가."

하시며 즉시 불러 선물을 주며 방면했다.

그러므로 사람들은 "노부마사는 원래부터 말재주가 좋아 그 덕을 본 것"이라고들 했다. 그리고 또 상하를 막론하고 모든 사람들이, "그자는 대장장이 탓에 《혼쭐》[7]이 나고, 말재주 덕택에 방면되었다."고 서로 말했다고 이렇게 이야기로 전하여 내려오고 있다 한다.

---

6 검비위사청(→헤이안 경도平安京圖)은 가잔인 처소(→헤이안 경도)에서 24정町(약 2.6킬로미터)이나 떨어져 있음. 아니면, 검비위사청이 아니라 가잔인 청사인가.
7 한자표기를 위한 의도적 결자. 문맥을 고려하여 보충.

銀鍛冶延正蒙花山院勘当語第十三

今昔、銀ノ鍛冶ニ□ノ延止ト云フ者有ケリ。延利ガ父、惟明ガ祖父也。

其ノ延正ヲ召シテ、庁ニ被下ニケリ。尚妬ク思食ケレバ、「吉ク誠ヨ」ト仰セ給テ、庁ニ大キナル壺ノ有ケルニ、水ヲ一物入レテ、其レニ延正ヲ入レテ、頸許ヲ指出シテ被置タリケリ。十一月ノ事ナレバ、箆ヒ迷フ事無限シ。

銀の鍛冶（七十一番職人歌合）

漸ク夜深更ル程ニ、延正ガ音ヲ有ル限リ挙テ叫ブ。庁ハ院ノ御マス御所ニ糸近カリケレバ、此奴ガ叫ブ音、現ハニ聞ケテ、延正叫ムデ云フナル様、「世ノ人努々、穴賢、大汶法皇ノ御辺ニ不参入ナ。糸恐ク難堪キ事也ケリ。有キ也ケリ。此事聞持テヤ、ヲヰ」ト叫ビケルヲ、院聞シ食テ、「此奴、痛ク申シタリ。物云ヒニコソ有ケレ」ト被仰テ、忽ニ召出シテ、禄ヲ給テ被免ニケリ。

然レバ、「延正、本ヨリ物云ヒ也ケレバ、物云ヒノ徳トテ、物云ヒノ徳ニ□目ヲ見テ、物云ヒノ徳ニテ被免ル者カナ」トゾ人云ケル。「鍛冶ノ徳ニ□目ヲ見テ、物云ヒノ徳ニテ被免ル奴カナ」トゾ、上下ノ人云ケル、トナム語リ伝ヘタルトヤ。

어도사御導師 닌조仁淨에게 하녀가
말대꾸를 한 이야기

설경의 명수로, 말 재주가 좋은 도사導師 닌조仁淨가 불명회佛名會로 입궐했을 때의 일로, 야에八重라는 하녀를 놀리며 악랄한 농담을 했다가 오히려 통렬한 말로 공박당한 이야기. 이것을 들은 전상인殿上人과 황족들이 야에를 칭송했다고 한다. 후지와라노 사다요리藤原定賴가 고식부 내시小式部內侍를 무시한 『십훈초十訓抄』 권3 제1화를 상기시킨다.

이제는 옛이야기이지만, 스자쿠인朱雀院[1]의 치세에, 닌조仁淨[2]라는 어도사御導師[3]가 있었다. 설경說經이 능숙한 사람이었다. 또한 재치 있는 말솜씨로 많은 전상인殿上人이나 공달公達들과 재치 있는 농을 주고받아, 그들에게 좋은 놀이상대가 되었다.

이 승려가 어전 불명회佛名會[4]로 입궐을 하였다. 후지쓰보藤壺 출구[5]에 야에八重라는 하녀가 서 있었다. 노송나무 부채[6]로 얼굴을 가리고 있는 것을 보고 닌조가

1 → 인명. 연장延長 8年(930)에서 천경天慶 9년까지 재위.
2 전 미상.
3 → 불교(도사導師).
4 → 불교(불명佛名).
5 후지쓰보(비향사飛香舍)에서 청량전淸凉殿으로 가는 통로의 출구.
6 노송나무의 얇은 판자를 하나로 철해서 만든 부채.

"측간에 노송나무 울타리를 친들, 상것조차도 넘어갈 것 같지 않은데."[7]

라고 말하며 지나치려고 하자, 그 하녀가 곧바로

"꼬리 잘린 개[8]가 못 들어오게 하려고요."

라고 되받아치는 것이 아닌가. 닌조가 전상殿上에 올라가 전상인들과 만나

"정말이지 신랄하게, 야에에게 이렇게 혼이 났습니다."

라고 이야기를 하자 이것을 들은 전상인들이 야에를 매우 칭찬하였다. 닌조도 또한 재미있어 하고 감탄하였다. 그 이후, 야에에 대한 사람들의 평판이 높아져 황족들까지도 매우 칭찬하셨다.

닌조는 원래부터가 말재주가 좋았는데, 야에가 그것을 이렇게 되받아치다니 얄미울 정도로 훌륭한 것이다.

옛날[9]에는 여자라도 이렇게 재치 있는 대화가 가능했기에, 세간 사람들도 재미있어 했다고 이렇게 이야기로 전하여 내려오고 있다 한다.

---

7   부채로 얼굴을 가리고 잘난 척해도 너와 같은 추녀에게 다녀갈 천한 사내조차도 없다는 의미. 심한 조롱임.
8   닌조를 가리킴. 머리 깍은 중놈의 뜻. '측간에 노송 울타리를 친 것은 꼬리 달린 개와 같은 당신이 들어오지 못하게 하려고요.'라고 되받아친 익살.
9   옛날과 지금을 대비하는 상고尚古 사상의 반영.

御導師仁浄云合半物被返語第十四

今昔、朱雀院ノ天皇ノ御代ニ仁浄ト云フ御導師有ケリ。

極タル教化ノ上手ニテナム有ケル。亦物云ヒニテ、万ノ殿上人君達ナドニ云合テ、遊敵ニテナム有ケル。

其レガ御仏名ニ登ケルニ、藤壺ノ口ニ八重ト云フ半物立テリ。檜扇ヲ指テ隠シタリケルヲ見テ、仁浄ガ、「廁ニ檜垣差テ。賤ノ物モ不超ズヤ」ト云テ過ケルヲ、半物、程モ無ク、

「尾剃タル狗不入ジトテ」ト云ケルハ。仁浄上ニ登テ、殿上人共ニ会テ、「糸辛ク此ナム□□八重ニ被云タル」ト語リケレバ、殿上人共此ヲ聞テ、極ク八重ヲ讃ケリ。仁浄モ愛シ感ジケレ。其ヨリ後、八重ガ思エ増テ、宮々ニモ極クナム讃メサセ給ヒケリ。

仁浄ハ本ヨリ然ル物云ヒニテ有ケルヲ、八重ガ然サ云ヒ返シタリケム心憾ク微妙ケレ。

昔ハ、女ナレドモ此ク物云ヒ可咲キ者共ナム有ケレバ、世ノ人モ興有テゾ思ケル、トナム語リ伝ヘタルトヤ。

분고 지방豊後國의 강사講師 아무개가
진제이鎭西에서 상경하는 이야기

분고 지방豊後國의 강사講師 아무개가 임기를 마치고, 재임在任 활동을 위해 해로로 상경하던 도중에 해적들에게 습격을 당하지만, 이사伊佐 입도入道 노칸能觀의 이름을 사칭하여 감쪽같이 위기에서 탈출하고 무사히 상경한 이야기. 변설의 명연기로 해적을 속이고 물리친 그 재치와 말재주는 실로 교묘하기 이를 데 없다. 또한 그의 엄청난 담력은 사람들로부터 '정말 속이는 데는 도가 튼 노법사老法師'라는 평을 듣기에 충분하다.

이제는 옛이야기이지만, 분고 지방豊後國[1]의 강사講師[2]로 □□[3]라는 자가 있었다. 그 지방에 강사로 내려와 있었는데, 임기[4]가 끝나 재임을 허가받으려고 필요한 재물[5]들을 배에 실어 상경하려고 했다. 그러자 지인들이

"최근 바다에는 해적들이 들끓고 있는 것 같습니다. 그런데 충분한 병사도 없이 많은 재물들을 싣고 상경하시다니 정말 걱정됩니다. 역시 병사들에게 동행을 부탁해 데려가십시오."라고 했다. 강사는

---

1 → 옛 지방명.
2 → 불교.
3 강사의 승명僧名 명기를 위한 의도적 결자.
4 당시 강사의 임기는 보통 6년.
5 재임활동에 필요한 재물.

"설사 해적들이 습격해 오더라도 내가 해적들의 물건을 뺏는 일은 있어도 내 물건을 해적들에게 뺏기지는 않아."

라며 배에 세 통 정도의 화살통을 싣고, 무사다운 무사는 한 사람도 대동하지 않고 떠났다.

여러 지방을 지나 점점 올라가던 중, □[6] 부근에서 수상한 배 두세 척 정도가 앞뒤로 나타났다. 그들은 전방을 가로지르고 뒤에 따라붙어 강사의 배를 에워쌌다. 배안에 있던 사람들은

"해적이 나타났다."

하고 난리를 피며 갈팡질팡했다. 하지만 강사는 조금도 동요하는 기색이 없었다.

그러던 중 한 척의 해적선이 다가왔다. 해적선이 다가오는 것을 보고 강사는 녹색 직물로 만든 히타타레直垂[7]를 입고, 주황색 명주 모자를 쓰고 □[8]쪽을 향해, 조금 무릎걸음으로 나와 발을 약간 걸어 올렸다. 그리고 해적을 향해,

"그대는 누구이신데 이렇듯 가까이까지 온 것인가?"

라고 외쳤다. 그러자 해적이

"끼닛거리가 없어 식량을 좀 받으러 왔다."[9]

라고 대답했다. 강사가

"이 배에는 식량도 조금 있고 사람들이 탐낼 만한 약간의 견직물도 있다. 무엇이든 자네들 마음대로 해라. 끼닛거리가 없다고 하니 가슴이 아프고 조금이라도 드리고 싶지만, 규슈九州 사람들이 이 사실을 알면, '어디어디에서

---

6   지방명 명기를 위한 의도적 결자.
7   당시 귀족이나 무사의 평복. 여기서는 갑옷 안에 입는 히타타레로, 무인武人을 시사하는 착의.
8   배 부위를 나타내는 어휘의 명기를 위해 띄어 둔 공간이 전사과정에서 소멸된 것으로 추정됨.
9   당시 해적들이 상대를 위협해 뺏을 때의 상투적인 말.

이사伊佐 입도入道[10]가 해적들에게 붙잡혀 뱃짐을 모두 **뺏**겼다.'라고 할 것이다. 그런 까닭에 내가 자진해서 줄 수는 없다. 이 노칸能觀,[11] 벌써 여든 살이 다 되었다. 이 나이까지 살 줄은 꿈에도 생각을 못했다. 동국東國에서 벌어진 합전合戰에서도 몇 번이나 살아남았는데 지금 팔십에 이르러 자네들에게 죽는 것도 무언가의 과보인 것이다. 진작부터 이런 일은 각오한 바다. 이제 와서 새삼 놀랄 일도 아니다. 허니 어서 자네들은 이 배에 올라와 이 노법사老法師의 목을 베어라. 배 안에 있는 자들아, 알겠느냐? 결코 이분들에게 대항하지 말거라. 지금 나는 출가의 몸, 이제 와서 새삼 싸울 생각이 없다. 서둘러 이 배를 저쪽으로 저어가 저분들이 탈 수 있도록 해라."

라고 말했다. 해적[12]은 이 말을 듣고

"그럼 이 배에 이사노 헤이伊佐平 신발의新發意[13]가 타고 계시다는 말인가. 모두들 빨리 도망쳐라."

라고 말을 하자마자 일제히 배를 저어 달아났다. 해적선은 빨리 달릴 수 있도록 만들어졌기에 마치 새처럼 쏜살같이 사라졌다.

그때에 강사가 종자들에게

"그것 봐라, 너희들. 내가 해적들에게 절대 물건을 **뺏**기지 않는다고 말했지 않느냐."

라고 하며 재물들을 무사히 도읍으로 가지고 올라가, 재차 그 지방의 강사가 되어 내려왔다. 그때는 신분이 있는 어떤 사람이 강사가 규슈로 내려갈 때에 따라 내려가, 상경 도중에 있었던 일을 사람들에게 이야기하자,

'정말 사람을 속이는 데는 도가 튼 노법사老法師'

---

10 → 인명(이사 입도).
11 이사 입도(→인명)의 자칭.
12 여기서는 해적 두목 격 사내.
13 불문에 들어선 지 얼마 안 되는 사람. 이사 입도(→주10) 노칸을 가리킴.

라고 듣는 사람마다 칭찬이 자자했다. 그리고 사람들은

'이사노 신발의라고 속이다니, 진짜 이사노 신발의보다도 뛰어난 대단한 자.'

라고 하며 서로 웃었다.

이 강사는 말을 재미있게 잘하는 말재주가 좋은 자였기에 그런 말을 할 수 있었다고 이렇게 이야기로 전하여 내려오고 있다 한다.

豊後講師謀従鎮西上語第十五

今昔、豊後ノ講師□ト云フ者有ケリ。講師ニ成テ国ニ
下テ有ケルニ、任畢ニケレバ、亦任ヲモ延ベムト思ヒ、可然キ
財共船ニ取リ積テ京ヘ上ケルニ、相知レル物共ノ云ケル様、
「近来、海ニハ海賊多カナリ。其ニ、可然兵仕モ不具デ、物
ヲバ多船ニ取リ積テ上リ給フハ、糸心細キ事也。尚可然カラ
ム者共ヲ語ヒテ、具シテ将御セ」ト。講師ガ云ク、「事為
ル、錯テ海賊ノ物ヲ我レニ取ルトモ、我ガ物ヲバ海賊取テム
ヤ」トテ、船ニ胡録三腰許取リ入テ、墓々シキ兵立タル者
一人モ不具デ上ケリ。

国々ヲ通リ持行ク。　□程ニテ、怪キ船ニ三艘許後前キニ
出来ヌ。前ヲ横様ニ渡リ、亦後ニ有テ、講師ガ船ヲ衛ツ。此
ノ船ノ内ナル者共、「海賊来ニケリ」トテ、恐テ迷フ事糸極

ジ。　然レドモ講師露不動ズ。

然ル間、海賊ノ船一艘押寄ス。　漸ク近ク寄スル程ニ、講師、
青色ノ織物ノ直垂ヲ着テ、柑子色ナル紬ノ帽子ヲシテ、□ノ
方ニ少居ザリ出、簾ヲ少シ巻上テ海賊ニ向テ云ク、「何人ノ
此ハ寄リ坐ルゾ」ト。海賊ノ云ク、「侘人ノ粮少シ申サムガ
為ニ參ルル也」ト。講師ノ云ク、「此ノ船ニハ粮モ少シ有リ、
軽物モ人要ス許ノ物ハ少々有リ。何ニマレ、其達ノ御心ニ任
ス。侘人ナド名乗レバ、糸惜サニ少シヲモ進マ欲シケレド
モ、筑紫ノ人ノ聞テ云ハム様ハ、『伊佐ノ入道ハ其達ノ海
賊ニ値テ、被縛テ船ノ物皆被取ニケリ』トコソハ云ハムズラ
メ」ト、「然レ、心トハ否不進マジキ也。能観既ニ年八十二
成ナムトス。此マデ生タル事不思懸キ事也。此レ兼
生遁テ、八十二及テ其達ニ可被殺キ報コソハ有ラメ。此レ兼
テ思ツル事也。今始メテ可驚キ事ニ非ズ。然レバ其達疾ク此
ノ船ニ乗リ移テ、此ノ老法師ノ頸ヲ掻切レ。此ノ船ニ侍ル男
共、穴賢、彼ノ主達ニ手向不為ソ。今出家シテ後シモ、今更

ニ戦ヲ可為ニ非ズ。此ノ船ヲ疾ク漕ヨセテ、彼ノ主達ヲ乗セ

進レ」ト。海賊、此ヲ聞テ、「伊佐ノ平新発ノ座スルニコソ

有レ。疾ク逃ゲヨ、己等」ト云テ、船ヲ漕次テ逃テケリ。海

賊ノ船ハ疾ク構タル船ナレバ、鳥ノ飛ガ如クシテ去ヌ。

其ノ時ニ、講師、従者共ニ、「此ヲ見ヨ、己等。現ニ我レ

ヤ、海賊ニ物被取タル」ト云テ、平カニ物共京ニ持上テ、亦

其ノ国ノ講師ニ更ニ成テ、下ケル度ニハ、可然キ人ノ下ケル

ニ付テ、筑紫ニ下テ、道ノ事共ヲ人語ケレバ、「極キ盗人ノ

老法師也ヤ」トゾ、聞ク人讃メケル。「伊佐ノ新発ト名乗ラ

ムト思ヒ寄ケル心ハ、現ニ伊佐ノ新発ニモ増タリケル奴也カ

シ」ト云テゾ、人咲ヒケル。

此ノ講師ハ物云ヒ可咲キ奴ニテゾ有ケレバ、然モ云ケル也、

トナム語リ伝ヘタルトヤ。

도적을 만난 아소阿蘇 사관史官이
도적을 속이고 달아난 이야기

심야에 궁중에서 귀가하던 아소阿蘇 사관史官이 도적의 습격을 받았지만 미리 수레 안에서 옷을 벗고 나체가 되어, 이미 몸에 걸친 것 전부를 털렸다고 도적들을 감쪽같이 속여 그 위기를 탈출한 이야기. 도적이 습격해 올 것을 미리 예측하고 그 허를 찌른 기책奇策과 정중하게 도적을 다루는 모습은 익살스러워 매우 재미있게 느껴진다. 앞 이야기와는 말재주와 재치로 위난危難을 벗어난다는 모티브로 연결된다.

이제는 옛이야기이지만, 아소阿蘇□□[1]라는 사관史官[2]이 있었다. 키는 작았지만 대단히 대담한 남자였다.

남자의 집이 서경西京[3]에 있었는데, 어느 날 공무公務를 위해 입궐하여 밤이 이슥해진 후 집에 가려고 동쪽 중어문中御門[4]을 나와 수레를 타고 대궁大宮 대로의 남쪽으로 가고 있었다. 그런데 무슨 일인지 수레 안에서 입고 있던 속대束帶[5]를 몽땅 벗어 접어서는 수레 돗자리 밑에 가지런히 놓고, 자신은 갓을 쓰고 버선만을 신은 채 그 위에 돗자리를 펴고 알몸으로 앉아 있

---

1 아소 아무개의 이름 명기를 위한 의도적 결자.
2 태정관太政官의 제4등관.
3 우경右京.
4 대현문待賢門의 별칭. 동東 대궁大宮 대로大路에 접함(→헤이안 경도京都平安圖).
5 여기서는 속대 모습의 정장.

었다.

이조二條 대로를 서쪽[6]으로 가던 중 미복문美福門[7] 부근을 지나칠 무렵, 으슥한 곳에서 도적들 몇 명이 재빠르게 나왔다. 수레 나룻[8]을 손으로 잡고 소몰이 아이를 마구 때렸기에 아이는 소를 버리고 달아났다. 수레를 뒤따르던 두세 명의 하인들도 모두 달아났다. 도적이 다가와 수레의 발을 잡아당겨 여니 사관이 알몸으로 앉아 있었다. 도적이 멍한 표정으로 "무슨 일인 것이냐?"

라고 묻자, 사관이

"동東 대궁 대로에서 이렇게 당했어요. 당신들과 같은 귀공자[9]분들이 몰려와서 내 옷을 모두 가져가셨습니다."

라고 홀笏[10]을 쥐고 마치 높은 분들에게 말씀 올리는 것처럼 공손히 대답을 했기에 도적들이 웃으며 그대로 가 버렸다.[11] 그 후 사관이 큰 소리로 소몰이 아이를 부르자 모두 돌아왔다. 그래서 그곳에서 집으로 돌아갔다.

집에 돌아와 아내에게 이 이야기를 하자, 아내가

"당신은 도적 뺨치시는군요."

라며 웃었다. 정말로 대단한 행동이다. 옷을 모두 벗어 숨겨 두고 그렇게 말하려고 생각한 것은 보통 사람이 할 수 있는 일이 아니다.

이 사관이 재치가 있는 말재주를 가진 남자였기에 그렇게 말할 수 있었던 것이라고 이렇게 이야기로 전하여 내려오고 있다 한다.

---

6 동 대궁대로에서 이조 대로를 서쪽 방향으로. 내리內裏 외곽을 따라 수레가 가고 있는 것임.
7 대내리大內裏 외곽의 남면南面, 주작문朱雀門의 동쪽에 있던 문.
8 수레 앞에 길게 평행으로 나와 있는 봉.
9 앞서 출현한 도적을 가리킴.
10 속대束帶를 입을 때 오른손에 쥐는 얇고 가느다란 긴 판.
11 도적을 잘 구슬리기 위해 홀을 써서 일부러 지나치게 공손한 인사를 한 것임.

阿蘇史値盗人謀遁語第十六

今昔、阿蘇ノ□ト云フ史有ケリ。長ヶ短也ケレドモ、

魂ハ極キ盗人ニテゾ有ケル。

家ハ西ノ京ニ有ケレバ、公事有テ内ニ参テ、夜深更テ家ニ

返ケルニ、東ノ中ノ御門ヨリ出テ、車ニ乗テ大宮下ニ遣セテ

行ケルニ、着タル装束ヲ皆解テ、片端ヨリ皆帖テ、車ノ畳ノ

下ニ直ク置テ、其ノ上ニ畳ヲ敷テ、史ハ冠ヲシ襪ヲ履テ、裸

ニ成テ車ノ内ニ居タリ。

然テ、二条ヨリ西様ニ遣セテ行クニ、美福門ノ程ヲ過ル間

ニ、盗人傍ヨリ出来テ、車ノ簾ヲハラ〱ト引上テ、牛飼童

ヲ打テバ、童ハ牛ヲ棄テ逃ヌ。車ノ後ニ雑色二三人有ケルモ

皆逃テ去ニケリ。盗人寄来テ、車ノ轅ニ付テ見ルニ、裸ニ

テ史居タレバ、盗人、「奇異」ト思テ、「此ハ何カニ」ト問

ヘバ、史、「東ノ大宮ニテ如此也ツル。君達寄来テ、己ガ

装束ヲバ皆召シツ」ト笏ヲ取テ、吉キ人ニ物申ス様ニ畏マリ

テ答ヘケレバ、盗人咲テ棄テ去ニケリ。其ノ後、史音ヲ挙テ

牛飼童ヲモ呼ケレバ、皆出来ニケリ。其ヨリナム家ニ返ニケ

ル。

然テ妻ニ此ノ由ヲ語ケレバ、妻ノ云ク、「其ノ盗人ニモ増

タリケル心ニテ御ケル。実ニ糸怖キ心也。

装束ノ皆解テ隠シ置テ、然カ云ハムト思ケル心バセ、更ニ

人ノ可思寄キ事ニ非ズ。

此ノ史ハ極タル物云ニテナム有ケレバ、此モ云フ也ケリ、

トナム語リ伝ヘタルト也。

120

좌대신左大臣의 독경소讀經所에 있던 승려가
버섯에 중독되어 죽은 이야기

이 이야기는 전반과 후반 두 개의 에피소드로 구성되어 있다. 전반은 좌대신左大臣 후지와라노 미치나가藤原道長가 비파전枇杷殿에 있었을 때, 계절의 독경을 수행하기 위해 와 있던 승려 아무개가 동자가 따온 느타리 독버섯을 먹고 갑자기 죽었는데, 미치나가가 과분한 장례비용을 제공해 훌륭하게 장례를 치렀다는 내용이다. 후반은 이 사건과 관련된 이야기로, 도다이지東大寺 승려 아무개가 같은 느타리버섯을 따와 배터지게 먹어, 미치나가가 그 이유를 물었더니 장례비용이 탐이 나 그렇게 했다는 내용이다.

이제는 옛이야기이지만, 미도御堂[1]가 좌대신左大臣으로 비파전枇杷殿[2]에 살고 계셨을 때, 계절의 독경讀經[3]을 수행하기 위해 와 있던 승려가 있었다. 이름은 □□[4]라고 하며, □□[5]의 승려였다. 이 승려는 비파전의 남쪽에 있는 오두막집을 승방으로 사용하여 살고 있었다. 어느 가을[6] 무렵, 동

---

1 후지와라노 미치나가藤原道長(→인명)를 가리킴. 좌대신에 임명된 것은 장덕長德 2년(996) 7월임.
2 → 지명(헤이안 경도).
3 → 불교(계절의 독경讀經). 여기서는 미치나가의 추계秋季(실제로는 4월 → 주6) 독경.
4 승명 명기를 위한 의도적 결자. 『소우기小右記』 관홍寬弘 2년(1005) 4월 8일 조목에 의하면 '雅敬'이 해당.
5 사찰명 명기를 위한 의도적 결자. 『소우기』에 의하면 '고후쿠지興福寺'가 해당.
6 실제로는 4월에 일어난 일이었음(→주4). 느타리버섯은 보통 가을에 나는 것이기에 전승과정에서 가을로 바뀐 것임.

자童子[7]가 고이치조小—條 신사[8]에 있는 등나무에 느타리버섯이 많이 나 있는 것을 보고 따와서, 사승師僧에게

"이런 것이 있었습니다."

라고 하자, 사승은

"좋은 걸 가져왔구나."

라고 기뻐하며 즉시 국으로 만들게 해서 제자승과 동자, 셋이서 무릎을 맞대고 배불리 먹었다. 그리고 얼마 후 세 사람 모두 갑자기 목을 뒤로 젖히고 몸부림치며 괴로워하기 시작했다. 먹은 것을 토해 내고 이리저리 나뒹굴다 사승과 동자는 그만 죽고 말았다. 제자승은 거의 다 죽을 정도로 괴로워하다 진정이 되어 겨우 살아났다. 곧바로 이 일이 좌대신의 귀에 들어갔고, 좌대신은 대단히 불쌍해 하시며 슬퍼하셨다. 가난한 승려였기에 좌대신은 뒤처리를 걱정하셔서 장례식 비용으로 비단과 많은 직물, 쌀 등을 내리셨고, 다른 곳에 사는 많은 제자와 동자들이 몰려와 이 승려를 수레에 태워 묻었다.

도다이지東大寺에 있는 □□[9]라는 승려도 마찬가지로 이 독경에 참석하고 있었다. 이 승려는 다른 한 승려와 함께 좌대신의 집 근처에 있는 승방에 거주하고 있었다. 어느 날 같은 곳에 머물고 있던 다른 승려가 보고 있는데, □□[10]가 하급승려를 불러 살짝 귓속말로 심부름을 시키고 있었다. 승려가

'용건이 있어 심부름을 시킨 모양이군.'

하고 생각했는데, 하급승려는 소매에 무언가를 넣어 숨기듯 들고 금방 돌아

---

7 사승 신변의 시중을 드는. 득도 이전의 소년.
8 → 지명.
9 승명 명기를 위한 의도적 결자. 버섯 중독으로 죽은 승려(→주4)와 마찬가지로 나라奈良에서 올라온 승려임.
10 → 주9.

왔다. 내려놓은 것을 보니, 느타리버섯을 소매 가득 넣어 가져온 것이었다. 승려는

'저건 무슨 느타리버섯인거지? 최근에 그런 엄청난 사건이 있었거늘 저 느타리버섯은 무슨 종류일까?'

하고 조마조마하며 보고 있는데, 잠시 뒤 그것을 구워서 가져왔다. □□[11] 는 그것을 반찬으로 먹는 것이 아니라 그냥 느타리버섯만을 전부 먹어 치웠다.

동숙同宿하는 승려가 그것을 보고

"도대체 어디서 따온 느타리버섯을 그렇게 빨리 드십니까?"

라고 묻자, □□[12]는

"□□[13]가 먹고 죽은 느타리버섯을 따와서 먹고 있습니다."

라고 말했다. 승려가

"도대체 이게 무슨 짓이오. 미치기라도 한 것이오?"라고 말하자, □□[14] 는

"그냥 먹고 싶어서요."

라고 대답하며 개의치 않고 버섯을 먹었다. 동숙하는 승려는 도저히 말릴 수 있는 상황이 아니라고 생각하여 급히 좌대신에게 달려가

"또 큰 일이 일어날 것 같사옵니다. 이러이러한 일이 있었습니다."

라고 말을 전하게 하였다. 좌대신이 이것을 들으시고는

"기가 차구나."라고 말씀하시던 중에 □□[15]가

11 → 주9.
12 → 주9.
13 → 주4.
14 → 주9.
15 → 주9.

"독경 교대시간입니다."[16]

라며 왔다.

좌대신 나리가

"도대체 무슨 생각으로 그런 느타리버섯을 먹은 것인가?"

라고 묻자, □□[17]가

"□□[18]가 장례식 비용을 하사받아 창피를 당하지 않고 죽는 것을 보고 부러웠습니다. 이 □□[19]도 죽으면 길바닥에 버려지기[20] 십상이겠지요. 그런 까닭에 □□[21]도 버섯을 먹고 죽는다면 □□[22]처럼 장례식비용을 하사받을 수 있지 않을까 생각해서 먹었습니다. 그런데 결국 죽지도 못했습니다."

라고 말씀드리자, 나리가

"이 스님, 정신이 나갔구나."

라 하시며 웃으셨다.

그런데, 놀랍게도 이 □□[23]는 실은 심한 독버섯을 먹어도 괜찮다는 것을 알고서 사람들을 놀래 주려고 이런 말을 한 것이었다. 당시 사람들은 이 이야기를 세간에서 이야깃거리로 삼아 서로 웃었다.

그러므로 같은 버섯을 먹어도 중독되어 즉사하는 사람이 있는가 하면 죽지 않는 사람도 있는 것으로 보아 분명 먹는 방법이 있는 것이라고 이렇게 이야기로 전하여 내려오고 있다 한다.

16 부단不斷 독경이었기에, 독경 당번을 이어받으려 왔다는 의미.
17 → 주9.
18 → 주4.
19 → 주9.
20 소위 풍장風葬으로, 권15 제26화에도 그 예가 보임.
21 → 주9.
22 → 주4.
23 → 주9.

左大臣御読経所僧酔茸死語第十七

今昔、御堂ノ、左大臣ト申シテ枇杷殿ニ住セ給ヒケル時

二、御読経勤ケル僧有ケリ。名ヲバ□トナム云ケル。□ノ僧也。

枇杷殿ノ南ニ有ケル小屋ヲ房トシテ居タリケルニ、秋比、童子ノ童ニ有テ、小一条ノ社ニ有ケル藤ノ木ニ茸多ク生タリケルヲ、師ノ□取リ持来テ、「此ノ物ナム見付タル」ト云ケレバ、師、「糸吉キ物持来タリ」ト喜テ、忽ニ汁物ニ為サセテ、弟子ノ僧、童子ト三人指合テ吉ク食テケリ。其ノ後暫シアツテ、三人乍ラ俄ニ頸ヲ立テ病迷フ。物ヲ突キ、難堪ク迷ヒ転テ、師ト童子ノ童ハ死ス。弟子ノ僧ハ死許病テ、落居テ不死ズ成ヌ。即チ其ノ由ヲ左大臣殿聞セ給テ、哀ガリ歎カセ給フ事無限シ。貧カリツル僧ナレバ、何カハ有ラムト押量ラセ給テ、葬ノ料ニ絹、布、米ナド多ク給ヒタリケレバ、外ニ有ル弟子童子ナド多ク来リ集テ、車ニ乗セテ葬テケリ。而ル間、東大寺ニ有ル□ト云フ僧、同ク御読経ニ候ヒケルニ、其レモ殿ノ辺近キ所ニ、異僧ト同ジ房宿シタリケルニ、其ノ同宿ノ僧ノ見ケレバ、□弟子ノ下法師ヲ呼テ、私語テ

物ノ許ヘ遣ツ。「要事有テ物へ遣スニコソハ有ラメ」ト見ル程ニ、即チ下法師返リ来ヌメリ。袖ニ物ヲ入レテ、袖ヲ覆テ隠シテ持来タリ。置クヲ見レバ、平茸ヲ一袖ニ入レテ持来タル也ケリ。此ノ僧、「此ハ何ゾノ平茸ニカ有ラム。近来此ク見居タル奇異キ事有ル比、何ナル平茸ニカ有ラム。暫許有テ、焼漬ニシテ持来ヌ。□飯ニモ不合セデ、只此ノ平茸ノ限ヲ皆食ツ。

同宿ノ僧此レヲ見テ、「此ハ何クノ平茸ヲ俄ニ食ゾ」ト問ヘバ、□ガ云ク、「此レハ□ガ食テ死タル平茸ヲ、取ニ遣ハシテ食也」ト。同宿ノ僧、「此ハ何ニシ給フゾ。物ニ狂ヒ給フカ」ト云ヘバ、□、「欲ク侍レバ」ト答ヘテ、何ントモ不思タラデ食ヲ、同宿ノ僧制シ可敢クモ非ヌ程ナレバ、此ク見置マ丶ニ、忩テ殿ニ参テ、「亦極キ事出詣来候ヒナムトス。然々ノ事ナム候フ」ト申サスレバ、殿此レヲ聞セ給テ、「奇異キ事カナ」ヽド仰セ給フ程ニ、□、「御読経ノ時継」トテ参ヌ。

殿、「何ニ思テ、此ル平茸ヲバ食ケルゾ」ト問ハセ給ヘバ、□ガ申ク、「□ガ葬料ヲ給ハリテ。恥ヲ不見給ヘズ成ヌルガウラヤマシク候也。然レバ□モ茸ヲ食テ死ニ候ナバ、□ガ様ニ葬料給ハリ候ヒヌベカメリ、ト思給ヘテ、食候ヒツル也。其レニ、不死ズ成リ候ヒヌレバ」ト申シケレバ、殿、「物ニ狂フ僧カナ」ト仰セ給ヒテナム、咲ハセ給ヒケル。

然レバ、早ヲ、極キ毒茸ヲ食ヘドモ、不酔ヌ事ニテ有ケルヲバ、人ヲ愕カサムトテ、此ク云居ル也ケリ。其ノ比ハ此ノ事ヲナム世ニ語テ咲ヒケル。

然レバ茸ヲ食テ酔テ忽ニ死スル人モ有リ、亦此ク不死ヌ人モ有レバ、定メテ食フ様ノ有ニコソハ有ラメ、トナム語リ伝ヘタルトヤ。

미타케金峰山의 별당別當이 독버섯을 먹고도
아무 탈이 없었던 이야기

미타케金峰山 별당직을 탐내던 일흔 살 정도의 차석次席 노승이, 수석 별당승이 여든 살을 넘겨도 아직 정정한 것에 애를 태우며, 그를 죽이고자 마음먹고 독버섯인 와타리 버섯을 맛있게 요리해서 느타리버섯이라 속여 먹게 했는데, 실은 별당이 와타리 독에 면역을 지닌 체질로 그 계획이 실패로 끝났다는 이야기. 앞 이야기와는 독버섯에 면역을 지닌 승려의 에피소드라는 점에서 연결된다.

이제는 옛이야기이지만, 미타케金峰山¹의 별당別當²으로 있는 노승이 있었다. 옛날에 미타케의 별당은, 그 산의 일랍一臘³인 자로 삼았는데, 요즈음은 그런 규정도 없어졌다.

그런데 일랍인 이 노승이 오랫동안 별당직을 계속하자 차석인 이랍二臘⁴ 승려가 있어, '저 별당, 어서 죽으면 좋을 텐데. 그럼 내가 별당이 될 수 있을 것인데.'

라고 마음속 깊이 바라고 있었지만, 별당은 아직 정정하여 전혀 죽을 기색

1 → 사찰명.
2 한 산의 법무法務를 관리하는 최고책임자. 히에이 산比叡山의 좌주座主, 미이데라三井寺의 장리長吏와 같은 한 산의 장長.
3 납臘의 횟수가 가장 많은 승려. '납'은 수계受戒 후 안거安居를 겪은 횟수. 그것의 많고 적음이 수행의 정도를 나타내는 하나의 기준이 되었음.
4 차석의 승려.

이 없었다. 이 이랍 승려가 애를 태우며

  '저 별당은 나이가 여든을 넘겼음에도 일흔으로도 보이지 않을 정도로 팔팔하다. 그런데 내 나이 벌써 일흔이 되었다. 어쩌면 별당도 한 번 못해 보고 먼저 죽을지도 모른다. 저 별당을 때려죽이고 싶지만 그렇게 되면 분명 소문이 나서 난처해질 것이다. 옳지, 독을 먹어 죽이자.'

라고 결심했다.

  이랍 승려는

  '부처님이 어찌 생각하실지 그것이 두렵지만, 그렇다고 달리 방도가 없다.'

라는 생각에, 무슨 독으로 할까 이리저리 궁리하던 중,

  "사람을 죽이는 데에는 버섯 중에도 와타리和太利[5] 버섯이 최고지. 그것을 먹으면 반드시 탈이 나 죽는다. 그것을 따와 맛있게 요리해서 '이건 느타리 버섯이에요'라고 말하고 별당에게 먹이면 틀림없이 죽게 될 것이다. 그렇게 해서 내가 별당이 되자."

라고 계획을 세웠다. 때마침 버섯이 나는 가을 무렵이었기에, 사람을 대동하지 않고 혼자 산에 올라가 와타리를 많이 따 왔다. 거의 해질 무렵이 다되어 승방으로 돌아와 남들이 모르게 모두 그것을 냄비에 잘라 넣어 보기에도 먹음직스럽게 볶아 요리를 했다.

  그리고 다음날 아침 날이 새기도 전에 별당에게 사람을 보내

  "바로 와 주십시오."

라고 말을 전하자, 얼마 안 있어 별당이 지팡이를 짚고 나타났다. 이 방주厉

---

5 쓰키요다케月夜茸(a moonlight mushroom)의 옛 이름. 독성이 강해 먹으면 구토 · 복통 · 설사를 일으킨다고 함. 권12 제37화에도 보임.

主[6]가 별당과 마주보고 앉아

"어제 어떤 사람이 아주 좋은 느타리버섯을 주고가 그것을 볶아 같이 먹으려고 불렀습니다. 나이를 먹으면 이런 맛있는 것이 당기는 법이지요."

하고 다정하게 말하자, 별당이 기뻐하며 고개를 끄덕였다. 그래서 쌀밥을 짓고 그 와타리 볶음을 데우고 국도 만들어 먹도록 해 주자, 별당은 아주 맛있게 잘 먹었다. 방주房主는 보통 느타리버섯을 따로 요리해서 먹었다.

별당이 다 먹은 후 물을 마시는 것을 보고 방주는

'이제 됐다. 곧 마구 토하며 머리가 아파 미친 듯이 뒹굴겠지.'

하고 기대하며 보고 있었지만, 전혀 그런 기색이 없었다. 정말 이상한 일이라고 생각하고 있는데, 이도 다 빠진 별당이 입가에 옅은 미소를 띠며

"여태껏 이 노법사老法師는 이렇게 맛있게 요리된 와타리를 먹어 본 적이 없어서 말이지요."라고 말하며 앉아 있었다. 방주는

'그럼 와타리인 것을 알고 있었단 말인가.'

라고 생각하니, 놀라니 뭐니 할 상황이 아니었다. 방주가 부끄러워 한마디 말도 못하고 안으로 들어가 버렸기에 별당도 자기 승방으로 돌아갔다. 놀랍게도 이 별당은 다년간 와타리를 먹었지만 탈이 난 적이 없는 승려였다. 그것도 모르고 계략을 세웠으니 완전히 빗나간 것은 당연지사였다.

그러므로 독버섯을 먹어도 아무 탈이 없는 사람도 있는 법이다.

이 일은 그 산에 살던 승려가 이야기한 것을 전해 듣고, 이렇게 이야기로 전하여 내려오고 있다 한다.

---

6   이 승방의 주인. 이랍 승려를 가리킴.

金峰山別当食毒茸不酔語第十八

今昔、金峰山ノ別当ニテ有ケル老僧有ケリ。古ハ、金峰
山ノ別当ハ彼ノ山ノ一﨟ヲナム用ケル。近ウ成テ然ハ無キ也
ケリ。

其レニ、年来一﨟ナル老僧、別当ニテ有ケルニ、次ノ﨟ナ
ル僧有テ、「此ノ別当早ウ死ネカシ。我レ別当ニ成ラム」ト
懃ニ思ケレドモ、強ニ強ヨトシテ、死ニ気モ無カリケレバ、
此ノ二﨟ノ僧、思ヒ佗テ、思ヒ得ル様、「此ノ別当ガ年ハ八
十二余ヌレドモ、七十二ニ無ク強々トシテ有ル、我レモ既ニ
十二成ヌ。若シ我レ別当ニモ不成デ、前ニ死ヌル事モゾ有ル。
然レバ、此ノ別当ヲ打殺サセムモ聞エ現ハナリヌベケレバ、
只毒ヲ食セテ殺シテム」ト思フ心付ヌ。
「三宝ノ思食サム事ゾ怖シケレドモ、然リトテハ何ガハセ

ム」ト思テ、其ノ毒ヲ思ヒ廻スニ、「人ノ必ズ死ヌル事ハ、
茸ノ中ニ和太利ト云フ茸コソ、人其レヲ食ヒツレバ、酔テ必
ズ死ヌル。此レヲ取テ艶ズ調美シテ、『平茸ゾ』ト云テ、此
ノ別当ニ食セラバ、必ズ死ナムトス。然テ、我レ別当ニ成ラ
ム」ト謀テ、秋比　也ケレバ、自ラ人モ不具シテ、山ニ行
テ多和太利ヲ取リ持来ニケリ。

然テ、夜明テ未ダ朝、別当ノ許ニ二人ヲ遣テ、「急ト御座セ」
ト云ハセタレバ、別当程モ無ク杖ヲ突テ出来タリ。房主指向
ヒ居テ云ク、「昨日、人ノ微妙キ平茸ヲ給ヒタリシヲ煎物ニ
シテ食セム、トテ申シ候ヒツル也。年老テハ此様ノ美物ノ欲
糒ヲシテ、此ノ和太利ノ煎物ヲ温メテ、汁物ニテ食セタレバ、
別当糸吉ク食ツ。房主ハ例ノ平茸ヲ別ニ構ヘテゾ食ケル。

既ニ食畢テ、湯ナド飲ツレバ、房主、「今ハシ得ツ」ト思
テ、「今ヤ物突迷ヒ、頭ヲ痛ガリ狂フ」ト、心モト無ク見居

生夕暮方ニ房ニ返テ、人ニモ
不見セズシテ、皆鍋ニ切入ツ、煎物ニ艶ズ調美シテケリ。

タルニ、惣テ其ノ気色モ無ケレバ、「極ク怪シ」ト思フ程ニ、

別当ハ歯モ無キ口ヲ少シ頰咲テ云ク、「年来、此ノ老法師ハ、

未ダ此ク微妙ク被調美タル和太利ヲコソ不食候ナリヌレ」ト

打云テ居タレバ、房主、「然ハ知タリケル也ケリ」ト思フニ、

奇異ト云ヘバ愚也ヤ。恥クテ、更ニ物モ否不云ズシテ、房主

入ヌレバ、別当モ房ヘ返リニケリ。早ヲ、此ノ別当ハ年来和

太利ヲ役ト食ケレドモ不酔ザリケル僧ニテ有ケルヲ不知デ、

構タリケル事ノ支度違テ止ニケリ。

然レバ毒苷ヲ食ヘドモ、露不酔ヌ人ノ有ケル也ケリ。

此ノ事ハ、其ノ山ニ有ケル僧ノ語ケルヲ聞伝ヘテ此ク語リ

伝ヘタルトヤ。

히에이 산比叡山 요카와橫川의 승려가 버섯에 중독되어 경經을 읊은 이야기

히에이 산比叡山 요카와橫川의 승려가 정체불명의 버섯을 국으로 요리하여 먹고, 중독되어 괴로운 나머지 요카와 중당中堂에서 쾌유의 기도를 했는데, 도사導師가 읽는 교화教化 문구가 재치 있고 익살스러운 내용이라 그 장소에 있던 승려가 모두 포복절도했다는 이야기. 설경승說經僧의 기지를 발휘하는 교묘한 화술이 이 이야기의 포인트임. 앞앞 이야기와 앞 이야기에 이어 세 편이 연달아 독버섯과 관련된 우스개 이야기임.

이제는 옛이야기이지만, 히에이 산比叡山 요카와橫川[1]에 한 승려가 살고 있었다.

어느 가을 무렵, 승방의 법사가 산에 가서 나무를 하고 있었는데, 느타리버섯이 있어 그것을 따 가져왔다. 이 버섯을 본 승려들 중에는

"이것은 느타리버섯이 아니다."

라고 하는 자도 있었지만, 어떤 승려가

"이것은 틀림없는 느타리버섯이다."

라고 했기에 방주房主[2]는 국으로 만들어, 비자나무 기름을 넣고 실컷 먹었

---

1 → 사찰명.
2 승방의 주인. 승방의 법사를 말함.

다. 그 뒤 얼마 후 방주는 두통에 괴로워하며 먹은 것을 마구 토해 댔다. 속수무책이라 어쩔 수 없이 법복法服을 꺼내어 요카와 중당中堂으로 가져가 송경료誦經料[3]로 삼았다.

그래서 □□[4]라는 승려를 도사導師[5]로 삼고, 이 일을 말씀드리도록 했다. 도사는 기도를 행하고 마지막에 교화敎化[6]의 말씀을

"일승一乘의 봉우리[7]에는 살고 있지만, 육근六根[8]·오내五內[9]를 □□[10]하게 보전하는 경지에 이르지 못하시어, 혀가 쓰일 곳에 귀(버섯)를 사용했기에[11] 병을 얻으신 것이다. 만일 영취산靈鷲山[12]에 살고 계셨으면 나뭇가지의 표시를 찾아서라도 산위에 올라갈 수 있었을 터인데.[13] 필시 본 적이 없는 버섯(산)[14]이라 생각한 모양으로, 홀로 헤매신 것이다. 회향대보리廻向大菩提[15]."

라 하자, 도사를 뒤따라 읊던 승려[16]들은 배꼽이 빠질 정도로 웃었다.

그 승려는 죽을 만큼 괴로워하다 겨우 살아났다고 이렇게 이야기로 전하여 내려오고 있다 한다.

---

3   병의 쾌유를 기원하는 송경료.
4   승명 명기를 위한 의도적 결자. 『소우기小右記』 관홍寛弘 2년(1005) 4월 8일 조목에 의하면 '雅敬'이 해당.
5   법회의 주재자主宰者.
6   → 불교.
7   일승의 법인 법화경을 수학修學하는 산. 히에이 산比叡山을 가리킴.
8   → 불교.
9   → 불교. 오장五臟.
10 한자 표기를 위한 의도적 결자. '청정淸淨' 등이 추정됨.
11 혀를 사용해야 할 곳에 귀耳를 사용했기 때문에. '귀耳'는 '버섯茸'을 의미하기도 하는 것으로, '혀에 버섯을 가져갔기 때문에(버섯을 먹었기 때문에)'라는 의미도 됨.
12 → 불교.
13 '산 위에 오른다.'는 의미는 '왕생을 이룬다.'는 의미이기도 함. 버섯에 중독된 승려를 야유하는 말.
14 다케茸(버섯)와 다케岳(높은 산)의 동음을 이용하여 '잘 모르는 산'과 '본 적이 없는 버섯'이라는 의미로 사용함.
15 → 불교.
16 도사의 읊는 구句를 반복해서 뒤따라 읊는 역승役僧.

比叡山横河僧酔茸誦経語第十九

今昔、比叡ノ山ノ横川ニ住ケル僧有ケリ。

秋ノ比、房ノ法師山ニ行テ木伐ケルニ、平茸ノ有ケルヲ取テ持来タリケリ。僧共此レヲ見テ、「此レハ正シキ平茸也」ナド云フ人モ有ケレドモ、亦、人有テ、「此レハ平茸ニ非ズ」ト云ケレバ、汁物ニシテ、栢ノ油ノ有ケルヲ入レテ、房主吉ク食テケリ。其ノ後暫許有テ、頭ヲ立テ病ム、物ヲ突迷フ事無限シ。術無クテ法服ヲ取出テ、横川ノ中堂ニ誦経ニス。

而ニ、□□ト云フ僧ヲ以テ導師トシテ申シ上サス。導師祈リ持行テ畢ニ、教化ニ云ク、「一乗ノ峰ニハ住給ヘドモ、六根五内ノ□ノ位ヲ習ヒ不給ザリケレバ、舌ノ所ニ耳ヲ用ル間、身ノ病ト成リ給フ也ケリ。鷲ノ山ニ坐マシカバ、シオリヲ尋ネツヽモ登リ給ヒナマシ。不知ヌ茸ト思スベラニ、独リ迷ヒ給フ也ケリ。廻向大菩提」ト云ケレバ、次第取ル僧共腹ヲ切テゾ咲ヒ嘲ケル。

僧ハ死許迷テ落居ニケリ、トナム語リ伝ヘタルトヤ。

이케노오池尾의 젠치禪智 내공內供의
코 이야기

이케노오池尾의 젠치禪智 내공봉內供奉은 도심이 깊고 학식이 높았지만, 추하고 긴 코가 단 한 가지 약점이었다. 내공봉은 따뜻한 물에 코를 쪄서 고쳐 보기도 하고, 식사시에는 제자에게 판자로 코를 바쳐 들도록 했는데, 그 제자가 병으로 쓰러지는 바람에, 그것을 대신 담당한 소년 동자가 실수를 저지른다. 미친 듯이 화가 난 내공봉은 일순간 이성을 잃고, 이상한 자기 코를 마치 일반적인 코로 착각하여 소년 동자를 심하게 꾸짖다가 오히려 정곡을 찔려 제자들의 폭소爆笑를 산 이야기.

이제는 옛이야기이지만, 이케노오池尾[1]라는 곳에 젠치禪智[2] 내공內供[3]이라는 승려가 살고 있었다. 도심이 깊고 진언眞言[4] 등을 잘 익히고 열심히 행법行法[5]을 닦았다. 그래서 이케노오의 당탑堂塔, 승방僧房 등은 황폐한 곳이 없고, 상야등常夜燈[6]이나 공물供物[7]이 끊일 날이 없었으며, 계절마다 스님들에게는 시주가 행해졌고, 절에서는 항상 설법 등이 열렸다. 그러한 연

1 → 지명.
2 → 인명.
3 → 불교. '내공봉內供奉'의 약칭임.
4 → 불교.
5 가지기도加持祈禱 등의 밀교 수법修法.
6 불전에 끊임없이 밝히는 등명燈明.
7 불전에 바치는 공물

유로 경내에는 승방이 빽빽이 들어찼고, 많은 승려들이 거주하여 북적거렸다. 욕실에는 승려가 물을 데우지 않는 날이 없었고, 목욕하면서 줄곧 이야기를 나누니 매우 활기차게 보였다. 이렇게 번창하는 절이어서, 그 주변에 사는 민가들도 점점 늘어 마을이 북적거렸다.

그런데 이 내공은 어찌나 코가 길던지 5, 6치[8]나 되어 턱 끝보다 더 내려가 있는 것처럼 보였다. 색깔은 가죽빛으로 큰 귤껍질처럼 도톨도톨하게 부풀어 있었다.[9] 그것이 이루 말할 수 없이 가려우니, 주전자에 뜨거운 물을 끓이고, 쟁반[10]에 그 코가 들어갈 만큼의 구멍을 뚫어, 더운 열기에 얼굴이 화상을 입지 않도록 그 쟁반 구멍에 코를 집어넣고, 주전자에 코를 담가 찜질을 했다. 그리고 코가 보라색으로 변하면 옆으로 누워서 코 밑에 물건을 바쳐놓고 사람에게 밟게 했다. 충분히 찜질을 하여 꺼냈기에, 색깔이 꺼멓고 도톨도톨한 구멍 각각에서 연기와 같은 것들[11]이 나왔다. 더욱더 코를 세게 밟게 하면, 구멍마다 희고 작은 벌레가 고개를 내밀었다. 그것을 족집게로 빼내자 4푼四分[12] 정도의 흰 벌레가 뽑혀 나왔다. 뽑힌 자리는 마치 구멍이 뚫린 것처럼 되어 있었다. 그것을 또 마찬가지로 뜨거운 물에 집어넣고 아까처럼 쓱쓱 흔들어 찜질을 하자 작게 오그라들어 보통사람의 코처럼 작은 코가 되었다. 하지만 이삼 일이 지나면 또 가렵고, 부풀고 늘어나 원래처럼 큰 코로 되돌아갔다. 이런 일을 반복했지만 결국은 코가 부풀어 있는 날이 더 많았다.

그래서 뭘 먹거나 죽 등을 먹을 때에는 제자 승려를 마주 보고 앉히고, 길

---

8 한 치는 약 3센티.
9 비슷한 코의 소유자는 권26 제17화, 본권 제21화에도 보임. 『겐지 이야기源氏物語』의 스에쓰무하나末摘花도 유명.
10 얇은 판자를 구부려 만든 사각 쟁반.
11 실제로는 대량의 흰 피하지방이 나온 것일 것임.
12 1푼은 1/10치. 4푼은 1.2센티 정도.

이 1척尺,[13] 폭 1치寸[14] 정도의 평평한 판자를 코 밑에 집어넣어 코를 위로 받쳐 들게 하고서, 식사를 다 할 때까지 그렇게 하도록 하고, 다 먹고 나면 판자를 빼서 물러가도록 했다. 그런데 어쩌다가 다른 사람이 받쳐 드는 날이면 받쳐 드는 것이 서툰지라 언짢게 여기며 먹지 않았다. 그래서 이 제자 승려로 하여금 항상 판자를 받쳐 들도록 했다.

그런데 그 제자 승려가 어느 날 병이 나 나오질 않았다. 내공은 아침 죽을 먹으려 했으나 코를 받쳐 줄 사람이 없자

'이게 어찌된 일이지?'

하고 어찌 할 바를 몰라 하고 있었는데, 한 동자가 와서

"저라면 잘 받쳐 드릴 수 있는데, 절대 그런 소승 녀석에게 지지 않아요."

라고 말하는 것을 다른 제자 승려가 듣고

"이 동자가 이렇게 말합니다."

라고 내공에게 전했다. 그는 절에서 부리던 중동자中童子[15]로, 말쑥한 모습을 하고 있어, 윗 스님도 불러 부리던 자였기에 내공이

"그럼 그 동자를 불러라. 그렇게 말을 했다니 이것을 한번 받쳐 들도록 해 보자."

라고 말했다. 이에 동자를 불러 데려왔다.

동자는 코를 받치는 판자를 손에 들고 단정하게 내공과 마주 보고 앉아, 알맞은 높이로 받쳐 들어 내공이 죽을 먹을 수 있도록 했다. 내공은

"이 아이는 정말 능숙하구나. 평상시 이 일을 하는 승려보다도 잘한다."

라고 말하며 먹고 있는데, 동자가 얼굴을 돌려 크게 재채기를 했다. 그 순간

---

13 약 30센티.
14 약 3센티.
15 사원에서 일하는 소년. 나이가 든 대동자大童子와 나이가 어린 소동자小童子 사이의 중간연령인 소년.

아이의 손이 흔들려 코를 바치던 판자가 움직여, 코가 죽 그릇 속에 빠졌다. 동시에 죽이 잔뜩 내공의 얼굴에도, 동자의 얼굴에도 튀었다.

내공은 크게 화를 내고 종이로 머리나 얼굴에 묻은 죽을 닦으면서

"이 녀석, 너는 얼간이 거지 놈이다. 만일 내가 아니라 고귀한 분의 코를 받치고 있었다면 이런 짓을 했겠느냐? 바보 녀석, 썩 물러가거라 이놈."

이라고 말하고 내쫓았다. 동자는 사람들 눈에 띄지 않는 곳으로 가서

"세상에 저런 코를 가진 사람이 또 있어야지 딴 데 가서 코를 받쳐 들든가 말든가 하지. 바보 같은 소릴 하시는 스님이구나."

라고 말하니, 제자들이 그것을 듣고 밖으로 뛰쳐나가 크게 웃었다.

이를 생각해 보면, 실제로 어떤 코였던 것일까. 정말이지 희한한 코이긴 하다.

동자의 정곡을 찌른 말을 들은 사람들은 모두 칭찬했다고 이렇게 이야기로 전하여 내려오고 있다 한다.

池尾禅珍内供鼻語第二十

今昔、池ノ尾ト云フ所ニ禅智内供ト云フ僧住キ。身浄ク

テ真言ナド吉ク習テ、懃ニ行法ヲ修シテ有ケレバ、池ノ尾ノ

堂塔僧坊ナド、露荒タル所無ク、常灯仏聖ナドモ不絶ズシテ、

折節ノ僧共、寺ノ講説ナド滋ク行ハセケレバ、寺ノ内ニ僧坊

隙無ク住賑ハヒケリ。湯屋ニハ寺ノ僧共、湯不涌サヌ日無

クシテ、浴嗟ケレバ、賑ハヽシク見ユ。此ク栄ユル寺ナレ

バ、其ノ辺ニ住ム小家共、員数出来テ、郷モ賑ハヒケリ。

然テ、此ノ内供ハ、鼻ノ長カリケル、五六寸許也ケレ

バ、頤ヨリモ下テナム見エケル。色ハ赤ク紫色ニシテ、大柑

子ノ皮ノ様ニ粒立テゾ癢カリケル。其レガ極ク痒カ

リケル事無限シ。然レバ提ニ湯ヲ熱ク涌シテ、折敷ヲ其ノ鼻

通ル許ニ窟テ、火ノ気ニ面ノ熱ク炮ラルレバ、其ノ折敷ノ穴

ニ鼻ヲ指シ通シテ、其ノ提ニ指入レテゾ茹。紫色ニ成ツルヲ、

喬様ニ臥シテ、鼻ノ下ニ物ヲカヒテ、人ヲ以テ踏スレバ、吉ク

茹テ引出タレバ、色ハ黒ク、ツブ立タル穴毎ニ、煙ノ様ナル

物出ヅ。其レヲ責テ踏メバ、白キ小虫ノ穴毎ヨリゾ出ケル。

鑷子ヲ以テ抜ケバ、四分許ノ白キ虫ヲ穴毎ヨリゾ抜出ケル。

其ノ跡ハ穴ニテ開テナム見エケル。其レヲ亦同ジ湯ニ指入レ

テサラメキ、湯ニ初ノ如ク茹レバ、鼻糸小サク萎ミ腫テ、例

ノ人小キ鼻ニ成ヌ。亦二三日ニ成ヌレバ、痒リテ腫延テ、本

ノ如クニ腫テ、大キニ成ヌ。如此クニシツヽ、腫タル日員ハ

多クゾ有ケル。

然レバ、物食ヒ粥ナド食フ時ニハ、弟子ノ法師ヲ以テ、平

ナル板ニ一尺許ナルガ広一寸許ナルヲ、鼻ノ下ニ指入レテ、

向ヒ居テ上様ニ指上サセテ、物食畢マデ居テ、食畢ツレバ、

打下シテ去ヌ。其レニ、異人ヲ以テ持上サスル時ニハ、悪ク

指上ケレバ、六借テ物モ不食成ヌ。然レバ此ノ法ノ師ヲナム

定メテ、持上サセケル。

其レニ、其ノ法師心地悪シクゲンテ不出来ケル時ニ、内供朝粥

食ケルニ、鼻持上ル人ノ無カリケレバ、「何ガセムト為ル」

ナド綵フ程ニ、童ノ有ケルガ、「己ハシモ吉ク持上奉ラムカ

シ。更ニヨモ其ノ小院ニ不劣ゾ」ト云ケルヲ、異弟子ノ法師

ノ聞テ、「此ノ童ハ然ニナム中ス」ト云ケレバ、此ノ童、中

童子ノ、見目モ穢気無クテ上ニモ召上テ仕ケル者ニテ、「然

ハ其ノ童召セ。然云ハヾ、此レ持上サセム」ト云ケレバ、童

召将来ヌ。

童鼻持上ゲノ木ヲ取テ、直シク向テ、吉キ程ニ高ク持上

テ、粥ヲ飲ヌレバ、内供、「此ノ童ハ極キ上手ニコソ有ケレ。

例ノ法師ニハ増タリケリ」ト云テ、粥ヲ飲ル程ニ、童、顔ヲ

喬様ニ向テ、鼻ヲ高ク簸ル。其ノ時ニ、童ノ手簁テ、鼻持上

ノ木動ヌレバ、鼻ヲ粥ノ鋺ニフタト打入ツレバ、粥ヲ内供ノ

顔ニモ童ノ顔ニモ多ク懸ヌ。

内供大キニ嗔テ、紙ヲ取テ頭面ニ懸タル粥ヲ巾ツゝ、「己

ハ極カリケル心無シノ乞匃カナ。我レニ非シテ止事無キ人ノ

御鼻ヲモ持上ムニハ、此ヤセムト為ル。不覚ノ白者カナ。立

ネ、己」ト云テ、追立ケレバ、童立テ隠レニ行テ、「世ニ人

ノ此ル鼻ツキ有ル人ノ御バコソハ、外ニハ鼻モ持上メ。嗚

呼ノ事被仰ヽ、御房カナ」ト云ケレバ、弟子共此レヲ聞テ、

外ニ逃去テゾ咲ケル。

此レヲ思フニ、実ニ何カナリケル鼻ニカ有ケム、糸奇異カ

リケル鼻也。

童ノ糸可咲ク云タル事ヲゾ、聞ク人讃ケル、トナム語リ伝

ヘタルトヤ。

좌경左京 대부大夫 □□에게
이명異名이 붙은 이야기

이 이야기도 이상한 신체적 특징을 가진 사람의 이야기. 좌경左京 대부大夫 아무개는 얼굴이 아주 창백해서 아오쓰네青經 공이라는 이명이 붙여져 전상인殿上人들로부터 조소嘲笑의 표적이 되었다. 무라카미村上 천황天皇이 그것을 가엾게 생각해 그 호칭을 금하였기에, 전상인끼리 벌칙을 만들었는데, 후지와라노 가네미치藤原兼通가 그것을 위반해 진수성찬을 대접해야 하는 입장이 되었다. 그때 가네미치가 내놓는 향응饗應이 모두 청색 일색으로 만좌의 웃음을 사고, 모처럼의 금지령도 별 소용이 없게 되었다는 이야기. 벌칙을 역으로 이용한 가네미치의 기지는 도가 지나친 장난이라는 느낌이 감돈다.

이제는 옛이야기이지만, 무라카미村上 천황天皇[1]의 치세에 그다지 주목받지 못하는 친왕親王[2]의 아들로 좌경左京 대부大夫 《미나모토노 구니마사源邦正》[3]라는 사람이 있었다. 키가 조금 크고 말라서 기품은 있어 보였지만, 행동이나 옷차림은 어딘가 얼빠진 사람처럼 보였다. 머리가 짱구머리여서 갓

---

1 → 인명. 천경天慶 9년(946)에서 강보康保 4년(967)까지 재위.
2 다이고醍醐 천황의 넷째 아들인 시게아키라重明 친왕親王(→인명).
3 좌경 대부의 성명 명기를 위한 의도적 결자. 시게아키라 대군의 장남인 미나모토노 구니마사源邦正(→인명)가 추정되어 보충함.

끈이 등에 붙지 않고 등에서 떨어져 흔들거렸다. 안색은 닭의장풀[4] 꽃을 칠한 것처럼 푸르스름하고 눈꺼풀은 검고, 코는 매우 높고 약간 붉은 빛을 띠었다.[5] 입술은 연하고 핏기가 없어 웃으면 잇몸이 빨갛게 드러났다. 목소리는 코 멘 소리로 새된 목소리여서 무슨 말을 하면 온 집안에 울려 퍼졌다. 걸을 때에는 몸을 가불거리고 엉덩이를 흔들며 걸었다. 이 사람은 전상인殿上人이긴 했지만, 유난히 피부색이 창백했기에 □□[6]의 전상인들은 모두 이 사람을 아오쓰네青經 공이라고 별명을 붙여 부르며 웃었다. 그중에서도 특히 혈기왕성하고 제멋대로 구는 젊은 전상인들은, 이 아오쓰네 공의 행동 하나하나를 조롱하며 놀려 댔기에, 천황이 이를 들으시고 모른 체할 수 없어서,

"전상인들이 이 사람을 그렇게 놀리는 것은 정말 안 될 일이다. 아버지인 친왕[7]이 들으면 내가 이렇게 제지하는 것도 모르고 나를 원망할 게다."
라고 말씀하시고는 진심으로 언짢아하셨다. 그러자 전상인들이 모두 혀를 차며[8] 앞으로는 비웃지 말자고 서로 약속을 했다. 그리고 신불에게

"천황께서 저렇게 언짢아하시니 앞으로 일절 아오쓰네라고 부르는 것을 금지한다. 만일 이와 같이 맹세한 이후에 또 아오쓰네라고 부르는 자가 있으면 술과 안주, 과일 등을 가져오도록 해서 속죄토록 한다."
라고 맹세했다.

그 후 얼마 안 되어, 당시 중장中將이었던 호리카와堀川 가네미치兼通[9] 대신大臣이 이 약속을 깜박 잊고 그 사람이 걸어가는 뒷모습을 보고는 엉겁결에

---

4 흔히 달개비라고도 하며, 여름에 접형蝶形의 박청색薄靑色 꽃이 펴서 그 꽃을 갈아 옷을 물들였음.
5 붉은 큰 코는 당시 추남의 상징이었음.
6 한자표기를 위한 의도적 결자. 해당어 미상.
7 시게아키라 친왕. 무라카미 천황의 이복형. → 주2.
8 불만의 동작.
9 후지와라노 가네미치藤原兼通(→인명)를 가리킴. 단, 근위부 중장 취임 사실이 확인이 안 됨.

"저 아오쓰네 나리는 어딜 행차하시나?"

라고 말했다. 전상인들이 이 말을 듣고 나무라며

"맹세를 이렇게 깨다니 정말 괘씸한 일이다. 그러니 약속대로 즉시 서둘러 집에 술과 안주, 과일을 가져오도록 하여, 속죄해야 마땅하다."

라고 모두 모여 몰아붙였다. 호리카와 중장이 웃으며

"그렇게는 하지 않겠소."

라고 거절하셨지만, 모두 일제히《정색하고》[10] 몰아세우자, 중장이

"그럼 모레쯤 아오쓰네라고 부른 죄를 속죄토록 하지. 그날은 전상인, 장인藏人 할 것 없이 모두 모여 주시게."

라고 말하고 저택[11]으로 돌아갔다.

그날이 되자, 호리카와 중장이 아오쓰네라고 부른 죄를 속죄한다고 하여, 오지 않은 전상인이 한 명도 없을 정도로 모두 참석했다. 전상간殿上間[12]에 쭉 앉아서 기다리고 있는데, 얼마 후 호리카와 중장이 노시直衣[13] 차림으로 궁궐에 들어오셨다. 주위가 환해질 정도의 용모로 철철 넘치는 매력을 풍기며 이루 말할 수 없이 멋진 향기를 풍기며 나타났다. 나긋나긋한 노시 옷자락 사이로 안에 받쳐 입은 파란 속옷을 드러내고[14] 사시누키指貫[15]도 파란색을 입고 있었다. 따르던 네 명의 수하에게도 모두 파란색 가리기누하카마狩衣袴[16]와 아코메袙[17]를 입혔다. 그중의 한 명은 파랗게 착색되어 있는 쟁

---

10 한자표기를 위한 의도적 결자. 『우지 습유宇治拾遺』를 참조하여 보충함.
11 호리카와堀川의 자택을 가리킴.
12 청량전清涼殿의 남쪽 행랑방에 있는 전상인의 대기소.
13 고위고관의 평상복.
14 의식 등 격식 차릴 때 하는 착의법임.
15 노시 아래에 입는 하카마(하의).
16 가리기누와 하카마. 귀족의 약식 복장.
17 여기서는 안에 받쳐 입은 속옷인 고소데小袖를 말함.

반 위에 청자 접시를 얹어서 그곳에 다래열매[18]를 □[19]담은 것을 받쳐 들고 있었다. 한 명은 청자 항아리에 술을 넣어 파란 우스요薄樣[20] 종이로 입구를 감싸서 들고 있었다. 또 한 사람은 파란 대나무 가지에 파란색 작은 새를 대여섯 마리 정도 붙여서 들고 있었다. 이것들을 전상간 입구[21]에서 차례차례로 가져와 전상간 앞에 놓자 이것을 본 전상인들이 일제히 떠나갈 듯한 목소리로, 한꺼번에 폭소를 터트리며 와자지껄 떠들어댔다

　이 소리를 들은 천황이

"도대체 무슨 일로 웃는 것이냐?"

하고 묻자 여관女官이

"가네미치가 아오쓰네라고 말을 하여, 전상인들에게 비난을 받아 그 죗값을 치르고 있는 것을 모두가 웃으며 떠들고 있는 것이옵니다."

라고 대답했다. 천황은

"속죄를 어떻게 한 것인가?"

하고 낮 어좌御座[22]에 나오시어 작은 격자 창문[23]으로 엿보니, 가네미치 중장이 자신의 옷을 비롯해 수하들까지 모두 파란색 일색의 옷을 입히고, 파란색 음식만을 가지고 입궐해 있는 것을 보고,

　'그럼 저것을 가지고 웃었던 것이로구나.'

라고 생각하시고 자신도 웃음이 나와 배꼽을 잡고 실컷 웃으셨다. 그 후로

18　* 다랫과의 낙엽 활엽 덩굴나무로 열매는 키위와 비슷함.

19　한자표기를 위한 의도적 결자. 해당어는 불분명. '겹쳐' 등이 추정됨.

20　얇게 뜬 고급 안피지雁皮紙의 일본 종이.

21　전상간 앞의 신발 벗는 곳 부근. 수하들은 전상간에 오를 수 없기에, 신선문神仙門을 통과해 작은 정원으로 들어와 전상간 앞 작은 마루에 물건을 늘어놓았을 것임.

22　원문은 "히노 오마시日ノ御座"로 되어 있음. 청량전 중앙부에 설치된 천황의 낮의 어좌소御座所.

23　원문은 "고지토미小蔀"로 되어 있음. 천황이 전상간을 엿보기 위한 것으로, 낮 어좌소와 전상간 경계벽 위쪽 한쪽에 격자를 댄 작은 창문.

는《정색하고》[24] 화내는 일도 없으셨기에, 전상인들은 더욱더 그를 웃음거리로 삼아 떠들어 댔다.

　이런 연유로 아오쓰네 공이라는 별명으로 계속 불리고 말았다고 이렇게 이야기로 전하여 내려오고 있다 한다.

左京大夫□ 付異名語第二十一

今昔、村上ノ天皇ノ御代ニ、旧宮ノ御子ニテ、左京ノ大
夫[一四]ト云人有ケリ。長少シ細高ニテ、極クアテヤカナル様ニ、
ハシタレドモ、有様姿ナム鳴呼也ケル。頭ノ鎧頭也ケリ。
頭ハ背ニ不付ズシテ、離レタレナム被振ケル。色ハ露草ノ華ヲ
塗タル様ニ青白ニテ、眼ハ黒クテ、鼻鮮ニ高クテ、色少
シ赤カリケリ。唇ハ薄ク色モ無クテ、咲バ歯ガチナル者ノ斷
ハ赤ナム見エケル。物云ヘバ一内ノ其[二八]ノ
響テゾ聞エケル。音ハ鼻音ニテ高カリケリ。
殿上人、皆此レヲ、青経ノ君トゾ付ケルヲ咲ヒケル。
就中ニ、若キ殿上人共ノ勇ミ寵タルハ、此ノ青経ノ君ヲ、

起居ニ付ケテ不安ニ極ク咲ヒケレバ、天皇此レヲ聞食シ余リ
テ、「殿上ノ男共ノ此レヲ此ク咲フ、糸便無キ事也。父ノ御
子此レヲ聞カバ、此ク制止スルヲ不知ズシテ、我ヲコソ恨
ムトスレ」ト仰セ給ヒテ、マメヤカニ六借ラセ給由ヲ云
殿上人共皆舌哭ヲシテ、此レヨリ後ハ、不咲マジキ由ヲ
契テケリ。然テ起請シケル様ハ、「此ク六借ラセ給ヘバ、今
ヨリ後永ク此ノ青経ヲ呼ブ事ヲ停止ヌ。若シ、此ノ人ノ起請シテ
後、青経ト呼タラム人ニハ、酒、肴、菓子ナド取出サセテ贖
セム」ト契テケリ。

其ノ後幾モ無クテ、堀川ノ兼通ノ大臣ノ中将ニテ御マシ
ケルガ、此ノ起請ヲ急ト忘ニケレバ、□無ク、此ノ人ノ立テ
行ク後ヲ見テ、「彼ノ青経丸ハ何チ行クゾ」ト宣ケルヲ、殿
上人共此レヲ聞テ、「此ク起請ヲ壊ツル事ハ糸便無キ事也。
然レバ云定メシ様ニ、速ニヤガテ酒、肴、菓子取ニ遣テ其ノ
事可贖シ」ト集テ責嘖ケレバ、堀川ノ中将戯テ、「不為ジ」
ト辞ビ給ケレドモ、集テ□ヤカニ責ケレバ、中将、「然ラ

バ明後日許此ノ青経呼タル事ハ贖ハム。人有ル限リ集リ給ヘ」ト云テ、里ヘ出給ヒケリ。

其ノ日ニ成テ、「堀川ノ中将、青経ノ君呼タル過可贖シ」トテ、殿上人皆不参又人無ク、皆参タリ。

程ニ、堀川ノ中将、襴姿ニテ、形ハ光ル様ナル人ノ愛敬ハ泛ニ泛ズ、艶ズ馥、クテ参リ給ヘリ。襴ノナヨ、カニ微妙キ裾ヨリ青キ出袖ヲシタリ、指貫モ青キ色ノ指貫ヲ着タリ。随身ノ限ヲ持セテ参タレバ、殿上ノ人

四人ニ皆青キ狩衣袴、袙ヲ着セタリ。一人ニハ青ク綵タル折敷ニ、青瓷ノ盤ニ荇ヲ□テ盛テ居タルヲ捧ゲタリ。一人ニハ青瓷ノ瓶ニ酒ヲ入レテ、青キ薄様ヲ以テロヲ裹テ持セタリ。一人ニハ青キ竹ノ枝ニ、青キ小鳥五ツ六ツ許ヲ付テ持セタリ。一人ニハ青キ出口ヨリ持次キテ、殿上ノ前ニ参タレバ、殿上ノ人共、此ヲ見テ皆諸音ニ咲喤ル事愕タ、シ。

其ノ時、天皇此レヲ聞食シテ、「此ハ何事ヲ咲ゾ」ト問ハセ給ケレバ、女房、「兼通ガ青経呼テ候ヘバ、其ノ事ニ依テ、殿上ノ男共此ニ被責テ、其罪贖ヒ候フヲ、咲ヒ喤リ候フ也」ト

申シケレバ、天皇、「何様ニシテ贖フゾ」トテ、日ノ御座ニ出サセ給テ、小蔀ヨリ臨セ給ケルニ、兼通ノ中将、我ガ身ヨリ始メテ、随身モ皆ヒタ青ナル装束ヲシテ、青キ食物ノ限ヲ持セテ参タレバ、「此レヲ咲フ也ケリ」ト御覧ジテ、可咲ク思食ケレバ、否腹立不給テ、天皇モ極ク咲ハセ給ケル。其ノ後ハ、□ヤカニ六借ラセ給フ事モ無カリケレバ、殿上人共弥ヨナム咲ヒ喤ケル。

然レバ青経ノ君ニ異名付テ止ニケリ、トナム語リ伝ヘタルトヤ。

指貫（紫式部日記絵巻）

다다스케忠輔 중납언中納言에게
이명異名이 붙은 이야기

후지와라노 다다스케藤原忠輔 중납언中納言은 항상 얼굴을 들고 하늘을 쳐다보고 있
는 모습인데, 어느 날 좌대장左大將 후지와라노 나리토키藤原濟時로부터 "하늘에는 무
슨 일이 일어나고 있는가?"라고 조롱을 당한다. 발끈한 다다스케는 지금 대장을 범하
는 별이 나타났다고 응수를 해 버렸는데, 뜻밖에도 그 농담이 사실로 되어 얼마 후 나
리토키가 그만 죽고 말았다. 그 후 다다스케는 중납언이 되었지만, 여전히 '아오기仰
('위 보기'라는 의미) 중납언'이라는 별명이 따라 붙었다는 이야기. 앞 이야기에 이어 계
속되는 별명에 관한 이야기이다.

    이제는 옛이야기이지만, 중납언中納言 후지와라노 다다스케藤原忠輔[1]라는
사람이 있었다. 이 사람은 얼굴이 항상 위로 향해 하늘을 쳐다보는 모습을
하고 있었기에, 세상 사람들은 이 사람에게 아오기仰 중납언[2]이라는 별명
을 붙여 불렀다.

    그런데 이 사람이 우중변右中辨[3]으로 전상인殿上人이었을 때, 고이치조小

---

1   → 인명.
2   이 별명은 『영화 이야기榮花物語』 권8 · 31에 보임. * '아오기'란 동사 '아오구仰ぐ(위를 보다)'의 명사형으로
    '위 보기'란 의미.
3   태정관太政官 변관국辨官局의 제3등관. 좌우에 대 · 중 · 소가 있고 중변中辨은 정오위상正五位上에 상당. 참
    고로, 다다스케는 영원永延 1년(987)에 권좌중변權左中辨, 정력正曆 5년(994)에 좌중변, 장덕長德 2년(996)에
    우대변(『변관보임辨官補任』)으로 우중변이었던 때는 없다. 나리토키濟時는 영조永祚 2년(990)에서 장덕 1년

一條 좌대장左大將 나리토키濟時[4]라는 사람이 입궐하여 이 우중변을 만났다. 하늘을 쳐다보는 우중변의 모습을 보고 대장은 장난으로

"지금 하늘에는 무슨 일이 있습니까?"

라고 말했다. 우중변은 이 소리를 듣고 발끈하여

"지금 하늘에는 대장[5]을 범하는 별이 나타났소."

라고 대답했기에 대장은 무척 불쾌했지만 원래 농담으로 한 말인지라, 화낼 수도 없어 쓴웃음을 짓고 말았다. 그 후 얼마 지나지 않아 대장이 숨을 거두셨다. 그래서 우중변은 그 농담 탓일지도 모른다고 생각했다.

사람이 목숨을 잃는 것은 모두 전세前世의 응보應報라고 한다. 하지만 쓸데없는 농담을 해서는 안 된다. 이렇게 결부시켜 생각되는 일도 있기에 말이다.

우중변은 그 후 오래 살아 중납언까지 되었지만,[6] 역시 그 별명이 없어지지 않고 세상 사람들이 아오기 중납언이라는 별명을 붙여 부르며 웃었다고 이렇게 이야기로 전하여 내려오고 있다 한다.

까지 좌대장(『공경보임公卿補任』). 양자의 재임 때를 조합해 보면 당시는 '좌중변'이 타당함.

4 후지와라노 나리토키藤原濟時(→인명)를 가리킴. '소일조小一條'→ 헤이안경도平安京圖.

5 대장은 별을 가리키는 것인가? 천문天文에서는 태백太白 즉 금성을 대장군 별大將軍星이라 함. 대장별을 침범하는 전조前兆의 별이 나타났음을 의미함.

6 다다스케의 권중납언權中納言 보임은 관홍寬弘 2년(1005)으로 그때 나이는 60세. 나리토키가 죽은 후 십 년째에 해당.

忠輔中納言付異名語第二十二

今昔、中納言藤原ノ忠輔ト云フ人有ケリ。此ノ人常ニ仰
テ空ヲ見ル様ニテノミ有ケレバ、世ノ人、此レヲ仰ギ中納言
トゾ付タリケル。

而ニ、其ノ人ノ、右中弁ニテ殿上人ニテ有ケル時ニ、小一
条ノ左大将済時ト云ケル人、内ニ参リ給ヘリケルニ、此ノ右
中弁ニ会ヌ。大将、右中弁ノ仰ギタルヲ見テ、戯レテ、「只今
天ニハ何事カ侍ル」ト被云ケレバ、右中弁此ク被云テ、少シ撃

縁発ケレバ、「只今天ニハ大将ヲ犯ス星ナム現ジタル」ト答
ヘケレバ、大将頗ル半無ク被思ケレドモ、戯ナレバ否不腹立
ズシテ、苦咲テ止ニケリ。其ノ後、大将幾ク程ヲ不経ズシ
テ失給ヒケリ。然レバ、此ノ戯ノ言ノ為ルニヤ、トゾ右中弁
思ヒ合セケリ。

人ノ命ヲ失フ事ハ、皆前世ノ報トハ云乍ラ、由無カラ
ム戯言不可云ズ。此ク思ヒ合スル事モ有レバ也。

右中弁ハ、其ノ後久ク有テ中納言マデ成テ有ケレドモ、尚
其ノ異名不失ズシテ、世ノ人、仰中納言トゾ付テ咲ケル、ト
ナム語リ伝ヘタルトヤ。

산조三條 중납언中納言이
물에 밥을 말아 먹은 이야기

산조三條 중납언中納言 아무개는 현명하고 학식도 있어 사려 깊은 인물이었지만, 심한 비만증을 앓고 있어, 의사로부터 여름 살 빼는 요법으로 물에 밥을 말아먹는 처방을 받았는데, 물에 밥을 말아먹기는 했지만 엉뚱하게도 엄청난 양의 밥을 넣는 바람에 모처럼의 요법도 소용이 없었고 오히려 점점 더 뚱뚱해져 마치 스모 선수처럼 되었다는 이야기. 형식적으로는 의사의 충고에 따랐으나 실질적으로는 바뀐 것이 없고 오히려 역효과만 났다고 하는 터무니없는 사건임.

이제는 옛이야기이지만, 산조三條 중납언中納言[1] 이라는 사람이 있었다. 이름은《아사나리朝成》[2]라 하는데, 산조三條 우대신右大臣[3]이라는 분의 아드님이셨다.

현명한 분으로 당나라에 관한 일이나, 우리나라에 관한 일은 모르는 것이 없었고, 사려도 깊고 대담하며 강인한 인품의 소유자였다. 또한 생笙[4]을 대단히 잘 불었다. 게다가 재산을 불리는 재주가 있어 집도 부유했다. 다만 키

---

1 → 인명. 후지와라노 아사나리藤原朝成를 가리킴.
2 '아사나리'가 해당.
3 후지와라노 사다카타藤原定方를 가리킴.
4 중국(당나라) 전래의 관악기. 장단長短 17개의 죽관竹管으로 구성되어 주로 아악雅樂 연주에 사용됨. 참고로 『이중력二中曆』 '능력能曆'・'관현인管絃人'에 아사나리의 이름이 보임.

가 크고 몹시 뚱뚱했는데, 너무나 살이 쪄 괴로운 나머지, 와케노 시게히데

和氣重秀[5]라는 의사를 불러

　"이렇게 살이 찌는데 어떻게 할 수 없겠는가? 몸이 무거워 정말 괴롭군."

　이라고 말하자, 《시게히데》[6]가

　"겨울에는 더운 물을 부은 밥을, 여름에는 찬물을 부은 밥을 먹는 게 좋습니다."

라고 아뢰었다.

　때는 6월 무렵인지라 중납언이 《시게히데》에게

　"그럼 잠시 이곳에 있어 주게. 물에 밥을 만 식사를 보여 주지."

라고 말했다. 《시게히데》는 분부대로 그곳에 대기하고 있자, 중납언이 시

侍[7]를 부르니 시侍 한 명이 왔다. 중납언이

　"여느 때 먹는 것처럼 해서 물에 밥을 말아 가져오너라."

라고 말하자 시侍가 물러갔다. 얼마 후 큰 밥상을 가져와 앞에 놓았다. 밥상에는 젓가락 받침대가 두 개 정도 놓여 있었다. 계속해서 시侍가 접시를 받쳐 들고 가져왔다. 《급사給仕》[8]역의 시侍가 밥상에 올려놓은 것을 보니, 중간 크기의 용기에 3치寸[9] 정도의 흰 말린 오이가 통째로 열 개 정도가 담겨 있었다. 다른 중간 크기의 용기에는, 절여서 발효시킨 은어[10]의 크고 넓찍한 꼬리와 머리가 삼십 개 정도 담겨 있었다. 거기에 큰 사발이 따로 있었고 이것들이 모두 큰 밥상에 차려졌다.

5　→ 인명(와케노 시게히데). 참고로 짓센여자대학본實踐女子大學本에서는 이곳을 결자로 하고 "重秀松イ"라고 방서傍書되어 있음. 후문으로 보아 원래 원본에서는 결자였던 것으로 추정됨.

6　→ 주5. 이하 동일.

7　* 일본어로 '사부라이'로 읽음. 후세의 사무라이侍와는 다르게, 신분이 낮은 고용살이를 하는 남자의 총칭. 경비나 잡무에 종사하는 고용인.

8　한자표기를 위한 의도적 결자. 『우지 습유』를 참조하여 보충함. 식사 시중을 드는 종자.

9　약 9센티.

10　은어를 밥과 소금에 절여 발효시킨 음식.

또 한 명의 시侍가 커다란 은주전자에, 큰 은 숟가락을 꽂아 무거운 듯이 가져와 앞에 놓았다. 그러자 중납언이 사발을 들고 시侍에게 건네며

"여기에 담거라."

라고 말했다. 시侍는 밥을 숟가락으로 몇 번이고 떠서 수북이 담고, 옆으로 물을 조금 부어 건네자 중납언이 밥상을 가까이 당겨서 사발을 들었다. 정말 크다고 생각했던 사발이, 엄청 큰 손으로 집어 들자 그것이 하나도 이상하게 느껴지지 않았다. 우선 말린 오이를 깨물어 세 조각으로 낸 뒤 세 개 정도 먹었다. 그다음 절인 은어를 깨물어 두 조각으로 낸 뒤 대여섯 개를 날름 먹어 치웠다. 그런 후 물을 부은 밥을 가까이 가져와 두 번 정도 젓가락으로 젓는가 싶더니 벌써 다 밥이 없어져서

"또 한 그릇 담거라."

라며 사발을 건넸다.

이것을 본 《시게히데》가

"물에 밥을 말아서 드신다 해도 이런 식으로 드셔서는 절대 살찌는 것을 멈추실 수 없습니다."

라고 말하고 도망쳐 나왔고,[11] 나중에 이 일을 사람들에게 이야기하며 크게 웃었다.

그래서 이 중납언은 점점 더 살이 쪄 마치 스모相撲[12] 선수처럼 되었다고 이렇게 이야기로 전하여 내려오고 있다 한다.

---

11 본권 제20화와 마찬가지로 그 자리를 피해 비웃은 것임.
12 스모 절회節會에 소집된 스모 선수. 권23 제21~25화 참조.

三条中納言食水飯語第二十三

今昔、三条ノ中納言ト云ル人有ケリ。名ヲバ□トゾ
云ケル。
三条ノ右大臣ト申ケル人ノ御子也。

身ノ才賢カリケレバ、唐ノ事モ此ノ朝ノ事モ皆吉ク知テ、
思量リ有リ肝太クシテ、押柄ニナム有ケル。亦笠ヲ吹ク事ナ
ム極タル上手也ケル。亦身ノ徳ナドモ有ケレバ、家ノ内モ豊
ナリケリ。長高クシテ太リテナム有ケレバ、太リノ責テ苦シ
キマデ肥タリケレバ、医師和気重秀ヲ呼テ、「此ク太ルヲバ、
何ガセムト為ル。起居ナド為ルガ、身ノ重クテ極ク苦シキ
也」ト宣ケレバ、□ガ申ケル様、「冬ハ湯漬、夏ハ水漬ニ
テ御飯ヲ可食キ也」ト。

其ノ時六月許ノ事ナレバ、中納言□ヲ、「然ハ暫ク居タ
レ。水飯食テ見セム」ト宣ケレバ、□宣フニ随テ候ケルニ、
中納言侍ヲ召セバ、侍一人出来タリ。中納言、「例食ノ様
ニシテ、水飯持来」ト宣ヘバ、侍立ヌ。暫許有テ、御台行
□ヲ持参テ、御前ニ居ヘツ。台ニハ箸ノ台ニ許ヲ居ヘタリ。
次キテ侍盤ヲ捧テ持来ル。□ノ侍台ニ居フルヲ見レバ、
中ノ甕ニ白キ□瓜ノ三寸許ナル、不切ズシテ十許盛タリ。
亦中ノ甕ニ鮨鮎ノ大キニ広ラカナルヲ、尾頭許ヲ押テ、三

十許盛タリ。大キナル鋺ヲ具シタリ。皆台ニ取リ居ヘツ。

亦一人大キナル銀ノ提ニ大キナル銀ノ匙ヲ立テ重気ニ持テ前ニ居タリ。然レバ中納言鋺ヲ取テ侍ニ給テ、「此ニ盛レ」ト宣ヘバ、侍匙ニ飯ヲ救ツヽ、高ヤカニ盛上テ、喬ニ水ヲ少シ入レテ奉タレバ、中納言台ヲ引ヨセテ、鋺ヲ持上ゲ給タルニ、然許大キナル手ニ取給ヘルニ、中納言ノ手ニ取給ヘルニ、「大キナル鋺カナ」ト見ユルニ、気シクハ非ヌ程ナルベシ。先ヅ□瓜ヲ三切許ニ食切テ、三ツ許食ツ。次ニ鮨鮎ヲ二切許ニ食切テ、五ツ六ツ許安ラカニ食ツ。次ニ水飯ヲ引寄セテ、二度計箸廻シ給フト見ル程ニ、飯失ヌレバ、「亦盛レ」トテ、鋺ヲ指遣リ給フ。

其ノ時ニ□、「水飯ヲ役ト食トモ、此ノ定ニダニ食サバ、更ニ御太リ可止マルベキニ非ズ」ト云テ、逃テ去テ、後ニ人ニ語テナム咲ケル。

然レバ此ノ中納言弥ヨ太リテ、相撲人ノ様ニテゾ有ケル、

トナム語リ伝ヘタルトヤ。

곡기穀氣를 끊었다는 성인聖人이 쌀을 가지고 있어 웃음거리가 된 이야기

몬토쿠文德 천황天皇 치세에 곡기를 끊은 성인聖人으로 명성을 떨치던 하타키 산波太岐山의 성인이 천황의 부름을 받고 상경하여 많은 신망을 받고 있었는데, 이것을 의심한 젊은 전상인들이 성인이 출타한 빈 집을 수색하여 쌀을 먹은 대변과 숨겨 둔 쌀을 찾아내어 그 가면을 벗기고 쌀 똥米糞 성인이라 비웃자 성인은 얼굴이 새빨개져 달아났다는 이야기. 어느 시대에도 있을 법한 사기꾼 이야기로 『우지 습유宇治拾遺』에 등장하는 광혹狂惑 법사와 일맥상통한다.

이제는 옛이야기이지만, 몬토쿠文德[1] 천황天皇 치세에 하타키 산波太岐山[2]이라는 곳에 한 성인[3]이 살고 있었다. 다년간 곡기穀氣를 끊고[4] 살아왔는데, 천황이 이 이야기를 들으시고는 그를 불러 신천원神泉苑[5]에 살게하면서 깊이 귀의歸依하셨다. 이 성인은 평생 곡기를 끊고 살아 왔기에 나뭇

---

1 → 인명. 재위는 가상嘉祥 3년(850)에서 천안天安 2년(858)까지. 다만, 여기는 『몬토쿠실록文德實錄』 기사에 의해서 제형齊衡 원년(854) 7월의 일임을 알 수 있음.
2 미상. 성인의 고향인 비젠 지방備前國의 한 산으로 추정됨.
3 『몬토쿠실록』에는 비젠 지방의 우바새優婆塞라고 함. 정식 승려가 아니고 산중에서 고행하는 승려 형태의 한 행자行者로 추정됨.
4 불도수행자의 고행의 한 방법으로 장기간 곡류 섭취를 끊는 것. 오곡五穀 끊기, 십곡 끊기 등 이것을 실천한 행자를 '선인仙人' '성인聖人'으로 존경하며 숭상했음.
5 → 지명.

잎[6]을 상식常食으로 하고 있었다.

 그런데 젊고 혈기왕성한 전상인殿上人 중에 장난치기 좋아하는 자[7]들 여럿이서

 "자, 가서 곡기를 끊었다는 성인인지 뭔지를 한번 보자고."

라며 그 성인이 사는 곳으로 갔다. 성인이 짐짓 고상한 채 앉아 있는 것을 보고 전상인들이 절을 하며

 "성인은 곡기를 끊은 지 얼마나 되셨습니까? 그리고 연세는 어떻게 되십니까?"

라고 물었다. 성인은

 "나이는 이제 칠십이 되었지만, 젊을 때부터 곡기를 끊어서 이제 한 오십여 년이 됩니다."라고 대답했다. 이것을 들은 한 전상인이 소리를 낮춰[8]

 "곡기를 끊은 사람의 똥은 어떻게 생겼을까? 절대로 보통 사람과 같을 리가 없겠지. 한 번 가서 보자고."

라고 해서 두세 명 정도가 측간에 가 보았다. 가서 보니 쌀을 먹은 똥이 엄청 □[9] 있었다. 이것을 보고,

 "곡기를 끊은 사람이 이런 똥을 눌 리가 없지."

라고 의심하여 성인이 있는 곳으로 돌아와 성인이 잠깐 자리를 비운 틈을 타서, 앉아 있던 돗자리를 뒤집어 보았다. 그러자 마룻바닥 밑에 구멍이 하나 뚫려 있고 그 밑의 흙이 조금 파헤쳐져 있었다. 수상하다고 여기고 자세히 보니 천 주머니에 쌀이 들어 있었다. 전상인들은 이것을 보고 예상대로구나 하고 돗자리를 원래대로 깔고 모르는 체 하고 있는데 성인이 돌아왔

---

6   산중에서 고행하는 신선神仙이나 행자의 상식으로 생각되던 것 중 하나.
7   본권 제4화에도 등장.
8   성인에게 들리지 않도록 소리를 낮춰 살짝 말하기를.
9   한자표기를 위한 의도적 결자.『우지 습유宇治拾遺』를 참조하면 '싸질러'가 추정됨.

다. 그를 보고 전상인들이 웃으며

"쌀 똥 성인, 쌀 똥 성인."

이라고 큰 소리로 외쳐대며 막 웃어 대자 성인은 얼굴이 새빨개져서 달아났다. 그리고 그대로 행방을 감추어 버렸다.

놀랍게도 이 성인은 남을 속여 존경받으려고 몰래 쌀을 숨겨 놓고 있었는데, 그런 줄도 모르고 곡기를 끊은 성인이라며 칭찬도 귀히하시고 사람들도 존귀하게 여겼다고 이렇게 이야기로 전하여 내려오고 있다 한다.

穀斷聖人持米被咲語第二十四

今昔、文徳天皇ノ御代ニ、波太岐ノ山ト云フ所ニ聖人有ケリ。穀ヲ断テ年来ヲ経ニケリ。天皇此ノ由ヲ聞食テ、召出シテ、神泉ニ被召居テ、帰依セサセ給フ事無限シ。此ノ聖人永ク穀ヲ断タル者ナレバ、木ノ葉ヲ以テ食トシテナム有ケル。

而間、若ク勇タル殿上人ノ物咲スル、数、「去来行テ彼ノ穀断ノ聖人見ム」ト云テ彼ノ聖人ノ居タル所ニ行ヌ。聖人ノ極ク貴気ニテ居タルヲ見テ、殿上人共礼拝シテ問テ云、「聖人、穀ヲ断テ何年ニ成セ給フ。亦、年ハ何ニカ成ラム」ト。聖人ノ云ク、「年既ニ七十二罷リ成ヌ」ト云フ、聞テ、一人ノ殿上人ノ云ク、「五十余年ニハ罷リ成タルニ、若ヨリ穀ヲ断タレバ、若ヨリ穀ヲ断人忍テ云ク、「穀断ノシタル屎ハ何様ニカ有ラム。例ノ人ノニハ不似ジカシ。去来行テ見ム」ト云合セテ二三人許厠ニ

行テ見レバ、米ヲ多ク□量タリ。此レヲ見テ、「穀断ハ争デ此ハ可為キゾ」ト怪ビ疑ヒテ、聖人ノ居所ニ返リ行タルニ、聖人白地ニ立去タル間ニ、居タル畳ヲ引返シテ見レバ板敷二穴有リ。下ニ土ヲ少シ堀タリ。「怪シ」ト思テ吉ク見レバ、布ノ袋ニ白キ米ヲ裹テ置タリ。殿上人共此ヲ見テ、「然レバヨ」ト思テ畳ヲ本ノ如ク敷テ居ルニ、聖人返ヌ。其ノ時ニ殿上人共頬咲テ、「米屎ノ聖々」ト呼嘲テ咲ケレバ、聖人恥テ逃テ去ケリ。其ノ後、行キ方ヲ人不知ズシテ止ニケリ。

早ウ、人ノ謀テ被貴ムトテ思ヒ密ニ米ヲ隠シテ持リケルヲ不知シテ、穀断ト知テ、天皇モ帰依セサセ給ヒ人モ貴ビケル也ケリ、トナム語リ伝ヘタルトヤ。

단정대彈正台의 필弼 미나모토노 아키사다源顯定가
남근을 노출해 웃음거리가 된 이야기

후지와라노 노리쿠니藤原範國가 오위五位의 장인藏人이었을 때, 직사職事로서 상소문을 받기 위해, 상경上卿인 후지와라노 사네스케藤原實資의 분부를 받잡고 있었는데, 자신전紫宸殿 동단東端에서 미나모토노 아키사다源顯定라는 전상인殿上人이 남근이 다 보이도록 있는 것을 보고 근신해야 할 자리에서 그만 자기도 모르게 웃음을 터트리고 말았다. 하지만 사정을 모르는 사네스케는 노리쿠니를 심하게 질책했다는 이야기. 사안이 사안인 만큼 변명도 하지 못하고 마냥 황송해 하는 노리쿠니의 모습이 오히려 아키사다에게 가엾고 우습게 보였다고 한다. 궁정 공무에서의 유머러스한 한 풍경이 소문으로 전승된 것임.

이제는 옛이야기이지만, 후지와라노 노리쿠니藤原範國[1]라는 사람이 있었다.

이 사람이 오위五位[2]의 장인藏人이었을 때에, 오노노미야 사네스케小野宮實資[3] 우대신右大臣이라는 분이 진좌陣座[4]에서 상경上卿[5]으로서 정무를 처

---

1 → 인명. 『강담초江談抄』에는 성을 기록하지 않음. 다이라노 노리쿠니平範國를 후지와라 씨로 잘못 기록한 것일 수도 있음.
2 장인藏人의 상급자. 장인의 대부분은 6위六位였음.
3 후지와라노 사네스케藤原實資를 가리킴. 우대신 보임은 치안治安 원년(1021) 7월.
4 제사祭事 · 절회節會 · 임관任官 · 서위敍位 등의 의식儀式 · 정무政務 시 공경公卿이 열석列座하는 자리.
5 의장역의 상석上席인 공경公卿.

리하고 계셨는데, 이 노리쿠니는 오위五位의 직사職事[6]로서 상소문을 받기 위해 진좌 앞에 앉아 상경의 분부를 받잡고 있었다. 그런데 단정대彈正台[7]의 필弼 미나모토노 아키사다源顯定[8]라는 전상인殿上人이 있어 남전南殿 동쪽 끝[9]에서 남근을 완전히 드러내 놓고 있었다. 상경은 안쪽에 앉아 계셨기에 그것이 보이지 않았지만, 노리쿠니는 진좌의 남쪽 구석에서 그것을 보고는 그만 참지 못하고 웃음을 터트리고 말았다.

상경은 노리쿠니가 웃는 사정도 모르시고

"조정의 선지를 내리는 곳에서 어찌 조심성 없게 그렇게 웃는 것인가."

라며 강하게 질책하시고, 즉각 그 연유를 천황에게 아뢰었기에 노리쿠니는 궁지에 몰려 마냥 황송해 했다. 하지만,

"아키사다가 이렇게 남근을 다 드러내 놓고 있어서요."

라고는 차마 말을 할 수가 없었다. 오히려 아키사다는 노리쿠니가 곤란해 하는 모습을 보고 재밌어 하고 있었을 것이다.

그러므로 사람은 때와 장소를 분간 못하고 쓸데없는 장난을 해서는 안 된다고 이렇게 이야기로 전하여 내려오고 있다 한다.

---

6 진좌에서 결의사항을 상소문으로 해서 천황의 재가를 받을 때의, 상소를 집행하는 소임.
7 단정대는 지금의 검찰청에 해당.
8 → 인명. 단정대 차관, 즉 필弼 보임은 장화長和 5년(1015) 2월.
9 자신전紫宸殿 동단東端.

弾正弼源顕定出閨被咲語第二十五

今昔、藤原ノ範国ト云人有ケリ。

五位ノ蔵人ニテ有ケル時、小野ノ宮ノ実資ノ右ノ大臣ト申ス人、陣ノ御座ニ着テ、上卿トシテ事定メ給ケルニ、彼ノ範国ハ、五位ノ職事ニテ、申文ヲ給ハラムガ為ニ、陣ノ御座ニ向テ、上卿ノ仰セヲ奉ル間、弾正弼源顕定ト云フ人、殿上人ニテ有ケルガ、南殿ノ東ノ妻ニシテ、閨ヲ掻出ス。上卿ハ奥ノ方ニ御スレバ否不見給ズ、範国ハ陣ノ御座ノ南ノ上ニテ此レヲ見テ可咲キニ不堪ヘズシテ咲ヌ。

上卿、範国ガ咲ヲ見テ、案内ヲ不知ズシテ、「何カデ汝ハ公ノ宣ヲ仰セ下ス時ニハ、此ク咲ゾ」ト大キニ被咎テ、即チ此ノ由ヲ奏シ給ヒケレバ、範国事苦ク成テ恐テ怖ケリ。

然レドモ範国、「此ク顕定ノ朝臣ノ閨ヲ出シタリツレバ」ト、否不云出デゾ止ニケル。顕定ノ朝臣ハ、「極テ可咲」トゾ思ケル。

然レバ人、折節不知ヌ由無キ戯レハ、不為マジキ事也、トナム語リ伝ヘタルトヤ。

아와安房 수령 훈야노 기요타다文室淸忠가
갓을 떨어트려 웃음거리가 된 이야기

훈야노 기요타다文室淸忠가 외기外記였을 때에, 동년배인 오에노 도키무네大江時棟와 나란히 제목除目의 문서 상자를 받을 적에 도키무네가 홀을 든 손을 돌리는 바람에 기요타다의 갓을 쳐 떨어뜨리고 말아 상달부上達部들의 폭소를 산 이야기. 앞 이야기와 마찬가지로 궁정 공무에서 일어난 실수에 얽힌 소화笑話.

이제는 옛이야기이지만, 아와安房[1] 수령, 훈야노 기요타다文室淸忠[2]라는 사람이 있었다. 다년간 외기外記[3]를 한 공로를 인정받아 아와의 수령이 된 것이었다.

그 사람이 외기를 하고 있었을 적에는 밉살스럽고 벌레라도 씹은 것 같은 얼굴을 하고, 키가 크며 상체를 뒤로 젖혀 거만한 태도를 취했다. 또한 데와出羽[4] 수령 오에노 도키무네大江時棟[5]라는 자가 있었다. 이 사람도 같은 시기에 외기를 하고 있었는데, 허리를 구부정하게 숙이고 어딘가 모르게 얼빠

---

1 → 옛 지방명.
2 → 인명.
3 외기는 소납언少納言 밑에서 태정관太政官 내의 칙소詔勅·상소문 등의 기록이나 공무·의식의 집행을 담당. 정육위正六位 상당의 대외기大外記가 종오위하從五位下로 승진 후 수령으로 영전榮轉한 것임.
4 → 옛 지방명.
5 → 인명.

진 모습을 하고 있었다.

그런데 제목除目[6]이 있던 날, 진陣의 회의를 위해 진좌陣座[7]에 기요타다와 도키무네가 들어가, 나란히 하코부미箱文[8]를 받을 때, 도키무네가 홀笏[9]을 든 손을 돌려 내미는 순간 그것이 기요타다의 갓에 맞아 그만 갓이 떨어지고 말았다. 이것을 본 상달부들은 한바탕 소리를 지르며 웃었다.[10] 그때 기요타다는 당황하여 지면에 떨어진 갓을 주워들어 머리에 쓰고 하코부미도 받지 않은 채 달아났다. 도키무네는 멍한 얼굴로 서 있었다.

이 일은 당시 세간에서 웃음거리가 되었다. 생각해 보면 실제로 얼마나 민망했을 것인가.

기요타다도 도키무네도 노년까지 오래 살았기에 이렇게 이야기로 전하여 내려오고 있다 한다.

6　관직 임명의 의식.
7　의식儀式 · 정무政務 시 공경公卿이 열석列座하는 자리.
8　벼룻집 뚜껑에 넣어 천황에 드리는 상소문.
9　속대束帶를 입을 때 오른손에 쥐는 얇고 가느다란 긴 판.
10　갓이 떨어져 웃음거리가 된 것에 관해서는 권28 제6화에도 보임.

安房守文室清忠落冠被咲語第二十六

今昔、安房ノ守文室ノ清忠ト云フ者有キ。外記ノ労ニテ、安房ノ守ニ成タル也。

其レガ外記ニテ有シ間ダ、面ハシタリ顔ニテ気憶気ニテ、長ク去張テナム有シ。亦出羽ノ守大江ノ時棟ト云フ者有キ。

其レモ同時ニ外記也シ時、腰屈テ鳴呼付テナム有ル。

而ル間、除目ノ時ニ、陳ノ定メニ陳ノ御座ニ被召テ、清忠時棟並テ箱文ヲ給ハル間、時棟笏ヲ以テ、手ヲ廻シテ指スニ、清忠ガ冠ニ当テ打落シツ。上達部達此レヲ見テ、咲ヒ惚リ給フ事無限シ。其ノ時ニ、清忠迷テ土ニ落タル冠ヲ取テ指入レテ、箱文モ不給ハラズシテ、逃テ去ニケリ。時棟ハ奇異気ナル顔シテゾ立テリケル。

其ノ比ノ世ヒ物ニハ此ノ事ヲナムシケル。思フニ、実

何ニ奇異カリケム。清忠モ時棟モ遥ニ年老ルマデナム有シカバ、此ナム語リ伝ヘタルト也。

이즈伊豆 수령 오노노 이쓰토모小野五友의
목대目代 이야기

오노노 이쓰토모小野五友가 이즈伊豆 수령으로 부임해 그 지방 목대目代로 사무능력이 뛰어나고 문자도 그런대로 잘 쓰는 사내를 임용하여 중용하고 있었다. 그러나 실은 이 목대가 원래 구구쓰傀儡子 출신이었다는 것이 탄로나 그 지방 사람들로부터 구구쓰 목대라고 불리며 웃음거리가 되었다는 이야기. 구구쓰 일행이 대거 국부를 찾아와 음악에 맞춰 가무를 피로披露하자 목대는 자기도 모르게 본성을 드러내고 장단에 맞춰 가무를 하기 시작하는데 그 모습이 정말 가관이다. 앞 이야기와 마찬가지로 외기外記를 한 공적을 인정받아 수령이 된 사람의 이야기.

이제는 옛이야기이지만, 오노노 이쓰토모小野五友[1]라는 사람이 있었다. 다년간 외기를 한 공적으로 이즈伊豆[2]의 수령이 되었다.

이 사람이 이즈 수령으로 부임했을 때의 이야기로, 마침 목대目代[3]가 없어서 목대로 임명할 만한 자가 없을까 하고 여기저기 수소문했더니, 어떤 자가

"스루가 지방駿河國에 상당히 머리가 좋고, 사무능력도 있고 글을 잘 쓰는

---

1 → 인명. 바르게는 '小野五倫'.
2 → 옛 지방명.
3 국사國司를 보좌하고 국사 부재 시 정무를 대행하는 사설私設 사무관.

자가 있습니다.”

라고 알려줬다. 이것을 들은 수령은

“그것 참, 정말 잘 됐구나.”

라며 일부러 사람까지 보내 불러들였다. 수령이 만나 보니, 나이는 육십 정도로, 살이 많이 쪄 중후한 느낌이 들었다. 웃는 얼굴 하나 없이 벌레를 씹은 것 같은 얼굴을 하고 있어, 이를 본 수령은

‘됨됨이는 어떨지 잘 모르겠지만, 우선 언뜻 보기에 목대로서는 제격인 것 같다. 풍채도 그렇고 말투도 그렇고 상당히 믿음직스럽구나.’

라고 생각하고 글을 어떻게 쓰는지 써 보게 했는데, 그다지 달필은 아니었지만, 가볍게 줄줄 써내려 가는 것이 목대의 글로는 손색이 없어 보였다.

수령은 사무 역량은 어느 정도일까 궁금하여, 복잡한 조세租税 서류⁴를 꺼내어,

“이 수입収入이 얼만지 계산해 보거라.”

라고 하자, 이 남자가 그 문서를 펼쳐서 잠깐 보고는 산목算木⁵을 꺼내 아주 쉽사리 계산해 곧바로

“이러 이러합니다.”

라고 대답했다. 그래서 수령은

‘사람 됨됨이는 잘 모르겠지만, 우선 사무능력은 대단하군.’

하고 기뻐하며 그 후로 남자를 그 지방의 목대로 삼아, 만사를 맡기고 손발처럼 부렸다. 그리하여 두 해 정도가 지났지만, 조금도 수령의 기분을 언짢게 하는 실수 같은 건 없었다. 무슨 일이든 실수 없이 꼼꼼하게 처리했다.

---

4 조세와 관련된 계산서.
5 중국 전래의 계산 용구. 포제布製의 계산판 위에 길이 10센티 정도의 가늘고 긴 각봉角棒을 조합해서 숫자를 나타내어 필요한 계산을 했음.

다른 자가 처리에 애를 먹던 일도, 즉석에서 금방 처리하는 등 항상 여유만 만이었다. 이처럼 만사에 눈치가 빨랐기에 수령이 그에게 조금의 재산을 만들어 주려고, 부수입이 날 만한 곳을 몇 군데 맡겨 관리하게 했지만, 그 때문에 특별히 부수입을 올린 것 같지는 않았다. 그래서 관의 동료들과 그 지방 사람들에게도 깊은 신뢰를 받아 중용되었다. 이런 까닭에 이웃 지방에까지 유능하다고 소문이 났다.

그런데 어느 날, 이 목대가 수령 앞에 앉아 많은 문서를 꺼내 펼쳐놓고 수령의 명에 따라 또 몇 통인가의 통달서通達書[6]에 도장[7]을 찍고 있었는데, 우연히 구구쓰傀儡子[8] 일행이 관에 들어와 수령 앞에 나란히 서서 노래를 부르고 피리를 불며 재미있게 춤을 췄다. 이것을 듣고 수령은 자기도 모르게 몹시 마음이 들떠 즐거워하였는데, 문득 도장을 찍는 목대의 손놀림을 보니 그전까지만 해도 제대로 잘 찍고 있었던 것이 이 구구쓰 일행이 피리를 불며 춤추는 박자에 맞춰 삼박자로 도장을 찍고 있었다. 이를 본 수령이 이상하게 생각하며 지켜보고 있는데, 목대는 살이 쪄서 풍채가 좋은 어깨까지 삼박자로 흔드는 것이었다. 구구쓰 일행은 이 모습을 보고 한층 더 힘을 주어 피리를 불며 노래하고, 북채로 두들기고 빠른 템포로 소리를 지르며 노래를 불렀다. 이때 이 목대가 굵은 쉰 목소리를 내지르며 구구쓰의 노래에 맞추어 노래를 부르기 시작했다.

수령이 깜짝 놀라 도대체 이게 무슨 일인가 싶어 어안이 벙벙해 있자, 목대가 도장을 찍으면서

---

6 하명의 공문서.
7 국청 도장.
8 꼭두각시를 움직이는 사람. 원래 뜻은 목제 인형. 변하여 그것을 가무음곡에 맞추어 조종하는 유예민遊藝民. 무적無籍의 도산민逃散民이 많고 표백성漂泊性이 강해 천민 취급을 받았음. 남자는 수렵을 겸업하고 여자는 유녀를 겸했다고 함.

"옛날 일을 잊을 수가 없어서."

라고 말하자마자 벌떡 일어서 뛰쳐나가 춤을 추기 시작했기에 구구쓰 일행은 점점 더 소리를 내지르며 노래를 불렀다. 관에 있던 관리들이 그 모습을 보고 흥이 절로 나 와자지껄 한바탕 웃음을 터트렸더니, 목대가 부끄러워하며 도장을 내던지고 달아났다. 수령이 이상하게 생각하여 구구쓰 일행에게

"도대체 이게 어찌된 일이냐?"

라고 묻자,

"그 사람은 옛날 젊었을 때 구구쓰였습니다. 그러던 것이 책을 읽고 글을 쓰며 지금은 구구쓰를 하지 않고 이렇게 출세해서 이 지방의 목대가 되어 있다고 듣고서, 혹시나 옛날 기억이 남아 있지 않겠나 싶어, 사실을 말하면 이렇게 일부러 찾아뵙고 장단을 맞춰 본 것이옵니다."

라고 말했다. 수령이

"그러고 보니 도장을 찍을 때나 어깨를 흔드는 모습이 정말 그렇게 보였어."

라고 말했다. 관아 관리들은 이 목대가 벌떡 뛰쳐나와 춤을 추는 것을 보고

"구구쓰 일행이 피리를 불고 춤을 추며 노래 부르는 것이 너무 즐거워 자기도 모르게 일어서 춤을 춘 것이겠지. 평소 이런 것을 재미있어 하는 기색도 보이지 않던 사람인데."

라며 의아스럽게 생각하고 있었는데, 구구쓰 일행이 그렇게 말하는 것을 듣고서는

"아 그랬군! 그 사람이 원래 구구쓰였단 말이지."

라고 납득을 했다.

그 이후로 관의 관리들이나 그 지방 사람들이 이 목대를 구구쓰 목대라고 별명을 지어 부르며 웃었다. 평판은 예전에 비해 조금 떨어졌지만, 수령이

그를 가엾게 여겨 이전과 같이 곁에 두고 부렸다. 한 지방의 목대까지 되어 옛날 일은 까맣게 잊고 있었지만, 그래도 역시 옛날 기억을 다 지우지 못하고 그렇게 한 것이리라.

이것에 대해 사람들은 구구쓰 신傀儡神[9]이라는 것이 사람의 마음을 그토록 미치게 만든 것이라고 서로 이야기했다고 이렇게 이야기로 전하여 내려오고 있다 한다.

---

9 미상. 구구쓰의 수호신으로는 보기는 어려움. 구구쓰 근성. 구구쓰 혼의 신격화로 보임.

伊豆守小野五友目代語第二十七

今昔、小野ノ五友ト云フ者有ケリ。外記ノ巡ニテ伊豆ノ守ニ成タリケリ。

其レガ伊豆ノ守ニテ国ニ有ケル間、目代ノ無カリケレバ、東西ニ、「目代ニ可仕キ者ヤ有ル」ト求サセケルモ、人有テ云ク、「駿河ノ国ニナム、才賢ク弁ヘ有テ、手ナド吉ク書ク者ハ有」ト告ケレバ、守此レヲ聞テ、「糸吉キ事ナ、リ」ト云テ、態ト使ヲ遣テ、迎へ将来タリケリ。守見レバ、年六十許ノ男ノ、大ニ太リテ宿徳気也。打咲タル気モ無クテ、気ニ入ニクキ気色也。然レバ、守此レヲ見ルニ、「先ヅ、心ハ不知ズ、見目ハ吉キ目代ナメリ。人物云ヒ、憖気ナル気色シタリ」ト思テ、「手ハ何ガ書ク」トテ、書セテ見レバ、手ノ書様、微妙クハ無ケレドモ筆軽クテ目代ノ程ニテ有リ。「弁ヘハ何ガ有ラム」ト思テ、搔乱シタル事ノ沙汰ノ文ヲ取テ、「此ノ物ノ何ラカ入タルト、沙汰セヨ」ト云ヘバ、此ノ男ハ此ノ文ヲ取テ引披テ打見テ、算取出シテ糸輙ク打置テ、程モ無ク、「何ラナム候ケル」ト云ヘバ、守、「心ハ不知ズ、先ヅ弁ヘハ極キ者也ケリ」ト喜ビ思テ、其ノ後、国ノ目代トシテ、万ノ事ヲ知セテ、引付テ仕ケルニ、二年許ニ成ヌレドモ、露、守ノ気色ニ違ヌル心バヘ不見エズ。只万ノ事ヲ直ク定メテ居タリケリ。人ノ遅ク沙汰セシ事共ヲモ、即チ疾ク沙汰シテ、常ニ暇ヲ有セテナム有ケル。此ク万ニ賢ケレバ、守、「便ヲモ国ノ内ニ可然キ所共ノ数知セケレドモ、指セル徳付タリトモ不見ズ。然レバ、館ノ人ニモ国ノ人ニモ極ク被受テ、重キ者ニ被用テナム有ケル。然レバ隣ノ国マデ、賢キ者トナム聞エタリケル。

而ル間、此ノ目代、守ノ前ニ居テ、文書共多ク取散シテ、亦下文共ヲ書セ、其ニ印指スル程ニ、傀儡子ノ者共多ク館ニ来テ守ノ前ニ並ビ居テ、歌ヲ詠ヒ笛ヲ吹キ、謔ク遊ブニ、守モ此レヲ聞クニ、我ガ心地ニモ極クスズロハシク思エケルニ、此ノ傀儡子ノ印ヲ指ス「見レバ、前ニ糸吉ク指ツル者ノ、此ノ傀儡子ヲ亦三度拍子ニ指ス。傀儡子護ル程ニ、目代緯宿徳気ナル肩ヲ亦三度拍子ヲ見テ詠フ。指ヌ。守此レヲ見ルニ、「怪シ」ト思フ程ニ、此ノ目代、太ク辛ヒ吹キ叩キ増テ、急ニ詠ヒ早ス。其ノ時ニ此ノ目代、ビタル音ヲ打出シテ、傀儡子ノ歌ニ加ヘテ詠フ。

守奇異ク、「此ハ何ニ」ト思フ程ニ、目代印ヲ指マス、弥ヨ詠ヒ早シケリ。館ノ者共此レヲ見テ、興ジ咲テ嗤ケル程ニ、目代恥テ印ヲ投棄テ、立走テ逃ヌレバ、守此ノ事ヲ怪ガリテ、傀儡子共ニ、「此ハ何ナル事ゾ」ト問ケレバ、傀儡子共ノ云ク、「此ノ人ハ古ヘ若ノ侍リシ時、傀儡子ヲナム仕リ

候ヒシ。其レガ手ナドヲ書キ、文ヲ読テ、今ハ傀儡子ヲモ不仕デ、此ノ国ニ成テ、此ノ国ノ御目代ニテナム候フト承ハリテ、『若昔ノ心バヘ不失ズモヤ候フ』ト思給テ、実ニハ御前ニ罷出テハ、早シ候ヒツル也」ト云ケレバ、守、「実ニ印ヲ指シ肩ヲ指ツル気色、然カ見ツル気色。館ノ者共ハ、此ノ目代ノ立走テ乙ケルヲ見テハ、「傀儡子共此ク吹キ詠ヒ遊ガ謔サニ不堪シテ、立テ乙ルナルベシ。然レバ、然様ノ物興ジ可為キ気色モ無カリツル人ノ、然ケル程ニ、傀儡子共ノ、此ク云フヲ聞テナム、「然ハ、此ノ人ハ本傀儡子ニテ有ケリ」トハ知ケル。

其ノ後ハ館ノ人モ国ノ人モ、傀儡子目代トナム付テ咲ケル。少シ思エ下ニケレドモ、守糸惜ガリテ尚仕ヒケリ。然レバ、一国ノ目代ニ成テ、思ヒ忘タル事ナレドモ、尚其ノ心不失シテ、然カ有ケム。

其レハ傀儡子神ト云フ物ノ狂カシケルナメリ、トゾ人云ケル、トナム語リ伝ヘタルトヤ。

비구니들이 산에 올라가 버섯을 먹고 춤을 춘 이야기

마이타케舞茸(잎새버섯)를 먹은 비구니들과 나무꾼이 산중에서 미친 듯 춤췄다는 기담奇譚. 도읍의 나무꾼들이 기타 산北山에서 길을 헤매다 깊은 산속에서 미친 듯 춤을 추며 내려오는 비구니들을 만난다. 비구니들은 불전에 올릴 꽃을 따러 갔다가 길을 잃고 배고픔에 마이타케를 먹은 것이었는데, 나무꾼들도 배고픔을 달래려고 남은 버섯을 먹고 함께 미친 듯 춤을 췄다는 이야기이다. 이야기 말미에는 마이다케라고 부르게 된 유래를 설명한다. 앞 이야기에서는 구구쓰 일행의 난무가 있었는데, 이 이야기에서는 마이다케 중독에 의한 난무로 그 내용이 바뀌어 전개된다.

이제는 옛이야기이지만, 도읍에 사는 나무꾼들이 많이 모여 기타 산北山[1]에 갔는데, 길을 잃고 어디로 가야 할지 모르게 되었다. 네다섯 명의 나무꾼들이 산속에 웅크리고 앉아 한숨을 쉬고 있었는데, 산속에서 몇 사람이 나타났다. 나무꾼들은

'이상하다. 누군가 오고 있는 거 같다.'

라고 생각하고 있자, 네다섯 명 정도의 비구니가 격렬하게 춤을 추면서 나타났다. 나무꾼들이 이것을 보고 몹시 두려워하며

---

1 교토京都 북쪽 일대 산지.

'비구니들이 이렇듯 춤추며 나타나다니, 설마 사람일 리 없을 것이다. 덴구天狗[2]일까, 아니면 오니가미鬼神[3]일까.'

라고 생각하며 보고 있자니, 춤을 추고 있던 비구니들이 나무꾼 무리를 발견하고 점점 다가왔다. 나무꾼들은 매우 무서웠지만, 바로 옆까지 다가온 비구니들에게

"비구니님들은 도대체 누구신지요. 어째서 그렇게 춤을 추면서 깊은 산속에서 나오시는 겁니까?"

라고 물었다. 그러자 비구니들이

"우리들이 이렇듯 춤추며 나타났으니 당신들도 분명 두려우시겠지요. 그러나 우리들은 어디어디에 사는 비구니들입니다. 꽃을 따서 부처님께 공양하려고 함께 산에 올랐지만 길을 잃고 나가지 못하고 있는데, 우연히 버섯이 있는 곳을 발견하였습니다. 배가 너무 고픈 나머지 '이것을 먹으면 탈이 날지도 모른다.'고 생각하면서도 굶주려 죽는 것보다는 차라리 이것을 따서 구워 먹자고 생각했습니다. 그래서 버섯을 따서 먹어 보니 매우 맛있어서 좋은 것을 발견했다고 생각하며 계속 먹었습니다. 그때부터 몸이 저절로 춤을 추게 된 것입니다. 저희들 자신도 정말 기묘한 일이라고 생각이 듭니다, 참으로 불가사의한 일입니다."

라고 대답했다. 나무꾼들은 이 이야기를 듣고 정말 놀라지 않을 수 없었다.

하지만 나무꾼들도 배가 무척 고팠기 때문에, 비구니들이 먹고 남은 버섯을 꽤 가지고 있는 것을 발견하고 이대로 굶어 죽느니 차라리 그 버섯을 얻어먹자고 생각하고는 받아먹었다. 그러자 나무꾼들 역시 몸이 제멋대로 춤추기 시작했다. 이렇게 해서 나무꾼들도 비구니들도 다함께 춤을 추며 웃었

---

2 → 불교. 불법에 반하는 존재로 본집 권20에 많이 등장함.
3 눈에 보이지 않는 영적 위력을 갖춘 신령神靈, 영귀靈鬼.

다. 그런데 얼마간 그렇게 있는 동안에 취기가 점점 깨는 기분이 들어, 어떻게 걸어왔는지도 모른 채 각자 집으로 돌아갔다. 그 이후 이 버섯을 마이타케舞茸'4라고 부르게 된 것이다.

이것을 생각하면 실로 기이한 일이다. 요즘에도 마이타케라는 것이 있기는 하지만, 그것을 먹은 사람은 반드시 춤을 추는 것은 아니다. 이것은 참으로 이해가 안 되는 일이라고 이렇게 이야기로 전하여 내려오고 있다 한다.

4 　＊우리나라에서는 잎새 버섯이라고 함. '마이舞'는 춤, '타케茸'는 버섯을 의미함.

尼共入山食茸舞語第二十八

今昔、京二有ケル木伐人共数、北山二行タリケルニ、道ヲ踏違テ、何方ヘ可行シトモ不思エザリケレバ、四五人許山ノ中ニ居テ歎ケル程ニ、山奥ノ方ヨリ人数来ケレバ、「何者ノ来ルニカ有ラム」ト思ケル程ニ、尼君共ノ四五人許、極ク舞ヒ乙テ出来タリケレバ、木伐人共此レヲ見テ、「怪ク。

恐ヂ怖レテ、「此ノ尼共ノ此ク舞ヒ乙テ来ルハ、定メテヨモ人ニハ非ジ。天狗ニヤ有ラム、亦鬼神ニヤ有ラム」トナム思テ見居タルニ、此ノ舞フ尼共、此ノ木伐人共ヲ見付テ、亦寄リ来レバ、木伐人共、「極ク怖シ」トハ思ヒ乍、尼共ノ寄来タルニ、「此ハ何ナル尼君達ノ此ク舞ハレテ、深キ山ノ奥ヨリハ出給タルゾ」ト問ケレバ、尼共ノ云ク、「己等ガ此ク舞ヒ乙テ来ルヲバ、其達定メテ恐レ思ラム。但シ我等ハ、

然テ、木人共モ極ク物ノ欲カリケレバ、尼共食残シテ取テ持ケル其ノ茸ヲ、「死ナムヨリハ、去来此ノ茸乞テ食ム」ト思テ、乞テ食ケル後ヨリ、亦木伐人共モ不心ズ被舞ケリ。然レバ尼共モ、木伐人共モ、互ニ舞

甘カリツレバ、『賢キ事也』ト思テ食ツルニ、極ク怪クナム」ト云ニ、木伐人共此レヲ聞テ、奇異ク思フ事無限。

茸ノ有ツルヲ見付テ、物ノ欲キマヽニ、『此レヲ取テ食タラム、酔ヤセムズラム』トハ思ヒ乍ラ、『餓テ死ナムヨリハ、去来此レヲ取テ食ム』ト思テ、其レヲ取テ焼テ食ツルニ、心ニモ、『糸怪シキ事カナ』トハ思ヘドモ、糸

其々ニ有ル尼共也。花ヲ摘テ仏ニ奉ラムト思テ、朋ナヒテ入タリツルガ、道ヲ踏ミ違ヘテ、可出キ様モ不思デ有ツル程ニ、茸ノ有ツルヲ見付テ、

木こり（鶴岡放生会職人歌合）

176

ツ丶ナム咲ケル。然テ暫ク有ケレバ、酔ノ悟タルガ如クシテ、道モ不思デ各返ニケリ。其レヨリ後、此ノ茸ヲバ舞茸ト云フ也ケリ。

此レヲ思フニ、極テ怪キ事也。近来モ其ノ舞茸有レドモ、此レヲ食フ人必ズ不舞ズ。此レ極テ不審キ事也、トナム語リ伝ヘタルトヤ。

중납언中納言 기노 하세오紀長谷雄의 집에 개가 출현한 이야기

기노 하세오紀長谷雄는 음양사陰陽師로부터 귀신의 출몰 날을 미리 예고받고도 그것
을 잊어버리고 학생學生들과 작문을 한참 낭독하고 있었는데, 옆의 잡다한 물건을 넣
어두는 토방(누리고메塗籠) 안에서 일각사족一角四足의 괴물이 나타나 사람들을 공포
의 도가니로 빠뜨렸다. 그때 대담한 한 사내가 괴물의 머리를 발로 세게 차, 괴물의 정
체가 대야를 뒤집어쓴 개라는 것이 밝혀져 일동 폭소를 터트렸다는 이야기. 귀신이 아
닌 괴물 출현을 예고한 음양사는 명성을 떨쳤고 기일忌日을 잊어버린 하세오는 비난
받았다는 이야기. 대박사大博士 하세오에 관한 가십.

이제는 옛이야기이지만, 중납언中納言 기노 하세오紀長谷雄[1]라는 박사[2]
가 있었다. 학식이 풍부하고 고금古今에 정통한, 세상에 비할 데 없는 뛰어
난 학자였다. 하지만 음양도陰陽道[3] 방면에는 문외한인 사람이었다.

그런데 어디선가 난데없이 개 한 마리가 자꾸 나타나 흙담을 넘어와서는
오줌을 눴다. 하세오는 이상한 일이라 생각하며 □□의 □□[4]라는 음양사

---

1 → 인명. 권24 제1화 참조.
2 관평寬平 2년(890)에 문장박사 임명.
3 음양오행설과 도교道敎에 바탕을 둔 학문. 천문·역수曆數·복점卜占 등이 주된 내용임. 6,7세기경 중국에서
  전래되어, 주로 중무성中務省 음양료陰陽寮에서 연구·수학修學이 행해졌음.
4 음양사의 성명 명기를 위한 의도적 결자.

陰陽師[5]에게 이것에 대해 길흉을 점쳐 보게 했는데, 음양사가

"몇월 며칠에 집 안에 오니鬼가 나타날 것입니다. 하지만 사람을 해치거나 지벌을 입히게 하지는 않을 겁니다."

라고 말했기에, 하세오는

"그럼 그날은 모노이미物忌[6]를 하는 것이 좋겠군."

이라고 말하고 그날은 그렇게 일단락되었다.

마침내 모노이미를 하는 그날이 되었다. 하지만 하세오는 모노이미를 할 생각은 하지 않고 학생[7]들을 모아 시문詩文을 짓고 있었다. 한창 시를 낭독하고 있는 와중에 옆의 여러 가지 물건을 넣어 두는 토방[8] 안에서 무엇인가 실로 무서운 소리로 짖어 대는 것이 있었다. 쭉 늘어서서 앉은 학생들이 그 소리를 듣고는

"이게 도대체 무슨 소리지? □[9]다."

라며 두려움에 갈피를 못 잡고 있었는데, 조금 열어 둔 토방의 문틈 사이로 바스락바스락 움직이며 나오는 것이 있었다. 보니, 높이가 2척尺 정도나 되는 것이, 몸은 희고 머리는 까맸다. 검은 뿔이 하나 나 있고 다리는 네 개로 흰색이었다. 이것을 본 사람들은 모두 기겁을 하고 벌벌 떨었다.

그런데 그들 중에 사려 깊고 대담한 사람이 한 명 있어, 벌떡 일어나 달려가자마자 그 오니의 머리를 발로 세게 내찼고, 그 순간 머리 쪽의 검은 무엇인가가 떨어져 나갔다. 순간 다시 보니 흰 개 한 마리가 깨갱 소리를 내며 서 있었다. 개가 대야에 머리를 처박고 있었는데, 그 대야가 떨어져 나간 것

---

5 음양을 점치는 전문가. 여기서는 음양료의 직원.
6 문을 닫고 집에 틀어박혀 외부와의 접촉을 끊고 근신하며 마물이 빌붙을 틈을 주지 않는 대비.
7 대학료大學寮의 학생들.
8 * 원문은 "누리고메塗籠". 사방의 벽을 흙으로 두껍게 바른 방.
9 파손에 의한 결자인지 의도적 결자인지 분명치 않음. 해당어도 미상.

이었다. 자세히 보니 그 이상한 소리는, 개가 밤중에 토방에 들어가 대야에 머리를 처박아 그것을 빼지 못하여 울어 댔던 것이었다. 겁이 없고 사려 깊은 그 사람은 그 개가 밖으로 뛰쳐나왔을 때 그런 것인 줄을 알고 발로 냅다 차서 그 정체를 밝혀 낸 것이다. 이것을 보고 사람들은 마음이 진정되어 모두 모여 웃음을 터트렸다.

신짜 오니가 아니너라도 사람 눈에는 긴짜 오니처럼 보이기 때문에 음양사가 '오니'라고 점을 친 것이었다. 그래서 사람들은 모두

"사람을 해치거나 지벌을 입히게 하지는 않을 것이라고 점친 것은 실로 대단하다."

라고 하며 그 점쟁이를 칭송했다. 하지만 이 이야기를 들은 사람들은

"그토록 학문이 뛰어난 박사인 중납언이 모노이미하는 날을 잊어버리다니 정말 한심하기 짝이 없군."

이라고 하며 비난했다.

그 당시 세간에서는 이 이야기를 화제로 삼아 서로 웃었다고 이렇게 이야기로 전하여 내려오고 있다 한다.

中納言紀長谷雄家顕狗語第二十九

今昔、中納言紀ノ長谷雄ト云フ博士有ケリ。才賢ク悟広

クシテ、世ニ並ビ無ク止事無キ者ニテハ有ケレドモ、陰陽ノ

方ヲナム、何ニモ不知ザリケリ。

而ル間、狗ノ常ニ出来テ、築垣ヲ越ツヽ、尿ヲシケレバ、

此レヲ、「怪」ト思テ、□ノ□ト云フ陰陽師ニ此ノ事ノ

吉凶ヲ問タリケレバ、「某月ノ某ノ日、家ノ内、鬼現ズル事

有ラムトス。但シ、人ヲ犯シ祟ヲ可成キ者ニハ非ズ」ト占タ

リケレバ、「某ノ日、物忌ヲ可為キナリ」ト云テ、止ヌ。

而ル間、其ノ物忌ノ日ニ成テ、其ノ事忘レテ、物忌ヲモ

不為ザリケリ。然テ、学生共ヲ集メテ、作文シテ居タリケ

ルニ、文頌スル盛ニ、傍ニ物共取置タリケル塗籠ノ有ケル内

ノ方ニ、極テ怖シ気ナル者ノ音ニテ吠ケレバ、居並タル学生

共、此ノ音ヲ聞テ、「此レハ何ノ音ゾ、□リ」ト云ツヽ恐ヂ

迷ケル程ニ、其ノ塗籠ノ戸ヲ少シ引開タリケルヨリ動出ル者

有リ。見レバ、長二尺許リ有ル者ノ、身ハ白クテ、頭ハ黒シ。

角ノ一ツ生テ黒シ。足四ツ有テ白シ。此レヲ見テ、皆人恐迷

フ事無限シ。

而ルニ、其ノ中ニ、一人ノ人、思量有リ心強カリケル者ニ

テ、立走ルマヽニ、此ノ鬼ノ頭ノ方ヲハタト蹴タリケレバ、

頭ノ方ヲ黒キ物ヲ蹴抜キツ。其ノ時ニ見レバ、白キ狗ノ行ト

早ウ、狗ノ椋ヲ頭ニ指入タリケルヲ、椋ヲ蹴抜

タルマヽニ見レバ、狗ノ、夜ル塗籠ニ入ニケルガ、椋ニ頭ヲ

哭テ立テリ。

指入レテケルヲ、否不引出デ、鳴ク音ノ怪シキ也ケリ。其レガ
走リ出タルヲ、物恐ヲ不為ズ　量リ有ケル者ノ、「狗ノ然カ
有ケル也ケリ」ト見テ、蹴顕シタル也ケリ。此ヲ見テ後ニナ
ム、人共肝落居、心直リケル。

然レバ、実ノ鬼ニ非ネドモ、現ニ人ノ目ニ鬼ト見ユレバ、
鬼トハ占ケル也。其レニ、『人ヲ犯シ、崇ヲ可成キ者ニハ非
ズ』ト占ヒタル、実ニ微妙キ事也」ト云テゾ、人々皆占ヲ
讃メ嘆リケル。但シ、「中納言ノ然許才有ル博士ニテハ、物ノ
忌ノ日ヲ忘ル、ト云フ、甲斐無フ弊キ事也」トゾ聞人謗ケル。

其ノ比ハ此ノ事ヲナム世ニ云ヒ繚ヒ咲ケル、トナム語リ伝
ヘタルト也。

其ノ後ハ集テ咲ケリ。

좌경左京의 속屬, 기노 모치쓰네紀茂經가
도미를 싼 꾸러미를 대부에게 바친 이야기

좌경左京의 속屬, 기노 모치쓰네紀茂經가, 후지와라노 요리미치藤原賴通에게 헌상獻上된 도미를 싼 꾸러미를 지전贊殿의 관리책임자인 요시즈미義澄에게 부탁해 빼돌리고 그것을 상인 좌경대부左京大夫에게 바쳐 아첨을 하려고 했는데, 동자가 가지고 온 꾸러미 속 내용물은 도미가 아닌 헌 왜나막신과 낡은 짚신 등으로 바뀌어 있었기에 생각지도 않은 창피를 당하고 좌경대부의 노여움을 사서 집 밖으로 나올 수 없었다는 이야기. 도미를 싼 꾸러미를 바치기까지의 말투나 조리를 위한 야단스러운 몸짓은 절로 웃음을 자아내게 한다.

이제는 옛이야기이지만, 좌경대부左京大夫[1] □□의 □□[2]라는 권세가 약한 귀족이 있었다. 나이가 들어 몹시 노쇠하여 어디에도 가지 않고 하경下京[3] 부근의 자택에 머물고 있었다. 한편 같은 좌경직左京職의 속屬[4]으로 기노 모치쓰네紀茂經[5]라는 자가 있어, 나가오카長岳[6]에 살았다. 좌경직 속으로 있기에 그 대부 집에 종종 찾아가서 비위를 맞추고는 했다.

---

1   좌경직左京職의 장관. 종사위從四位 상당의 관리.
2   좌경대부 성명 명기를 위한 의도적 결자.
3   상경上京과 비교해 인가도 드물었음.
4   제4등관第四等官. 대속大屬(정팔위正八位 상당)과 소속少屬(종팔위從八位 상당)이 있었음.
5   전 미상.
6   현재의 교토 부京都府 무코 시向日市, 나가오카쿄 시長岡京市 부근. 나가오카 경長岡京의 유적으로 유명함.

때는 바야흐로 우지 나리宇治殿[7]의 전성기였던 어느 날, 모치쓰네가 그 나리 저택에 가서 지전贄殿[8]에 있었을 때, 아와지淡路[9] 수령인 미나모토노 요리치카源賴親[10]가 도미를 싼 꾸러미[11]를 많이 보내왔다. 그 대부분은 지전에 두었는데, 모치쓰네는 지전의 관리책임자인 □[12] 요시즈미義澄라는 자에게 부탁해 세 개의 도미를 싼 꾸러미를 얻어

"내 상사인 좌경직 내부나리에게 이것을 드리고 길 보여야지."

라고 말하며 이것을 선반 위에 올려두었다. 그리고 요시즈미에게

"이것을 가지러 사람을 보낼 테니 그때 건네주시게."

라고 당부하고 저택을 나와 좌경대부 집에 가 보니, 대부가 두세 명의 손님과 함께 행랑방[13]에 있었다.

때는 9월 하순경인지라, 대부는 손님을 접대하려고 화로[14]에 불을 피우고 그곳에서 식사를 하려고 했는데, 마땅히 내놓을 만한 생선도 없어, 잉어나 새라도 있었으면 하는 모습이었다. 그때에 모치쓰네가 얼굴을 내밀고

"오늘아침 셋쓰 지방攝津國[15]에 있는 하인이 이 모치쓰네에게 도미를 싼 꾸러미를 네다섯 개 정도 가져와, 한두 꾸러미를 집에 아이들과 함께 맛보았는데 정말 싱싱하고 맛있었습니다. 그리고 남은 세 꾸러미는 손도 대지 않고 놔 두었습니다. 서둘러 나왔고 또한 하인도 없었던 터라 가져오지 못했습니다만, 지금 즉시 사람을 보내 가져올까 합니다. 어떠신지요?"라고 우

---

7 후지와라노 요리미치藤原賴通(→인명)를 가리킴.

8 귀인의 집에서 어조류를 수납하거나 조리하는 곳.

9 → 옛 지방명.

10 → 인명.

11 *원문은 "아라마키荒巻". 생선을 짚·죽순 껍질 등으로 싼 것.

12 요시즈미義澄의 성 명기를 위한 의도적 결자. 요시즈미는 미상.

13 *침전寢殿 구조의 둘레에 있는 좁고 긴 방으로, 툇마루에서 방으로 올라갈 때의 통로가 됨.

14 원문은 "지화로地火爐". 실내에 조리용으로 만들어진 불 피우는 장소.

15 → 옛 지방명.

쭐해 하며 가슴을 펴고 당찬 입술 모양으로 뽐내며 발돋움하듯이 하여 큰 소리로 말했다. 그러자 대부가

"마침 마땅한 것이 없어 곤란하던 차에 그거 잘됐구나. 어서 가져오게 해라."

라고 말했다. 손님들도

"지금은 이렇다 할 입맛 당기는 것이 없는 시기인데 신선한 도미라니 최고의 진미珍味지. 조류는 지금은 맛이 좋지 않을 때이고 잉어는 아직 나올 시기가 아니지. 그러니 싱싱한 도미라면 최고지."

라고들 말했다.

이에 모치쓰네는 말고삐를 잡고 온 동자를 불러

"그 말을 대문에 매어 놓고 곧장 나리 저택의 지전에 달려가서 그곳 주임 분에게 '조금 전 맡겨둔 꾸러미 세 개를 지금 주세요.'라고 하고 가져오너라."

라고 귓속말을 하고 손짓으로 "빨리 빨리"라고 재촉하며 보냈다.

그리고 되돌아와서

"어서 도마를 씻어서 가져오너라."

라고 큰 소리로 말하며

"지금부터 오늘의 주방장은 이 모치쓰네가 담당하겠습니다."

라고 말하며, 생선요리에 쓰이는 젓가락을 깎아 다듬고 칼집에 든 식칼을 꺼내 잘 갈아 놓고 "아직도 안 왔냐? 안 왔냐?"

하며 기다리고 있는데, 심부름 보낸 동자가 나뭇가지에 꾸러미 세 개를 묶어서 받쳐 들고 숨을 헐떡이며 뛰어 들어왔다. 모치쓰네가 그것을 보고

"아이고, 쏜살같이 갔다 왔구나."

라고 말하며 도마 위에 꾸러미를 올려놓고 마치 큰 잉어를 요리하기라도 하

듯이 좌우 소매를 걷어붙이고 한쪽 무릎은 세우고 또 한쪽 무릎은 꿇고 그 럴듯한 자세로 앉아 조금 옆으로 몸을 돌려서 칼로 꾸러미 줄을 싹둑싹둑 자르고 그 칼로 볏짚을 헤쳐 열었다. 그러자 안에서 온갖 물건이 와르르 쏟아져서 본즉, 이가 빠진 왜나막신, 닳아 해어진 뒤축 없는 헌 짚신, 누더기가 된 헌 짚신 따위의 물건들이었다. 모치쓰네는 이것을 본 순간 《기가 차서》[16] 생선젓가락과 식칼을 내던지고 신발도 신은 둥 마는 둥하고 달아났다. 좌경대부와 손님들도 어이가 없어 눈과 입을 다물지 못하고 멍하니 있었다. 앞에 대기하고 있던 종자들도 《기가 차서》[17] 말을 못했다. 먹고 마시며 즐기던 술자리는 완전히 흥이 깨져 한 사람, 두 사람 자리를 떠서 모두가 버렸다.

좌경대부는

"저 놈이 원래 터무니없는 녀석인 줄은 알았지만, 나를 상사라 생각하고 늘상 찾아오기에 환영은 못할지언정 내쫓을 일도 아니고 해서 그냥 오면 왔나 보다하고 보고 있었던 것이다. 그런데 이런 짓을 저지르고 나를 속이다니 어떻게 한다지? 나 같이 운이 나쁜 사람은 사소한 일에도 이런 꼴이 돼버리는군. 세상 사람들은 이 일을 전해 듣고 어떻게든 웃음거리로 삼을 테고, 후세 내내 이야깃거리가 될 테지."

라고 푸념을 늘어놓고 하늘을 우러러보며

"늙어 험한 꼴을 당하는군."

라고 한없이 한탄을 했다.

한편, 모치쓰네는 대부 집에서 뛰쳐나와 말을 정신없이 달려 우지나리 저택으로 가서 나전의 주임인 요시즈미를 만나

---

16 한자표기를 위한 의도적 결자. 「우지 습유」를 참조하여 보충함.
17 한자표기를 위한 의도적 결자. 「우지 습유」를 참조하여 보충함.

"그 도미를 싼 꾸러미를 내게 주는 것이 아까우면 그때 깨끗이 거절할 일이지. 이런 짓을 하다니 정말 유감이네."

라고 원망을 하며 금방이라도 울음을 터트릴 목소리로 소리쳤다. 요시즈미는

"그게 무슨 말씀이십니까? 이 요시즈미는 꾸러미를 당신께 드린 후 볼일이 생겨 잠시 집에 가기 전에 사내 종자에게 '혹시 좌경 속屬님에게서 이 꾸러미를 가지러 사람을 보내오거든 꺼내서 확실히 건네줘라.'라고 당부하고 나가서 지금 막 돌아왔습니다."

라고 사정도 모르고 대답하자, 모치쓰네는

"그럼 자네가 맡긴 그 사내가 칠칠치 못한 것이군. 그 사내를 불러 물어봐 주시게."

라고 말했다. 요시즈미가 그 사내를 불러 자초지종을 물어보려고 찾았는데, 요리당번의 한 사내가 이것을 듣고는

"그 일에 관해서는 제가 들은 바가 있습니다. 제가 헛방[18]에 들어가 있어 들으니 이 저택의 혈기왕성하고 무모한 젊은 종자 분들이 지전贄殿에 우르르 들어오셔서 선반에 둔 꾸러미를 보고는 '이 꾸러미는 뭐냐?'라고 물어서, 누군가가 '이 꾸러미는 좌경 속님이 두신 것입니다.'라고 대답을 했는데, 종자 분들이 '그렇다면 할 일이 있지.'[19]라고 하며 꾸러미를 끄집어 내려 안에 든 도미를 모두 꺼내 잘라서 먹고는 그 대신에 이가 빠진 왜나막신이나 닳아 해어진 뒤축 없는 헌 짚신, 누더기가 된 헌 짚신 같은 것들을 어디선가 찾아와서 안에 집어넣으셨다고 들었습니다."

라고 말했다. 모치쓰네는 이 말을 듣고 열화같이 화를 내며 고함을 질렀다.

---

18 원문은 "쓰보야壺屋". 칸막이를 한 독방으로 요리사들의 거실.
19 모치쓰네를 경시한 말임.

이 고함소리를 듣고 이런 장난을 친 무리들이 나와 큰 소리로 자지러지게 웃었다. 그러자 요시즈미가

"저는 아무 잘못도 없습니다."

라고 말했다. 결국 모치쓰네도 어찌할 도리가 없어 돌아갈 수밖에 없었다.

그 후 완전히 기가 죽어, 사람들이 저렇게 웃는 동안에는 어디에도 가지 않겠다고 작정하고 나가오가 자택에 들어박혀 있었다. 어느새 이 이야기가 세상에 퍼져, 그때 세간에서는 이 이야기를 화제로 삼아 웃어 댔다. 모치쓰네는 그 이후 부끄러워서 좌경대부 집에는 갈 수가 없게 되었다.

정말 어떻게 갈 수가 있었겠냐고 이렇게 이야기로 전하여 내려오고 있다 한다.

左京属紀茂経鯛荒巻進大夫語第三十

今昔、左京ノ大夫□ノ□ト云フ、旧君達有ケリ。年
老テ極ク旧メカシケレバ、殊ニ行キモ不為デ、下ノ辺ナル家
ニナム籠リ居タリケル。而ルニ、其ノ職ノ属ニテ、紀ノ茂経
ト云フ者有ケル。長岳ニナム住ケル。其ノ職ノ属ナレバ、彼
ノ大夫ノ許ニ時々行テナム棍ケル。

而ル間、茂経、宇治殿ノ盛ニ御マシケル時ニ参テ、熱殿ニ
居タル程ニ、淡路ノ守源ノ頼親ノ朝臣ノ許ヨリ鯛ノ荒巻ヲ
多ク奉タリケルヲ、熱殿ニ多取置ケルニ、熱殿ノ預□ノ義
澄ト云フ者ニ、茂経其ノ荒巻ヲ三巻ヲ取テ、「我ガ職ノ大夫
ノ君ニ、此レ奉テ棍リ申サム」ト云テ、此ノ荒巻三巻ヲ間
木ニ捧置テ、義澄ニ云、「此ノ荒巻三巻、人ヲ以テ取リニ奉
ラム時ニ遣ハセ」ト云置テ、義澄ハ殿ヲ出テ、左京ノ大夫ノ
許ニ行テ見レバ、大夫ハ出居テ、客人二三人許来タリ。

大夫、其ノ主セムトテ、九月ノ下旬許ノ程ノ事ナレバ、地
火炉ニ火□ナドシテ、物食ハムト為ルニ、墓々シキ魚モナシ、
鯉鳥ナドモ用有気也。其レニ茂経指出テ申ス様、「茂経ガ許
ニコソ摂津ノ国ニ候フ下人ノ鯛ノ荒巻四五巻許、今朝持来リ
テ候ツルヲ、一二巻ハ宿ノ童
部ト共ニ食べ試候ツルニ、
艶ズ微妙ク鮮カニ候ヒツ
バ、今三巻ハ穢シ不候ハズシ
テ置キ候ツルヲ、忩ギ罷リ出
デ候ツルニ、下人ノ不候シテ、

包丁師（七十一番職人歌合）

否持参リ不候ザリツルニ、只今取ニ遣サムハ、何ニ」ト音ヲ捧テ、シタリ顔ニ去張リテ、口脇ヲ下ゲ、袖疏ヲシテ、延上テ申セバ、左京ノ大夫、「可然キ物ノ只今無カリツルニ、糸吉キ事カナ。疾ク取ニ遣レ」ト云フ。客人共モ、「只今可然キ物ノ不候ザリツルニ、近来美物ハ鮮ナル鯛ゾカシ。鳥ノ味ヒ糸弊シ、鯉ハ未ダ不出来ズ。然レバ、生キ鯛ハ極キ物ナリ」ト云合リ。

然レバ、茂経、馬引カヘタル童ヲ呼ビテ取テ、「其ノ馬ヲバ御門ニ繋テ、只今走テ殿ノ熱殿ニ行テ、熱殿ノ預ノ主ニ、今日ノ包丁茂経仕ラム、『其ノ置ツル荒巻三巻、只今遣セ給ヘ』ト云テ、只今走テ持詣来」ト私語キテ、「走レ走レ」ト云搔テ遣ツ。然テ、返リ参リテ、「粗、洗テ持詣来」ト云搔テ遣ツ。

魚箸削リ、鞘ナル包丁ヲ取出シテ、打鋭テ、「遅シ々々」ト云居タル程ドニ、遣ツル童ハ、糸疾ク木ノ枝ニ荒巻三巻ヲ結付テ捧テ、走テ持来タリ。茂経此レヲ見テ、「哀レ、飛ガ如クニ詣来タル童カナ」ト云テ、粗ノ上ニ荒巻ヲ置テ、事シモ大鯉ナドヲ作ラム様ニ、左右ノ袖ヲ引疏テ、片膝ヲ立テ、今片膝ヲバ臥テ、極テ月々シク居成シテ、少喬ミテ、シメ刀ヲ以テ荒巻ノ縄ヲフリ〳〵ト押切テ、刀シテ藁ヲ押披タルニ、物共泛レ落ツ。見レバ、平足駄ノ破タル、旧尻切ノ壊タル、旧藁沓ノ切タル、此様共ホロ〳〵ト泛レ出ヅ。茂経此レヲ見マ〳〵テ、魚箸モ刀モ打棄テ立走テ、沓不履敢ズ逃ヌ。左京ノ大夫モ客人共モ、奇異ク目ロ開テ居タリ。前ナル侍共モ□ニテ、此モ彼モ云フ事無シ。物食ヒ酒呑ツル遊共、興モ無ク成テ、皆、冷ジク成ヌルハ。独立ニ立テ皆去ヌ。

左京ノ大夫ノ云ク、「此ノ尊ハ本ヨリ此ク艶ヌ物狂トハ知タレドモ、官ノ上ト思テ、常ニ来睦ビツレバ、吉トハ不思ネドモ可追キ事ニハ非ネバ、只、来レバ来ルト見テ有ツル也。其レニ、此ル態ヲシ出シテ量ヲバ、何ニカハ可為キ。物悪キ身ハ、墓無キ事ニ触レテモ此ク有ル也。何ニ、世ニ人聞継テ、世ノ中ノ咲種ニシ、末ノ世マデ物語ニセム」ト云ヒ次テ、空

ヲ仰テ、「老ノ浪ニ極キ態カナ」ト、歎クコト無限シ。

此ノ茂経ハ出走テ馬ニ乗テ、馳散ジテ殿ニ参テ、熱殿預リ義澄ニ会テ云ク、「彼ノ荒巻ヲ、『惜』ト思給ハヾ、穏ニ得サセ不給ハデハ非デ、此ル態ヲシ給フハ、糸ト情ケ無キ事也」ト、哭ヌ許恨ミ嗔ル事無限シ。義澄ガ云ク、「此ハ何ニ宣フ事ゾ」ト、義澄ハ荒巻ヲ其ニ奉テ後、要事有テ、白地ニ宿リハ罷リ出ヅトテ、義澄ガ従者ノ男ニ申シ置ツル様、『左京ノ属ノ許ヨリ、此ノ荒巻取ニ被遣タラバ、取テ慥ニ其ノ使ニ取ラセヨ』ト云置テ、罷出テ、只今返リ参タル也』ト、事ノ有様ヲモ不知シテ云ヘバ、義澄、「然ハ、其ノ主ノ云預ケ給ツラム男ノ、四度解無ニコソ有ナル。其レヲ呼テ、問給へ」ト云ヘバ、義澄、「其男ヲ呼テ問」トテ尋ヌル程ニ、膳夫ノ有ルガ、此レヲ聞テ云フ様、「其ノ事ハ己コソ聞侍ツレ。己ガ壺屋ニ入居テ聞居タリ侍ツレバ、此ノ殿ノ若キ侍ノ主達ノ、数入居テ、熟殿ニ御シテ、間木ニ被捧タル荒巻ヲ見テ、『此ハ何ゾノ荒巻ゾ』ト被問ツレバ、誰ガ申ツルニカ有ラム、『此レ

ハ左京ノ属ノ御荒巻ヲ被置タル也」ト答ツレバ、主達、『然テハ可為キ様有』ト云テ、荒巻ヲ取下シテ、鯛ヲバ皆取出シテ切食ヒ、其替ニハ破タル平足駄ノ片足ヤ、旧尻切ノ壊タルヤ、旧藁沓ノ切タルナドヲコソ求メテ、籠テ被置ル、ト聞侍ツレ」ト語レバ、茂経此レヲ聞テ、嗔リ嗔ル事無限シ。其ノ嗔ル音ヲ聞テ、此シタル者共来ツ、咲ヒ嗔ル事無限シ。然レバ義澄ハ、「己レハ更ニ不誤ヌ事也」トナム云ケル。然テ茂経ハ云甲斐無クテ返ニケリ。

其ノ後思ヒ侘テ、「人ノ此ク咲ヒ嗔ル程ハ不行ジ」ト思テ、長岳ノ家ニナム籠居タリケル。此ノ事髴世ニ聞エニケレバ、其ノ比ハ物語ニ、此ノ事ナム語テ人咲ケル。

左京ノ大夫ノ許へ否不行ズ成ニケリ。

現ニ不向ジカシ、トナム語リ伝タルトヤ。

대장大藏 대부大夫 후지와라노 기요카도藤原淸廉가 고양이를 무서워한 이야기

대장성大藏省 대부大夫 후지와라노 기요카도藤原淸廉는 야마시로山城 · 야마토大和 · 이가伊賀의 세 개 지방에 광대한 장원莊園을 소유하고 있는 대단한 부자였다. 그러나 그의 유일의 약점은 고양이로, '고양이 겁보 대부'라는 이명을 얻었다. 기요카도는 조세미를 전혀 납부하지 않고, 거만했기에 야마토 수령 후지와라노 스케키미藤原輔公가 계책을 세워, 달아날 곳이 없는 헛방에 기요카도를 초대하여 다섯 마리의 큰 고양이를 풀어 놓고 조세미 납부를 두고 직접 담판을 했는데, 기요카도는 공포에 질려 굴복하여 연체한 조세미를 납부했다는 이야기. 배짱이 두둑하고 만만찮은 기요카도가 큰 고양이에게 쩔쩔매는 모습은 익살미가 넘침.

이제는 옛이야기이지만, 대장승大藏丞[1]에서 종오위하從五位下로 승진한 후지와라노 기요카도藤原淸廉[2]라는 자가 있었는데, 대장大藏 대부大夫[3]라고 불렸다. 이 남자는 전세前世에 쥐였던 것인지 고양이를 매우 무서워했다. 그래서 이 기요카도가 가는 곳곳마다 장난치기 좋아하는 젊은이들이 기요카

---

1   대장성大藏省(여러 지방에서 올라오는 출거出擧, 화폐, 금 · 은 등의 재산을 주관)의 제삼등관. 대승大丞(정오위하 상당) · 소승少丞(종육위상 상당)이 있음. 기요카도는 장덕長德 3년(997)에 소승, 장보長保 6년(1004)에 대승.
2   → 인명.
3   오위五位의 통칭. 5위의 대승이여서 이렇게 부른 것임.

도가 보이기라도 하면 고양이를 가져와 보여 주었다. 기요카도는 고양이만 보면 아무리 중요한 용무로 갔어도, 얼굴을 가리고 도망쳤다. 그래서 세상 사람들은 이 기요카도에게 '고양이 겁보 대부'라는 별명을 붙여 불렀다.

그런데 기요카도는 야마시로山城와 야마토大和, 이가伊賀⁴의 세 지방에 많은 장원莊園을 소유하고 있어, 놀라울 정도로 대단한 부자였다. 그러나 후지와라노 스케키미藤原輔公⁵가 야마토 지방 수령이었을 때, 기요카도는 그 지방 조세미를 전혀 납부하지 않았다. 그래서 수령은 어떻게 조세를 징수해야 할까 생각했지만, 기요카도가 아주 미천한 시골내기도 아니고 도읍에서 오랜 세월 동안 관리생활을 한 공적으로 오위五位를 하사받아 도읍에서도 어느 정도 영향력도 있는 자이니, 검비위사청檢非違使廳 등에 고할 수도 없는 노릇이다. 그렇다고 관대하게 다루면 만만찮은 녀석이니만큼 이러쿵저러쿵 핑계를 대며 아예 납부를 안 할 터. 어떻게 하면 좋을까 하고 이리저리 궁리한 끝에, 좋은 생각이 하나 떠올랐다. 때마침 그곳에 기요카도가 찾아왔다.

수령은 한 가지 계책을 세우고, 종자들이 숙직을 설 때 머무는, 사방이 완전히 벽으로 둘러싸인 두 칸 정도의 헛방⁶에 혼자 들어가 앉았다. 그런 다음

"자, 대장 대부님 이리로 오시게. 할 이야기가 있소."

라고 하인을 시켜 부르니, 기요카도는 항상 벌레 씹는 듯한 얼굴을 하고 있는 수령이 이렇게 따뜻하게 헛방으로 불러 주었기에 감사의 인사를 하며 입구 장막을 열고 스스럼없이 안으로 들어갔다. 그러자 뒤쪽에서 종자가 나타

---

4 세 지방 모두 → 옛 지방명.
5 → 인명. 다만 스케키미의 야마토 수령 재임은 확인이 안 되어, 후지와라노 스케타다藤原輔尹로 가정하는 설도 있음. 스케타다의 야마토 수령 재임은 관홍寬弘 6년(1009)에서 관인寬仁 원년(1017)까지임.
6 원문은 "쓰보야壺屋". 칸막이를 한 독실로, 여기서는 야간경비를 위한 대기소.

나 그가 들어간 미닫이문을 닫아 버렸다. 수령이 안쪽에 자리를 잡고

"이쪽으로, 이쪽으로"

라고 안내를 하자 기요카도는 황송해 하며 종종걸음으로 가까이 다가섰다. 수령이

"나의 야마토 국사國司 임기는 그럭저럭 다 돼 가네. 이제 올해만 남았군. 그런데 어찌 지금까지 조세를 납부하지 않는 것인가. 도대체 어쩔 생각이신가?"

라고 말했다.

기요카도는

"그게 말입니다. 실은 이 지방 한 지방만의 일이 아닙니다. 야마시로山城 와 이가伊賀 두 지방 것도 같이 납부해야 하기에 마련하던 중에, 어느 지방도 납부를 못 하게 되었고 미납액이 점점 불어나 지금까지 납부를 못 하고 있습니다. 그러나 올 가을에는 모두 완납할 생각입니다. 다른 분이 재임 중이시라면 몰라도 수령님이 재임하시는 동안에 어찌 소홀히 할 수 있겠습니까? 지금까지 연체된 것만으로도 대단히 송구스러울 따름입니다. 이제는 어떻게든 분부하신 수량을 마련해 납부할 생각합니다. 정말 당치도 않습니다. 비록 천만 석石이라 하더라도 미납분을 절대 그대로 두지는 않을 것입니다. 다년간 그 정도는 비축해 두었는데 이렇게까지 의심하시고 이리 말씀하시다니 정말 유감이옵니다."

라고 말했다. 그러나 속으로는

'무슨 말을 하는 거야, 이 빈털터리 녀석. 방귀라도 뀌 줘 버릴까 보다. 집에 돌아가는 즉시 이가 지방의 도다이지東大寺 장원莊園⁷ 안에 들어가 있으

---

7   기요카도는 이가 지방 나바리 군名張郡 구로다쇼黑田庄에 개인 영지를 가지고 있고, 한편 도다이지의 장원도 구로다쇼에 산재해 있었기에 도다이지 영지로 도망가는 것은 용이했음.

194

면, 그 아무리 무서운 국사라도 절대 함부로 닦달하지 못할 것이야.[8] 도대체 어떤 멍청한 녀석이 야마토 지방의 조세를 납부한다는 것이지. 여태까지 작물은 하늘의 것, 땅의 것[9]이라며 잘 구슬러서 납부하지 않고 적당히 넘겨 왔는데, 이 영주는 자신만만한 얼굴로 반드시 납부하라고 하고 있으니, 멍청한 소리도 정도가 있지. 애당초 요까짓 야마토 수령을 하고 있는 것만 봐도 중앙의 신임이 어느 정도인지 알 수가 있는 게지. 정말 가소롭기 짝이 없군.'

하고 생각하고 있었다. 그러면서도 겉으로는 무척이나 송구한 모습으로 손을 싹싹 빌며 변명하고 있었다. 하지만 수령은

"도적 심보로, 자네, 어찌 그렇게 허울 좋은 말을 할 수가 있는 건가. 지금은 그렇게 말해도 집에 돌아가면 이쪽에서 보낸 사람을 만나 주지도 않고, 납세도 낼 턱이 없겠지. 그러므로 오늘 납입 절차의 결판을 내야겠네. 자네, 납부하지 않는 이상 절대 못 돌아가네."

라고 말했기에, 기요카도는

"아니, 수령나리. 집에 돌아가서 반드시 이달 안으로 완납하겠습니다."

라고 했다. 그러나 수령은 전혀 믿으려 하지 않고

"내가 자네를 만난 지도 많은 해가 지났고, 자네도 나를 안지 오래되지 않았나? 그러니 서로 야박한 짓은 할 수가 없네. 그러나 이 경우는 다르네. 하니 지금 당장 잘 생각해서 납부하는 것이 좋을 것이야."

라고 말했다.

　기요카도는

8　사찰령은 국사가 난입할 수 없는 땅으로 대사원大寺院 영지의 치외법권을 말함.
9　작물 수확에는 천지의 은혜가 크기 때문에, 천지로 돌릴 몫을 빼면 사람의 몫은 없고 하물며 수령에게 낼 몫은 더욱더 없다는 하찮은 변명.

"그렇다 해도 여기서 어떻게 납부할 수가 있겠습니까? 집에 돌아가서 문서에 쓰여 있는 그대로 납부할 생각입니다."

라고 말했다. 그때 수령의 언성이 높아지며 자리에서 일어서듯 허리를 치켜흔들며 몹시 험악한 얼굴로

"자네 그렇다면 오늘 납부하지 않겠다는 말인가. 그렇다면 이 스케키미, 오늘 자네와 같이 죽을 각오네. 내 목숨은 조금도 아깝지 않아."

라고 하며,

"여봐라, 모두 나와라."

라고 큰 소리로 불렀다. 두어 번 큰 목소리로 사람을 불렀지만, 기요카도는 조금도 동요하지 않고 미소를 지으며 태연히 수령의 얼굴을 물끄러미 보고 있었다.

그러는 사이 종자가 대답을 하며 나왔다. 수령이

"준비한 것을 가져오너라."

라고 말했다. 기요카도는 이 말을 듣고, 어디 한번 해봐라. 아무리 해본들 나를 욕보일 수는 없을 테니. 그런데 도대체 뭘 하려고 저렇게 말하는 걸까?라고 생각하고 있는데, 네다섯 명의 종자의 발소리가 들리더니, 미닫이 문밖에서

"가지고 왔습니다."

라고 말했다. 수령이 미닫이문을 열고

"이곳에 넣어라."

라고 하였다. 기요카도가 그 문이 열린 곳으로 눈을 돌리니, 그곳에 1척尺[10] 남짓 크기의 회색반점이 있는 큰 고양이가, 호박琥珀을 갈아 넣은 듯한[11] 빨

---

10 1척은 30.3센티로, 상당히 큰 고양이임.
11 찬란하게 황색으로 투명하게 요사스럽게 빛나는 눈의 형용.

간 눈알을 하고 큰 소리로 울고 있었다. 게다가 똑같은 고양이 다섯 마리가 연달아 들어왔다. 그것을 보자마자 기요카도는 쩔쩔 매고 굵은 눈물방울을 쏟으며 수령에게 싹싹 빌며 어쩔 줄 몰라 했다.

그러는 사이 방에 풀어놓은 다섯 마리 고양이는 기요카도의 소맷자락 냄새를 맡거나 이쪽구석 저쪽구석을 돌아다녔다. 기요카도의 안색은 금세 새파래져서 금방이라도 졸도할 듯이 보였다. 수령이 그 모습을 보고 불쌍한 생각이 들어 종자를 불러들여 고양이를 모두 끌어내어 문 옆에 짧은 줄로 묶어 놓도록 했다. 그때 다섯 마리 고양이가 함께 우는 소리는 귀가 먹먹해질 정도였다. 기요카도는 땀범벅이 되어 눈만 끔벅끔벅 할 뿐 살아 있어도 살아 있는 것 같지 않아 보여서, 수령이

"이래도 조세를 납부하지 않을 텐가. 어떻게 할 건가. 기한은 오늘뿐이다."

라고 하자, 기요카도는 목소리가 완전히 바뀌어 덜덜 떨며

"그저 말씀하시는 대로 하겠습니다. 여하튼 살아 있어야지 나중에 변제라도 할 수 있는 것이지요."

라고 말했다.

그때 수령이 종자를 불러

"그럼, 벼루와 종이를 가져오너라."

라고 말하자, 종자가 즉시 먹과 종이를 가져 왔다. 수령은 그것을 기요카도에게 주고

"납부해야 하는 쌀 수량은 오백칠십여 석[12]이다. 그중 칠십여 석은 집에 돌아가 산算[13]을 놓고 계산해서 납부하면 된다. 오백 석에 대해서는 확실하

---

12 한 석—石은 열 말斗, 약 180리터.
13 중국 전래의 계산 용구.

게 하달서下達書[14]를 작성해라. 그 하달서는 이가 지방 납부소 앞으로 해서는 안 된다. 자네와 같이 교활한 녀석은 가짜 하달서를 만들지도 모르니까. 그러므로 야마토 지방 우다 군宇陀郡[15] 집에 있는 벼나 쌀을 납부한다고 써라. 하달서를 쓰지 않는다면 또 아까처럼 고양이를 풀어 넣고 나는 나가겠다. 그리고 방의 미닫이문을 밖에서 잠그고 가둬 놓을 것이다."

라고 하자, 기요카도는

"수령나리, 그렇게 하시면 이 기요카도는 금세 죽습니다."

라고 말하며 싹싹 빌고, 우다 군 집에 있는 벼와 쌀, 뉘籾[16] 세 가지로 오백 석 상당의 하달서를 써서 수령에게 건넸다. 수령은 하달서를 받자 기요카도를 방에서 내보내 줬다. 그리고 하달서를 《부하》[17]에게 쥐어 주고 기요카도를 데리고 우다 군의 집으로 보내 하달서대로 전부 꺼내 확실히 받았다.

　그러므로 기요카도가 고양이를 무서워하는 것은 정말 바보 같은 일이었지만, 야마토 수령 스케키미에게는 다른 어떤 것보다도 필요한 일이었다고, 당시 모든 사람들이 수군거렸고 세상 사람들이 모두 웃었다고 이렇게 이야기로 전하여 내려오고 있다 한다.

14　하달명령서. 여기서는 영주領主인 기요카도로부터 영민令民에게 부치는 지령서指令書.
15　현재 나라 현奈良縣 우다 군宇陀郡. 이가 지방과 인접. 그곳에 기요카도의 야마토 저택이 있었던 것으로 보임.
16　이삭 그대로의 벼, 탈곡한 쌀, 왕겨가 붙은 쌀.
17　전사轉寫 과정에서 빈 공간이 소멸된 것으로 추정됨. 다른 사본을 참조하여 보충함.

大蔵大夫藤原清廉怖猫語第三十一

今昔、大蔵ノ丞ヨリ冠リ給ハリテ、藤原ノ清廉ト云フ者有キ。大蔵ノ大夫トナム云ヒシ。其レガ前世ニ鼠ニテヤ有ケム、極ク猫ニナム恐ケル。然レバ此清廉ガ行キ至ル所々ニ、若男共ノ勇タルハ、清廉ヲ見付ツレバ、猫ヲ取出テ見スレバ、清廉、猫ヲダニ見ツレバ、極キ太切ノ要事ニテ行タル所ナレドモ、顔ヲ塞テ逃テ去ル。然レバ世ノ人々、此清廉ヲバ猫恐ノ大夫トゾ付タル。

然テ此ノ清廉、山城、大和、伊賀三箇国ニ、田ヲ多ク作テ、器量ノ徳人ニテ有ルニ、藤原ノ輔公ノ朝臣、大和ノ守ニテ有

ル時ニ、其ノ国ノ官物ヲ、清廉露不成ザリケレバ、守、「何シテ此レヲ責取テム」ト思フニ、無下ノ田舎人ナドニモ非ズ、諸司労ノ五位ニテ、京ニ為行ク者ナレバ、庁ナドニモ可下キニモ非ズ。然ドモ緩ベテ有レバ、盗人ノ心有奴ニテ、此彼云テ出シモ不遣ズ。「何ガセマシ」ト思ヒ廻シテ思ヒ得テ居タル程ニ、清廉守ノ許ニ来ヌ。

守、可謀様ヲ案ジテ、侍ノ宿直壺屋ノ、極ク全クテ二間許有ル所ニ、守一人入テ居ヌ。忍テ聞ユベキ事有」ト云セタレバ、清廉、例ハ気色憾気ニ坐スル守ノ、此ク透ヤカニ、宿直壺屋ニ呼ビ入レ給ヘバ、喜ヲ成シテ、垂布ヲ引キ開テ、ユクリモ無ク這入ヌレバ、後ヨリ侍出来テ、其ノ入ツル遣戸ヲバ引立テツ。守ハ奥ノ方ニ居テ、「此ニ」ト招ケバ、清廉畏マリツゝ居ザリ寄ルニ、守

遣り戸（源氏物語絵巻）

ノ云ク、「大和ノ任ハ漸ク畢マ。只今年許也。其レニ、何ニ官物ノ沙汰ヲバ今マデ沙汰シ小遣ヌゾ」ト、「何ニ思フ事ゾ」ト。

清廉、「其ノ事ニ候フ。此ノ国一ツノ事ニモ不候ズ。山城ノ国ノ事ヲ沙汰仕リ候フ間ニ、何方モ沙汰仕リ不候シ伊賀ノ事多ク罷成ニタレバ、否仕リ不遣ヌヲ、今年ノ秋、皆テ、事多ク罷成ニタレバ、否仕リ不遣ヌヲ、今年ノ秋、皆成シ畢候ヒナムトス。異折ニコソ此モ彼モ候ヒハメ、殿ノ御任ニ何カデカ愚ニハ候ハム。此マデ下申テ候コソ心ノ内ニハ奇異ク思給へ候へバ、今ハ何ニモ仰セニ不随テ、員ノマニ弁へ申テムト為ル物ヲ。穴糸惜シ、千万石也ト云フトモ、未進ハ罷リ負ナムヤ。年来随分ノ貯へ仕タレバ、此マデ疑ヒ思食シテ仰セ給フコソ口惜ク候へ」ト云テ、心ノ内ニハ、「此ハ、何事云フ貧窮ニカ有フム。屍ヲヤハヒリ不懸ヌ。返々ラムマ、伊賀ノ国ノ東大寺ノ庄ノ内ニ入居ナムニハ、極カラム主也トモ、否ヤ責メ不給ザラム。何ナル狛ノ者ノ、大和ノ国ノ官物ヲバ弁ヘケルゾ。前ニモ天ノ分ト、地ノ分ニ云

成シテ止ヌ物ヲ。此ノ主ノシタリ顔ニ、此ク樋ニ取ラムト宣フ、嗚呼ノ事也カシ。大和ノ守ニ成給フニテ、思エノ程ハ見エヌ。可咲キ事也カシ」ト思ヘドモ、現ニハ極ク畏マリテ、手ヲ摺ツ、云居タルヲ、守、「盗人ナル心デ、否主此ク口浄クナ不云ソ。然リトモ、返ナバ使ニモ不会ズシテ、其ノ沙汰ヨモ不為ジ。然レバ今日其ノ沙汰切テムト思フ也。否不返ラジ」ト云ヘバ、清廉、「我ガ君。罷返テズシテ、否不返ラジ」ト云ヘバ、清廉、「我ガ君。罷返テ月ノ内二弁へ切候ヒナム」ト云フヲ、守更ニ不信ズシテ云ク、「主ヲ見テ既ニ二年来ニ成ヌ。主モ亦輔公ヲ見テ久ク成ヌラム。然レバ、互ニ情無キ事ヲバ否不翔ヌ也。然レドモ只今有心ニテ、此ノ弁へ畢テヨ」ト。

清廉、「何デカ此テハ弁へ申シ候ハム。罷返シ申シ候ハム」ト云フ。其ノ時ニ守、音糸高ク成テ居上テ、左右ノ腰ヲユスリ上テ、気色糸悪ク成テ、「主、然ハ、今日不弁ジトヤ。今日輔公、主ニ会テ只死ナムト思フ。更ニ命不惜ラズ」ト云テ、「男共ヤ有ル」ト声高ヤカニ

呼ブニ、二音許ニ呼ベドモ、清廉聊動モ不為ズシテ、頬咲テ、只守ノ顔ヲ護テ居タリ。

而ル間、侍答ヘシテ出来タレバ、守、「其ノ儲タリツル物共取テ詣来」ト云ヘバ、清廉是ヲ聞テ、「我ニハ否恥ハ不見セジ物ヲ。何事ニ何ニセムトテ、此ハ云フニカ有ラム」ト思ヒ居タル程ニ、侍共五六人許ガ足音シテ来テ、遣戸外ニテ、「将参テ候フ」ト云ヘバ、守其ノ遣戸ヲ開テ、「此ヂ入レヨ」ト云ヘバ、遣戸ヲ開ル〈ニ〉清廉見遣レバ、灰毛斑ナル猫ノ長一尺余許ナルガ、眼ハ赤クテ、虎珀ヲ磨キ入タル様ニテ、大音ヲ放テ鳴ク。只同様ナル猫五ツ次キテ入ル。其ノ時ニ清廉、目ヨリ大ナル涙ヲ落シテ、守ニ向テ手ヲ摺リ迷フ。

而ル間、五ツノ猫、壺屋ノ内ニ離レ入テ、清廉ガ袖ヲ聞ギ、難堪ニ〇。此ノ角、彼ノ角ヲ走り行クニ、清廉気色只替ニ替テ、侍ヲ呼ビ入レテ、皆引出サセテ、遣戸ノ許ニ縄ヲ短クテ繋ツ。其ノ時ニ五ツノ猫ノ鳴合タル音、耳ヲ響カス。清廉汗水ニ成テ、気ニ思タル事無限。守此レヲ見ルニ、糸惜ケレバ、侍ヲ呼ビ

目ヲ打叩テ、生タルニモ非ヌ気色ニテ有レバ、守、「然ハ、官物不出サジトヤ。何カニ。今日其ノ切テム」ト云ヘバ、清廉無キニ二音替リテ、筋々ト云ク、「只仰セ事ニ随ハム。何ニモ命ノ候ハムノ後ニモ弁シテモ候ベキ」ト。

其時ニ守侍ヲ呼テ、「然ハ碾ト紙ト取テ持来」ト云ヘバ、侍取テ持来タリ。守其レヲ清廉ニ指取セテ、「可成キ物ノ員ハ、既ニ五百七十余石也。其レヲ、七十余石ノ家ニ返テ算フ置テ、吉ク許ヘテ可成キ也。五百石ニ至テハ、樻ニ下文ヲ成セ。其ノ下文ヲバ伊賀ノ国ノ納所ニ可成キニハ非ズ。此ク許ノ心ニテハ、虚下文モゾ為ル。然レバ大和ノ国ノ宇陀ノ郡ノ家ニ有ル稲米ヲ可下キ也。其ノ下文ヲ不書ズハ、亦有タル様ニ猫ヲ放チ入レテ、輔公ハ出ナム。然テ壺屋ノ遣戸ヲ外ヨリ封テハ清廉ハ暫クモ生テハ候ヒナムヤ」ト云テ、手ヲ摺テ、宇陀ノ郡ノ家ニ有ル稲、米、籾三種ノ物ヲ、五百ガ方ニ下文ヲ書テ、守ニ取ラセツ。其ノ時ニ、守下文ヲ取ッレバ、清廉ヲ

バ出シツ。下文ヲバ即チ□ニ持セテ、清廉ヲ具シテ、宇陀
ノ郡ノ家ニ遣テ、下文ノマヽニ悉ク下セテ、慥ニナム取テケ
リ。

然レバ清廉ガ猫ニ恐ルヲ、嗚呼ノ事ト見ツレドモ、大和ノ
守輔公ノ朝臣ノ為ニハ、極メタル要事ニテナム有ケルトゾ、
其ノ時ノ人云繚テ、世挙テ咲合ヘリ、トナム語リ伝ヘタル
ト也。

야마시로山城 개介 미요시노 하루이에三善春家가 뱀을 무서워한 이야기

야마시로山城 개介, 미요시노 하루이에三善春家는 매우 뱀을 싫어하는 사람으로, 이상하리만큼 뱀을 무서워했다. 여름철 염전染殿의 나무그늘에서 전상인殿上人들과 잡담을 나누고 있었는데, 3척尺 정도의 뱀이 옆으로 기어 지나가는 것을 보고 얼굴이 새파랗게 되어 비명을 지르고 맨발로 도읍의 대로를 질주해 집에 도착했고, 그대로 인사불성이 되어 앓아 누웠다는 이야기. 앞 이야기와 마찬가지로 이상하리만큼 동물을 무서워하는 사람 이야기임.

이제는 옛이야기이지만, 야마시로山城[1]의 개介의 직위에 있던 미요시노 하루이에三善春家[2]라는 자가 있었다. 전세前世에 개구리였던지 뱀을 매우 무서워했다. 세상 사람들도 모두 뱀을 보고 무서워하지만, 하루이에는 특히 뱀만 보면 착란상태에 빠질 정도였다.

최근 여름 무렵의 일이다. 전상인殿上人과 공달公達 두세 명 정도가 염전染殿[3]의 동남쪽 구석의 나무그늘에 가서, 시원한 바람을 쐬며 이야기를 나누고 있었다. 그곳에 이 하루이에가 왔다. 그런데 사람들 옆으로, 하필 하루이에

---

1 → 옛 지방명.
2 전 미상.
3 → 지명.

에가 앉아 있는 바로 옆으로 3척尺⁴ 정도의 오사烏蛇⁵가 기어 나왔다. 하루이에가 미처 눈치채지 못하고 있었는데 공달이

　"저것 봐라, 하루이에."

라고 말했기에 하루이에가 문득 옆을 보니, 소매 옆으로 1척 정도 떨어진 곳에 3척 정도의 뱀이 기어가고 있었다. 그것을 본 하루이에는 얼굴색이 색바랜 쪽藍처럼 새파래져서 이루 말도 표현할 수 없는 공포에, 비명을 지르며 일어서지도 못했다. 일어나려고 발버둥 쳤지만 두 번이나 넘어졌다. 간신히 일어서자, 신발도 신지 않은 채《맨발》⁶로 달아나 염전의 동문으로 뛰쳐나와 북쪽으로 내달려, 일조一條 대로에서 서쪽으로 서동원西洞院 대로까지 달려, 그곳에서 서동원 대로를 남쪽으로 달렸다. 그의 집은 토어문土御門 서동원⁷에 있었기에 그대로 집으로 뛰어들었다. 처자식이

　"도대체 무슨 일입니까?"

라고 물었지만, 말도 제대로 하지 못하고 옷을 입은 채로 엎드려 누웠다.

　사람들이 옆에 와서 물어도 대답도 하지 않았다. 모두 모여, 하루이에를 이쪽으로 굴리고 저쪽으로 굴리면서 옷을 벗겼다. 인사불성 상태로 누워 있었기에 따뜻한 물을 입에 넣어 주었는데, 이를 꽉 물고 있어서 들어가질 않았다. 몸을 만져 보니 불덩이같이 뜨거웠다. 이것을 본 처자식은 깜짝 놀라서 큰일 났다고 우왕좌왕 어쩔 줄을 몰라 했다. 한편 하루이에의 종자들은 이 사건을 전혀 모른 채 근처 그늘에 있었는데, 어느 궁가宮家⁸의 하인 한 명이 그것을 보고는, 참으로 우스워 견딜 수 없었지만, 하루이에의 뒤를 쫓

4　1척은 약 30.3센티로, 약 1미터 정도의 크기.
5　흙색 뱀의 속칭으로, 특히 흑화종黑化種의 시마헤비縞蛇(* 산무애뱀의 일종인 일본 특산의 뱀)를 가리킴.
6　한자 표기를 위한 의도적 결자. 문맥을 고려하여 보충함.
7　토어문 대로와 서동원 대로가 교차하는 부근.
8　* 친왕, 법친왕, 문적門跡 등의 집안.

아와 집으로 달려 들어왔다. 처자식이

"도대체 무슨 일이 있었기에 남편이 저렇게 뛰어와 몸져누운 것입니까?"

라고 묻자,

"실은 뱀을 보시고 달아난 것입니다. 모시는 일행들이 모두 바람을 쐬려고 나무그늘 쪽에 있어 자초지종을 알지 못하기에 제가 달려왔습니다만, 도저히 따라붙을 수가 없었습니다."

라고 말했다. 처자식은 그 말을 듣고

"이전에도 이런 일이 있었습니다. 그때처럼 심하게 겁을 먹은 것이겠지요."

라고 말하며 웃었다. 집의 종자들도 모두 웃었다. 그 뒤 모시고 갔던 일행들이 모두 돌아왔다.

실로 얼마나 우스웠을 것인가? 오위五位 정도나 되는 자가, 백주 대낮에 대로를 말도 타지 않고 도보로, 그것도 맨발로 사시누키하카마指貫袴[9]의 모모다치股立[10]를 집어 올려 허리띠에 지르고 숨을 헐떡이며 7, 8정町[11]이나 계속 달렸으니, 길 가는 사람들이 그것을 보고 얼마나 웃었을 것인가? 하루이에는 그 후 한 달 정도 지나 염전에 들렀지만 차분하게 있지를 못하고 왠지 당황한 모습으로 일찍 퇴출했기에 사람들은 서로 눈짓을 하며 웃어 댔다.

역시 하루이에는 세상의 보통사람과는 달리 뱀을 특히 무서워했던 것이다. 뱀은 바로 그 장소에서 사람에게 위해를 가하는 일은 없지만, 문득 눈에 띄면 뱀의 《본성》[12]상, 누구나 기분 나쁘고 불쾌한 느낌이 드는 법이다. 그

---

9 의관衣冠, 평상복, 가리기누狩衣를 착용했을 때에 입는 하카마로 소매에 끈이 통해져 있어 그것을 오므려서 발목에 묶도록 되어 있음.
10 하카마의 허리 양옆으로 트인 곳의 아귀.
11 약 8, 9백 미터.
12 한자 표기를 위한 의도적 결자. 문맥을 고려하여 보충함.

럼에도 불구하고 하루이에는 특히 남달랐다고 이렇게 이야기로 전하여 내려오고 있다 한다.

山城介三善春家恐蛇語第三十二

今昔、山城ノ介ニテ三善ノ春家ト云フ者有キ。前ノ世ノ蝦蟆ニテヤ有ケム、蛇ナム極ク恐ケル。世ニ有ル人許、誰モ皆蛇ヲ見テ不恐ヌ人無ケレドモ、此ノ春家ハ、蛇見テハ物狂ハシクナム見ヱケル。

近クハ夏比染殿ノ辰巳ノ角ノ山ノ木隠レニ、殿上人君達

二三人許行テ、冷ミテ物語ナドシケル所ニ、此ノ春家モ有ケリ。其レハ人ノ当リモコソ有レ、此ノ春家ガ居タリケル傍ヨリシモ、三尺許ナル烏蛇ノ這出タリケレバ、春家ハ否不見ザリケルニ、君達ノ、「其レ見ヨ、春家」ト云ケレバ、春家打見遣タルニ、袖ノ傍ヨリ去タル事一尺許ニ、三尺許ノ烏蛇ノ這行クヲ見付テ、春家ノ顔ノ色ハ朽シ藍ノ様ニ成テ、奇異ク難堪気ナル音ヲ出シテ一音叫テ、否立モ不敢ズ。立ムト為ル程ニ、二度倒レヌ。辛クシテ起テ沓ヲモ不履ズ、□二

テ走リ去テ、染殿ノ東ノ門ヨリ走リ出テ、北様ニ走テ、一条ヨリ西へ、西ノ洞院マデ走テ、其ヨリ南へ西ノ洞院下ニ走リ、家ニ土御門、西ノ洞院ニ有ケレバ、家ニ走テ入タリケルヲ、家ノ妻子共、「此ハ何ナル事力有ツルゾ」ト問ヘドモ、露物モ不云ズ、装束ヲモ不解ズ、着乍ラ低ニ臥ニケリ。

人寄テ問ヘドモ、答フル事無シ。装束ヲバ、人寄テ丸バシ物モ不思ヌ様ニテ臥タレバ、湯ヲ口ニ入ルレドモ、歯ヲヒシト咋合セテ不入レズ、身ヲ捜レバ、火ノ様ニ温タ

リ。妻子此ヲ見テ、肝ヲツブラシテ、「奇異」ト思フ程ニ、

春家ガ走ケル後ニ、従者モ否ヤ不知デ隠レノ方ニ有ケル程ニ、

宮ノ雑色二人、「糸可咲」トハ思ヒケレドモ、送レテ走ケルガ、

家ニ入リ来ルニ、妻子、「此ハ何ナル事ノ有ツレバ、此ノ主

ハ此ク走リ来テ臥タル」ト問ヘバ、宮雑色、「蛇ヲ見給テ逃

テ走給ツレ。御共ノ人モ皆冷ヤカトテ、隠ゝ方ニ候ヒテ、否知

リ不候ザリツレバ、己レガ送レ不奉ジト走リ候ヒツレドモ、

否走リ不着奉デナム」ト云ヘバ、妻子此レヲ聞テ、「前々モ

然カ有ケルハ。例ノ物狂ワシキ物恐シ給フラム」ト云テ咲ケ

ル。家ノ従者共モ咲ケリ。

其ノ後ゾ、共ニ有ケル者共モ来タ

リケル。

実ニ何ニ可咲カリケム、五位許ノ者ノ、昼中ニ大路ヲ歩ニ

テ、□ナル者ノ、指貫ノ喬取テ喘タキテ、七八町ト走ケムハ。

大路ノ者、此レヲ見テ、何ル二咲ヒケム。其ノ後一月許有

テゾ、春家染殿ニ参タリケルニ、物静カニモ不候ズシテ、周

タル気色シテゾ罷出ニケレバ、人々此レヲ見テ、目瞬ヲシ

ツゝゾ咲ヒ合ヘリケル。

然レバ、春家ガ蛇ニ恐ルル事、世ノ人ノ蛇ニ恐ル様ニハ違タ
リカシ。

蛇忽ニ二人ヲ不害ネドモ、急ト見付ツレバ気六借ク

疎マシキ事ハ、彼レガ□ナレバ、誰モ然ハ思ユルゾカシ。然

レドモ春家ハ糸物狂ハシクゾ有ケル、トナム語リ伝ヘタルト

也。

대장大藏 대부大夫 기노 스케노부紀助延의 부하가
거북이에게 입술을 물린 이야기

대장大藏 대부大夫 기노 스케노부紀助延는 쌀 대부업으로 부자가 되어 만석萬石 대부
라는 이명을 얻었다. 그 스케노부가 빈고 지방備後國으로 내려가 있던 중에, 나이 오십
정도의 부하가 장난으로 "달아난 옛 마누라가 여기 있네." 하며 거북이 입에 입맞춤을
했는데, 반대로 입술을 깊숙이 물려 빼질 못하고 괴로워 발버둥 치다가 거북이 목을
자르고서야 겨우 빠져나왔다는 이야기. 그 후에 입에 난 상처가 곪아 괴로워했다고 한
다. 얼빠진 행동이 일으킨 실패담으로 거북이와의 입맞춤 이야기는 매우 익살미 넘치
는 구도임.

이제는 옛이야기이지만, 내사인內舍人[1]에서 대장승大藏丞[2]이 되고 나중
에는 종오위하從五位下 직위를 하사받아 대장大藏 대부大夫[3]라 불린 기노 스
케노부紀助延[4]라는 자가 있었다. 젊었을 때부터 쌀을 사람들에게 빌려주고
[5] 그 이자를 붙여 돌려받았기에, 세월이 지날수록 그 양이 점점 불어나, 사
오만 석石[6]이나 되었다. 그래서 세간에서는 스케노부를 만석萬石 대부라는

---

1   내리內裏의 사인. 중무성中務省의 대사인료大舍人寮에 소속되어 궁중의 숙직, 잡역 및 행차 시의 경호에 종
    사함.
2   대장성大藏省의 제3등관. 대승大丞(정육위하正六位下 상당), 소승少丞(종육위상從六位上)이 있었음.
3   오위五位의 통칭. 오위의 대승이어서 이렇게 부른 것임.
4   전 미상. 「이중력二中曆」 능력能曆 · 덕인德人 항목에 보이는 '紀助信'과 같은 인물로 추정.
5   고리高利로 쌀을 빌려주고 이자를 챙기는 방법.
6   한 석一石은 열 말斗, 약 180리터.

이명을 붙여 불렀다.

이 스케노부가 빈고 지방備後國[7]으로 내려가서 볼일이 있어 잠시 머물고 있었는데, 어느 날 바닷가로 나가 그물을 치게 하니 등딱지가 1척尺 정도나 되는 거북이가 건져 올려졌다. 스케노부의 부하들이 그 거북이를 괴롭히며 가지고 놀고 있었는데, 그중에 나이 오십 정도의 조금 얼빠진 사내가 한 명 있었다. 항상 쏠사나운 《상난》[8]을 즐기는 사내였는데, 그 때문이었을까, 이 사내가 거북이를 본 순간

"오오, 이놈, 달아난 내 전 마누라가 여기에 있었네."

라고 하며 거북이 등딱지 좌우 끄트머리를 잡고 들어 올리자, 거북이는 손과 발을 모두 등껍질 밑으로 움츠리고 목도 쑥 집어넣었기에 가느다란 입만이 등껍질 밑에 보였다. 이 사내는 거북이를 쳐들어 마치 아이를 어르듯이

"높이, 높이." 하면서

"거북아 이리 오너라, 거북아 이리 오너라.'라고 강가에서 내가 말했을 때는 왜 안 나왔느냐? 오랫동안 너를 정말 그리워했는데, 우리 입맞춤이라도 한번 해볼까."

하며 가느다랗게 튀어나온 거북이 입에 자신의 입술을 갖다 대고 아주 작게 보이는 거북이 입술을 빨려고 했다. 그 순간 거북이가 느닷없이 목을 쑥 내밀어 사내의 위아래 입술을 꽉 물었다.

사내가 떼려고 해도 거북이가 위아래 이빨을 꽉 물고 있어서 점점 더 깊이 파고들어 어떻게 해도 뗄 수가 없었다. 그때 사내는 손을 벌리고 입안에서 우물거리는 소리로 울부짖었지만 어떻게 할 도리가 없어 눈물을 흘리며 어쩔 줄을 몰라 했다. 그러자 다른 사람들이 달려들어 칼등으로 거북이 등

---

7 → 옛 지방명.
8 한자 표기를 위한 의도적 결자. 문맥을 고려하여 보충함.

껍질을 치자 거북이가 점점 더 강하게 물었다. 사내는 양손을 버둥거리며 발을 동동 굴렀다. 대부분의 다른 사람들은 사내가 이렇게 괴로워하는 것을 보고 안타까워했지만, 그중에는 등을 돌리고 웃는 자도 있었다.

그러자 한 사내가 있어 거북이 목을 확 잘라 버리자 거북이 몸이 아래로 떨어졌다. 목은 여전히 물은 채로 남아 있었다. 그것에 물건을 갖다 대고 거북이 입 옆쪽으로 칼을 집어넣어 턱을 벌려 위아래 턱을 떼어 놓자 송곳 같은 거북이 이빨이 어긋나게 물리어 있어 그것을 조심스럽게 살살 입술에서 떼어 내 뽑아 냈다. 그러자 위아래 입술에서 검은 피가 엄청 쏟아져 나왔다. 피가 다 나온 후에 연꽃잎을 삶아 그 따뜻한 물로 씻자 상처 난 곳이 크게 부어올랐다. 그 후 그곳이 곪아 오랫동안 낫지 않았다.

이것을 견문見聞한 사람들은 주인 나리를 비롯해 모두 불쌍하다 하지 않고 비웃었다. 원래 조금 얼빠진 사내여서 나쁜 《장난》을 즐겨했지만, 이런 멍청한 짓을 저질러 이렇게 병들어 괴로워한 끝에 사람들에게도 비웃음을 받은 것이다. 그 후로 그 사람은 나쁜 《장난》을 하지 않았는데, 그것을 또 동료들은 화제로 삼아 웃었다.

생각건대, 거북이는 4,5치+9는 족히 목을 내밀 수 있는데, 거기에 입을 갖다 대고 빨려고 했으니 어찌 물리지 않을 수가 있겠는가? 이러하기에 세상 사람들은 신분의 상하를 막론하고 쓸데없는 말장난을 하거나, 농담으로도 이런 위험한 장난을 쳐서는 안 되는 법이다.

이런 바보짓을 해서 비웃음을 산 사내가 있었다고 이렇게 이야기로 전하여 내려오고 있다 한다.

---

9   한 치는 약 3센티.

大藏大夫紀助延郎等唇被咋亀語第三十三

今昔、内舎人ヨリ大藏ノ丞ニ成テ、後ニハ冠給リテ、大
蔵ノ大夫トテ、紀ノ助延ト云フ者有キ。若カリケル時ヨリ、
米ヲ人ニ借シテ、本ノ員ニ増テ返シ得ケレバ、年月ヲ経ル
マニ、其ノ員多ク積リテ、四五万石ノ大夫トナム有ケレバ、
世ノ人、此ノ助延ヲ万石ノ大夫トナム付タリシ。

其ノ助延ガ備後ノ国ニ行テ、可為キ事有テ、暫ク有ケル程
ニ、浜ニ出テ網ヲ引セケルニ、甲ノ広サ一尺許有ル亀ヲ引
上タリケルヲ、助延ガ郎等共ノ挙ジ持遊ケルニ、其ノ郎等ノ
中ニ、年五十許ナル有ケル郎等ノ片白タル有ケル。糸見苦シ
キ虚□ヲナム常ニ好ケル。其ノ気ニヤ有ケム、其ノ男、此ノ
亀ヲ見付ルマヽニ、「彼レハ、己ガ旧妻ノ奴ノ逃タリシハ此
ニコソ有ケレ」トテ、亀ノ甲ノ左右ノ鋏ヲ取テ捧レバ、亀、
足手モ甲ノ下ニ引入レツ。頭ヲモツフリト引入ツレバ、細キ
口許繼ニ甲ノ下ニ見ユルヲ、此ノ男ノ云ク、幼キ児共ニ、シ
ワヽリト云フ事スル様ニシテ、『亀来々々』ト、河辺ニテ云
ツルニ、何ド出不坐ザリツルゾ。和御許ハ月来恋カリツル
ニ、口吸ハム」ト云テ、細ク指出タル亀ノ口ニ、男ノ口ヲ指
宛テ、纔ニ見ユル亀ノ口ヲ吸ハムト為ル程ニ、亀俄ニ頸ヲ急
ト指出テ、男ノ上下ノ唇ヲ深ク咋合セツ。

引放タムト為レドモ、亀ノ上下ノ歯ヲ咋違テ咋タレバ、弥
ヨ咋入リニコソ咋入レ、其ノ時ニ、男ノ手ヲ披テ、免サムヤハ。
含モリ音ニ叫ベドモ、可為キ様モ無クテ、目ヨリ涙ヲ落シテ

迷フ。然レバ異者共、皆寄テ刀ノ峰ヲ以テ亀ノ甲ヲ打テバ、

亀弥ヨ咋入リニ咋入ル。然レバ男、手掻テ、迷フ事無限シ。

異者共ハ此ク迷フヲ見テ糸惜ガルニ、亦外ニ向テ咲フ者モ有

ケリ。

而ル間、一人ノ男有テ、亀ノ頸ヲフット切ツレバ、亀ノ体

ハ落ヌ。頸ハ咋ヒ乍ラ留マリタルヲ、物ニ押宛テ、亀ノ口脇

ヨリ刀ヲ入レテ、頸ヲ破テ、其ノ後ニ亀ノ頸頤ヲ引放チツ

レバ、錐ノ崎ノ様ナル亀ノ歯共、咋ヒ被違ニケレバ、其ヲ

和ラ構テ、棍抜キニ抜ク時ニ、上下ノ唇ヨリ黒血走ル事無限

シ。走リ畢ツレバ、其ノ後ニ蓮ノ葉ヲ煮テ、其レヲ以テ茹ケ

レバ、大キニ腫ニケリ。其ノ後膿返ツ、久クナム痛ケル。

此レヲ見聞ク人、主ヨリ始メテ、「糸惜」トハ不云デ、憎

ミ咲ヒナムシケル。本ヨリ片白タリケル男ノ、虚□ヲ好ケレ

バ、此ノ白事ヲモシテ、病迷ヒテ、人ニモ憎ミ被咲ケル也。

其ノ後ハ、虚□モ不好云デナム有ケレバ、同僚ノ者共、其レ

ニ付テモ咲ヒケリ。

此レヲ思フニ、亀ノ頸ハ四五寸ト指出ヅル物ヲ、口ヲ指ヨ

セテ吸ハムトセムニハ、当ニ不被咋ヌ様ハ有ナムヤ。此レハ、

世ノ人、上モ下モ由無カラム虚□シテ、猿楽然様ナラム危キ

戯レ事ハ、可止シ。

此ノ白事シテ、被憎ミ咲ル男ナム有ケル、トナム語リ伝へ

タルトヤ。

지쿠젠筑前 수령 후지와라노 아키이에藤原章家의 무사가
잘못을 저지른 이야기

지쿠젠筑前의 전前 국사國司 후지와라노 아키이에藤原章家가 젊었을 때, 용맹하기로
소문난 요리카타賴方라는 무사가, 관사에서 많은 무사들과 회식을 하는 자리에서, 주
군인 아키이에가 먹고 남긴 음식을 자신의 그릇에 옮기지 않고 먹는 무례함을 들켜,
당황하여 먹다 남긴 음식을 원래 그릇으로 도로 내뱉는 이중의 볼썽사나운 실수를 저
질러, 얼간이라는 오명을 쓰게 되었다는 이야기. 앞 이야기와는 경솔하고 무분별한 행
동이 불러일으킨 실수라는 점에서 연결된다.

이제는 옛이야기이지만, 지쿠젠筑前[1]의 전前 국사國司[2] 후지와라노 아키
이에藤原章家[3]라는 사람이 있었다.[4]

이 사람의 아버지는 사다토定任[5]라고 했다. 이자도 지쿠젠의 수령이었는
데, 그때 아키이에는 아직 젊어서 관직에 오르지 못하고, 시로기미四郎君라
하여 아직 독립하지 않고 저택 안에 방 하나를 받아 살고 있었다. 그 무렵

1 → 옛 지방명.
2 전임 국사.
3 → 인명. 연구延久 4년(1072) 지쿠젠 국사 재임. 『수좌기水左記』 승력承曆 4년(1080)에 '筑前〃守'라고 보임
(『어로우초魚魯愚抄』).
4 승력 4년에 생존하고 있던 아키이에에게 '있었다(有キ)'라는 과거 시제를 사용하고 있는 것은 중요. 본 이야
기집에서는 가장 새로운 이야기 중의 하나.
5 → 인명.

집에 언뜻 보기에도 살벌하고, 구레나룻이 길며, 위풍당당하게 무용武勇을 자랑하는 무섭게 생긴 무사가 있었는데, 요리카타賴方[6]라고 하였다.

이 남자가 아키이에의 방에서 많은 무사들과 동석하여 일을 끝내고, 함께 식사를 하고 있었다. 그때 아키이에는 이미 식사를 마쳤고, 그가 먹고 남은 음식을 먹은 무사들이 다시 물려주어 서로 나누고, 상석에서부터 차례로 아래로 돌려 내려가던 중, 요리카타까지 음식이 왔다. 그가 원래 먹고 있던 식기에는 조금 먹다 남은 음식이 있었지만, 퇴물림이 내려온 이상 다른 사람들이 한 것처럼 자신의 식기에 받아서 먹겠지 하고 다른 무사들이 이를 보고 있었다. 그러나 요리카타는 주인의 식기를 들어 자신의 식기로 옮기지 않고, 그만 주인의 식기에 담긴 음식을 그대로 후룩후룩 입안으로 집어넣어 버렸다. 다른 사람들이 이것을 보고,

"이게 어찌된 일인가. 주인님의 식기에 들어 있는 음식을 그대로 먹어 버리다니."

라고 하니, 요리카타는 그때에서야 비로소 알아채고는,

'정말이다. 일을 저질러 버렸구나.'

라고 생각한 순간 놀라 당황하여 입에 물고 있던 밥을 주인의 식기에 다시 뱉어 버렸다. 주인의 식기에 있는 음식을 그대로 먹는 것조차 무사들도 주인도 더럽다고 여기고 보고 있었는데, 하물며 입에 넣어 침이 섞인 밥을 식기에 뱉어 냈으니, 음식이 긴 빈모鬢毛에 딱 달라붙어서 좀처럼 그것을 떼어 내지 못하는 모습은 참으로 추하기 그지없었다. 다른 무사들은 이것을 보고 일어서서 밖으로 나가 웃었다.

요리카타는 어째서 이런 바보 같은 짓을 한 것일까. 원래는 참으로 현명

6 전 미상.

한 무사라 하여 주인의 신임도 두터웠는데, 그 후 무용이 뛰어난 무사라는 명성마저도 바래지고 바보라는 평판을 받게 되었다.

이것을 생각하면 무용이 뛰어난 무사이긴 했지만 머리가 둔하고 어리석은 자였을 것이다.

그러므로 사람은 무슨 일이든 재빨리 판단하여 행동해야 한다고 이렇게 이야기로 전하여 내려오고 있다 한다.

筑前守藤原章家侍錯語第三十四

今昔、筑前ノ前司藤原ノ章家ト云フ人有キ。

其ノ人ノ父ハ定任トゾ云ケル。其レモ筑前ノ守ニテ有ケル

時ニ、此ノ章家ノ朝臣ハ、未ダ年若クシテ、官モ不成デ、四

郎君ト云テ、曹司住ニテゾ有ケル時ニ、見目事々シクシテ、

鬢長ク、鑭シキ気色有テ兵立㧡シタル侍有ケリ。名ヲバ

頼方トゾ云ケル。

其レガ章家ガ曹司ニテ、侍共数居合テ、可然キ事ナドシ

テ物食ケル次デニ、章家ハ既ニ物食畢テ、下シウ取出テ、物

食畢タル侍共ノ、主ノ下シウヲ分テ、次第ニ下リ様ニ置ケ

ル程ニ、此ノ頼方ガ許ニ成テ、本食ケル器ニ、今少シ残タ

リケルニ、下シウヲ指遣タリケルハ、異者共ノ為ル様ニ、我

ガ器ニ受テコソハ食ハムズラメト、侍共皆見ケル程ニ、頼

方主ノ器ヲ取テ、我ガ器ニハ不移ズシテ、思ヒ忘レテ、

主ノ器乍ラ、サフ〳〵ト搔合食ケルヲ、異者共此レヲ見テ、

「彼レハ何カニ。御器乍ハ食ヒツルゾ」ト云ケルニ、頼方、

其ノ時ニ思ヒ出テ、「実ニ然ゾカシ。錯シテケリ」ト思ケル

ニ、吉ク臆病シニケレバ、含タリケル飯ヲコソ、其ノ御器ニ

亦吐入レタリケレ。只其ノ器乍ラ食ツルヲダニ、侍共モ

主モ穢ナリト見ツルニ、唾加ハリ乍ラ食タル飯ヲ器ニ吐入

タリケレバ、長キ鬢ニ懸リナドシテ有ケルヲ、巾ヒ繚ナドシ

ケルコソ、極テ憫ク弊カリケレ。異侍共此レヲ見テ、立テ

外ニテゾ咲ヒケル。

実ニ頼方何カニ思ヒ忘ニケルニカ有ラム。本ハ極ク心賢キ

兵ニテ思エ有ケルニ、其レヨリ後ハ、兵ノ思エサヘ劣テ、

嗚呼ノ名ヲ取テゾ有ケル。

此レヲ思フニ、兵ニテハ有ケレドモ、心ノ送クレテ、愚也

ケルニコソハ有ラメ。

然レバ、人何事也トモ、急ト思ヒ廻シテ可為キ也、トナム

語リ伝ヘタルト也。

우근마장右近馬場의 전상인殿上人이
구사아와세種合를 한 이야기

고이치조後一條 천황 치세에 개최된 구사아와세種合 때 일어난 진기한 사건 이야기. 구사아와세의 승부에서 경마로 옮겨가, 좌방은 정장 차림의 준마駿馬를 탄 시모쓰케 노 긴타다下野公忠가 달려 나오자, 우방은 더러운 의상에 암소를 탄 노법사가 도검 대 신 말린 연어를 차고 등장한다. 긴타다는 화를 내며 퇴장하고, 우방은 멋대로 승리의 낙준落蹲의 무대를 시작했을 때, 몰래 보고 있던 관백關白의 노여움을 사서, 포박을 두 려워한 오노 요시모치多好茂가 낙준의 가면을 쓴 채로 도시 대로를 질주했다는 이야 기. 노법사의 사루가쿠猿樂를 흉내 낸 풍채와 한 대낮에 귀신이 도시 대로를 질주하는 모습이 해학적임.

　이제는 옛이야기이지만, 고이치조後一條 천황[1] 치세에 전상인殿上人과 장 인藏人들이 전부 모여, 좌방 우방으로 나누어 구사아와세種合[2]가 개최된 적 이 있었다. 두 사람의 장인소藏人所 장관[3]을 좌우의 수장으로 하여, 참가자 를 좌우로 나누어 명부를 만들었다. 그때 수장은 좌방이 두변頭辨 후지와라

1　→ 인명. 재위, 장화長和 5년(1016)～장원長元 9년(1036).
2　당초에는 '草슴せ'라고 해서 화초의 아름다움에 대한 우열을 가리는 놀이였던 것이 변해서 세공물이나 공연 물의 취향의 우열을 겨루는 행사로 됨.
3　사위四位의 전상인. 한 사람은 변관辨官(문관文官)에서, 한 사람은 좌우근위중장左右近衛中將에서 선임하여, 전자를 '두변頭辨', 후자를 '두중장頭中將'이라고 칭했음.

218

노 시게타다藤原重尹,[4] 우방이 두중장頭中將 미나모토노 아키모토源顯基[5]였다. 이렇게 참가자를 좌우로 나누어 명부를 만든 후, 양 진영의 이기고자 하는 경쟁심은 한껏 고조되었다. 그리고 날을 정해, 기타노北野의 우근마장右近馬場[6]에서 개최할 것을 약속했다.

한편 각 방에 속한 자들이 각자 세상에 드문 진귀한 물건을 손에 넣고자, 여러 궁宮과 원院, 사찰, 각 지방, 도읍과 시골을 가리지 않고 온 힘을 다하여 정신없이 찾아 돌아다니는 모습은 이루 말할 수 없이 대단했다. 전상인이나 장인뿐만 아니라, 장인소의 중衆[7]·출납出納[8]·소사인小舍人[9]에 이르기까지 좌우로 편을 나누었기 때문에, 그 이후 그들은 전생의 적이었던 것처럼, 서로 마주쳐도 말도 하지 않는 상황이었다. 하물며 전상인이나 장인은 형제든 절친한 사이든 좌우로 나뉜 다음에는 그 얼마나 경쟁심이 고조되었는지는 더 이상 말할 필요조차 없다.

이러던 중 어느덧 그 약속한 날이 되어 쌍방은 우근 마장의 오토도야大臣屋[10]로 나가게 되어 있다. 전상인은 훌륭한 노시直衣[11] 차림으로 수레를 줄지어 거느리고 집합소에서 나왔다. 그 집합소는 이전부터 정해져 있었기 때문에, 제각각 초저녁 사이에 모였다. 그곳에서 오토도야로 향하는 모습은 이루 말할 수 없을 정도로 훌륭했다. 오토도야의 앞에는, 마장의 울타리로부터 동쪽으로, 남북으로 마주보고 동서로 길게 비단 히라야平屋[12]를 세우고,

---

4 → 인명. 만수萬壽 3년(1026) 10월, 장인두長人頭, 장원 2년(1029) 정월까지 재임.
5 → 인명. 치안治安 3년(1023) 12월, 장인두長人頭, 장원 2년 정월까지 재임.
6 기타노北野 신사의 동남쪽에 있었던 우근위부의 경마장.
7 장인소의 잡일을 하는 5,6위의 무사.
8 장인소의 출납을 주관하는 직원.
9 장인소의 잡역을 맡아보는 관리.
10 경마장에서 행사가 있을 때, 임시로 설치된 귀인의 거실로, 공경公卿·전상인 등의 관람소.
11 귀인의 평상복 모습.
12 비단의 장막을 사용하여 천장을 편평하게 건너지른 가설물. 히라바리平張와 같음.

마찬가지로 비단 장막을 둘러쳐서, 그 안에 구사아와세 물건들을 모조리 거두어 모아 두었다. 출납이나 소사인 등이 히라야平屋 안에서 이것들을 모두 관리하고 있었다. 전상인은 오토도야의 한가운데를 나누어 좌방은 남쪽, 우방은 북쪽으로 나누어 모두 자리에 착석했다. 장인소의 군중이나 농구瀧口의 시侍도 모두 좌우로 나누어 앉았다. 울타리 서쪽에서도, 남북으로 마주보고, 승패의 춤을 추기 위해서 비단 장막을 친 히라야平屋를 세우고, 그 안에 악기를 준비하여, 무인과 악인 등이 각각 앉아 있었다. 그 주변 가까이[13]에는, 도읍안의 모든 계층의 자들이 구경하느라 성시를 이루고 있었다. 온나구루마女車[14]는 세울 장소도 없을 정도로 들어찼고, 그 안에는 관백나리[15]가 몰래 수레를 온나구루마로 가장하여, 울타리의 동쪽, 좌방의 대기실의 서쪽 옆에 세우고 보고 계셨다.

이윽고 정해진 시각이 되자, 오토도야 앞에 차례로 자리를 깔고, 언변이 시원시원하고 재치 있게 말을 잘하는 자를 쌍방이 데리고 와서, 그 자리에 마주보고 앉혔다. 각 승부의 승패를 헤아리는 도구[16]는 돈을 아끼지 않고 금은으로 치장되어 있었다. 드디어 승부를 매기는 담당자[17]가 착석하자, 재빨리 물건들의 우열을 가리기 시작했다. 서로 이기기도 지기도 하는 사이 온갖 말로 논쟁이 오고갔다. 이윽고 중반 정도 지날 즈음, 좌방에서는 당시 어수신御随身[18]으로서 최전성기였던 근위近衛 사인舍人[19] 시모쓰케노 긴타다下野

---

13 그 주변의 전망이 좋은 장소들.
14 궁녀 등이 외출 시에 타는 우차牛車.
15 후지와라노 요리미치藤原頼通. 이 이야기 모두冒頭의 시대 설정(만수 3년〈1026〉으로부터 장원 2년〈1029〉)에 걸맞은 것은 요리미치이다. 요리미치는 관인寬仁 3년〈1019〉부터 치력治曆 3년〈1067〉까지 관백. 단, 『교훈초敎訓抄』 권5 『길야길수원악서吉野吉水院樂書』 등의 다른 전승傳承에서는 미치나가道長로 되어 있음.
16 이기고 진 것을 헤아리기 위해 꼬챙이나 작은 가지를 꽂아 세우는 계산판.
17 계산담당자.
18 원院 · 섭관攝關 · 대신大臣 이하의 귀인의 경호 · 의장儀仗에 수종하던 근위의 무관.
19 근위부의 낮은 관리.

公忠[20]에게, 좌방 경마競馬[21]의 멋지게 장식된 옷을 입히고, 훌륭한 효몬平文[22]의 안장[23]을 얹은 이루 말할 수 없이 좋은 준마駿馬에 태워 좌방의 대기실 남쪽으로부터 마장으로 등장시켰다. 예상했던 대로 이것을 본 사람들은 감탄의 탄성을 질렀다.

긴타다가 울타리 안을 한 바퀴 돌고, 채찍을 고쳐 잡고 서 있자, 우방의 대기실에서 치고 나온 자가 있다. 보아하니, 매우 초라하고 볼품없는 행색의 노법사에게 《비뚤어진》[24] 관을 씌우고, 개의 귀가 늘어진 듯한 오이카케老懸[25]를 씌우고, 우방 경마競馬의 낡아서 지저분한 옷을 입혔다. 또한 칼 대신 말린 연어[26]를 차게 하고, 복장도 단정치 못하고 비뚤게 허리 근처까지 내려 입혔고, 하카마는 발끝까지 떨어트려 헐렁하게 입히고, 모코抹額[27]도 사루가쿠猿樂[28]처럼 묶고서, 암소에[29] 유이쿠라結鞍[30]라는 안장을 얹고 거기에 태워 등장시켰다. 긴타다는 이것을 보고 크게 노하여,[31]

"시시한 나리님들의 분부대로 했다가 호되게 창피를 당했다."

라고 하고 황급히 물러나 버렸다. 긴타다가 화를 내며 들어가는 것을 보자

---

20 → 인명.
21 좌우근위부의 대항으로, 좌우에서 한 사람씩 두 명의 기수騎手가 한 조가 되어, 몇 개조가 출장하여 승부를 겨뤘다. 권23 제26화 참조.
22 종이처럼 얇게 편 금은이나 조개의 박편薄片 등을 무늬로 오려서 옻칠한 면에 붙이고, 다시 옻을 씌운 다음 그 부분을 갈아내거나 무늬를 드러내는 일. 히라마키에平蒔繪라고도 함.
23 원문은 "移し鞍"로 되어 있음. 장인소 등의 정신廷臣이 관마에 얹어 공용으로 사용한 안장. 안장의 뼈대를 이루는 부분이 효몬平文으로 되어 있음.
24 전사轉寫 과정에서 없어진 한자 명기를 위한 의도적 결자.
25 무관의 관의 양옆에 붙인 나선형의 장식.
26 내장을 제거하여 무염無鹽으로 건조시킨 연어. 이하의 노법사의 분장은 쇼호聖寶 승정僧正(『우지 습유宇治拾遺』 144), 조가增賀 성인聖人(『속본조왕생전續本朝往生傳』 『발심집發心集』 권1 제5화)의 기행奇行과 같음.
27 격렬한 운동 시, 관 등이 떨어지지 않도록 앞 이마에 묶는 머리끈.
28 '산가쿠散樂'에서 변화된 것. 우스꽝스럽게 흉내를 내는 예능. 즉 사루가쿠와 같이 우스꽝스럽게 매고 있는 모습.
29 암소를 말 대용으로 사용한 것이기 때문에 상대를 매우 무시한 차림.
30 두개의 나무를 서로 매어 만든 조잡한 안장.
31 좌방을 대표하는 긴타다의 성실한 대항 방식을 조롱하고, 깔보는 듯한 우스꽝스러운 차림에 격노한 것임.

마자, 우방의 사람들은 손뼉을 치며 큰소리로 서로 마주 보고 웃었다. 절회
節會에서 패한 스모선수가 퇴장하는 것을 비웃는 것과 같았다. 동시에 우방
에서는 난성亂聲[32]을 울리고, 낙준落蹲[33]의 무용을 선보였다.

원래 승부가 난 후에 무용을 시행할 예정이어서, 좌방에서도 능왕陵王[34]
춤을 준비하고 있었지만, 아직 구사아와세의 승부가 끝나기도 전에 낙준을
시연했기 때문에 좌방에서는, "이게 도대체 무슨 일인가."
하고 서로 이야기를 하고 있으니, 온나구루마에서 몰래 보고 게시던 관백나
리가 이렇게 낙준이 행해지는 것을 괘씸하다[35]고 여기시고 바로 사람을 불
러,

"저 낙준을 춘 자를 반드시 포박하라."

라고 큰소리로 명령하셨다. 이 말을 듣자마자 낙준을 춘 자는 춤추듯이 안
으로 뛰어 들어가 옷도 벗지 않고 허둥지둥 도망쳐서 말에 뛰어 올라 서쪽
대궁大宮 대로를 남쪽을 향해 쏜살같이 내달렸다. 춤을 춘 자는 오노 요시모
치多好茂[36]였다. 가면[37]을 벗으면 다른 사람에게 들킬지도 모른다고 생각해
서 가면을 쓴 채 달렸는데, 딱 신시申時[38]경의 일이었기 때문에 길을 가던 행
인들이,

---

32 무악舞樂의 전주. 여기에서는 이긴 쪽이 징ㆍ북ㆍ피리 등으로 분위기를 띄우는 합주.

33 아악에서, 두 명이 추는 나소리納曾利(納蘇利)를 혼자서 출 때의 호칭. 쓰리아고釣顎ㆍ은치銀齒에감청색의 용
    면龍面을 쓰고, 은색의 북채를 들고 추는 활발한 움직임의 춤.

34 아악에서 나소리納曾利에 대응하는 일인무一人舞. 기레아고切れ顎, 금색의 용면을 쓰고, 금색의 북채를 들고
    추는 화려하고 활발한 춤.

35 요리미치가 '괘씸하다'라고 생각한 이유는 후술된다. 승부가 정해지기 전에 나오다니 발칙하다고 한 것뿐만
    아니라, 긴타다를 향한 편애도 작용한 것으로 보임.

36 → 인명. 단 장화 4년(1015) 사망했기 때문에, 본 이야기 모두의 시대설정[만수 3년(1026)에서 장원 2년
    (1029)]에는 생존해 있지 않음.

37 여기에서는 낙준 가면. 요시모치는, 낙준에 사용한 쓰리아고釣顎ㆍ은치銀齒에, 털이 흰 감청색 용면龍面을
    쓴 채였기 때문에 오니로 여겨진 것임.

38 * 오후 4시경.

"어, 저것 봐라. 오니鬼가 한낮에 말을 타고 간다."

하며 시끌벅적 소란을 피웠다. 어린아이들은 이것을 보고 무서워서 벌벌 떨며, 정말 오니라고 믿은 것인지 그대로 병이 난 자도 있었다.

그런데 관백나리는 아직 승패도 정해지지 않은 상태에서 낙준이 행해진 것을 제지하시고자 "포박해라."라고 말씀하신 것이다. 실제로 잡으려고 하신 것은 아니었는데, 관백나리의 "포박해라."라는 소리를 듣고 요시모치가 도망친 것도 무리는 아니었다. 그 후 요시모치는 관백의 노여움을 사서 한동안 조정에 출사하지 못했다. 또한 관백나리는 두중장頭中將[39]을 비롯하여 우방의 사람들을 탐탁지 않게 여기셨다. 그래서 우방 사람들은

"좌방을 편애하신다."

고 하며 관백님을 원망했다. 이것은 긴타다가 관백나리 자신의 수행원이었기 때문이 아니었을까? 하고 세간에서는 추측했다. 한편 구사아와세도 예상치 못한 사태가 벌어져 어중간한 결과가 되었기 때문에 좌우 쌍방 모두 싫증이 나서 이 승부는 중지되었다. 그렇지만 그 와중에 낙준을 춘 자가 가면을 쓴 채 말을 달려 도망친 것을 두고 세간에서는 웃음거리로 삼았다.

그러므로 이러한 승부에는 예로부터 반드시 사건사고가 발생하는 법이라고 이렇게 이야기로 전하여 내려오고 있다 한다.

---

39 미나모토노 아키모토源顯基.

右近馬場殿上人種合語第三十五

今昔、後一条ノ院ノ天皇ノ御代ニ、殿上人蔵人有ル限員ヲ尽クシテ、方ヲ分テ種合セ為ル事有ケリ。其ノ頭ハ、二人ノ頭ヲ左右ノ首トシテ、書分チテケリ。其ノ頭ハ、左ハ頭ノ弁藤原ノ重尹、右ハ頭ノ中将源ノ顕基ノ朝臣等也。此ク書分テ後ハ、互ニ挑ム事無限シ。日ヲ定メテ、北野ノ右近ノ馬場ニシテ可有キ由ヲ契リツ。

而ル間、方人共各世ノ中ニ難有キ物ヲバ、諸宮ニ諸院、寺々、国々、京、田舎ト無ク、心ヲ尽クシ、肝モ迷ハシテ、求メ騒ギ合タル事、物ニ不似ズ。殿上人蔵人ニノミ非ズ、蔵人所ノ衆、出納、小舎人ニ至ルマデ、分チタリケレバ、其レモ皆世々ノ敵ノ如ク、行合フ所々モ書分テ後ハ物ヲダニ不云合ズゾ有ケル。何況ヤ殿上人蔵人ハ、兄弟、得意ナル人ナレドモ、左右ニ別ニケレバ、挑ム事只思ヒ可遣シ。

此ク為ル程ニ、既ニ其ノ日ニ成タレバ、右近ノ馬場ノ大臣屋ニ各ノ渡リヌ。殿上人ハ微妙キ襴姿ニテ、車ニ乗リ烈テ、集会ノ所ヨリ渡ヌ。其ノ集会ノ所ヲバ、兼テヨリ定メタリ

右近馬場(年中行事絵巻)

ノ方ヨリ近衛舎人下野ノ公忠ガ盛ノ御随身ニテ有ケル時ニ、左ノ競馬ノ装束ノ微妙キヲ着セテ、艶ヌ馬ニ微妙キ平文ノ移ヲ置テ、其レニ乗セテ、方屋ノ南ヨリ馬場ニ打出タリ。実ニ

ケレバ、各宵ニ集ニケリ。其ノ所ヨリ、大臣屋ヘ渡ル有様不可云尽ズ。大臣屋ノ前ニ、埒ヨリ東ニ、南北向様ニ、錦ノ平屋ヲ卯酉ニ長ク立テ、同錦ノ縵ヲ引廻シテ、其ノ内ニ種合セノ物共ヲバ、悉ク取置タリ。出納所小舎人ナド、平張ノ内ニテ、皆此レヲ俸ツ。殿上人ハ大臣屋ノ中ノ間ヲ分テ、左ハ南、右ハ北ニ別レテ、皆ノ着並ヌ。蔵人所ノ衆滝口モ皆別レテ、左右ニ居ヌ。埒ヨリ西ニ、其レモ南北ニ向様ニ、勝負ノ舞ノ料ニ、錦ノ平張ヲ立テ、其ノ内ニ楽器ヲ儲ケ、舞人楽人等各居タリ。其ノ喬々ニハ、京中ノ上中下、見物ニ市ヲ成シタリ。女車立不敢ズ、所無シ。其ノ中ニ、関白殿忍テ、女車ノ様ニテ、埒ヨリ東ノ左ノ方屋ノ面ノ喬ニ立テ御覧ジケリ。

諸ノ人此ヲ見ルニ、尤モ興有リ。

埒ノ内ニ打廻テ、鞭ヲ取リ直シテ立テル程ニ、右ノ方屋ヨリ打出タル者有リ。見レバ、老法師ノ極気ナルニ□タル冠ヲセサセテ、狗ノ耳垂タル様ナル老懸ヲセサセテ、装束ヲモ片喎下腰ニセサセテ、袴ハ踏合セテ、恬裕モ猿楽ノ様ナルヲ、女牛ニ結鞍ト云物ヲ置テ、其レニ乗セテ出シタリ。公忠此ヲ見テ、大キニ嗔テ、「由シ無キ殿原ノ宣フ事ニ付テ、此ル恥ヲ見ツル」ト云テ、棄テ打入ヌ。其ノ時ニ右ノ方ニ、公忠ガ嗔テ入ルヲ見テ、手ヲ扣テ咲ヒ合タル事無限シ。相撲ノ負テ入ルヲ咲フガ如シ。咲フト等ク、右ノ方ニ、乱声ヲ発シテ、落蹲ノ楽ヲシテ、落蹲ノ舞ヲ出ス。

而ル間、既ニ其ノ時ニ成ヌレバ、大臣屋ノ前ニシテ、次第ニ座ヲ敷テ、口聞吻、有テ、物可咲ク云フ者ヲ各儲テ、其座ニ向様ニ居ヌ。員ヲ可着キ物ノ風流、財ヲ尽シテ、金銀ヲ以テ荘レリ。亦員着座ニ居ヌレバ、既ニ合ヌルニ、互ニ勝負有ル間、言ヲ尽シ、論ズル事共多カリ。半許ニ成ル程ニ、左本ヨリ勝負ノ舞可有キ支度ニテ、左ニモ陵王ノ舞ヲ儲タリ

ケレドモ、未ダ事不畢ヌニ、此ク落蹲ヲ出セバ、左ニハ「此ハ何為ル事ゾ」ナド云合タルニ、関白殿ノ忍テ、女車ノ様ニテ御覧ジケルニ、此ク落蹲ノ出ルヲ、「奇怪也」ト思食テ忽ニ二人ヲ召テ、「其ノ落蹲ノ舞人惺ニ搦メヨ」ト高ク仰セ給フ時ニ落蹲ノ舞人踊テ入ヌ。然テ装束モ不解ズシテ、逃テ迷テ馬ニ乗テ、西ノ大宮下ニテ、馳テ行ケリ。其ノ舞人ハ多ノ好茂也。「面形ヲ取去テ、人モゾ見知ル」ト思ケレバ、面形ヲシ乍ラ、申ノ時許ニ馳テ行ケレバ、大路ノ人ハ、「彼レ見ヨ、鬼ノ昼中ニ馬ニ乗テ行クヲ」ト云嘲テ、幼キ者ナドハ此レヲ見テ、恐迷テ、「実ノ鬼也ケリ」ト思ケルニヤ、病付タル者モ有ケリ。

然テ関白殿ハ、「未ダ勝負モ不切ヌニ、落蹲ノ出タル事ヲ止メム」ト思食テ、「搦メヨ」「搦メヨ」ト仰セ給ヒケル也。実ニハ不被搦ヌニ、「搦メヨ」ト仰セ給フ御音ヲ聞テ、逃ルモ理也。其ノ後チ、好茂勘当ニテ、久ク公ニ不仕ザリケリ。亦、右ノ方人共ヲゾ、頭ノ中将ヨリ始メテ、六借ラセ給ヒケリ。然レバ右ノ方人共ハ、関白殿ヲゾ、「左ノ方ニヨラセ給ヒタリケリ」ト云テ、憎申ケリ。此ハ公忠ガ御随身ニテ有ケレバトヤニヤトゾ、世ニ疑ヒケル。事半無ク成ニケレバ、方人共皆苦ク成テ止ニケリ。其ノ中ニ、落蹲ノ舞人ノ面形ヲシ乍ラ馳テ逃タル事ヲゾ、世ノ人咲ケル。

然レバ此ル挑事ハ昔ヨリ必ズ事出来ル事ニテゾ有ケル、トナム語リ伝ヘタルト也。

히에이 산比叡山 무도지無動寺 기쇼義清 아사리阿闍梨의 오코에嗚呼繪 이야기

히에이 산比叡山 무도지無動寺의 기쇼義淸 아사리阿闍梨는 몇 손가락 안에 드는 존경받는 승려였는데, 세간에서는 오코에嗚呼繪의 명수로서 통했다. 그 기쇼가 수정회修正會 후, 불공을 드린 교묘慶命 좌주座主의 애제자인 교반慶範에게 배분을 적게 했기 때문에, 이 사실이 그의 심한 노여움을 사서, 사죄의 글을 쓸 입장에 처했다는 이야기. 앞 이야기와는 애고愛顧·편애의 요소가 공통점임.

이제는 옛이야기이지만, 히에이 산比叡山 무도지無動寺[1]의 기쇼義清 아사리阿闍梨[2]라는 승려가 있었다. 젊을 때부터 무도지에 칩거하며 진언眞言[3] 등을 깊이 배웠다. 또 도읍에 외출하는 일도 없었지만, 나이가 들수록 승방 밖으로조차 나가지 않아, 실로 덕이 높은 모습이었기에, 히에이 산에서 덕이 높은 승려 네다섯 명을 꼽으라면 반드시 그 안에 들어갈 정도였다. 그래서 누구나,

"기도는 꼭 이 사람에게 부탁해야 한다."

라고 말했다.

---

1 → 사찰명.
2 전 미상. 10세기 중반부터 11세기 전반경의 사람. 아사리阿闍梨는 천태天台·진언眞言의 승위로, 밀교의 의궤儀軌·행법行法에 통달한 승려가 임명됨.
3 진언의 의궤儀軌나 비법. 또한, 진언의 다라니陀羅尼.

게다가 이 아사리는 오코에嗚呼繪[4]의 명인이었다. 오코에라는 것은《정성을 다해》[5] 그린다 해도, 그것만으로는 오코에의 맛이 느껴지지 않는다. 이 아사리가 그린 것은, 대충 아무렇게나 붓을 매끄럽게 쓱쓱 움직인 듯 보이지만, 그저 단번에 그렸을 뿐인데, 이루 말할 수 없이 생생히 살아 있어 더할 나위 없이 재미있었다. 그렇지만 결코《웬만해선》[6] 그리지 않는다. 특별히 종이를 이어 붙여 그림을 부탁하는 사람이 있으면, 무엇인가 딱 하나만 그려 주었다. 또 어떤 사람이 무엇인가 그려 달라고 부탁을 했더니, 종이 가장자리에 활을 쏘고 있는 사람의 모습을 그리고, 이어 붙인 종이의 가장 끝 부분에 과녁을 그렸다. 종이 중간에는 화살이 날아가고 있는 듯, 먹으로 가늘게 선이 그어져 있었다. 그래서 그림을 주문한 사람은

"안 그릴 거면 처음부터 그리지 않겠다고 하면 될 것을, 거절도 안 하고 종이에 먹 선을 길게 그어 버려서 이제 다른 것도 못 그리게 되었지 않는가."[7]

라고 몹시 화를 냈지만, 아사리는 개의치 않았다. 원래 아사리는 조금 성질이 괴팍한 사람이었기 때문에 세상 사람들로부터 환영을 받지 못했다. 오로지 세상에 둘도 없는 오코에의 명인이라는 평판을 받았지만, 진언에 능통한 존귀한 승려라고는 사람들에게 알려지지 않았다. 그에 대해 잘 알고 있는 사람만이 비범한 고승인 것을 인정하고, 그렇지 않은 사람들은 그저 오코에 그림을 그리는 사람이라고만 생각했다.

어느 해인가, 무도지에서 수정회修正會[8]가 거행되었는데, 칠일간의 법회도

---

4   희화戲畵. 도바鳥羽 승정 작作이라고 전해지는 『조수희화鳥獸戲画』와 같은 류.
5   한자표기의 명기를 위한 의도적 결자. 문맥을 고려하여 보충.
6   한자표기의 명기를 위한 의도적 결자. 문맥을 고려하여 보충.
7   소중한 종이를 쓸모없게 만들었다는 어조.
8   → 불교.

끝나, 공물로 바친 떡을 절 안의 승려에게 나누어 주게 되었다. 그런데 이 기쇼 아사리는 이 중에서도 상납승上臈僧[9]이라고 하여 떡을 배분하는 역할을 맡게 되었다. 한편 교묘慶命[10] 좌주座主의 애제자로 교반慶範[11]이라고 하는 승려가 있었는데, 시모쓰케下野의 수령 후지와라노 긴마사藤原公政[12]의 자식이었다. 나이도 젊고 용모도 수려해서, 좌주는 특별히 총애하였다. 그래서 교반은 오만불손한 태도로 거리낌 없이 우쭐대고 돌아다녔다. 그런데 그가 받은 떡의 양이 적었기 때문에, 교반은 몹시 화를 내며,

"저 아사리는 어째서 나에게 떡을 조금밖에 주지 않는 것이냐. 괴팍한 아사리 녀석. 늙어 빠져서 죽어야 할 곳도 모르는 여우[13]가 바로 저놈을 두고 하는 말이다. 바보 중 녀석. 저놈에게 사죄문을 쓰게 해야겠다. 저런 늙은이는 이렇게 혼내 주는 것이 제일이다. 다른 놈들에게도 본보기가 될 것이다."
라고 했다. 이것을 기쇼 아사리와 친한 지인의 제자인 자가 듣고, 겁에 질려
"스님은 말년에 터무니없는 창피를 당하게 될 것 같습니다."
라고 황급히 아사리의 거처로 뛰어가 이 사실을 전하자, 기쇼 아사리는 매우 놀라 쩔쩔매며,[14]

"이 일을 어찌하면 좋겠는가. 큰일이군. 그렇다면 우선 그쪽에서 말씀하시기 전에 사죄문을 써서 드려야겠다."
라고 하고, 서둘러 붓통을 열어, 질이 좋은 종이 네 장을 꺼내어 무엇인가

---

9   승려 중에서 납臈(출가 후 수행한 햇수 → 권28 제18화 주 참고)의 연공을 가장 많이 쌓은 상석의 승려.
10 → 인명.
11 → 인명.
12 → 인명. 단, 교반慶範은 『무도지검교차제無動寺檢校次第』에 의하면 에치젠越前 수령 후지와라노 야스타카藤原安隆의 아들.
13 당시의 속담으로 추정. 저속한 악담.
14 몹시 놀라 쩔쩔매는 표정. 단지 겉보기로만 그러한 듯함.

써서 그것을 돌돌 말아서 가케가미懸紙**15**로 싸서, 다테부미立文**16**로 하여 '아무개 스님에게 대법사 기쇼가 올림'이라고 쓰고, 솔새**17**를 붙여서 보냈다.

한편, 죄주의 승방에는 사람들이 모여 2월에 행할 절의 행사에 대해 상의하고 있었는데, 심부름꾼이 이 편지를 바치며,

"기쇼 아사리가 아무개 스님에게 올리는 편지이옵니다."

라고 엄숙하게 말했기 때문에 교반은 자신(이하 결缺)**18**

---

15 서한 등을 싸는 종이.

16 공식적인 서한의 한 형식.

17 원문에는 "가루가야苅萱"로 되어 있음. 가을을 대표하는 일곱 가지 화초 중 하나. 편지에 그 줄기를 묶어 상대편에 보냈다는 것이지만, 정월에 솔새는 계절상 맞지 않음.

18 이 이하 원문 결문. 생략된 부분의 내용은 알 수 없지만, 아마도 사죄문에는 오코에가 그려져 있고, 그 그림은 풍자적인 유머 넘치는 것으로, 사람들로 하여금 크게 웃게 하여, 그렇게 자신만만하던 교반도 한마디도 하지 못했다는 내용으로 추정.

比叡山無動寺義清阿闍梨嗚呼繪語第三十六

今昔、比叡ノ山ノ無動寺ニ、義清阿闍梨ト云ヒシ僧有キ。若カリケル時ヨリ、無動寺ニ籠居テ、真言ナド深ク習テ、京ニ出ル事モ無クテ、年経ルマヽニハ、房ノ外ニダニ不出ズシテ、有様極ク貴カリケレバ、山ノ上ノ貴キ人四五人ガ内ニモ入ヌベシ。然レバ万ノ人、「只此ニ祈ヲ付テ、為サスベキ也」トナム云ケル。

其レニ此ノ阿闍梨ハ、嗚呼絵ハ筆ツキ□ニ書ケドモ、其レハ皆嗚呼色ノ気色無シ。此ノ阿闍梨ノ書タルハ、筆墨無ク立タル様ナレドモ、只一筆ニ書タルニ、心地ノ艶ズ見ユルハ、可咲事無限シ。然レドモ更ニ□ニテハ不書ズ。態ト紙継テ、書スル人有レバ、只物一ツ許ヲゾ書ケル。亦人書セケレバ端ニ弓射タル人ノ形ヲ書テ、奥ノ畢ニ的ヲゾ書タリケル。中ニハ箭ノ行ク形ト思シクテ、墨ヲナム細ク引渡シタリケル。然レバ書スル人ハ『不書ジ』トハ不云ズシテ、紙ニ墨ヲ引渡シタレバ、異物モ否不書マジ」トテゾ、極ク腹立ケル。然レドモ事ニモ不為デゾ有ケル。少シ僻者ニテ有シカバ、世ノ人ニモ不被受デナム有シ。只世ニ並無キ嗚呼絵ノ上手ト云フ名ヲ立テ、真言吉ク習テ貴キ者トハ、人ニ不被知デナム有シ。彼レガ有様吉ク知ル人コソ、止事無キ者トハ知タレ、不然ヌ人ハ、只嗚呼絵書ト云ミナム知タリシ。

而ル間、無動寺ノ修正行シケルニ、七日既ニ畢テ仏供ノ

餅ヲ一寺ノ僧ニ分チ与ヘケル事ハ、此ノ義清阿闍梨ナム、中

ノ上﨟ニテ分チケルニ、慶命座主ノ愛弟ニテ、慶範ト云テ、

下野ノ守藤原ノ公政ガ子ナル僧有キ、年若クシテ形端正ナレ

バ、座主此レヲ最愛ニシテ寵ズル程ニ、慶範世ヲ世トモ不思

デ翔フ程ニ、其ノ餅ヲ此ノ慶範ニ少ク宛タリケレバ、慶範大

キニ腹立テ、「何カデ、其ノ阿闍梨ハ我レニハ餅ヲバ少ク得

サセタルゾ。希有ノ態為ル阿闍梨カナ。老ノミ老テ墓不知ヌ

狐トハ、此レヲ云也。不覚ノ僧カナ。此ノ僧ニ怠リ出サセム。

此ル老耄ヲバ、然様ニシテゾ懲スベキ。異人ニモ此シケリト

見セム」ト云ケルヲ、義清阿闍梨ノ得意也ケル者ノ弟子ニテ

有ケル、此レヲ聞テ怖レテ、「老ノ浪ニ極キ恥見給ハムズル

御房カナ」ト云テ、手迷ヲシテ念ギ行テ、阿闍梨ニ告ケレバ、

義清阿闍梨、極ク騒タル顔シテ恐テ、畏マリテ、「此レヲ何

ガセムト為ル。侘シキ事カナ。然ラバ先ヅ不宣ハヌ前ニ、怠

リ文ヲ書テ進テム」ト云テ、忽ニ手箱ヲ開テ、吉キ紙四牧

ヲ取出シテ、何カニ書ニカ有ラム、書ツ。其レヲ押巻テ懸紙

シテ立文ニシテ、上書ニハ、「某ノ房ノ御房ニ大法師義清ガ

上」ト書テ、苅萱ニ付遣ツ。

而ル間、座主ノ房ニハ人々集テ、二月ノ行ベキ事定ムトテ

居タル所ニ、使此ノ文ヲ捧テ、「義清阿闍梨ノ某ノ御房ニ奉

ル御文也」ト、事々シク云ヘバ、慶範我レ（以下次）

동국^{東國} 사람이 화산원^{花山院} 대문 앞을 지나간 이야기

동국東國의 한 남자가 화산원花山院인 줄 모르고 그 대문 앞을 말에서 내리지 않고 그냥 지나쳐 갔는데, 이러한 그의 무례한 태도를 책망하기 위하여 원院의 종자들이 그를 말을 탄 채로 원의 면전으로 끌고 갔다. 하지만 말의 훌륭함과 사내가 능숙하게 고삐를 다루는 것에 감탄한 원이 시승試乘을 허가하자 남자는 뜰 안을 돌면서 틈을 노려, 중문中門으로 나가 감쪽같이 도망쳤다는 이야기. 당황하여 쫓아가는 하인들의 모습과는 대조적으로 원은 이 남자의 배짱을 인정하고 있는 점이 이 이야기의 묘미.

이제는 옛이야기이지만, 동국東國 사람[1]이 화산원花山院[2]인 줄 모르고 그 대문 앞을 말을 탄 채 지나쳐 가려고 했다[3].

이것을 보고, 원院 안에서 사람들이 뛰어나와 달려들어 말 재갈을 잡고 말 등자鐙[4]를 누르며 문안으로 마구 끌고 갔다. 그리고 말에 태운 채 중문[5]의

---

1 설화의 내용에 사내의 출생에 관한 기사가 없음에도 '동국사람'이라고 한 것은 아마도 편자가 기마에 능란한 점에서 동국사람으로 추정한 것으로 판단됨.
2 → 지명.
3 당시, 신사나 황족의 저택 앞에서는 일단 말에서 내려 한 차례 절을 하고 지나는 것이 관습이었음. 기노 쓰라유키紀貫之가 아리아케 명신有明明神의 신사 앞인 줄을 모르고 말에서 내리지 않고 지나쳐 말이 순사殉死한 이야기(『도시요리 수뇌俊賴髓腦』)가 연상됨.
4 디딤대. 말을 타는 사람이 발을 디딜 수 있도록 한 마구. 말 등자를 억누른 것은 기수를 놓치지 않기 위한 방법.
5 침전寢殿 양식에서 동서로 긴 복도의 거의 중간 위치에 만들어진 문.

옆으로 데리고 가서, 이러쿵저러쿵 큰소리로 욕설을 퍼붓고 있었는데, 그것을 원院[6]이 들으시고

"이 무슨 소동인 것이냐"

라고 물으셨다. 그래서

"말을 탄 채로 문 앞을 지나가는 자가 있어서, 그대로 끌고 들어왔습니다."

라고 대답하자, 이것을 들으신 원은 화를 내시며,[7]

"원의 문 앞을 말을 탄 채 그냥 지나가다니, 이게 어찌 된 일이냐. 그 녀석을 말에 태운 채로 침전寢殿으로 끌고 오거라."

라고 말씀하셨기에, 두 명이 말의 좌우 재갈을 잡고, 다른 두 명이 좌우의 등자를 누르며 그 자를 침전으로 데리고 왔다.

원이 침전의 발簾 안쪽에서 끌고 온 자를 보시니, 나이는 서른 남짓에 수염은 새카맣고 살쩍이 멋들어지게 나 있고,[8] 얼굴이 갸름하고 살결은 희며, 수려한 남자였다. 아야이가사綾蘭笠[9]도 쓴 채였지만, 삿갓 아래로 《들여다》[10] 보이는 용모는 훌륭했고 배짱도 두둑해 보였다. 감색의 스이칸水干[11]에 하얀 홑옷을 입고, 사슴의 여름털로 만든 무카바키行縢[12]를 걸치고 있었는데, 붉은 바탕의 무카바키엔 하얀 별무늬가 찍혀 있었다. 그리고 새로 불려 만든 칼을 차고 가리마타雁股[13]의 화살을 두 개를 갖추고, 소야征矢[14]를 마흔 발

---

6   가잔인花山院(→인명)을 가리킴.
7   가잔인은 격노하여 스스로 힐문하기에 이른 것. 또한 가잔인의 히스테리는 본권 제13화에서도 엿볼 수 있음.
8   틀어 올린 살쩍의 털이 선명하다는 의미.
9   골풀을 능직 무늬로 짠 삿갓.
10 한자표기를 위한 의도적 결자. 문맥을 고려하여 보충.
11 풀을 사용하지 않고 물로 적셔서 말린 비단으로 만든 가리기누狩衣의 한 종류. 남자의 평상복.
12 *무사(武士)가 말을 타고 먼 길을 가거나 사냥을 할 때, 허리에 둘러 정강이까지 가리던 모피.
13 끝이 개구리의 넓적다리 모양으로 벌어진, 화살촉이 달린 화살.
14 전진戰陣용. 가리마타雁股·히라네平根·도가리야尖矢 등 평평하고 큰 화살촉과 대비되게 마루네丸根, 야나

정도 꽂은 화살통을 짊어지고 있다. 짊어진 화살통은 옻칠을 한 것인 듯 검게 《반들》[15]거려 보였다. 멧돼지 가죽의 가타마타片股[16]를 신고 곳곳에 가죽을 두른 두꺼운 활을 가지고 있다. 말은 갈기를 깎았으며[17] 체모는 적갈색으로, 말갈기, 꼬리, 사지四肢 끝은 검은 색이었다.[18] 키는 4 척尺 5치寸[19] 정도로, 발은 단단히 야무지게 죄어져 있고, 나이는 일고여덟 살[20] 정도로 보였다. 아주 훌륭한 명마로 홀딱 반할 정도다. 그것이 좌우 재갈을 붙잡혀 맹렬하게 날뛰고 있었다. 남자가 가지고 있던 활은 말에 탄 채 대문 앞에서 끌려올 때, 원의 하인이 빼앗아 가지고 있었다.

원은 말이 맹렬히 날뛰는 것을 보시고 탄복하며, 정원을 몇 번이고 끌고 돌게 했는데, 말이 맹렬히 뛰어오르자,

"등자를 누르고 있는 자도 떨어져 있어라. 말의 재갈도 놔 주어라."

라고 명령하셔서 모두 손을 떼었다. 그러자 말은 점점 더 날뛰었는데, 남자가 말고삐를 느슨히 하고 말을 《쓰다듬》[21]자, 말은 얌전해져서 무릎을 꿇고 인사를 했다. 원은,

"훌륭하도다."[22]

라며 연신 탄복하시고,

이바柳葉, 겐지리劍尻, 도리노시타鳥の舌, 마키노하槇葉 등 가늘고 끝이 뾰족한 화살촉을 붙인 미타테바三ㅎ羽 화살을 말함.
15 한자표기를 위한 의도적 결자. 문맥을 고려하여 보충.
16 미상. 멧돼지 가죽을 사용해 만든 아사구쓰淺沓(오동나무를 얇게 파서 검은 칠을 한 옛 관원의 신)의 한 종류로 추정.
17 기수에게 방해가 되지 않도록, 일부러 짧게 깎은 말갈기.
18 이러한 털 색깔을 지닌 말을 원문에서는 '마카게眞鹿毛'로 표시하고 있음.
19 체고體高(앞발 발굽 끝에서 어깨까지의 높이)가 4척尺 5치寸(＊ 약 1.36 미터) 정도의 말. 말의 신장은 4척을 기준으로 그것을 초과하는 높이를 '치寸'로 나타냈음.
20 원문은 "年十八"로 되어 있음. 나이가 십팔 세면 말로 치자면 늙은 말로 '십十'이 '칠七'의 오자로 추정하여 고침.
21 한자표기를 위한 의도적 결자. 문맥을 고려하여 보충.
22 원은 남자의 말을 다루는 기술에 감탄하여, 남자의 무례함을 잊어버림.

"활을 주어라."[23]

라고 하셨다. 활을 쥐어 주니, 남자는 겨드랑이에 끼고 말을 타고 돌았다. 그 사이 중문中門 근처에는 사람들이 장사진을 치고 구경하며 큰 목소리로 칭찬했다.

그동안, 남자는 정원을 돌면서 중문을 향해 말머리를 돌려 순식간에 말의 복부를 차더니 말을 밖으로 몰자마자 순식간에 날아가듯 내달렸다. 그것을 보고 중문에 모여 있던 자들 모두 순간적으로 몸을 비키지도 못하고 앞을 다투어 도망갔다. 그중에는 말에 차이지 않으려고 도망치는 자도 있고, 혹은 말에 차여 넘어진 자도 있었다. 그 사이 남자는 대문을 달려서 빠져나가 동동원東洞院 대로를 남쪽을 향해 날아가듯 달려 도망쳐 가 버렸다. 원의 부하들이 뒤를 쫓아갔지만 맹렬한 속도로 내달리는 명마를 어찌 따라잡을 수가 있겠는가. 결국에는 어디론가 사라져 버렸다.

원은

"그 녀석 보통내기가 아니로구나."[24]

라고 하실 뿐, 특별히 노하지도 않으셨기 때문에 이후 그 남자를 수색하는 일은 없었다. 남자가 눈 깜짝할 사이에 말을 달려 도주하려고 생각한 배짱은 참으로 두둑하지만, 도망갔기 때문에 볼썽사나운 웃음거리로 일단락되었다고 이렇게 이야기로 전하여 내려오고 있다 한다.

---

23 원은 말위의 용맹스러운 모습을 완벽한 형태로 보고 싶다고 생각한 것.
24 말을 타는 모습을 넋을 잃고 바라본 원이 방심한 틈을 타 잘도 도망간 남자의 기지를 속 시원하게 느껴 말한 감상.

東人通花山院御門語第三十七

今昔、東ノ人否不知ズシテ、花山院ノ御門ヲ、馬ニ乗乍ラ渡ニケル。

院ノ内ヨリ人々出来テ、此レヲ見テ走リ寄テ、馬ノ口ヲ取リ、鐙ヲ抑ヘテ、御門ノ内ニ只引入レニ引入レツ。中門ノ許ニ、乗セ乍ラ、此彼濈渚トテ喤ルヲ、院聞食テ、「何事ヲ喤ラセ給ルゾ」ト問ハセ給ヒケレバ、「御門ヲ馬ニ乗テ渡ル者ヲ、乗セ乍引入レテ候フ也」ト申ケレバ、院此レヲ聞食テ嗔ラセ給

テ、「何カデ我門ヲバ馬ニ乗テ可渡キゾ。其奴乗セ乍ラ南面ニ将参レ」ト仰セ給ヒケレバ、人二人シテ馬ノ左右ノ轡ヲ取リ、南面ニ将参ヌ。

亦二人ハ左右ノ鐙ヲ抑サヘテ、南面ニ将参レリ。

院ハ寝殿ノ南面ノ御簾ノ内ニテ御覧ジケルニ、年三十余許ノ男ノ、鬢黒ク、鬚クキ吉キガ、顔少シ面長ニテ、色白クテ形チ月タシ。綾藺笠ヲモ着セ乍ラ有ルニ、笠ノ下ヨリ□テ見ユル顔、現ニ吉キ者ト見エテ、魂有ラムト思ユ。紺ノ水

早ニ白キ帷ヲ着テ、夏毛ノ行騰ノ星付キ白ク色赤キヲ履タリ。打出ノ太刀ヲ帯テ、節黒ノ胡録ノ、鴈胯二並征箭四十許差

タルヲ負タリ。蟇簿ハ塗蟇簿ナルベシ、黒ク□メキテ見ユ。真鹿

猪ノ片股ヲ履タリ。革所々巻タル弓ノ太キヲ持タリ。

毛ナル馬ノ法師髪ニテ、長五ツキ許ナルガ、足固クテ年十八歳許也。「哀レ一物也。極ノ乗馬カナ」ト見ユ。左右ノ口ヲ

被取レテ、極ク翔マフ。弓ハ、御門乗セ乍ラ引入レケル程ニ、院ノ下部取テ持タリ。

院、馬ノ極ク翔フヲ御覧ジテ感ゼサセ給テ、庭ヲ度々引廻

ラカスニ、馬小駕シツ、極ク翔ヘバ、「鐙抑ヘタル者ヲモ去

ケ、口ヲモ免セ」ト仰セ給テ、皆被去ヌレバ、馬弥ヨ早ルニ、

男手縄ヲ取腰メテ馬ヲ掻□レバ、馬平ニ成テ膝ヲ折テ翔フ。

然レバ、「極ク乗タリ」ト返々ス感ゼサセ給テ、「弓持セヨ」

ト仰セ給ケレバ、弓ヲ取ラヤタレバ、男弓ヲ取テ脇ニ夾ムデ

馬ヲ翔ハス。其ノ間、中門ニ「人市ニ成シテ、見喤ル事無限シ。

然ル程ニ、男庭ヲ打廻テ、中門ニ馬ヲ押宛テ、掻□テ馬ヲ

出セバ、馬飛ブガ如クニテ走リ出ヅ。然レバ、中門ニ集タル

者共、俄ニ去モ不敢デ、追ミラガヒテ或ハ馬ニ不被蹴ジト走

ル者モ有リ、或ハ馬被蹴テ倒ル、者モ有リ。其ノ間ニ、男ハ

御門ヲ馳出テ、洞院下ニ飛ブガ如クニシテ、逃テ去ヌ。院ノ

下部共、後ザマニ立テ追ヒケレドモ、馳散シテ行カムニハ、

当ニ追着ナムヤハ。遂ニ行ケム方ヲ不知ズシテ失ニケリ。

院ハ、「此奴ハ極カリケル盗人カナ」ト被仰テ、強ニモ腹

立セ不給ズ成ニケレバ、彼尋ル事モ無テ止ニケリ。男ノ、

「馳散シテ逃ナム」ト思ヒ寄ケム心コソ、極テ太ケレドモ、

逃ニケレバ、云フ甲斐無キ鳴呼ノ事ニテ止ニケリ、トナム語

リ伝ヘタルトヤ。

시나노信濃 수령 후지와라노 노부타다藤原陳忠가 미사카御坂 고개에서 떨어진 이야기

시나노信濃 수령 후지와라노 노부타다藤原陳忠가 임기를 마치고 상경하는 도중, 미사카御坂 고개에서 말과 함께 골짜기 바닥으로 추락했는데, 큰 나뭇가지에 걸려 구사일생으로 목숨을 구한다. 하인들은 노부타다를 구하기 위해 고리짝을 내려 주었는데, 무슨 일인지 첫 번째 고리짝에는 느타리버섯이 가득 담겨 있었고, 두 번째 고리짝으로 수령이 살아 돌아왔는데, 한손에는 느타리버섯을 쥐고 구사일생의 위기는 아랑곳하지 않고, 수많은 느타리버섯을 남겨 두고 온 것을 못내 아쉬워했다는 이야기. 너무 탐욕스러운 노부타다의 모습에 하인들은 비웃었다고 한다. 이야기 속에 나오는 속담으로 알 수 있듯이 수령의 비도덕성과 탐욕스러움을 그린 유명한 이야기로 권20 제36화와 통함.

이제는 옛이야기이지만, 시나노信濃¹ 수령 후지와라노 노부타다藤原陳忠²라는 사람이 있었다. 임지로 내려가 지방을 다스리고 임기가 끝나³ 도읍으로 상경하는 도중, 미사카御坂 고개⁴를 넘어가려고 했다. 많은 말에 짐을 싣고,⁵ 사람을 태운 말도 셀 수 없을 정도로 줄지어 가는 중, 하필이면

---

1 → 옛 지방명. 관청은 지금의 마쓰모토 시松本市에 있었음.
2 → 인명. 천원天元 5년(982) 시나노 수령 재임.
3 수령의 임기는 보통 4년.
4 시나노 현(나가노 현長野縣)과 미노美濃(기후 현岐阜縣 남부)의 경계, 에나 산惠那山에 가깝고 험한 길로 유명.
5 짐을 운반하는 말이 많은 것을 통해 노부타다가 재임 중, 직권을 이용해 재물을 잔뜩 모아 귀경하는 모습을

수령이 탄 말이 골짜기에 걸쳐놓은 통나무다리의 가장자리를 뒷발로 밟아 부러뜨려 국수는 말을 탄 채 완전히 거꾸로 전락轉落했다.

골짜기 바닥은 어느 정도인지 가늠하기 어려울 정도도 깊었기에, 모두 수령이 살아 있을 것이라고도 생각지 못했다. 스무 길帇[6]이나 되는 노송나무와 삼나무가 아래에서 무성하게 자라 있었는데, 그 나뭇가지가 아득히 먼 골짜기 아래로 보이는 정노도 모아 일나나 골짜기기 깊은기 가늠할 수 있었다. 그런 곳에 수령이 떨어진 것이니 어찌되었든 무사할 리가 없었다. 이에 많은 하인들이 모두 말에서 내려 통나무다리의 가장자리에 늘어앉아 밑을 내려다보았으나 손을 쓸 방도가 없었다.

"참으로 어찌 해볼 도리가 없구나. 내려갈 곳이라도 있으면 내려가서 수령님의 상태라도 살펴보고 싶은데. 하루 정도 더 길을 간다면 골짜기가 얕은 쪽으로 들어가 찾을 수도 있을 테지만, 여기서는 골짜기 바닥으로 내려갈 방법은 전혀 없다. 어찌하면 좋을까."

라고들 하며 소란을 피우고 있는데, 저 멀리 계곡 바닥에서 사람이 외치는 소리가 희미하게 들렸다.

"수령님이 살아 계시는구나."

라고 하며, 사람들이 이쪽에서도 큰 목소리로 외치자, 수령이 큰소리를 지르며 무엇인가를 말하는 소리가 아득히 멀리서 들려왔다.

"이봐, 뭔가 말씀하시고 계신다. 조용히 해봐. 뭐라고 말씀하시는지 모두 잘 듣게."

라고 하며 귀를 기울였다.

엿볼 수 있음.
6 한 길帇은 사람이 손을 좌우로 벌렸을 때 양끝 사이의 길이로, 약 6척尺(약 1.8m).

"고리짝[7]에 끈을 길게 묶어 매어 보내라고 하신다."

라며, 수령이 무엇인가의 위로 떨어져 거기에 걸려 살아 계신다는 것을 알아차리고, 여러 사람들의 말고삐를 모아 차례로 연결해서 고리짝에 묶어 매달고 '영차, 영차.' 하며 매어 보냈다. 매어 보낼 새끼줄이 다 없어질 때까지 내렸을 때 새끼줄이 멈춰서 움직이지 않게 되자, 이제 수령님한테 새끼줄이 닿았다고 짐작하고 있는데, 계곡 바닥에서

"좋아, 끌어올려라."

라고 말하는 목소리가 들렸다.

"끌어올리라고 하신다."

라고 하며 끌어올리자, 이상하게도 가볍게 올라왔다.

"고리짝이 너무 가볍다. 수령님이 타셨다면, 더 무거울 터인데."

라고 하자, 다른 사람이

"나뭇가지를 잡고 올라오시니 가벼운 것일 테지."

라고 하면서 모두가 끌어올리자 고리짝이 올라왔다. 봤더니 고리짝에는 느타리버섯만 가득 담겨 있었다. 모두들 영문을 알 수 없어 서로 얼굴을 쳐다보며

"도대체 이게 어떻게 된 일이지?"

라고 말하고 있는데 또 계곡 바닥에서

"아까처럼 한 번 더 내려라."

라고 외치는 소리가 들려왔다. 이것을 듣고

"그럼, 한 번 더 내려라."

라고 하고 고리짝을 내렸다. 그러자 다시

---

7   원문에는 "하타고旅籠"로 되어 있음. 여행 용구나 식량 등을 넣어 여행 시에 휴대하는 바구니.

"끌어올려라."

라는 목소리가 들렸기에 그 소리에 따라 끌어올리자 이번에는 매우 무거웠다. 많은 사람들이 밧줄에 매달려 끌어올렸다. 끌어올려 보니 수령이 고리짝에 타고 올라왔다. 수령은 한 손에 밧줄을 잡고, 다른 한쪽 손으로는 느타리버섯을 세 송이 정도 들고 올라오셨다. 수령을 끌어올려 통나무다리 위로 올리고는 하인들은 서로 기뻐하며,

"대체 이 느타리버섯은 어떻게 된 것이옵니까?"

라고 물었다. 그러자, 수령은

"계곡으로 떨어지는 순간 말은 먼저 바닥으로 떨어졌지만, 나는 뒤따라 죽죽 굴러 떨어져, 나뭇가지가 빽빽하게 우거진 곳 위로 우연히 떨어졌기에 그 나뭇가지를 붙잡고 매달려 있었고, 아래에 커다란 나뭇가지가 있어서 나를 받쳐 주었지. 그래서 발을 벌리고 버티어 두 갈래로 갈라진 커다란 나뭇가지에 매달려 그것을 끌어안고 한숨 돌리고 있는데, 그 나무에 느타리버섯이 빽빽이 나 있는 것을 발견하고 그대로 내버려 둘 수가 없어서 우선 손이 닿는 대로 따서 고리짝에 넣어 끌어올려 보낸 것이네. 아직 다 못 딴 것이 남아 있을 것이야. 수도 없이 많이 있었는데. 굉장한 손해를 본 것 같네."

라고 대답했다. 부하들은 이것을 듣고,

"과연 엄청난 손해를 입으셨군요."[8]

라고 하고는 모두가 함께 하하하 웃었다.

수령이

"너희들 엉뚱한 소리 하지 마라.[9] 나는 보물 산에 들어가 아무 보람도 없

---

8   어이가 없어진 하인들의 조롱 섞인 말.
9   하인들이 조롱하는 느낌을 알아차린 수령이 그들의 잘못된 생각을 나무라는 것.

이 돌아온 기분이다.[10] '수령이라는 자는 쓰러진 곳의 흙이라도 움켜쥐라.'[11] 고 하지 않더냐."

라고 하자, 지긋한 나이의[12] 목대目代[13]가 내심으로는 정말 어처구니가 없다고 생각하면서도,

"매우 지당하신 말씀이십니다. 바로 앞에 있는 것을 가지시는데 무슨 거리낌이 있으시겠습니까. 누구라도 줍지 않고는 베길 수가 없을 것이옵니다. 원래 현명하신 분은 이렇게 죽음을 목전에 둔 최후의 순간에도 불안해하지 않고, 보통 때처럼 침착하게 처리하시기 때문에 당황하지 않고 이렇게 느타리버섯을 따신 것이옵니다. 때문에 부임하신 지역도 평탄하게 다스리고, 세금도 제대로 거두어 들이셔서,[14] 모두 생각하신 대로 되어[15] 상경하시는 것이오니, 지방의 백성들은 수령님을 부모처럼 사모하고 그리워할 것입니다. 그러므로 수령님의 앞날이 천추만세千秋萬歲[16]할 것은 의심의 여지가 없으실 것입니다."

라고 하고 뒤에서 동료들끼리 웃었다.

이것을 생각하면, 그런 위험한 순간을 만나도, 정신을 놓지 않고 먼저 버섯을 따서 올라왔다는 것은 참으로 탐욕스러운 마음인 것이다. 하물며 재임 중에 징수할 수 있을 만한 것은 손에 닿는 대로 얼마나 갈취했을지 상상하

---

10 『정법념처경正法念處經』에서 유래한 속담. 불법을 만나도 그것을 익히지 못한 어리석음을 이른 것. 『삼보회三寶繪』, 『왕생요집往生要集』 등에도 보임. 여기에서는 우연히 느타리버섯이 많이 나는 산지를 맞닥뜨렸으나, 남겨 두고 온 것에 대한 분함을 비유.

11 당시 수령의 탐욕스러움을 비유한 속담으로 넘어져도 그냥은 일어나지 않는 악착스러움을 일컬을 것. 자신의 행위를 정당화하기 위해 인용.

12 사리분별이 있을 것 같은 연장자라는 의미. 이하 목대가 이야기한 찬사의 이면에서 노부타다의 가혹한 징세徵稅와 사복을 채우는 탐욕스러움을 읽어 낼 수 있음.

13 국사國司의 대관代官. 국사國司를 보좌하고 국사 부재 시 정무를 대행하는 사설私設 사무관.

14 엄격하게 징수했음을 연상시켜 탐욕을 야유하는 기분을 담음.

15 생각하신 대로 큰 재산을 얻어서라는 의미를 포함.

16 장수나 번영을 미리 축하하는 관용구. 앞으로도 천년만년 언제까지나 번영하실 것이 틀림없다는 의미.

고도 남음이 있다.

　이 이야기를 들은 사람들은 얼마만큼 증오하고 웃었을까 하고 이렇게 이
야기로 전하여 내려오고 있다 한다.

시나노 信濃 수령 후지와라노 노부타다藤原陳忠가 미사카御阪 고개에서 떨어진 이야기

信濃守藤原陳忠落入御坂語第三十八

今昔、信濃ノ守藤原ノ陳忠ト云フ人有ケリ。任国ニ下テ国ヲ治テ、任畢ニケレバ上ケルニ、御坂ヲ越ル間ニ、多ノ馬共ニ荷ヲ懸ケ、人ノ乗タル馬員不知ズ次キテ行ケル程ニ、多ノ人乗タル中ニ、守ノ乗タリケル馬シモ、懸橋ノ木ヲ後足ヲ以テ踏折テ、守逆様ニ馬ニ乗乍ラ落入ヌ。底何ラ許トモ不知ヌ深ナレバ、守生テ可有クモ無シ。尋ノ檜楷ノ木ノ、下ヨリ生出タル木末、遥ナル底ニ、被見遣ルレバ、下ノ遠サハ自然被知ヌ。其レニ守此ク落入ヌレバ、身聊モ全クテ可有キ者トモ不思エズ。然レバ多ノ郎等共ハ、皆馬ヨリ下テ、懸橋ノ鉉ニ居並テ底ヲ見下セドモ、可為キ方無ケレバ、「更ニ甲斐無シ。可下キ所ノ有ラバコソハ、下テ守ノ御有様ヲモ見進テ、今一日ナド行テコソハ浅キ方ヨリ廻リモ尋ネメ、只今ハ底ヘ可下キ様モ敢テ無ケレバ、何ガセムト為ル」ナド、口々ニ云リメク程ニ、遥ノ底ニ叫ブ音髣ニ聞ユ。

「守ノ殿ハ御マシケリ」ナド云テ、待叫ビ為ルニ、守ノ叫テ物云フ音、遥ニ遠ク聞ユレバ、「其ノ、物ハ宣フナルハ。穴鎌。何事ヲ宣フゾ、聞々ケ」ト云ヘバ、「守ハ『旅籠ニ縄ヲ長ク付テ下セ』ト。然レバ、「守ハ生テ物ニ留リテ御スル也ケリ」ト知テ、旅籠ニ多ノ人ヲ差縄共ヲ取リ集メテ結テ、結縄テ、ソレヽヽト下シツ。縄ノ尻モ無ク下シタル程ニ、縄留リテ不引ネバ、「今ハ下着ニタルナメリ」ト思テ有ルニ、底ニ、「今ハ引上ヨ」ト云フ音聞ユレバ、「其ハ、『引ケ』ト有ナルハ」ト云テ、絡上ルニ、極ク軽クテ上レバ、「此ノ旅籠コソ軽ケル。守ノ殿ハ乗リ給ヘラバ、重クコソ可有ケレ」ト云ヘバ、亦或ル者ハ、「木ノ枝ナドヲ取リスガリ給ヒタレ

バ、軽ニコソ有ヌレ」ナド云テ、集テ引ク程ニ、旅籠ヲ引上タルヲ見レバ、平茸ノ限リ一旅籠入タリ。然レバ心モ不得デ、互ニ顔共ヲ護テ、「此ハ何カニ」ト云フ程ニ、亦聞ケバ、底ニ音有テ、「然テ亦下セ」ト叫ブナリ。

此レヲ聞テ、「然ハ亦下セ」ト云テ、旅籠ヲ下シツ。亦、「引ケ」ト云フ音有レバ、音ニ随テ引クニ、此ノ度ハ極ク重シ。数ノ人懸リテ絡上タルヲ見ルニ、守旅籠ニ乗テ被絡上タリ。守片手ニハ縄ヲ捕ヘ給ヘリ、今片手ニハ平茸ヲ三総許持テ上リ給ヘリ。引上ツレバ、懸橋ノ上ニ居ヘテ、郎等共喜合テ、「抑モ此ハ何ゾノ平茸ニカ候ゾ」ト問ヘバ、守答フル様、「落入ツル時ニ、馬ハ疾ク底ニ落入ツルニ、我レハ送レテゾメキ落行ツル程ニ、木ノ枝ノ滋ク指合タル上ニ、不意ニ落懸リツレバ、其ノ木ノ枝ヲ捕ヘテ下ツルニ、下ニ大キナル木ノ枝ノ障ツレバ、其レヲ踏ヘテ大キナル胯ノ枝ニ取付テ、其レヲ抱カヘテ留リタリツルニ、其ノ木ニ平茸ノ多ク生タリツレバ、難見棄テ、先ヅ手ノ及ビツル限リ取テ、旅籠ニ入レテ上ゲツル也。未ダ残ヤ有ツラム。云ハム方無キ多カリツル物カナ。極キ損ヲ取ツル物カナ。極キ損ヲ取ツル心地コソスレ」ト云ヘバ、郎等共、「極ク御損ニ候」ナド云テ、其ノ時ニゾ集テ散ト笑ヒニケリ。

守、「僻事ナ不云ゾ、汝等ヨ。宝ノ山ニ入テ、手ヲ空クシテ返タラム心地ゾスル。『受領ハ倒ルル所ニ土ヲ掴メ』トコソ云ヘ」ト云ヘバ、長立タル御目代、心ノ内ニハ、「極ク慽シ」ト思ヘドモ、「現ニ然カ候フ事也。手便ニ候ハム物ヲバ、何カ取テ不給ハザラム。誰ニ候フトモ、不取デ可候キニ非ズ。本ヨリ御心賢ク御マス人ハ、此ノ可死キ極ニモ、御心ヲ不騒サズシテ、万ノ事ヲ皆只ナル時ノ如ク、用ヒ仕ハセ給フ事ニ候ヘバ、不騒此ク取ラセ給ヒタル也。然レバ国ノ政ヲモ息コヘ、物ヲモ吉ク納メサセ給テ、御思ノ如クニテ上ラセ給ヘ

懸け橋(和漢三才図会)

246

バ、国ノ人ハ父母ノ様ニ恋惜ミ奉ツル也。然レバ、末ニモ万

歳千秋可御マスベキ也」ナド云テゾ、忍テ己等ガトヒ咲ヒケ
ル。

此レヲ思フニ、然許ノ事ニ値テ、肝心ヲ不迷シテ先

ヅ平茸ヲ取テ上ケム心コソ、糸ムク付ケレ。増シテ便宜有ラ

ム物ナド取ケム事コソ、思ヒ被遣ルレ。

此レヲ聞ケム人争ニ憎ミ咲ケム、トナム語リ伝ヘタルトヤ。

시나노信濃 수령으로 부임한 촌충寸蟲을 퇴치한 이야기.

촌충寸蟲이 있는 여인이 낳은 아이가 성장하여, 시나노信濃의 수령이 되어 부임했을 때, 지방경계선에서 열린 신임 수령 축하연회에서 각양각색의 호두요리의 향응을 받고, 몹시 겁을 먹고 벌벌 떤다. 그 모습을 이상하게 여긴 시나노의 차관이 수령은 촌충이 환생한 것임을 알아차리고, 항례恒例에 따라 호두주를 억지로 마시게 하자, 수령은 참지 못하고 정체를 드러내어 물이 되어 흘러 사라졌다는 이야기. 기괴하지만 유머가 감도는 촌충 퇴치담. 호두가 촌충 퇴치약인 점을 전제로 촌충을 의인화하여 허구로 쓴 설화. 앞 이야기와는 시나노 수령이라는 점에서 연결됨.

이제는 옛이야기이지만, 뱃속에 촌백寸白[1]이 있는 여자가 있었다. □□의 □□[2]라고 하는 사람의 부인이 되어 사내아이를 낳았다. 그 아이를 □□[3]라고 했다. 점점 성장하여 관례冠禮 등을 마치고[4] 후에 벼슬길에 올라, 드디어 시나노信濃[5] 수령이 되었다.

처음으로 그 임국에 내려갔을 때, 지방 경계선에서 환영의 향연이 베풀어

1　소화기관 내에 기생하는 기생충. 촌충.
2　성명 명기를 위한 의도적 결자.
3　아이 이름 명기를 위한 의도적 결자.
4　아이 머리를 틀어 올려 관을 쓰는 일. 관례를 마치고 성인이 되는 일.
5　→ 옛 지방명. 앞 이야기의 주인공과 마찬가지로 시나노 지방의 수령.

졌다.[6] 수령이 연회석에 도착하자 많은 종자들도 착석했다. 그 지방의 사람들도 많이 모여 있었는데 수령이 연회 자리에 도착하여 둘러보니, 수령 앞에 놓인 상을 비롯해 끝자리의 상에 이르기까지 전부 호두[7]를 사용하여 각양각색으로 조리한 음식물이 담겨 있었다. 수령은 이것을 보고 어찌할 바를 모를 정도로 괴로워하고, 그저 누가 자기 몸 안의 수분을 쥐어 짜내기라도 하듯이 고통스러워 몸부림쳤다. 그리고 너무 괴로운 나머지

"어째서 이 연회석에 이렇게도 호두를 많이 담아 올린 것이냐. 어찌 된 영문이냐?"[8]

라고 따져 묻자, 그 지방 사람이

"이 지방에는 어디든 호두나무가 많이 자랍니다. 그래서 수령님의 술안주에도, 또 국부國府의 청사廳舍 상하 직원들에게도 모두 이 호두를 다양하게 조리해서 내온 것이옵니다."

라고 대답했기에 수령은 점점 더 견딜 수 없이 고통스러워 하고, 그저 누가 몸을 조이는 듯 괴로워했다.

이처럼 아아, □□[9] 하며 헤매고 곤혹스러워 하는 수령의 모습[10]을, 그 지방의 개介[11]로 연로하여 만사에 능통하고 세상물정에 밝은 남자[12]가 보고, 수상하게 여기며 이리저리 곰곰이 생각해 보다,

'혹시 이 수령은, 촌충이 사람으로 환생[13]하여 이 지방 수령이 되어 부임

---

6   신임 수령을 환영하기 위해, 관청의 관원이 지방 경계선까지 마중 나가 일행을 향응으로 대접하는 의식.
7   호두는 한방에서 예로부터 촌충퇴치에 사용되었음.
8   힐난하는 듯한 어조.
9   한자표기를 위한 의도적 결자. "아, 괴롭다." 하며 어찌할 바를 몰라 했다는 의미.
10 촌충이 환생한 수령은 목숨을 앗아 갈 호두를 피할 방법을 생각하며 번민하는 것임.
11 국부國府의 차관. 여기서는 시나노 개信濃介.
12 차관이 세상물정에 밝고 옛일에 밝은 노인인 사실이 수령의 정체를 간파하는 복선이 됨.
13 촌백이 사람으로 환생한 이야기는 별도로 보이지 않음. 참고로 약마나 병마가 인간이 되어 출현하는 이야기는 권4 제32화나 권10 제23화에도 보임. 또한 촌충을 다룬 이야기는 권24 제7화에도 보임.

해 온 것은 아닐까? 저 모습을 보면 아무래도 수상해. 한번 확인해 보자.'
라고 생각하게 되었다. 그래서 오래된 《술》[14]에 호두를 진하게 갈아 술 주전자에 넣고 뜨겁게 끓여서 관아 사람[15]에게 건네고, 자신은 잔을 쟁반에 올려 눈 위로 양손으로 높이 받들어 정중하게 수령의 앞으로 가지고 갔다. 그러자 수령이 잔을 들었고, 개介는 술 주전자를 집어 들어 수령이 든 잔에 술을 따랐다. 술에는 진하게 갈아 넣은 호두가 들어 있었기 때문에 술 색깔은 희고 탁했다.

수령은 이것을 보고 매우 역정이 난 표정으로

"술을 한가득 따르는구나. 이 술 색깔이 보통 술과 다른데, 희고 탁한 것은 어째서인가?"라고 물었다. 개介는

"이 지방에서는 예로부터 전해온 관행으로 수령님 부임의 환영 연회에서는 3년 이상 지난 오래된 술에 호두를 진하게 갈아 넣어, 관아의 관원이 술병을 들고 수령님의 앞으로 가서 술을 따라 올리면, 수령님이 그 술을 드시는 것이 정례定例로 되어 있습니다."
라고 그럴싸하게 대답했다.[16] 이 말을 듣자말자 수령의 안색은 순식간에 새파랗게 질려 덜덜 떨기 시작했다.

그렇지만 개介가

"이것을 드시는 것이 규정이옵니다."
라고 재촉하기에 수령은 벌벌 떨며 술잔을 드는가 싶더니,

"나는 사실 촌충 남자다. 더 이상 참지 못하겠다."
라고 하고 순식간에 물이 되어 흘러져 사라져 버렸다.[17] 그리하여 시체조차

---

14 원문의 탈자가 상정됨. 전후문맥을 고려하여 보충함.
15 시나노 관아에서 온 사람. 재청관인.
16 좋든 싫든 마시게 하기 위해서, 다분히 연기를 한 말투.
17 『하세오 이야기長谷雄草紙』에 여자의 몸을 한 요괴가 물이 되어 사라져 버린 예가 보임. 또한 물의 정령 이

남기지 않았다. 수령의 종자들은 이것을 보고 몹시 놀라

"이건 도대체 어찌된 일인가?"

라고 괴이해 하며 큰 소란을 피웠다.

그때 개介가

"당신들은 이 사실을 모르셨습니까? 수령은 촌충이 사람으로 환생하여 온 것입니다. 호두가 많이 차려진 것에 몹시 괴로워하는 모습을 보고, 저는 전부터 들었던 바가 있었기 때문에[18], 확인해 보고자 그렇게 했는데 견디지 못하고 녹아 버린 것입니다."

라고 말했다. 이렇게 말하고, 수령의 일행은 그대로 내버려 두고 지방 사람들을 모두 인솔하여 고향으로 돌아갔다. 수령의 수행원들은 이제 와서 어찌할 수도 없는 노릇이었기에 모두 도읍으로 되돌아갔다. 그리고 일의 경위를 이야기하자, 수령의 처자식이나 친족들은 이것을 듣고,

"세상에, 그 사람이 촌충이 환생한 것이었단 말인가."

라고 비로소 알게 되었다.

이것을 생각하면, 촌충도 이렇게 사람으로 환생하는 것이다. 이 이야기를 들은 사람들은 모두 웃었다. 어찌 되었든 참으로 기이한 일이기 때문에 이렇게 이야기로 전하여 내려오고 있다 한다.

야기는 권27 제5화에도 보임.

18 이에 의하면 당시에는 촌충이 사람으로 환생한 이야기가 이 외에도 더 있었던 것으로 보임.

寸白任信濃守解失語第三十九

今昔、腹中ニ寸白持タリケル女有ケリ。□ノ□ト云

ケル人ノ妻ニ成テ、懐妊シテ、男子ヲ産テケリ。其ノ子ヲバ
□トゾ云ケル。

信濃ノ守ニ成ニケリ。漸ク長ニ成テ、冠ナドシテ後、官得テ遂ニ

始メテ其ノ国ニ下ケルニ、坂向ヘノ饗ヲ為タリケレバ、守

其ノ饗ニ着テ居タリケルニ、守ノ郎等モ多ク着タリ、国ノ者

共モ多ク集タリケルニ、守饗ニ着テ見下スニ、守ノ前ノ机ヨ

リ始メテ畢ノ机ニ至マデ、胡桃一種ヲ以テ数々調ヘ成シテ、

悉ク盛タリ。守此レヲ見ルニ、為ム方無ク侘シク思テ、只

我ガ身ヲ汰ル様ニス。然レバ思ヒ侘テ、守ノ云ク、「何ナレ

バ此饗ニ、此胡桃ヲバ多ク盛タルゾ。此ハ何ナル事ゾ」ト問

ヘバ、国人ノ申サク、「此国ニ八万ノ所ニ胡桃ノ木多ク候フ

也。然レバ守ノ殿ノ御菜ニモ、御館ノ上下ノ人ニモ、只此ノ

胡桃ヲ万ニ備ヘ候フ也」ト答フレバ、守弥ヨ為ム方無ク侘シ

ク思エテ、只身ヲ汰ル様ニス。

然レバ穴□迷テ、術無気ニ思ヘル気色ヲ、其ノ国ノ介ニ

テ有ケル者ノ、年老タル万ノ事知テ物思エケル有ケリ。此ノ守

ノ気色ヲ見テ、「怪」ト思テ思ヒ廻スニ、「若此ノ守ハ、寸白

ノ人ニ成テ産タルガ、此ノ国ノ守ト成テ来タルニコソ有メレ。

此ノ気色見ルニ、極心不得ズ。此レ試ム」ト思テ、旧□ニ

胡桃ヲ濃ク摺入レテ、提ニ入テ熱ク涌シテ、国ノ人ニ持セテ、

此ノ介ハ盞ヲ折敷ニ居ヘテ、目ノ上ニ捧テ畏マリタル様ニテ、

守ノ御許ニ持参レリ、然レバ守盞ヲ取タルニ、介提ヲ持上テ、守ノ持タル盞ニ酒ヲ入ルニ、酒ニ胡桃ヲ濃ク摺入タレバ、

酒ノ色白クシテ濁タリ。

守此レヲ見テ、糸心地悪気ゲニ思テ、「酒ヲ盞ニ一杯入レテ、此ノ酒ノ色ノ例ノ酒ニモ不似ズ白ク濁タルハ、何ナル事ゾ」ト問ヘバ、介答ヘテ云ク、「此ノ国ニハ事ノ本トシテ、守ノ下リ給フ坂向ヘニ、三年過タル旧酒ニ、胡桃ヲ濃ク摺入レテ、在庁ノ官人瓶子ヲ取テ、守ノ御前ニ参テ奉レバ、守其ノ酒ヲ食ス事定メレル例也」ト、事々シク云フ時ニ、守此レヲ聞テ、気色弥ヨ只替リニ替テ、篩フ事無限シ。

然レドモ介ガ、「定リテ此レ食ス事也」ト責レバ、守篩々フ盞ヲ引寄スルマ丶ニ、「実ニハ寸白男。更ニ不可堪ズ」ト云テ、散サト水ニ成テ、流レ失ニケリ。然レバ其ノ体モ無ク成ヌ。其ノ時ニ郎等共此レヲ見テ、驚キ騒テ、「此ハ何ナル事ゾ」ト云テ、怪ビ嘆シル事無限シ。

其ノ時ニ此ノ介ガ云ク、「其コ達ハ此ノ事ヲ知リ不給ズヤ。此レハ寸白ノ人ニ成テ、生レテ御ヲリケル也。胡桃ノ多ク被盛タルヲ見給テ、極ク難堪気ニ思給ヒタリツル気色ヲ見給ヘテ、已ハ聞置タル事ノ侍レバ、試ムト思給ヘテ、此ク仕タリツルニ、否堪給ズシテ、解給ヒタル也」ト云テ、皆、国人ヲ具シテ、棄テ国ヘ返ヌ。守ノ共ノ者共云甲斐無キ事ナレバ、皆京ニ返ニケリ。此ノ由ヲ語ケレバ、守ノ妻子眷属モ、皆此レヲ聞テ、「早ウ、寸白ノ成タリケル人ニコソ有ケレ」トハ其ヨリナム知ケル。

此レヲ思フニ、寸白モ然ハ人ニ成テ生ル也ケリ。聞ク人ハ此レヲ聞テ咲ケリ。希有ノ事ナレバ此ク語リ伝ヘタルトヤ。

외술外術[1]을 써서
참외를 훔쳐 먹은 이야기

7월경, 야마토 지방大和國으로부터 참외를 말에 싣고 운반 중인 하인들이 더위를 식히며 휴식을 취하고 있는데, 노옹이 나타나 참외를 달라고 하였다. 하인들이 아까워하며 주지 않자, 노옹은 환술을 써서 하인들의 눈을 속이고 운반 중의 참외를 모두 바닥내 버렸다는 이야기. 눈앞에서 순식간에 열매를 맺은 참외를 모두 다 먹고, 나중에 그것이 운반하던 참외라고 알아차렸을 때에는 이미 노옹이 사라진 후로, 그야말로 '행차 뒤에 나팔 불기' 격이었다. 당唐의 지괴소설志怪小說을 번안飜案한 것으로 보인다.

　이제는 옛이야기이지만, 7월 무렵 야마토 지방大和國[2]으로부터 많은 하인들이 수많은 말에 참외[3]를 싣고 줄을 지어 도읍으로 올라오고 있었다. 도중에 우지宇治[4] 북쪽에 '열매가 열리지 않는 감나무'[5]라는 나무가 있었다. 하인들은 이 나무 아래 그늘에 전부 앉아 참외 바구니도 모두 말에서 내리고 휴식을 하며 더위를 피하고 있던 중, 자신들이 먹으려고 가지고 왔던

1　외도술로, 불교에서 보면 이단술의 총칭. 여기에서는 요술·마술의 한 종류.
2　→ 옛 지방명.
3　야마토 지방은 참외의 특산지(『신원락기新猿樂記』 시로노 기미四郎君 조條). 『우지 습유宇治拾遺』 133화, 『저문집著聞集』 권7(295화), 『찬집초撰集抄』 권8 제29화의 설화에 의해서도 알려짐.
4　→ 지명. 나라奈良와 교토京都의 경계에 위치.
5　나라가도奈良街道의 도읍으로 들어가는 입구인 로쿠지조六地藏에 있었다고 함. 그 외에도 곳곳에 있지만, 니시사카모토西坂本에서 히에이 산比叡山 근본중당根本中堂으로 오르는 도중이나 오조五條의 도소신道祖神이 진좌鎭坐하는 곳에 있었던 것이 유명함.

참외가 있었기에, 그것을 조금 꺼내서 잘라 먹거나 하고 있었다. 그러자 그 근처에 사는 자인지, 아주 나이가 많은 노옹이 홑옷의 허리 부근을 끈으로 동여매고, 나막신을 신고 지팡이를 짚고 나타나, 참외를 먹고 있는 하인들 옆에 앉아 힘없이 부채를 부치면서 참외를 먹고 있는 모습을 바라보고 있었다.

노옹은 잠시 보고 있더니,

"그 참외를 하나 나에게도 주시오. 목이 말라서 견딜 수가 없소."

라고 했다. 참외를 먹고 있던 하인들은

"아니, 이 참외는 전부 우리 것이 아니라오. 불쌍해 보여서 하나 정도는 드리고 싶지만 어떤 사람이 도읍에 보내는 것이어서 줄 수가 없소."

라고 했다. 노옹은

"인정머리 없는 사람들이시군. 늙은이에게는 '딱하기도 해라.'라고 말을 걸어 주는 게 좋은 법이오. 그건 그렇더라도, 어떻게 나에게 참외를 주시게 될까. 그럼 이 늙은이도 한번 참외를 만들어 먹도록 하지."

라고 했기 때문에, 하인들은 이 노옹이 농담을 하는 것이라고 여기고, 바보 같은 말을 한다며 서로 바라보며 웃고 있었다. 그런데 노옹은 옆에 있던 나무 토막을 집어 들어, 앉아 있던 옆의 땅을 일궈서 밭처럼 만들었다. 그래서 하인들이 이 노옹이 대체 무슨 짓을 하는지 보고 있자, 노옹은 하인들이 먹고 버린 참외 씨를 주워 모아서 방금 고른 땅에 심었다. 그러자 곧 그 씨앗에서 참외의 떡잎이 났다. 하인들이 어이가 없어 보고 있는데, 이 떡잎이 순식간에 자라서 온 땅에 넓게 퍼졌다. 그리고 점점 무성하게 자라 꽃이 피고 참외가 열렸다. 그 참외가 점점 커지더니 모두 보기 좋게 여문 참외가 되었다.[6]

---

6 참외의 급속한 생육은 요술사가 자주 하는 눈 속임술. 당대唐代 소설 『환이지幻異志』에 수록된 판교삼낭자板橋三娘子에도 심야에 메밀을 파종해서 날이 새기 전에 수확한 유사한 요술이 보임.

이때, 하인들은 이것을 보고, "이 노옹은 신령님이나 그 무엇이지 않을까." 하며 무서워 몸을 덜덜 떨고 있는데, 노옹은 이 참외를 따서 먹고 하인들에게

"당신네들이 주지 않은 참외를 말이지. 이렇게 내가 만들어 먹는구면."

하고, 하인들에게도 모두 먹게 해 주었다. 참외는 많이 있었기에, 길을 가던 사람들도 불러 세워서 먹게 해 주자 모두 기뻐하면서 참외를 먹었다. 다 먹고 나니 노옹이

"이만 가 보도록 하지."

하고 사라졌는데 그 행방은 알지 못했다.

그 후, 하인들이 참외를 말에 싣고 나서려고 보니, 바구니는 있지만 그 안의 참외가 한 개도 없었다. 하인들은 모두 아이고 하며 손뼉을 치며 놀라 떠들어 댔다.

"이게 뭐야, 그 노인이 바구니의 참외를 꺼낸 것이었는데, 우리의 눈을 속여 그렇게 보이지 않도록 한 거였구나."

라고 알아차리고 분해했지만, 노옹의 행방을 알 수 없고 어찌할 도리가 없어서 모두 야마토로 돌아갔다. 길을 가던 행인들은 이 일을 보고 괴이하게 여기기도 하고 웃기도 했다.

하인들이 참외를 아까워하지 않고, 두세 개라도 노옹에게 먹게 해 주었다면 이렇게 모두 빼앗기지는 않았을 것이다. 아까워한 것을 노옹도 괘씸하게 여겨 이렇게 한 것일 것이다. 혹은 노옹은 헨게變化[7]였을지도 모른다.

그 후 노옹이 누구였는지는 결국 알 수 없었다고 이렇게 이야기로 전하여 내려오고 있다 한다.

---

7 신불神佛 등이 임시로 인간의 모습을 가장하여 나타난 자.

以外術被盗食瓜語第四十

今昔、七月許ニ大和ノ国ヨリ、多ノ馬共、瓜ヲ負セ烈テ、

下衆共多ク京ヘ上ケルニ、宇治ノ北ニ、不成ヌ柿ノ木ト云フ木有リ、其ノ木ノ下ノ木影ニ、此ノ下衆共皆留リ居テ、瓜ノ籠共ヲモ皆馬ヨリ下シナドシテ、息居テ冷ケル程ニ、私ニ此ノ下衆共ノ具シタリケル瓜共ノ有ケルヲ、少々取出テ切リ食ナドシケルニ、其辺ニ有ケル者ニヤ有ラム、年極ク老タル翁ノ、帷ニ中ヲ結ヒテ、平足駄ヲ覆テ、杖ヲ突テ出来テ、此ノ瓜食フ下衆共ノ傍ニ居テ、力弱気ニ扇打仕ヒテ、此ノ瓜食フヲマモラヒ居タリ。

暫許護テ、翁ノ云ク、「其ノ瓜一ツ我レニ食ハセ給ヘ。喉乾テ術無シ」ト。瓜ノ下衆共ノ云ク、「此ノ瓜ハ皆己等ガ私物ニハ非ズ。糸惜サニ一ツヲモ可進ケレドモ、人ノ京ニ遣ス物ナレバ、否不食マジキ也」ト。翁ノ云ク、「情不座ザリケル主達カナ。年老タル者ヲバ、『哀レ』ト云フコソ、吉キ事ナレ。然ハレ何ニ得サセ給フ。然ラバ翁瓜ヲ作テ食ハム」ト云ヘバ、此ノ下衆共、「戯言ヲ云ナメリ」ト、ト思テ咲ヒ合タルニ、翁傍ニ木ノ端ノ有ルヲ取テ、居タル

傍ノ地ヲ堀ツヽ、畠ノ様ニ成シツ。其ノ後ニ此ノ下衆共、

「何ニ態ヲ此レハ為ルゾ」ト見レバ、此ノ食ヒ散シタル瓜ノ核共ヲ取リ集メテ、此ノ習ヒタル地ニ植ツ。其ノ後、程モ

無ク、其ノ種瓜ニテ、二葉ニテ生出タリ。此ノ下衆共此レヲ見テ、「奇異」ト思テ見ル程、其ノ二葉ノ瓜只生ヒ生テ、這

殺ヌ。只繁リニ繁テ、花栄テ瓜成ヌ。其ノ瓜只大キニ成テ、皆微妙キ瓜ニ熟ヌ。

其ノ時ニ、此ノ下衆共此レヲ見テ、「此ハ神ナドニヤ有ラム」ト恐テ思フ程ニ、翁此ノ瓜ヲ取テ食ヒテ、此ノ下衆共ニ

云ク、「主達ノ不食ザリツル瓜ハ、此ク瓜作リ出シテ食」ト云テ、下衆共ニモ皆食ハス。瓜多カリケレバ、道行ク者共ヲ

モ呼ツヽ食スレバ、喜テ食ヒケリ。食畢ツレバ、翁、「今ハ罷ナム」ト云テ立チ去ヌ。行方ヲ不知ズ。

其ノ後、下衆共、「馬ニ瓜ヲ負セテ行カム」トテ見ルニ、籠ハ有テ其ノ内ノ瓜一ツモ無シ。其ノ時ニ下衆共、手ヲ打テ

云テ、「早ウ、翁ノ籠ノ瓜ヲ取リ出シケルヲ、

奇異ガル事無限シ。

我等ガ目ヲ暗マシテ、不見セザリケル也ケリ」ト知テ、嫉ガ

リケレドモ、翁行ケム方ヲ不知ズシテ、更ニ甲斐無クテ、皆大和ニ返テケリ。道行ケル者共此ヲ見テ、且ハ奇ミ、且ハ咲ヒケリ。

下衆共瓜ヲ不惜ズシテ、二ツ三ツニテモ翁ニ食セタラマシカバ、皆ハ不被取ザラマシ。惜ミケルヲ翁モ憾テ、此モシタルナメリ。亦変化ノ者ナドニテモヤ有ケム。

其ノ後チ其ノ翁ヲ遂ニ誰人ト不知デ止ニケリ、トナム語リ伝ヘタルト也。

근위문^{近衛門}에서 사람을 넘어뜨리는 두꺼비 이야기

매일 해질녘에 근위문近衛門 안에 두꺼비가 출몰해서 사람을 넘어뜨리는 사건이 있었는데, 그것을 들은 경박한 학생이 두꺼비를 퇴치하러 나서서 엄청난 실수를 저지른 이야기. 두꺼비를 뛰어넘는 바람에 낙관落冠하여 그 관을 두꺼비로 착각하여 짓밟은 뒤에, 그곳을 지나가던 상달부上達部의 행렬에 자신의 이름을 알리지만, 잡색雜色들에게 끌려나와 큰 부상을 입고, 다음날 아침 허둥지둥 되돌아왔다는 이야기. 상대도 없이 혼자서 설친 두꺼비와의 대결, 의기양양하게 이름을 대는 등 얼간이 같은 행동이 웃음을 증폭시킴.

이제는 옛이야기이지만, □□¹ 천황 치세에, 근위문近衛門²에 사람을 넘어뜨리는 두꺼비가 있었다.

어떤 연유인지, 해질 녘 무렵이 되면 근위문 안에 큰 두꺼비가 나타나, 납작한 돌처럼 있어, 신분이 높건 낮건, 입궐 후 물러나는 누구든지 이것을 밟아 넘어지지 않는 사람이 없었다. 그리고 사람이 넘어지면 금세 기어 숨어버려서 모습이 보이지 않았다. 나중에는 누구라도 이 사실을 알면서도 어찌

---

1 천황명의 명기를 위한 의도적 결자.
2 여기에서는 양명문陽明門의 별칭. 대내리大內裏 외곽 동면의 한 문으로, 문안쪽 북쪽에 좌근위부가 있다. 내리에 가깝고, 사람의 출입이 많았다. 또한 서면의 은부문殷富門을 뜻하기도 함.

된 일인지 같은 사람이 또 이것을 밟아서 몇 번이고 넘어졌다.

그러던 중, 한 대학료大學寮의 학생이 있었다. 세간에 유명한 바보로, 무슨 일이 있을 때마다 미구 깔보며 웃거나 다른 사람의 욕을 하는 남자였다. 그런데 이 두꺼비가 사람을 넘어뜨린다는 이야기를 듣고,

"한 번 정도는 실수로 넘어질 수도 있겠지만, 이렇게 알게 된 이상, 설령 밀어 넘어뜨리는 사람이 있더라도 넘어지지 않을 테다."

라고 선언하고 있었다. 학생은 어두워질 무렵 대학료를 나와,

"어디 궁중에 있는 여인[3]이나 만나러 가 볼까."[4]

하고 길을 나서자, 근위문 안에 그 두꺼비가 납작하게 엎드려 있었다. 이것을 본 학생은, "잘도 그렇게 사람을 속였겠지만, 이 어르신네는 속지 않아."

라고 하며, 납작한 두꺼비를 뛰어넘었다. 그 순간, 아무렇게나 상투를 밀어넣은 관冠이, 쑥 빠져 떨어졌다.[5] 그것을 알아채지 못하고, 그 관이 신발에 닿은 것을,

"이 놈이 사람을 넘어뜨렸느냐. 이놈, 이놈."

하며 밟아 《뭉개려고 하였》[6]다. 그러나 관의 고지巾子[7]가 단단해서 금세 《뭉개지지》않았기 때문에,

"이 배짱 센 두꺼비놈,[8] 왜 이리 강해?"

라고 하며, 없는 힘을 짜내어 마구 짓밟고 있었다. 그때, 궐 쪽에서 상달부上達部가 횃불을 든 길잡이를 앞장서게 하고 나오셨다. 그래서 이 학생은 문계단 옆에 엎드렸다.

---

3   궁중에서 종사하는 여관女官.
4   밀회를 위한 방문을 말함.
5   낙관落冠의 무례와 추태에 대해서는 본권 제6화 참조.
6   한자표기를 위한 의도적 결자. 문맥을 고려하여 보충함.
7   관의 가장 윗부분의 후부에 높이 돌출되어 있는 부분. 상투를 넣고 고가이笄(비녀 같은 장식)를 꽂음.
8   욕설을 퍼붓는 말. 떨어진 관을 두꺼비가 출현했다고 착각하여 욕을 한 것임.

길잡이를 하던 자가 횃불을 머리 위로 번쩍 쳐들어서 보니, □[9]에 포袍[10]를 입은 남자가 상투를 풀어헤치고 산발이 되어[11] 엎드려 있었기에,

"이 녀석은 도대체 뭐야? 뭐야?"

라고 떠들어 댔다. 그러자 학생은 큰 목소리로,

"소문으로 들어 보셨겠지요. 기전도紀傳道의 학생[12] 후지와라藤原 아무개, 근위문에서 사람을 넘어뜨리는 두꺼비 추포사追捕使[13] 겸직."

이라고 이름을 댔다.

"대체 뭐라고 하는 것이냐?"

하고 와자하게 웃으며,

"저 녀석을 끌어내라, 낯짝을 봐야겠다."

라고 하며 잡색雜色[14]들이 달라붙어 끌어내는 동안, 웃옷도 찢겨 엉망이 되었기에, 학생은 기가 죽어 머리에 손을 대봤지만 관도 없었다.

"잡색雜色들이 뺏어 간 것임에 틀림없다."

라고 생각하고,

"관을 어째서 뺏은 것이냐. 돌려줘. 돌려달란 말이야."

라고 하면서 따라가 뛰던 중에 근위대로에서 엎어져서 얼굴을 부딪쳐 피를 흘렸다.

그래서 소매로 얼굴을 가리고 가던 중에, 길을 잘못 들어 어디를 걷고 있

---

9   한자 표기를 위한 의도적 결자. 해당어 미상.
10 정장인 의관 때 입는 상의. 여기에서는 문관용의 호에키縫腋 포. 이 학생이 무위無位였다고 한다면, 황색의 호에키.
11 당연히 그 무례를 비난받고 조롱당하게 됨.
12 기전도紀傳道 전공의 학생. 기전도과에서는 『사기史記』, 『한서漢書』, 『후한서後漢書』 등의 사서나 『문선文選』 등의 한시문을 이수.
13 헤이안平安 시대에 도적이나 반도叛徒를 체포하기 위해서 임명·파견된 관리. 두꺼비와 대결하기 위해 나선 학생이라고, 유머를 가득 담은 말투.
14 귀인을 모시며 잡역에 종사하는 무위無位인 자.

는지도 모르게 되었는데 간신히 전방에 불빛을 발견했다. 작은 인가가 있었기에 찾아가 문을 두드렸지만, 이 야밤중에 문을 열어 줄 리가 없었다. 밤은 깊었고 생각다 못해, 근처 도랑 옆에 엎드려 밤을 새웠다. 이윽고 날이 밝아, 근처에 사는 사람들이 일어나 집에서 나와 보니, 산발을 하고 도포를 입은 남자가 얼굴에 상처를 입고 피를 흘리며 대로의 도랑 옆에 누워 있었다.

"이게 대체 무슨 일이란 말인가."

하며 소란을 피웠다. 그때서야 학생은 일어나 길을 물어물어 돌아갈 수 있었다.

옛날에는 이와 같이 바보 같은 자가 있었던 것이다. 그렇지만 학생은 될 수 있었기 때문에[15] 대학료에서 배우고 있었을 것이다. 그런데 이렇게도 변변치 못해서야 제대로 한적漢籍을 읽고 배우기나 했을지 매우 의심스럽다.

그러므로 모름지기 사람은 역시 기능技能[16] 여하에 달린 것은 아니다. 그저 마음가짐[17]이 중요한 것이다.

이 일은 세간에 알려질 리가 없는 일이었지만, 당사자인 그 학생이 말하는 것을 듣고 전하여, 이렇게 이야기로 전하여 내려오고 있다 한다.

---

15   학생이 될 만큼의 머리는 있었기 때문에.
16   밖으로 보이는 소행. 기능이나 직업.
17   진실된 마음을 가지고 있는지가 중요한 것이라는 의미.

近衛御門倒人蝦蟆語第四十一

今昔、□天皇ノ御代ニ、近衛ノ御門ニ人倒ス蝦蟆有ケ
リ。
何也ケル事ニカ有ラム、近衛ノ御門ノ内ニ、大キナル蝦蟆

一ツ有テ、生タ暮ニ成ヌレバ出来テ、只平ナル石ノ様ニテ
有ケレバ、内へ参リ罷出ル上下ノ人此レヲ踏テ、不倒ヌ人無
カリケリ。人倒レヌレバ、即チ這隠レテ失ニケリ。後々ニハ
人此ク知ニケレドモ、何ナル事ニカ有ケム、同ジ人此レヲ踏
テ、返々ル倒レケル。

而ル間、一人ノ大学ノ衆有ケリ。世ノ鳴呼ノ者ニテ、糸痛
ウ物咲ヒシテ、物謗リ為ル者ニテゾ有ケル。其レガ、此ノ蝦
蟆ノ人倒ス事ヲ聞テ、「一度コソ錯テ倒レメ。然ダニ知リ得
ナムニハ、押倒ス人有ト云フトモ、倒レナムヤ」ナド云テ、
「内辺ノ女房ノ知タリケルニ
物云ハム」トテ行ケルニ、近衛ノ御門ノ内ニ、蝦蟆平ミテ居
ケリ。大学ノ衆、「イデ然リトモ、然様ニハ人ヲコソ謀カル
トモ、我レヲバ謀ラムヤ」ト云テ、平ミ居ル蝦蟆ヲ踊リ越ル
程ニ、押入タリケル冠也ケレバ、冠落ニケルヲ不知ヌ、其
ノ冠沓ニ当タリケルヲ、「此奴ノ人倒スハ、己レ己ハ」ト
云テ、踏□ニ、巾子ノ強クテ急トモ不□ザリケレバ、「蟾蜍」ト

ノ盗人ノ奴ハ、此ク強キゾカシ」ト云テ、無キ力ヲ発テ、無キ

下ニ踏入ル時ニ、内ヨリ、火ヲ燃シテ前ニ立テ上達部ノ出給

ヒケレバ、大学ノ衆橋ノ許ニ突居ヌ。

前駆共火ヲ打振ツ、見ルニ、□ニ表ノ衣着タル者ノ髻ヲ

放テ居タレバ、「此ハ何ゾクゾ」ト云テ見騒グニ、大学ノ衆

音ヲ挙テ、「自然ラ音ニモ開食スラム。記伝学生藤原ノ某、

兼テハ近衛ノ御門ニ二人倒ス蝦蟆ノ追捕使」ト名乗ルニ、「此

云フハ何ゾ」ナド云テ、咲ヒ嘲テ、「此引出ヨ。見ム」ト云

テ、雑色共寄テ引ク程ニ、衣引破テ損ジケレバ、大学ノ衆

侘テ、頭ヲ掻捜ルニ、冠モ無ケレバ、「此ク雑色共ノ取ツル

也ケリ」ト思テ、「其ノ冠ヲバ何ニシニ取ツルゾ。其レ得サ

セヨ、々サセヨタサセヨ」ト云テ、走リ追ケル程ニ、近衛ノ

大路ニ低ニ倒レニケリ。顔ヲ突尅テ血出ニケリ。

然レバ袖ヲ被テ行ケル程ニ、道ニ迷テ、何クトモ不思エデ

行ケル程ニ、辛クシテ火ノ見ユルヲ見テ、人ノ小家ノ有ケル

ニ立寄テ叩ケレドモ、何ニシニカハ開ケム。夜深更ニケレバ、

思ヒ繚テ、溝辺ニ有ケルニ低シ臥ニケリ。夜明テ後、家々ノ

人起テ見ルニ、髻放タル者ノ、表ノ衣着タルガ、顔軹テ血

出タルガ、大路ノ溝辺ニ臥タレバ、「此レハ何ゾ」ト云テ、

見嘲ケレバ、其ノ時ニゾ大学ノ衆起テ、尋々返ニケル。

古ヘ此ノ世ノ鳴呼ノ者ノ有ケル也。然レドモ学生ニテハ

有ケレバ、大学ノ衆デモ有ケル也。然心ノ墓無キ程ニテハ

賢ク文ヲ読習ケルハ、極ク怪キ事也カシ。

然レバ人尚態ニハ不依マジ、只心ノ用也。

此ノ事ハ世ニモ不聞ユマジキニ、其ノ大学ノ衆語ケルヲ聞

継テ、此ク語リ伝ヘタルト也。

용맹한 척하는 무사가 자신의 그림자를 보고
무서워한 이야기

수령의 부하로, 평소에 용맹한 척하는 겁쟁이 남자가 추태를 드러낸 이야기. 아침 일찍 식사를 준비하고 있던 부인이 벽에 비친 자신의 그림자를 도적으로 착각해서 남편에게 알렸더니, 남편도 부인과 마찬가지로 자신의 그림자를 도적으로 착각해서 벌벌 떨며, 겁쟁이다운 변명을 하고 다시 누워 버린다. 어이가 없어 부인이 일어서는 순간에 명장지문이 넘어지려 하자, 남편은 깜짝 놀라고, 도적을 퇴치하겠다고 오히려 큰소리를 쳐서 부인에게 비웃음을 산 이야기. 앞 이야기와 마찬가지로 경박한 바보의 실패담.

　이제는 옛이야기이지만, 한 수령受領[1]의 부하로, 사람들에게 용맹한 무사로 인정받기 위해 마구 용맹한 척 허세를 부리는 남자가 있었다.
　어느 날 남자가 아침 일찍 집을 나서 어딘가로 갈 예정이었다. 남자의 부인은 남자가 아직 일어나기 전에 일어나서 식사 준비를 하고 있는데, 새벽달[2]의 달빛이 판자 지붕 틈으로 새어 들어와 집 안으로 드리워졌다. 달빛에 자신의 그림자가 벽에 드리워진 것을 본 부인은 와라와가미童髮를[3] 덥

1　도읍에 머물러 있으면서, 정무를 목대目代에게 위임한 요임국수遙任國守에 대하여, 임지에 부임하여 실무를 보던 국수.
2　음력 20일이 지난 달. 동이 튼 뒤에도 서쪽 하늘에 떠 있는 달.
3　성인식 이전의 머리를 묶지 않고 늘어뜨린 머리모양. 오에 산大江山의 슈텐酒顚 동자童子가 그 대표적.

수룩하게 풀어헤친 몸집이 큰 남자 도적이 물건을 훔치러 들어왔다고 지레짐작하고, 허둥지둥 남편이 자고 있는 곳으로 뛰어 들어가, 남편의 귀에 입을 바싹 대고 조용히

"저기에 더부룩이 머리를 풀어헤친 몸집이 큰 도적이 물건을 훔치러 들어와 서 있어요."

라고 속삭이듯 말했다. 그것을 듣고 남편은,

"그럼 어떻게 하면 좋담. 큰일이군."

하고, 베개머리맡에 둔 칼을 찾아 들고,

"그놈의 모가지를 내가 잘라 주지."

라고 벌떡 일어나자마자, 나체로 상투도 그대로 드러낸 채로[4] 칼을 가지고 나갔다. 그런데 그 자신의 그림자가 또 벽에 비친 것을 보고

'아니, 머리를 풀어헤친 녀석이 아니라 칼을 뽑아 든 놈이 아닌가.'

하고 생각하고,

'이대로라면 내 머리가 잘려 나갈지도 모른다.'

라고 겁을 먹고, 그다지 크지 않은 목소리로 '야' 하고 소리치고 부인이 있는 곳으로 되돌아와서 부인에게,

"당신은 소문난 무사의 빈틈없는 아내라고만 생각했었는데, 큰 착각이었군. 무슨 산발의 도적인가. 상투를 드러내고 칼을 뽑아 든 남자가 아닌가. 그 녀석은 엄청난 겁쟁이다. 내가 나온 것을 보고 가지고 있던 칼을 떨어트릴 것 마냥 벌벌 떨고 있었다고."

라고 했다. 이것은 자신이 떨고 있는 그림자가 비친 것을 보고 말한 것일 것이다.

---

4 에보시烏帽子나 갓을 쓰지 않고 산발한 머리의 의미.

그리고 부인에게,

　"당신이 가서 그 녀석을 내쫓아. 나를 보고 벌벌 떤 것은 무서웠기 때문일 것이오. 나는 곧 볼일을 보러 나서는 몸이니, 조금이라도 손에 상처를 입어선 안 돼지. 여자는 설마 베지 않겠지."

라고 하고, 잠옷을 뒤집어쓰고 누워 버렸다.[5]

　부인은

　"참으로 한심한 양반이군. 이래서야 야간 순찰은커녕 활과 화살을 들고 달구경을 가는 것이 고작이겠지."

라고 하고, 일어나서 한 번 더 상황을 보러 나가려고 하려는 순간, 남편 옆의 명장지문[6]이 갑자기 넘어져 남편 쪽으로 쓰러지려고 했다. 남편은 도적이 덮치는 줄 알고 큰 소리로 비명을 질렀다. 부인은 밉살스러워 그런 건지, 우스워서 그런 건지

　"여보세요, 도적은 벌써 나갔어요. 명장지문이 당신 위로 쓰러진 거예요."

라고 했기에, 남편이 일어나서 보니 정말 도적은 없었다. 단지 명장지문이 쓰러진 것이란 것을 깨닫고 유유히 일어서서 상의를 벗어 드러난 가슴을 두드리고 손에 침을 뱉고는,

　"그놈의 자식, 내 집에 들어와서 그리 쉽사리 물건을 훔쳐갈 수가 있을까 보냐. 그 도적놈, 명장지문을 밟아 넘어트리기만 하고 도망쳐 버렸다. 조금만 더 있었다면 반드시 체포했을 텐데 말이야. 당신의 실수로 그 도적놈을 놓쳐 버린 것이야."

라고 하니, 부인은 우스워서 박장대소하고 말았다.

5　남자는 뒤집어쓴 옷 아래에서 두려움에 떨고 있었을 것임.

6　원문에는 "紙障紙"라 되어 있음. 작은 사각형 틀에 종이를 바른 현재의 장지문. 단지 '障紙'(=障子)라고 되어 있으면, '襖', '唐紙', '衝立(이동식 칸막이)' 등 방의 칸막이로 사용하는 건구建具의 총칭.

세간에는 이런 바보 같은 자도 있는 법이다. 정말 부인이 말한 대로 그토록 겁이 많아서야, 어찌 칼과 활을 차고 다른 사람을 경호하는 무사 역할을 할 수 있단 말인가. 이 이야기를 들은 사람들은 모두 이 남자를 비웃었다.

이것은 부인이 다른 사람들에게 이야기한 것을 듣고 전하여, 이렇게 이야기로 전하여 내려오고 있다 한다.

立兵者見我影成怖語第四十二

今昔、受領ノ郎等シテ、人ニ猛ク見エムト思テ、艶ズ

兵立ケル者有ケリ。

暁ニ家ヲ出テ、物へ行カムトシケルニ、夫ハ未ダ臥タリ
ケルニ、妻起テ食物ノ事ナドセムト為ルニ、有明ノ月ノ、板
間ヨリ屋ノ内ニ差入タリケルニ、月ノ光ニ、己ガ影ノ
ノ移タリケルヲ見テ、「髪ヲボトレタル大キナル童盗人ノ、
物取ラムトテ、入ニケルゾ」ト思ケレバ、周章迷テ、夫ノ臥
タル許ニ逃行テ、夫ノ耳ニ指宛テ、窃ニ、「彼ニ大キナル童
盗人ノ髪ヲボトレタルガ、物取ラムトテ入テ立ルゾ」ト云ケ
レバ、夫、「其レヲバ何ガセムト為ル。極キ事カナ」ト云テ、
枕上ニ長刀ヲ置タルヲ捜リ取リテ、「其奴ノ、シヤ頸打落サム」
ト云テ、起テ、裸ナル者ノ髻放タルガ、大刀ヲ持テ出テ見
ルニ、亦其ノ己ガ影ノ移タリケルヲ見テ、「早ウ、童ニハ非
デ、大刀抜タル者ニコソ有ケレ」ト思テ、「頭被打破ヌ」ト
思エケレバ、糸高クハ無クテ、「ヲウ」ト叫テ、妻ノ有ル所
ニ返リ入テ、妻ニ「和御許ハ、ウルサキ兵ノ妻トコソ思ツル
ニ、目ヲゾ極ク弊ク見ケレ。何ツカ童盗人也ケル。髻放タ
ル男ノ、大刀ヲ抜テ持タルニコソ有ケレ。者極キ臆病ノ者ヨ。

我出タリツルヲ見テ、持タリツル大刀ヲモ落シツ許コソヒ

ツル」ト云ハ、我ガ篭ヒケル影ノ移タルヲ見テ云ナルベシ。

然テ妻ニ、「彼レ行テ追出セ。我レヲ見テ篭ツルハ、怖シ
ト思ツルニコソ有メレ。我レハ物へ行カムズル門出ナレバ、

墓無キ疵モ被打付ナバ、由無シ。女ヲバヨモ不切ジ」ト云テ、
衣ヲ引被テ臥ニケレバ、妻、「云フ甲斐無シ。此テヤ弓箭ヲ

捧テ、月見行ク」ト云テ、起テ亦見ムトテ立出タルニ、夫ノ
傍ニ有ケル紙障紙ノ不意ニ倒レテ、夫ニ倒レ懸リケレバ、

夫、「此ハ有ツル盗人ノ壁ヒ懸リタル也ケリ」ト心得テ、音
ヲ挙テ叫ケレバ、妻、憻可咲ク思テ、「耶、彼ノ主。盗人ハ

早ウ出テ去ニケリ。其ノ上ニハ障紙ノ倒レ懸タルゾ」ト云フ
時ニ、夫起上リテ見ルニ、実ニ盗人モ無ケレバ、「障紙ノ

ソバニ倒レ懸リケル也ケリ」ト思ヒ得テ、其ノ時ニ起上リ
テ、裸ナル脇ヲ搔テ、手ヲ妊テ、「其奴ハ実ニ我ガ許ニ入

リ来テ、安ラカニ物取テ去ナムヤ。盗人ノ奴ノ障紙ヲ踏懸
ケテ去ニケリ。今暫シ有ラマシカバ必ズ搦テマシ。和御許ノ

弊クテ、此ノ盗人ヲバ逃シツルゾ」ト云ケレバ、妻、「可咲
ト思テ、咲テ止ニケリ。

世ニハ此ル嗚呼ノ者モ有ル也ケリ。実ニ妻ノ云ケム様ニ、
然許臆病ニテハ、何ゾノ故ニ、刀弓箭ヲモ取テ、人ノ辺ニモ

立寄ル。此レヲ聞ク人、皆、男ヲ憐ミ咲ケリ。
此レハ妻ノ人ニ語ケルヲ聞継テ、此ク語リ伝ヘタルト也。

후傳 대납언大納言의 에보시烏帽子를 얻은
종자 이야기

후지와라노 미치쓰나藤原道綱를 모시는 통칭 나이토內藤라고 하는 종자가, 늦은 밤 잇
초라一張羅 에보시를 쥐가 갉아 망가트렸는데, 대신할 에보시도 없고 해서 숙직하는
방에 틀어박혀 있었다. 이를 미치쓰나가 불쌍하게 여겨 자신의 에보시를 주자, 그것을
쓰고 득의양양한 말투로 설명하고 동년배에게 자랑스럽게 뽐내 폭소를 샀다는 이야
기. 에보시 배령拜領이라는 사소한 일을, 거드름 피우는 말투와 몸짓으로 소극笑劇의
일막을 연출한 달변가 나이토의 에피소드. 사루가쿠猿樂의 한 장면이라 할 수 있는 이
야기.

이제는 옛이야기이지만, 후傳 대납언大納言[1]이라는 사람이 있었다. 이름
을 미치쓰나道綱라고 했다. 저택은 일조一條에 있었다. 그 저택에 세간에 소
문난 《익살맞은》[2] 자로, 우스운 이야기를 잘 해서, 사람을 웃기는 종자가
있었다. 통칭하여 나이토內藤[3]라고 불렀다.

이 남자가 그 저택에서 밤에 자고 있는데, 쥐가 에보시烏帽子[4]를 물고 가
서 갈기갈기 찢어 버렸다. 남자는 대신 쓸 에보시도 없어, 에보시도 쓰지 못

1　후지와라노 미치쓰나藤原道綱(→인명)를 가리킴.
2　한자표기를 위한 의도적 결자. 문맥을 고려하여 보충함.
3　전 미상.
4　성인식을 치른 남자가 쓴 갓의 일종. 신분에 따라 형태가 달랐음.

하고 숙직하는 방[5]에 들어가, 소매로 얼굴을 감싸고 틀어박혀 있었다.[6] 주인인 대납언이 이 일을 들으시고,

"딱한 일이로구나."

하고, 자신의 에보시를 내어 주며,

"이것을 주거라."

하고 하사하였다. 나이토는 그 에보시를 받아 쓰고 밖에서 나와, 다른 종자들을 향해

"이보게들, 이것을 보게. 데라카무리寺冠나 야시로카무리社冠[7] 따위 얻어 쓸 게 못 되네. 이왕 쓰려면, 주석主席 대납언님[8]이 쓰셨던 낡은 에보시야말로 하사받아 쓸 만한 것이지."

라고 목을 뒤로 젖혀 득의양양한 얼굴로 소매를 여미고 있었다. 그것을 보고 모두 웃음을 터뜨렸다.

세간에는 별 일이 아닌 일에도 이렇게 재미있게 말하는 사람도 있는 법이다. 대납언도 이것을 듣고 웃으셨다고 이렇게 이야기로 전하여 내려오고 있다 한다.

---

5 원문에는 "쓰보야壺屋"로 되어 있음. 야간경비들이 숙박하는 방.
6 에보시를 쓰지 않은 것을 부끄러워한 것. 낙관한 것조차 이야기의 소재가 된 것(권28 제6화)을 생각하면, 나이토가 사람들 앞에 얼굴을 드러내지 못했던 것은 무리가 아닌 일임.
7 절과 신사에 종사하는 신분이 낮은 남자들이 쓴 에보시.
8 미치쓰나는 미나모토노 도키나카源時中 사후, 장보長保 4년(1002)부터 관인寬仁 4년(1020) 사망했을 때까지 19년간 주석主席 대납언이었음(『공경보임公卿補任』).

傅大納言得烏帽子侍語第四十三

今昔、傅大納言ト云フ人御シキ。名ヲバ道綱トナム云シ。

家ハ一条ニナム有シ。其ノ家ニ世ノ□者ニテ、物可咲ク云テ、人咲ハスル侍有ケリ。字ヲバ内藤トゾ云ヒケル。

其レガ其ノ家ニテ、夜ル寝タリケルニ程ニ、烏帽子ヲ鼠ノ咋テ持行テ、散々ニ咋ヒ損タリケレバ、取替ノ烏帽子モ無ク テ、烏帽子モ不為デ、宿直壺屋ニ袖ヲ被テ、籠居タリケレバ、

主ノ大納言此ヲ聞給ヒテ、「糸惜キ事カナ」トテ、我ガ烏帽子ヲ、「此レ取セヨ」トテ給ハセタリケレバ、内藤、其ノ烏帽子ヲ給ハリテ、其レヲシテ、壺屋ヨリ出テ、異侍共ニ向テ云ケル様ニ、「主達ヨ。此レ見ヨ。寺冠社 冠ノ得テセムヤ ハ。一ノ大納言ノ御旧烏帽子ノコソハ、給ハリテセメ」トテ、頸ヲ持立テ、シタリ顔ニ袖ヲ打合セテ居タリケルヲ見テ、人 皆ナ咲ヒケリ。

世ニハ墓無キ事ニ付テ、此ク物可咲ク云フ者ノ有ナリケリ。大納言モ此レヲ聞テ、咲ヒ給ヒケリ、トナム語リ伝ヘタルト 也。

오미 지방近江國 시노하라篠原에서
무덤 굴에 들어간 남자 이야기

미노 지방美濃國으로 내려가는 미천한 남자가, 오미 지방近江國 시노하라篠原에서 비를 피하기 위해 무덤 굴로 들어가 하룻밤을 지새우려고 했다. 한밤중에 같은 무덤 굴로 남자가 들어왔다. 남자는 미천한 남자를 오니鬼로 착각해서, 공포에 질린 나머지 도주했다. 미천한 남자는 하늘이 내려 준 선물인 양, 그가 남겨 두고 간, 귀한 물건이 잔뜩 들어 있는 자루를 얻을 수 있었다. 으스스한 기분이 드는 한밤중의 무덤 굴 안에서 일어난 진기한 사건. 먼저 들어와 있었던 미천한 남자의 냉정하고 침착한 판단, 그리고 대담함이 뜻밖의 소득을 가져온 것. 미천한 남자의 심리가 공포에서 안도로, 그리고 물건을 훔치고자 하는 마음으로 변화해 가는 모습을 교묘하게 그려내고 있다.

이제는 옛이야기이지만, 미노 지방美濃國¹을 향해 가려는, 미천한 출신의 남자가 오미 지방近江國² 시노하라篠原³라는 곳을 지나가려는데, 별안간 하늘이 어두워지고 비가 내렸다. 남자는 어딘가 비를 피할 장소는 없을까 하고 주변을 둘러봤지만, 인가에서 멀리 떨어진 벌판이었기 때문에, 피할 곳도 없었다. 문득 근처에 무덤 굴⁴을 발견해서 그곳에 기어들어가 잠

---

1 → 옛 지방명.
2 → 옛 지방명.
3 → 지명.
4 시체를 묻기 위한 구멍. 야스野洲 지구는 고분이 많다는 점에서, 이곳도 노출된 고분의 횡혈橫穴로 추정.

시 있는 동안, 날이 저물어 어두워졌다.

비가 그치지 않고 계속 내렸기 때문에, 오늘 하룻밤은 이 무덤 굴에서 밤을 지새우기로 하고 안쪽을 보니 꽤 넓었다. 그래서 느긋하게 쉬며 기대어 꾸벅꾸벅 졸고 있는데, 밤도 깊었을 무렵 누군가가 들어오는 소리가 들렸다. 어두워서 어떤 자인지도 알 수가 없었다. 단지 소리가 날 뿐이어서,

'이것은 오니鬼가 틀림없다. 이런, 오니가 사는 무덤 굴[5]인 줄도 모르고 들어와, 오늘밤 여기서 목숨을 잃게 되는 건가.'

하고 마음속으로 한탄하며 슬퍼하고 있었다. 굴 안으로 들어온 자가 점점 가까이 다가오자, 남자는 더욱 무서워 공포에 휩싸였다. 그렇다고 도망칠 방도도 없었기에 구석으로 몸을 옮겨 소리를 내지 않고 웅크리고 있자, 그 자가 바로 근처로 와서 우선 무엇인가를 털썩하고 내려놓는 듯했다. 이어서 사각사각 소리가 나는 것을 놓았다. 그 후에 앉는 소리가 난다. 아무래도 사람의 인기척이다.

이 남자는 신분이 낮은 자였지만, 사려도 깊고 분별력도 있는 자였기 때문에, 곰곰이 생각해서,

'이것은 누군가가 어딘가에 가는 도중, 비도 내리고 날도 저물어, 내가 들어온 것처럼 이 무덤 굴속으로 들어온 것이다. 방금 전 내려놓은 것은 가지고 있던 물건을 털썩하고 내려놓는 소리였을 것이다. 이어서 도롱이[6]를 벗어 두는 소리가 사각사각 들렸던 것이다.'

라고 판단했지만, 그래도 여전히

'이것은 이 무덤 굴에 사는 오니일지도 몰라.'

5　시체의 주변이나 묘지에 오니가 있다는 신앙은 권27 제35, 36화 참조. 무덤 굴에 사는 오니는 권12 제28화에 보임.

6　원문에는 '미노蓑'로 되어 있음. 짚 등으로 짜서 만든 망토모양의 우비.

라고 고쳐 생각하고는, 가만히 숨을 죽이고 귀를 기울이고 있었다. 그러자 이 방금 온 자가, 보통 남자인지 법사인지 혹은 아이인지는 구별이 가지는 않지만 사람의 목소리로,

"이 무덤 굴에 혹시 여기를 거처로 삼고 계시는 신神이 계시는 건가요? 계신다면 이것을 드시기 바랍니다. 저는 모처로 가려는 자입니다만 이곳을 지나려는데 비가 심하게 내리고 게다가 밤도 깊었기에, 오늘 밤만 여기서 묵고자 이 무덤 굴로 들어온 것이옵니다."

라고 하고 공물을 바치듯이 무엇을 내려놓았기에, 앞서 들어온 남자는 이 말을 듣고 조금 안심하고,

'역시 내가 생각했던 대로군!'

하고 납득을 했다. 그런데 놓아 둔 물건이 바로 눈앞에 있었기에, '뭐지?' 하고 가만히 손을 뻗어 살펴보니 작은 떡이 세 개 놓여 있었다. 그래서 먼저 들어온 남자는,

'이것은 여행 중인 진짜 인간이 가지고 있던 것을 바친 것임에 틀림없어.'

라고 판단하고, 자신도 걷다 지쳐 배가 고팠던 터라 그 떡을 몰래 먹어 버렸다.

나중에 들어온 남자는 잠시 후 놓아 둔 떡을 손으로 더듬어 찾아보니 없었다. 없어진 것을 알자, 정말 오니가 있어서 먹은 것이라고 생각했는지 별안간 일어서서 가지고 있던 물건을 챙기지도 않고, 도롱이와 갓도 던져 버리고 마치 도망가는 토끼처럼 동굴 밖으로 달려 나갔다. 정신없이 도망치는 것을 보고 먼저 들어온 남자는

'역시 내가 생각했던 대로군! 진짜 사람이 들어왔던 것이고, 내가 떡을 먹

어서 무서워서 도망간 게야. 떡을 먹은 게 잘한 게로구나.'[7]

라고 생각하고, 버리고 간 것을 살펴보니, 자루에 무엇인가 가득 들어 있었고, 사슴 가죽으로 싸여 있다. 그 외에 도롱이와 삿갓도 있었다. 미노 근처에서 올라온 녀석으로, 어쩌면 상황을 살피고 있을지도 모른다고 생각해서, 날이 밝기 전에 그 자루를 등에 짊어지고, 그 도롱이와 삿갓을 쓰고 무덤을 나왔다.

'혹시 그 녀석이 인가로 가서 이것을 이야기하여, 마을 사람들이라도 데리고 올지도 모른다.'

라고 생각하고 인가로부터 멀리 떨어진 산속으로 가서 잠시 상황을 살피는 동안 날이 밝았다.

그 자루를 열어 보니, 비단·삼베·솜[8] 등이 가득 들어 있었다. 생각지도 못한 일이었기 때문에

'이것은 어떤 연유가 있어 하늘에서 나에게 내려 주신 것이다.'

라고 생각하고, 기뻐하며 그곳에서 목적지[9]를 향해 갔다. 뜻하지 않게 횡재를 한 자였다. 나중에 온 녀석이 도망친 것도 당연한 일로, 실제로 누구라도 도망쳤을 것이다. 먼저 들어온 남자의 마음은 참으로 무섭다고 할 수 있다.[10]

이 이야기는 먼저 들어온 남자가, 나이가 들어 처자식 앞에서 이야기한 것을 전해들은 것이다. 뒤에 들어 온 남자는 결국 누구인지도 알 수 없었다. 그러므로 현명한 자는 설령 신분이 미천한 자일지라도, 이렇게 목숨이 걸린

---

7   떡을 먹은 타이밍의 적절함과 뜻밖의 효과에 스스로 놀란 말.
8   재화가 유통되지 않았던 당시의 재물. 돈을 대신할 정도의 귀중한 물건들.
9   목적지인 미노 지방을 가리킴.
10   남자의 대담함과 빈틈없는 성격을 무섭다고 느낀 것.

두려운 때에도 만사를 터득하여 잘 대처하여 뜻밖의 횡재를 하는 법이다.[11] 그렇다고 해도 먼저 들어간 남자는 자신이 떡을 먹어서 나중에 들어온 남자가 도망친 것을 얼마나 우습게 생각했을까. 희한한 사건이기 때문에 이렇게 이야기로 전하여 내려오고 있다 한다.

11 앞 이야기와 공통되는 주제.

近江国篠原入墓穴男語第四十四

今昔、美濃ノ国ノ方ヘ行ケル下衆男ノ、近江ノ国ノ篠原ト云フ所ヲ通リケル程ニ、空暗クテ雨降ケレバ、「立宿リヌベキ所ヤ有ル」ト見廻シケルニ、人気遠キ野中ナレバ、墓穴ノ可立寄キ所ナカリケルニ、墓穴ノ有ケルヲ見付テ、其レニ這入テ暫ク有ケル程ニ、日モ暮テ暗ク成ニケリ。

雨ハ不止ズ降ケレバ、「今夜許ハ此ノ墓穴ニテ、夜ヲ明サム」ト思テ、奥様ヲ見ルニ、広カリケレバ、糸吉ク打息ミ寄居タルニ、夜打深更ル程ニ聞クニ、物ノ入来ル音ス。暗ケレバ何物トモ不見ズ、只音許ナレバ、「此レハ鬼ニコソハ有ラメ。早ウ、鬼ノ住ケル墓穴ヲ不知ズシテ、立入テ、今夜ノ命ヲ亡シテムズル事」ヲ心ニ思ヒ歎ケル程ニ、此ノ来ル物、只来ニ入来レバ、男、「怖シ」ト思フ事無限シ。然レドモ可逃キ方無クテ、傍ニ寄テ、音モ不為デ曲マリ居タレバ、此ノ物近ク来テ、先ヅ物クハリト下シ置クナリ。次ニサヤ〳〵ト鳴ル物ヲ置ク。其ノ後ニ居ヌル音ス。此レ、人ノ気色也。

此ノ男ノ下衆ナレドモ、思量リ有リ心賢カリケル奴ニテ、此レヲ思ヒ廻ラスニ、「此レハ、人ノ物ヘ行ケルガ、雨モ降ル、日モ暮ル、我ガ入ツル様ニ、此ノ墓穴ニ入リテ、前ニ置ツルハ、持タリケル物ヲハクト置ツル音ナメリ。次ニハ蓑ヲ脱テ置ク音ノ、サラ〳〵トハ聞ヘツルナメリ」ト思ヘドモ、尚、「此レハ此ノ墓穴ニ住ム鬼ナメリ」ト思ヘバ、只音モ不為デ、耳ヲ立テ聞居タルニ、此ノ今来タル者、男ニヤ有ラム、法師ニヤ有ラム、童ニヤ有ラム、不知ズ、人ノ音ニテ云フ様、「此ノ墓穴ニハ、若シ住給フ神ナドヤ御スル。然ラバ此レ食セ。己ハ物ヘ罷ツル者ノ、此ヲ通ツル間ニ、雨ハ痛ウ降ル、夜ハ深更

ヌレバ、今夜許ト思テ、此ノ墓穴ニ入テ候フゼ」ト云テ、物ヲ祭ル様ニシテ置ケバ、本ノ男、其ノ時ニゾ少心落居テ、「□レバコソ」ト思ヒ合セケル。

然テ其ノ置ツル物ヲ、近キ程ナレバ、窃ニ、「何ニゾ」ト思テ、手ヲ指遣テ捜レバ、小サキ餅ヲ三枚置タリ。然レバ本ノ男、「実ニ人ノ、道ヲ行ケルガ、持タル物ヲ祭ルニコソ有ケレ」ト心得テ、道パ行キ極ジテ、物ノ欲カリケルマヽニ、此餅ヲ取テ窃ニ食ツ。

今ノ者、暫許有テ、此ノ置ツル餅ヲ捜ケルニ、無シ。其ノ時ニ、「実ニ鬼ノ有テ、食ヒテケルナメリ」ト思ケルニヤ、男俄ニ立走ルマヽニ、持タリツル物ヲモ不取、蓑笠ヲモ棄テ走リ出テ去ヌ。身ノ成ラム様モ不知ズ逃テ去ケレバ、本ノ男、「然バコソ、人ノ来リケルガ、餅ヲ食タルニ、恐テ逃ヌル也ケリ。吉ク食テケル」ト思テ、此ノ棄テ去ヌル物ヲ捜レバ、物一物入タル袋ヲ、鹿ノ皮ヲ以テ裏タリ。亦蓑笠有リ。「美濃辺ヨリ上ケル奴也ケリ」ト思テ、「若シ何モゾ為ル」ト

思ケレバ、未ダ夜ノ内ニ、其袋ヲ掻負テ、其蓑笠ヲ打着テ、墓穴ヲ出テ行ケル程ニ、「若シ有ツル奴ヤ、人郷ニ行テ、此ノ事ヲ語テ、人ナドヲ具シテ来タラム」ト思ケレバ、遥ニ二人離レタル所ニ、山ノ中ニ行テ、暫ク有ケル程ニ、夜モ明ニケリ。

其ノ時ニ其ノ袋ヲ開テ見ケレバ、絹、布、綿ナドヲ一物入レタリケリ。思ヒ不懸ヌ事ナレバ、「天ノ可然クテ給ヘル」ト思ヒ、喜テ、其レヨリナム行ニケル所ヘハ行ニケル。不思ハヌ所得シタル奴カナ。今ノ奴ハ逃ル、尤モ理也カシ。現ニ誰モ逃ゲナム。本ノ男ノ心糸蠢付シ。

此ノ事ハ本ノ男ノ老ノ畢ニ、妻子ノ前ニ語ケルヲ聞伝ヘタル也。今ノ奴ハ遂ニ誰トモ不知デ止ニケリ。然レバ心賢キ奴ハ、下衆ナレドモ、此ノ時ニモ万ヅ心得テ、吉ク翔テ、思ヒ不懸ヌ所得ヲモ為ル也ケリ。然ルニテモ本ノ男、餅ヲ食テ、今ノ奴ノ逃ニケルヲ、何カニ「可咲」ト思ヒケム。希有ノ事ナレバ此ナム語リ伝ヘタルトヤ。

금석이야기집今昔物語集

권 29

【惡行】

주지主旨 본권은 도적담盜賊譚을 위주로 다양한 항간의 악행담惡行譚을 수록하고 있는 데, 축생畜生의 잔해殘害를 기록한 제31화를 전환점으로, 화제는 인간계에서 동물계로 옮겨 간다. 동물담의 테마는 살해殺害 · 보은報恩 · 복수復讐 등으로 다양하며, 소위 '악행'과는 거리가 있는 이야기도 적지 않은데, 이러한 것까지도 악행의 권에 포함한 것은 동물이 악도惡道로 추락한 것이라 여겨 그 생태生態를 현세 그대로의 축생도의 제상諸相으로서 이해했기 때문일 것이다. 앞 권과는 명암을 달리하여 현세의 암흑면을 그려낸 뛰어난 설화가 많다.

서시西市의 창고에 숨어든
도적 이야기

서시西市의 창고에 침입하여 검비위사檢非違使에게 완전히 포위된 도적이, 방면放免을 통해 상 판관上判官을 불러들여 창고 안에서 밀담을 나누었는데, 판관이 급히 입궐하여 자초지종을 상소하고 천황의 선지宣旨에 따라 도적을 체포하지 않았다는 이야기. 포위망이 풀리고 해가 진 후, 상 판관이 몰래 천황의 말을 전하자 도적은 감읍하며 그 자리를 떠났다고 함. 그 도적이 고위고관高位高官이거나 황족皇族이 아니었을까 하는 의심을 품게 하는 이야기이다.

이제는 옛이야기이지만, □□[1]천황의 치세에, 서시西市[2]의 창고에 도적이 숨어들었다. 도적이 창고 안에 숨어 있다는 소식을 듣고, 검비위사檢非違使[3]들이 완전히 포위하여 체포하려고 했다. 그중에 상 판관上判官[4] □□[5]라는 사람이 관冠을 쓰고 청색 도포袍[6]차림에 화살통을 메고 지휘를 하고 있었다.

1 천황의 시호諡號 명기를 위한 의도적 결자.
2 여기서는 헤이안 경平安京의 서쪽 경(우경右京)의 시장. 동시東市와 더불어 국가에서 만든 한 쌍의 관시官市로, 주작朱雀대로를 끼고 좌우 대칭으로 칠조이방七條二坊 지역에 있었음. 가게마다 한 품목의 생활필수품을 판매했었는데, 서시는 일찍 쇠퇴했다 함. → 평안경도平安京圖.
3 영외令外의 관청으로, 중고시대 도읍 안의 사법·경찰·치안을 도맡았음.
4 검비위사의 3등관으로, 6위六位 장인藏人에 임명되어 승전昇殿이 허락된 자. 장인의 위尉. 검비위사로서는 최고의 출세로 간주되었음.
5 상 판관上判官의 성명 명기를 위한 의도적 결자.
6 6위의 장인藏人이 착용하는 정장. 장인의 명예로서 인기가 있었음.

창을 손에 든 방면放免[7]이 창고 문 앞에 서 있었는데 도적이 문틈으로 이 방면을 가까이로 불렀다.

　방면이 다가서서 말하는 것을 들으니, 도적이

　"상 판관에게 '말에서 내려 이 문 옆으로 가까이 와 주십시오. 긴히 드릴 말씀이 있습니다.'라고 여쭈어라."

라고 말했다. 그래서 방면은 상 판관에게 가서 도적의 말을 전했고, 이를 들은 상 판관이 문 옆으로 다가가려고 했다. 그러자 다른 검비위사들이

　"그리 하시는 것은 지극히 옳지 않습니다."

라고 만류하였지만 상 판관은 무엇인가 사연이 있을 것이라는 생각이 들어 말에서 내려 창고로 가까이 다가갔다. 그때, 도적이 창고 문을 열어 상 판관에게

　"이쪽으로 들어오십시오."

라고 했기에 상 판관이 문 안으로 들어갔고, 도적은 문 안쪽에서 열쇠를 걸어 잠갔다. 검비위사들은 이것을 보고,

　"실로 기이한 일이다. 창고 안에 도적을 가두어 포위해 잡으려는데, 도적이 불러 상 판관이 창고 안으로 들어가시고, 안에서 문을 잠가 도적과 이야기를 나누시다니 여태까지 이런 일은 들어 본 적이 없다."

고 하며 비난하며 크게 화를 냈다.

　얼마 후 드디어 창고 문이 다시 열렸다. 창고에서 나온 상 판관은 말을 타고 검비위사들이 있는 곳으로 와서

　"이는 연유가 있는 일이니 당분간 체포를 해서는 안 된다. 입궐하여 아뢰어야 할 일이 있다."

7　형기刑期를 마치고(일설에 형 일부를 면제받고) 출옥해서 검비위사청의 하인으로서 봉직奉職한 자. 검비위사의 병사로서 순사巡査와 옥리獄吏를 겸한 듯하며 특히 실제 현장에서 범인 체포를 담당.

라고 말하고 입궐하였다. 그 사이 검비위사들이 주위를 에워싸고 있었는데 잠시 후 상 판관이 돌아와서

"'체포해서는 아니 된다. 곧바로 풀어 줘라.'라는 선지宣늡[8]시다."

라고 했기에 이를 들은 검비위사들이 모두 철수했다. 상 판관만이 홀로 남아 해가 저물기를 기다려 창고 문 옆으로 다가가 천황의 말씀을 도적에게 전했다. 그때 도적은 큰 소리를 내며 눈물을 흘렸다.

그 후 상 판관은 내리內裏로 돌아갔고 도적은 창고에서 나와 자취를 감추었다. 그자가 누구였는지 알 수 없었고 또한 무슨 연유인지도 끝내 아무도 몰랐다고 이렇게 이야기로 전하여 내려오고 있다 한다.

---

8 천황의 칙명勅命을 기록한 공문서. 공식적인 조칙詔勅과는 달리 비공식적인 내밀內密한 것. 내시內侍가 받아 장인에게, 장인에서 상경上卿으로 전해져 상경이 외기外記에게 쓰게 하는 것이 통례.

西市蔵入盗人語第一

今昔、□天皇ノ御代ニ西ノ市ノ蔵ニ盗人入ニケリ。盗人蔵ノ内ニ籠タル由ヲ聞テ、検非違使共皆打衛テ捕ヘムト為ルニ、上ノ判官□ト云ケル人、冠ニテ青色ノ表ノ衣ヲ着テ、蔵ノ調度負テ、其ノ中ニ有ケルニ、鉾ヲ取タル放免ノ、蔵ノ戸ノ許ニ近ク立タルヲ、蔵ノ戸ノ迫ヨリ、盗人此ノ放免ヲ招キ寄ス。

放免寄テ聞クニ、盗人ノ云ク、「上ノ判官ニ申セ、『御馬ヨリ下テ、此ノ戸ノ許ニ立寄セ給ヘ。上ノ判官ニ申サムト為ル事侍リ』ト」。放免上ノ判官ノ許ニ差寄テ、「盗人此ナム申ス」ト告レバ、上ノ判官此レヲ聞テ、戸ノ許ニ立寄ラムト為ルヲ、異検非違使共、「此レ糸便無キ事也」ト云テ、止ム。然レドモ上ノ判官、「此レハ様有ル事ナラム」ト思テ、馬ヨリ下テ蔵ノ許ニ寄ヌ。

其ノ時ニ、盗人蔵ノ戸ヲ開テ、上ノ判官ヲ、「此入ラセ給ヘ」ト云ヘバ、上ノ判官戸ノ内ニ入ヌ。盗人戸ヲ内差ニ差籠ツ。検非違使共此レヲ見テ、「糸奇異キ事也。蔵ノ内ニ盗人ヲ籠ツ。衛テ捕ヘムト為ルニ、上ノ判官盗人ニ被呼テ、蔵ノ内ニ入テ内差ニ差籠リテ、盗人ト語ヒ給フ。此レ世ニ無キ事也」ト云テ、謗リ腹立合タル事無限シ。

而ル間、暫許有テ蔵ノ戸開ヌ。上ノ判官蔵ヨリ出テ、馬ニ乗テ、違使ノ有ル所ニ打寄テ、「此レハ様有ル事也ナリ、暫ク此ノ追捕不可被行ズ。可奏キ事有」ト云テ、内へ参ヌ。

其ノ間、検非違使共ノ蔵ノ戸ノ許ニ打廻テ立ル程ニ、官返リ来テ、『此ノ追捕不可被行ズ。速ニ罷リ返ネ』ト宣旨有」ト云ケレバ、検非違使共此レヲ聞テ、引テ去ニケリ。

上ノ判官一人ハ留リテ、日ヲ暮シテ、蔵ノ戸ノ許ニ寄テ、天皇ノ仰セ給ケル事ヲ盗人ニ語ケリ。其ノ時ニ盗人音ヲ放テ哭ク事無限シ。

其ノ後、上ノ判官ハ内ニ返リ参ニケリ。盗人ハ蔵ヨリ出テ行ケム方ヲ不知ズ。此レ誰人ト知ル事無シ。亦遂ニ其ノ故ヲ人不知ザリケリ、トナム語リ伝ヘタルトヤ。

두 도적

다스이마로多衰丸 · 조부쿠마로調伏丸 이야기

헤이안平安 시대 중기에 유명했던 두 도적 다스이마로多衰丸와 조부쿠마로調伏丸에 관한 이야기. 다스이마로는 창고를 부수고 재물을 훔치는 것을 전문으로 하며 몇 번이나 체포되어 투옥된 적이 있었으나, 조부쿠마로는 신출귀몰한 대도大盜로 그 정체는 완전히 수수께끼였다고 한다. 앞 이야기와는 정체불명의 도적이라는 점에서 연결된다.

이제는 옛이야기이지만, 세상에 두 도적이 있었다. 다스이마로多衰丸와 조부쿠마로調伏丸[1]가 그들이다. 다스이마로는 세상에 잘 알려진 도적으로 상습적으로 창고를 부수고 재물을 훔쳐 몇 번이나 잡혀 감옥에 투옥됐다. 하지만 어째서인지 조부쿠마로는 정체불명의 도적이었다. 다스이마로도 □□□[2]와 같았다. 그때 다스이마로는 불가사의한 일이라고 생각했다. 조부쿠마로는 이름은 잘 알려져 있었지만 끝내 어떠한 인물인지는 아무도 몰

---

1 『이중력二中曆』 일능력―能曆 · 절도窃盗의 항목에 '欅丸狛氏調服丸'라고 열거되어 있는 두 사람과 동일인물일 것으로 추정. 그렇다면 '다스이마로多衰丸'는 'タスキマロ'의 음편音便 'タスイマロ'에 한자를 맞춰 넣은 것으로 여겨짐. 혹은, 'タスイマロ'가 원래의 것으로 후대에 'タスキマロ'로 오류가 발생한 것일지도 모름. 여하튼 제본諸本에서 '多衰丸'라고 되어 있는 것은 적당하지 않음. 한편 '조부쿠마로調伏丸'는 『우쓰호宇津保』 장개蔵開 하下에서 몰래 도망친 나카타다仲忠를 향한 미나모토노 스즈시源涼가 '조부쿠마로처럼(てうふくまろがやうにては)'라고 말하고 있는 것으로 보아, 당시 신출귀몰한 괴도怪盗로서 유명한 인물이었음을 알 수 있음.
2 저본에는 빈 공간이 없지만, 아마도 장문의 글, 종이 한 장 분량의 내용이 누락된 것으로 추정됨.

랐다. 세간에서도 실로 불가사의하게 여겼다.

이를 생각하면, 조부쿠마로는 실로 영리한 자다. 다스이마로와 한패가 되어 도적질을 하며 떠돌아다녔지만 끝까지 어떤 인간인지 알 수 없었다니 정말 불가사의한 일이라고 세상 사람들은 이야기하였다고 이렇게 이야기로 전하여 내려오고 있다 한다.

多衰丸調伏丸二人盗人語第二

今昔、世ニ二人ノ盗人有ケリ。多衰丸、調伏丸トゾ云ケ
ル。

多衰丸ハ顕レテ人ニ被知タル盗人ニテ有ケレバ、常ニ蔵穿
ツ事ヲゾ役トシケル。度々被捕テ獄ニ被禁ケリ。調伏丸ハ、
何也ケル事ニカ有ラム、誰トモ不被知ヌ盗人ニテナム有ケル。
多衰丸モ［　　］似タリ。其ノ時ニナム多衰丸怪ビ思ヒケル。
調伏丸、名ヲバ聞ケドモ、遂ニ誰ト云フ事ヲモ不被知デ止ニ
ケリ。世ニモ人皆極ク怪ビケリ。

此レヲ思フニ、調伏丸極テ賢キ奴也カシ。「多衰丸ト具シ

テ盗シ行ケムニ、誰トモ不被知デ止ニケリ。極テ難有キ事
也」トゾ世ノ人云ケル、トナム語リ伝ヘタルトヤ。

290

사람들에게 알려지지 않은
여자도적 이야기

앞 이야기의 수수께끼 괴도怪盜 조부쿠마로調伏丸의 뒤를 이어 신비한 여자도적에 관한 이야기. 서른 살 정도의 사내가 해질 무렵 여자의 권유로 그 집에 머물게 되는데, 여자의 미색에 매혹되어 정신력 배양과 체력훈련을 행하고 도적단의 일원이 되어 도적질을 하게 된다. 한두 해가 지난 어느 날, 사내가 외출했다가 돌아와 보니 여자는 돌연 종적을 감추고 그 집도 흔적도 없이 부서져 있었다. 도적단의 우두머리는 아무래도 그 여자였던 것 같았으며, 이 일은 사내가 체포된 뒤 그의 자백을 통해 세상에 전해지게 되었다고 한다. 본집 굴지의 장편으로 구성·내용 모든 면에서 백미로 꼽히는 이야기. 특히 여자가 사내를 채찍질하여 단련시키는 장면은 사디즘과 마조히즘이 함께 드러나며, 엽기적 분위기를 자아냄.

　이제는 옛이야기이지만, 언제쯤 일인지는 알 수 없으나 시侍[1] 정도 되는 자로 나이는 한 서른쯤 되고 훤칠한 체격에 약간 붉은 수염을 가진 사내가 있었다.

　어느 해질 무렵에 □□[2]의 □□[3] 부근을 지나가고 있는데, 어느 가옥의

1　＊ 일본어로 '사부라이'로 읽음. 후세의 사무라이侍와는 다르게, 신분이 낮은 고용살이를 하는 남자의 총칭. 경비나 잡무에 종사하는 고용인.
2　조방條坊·지명 등의 명기를 위한 의도적 결자.
3　조방·지명 등의 명기를 위한 의도적 결자.

덧문 상단부⁴에서 누군가가 쥐가 우는 휘파람소리를 내며 손을 밖으로 내밀어 불렀다. 사내가 다가가서

"날 부르셨소?"

하고 묻자, 안에서 여자의 목소리가

"드릴 말씀이 있습니다. 그 문은 잠겨 있는 것 같아도 밀면 열릴 테니 열고 들어오세요."

하고 들렸다. 사내는 내심 뜻밖이라 생각하며 문을 열고 안으로 들어갔다. 그러자 그 여인이 나오더니

"대문의 자물쇠를 잠그고 오세요."

라고 하기에 그는 문을 잠그고 여인 곁으로 다가갔다. 그러자 여인이 다시

"안으로 들어오세요."

라고 해 들어갔더니 주렴 안으로 불러들이기에, 들어가 보니 매우 잘 《꾸며진》⁵ 곳에 스무 살 남짓의 아름답고 매력적인 여인이 홀로 앉아 있었다. 미소를 지으며 《고개를 끄덕》⁶였기에 사내는 가까이 다가갔다. 이러한 여인이 유혹을 하니 남자로서 물러설 리 없고, 결국 두 사람은 함께 하룻밤을 보냈다.

그런데 그 집에는 그 여인 외에는 아무도 없어서 사내는

'이곳은 뭐 하는 곳일까?'

하고 수상한 생각이 들었지만, 일단 연을 맺고 나니 여인에게 마음을 빼앗겨 날이 저무는지도 모르고 누워 있었다. 이윽고 날이 저물자 누군가가 밖에서 문을 두드리는 소리가 났다. 달리 나갈 사람도 없어 사내가 가서 문을

---

4   원문에는 "半蔀"이라고 되어 있음. 덧문蔀의 윗부분 반 정도를 열고 닫을 수 있게 한 것. 지금의 창문에 해당함.
5   한자 명기를 위한 의도적 결자.
6   한자 명기를 위한 의도적 결자.

열자 시侍[7]로 보이는 남자 둘과 신분 높은 궁녀 인 듯한 여인 한 명이 하녀를 데리고 들어왔다. 그리고는 덧문[8]을 내리고 집안에 불을 밝힌 다음 매우 먹음직스러운 음식을 은그릇에 담아 여인과 사내에게 차려 주었다.

사내는 불가사의하게 여기며

'내가 들어오면서 문을 잠갔고, 그 후 이 여인이 아무한테도 말을 한 적이 없는데 어찌 알고 내가 먹을 것까지 준비해 왔을까? 어쩌면 나 외의 다른 남자라도 있는 건가?'

하는 의구심이 들었으나 마침 배가 고팠던 터라 깨끗이 먹어 치웠다. 여인 역시 사내는 개의치 않은 듯[9] 마음 편히 식사를 하였다. 식사를 마치자 신분 높은 궁녀인 듯한 여자가 뒷정리를 한 다음 밖으로 나갔다. 그러자 여인은 다시 사내를 시켜 문을 잠그도록 하고 함께 잠자리에 들었다.

날이 밝아 또 문을 두드리기에 남자가 가서 문을 열었다. 그러자 간밤과는 다른 사람들이 들어오더니 덧문[10]을 올리고 구석구석 청소를 하였다. 그러고는 잠시 후 죽과 찰밥을 가져와 먹게 하고 이어 점심[11]도 가져와 다 먹고 나자 모두들 다시 돌아갔다.

이렇게 2, 3일이 지났을 무렵 여인은 사내에게

"어디 다녀 올 데는 없으세요?"

하고 물었다. 사내가

"잠깐 아는 사람 집에 들러 전할 말이 있습니다."

---

7   주1 참조.
8   원문은 "蔀"로 되어 있으나, 본문 모두에 나오는 "덧문 상단부半蔀"를 가리키는 것으로 추정됨.
9   사내가 음식을 잘 먹은 것과 대비되게 여인도 내숭을 떨지 않고 함께 식사를 한 것으로, 여인의 스스럼없는 태도를 묘사한 것.
10 원문은 "蔀"로 되어 있음.
11 하루 두 끼(아침, 저녁)를 먹는 것이 일반적이기 때문에 특별히 '점심'이라 표현한 것. 환대하고 체력을 길러 주려는 여인의 속뜻이 엿보임.

하고 답하자, 여인은

　"그렇다면 서둘러 다녀오세요."

라고 하더니 얼마 후 스이칸水干[12] 차림의 종자從者[13] 셋이 좋은 말에다 쓸 만한 안장을 얹어 마부를 대동하고 나타났다. 그러고는 그가 앉아 있던 곳 뒤편에 있는 창고 같은 곳에서 누구라도 탐을 낼 만한 옷을 꺼내와 입게 하였다. 사내는 그 옷으로 갈아입고 말에 올라 종자들을 데리고 길을 나섰는데 종자들이 잘 따라 주어 실로 부리기 편하였다. 볼일을 마치고 돌아오자 여인이 아무 말도 하지 않았는데도 말과 종자들은 어디론가 가 버렸다. 식사 또한 여인이 따로 명령하지도 않았는데 어디에선가 가지고와서, 전과 다름없이 돌아갔다.

　이렇게 무엇 하나 불편한 것 없이 지낸 지 20일 정도가 지났을 무렵, 여인은 사내를 향해, "예기치 못하게 이리 된 것도 사소한 인연인 것 같지만, 이것도 특별한 연이 있어서 이렇게 된 것이겠지요. 그렇다면 죽든 살든 제가 하는 말을 설마 싫다고는 하실 수 없을 것입니다."

라고 하였다. 사내가

　"사실입니다. 이제 죽이든 살리든 당신 마음에 달렸습니다."

라고 하자 여인은

　"실로 기쁩니다."

라고 말하고 식사를 하였다. 낮에는 항상 아무도 없었는데, 여인은 사내에게

　"자, 이쪽으로 오세요."

라고 하며 안쪽 별동別棟으로 데리고 갔다. 그리고 사내의 머리를 밧줄로 묶

12　당시 남성의 평복.
13　원문에는 "잡색雜色". 잡역에 종사하는 하인.

어 나무 기둥에 붙들어 매고 웃옷을 벗겨 등이 《드러나게》[14] 한 다음 무릎을 꿇게 하여 단단히 묶는 것이었다. 그런 다음 여인은 에보시烏帽子[15]를 쓰고 스이칸 하카마袴를 입더니 어깨를 드러내고 채찍을 들어 사내의 등을 팔십 차례 세차게 내려쳤다. 그리고 나서

"어떠한가?"

하고 묻기에, 사내가

"아무렇지도 않소."

하고 답하였다. 여인은

"과연 생각했던 대로 건장한 분이로군."

하며 아궁이의 흙[16]을 물에 풀어 마시게 한 다음, 양질의 식초[17]를 먹이고는 지면을 깨끗이 쓸어 그 위에 눕혔다. 두 시간쯤 지나자 일으켜 세워 기력이 회복된 것을 보더니 그 후로는 여느 때보다 음식을 잘 차려 주었다.

그 후, 여인은 극진히 간호하여 3일 정도 지나 채찍 자국이 어느 정도 아물었을 즈음, 사내를 다시 예전의 장소로 데리고 가, 전과 같이 기둥에 사내를 묶어 두고 전과 같이 채찍질을 하였다. 그러자 그 채찍 자국 자국마다 살이 터지고 피가 흘렀으나 여인은 개의치 않고 팔십 번을 때렸다. 그리고 나서 사내에게

"참을 만한가?"

라고 물었다. 사내가 얼굴빛 하나 변하지 않고

"참을 만하오."

라고 답하자 이번엔 지난번보다 더 감탄하고 칭찬하며 잘 치료해 주었다.

---

14 한자표기를 위한 의도적 결자.
15 * 옛날, 성인식을 치른 공가公家나 무사武士가 머리에 쓰던 건巾의 하나.
16 지혈의 효과가 있었음.
17 일종의 영양제이지만, 타박상의 치료에도 사용되었던 것으로 추정.

다시 4, 5일이 지나자 역시 같은 식으로 때렸는데 이번에도 똑같이

"참을 만하오."

라고 하자 이번에는 돌아 세우더니 배를 때렸다. 그래도 여전히

"아무렇지도 않소."

라고 답하자 무척 감탄하고 칭찬하며 며칠 동안 정성을 다해 치료해 주었다. 채찍 자국이 말끔히 나은 후인 어느 해질 무렵, 여인은 사내에게 검정색 스이칸 하카마와 새로운 활과 화살통, 그리고 각반脚絆과 짚신 등을 꺼내 복장을 갖추어 주었다.

그리고 이렇게 알려주었다.

"이곳에서 나가 료중어문蓼中御門[18]으로 간 다음 살짝 활시위를 퉁기세요. 그러면 누군가가 똑같이 시위를 퉁길 것입니다. 그다음에 《휘파람》[19]을 불면 또 《휘파람》[20]을 부는 사람이 있을 테니 그에게 다가가세요. 그러면 '누구냐'고 물어볼 터이니 그때, 그저 '왔습니다.'라고 답하세요. 그다음은 데리고 가는 곳으로 따라가 시키는 대로 서 있으라고 하는 곳에 서 있다가 그 집에서 사람들이 나와 일을 방해하려 하거든 못 하게 막아 주세요. 일이 끝나면 후나오카船岳[21]의 기슭으로 가서 얻은 물건들을 처분할 것입니다. 그러나 그곳에서 나눠 주는 물건을 절대로 받아서는 안 됩니다."

하고 잘 일러서 내보냈다.

사내가 알려 준 대로 찾아가니 여인이 말한 대로 누군가에 의해 불려 가게 되었다. 자세히 보니 똑같은 모습을 한 자들이 스무 명쯤 서 있었다. 이

---

18 현재는 위치 미상.
19 한자 표기를 위한 의도적 결자.
20 한자 표기를 위한 의도적 결자.
21 야마시로 지방山城國 오타기 군愛宕郡(교토 시京都市 북구北區)에 있는 작은 산. 주작대로朱雀大路의 거의 북쪽에 해당하며, 예전에 정월正月 자일子日의 놀이나, 눈 구경의 명소로 여겨졌던 한편, 화장터이기도 했었음.

들과 조금 떨어진 곳에 살결이 흰 작은 체구의 남자가 서 있었는데 모두 이 남자에게 복종하고 있는 듯했다. 그 외에도 말단인 자가 20~30명 정도 더 있었다. 그 자리에서 각각의 위치를 정해 주고 한 무리를 이루어 도읍의 마을 안으로 들어갔다. 이윽고 대저택에 침입하고자 스무 명 정도를, 방해가 될 듯한 여러 집[22] 앞에 두세 명씩을 배치한 후, 나머지는 모두 그 대저택 안으로 밀고 들어갔다. 이 사내에게는 그의 일솜씨를 보고자 하여 특히나 만만치 않은 집문 앞에 배치된 자를 돕는 일이 주어졌다. 그러자 그 집에서 사람들이 나오려고 활을 쏘아 댔으나 사내는 분전하여 이들을 모두 쏘아 죽였다. 그리고 주변 여기저기서 흩어져 싸우고 있는 패거리들의 움직임도 빠짐없이 눈여겨보았다. 약탈이 끝나자 이들은 모두 후나오카의 기슭으로 이동해 물건들을 나누기 시작했다. 사내에게도 일부를 나눠 주려 했으나 사내는

"난 아무것도 필요 없소. 오늘은 그저 일을 배우려고 왔을 뿐이오."

하며 받지 않자, 이들과 약간 떨어진 곳에 서있던 수령首領이라 여겨지는 자가 잘했다는 듯이 만족한 표정을 지었다. 분배가 끝나자 모두 제각기 뿔뿔이 흩어졌다.

사내가 예의 그 집으로 돌아오자 목욕물이 데워져 있고 식사도 준비돼 있어 목욕과 식사를 마친 후 여인과 함께 잠자리에 들었다. 사내는 더 이상 이여인과 떨어질 수 없을 정도로 사랑하게 되었기에, 이 일이 싫다고 여기지 않았다. 그리하여 이런 일을 7, 8차례 행하게 되었다. 어떤 때는 태도太刀[23]를 들고 집안으로 들어가게도 했고 또 어떤 때는 활과 화살을 들고 집밖에 서 있게도 했는데 그때마다 능숙하게 임무를 수행했다. 이러한 생활이 계속되던 어느 날 여인이 열쇠 하나를 꺼내 사내에게 주면서 명하기를

---

22 방해가 예상되는 사람의 집들.
23 한쪽의 날이 있고 등이 휘어진 장검長劍.

"이 열쇠를 가지고 육각로六角路[24]의 북쪽, □[25]로路의 □[26]에 있는 이러이러한 곳에 가지고 가면, 곳간이 몇 개 있을 테니 그중 어디어디에 있는 곳간을 열어 쓸 만한 물건을 단단히 포장하게 하고, 근처에 배달꾼들이 많이 있을 테니 이들을 불러 싣고 오세요."

라고 하며 사내를 보냈다. 사내가 여인의 명령대로 가 보니, 정말 곳간이 여러 채 있어 일러 준 곳간에 들어가니 탐나는 물건들이 가득 들이 있었다. 참으로 놀라운 일이라 여기며 여인의 말대로 수레에 실어 가지고 돌아와 마음껏 사용하였다. 이렇게 지내다 보니 한두 해가 지나갔다.

그러나 어느 날 이 여인이 평소와 다르게 불안한 듯 울고 있었다. 사내가

'평소 이런 적이 없었는데 이상한 일이다'

라고 생각하며

"도대체 무슨 일이십니까?"

하고 물으니 여인은

"본의 아니게 헤어져야 할지도 모른다고 생각하니 슬퍼져서 견딜 수가 없습니다."

라고 하였다. 사내가

"어찌 이제 와서 그런 생각을 하시는 겁니까?"

하고 물으니 여인은

"이 덧없는 세상에는 그러한 일이 곧잘 있는 법이지요."

라고 하였다. 사내는 그저 별 뜻 없이 하는 말이리라 여기며,

"잠시 볼일이 있어 다녀오겠습니다."

---

24 도성을 동서로 횡단하는 신조대로三條大路와 사조四條대로 사이에 있었던 도로.
25 남북을 가로지르는 대로 또는 소로小路 이름의 명기를 위한 의도적 결자.
26 방위方位의 명기를 위한 의도적 결자.

라고 했더니 늘 그랬던 것처럼 나갈 채비를 해 주고 내보내 주었다. 일보러 간 곳이 2, 3일은 묵어야 할 필요가 있는 곳이어서 함께 간 자들도 타고 간 말도 그날 밤은 그곳에서 머물도록 하였다. 사내는

'이 사람들은 언제나처럼 내가 돌아갈 때까지 기다리고 있겠지.'

하고 생각하고 있었는데 다음날 저녁 무렵 이들은 잠깐 일을 보러 가는 척하며 말을 끌고 나가더니 그 길로 돌아오지 않았다. 사내는

'내일에는 돌아가야 할 텐데 어찌된 일인가?'

하며 찾아다녀 봤으나 끝내 찾을 수 없었다. 놀랍고 이상한 생각이 들어 사내는 말을 빌려 급히 돌아와 보니 여인과 함께 살던 집이 흔적도 없이 사라져 버렸다.

'아니 이게 어떻게 된 일이란 말인가?'

하고 놀라 이번에는 곳간이 있던 곳으로 달려가 봤으나 몇 채나 되던 곳간들도 흔적도 없이 사라지고 없었다. 사정을 물어볼 사람도 없었기에 어찌할 도리가 없었는데, 그때서야 여인이 말한 의미를 알 수 있었다.

이제와 어찌해 볼 수 없는 일이라 사내는 이전부터 알고 지내던 사람의 집으로 가 지내게 되었는데 이미 익숙해진 버릇 탓에 이번에는 자진해서 도적질을 시작해 두세 차례 거듭하게 되었다. 그러다가 결국 체포되어 취조 과정에서 이 사실을 있는 그대로 빠짐없이 자백하였다.

이는 실로 놀랄 만한 이야기가 아닐 수 없다. 그 여인은 무슨 헨게變化[27] 같은 것이었을까? 하루 이틀 만에 집과 곳간을 흔적도 없이 부수고 없애다니 실로 불가사의한 일이다. 게다가 수많은 재화와 부하들을 이끌고 행적을 감췄는데도 그 후 아무런 소문도 들을 수 없었던 것 또한 실로 놀랄 만한 일이

---

27 신불神佛, 혹은 영귀靈鬼의 화신化身.

다. 또 여인은 집안에 있으면서 달리 지시를 내린 일이 없는데도 원하는 대로 하인들이 때를 거르지 않고 찾아와 도적질을 한 것도 참으로 기이한 일이다. 사내는 그 집에서 여인과 2, 3년씩이나 같이 살았으면서도 끝내 이러한 일이라고는 끝까지 알지 못했으며, 또한 도적질을 할 때도 모여든 사람들이 어떤 사람들이었는지도 전혀 알지 못했다. 그러나 단 한 번, 도적들이 모여 있던 곳에서 조금 떨어져 서 있었던 자를 다른 이들이 몹시 누려워하고 공경하였는데, 횃불에 비친 그 사람의 얼굴을 보았다. 그 자는 남자 얼굴이라고는 여겨지지 않을 만큼 몹시 희고 아름다웠는데 이목구비나 얼굴 생김새가 함께 사는 여인과 닮아 혹시나 하는 생각이 들었던 것이다. 그러나 확실한 일이 아니어서 의아하게 생각할 뿐이었다.

이것은 참으로 불가사의한 일이기에 이렇게 이야기로 전하여 내려오고 있다 한다.

不被知人女盗人語第三

今昔、何レノ程ノ事ニカ有ケム、侍　程也ケル者ノ、誰トハ不知ズ、年三十許ニテ長スハヤカニテ、少シ赤髭ナル有ケリ。

夕暮方ニ□ト□トノ辺ヲ過ケルヲ、半部ノ有ケルヨリ鼠鳴ヲシテ手ヲ指出テ招ケレバ、男寄テ、「召ニヤ候ラム」ト云ケレバ、女音ニテ、「聞ユベキ事ノ有テナム。其ノ戸ハ閉タル様ナレドモ、押セバ開也。其ノ戸ヲ押開テ御セ」ト云ケレバ、男、「思ヒ不懸ヌ事カナ」トハ思ヒナガラ、押開テ入ニケリ。其ノ女出会テ、「其ノ戸差シテ御セ」ト云ケレバ、戸ヲ差シテ寄タルニ、女、「上テ来」ト云ケレバ、男上ニケ

リ。簾ノ内ニ呼入レタレバ、糸吉ク□タル所ニ、清気ナル女ノ、形チ愛敬付タルガ年二十余許ナル、只独リ居テ、打□吸テ□ケレバ、男近ク寄ニケリ。此許女ノ睦ビムニハ、男ト成ナム者ノ可過キ様無ケレバ、遂ニ二人臥ニケリ。

其ノ家ニ亦人一人無ケレバ、「此ハ何ナル所ニカ有ラム」ト怪シク思ヘドモ、気近ク成テ後、男女ニ志深ク成ニケレバ、暮ルモ不知デ臥タルニ、日暮ヌレバ、門ヲ叩ク者有リ。人無ケレバ男行テ門ヲ開タレバ、侍メキタル男二人、女房メキタル女一人、下衆女ヲ具シテ入来タリ。蔀下シ、火ナド燃シテ、糸清気ナル食物ヲ、銀ノ器共ニ居ヘテ、女ニモ男ニモ食セタリ。男此レヲ思ヒケル様、「我レ入テ戸ハ差テキ。

其ノ後、女人ニ云フ事モ無カリツルニ、何ニシテ我ガ食物ヲサヘ持来タルニカ有ラム。若シ異夫ノ有ニヤ有ラム」ト思ヒケレドモ、物ノ欲ク成ニケレバ、吉ク食ツ。女モ、男ニモ不憚ズ物食フ様月無カラズ。食畢ツレバ、女房メキタル者取リ拈メナドシテ、出テ去ヌ。其ノ後、男ヲ遣テ、戸ヲバ差セテ

二人臥ヌ。

夜明テ後、亦門ヲ叩ケレバ、男行テ開タルニ、夜前ノ者共ニハ非デ異者共入来テ、部打上ゲ、此彼コ打掃ナドシテ暫居タル程ニ、粥強飯持来テ、其等食セナドシテ、取リ次キ昼ノ食物持来テ、其皆食セ畢テ、亦皆去ヌ。

此様ニシツ、二三日有ル程ニ、女男ニ、「物ナドヘ可行キ所ヤ有ル」ト問ヘバ、男、「白地ニ知タル人ノ許ニ行テ可云キ事コソ侍レ」ト答フレバ、女、「然ラバ疾ク御セ」ト云テ、暫居タル程ニ、吉キ馬ニ尋常ノ鞍置テ、水旱装束ナル雑色三人許、舎人ト具シテ将来タリ。然テ其ノ居タル後ニ、壺屋立タル所ノ有ケルヨリ着マ欲キ程ノ装束ヲ取出シテ着セケレバ、男其レヲ打着テ具シテ行ケルニ、其ノ男心ニ叶ヒ仕ヒ吉キ事無限シ。然テ返ニケレバ、馬モ従者共モ、何ニモ不云ネドモ、返リ去ヌ。物食スル事ナドモ女ノ云ヒ棒ツル事無ケレドモ、何コヨリ持来ルトモ無クテ、只同ジ様ニゾシケル。

此様ニ為ル程ニ、乏キ事無クテ、二十日許有テ、女男ニ云フ様、「思ヒ不懸ズ、泛ナル宿世ノ様ナレドモ、可然クテコソ此テモ御スラメ。然レバ生トモ死トモ我ガ云ハム事ハヨモ不辞ジナ」ト。男、「実ニ今ハ生ムトモ殺サムトモ只御心也」ト云ケレバ、女、「糸喜ク思タリケリ」ト云テ、物食ヒ拈メナドシテ、昼ハ常ノ事ナレバ人モ無クテ有ケル程ニ、男ヲ、「去来」ト云テ、奥ニ別也ケル屋ニ将行テ、此ノ男ヲ髪ヲ縄ヲ付テ幡物ト云フ物ニ寄セテ、背ヲ□出サセテ、足ヲ結曲メテ拈置テ、女ハ烏帽子ヲシ水旱袴ヲ着テ、然テ男ノ背ヲ樋ニ八十度打ケリ。然テ、「何ガ思ユル」ト男ニ問ケレバ、男、「気シク非ズ」ト答ヘケレバ、女、「然レバヨ」ト云テ、土ヲ吉ク掃テ臥セテ、其ノ後ハ例ヨリハ食物ヲ吉クシテ持来タリ。

二成ニケレバ、竈ニ土ヲ立テ呑セ、吉キ酢ヲ呑セテ、一時許有テ引起シテ、例ノ如ク吉々ク労ハリテ、三日許ヲ隔テ杖目オロ愈ル程ドニ、前ノ所ニ将行テ、亦同ジ様ニ幡物ニ寄セテ、本ノ杖目打ケレバ、

杖目ニ随テ血走リ肉乱走ケルヲ、八十度打テケリ。然テ、「堪
ヌベシヤ」ト問ケレバ、男聊気色モ不替テ、「堪ヌベシ」
ト答ヘケレバ、此ノ度ハ初ヨリモ讃メ感ジテ、吉ク労テ、亦
四五日許有テ、亦同様ニ打ケルニ、其レニモ尚同様ニ、「堪
ヌベシ」ト云ケレバ、引返シテ腹ヲ打テケリ。其レニモ尚、
「事ニモ非ズ」ト云ケレバ、艶ズ讃メ感ジテ、日来吉ク労テ、
杖目既ニ愈畢テ後、夕暮方ニ墨キ水旱袴ト清気ナル弓、胡録、
脛巾、藁沓ナドヲ取出シテ、着セ拈メツ。
然テ教フル様、「此ヨリ蓼中ノ御門ニ行テ、忍ヤカニ弦打
ヲセヨ。然ラバ人亦弦打ヲセム物ゾ。亦□ヲ吹カバ、亦□吹
カム者有ラムズラム。其ニ歩ビ寄テ、『此ハ誰ソ』ト問ハ
ムズラム。然ラバ、只、『侍リ』ト答ヘヨ。然テ将行カム所
ニ行テ、云ハムニ随テ、立テム所ニ立テ、人ナドノ出来テ妨
ゲム所ヲ吉ク防ケ。然テ其レヨリ船岳ノ許ニ行テゾ、物ハ沙
汰セムトスラム。其レニ取ラセム物ナ努々不取ソ」ト、吉々
ク教ヘ立テ遣ツ。

男教ヘケルマヽニ行タリケレバ、云ケル様ニ呼ビ寄セテ
ケリ。見ケレバ只同様ナル者二十人許立タリ。其レニハ皆差去
テ色白ラカナル男ノ小サヤカナル立タリ。其レニモ皆畏マリ
タル気色ニテゾ有ケル。其ノ外ニ不衆ゾ二三十人許有ケル。
其ニテ云ヒ沙汰シテ、二十人許人ヲ、搔烈テ、京ノ内ニ入テ、大キ也ナル家
人ノ家々ノ門ニ二三人ヅ、立テ、残ハ皆其ノ家ニ入ヌ。此ノ
男ヲバ試ムトシ思ケレバ、中ニ煩ハシキ家ノ門ニ二人ヲ立タリ
ケルニ加ヘテケリ。其ヨリ人出来ムトシテ防テ射ケレドモ、
吉ク戦テ射取ナドシテ、方々也ケル者共ノ翔ヲモ吉ク見テ
ケリ。然テ物取畢テ、船岳ノ許ニ行テ、物共分チケルニ、此
ノ男ニ取セケレバ、男、「我レハ
物ノ要モ不侍ズ。只此様ニ習ハ
ムトテ参ツル也」ト云テ、不取ザリ
ケレバ、首ト思シクテ去テ立テリ
ケル者、請思タリケリ。然テ皆

胡簶(年中行事絵巻)

各別レ去ニケリ。

此ノ男ハ此ノ家ニ返リ来タリケレバ、湯涌シ儲ケ、食物ナ
ド儲テ待ケレバ、然様ノ事ナド皆畢テ、二人臥ヌ。此ノ女ノ
難去ク哀レニ思エケレバ、男此レヲ疎トミ思フ心モ無カリケ
リ。此ク様ニ為ル事既ニ七八度ニ成ニケリ。或ル時ニハ打物
ヲ持セテ内ニモ入レケリ、或ル時ニハ弓箭ヲ持テ外ニモ立テ
ケリ。其レニ皆ナ賢ク翔ケ、如此クシテ有ル程ニ、女鎰[四]
ヲ一ツ取出テ男ニ教ヘテ云ク、「此レ、六角ヨリハ北、[一〇]ヨ
リハ[九]ニ、然々云フ所ニ持行テ、其ニ呼セテ何ツ有ラム、其ノ
蔵ノ其方ナルヲ開テ、目ニ付カム物ヲ吉ク拈メ結ハセテ、其
ノ辺ニハ車借ト云フ者数有リ、其ヲ呼セテ積テ持来」ト
テ遣タリケレバ、男教フルマ丶ニ行テ見ケルニ、実ハ蔵共有
ル中ニ、教ヘツル蔵ヲ開テ見レバ、欲キ物皆此ノ蔵ニ有リ。
「奇異キ態カナ」ト思テ、[一一]云ケルマ丶ニ車ニ積テ持来テ、思
シキ様ニ取リ仕ヒケリ。此様ニシツ丶過シケル程ニ、一二年[一二]
ニモ過ヌ。

而ル間、此ノ妻有ル時ニ物心細気ニ思テ常ニ哭ク。[一五]男、
「例ハ此ル事モ無キニ、怪シ」ト思テ、「何ド此ハ御スルゾ」[一六]
ト問ケレバ、女、「只、不意ズ別レヌル事モヤ有ラムズラム
ト思フガ哀ナルゾ」ト云ケレバ、男、「何ナレバ今更ニ然ハ
思スゾ」ト問ケレバ、女、「墓無キ世ノ中ハ然ノミコソハ有[一七]
レ」ト云ケレバ、男、「只云フ事ナメリ」ト思テ、「白地ニ物
ニ行ム」ト云ケレバ、前々為ル様ニ為立テ遣ケリ。「共ノ
者共、乗タル馬ナドモ例ノ様ニコソハ有ズラメ」ト思フニ、
二三日不返マジキ所ニテ有ケレバ、共ノ者共ヲ留メテ、
其ノ夜ハ留メテ有ケルニ、次ノ日ノ夕暮ニ白地ノ様ニ馬ヲ持成シ[一八]
テ引出シケルマ丶ニ、ヤガテ不見エザリケレバ、男、「明日[一九]
返ラムズルニハ此ハ何ナル事ゾ」ト思テ尋ネ求メケレドモ、
ヤガテ不見エデ止ニケレバ、人ニ馬ヲ借テ忩[二〇]
ギ返シテ見ケレバ、其ノ家跡形モ無カリケルニ、「此ハ何ニ」[二一]
ト奇異ク思エテ、蔵ノ有シ所ヲ行テ見レドモ、其レモ跡形モ
無クテ、可問キ人モ無カリケレバ、云甲斐無クテ、其ノ時ニ

ゾ女ノ云シ事思ヒ被合ケル。

然テ男、可為キ方無ク思エケレバ、本知タリケル人ノ許ニ
行テ過シケル程ニ、為付ニケル事ナレバ、我ガ心ト盗シケル
程ニ、二三度ニモ成ニケリ。而ル間、男被捕ニケレバ、被問
ケルニ、男有ノマヽニ此ノ事ヲ不落ズ云ケリ。

此レ糸奇異キ事也。其ノ女ハ変化ノ者ナドニテ有ケルニヤ。
一二日ガ程ニ屋ヲモ蔵共ヲモ跡形モ無ク壊失ヒケム、希有ノ
事也。亦若干ノ財、従者共ヲモ引具シテ去ニケム、其ノ後ノ
不聞ズシテ止ニケム、奇異キ事也カシ。亦家ニ居乍ラ、云ヒ
俸ル事モ無キニ、思フ様ニシテ、時モ不違ズ来ツヽ従者共ノ
翔ヒケム、極テ怪キ事也。彼ノ家ニ男二三年副テ有ケルニ、
「然也ケリ」ト心得ル事無クテ止ニケリ。亦盗シケリ間モ、
来リ会フ者共、誰ト云フ事ヲ努不知デ止ニケリ。其レニ、
只一度ゾ、行会タリケル所ニ差去テ立テル者ノ、異者共ノ打
畏タリケルヲ、火ノ焰影ニ見ケレバ男ノ色トモ無ク極ク白
ク厳カリケルガ、頰ツキ面様我ガ妻ニ似タルカナト見ケルノ

ミゾ、然ニヤ有ラムト思エケル。其レモ慥ニ不知ネバ、不審
クテ止ニケリ。

此レ世ノ希有ノ事ナレバ、此ク語リ伝ヘタルトヤ。

세상을 피해 숨어 사는
사람의 사위가 된 □□□□ 이야기

일찍이 부모님을 여의고 앞길이 막막하던 한 남자가 인연이 있어 20세 남짓의 유복한 어떤 여인과 부부의 연을 맺게 된다. 그러던 어느 날 갑자기 괴상한 남자가 나타나 여인의 아버지라고 밝히며 두 사람의 생활을 몰래 지켜봐 왔는데, 남자의 진실된 마음을 확인했다고 하면서 전 재산과 땅을 남자에게 양도한 후 딸의 장래를 부탁하고 떠난다. 그 후 여인의 아버지는 자세한 사정을 적은 편지를 보내 남자가 부탁을 잘 지켜 주는 것을 감사함과 동시에 사실 자신은 일찍이 남에게 속아 도적패거리에 가담하게 되었고, 살아 있는 시체나 다름없이 세상이목을 피해 다니는 신세라고 털어놓은 뒤, 두 번 다시 그 모습을 보이지 않았다는 이야기. 가혹하고 기구한 삶을 보낸 아버지의 딸에 대한 강한 부성애가 주제이지만, 앞 이야기와는 불가사의한 인연으로 맺은 부부의 연, 수수께끼 같은 부유한 생활, 도적과의 관련 등의 요소가 공통된다. 앞 이야기와 마찬가지로 기괴한 분위기가 감돈다.

이제는 옛이야기이지만, □□□□[1]라고 하는 남자가 있었다. 부모님이 일찍 돌아가시어 앞으로 어찌해야 할지 몰라 막막해 하고 있었다. 한편 아내가 없었기에

'가능하다면 부유한 여자를 아내로 맞이하고 싶구나.'

라고 생각하며 찾고 있던 중,[2] 어떤 사람이,

1 　성명 명기를 위한 의도적 결자. 제목의 결자와 동일.
2 　그러한 사위를 구하는 사람은 없을까 하고 찾았다는 것. 당시(대화大化 무렵부터 남북조시대까지)의 혼인제

"부모도 없이 혼자 몸으로 부유하기 그지없는 여자가 있어요."

라고 알려 주었다. 그래서 연줄을 구해 결혼을 청하였는데 여자가 승낙하여 남자는 여자의 집으로 가서 부부의 인연을 맺었다.

남자가 여자의 집을 둘러보니, 실로 그럴 듯하게 지어진 집에 살며 정말 부유해 보였다. 나이 든 시녀, 젊은 여방女房[3]들을 합쳐서 약 일고여덟 명이 있었는데, 옷차림도 모두 제법 괜찮게 차려입고 있었다. 젊고 부지런히 일하는 하녀[4]들도 매우 많았다. 또 어디에서 가지고 온 것인지 알 수는 없지만, 자신의 의복과 어린 남자 시중꾼들의 옷들도 매우 좋은 것들이었다. 우차 같은 것도 예상했던 대로였고, 무엇 하나 불편한 점이 없어, 남자는 이 것을 신불神佛께서 도와주신 것이라 여기며 기뻐했다. 처의 나이는 스무 살 남짓으로 아름답고 머리카락도 길었다.

'여기저기의 궁녀들을 보아도 이만한 여자가 없다.'

는 생각에 이래저래 기쁘게 생각하며 하룻밤도 거르지 않고 여자와 함께 보내던 중, 네다섯 달 정도가 흘러 아내가 임신을 했다. 그 후 아내가 괴로워한 지[5] 3개월 정도 지난 어느 날, 대낮에 이 아내 앞에 나이 든 시녀 두 명이 가까이 붙어서 배를 어루만져 주며 있었는데, 남자도

'출산할 때 혹시 무슨 일이 있으면 어쩌나.'

하고 쓸데없는 걱정을 하면서 옆에 누워 있으려니, 앞에 있던 시녀가 한 사람씩 일어나더니 전부 가 버리고 말았다. 남자는 자기가 여기에 누워 있으니까 시녀들이 신경이 쓰여서 일어나 가 버렸다고 생각하며 그대로 누워 있

도는 초서혼招婿婚, 서취혼婿取婚이라고 불리며 신부 측에서 사위를 선택하여 사위를 신부 집에 살게 하는 형식이었음.

3 * 여기에서의 '여방女房'은 '시녀' 정도로 해석됨.

4 * 원문에는 "하시타모노下物"로 되어 있음. 주인의 곁에서 시중을 드는 '여방女房'과 달리, 취사炊事 · 세탁 등의 잡일을 담당하는 하녀.

5 아마도 입덧을 해서 몸이 아팠을 것임.

었는데, 북면北面[6] 방에서 사람이 들어오는 발소리가 멀리서 들려와 그쪽 맹장지문[7]을 닫았다.

　이윽고, 생각지도 못한 쪽에서 맹장지문[8]을 여는 사람이 있어서,

　'누가 여는 것일까.'

라고 생각할 겨를도 없이 그쪽을 쳐다보니, 홍색紅色의 옷에 소방蘇芳[9]으로 염색한 스이칸水干을 겹쳐 입은 소맷자락이 보였다.

　'대체 뭐지? 누가 온 것인가?'

라고 생각하며 《어리둥절》[10]해 하고 있으려니, 얼굴이 보였다. 자세히 보니, 머리를 뒤로 묶고 에보시烏帽子[11]도 쓰지 않은 채 마치 낙준落蹲[12] 가면을 쓴 것 같은 얼굴이라 깜짝 놀라 무서워졌다. 남자는

　'이는 대낮부터 강도가 쳐들어온 것이 틀림없구나.'

싶어 베개 맡의 큰 칼을 집어 들면서

　"네놈은 누구냐. 거기 아무도 없느냐!"

라고 큰 소리를 질렀더니, 아내는 옷을 뒤집어쓰고 땀투성이가 되어 엎드려 있었다.

　이 소리를 듣고 그 낙준에 쓰는 가면같이 생긴 자가 쓱 가까이 다가와,

6　저택에서 북쪽을 향해 있는 부분. 곁채 등 대외적인 용도로 사용하는 방이 남면에 있는 것에 비해 북면 곁채 부분은 일상생활을 하는 장소로, 부엌이나 창고, 하인이 거주하는 방 등 가사를 위한 방이 위치하고 뒤쪽에 있었음.

7　원문은 "障紙"(=障子)로 되어 있음. 당시의 '障子'는 '襖', '唐紙', '衝立(이동식 칸막이)' 등 방의 칸막이로 사용하는 건구建具의 총칭. ＊현대어역에서 '후스마襖'로 하고 있는 것을 참조해서 번역함.

8　→주7.

9　다목이라는 나무의 껍질이나 열매를 삶아 암홍색 염료로 사용했음.

10　한자표기를 위한 의도적 결자.

11　이 당시 귀인은 간편한 복장에, 일반인은 정장에도 평복에도 사용한 성인 남자의 관. 따라서 머리카락을 올리지 않고 에보시烏帽子를 쓰지 않은 모습은 그 자체로 이상한 모습임.

12　아악에서, 두 명이 추는 나소리納曾利(納蘇利)를 혼자서 줄 때의 호칭. 쓰리아고釣顎·은치銀齒에감청색의 용면龍面을 쓰고, 은색의 북채를 들고 추는 활발한 움직임의 춤. 여기서는 내민 얼굴이 매우 이상하여, 낙준 춤에 사용하는 상하 두 쌍의 이빨이 있는 용면龍面에 비유한 것임.

"부디 조용히 하십시오. 저를 두려워하지 않으셔도 됩니다. 제 모습을 보시고 무서워하시는 것도 당연하지만 제가 하는 말을 잘 들어 보신다면 불쌍한 생각이 드실 것입니다. 그러니 우선은 제 말을 들어 보시고 나서, 두려워하시든 하십시오."

라고 말을 이어 나가며 하염없이 눈물을 흘렸다. 그와 동시에 아내도 울음을 터트린 듯하여, 남자는 도대체 어찌된 영문인지 몰라, 자세를 고쳐 앉아 바르게 하고 마음을 진정시키고는, "이것은 도대체 어찌된 일인가. 누군데 들어와서 그런 말을 하는 것인가?"

라고 하였다. 그러면서도 속으로는,

'이 도적은 물건을 훔치러 들어온 것일까, 아니면 사람을 죽이려 들어온 것일까?'

라고 생각했으나, 도적은 그런 낌새도 보이지 않고 하염없이 울고만 있으니 참으로 이상한 일이었다. 그러자 이 자가

"말씀드리기도 민망하고 괴롭지만 그렇다고 끝까지 알려 드리지 않을 수도 없는 노릇입니다."

라고 말하더니,

"실은 당신께서 아내로 맞아들이신 여인은 저의 단 하나뿐인 딸입니다. 어미도 없어 누구신지 이 딸을 진실로 어여쁘게 여겨 주신다면 좋겠다고 생각하여 이런 식으로 홀로 살게 하였던 참에, 당신이 와 주셨고, 처음에는 이대로 계속 딸 곁에 계서 주시지는 않을 거라고 생각해 저에 관해 알려 드리지 못했습니다. 하지만 저 아이의 몸이 심상치 않고[13] 당신의 마음도 보통이 아니라는 것을 알게 된 이상, 결국 알게 되실 일이기도 하고, 저도 언제까지

---

13 임신한 것을 말함.

고 숨어 있을 수만은 없다고 생각하여 이렇게 나타나게 된 것입니다. 이제 이렇게 뵙게 되니 안심이 됩니다. 혹여 이런 사람의 딸이었나 하고 꺼리시어 떠나신다면, 이 세상에서 실 수 있을 거라고 생각하지 마십시오. 제가 반드시 당신을 원망할 것입니다. 그러나 만일 이런 말을 듣고도 마음이 변하지 않으신다면 당신 한 몸은 안락하게 지내실 수 있을 것입니다. 그리고 이 딸이 이런 사람의 딸이라고 하는 것은 결코 아무도 알지 못합니다. 저는 오늘 이후 두 번 다시 찾아오지 않겠습니다. 또 이것은 저와 같은 자가 주는 것이라, 달리 원래 주인이 있는 물건이 아닌가 하고 의심하거나 사양하거나 하지 마십시오. 마음껏 사용하십시오."

라고 말하고, 창고 열쇠를 대여섯 개 꺼내서 앞에 두었다. 또

"이것은, 제가 오미 지방近江國에 가지고 있는 토지의 문서입니다."

라고 말하며 서류 묶음을 세 다발 꺼내 놓았다.

"이후론 뵙지 않겠습니다. 그러나 혹여 딸을 버리신다면 반드시 만나 뵐 것입니다. 그렇지 않는 한 그림자처럼 당신 곁을 따르며 모시겠습니다."

라고 말하고 떠났다.

남자는 이 말을 듣고 □,[14] 어쩌면 좋을까 하고 고민하였다. 이러한 모습을 부인이 보고는 하염없이 울었다. 남자는 아내를 달래며 마음속으로,

'무슨 일이든지 목숨이 최우선이다. 만일 이 여자를 버린다면 반드시 죽임을 당할 것이다. 아무도 모르게 숨어서 행동하는 사람이 이렇게 작정하고 따라 다닌다면 도저히 도망칠 수 없을 것이다. 그러니 목숨도 아깝고 부인과도 헤어지기 싫으니, 이것도 모두 전세의 인연因緣 때문이겠지. 그러나 혹시 내가 외출했는데 그곳에서 누군가가 나에게 살며시 귓속말만 해도 이 이

---

14 한자표기를 위한 의도적 결자로 추정되나, 해당어 미상.

야기를 듣고 고자질하는 것이라고 생각할 테지. 이것 참 큰일 났다.'

라고 여러모로 고민을 했지만, 어쨌든 목숨이 소중하므로 '절대로 이곳에서 나가서는 아니 된다.'라고 마음을 굳혔다.

그래서 그에게서 받은 그 창고 열쇠를 가지고 지시받은 대로 그 창고를 열어 보니, 온갖 재물이 천장에 닿을 정도로 가득히 쌓여 있었기에 그것을 마음껏 꺼내 사용했다. 또 오미 지방의 땅도 모두 자기 것으로 하여 즐겁게 살고 있었는데, 어느 저녁 해질 무렵이 다 되어, 한 사내가 보기에도 대단히 아름다운 종이에 쓴 상신서上申書[15] 같은 것을 가지고 와서 두고 갔다. 무슨 글인가 하고 손에 들고 펼쳐 보니 가나仮名가 섞여서[16]

"수상쩍은 모습을 보여 드린 뒤에도 딸을 꺼려하는 기색도 없이, 창고의 물건도 사용해 주시고, 오미 지방의 땅도 사양치 않으셨습니다. 어떻게 감사를 드려야 할지 모르겠습니다. 설령 제가 죽은 후라도 당신을 지켜 드릴 것입니다. 저는 오미 지방에서 이러이러하게 불리던 자입니다. 그런데 예기치 않게 다른 사람에게 속아, 그 사람에게 신뢰를 받기 위해 그 밑에서 일했습니다. 저는 그 자가 단지 원수를 갚으려 하고 있다고 알았습니다만, 실은 그자가 도적질을 하고 있었던 것입니다. 그러던 중에 저는 붙잡히고 말았습니다. 간신히 도망쳐서 목숨만은 보전했습니다만, 세상에 얼굴을 들고 다닐 수 없을 정도로 부끄러운 짓을 한 이상, 이런 과거를 다른 사람들에게는 감추고, 세상 사람들이 저를 '이미 죽은 자'라고 생각하게 만들어 놓고 이같이 숨어 살고 있는 것입니다. 그런데 저는 세간에 얼굴을 드러내 놓고 살

---

15 아랫사람이 윗사람에게 제출하는 상신서. 특히 여러 지방의 관리나 사람들이 관직을 바래 청하기 위해 제출한 문서를 말함.

16 당시 평소 문자에 익숙한 사람이라면, 남성들 간에 주고받는 편지는 개인적인 것이라도 마나가키眞名書き(일본식 한문체)를 사용하는 것이 일반적임. 한자에 가나를 섞는, 즉 구어문으로 쓴 편지는 보낸 사람의 교양이 낮고 출신이 비천함을 드러내는 것임.

고 있었을 때는 부유하게 지냈기 때문에[17] 도읍에 이런 집을 지어 많은 창고에 재물을 축적해 놓고 딸을 이곳에 살게 했습니다만, 이같이 딸의 남편이 되어 주신 분께 드리고자 지금까지 열쇠를 계속 가지고 있었던 것입니다. 오미 지방의 땅도 저의 선조 대대의 땅이므로 방해할 만한 사람[18]도 없습니다. 이 땅에 대해서도 저의 부탁대로 해 주서서 감사합니다."

라고 쓰여 있었다. 남자는 이렇듯 세세하게 쓰인 것을 보고, '아, 이러한 사정이 있었던 사람이었구나.' 하고 납득이 되었다.

그 뒤로는 창고의 물건을 꺼내 쓰며, 오미 지방의 영지를 손에 넣어 행복하게 살았다. 그렇지만 조금은 같이 살기 꺼려지는 아내이긴 했을 것이다.

이 일을 나중에는 사람들도 알게 된 것인지 이렇게 이야기로 전하여 내려오고 있다 한다.

---

17 생활에 곤란하지도 않는 이 남자가 도적의 앞잡이로 고용되었던 것은, 도읍의 유력자에게 자신의 실력을 인정받고 싶다는 마음을 이용당한 것임. 당시 지방의 호족들은 중앙의 권문세가에 경제적으로 봉사를 하거나, 무사로 고용되어 그 역량을 인정받아 그 보상으로 관직을 얻기 위해 노력했음.

18 그 토지의 소유권, 사용권 등에 관해 이의를 제기하거나, 그것들의 권리를 침해하거나 할 수 있는 자.

隱世人智成□語第四

今昔、□ノ□ト云フ人有ケリ。父母ニモ送レテ、世ヲ何カニセムト思ヒ繚テ、妻モ無カリケレバ、「便有ラム妻ヲモガナ」ヽド尋ケル程ニ、「祖モ無クテ、身一ツ便々シクテ過ス女ナム有ル」ト人ノ告ケレバ、尋テ仮借シケル程ニ、女事請シテケレバ、男、女ノ家ニ行テ会ニケリ。

女ノ家ノ有様ヲ見ルニ、可有カシク吉ク造タル家ニ住テ、糸賑シキ若キ、取加ヘテ七八人許有リ。皆着物ナド目安クテ着タリ。半物ナドモ若ヤカニ勇ミ寵カナル数有リ。亦何クヨリ物ハ持来ルトモ不見エネドモ、我

ガ装束、小舎人童ナドノ着物ナド糸吉クテ有セケリ。牛車ナドモ思フ様ニテ不乏カラデ有セケレバ、「仏神ノ助ナメリ」ト喜ビ思ケルニ、妻八年二十余許ニテ、形チ美麗ニ髪長カリケレバ、「此彼コノ宮仕人ヲ見ルニモ、此許ノ者ハ不見エヌ者ヲ」ト旁ニ喜ク思テ、夜枯モセズ棲ム程ニ、四月五月二成ヌニ、昼

ル、前ニ長シキ者二人副居テ、腹打捜ナドシテ有ルニ、我レモ、「産マム程危ウヤ有ラムズラム」ナド、兼テ怖リ思ヒ次ケテ臥タル程ニ、此ノ前ニ居タリツル女房一人ヅヽ立テ、人モ無ク成ヌ。男、「我ガ此テ臥タルヲ、心知ラヒテ立ヌルナメリ」ト思ヒ成シテ臥タル程ニ、北面ヨリ人遠ク来テ、障紙ノ有ルヲ立テツ。

而ル間、思ヒ不懸ヌ方ナル障紙ヲ引開クレバ、思モ不敢デ見遣タルニ、紅ノ衣ニ蘇芳ノ水旱ノ重ネタル袖口ノ差出タレバ、「此ハ何カニ。誰ガ此ハ開クルニカ有ラム」ト、差臨タル顔ヲ見レバ、髪ヲバ

後様ニ結テ、烏帽子モセヌ者ノ、落蹲ト云フ舞ノ様ニテ有レ
バ、奇異ク怖シク思ヒテ、「此ハ昼盗人ノ入ニタルニコソ有
ケレ」ト思テ、枕上ナル大刀ヲ取ルマ丶ニ、「彼レハ何者ゾ。
人ヤ有ル」ト高カニ云ヘバ、妻ハ引被テ汗水ニ成テ臥タリ。

此ク云ヲ聞テ、此ノ落蹲ニ似タル者、急ト近ク寄来テ云ク、
「穴鎌サセ給へ。己ハ君ノ怖シト思シ可食キ身ニモ不候ズ。
体ヲ御覧ジテ恐サセ給フハ理ニ候ヘドモ、慚ニ聞セ給ヒナバ
哀レト思シ食ス様モ候ヒナム。然レバ、聞シ食テ後ニ恐モ畢
サセ給へ」ト云ヒ次ケテ、涙ヲ流シテサメ〱ト哭ク時ニ、

此ノ妻モ哭ク気色ナレバ、男此レヲ、旁ニ心不得ズ思テ、
直ク居成テ心ヲ静メテ後ニ、「此ハ何ナル事ゾ。何ナル者ノ
入来テ、此ハ云ゾ」ト云テ、心ニ思ハク、「盗人ノ物取ニ入
タルカ。亦ハ殺シニ来タル者カ」ト思フニ、其気色ハ無ク
テ、サメ〱ト哭クヲ、「怪シ」ト思フニ、此ノ者ノ云ク、

「申シ候ニ付テ、慎シク難堪ク思給フレドモ、然リトテ、被
知レ不奉デ可候キ事ニモ不候ネバ」ナド、「此ノ相ヒ具セサ

セ給ヒタル人ハ已ガ
只一人持テ候フ娘也。
母モ不候ネバ、『極
テ糸惜」ト思ヒ給へ
トテ此テ置テ候ヒツ
ルヲ、暫ハ『御シ
遂ゲム事難有シ』ト
思給ヘテ、知セ不奉
ザリツルニ、此ノ

此ノ人ノ不只ズ成テ、御志モ不愚ヌ様ニ承ハリ候へバ、
『遂ニ知シ食サム物故ニ、不隠レ申シ不候ジ』ト思ヒ給テ、
此ク参セ候フ也。今ハ此ク見エ奉ヌレバ心安ク候フ。『此ノ
者ノ娘也ケリ』ト思シ食シ疎ミテ、若シ去カセ給ヒヌルナ
ラバ、世ノ中ニ生廻テ御マサムズル者トナ思シ不食ソ。必ズ
恨ミ奉リナムトス。其レニ、若シ此ク申ス二付テ、御志
不替ズシテ御マサバ、御身一ツハ楽クテ御マシナム。但シ、

倉（粉河寺縁起）

314

『此ル者ノ娘ゾ』ト云フ事ハ、更ニヨモ人知リ不候ジ。己ハ今日ヨリ後亦参リ不候マジ。亦、『此レハ此ノ者ノ奉ル者ナレバ、主ナドヤ有ケム』ト思シ食テ、疑ヒ慎マセ不給マジ。思シキニ随テ取リ仕ハセ給ヘ」トテ、蔵ノ鎰ヲ五ツ六ツ取出シテ前ニ置タリ。亦、「近江ノ国ニ知タル所ノ券ニ候フ」トテ、結束ネタル文共三結置タリ。「今ヨリハ見エ不奉候マジ。若シ去セ給ヒナム時ニゾ必ズ見エ奉リ候ハムズルゾ」ト云テ、ム限ハ、影ノ如ク副ヒ奉テ候ハムズルゾ」ト云テ、立テ去ヌ。

男此レヲ聞テ□テ、「何カニ可為キ事ニカ有ラム」ト思ヒ廻ス気色ヲ見テ、サメぐ〜ト哭ケバ、男云ヒ誘ヘテ、心ノ内ニ思ハク、「万ノ事命ニ増事無シ。若シ去ナバ必ズ被殺ナムトス。人ニモ不被知ヌ者ノ、思ヒ懸テ副ナムニハ、遁レ事不有ジ。然レバ命モ惜ク、亦妻モ難去ク思ユレバ、『可然キニコソハ有ラメ』ト思フニモ、亦出立ム所ニ二人ノ忍ビテ物云ハムモ、『只此ノ事ヲ聞テ云フナメリ』トコソハ思ハムズ

ラメ。此ハ極キ態カナ」ト思エテ、旁ニ思ヒ煩ヘドモ、命惜ケレバ、「只此ヲ不去ジ」ト思ヒ固メテケリ。

然テ其ノ得サセタル蔵ノ鎰ヲ以テ、云ケルマ〜ニ、其蔵ヲ開テ見ケレバ、万ノ財棟ヒ等シク積テナム有ケル。思シキニ随テ取リ仕ケル。亦近江ノ国ニ知タル所ヲモ偏ニ我ガ領ニシテゾ楽クテ過ケル程ニ、生タ暮三糸清気ナル紙ニ申文ノ様ナル物ヲ、人ヒト持来テ差置テ去ヌルヲ、「何文ナラム」ト思テ取テ披テ見レバ、仮名交リニ此ク書タリ、「怪キ様ヲ見エ奉テ後、思シ食シ不疎マズシテ、蔵ノ物ヲモ召シ仕ハセ給ヒ、近江ノ所ヲモ不憚ズ領ゼサセ給フ。喜ビ申スモ愚ニ候フ。死候ナバ御護トゾ罷リ可成キ。已レハ近江ノ国ニ然々ト申シ候ヒシ者ニ候フ。其レガ不思ザル外ニ、人ニ被謀テ、憑モシ気見エムトテ被雇テ罷テ候ヒシニ、盗人 仕ケルヲモ不知給ヘズ、只敵罰ゾト思テ、罷テ候ヒシ程ニ、被捕テ候ヒシガ、構テ逃テ命許ヲ存シテ候ヘドモ、然ル恥ヲ見候ヒニシカバ、然カ有シ者ゾトモ人ニ被知レ不候デ、『早ウ死ニキ』

ト人ニハ聞カセテ、此ク隠レテ候フ也。其レニ、世ニ候ヒシ時
一四ニ豊ニ候ヒシカバ、京ニ此ノ氷ヲモ造リ置テ、蔵共ニ財ヲモ
貯ヘ置テ候ヒシカバ、此ノ人ヲモ此ニ居ヘテ候ヒツルニ、此
一五
様ニ御マサム人ニ奉ラムトテ、鎰ヲ于今持テ候ヒツル也。
近江ノ所モ己ガ先祖ノ領ニ候ヘバ、可妨キ人モ不候ズ。其レ
一六
ニ此ク思ヒノ如ク御マセバ无クナム」ト細々ト書タルヲ見
テゾ、然ハ然カ有ケル者トヽ知ケル。
其ノ後ハ蔵ノ物ヲモ取リ仕ヒ、近江ノ所ヲモ知テ、楽シク
テゾ有ケル。然ルニテモ少シ棲憶キ妻也カシ。
後ニハ人知ニケルニヤ有ラム、此ナム語リ伝ヘタルトヤ。

다이라노 사다모리平貞盛가 법사의 집에서
도적을 활로 쏴 죽인 이야기

하경下京 근처에 사는 법사가, 음양사 가모노 다다유키賀茂忠行로부터 강도로 인해 죽임을 당할 것이라는 예언을 받고 엄중한 모노이미物忌를 하고 있었다. 그런데 평소 친분이 두터운 다이라노 사다모리平貞盛가 때마침 상경하였기 때문에, 법사는 사다모리를 맞이해 사정을 이야기하고 묵게 했는데, 그날 밤 침입한 도적단을 사다모리가 훌륭하게 활을 쏘아 죽여 물리쳐 재난을 면했다는 이야기. 모노이미를 어겼음에도 불구하고 죽음을 면한 것은 법사의 유연한 사고방식과 무인 사다모리의 지략에 의한 것이었다는 점이 중요하다. 도적단에 숨어들어 그들을 교란시키고 차례차례로 쏘아 죽여 격퇴한 사다모리의 지략과 종횡무진한 활약이 인상적임.

이제는 옛이야기이지만, 하경下京[1] 부근에 얼마간 재물을 가지고 있는 법사法師가 살고 있었다.

집이 부유해서 전혀 불편함 없이 살고 있었는데, 어느 날 그 집에 불가사의한 계시[2]가 있었다. 그래서 가모노 다다유키賀茂忠行[3]라는 음양사陰陽師[4]에

---

1 하경下京은 교토의 이조二條 거리 이남을 가리키는 말.
2 원문에는 "사토시怪"라고 되어 있음. 불가사의한 현상을 통해 신불神佛 등이 주는 계시, 경고를 말함.
3 → 인명.
4 음양료陰陽療에 속한 관직. 종칠위상從七位上에 상당하는 관리로 정원은 6명. 점서상지占筮相地를 관장함. 또한 당시에 이미 관에 속하지 않고 민간에서 점이나 기도, 불제祓除 등에 종사하는 자도 있었는데, 권24 제18화에서는 그것을 "隱レ陰陽師"라고 불렀음.

게 그 게시의 길흉을 점치게 하니, "모월 모일 엄중하게 모노이미物忌[5]를 하십시오. 그렇지 않으면 도적의 공격을 받아 목숨을 잃을지도 모릅니다."라고 점쳤기 때문에, 법사는 매우 두려워하였다. 이윽고 그날이 되어 문을 굳게 잠가 아무도 들이지 않고 엄중하게 모노이미를 하고 있었는데, 몇 날을 모노이미를 한 후,[6] 모노이미에 해당하는 어느 저녁 무렵, 문을 두드리는 사람이 있었다. 무서워서 응대도 하지 않았는데 세차게 문을 두드리기에 사람을 내보내어,

"누구십니까? 지금 엄중한 모노이미를 하고 있는 중입니다."

라고 말을 전하자,

"다이라노 사다모리不貞盛,[7] 지금 무쓰 지방陸奧國[8]에서 상경해 올라왔소이다."

라고 하였다.

이 사다모리는 법사와 옛날부터 매우 가깝게 알고 지내던 자로, 매우 친하게 지내온 사이인지라, 거듭 하인에게

"지금 막 무쓰 지방에서 이곳에 도착했는데 밤이 이렇게 늦었고 사정이 있어 오늘밤은 집으로 돌아가지 않을 작정인데, 그럼 어디로 가야 하는가. 그건 그렇고 도대체 어떠한 모노이미입니까?"

라고 말을 전하게 했다. 그러자 안에서

"도적에게 습격당하여 목숨을 잃을 것이라는 점괘가 나와 엄히 모노이미를 하고 있는 것입니다."

---

5   * 제사나 흉사凶事가 있는 무렵에 몸을 근신謹愼하여 부정을 피하는 것.
6   다다유키는 모노이미를 해야 할 날을 며칠 지정했던 것임.
7   → 인명.
8   이 이야기가 사다모리貞盛가 무쓰 수령陸奧守 재임 중의 사건이라면 947년 이후 몇 년 사이에 일어난 사건이 됨.

라고 말을 전했다. 그러자 사다모리가 또,

"그렇다면 더더욱 이 사다모리를 불러들여야 합니다.[9] 어찌 이대로 돌려보내려 한단 말이오."

라고 말을 전하게 했다. 이것을 들은 법사는 '과연 그렇구나.'라고 생각했는지

"그럼 나리만 들어오시고 낭등郞等[10]들과 하인[11]들은 돌려보내 주십시오. 아무래도 엄중히 모노이미를 하고 있는지라."

라고 말을 전했다. 사다모리는 "알겠소이다."라고 말하며 자신만 안으로 들어가고 말이나 부하들은 모두 돌려보냈다. 그리고 법사에게

"엄중하게 모노이미를 하고 있는 중이니 나오시면 안 됩니다. 저는 행랑방[12]에 있도록 하지요. 오늘은 집에 돌아가서는 안 되는 날[13]이니까요. 그리고 내일 아침에 뵙지요."라고 말하며 행랑방에 자리를 잡고 식사 등을 하고 잠자리에 들었다.

그런데 한밤중도 지났을까 생각될 무렵, 대문을 미는 소리가 났다. 사다모리는 도적이 아닐까 생각하여 활을 메고 수레를 세우는 곳[14]으로 가서 몸을 숨겼다. 예상대로 도적들이었다. 태도太刀[15]로 대문을 □[16]열고 우르르 달려 들어와 정면 방 쪽으로 향하였다. 사다모리는 그 도적들 틈에 몰래 섞여 들어가, 물건이 놓여 있는 쪽[17]으로는 가지 못하게 하고, 아무것도 없는 쪽

---

9 사다모리의, 무사로서의 강한 자신감에 근거한 말임.
10 사다모리의 부하로 말을 탄 무사를 가리킴.
11 원문에는 "御從"으로 되어 있음. 사다모리의 부하로 잡역을 담당하는 자로 '下人' '所從'이라고도 함.
12 원문에는 "하나치이데放出"로 본채 주위의 조붓한 방(행랑방庇の間)의 일부를 휘장대 등으로 막아임시로 마련한 방을 말하는 것으로 추정.
13 이런 식으로 집으로 돌아가는 것이 불길한 날을 귀기일歸忌日이라 함.
14 소를 떼어 놓은 수레를 세우는 창고. 침전寢殿 구조에서 보통 중문 가까이에 있었음.
15 한쪽의 날이 있고 등이 휘어진 장검長劍.
16 한자 명기를 위한 의도적 결자.
17 귀중한 재산이 놓인 장소. 그것은 집 주인인 법사가 거주하는 곳임.

을 가리키며,

"여기에 물건이 있을 것 같다. 이것을 발로 차 부수고 들어가자."

라고 말했다. 도적들은 사다모리가 말했다는 것을 진혀 알아차리지 못하고, 횃불을 밝히고 이제 막 뛰어들려고 하는 찰나, 사다모리는 문득

'이 도적들이 안으로 들어가게 되면, 예기치 않게 법사가 살해당할지도 모른다. 그렇다면 안으로 들어가기 전에 이놈을 죽이자.'

라고 생각했지만, 활을 손에 든 □□[18] 느낌의 도적이 옆에 서 있었기 때문에 위험하다는 생각이 들었다. 그러나 그렇다고 해서 이대로 내버려 둘 수는 없다고 생각을 바꾸고, 그놈 등 뒤에서 소야征矢[19] 화살로 가슴을 꿰뚫었다.

이렇게 한 뒤,

"뒤에서 활을 쏘는 자가 있다."

라고 고함치면서 화살을 맞아 쓰러진 놈에게 "도망쳐."라고 말하면서, 사살한 그놈을 집 안쪽으로 끌고 들어갔다. 그것을 본 다른 놈이,

"누군가가 쏘았다. 상관하지 마. 그냥 들어가."라고 말했다. 두려워하지 않고 명령하는 그놈을 사다모리가 또 측면으로 달려들어 놈의 한 가운데를 쏘아 관통했다. 그런 뒤 또,

"활을 쏘는 자가 있다. 모두들 어서 도망쳐."

라고 말하면서 그놈도 안으로 끌어다 집어넣으니, 집 안쪽에는 도적 두 명의 시체가 쓰러져 있는 셈이다.

---

18 그 도적의 인상 풍채를 형용하는 말로 의도적 결자. 해당어 미상.
19 가리마타雁股 · 히라네平根 · 도가리야尖矢 등 평평하고 큰 화살촉과 대비되게 마루네丸根, 야나이바柳葉, 겐지리劍尻, 도리노시타鳥の舌, 마키노하槇葉 등 가늘고 끝이 뽀족한 화살촉을 붙인 미타테바三立羽 화살을 말함.

그 후 사다모리가 안에서 가부라야鏑箭[20]를 계속 쏘았더니, 남은 도적들은 모두 앞 다투어 문으로 도망쳤다. 그 달아나는 놈들의 등을 뒤쫓으면서 연이어 화살을 쏴 나가니, 순식간에 문 앞에 세 명이 쓰러졌다. 원래 열 명 정도의 도적들이었기에, 남은 놈들은 동료 같은 것은 안중에도 없이 달려 도망치기에 급급했다. 그중 네 사람은 그 자리에서 사살되었다. 남은 한 놈은 4, 5정町[21] 정도까지 도망가다가 허리에 활을 맞고 더 이상 도망치지 못하고 근처의 수로에 쓰러져 있었다. 날이 밝은 후 그놈을 심문하여 그 자백으로 다른 놈들을 체포하였다.

이렇게 때마침 사다모리가 와 있었기에 법사는 운 좋게 목숨을 건진 것이었다.

"만약 지나치게 엄중하게 모노이미를 하여 사다모리를 집에 들이지 않았다면 법사는 필시 살해당했을 것이다."

라고 사람들은 서로 이야기하였다고 이렇게 이야기로 전하여 내려오고 있다 한다.

---

20 나무나 사슴 등의 뿔로 만들어진, 가운데가 비어 있고 끝부분에는 몇 개의 구멍이 나 있는 순무 모양의 화살촉 및 그것을 붙인 화살. 소리가 나기에 신호로도 사용. 여기서는 도적들에게 겁을 주려고 사용한 것임.
21 1정은 약 110m 정도. 도적은 약 450~600m 정도까지는 도망간 것.

平貞盛朝臣於法師家射取盗人語第五

〔一九〕今昔、下辺ニ一生徳有ル法師有ケリ。

家豊ニシテ万ヅ楽シクテ過ケル程ニ、其ノ家ニ怪ヲシタリケレバ、賀茂ノ忠行ト云フ陰陽師ニ、其ノ怪ノ吉凶ヲ問ヒニ遣タリケルニ、「某月某日物忌ヲ固クセヨ」ト占ナヒタリケレバ、法師大ニ怖レ思ヒケル程ニ、其ノ日ニ成ニケレバ、門ヲ閉テ人モ不通ハサズシテ、極ク物忌固クシテ有ケル程ニ、此ノ物忌度々ニ成テ、其ノ物忌ノ日ノ夕暮方ニ門ヲ叩ク者有リ。怖レテ答モセデ有ケルヲ、責メテ叩ケレバ、人ヲ以テ、「此レハ誰ガ御スルゾ。固キ物忌ゾ」ト云セタリケレバ、「平ノ貞盛ガ只今陸奥ノ国ヨリ上ダル也」ト云フ。

其ノ貞盛ハ此ノ僧ト本ヨリ極キ得意ニテ、極ク親ク語ヒタリケル間也ケレバ、貞盛ガ云ヒ入サセル様、「只今陸奥ノ国ヨリ上リ着タルニ、夜ニ成ニタリ、『今夜ハ家ヘハ故ニ行キ不着ジ』ト思フニ、何コヘカ行カム。然テモ何ナル物忌ゾ」ト。内ヨリ云ヒ出サセル様、「『盗人事ニ依テ命ヲ可亡シ』トトナヒタレバ、固ク忌ム也ナリ」ト。貞盛亦云ヒ入サセル様、「然テハ態トモ貞盛ヲ呼ビ籠メテ有セメ。何デカ貞盛ヲバ可返キ」ト。然レバ法師、「現ニヤ」ト思ヒケム、「然ハ殿ヲ許入リ給へ。郎等、御従共ヲバ返シ遣シテヲ。尚物忌固ク侍リ」ト云ヒ出シタリケレバ、貞盛、「然也」ト云テ、我許入テ、馬共モ郎等共モ皆返シ遣ツ。法師ヲバ、「物忌固ク坐スナレバ、何ニカ出給フ。已ハ此ノ放出ノ方ニ今夜許ラスナレバ、今日家ヘ不罷マジキ日ニテ有レバナム。然テ朝対面シ申サム」トテ、放出ノ方ニ居テ、物ナド食テ寝ヌ。然テ夜半ニハ過ヤシヌラムト思フ程ニ、門ヲ押ス音ノシケレバ、貞盛、「此ハ盗人ニヤ有ラム」ト思テ、調度搔負テ、

322

一七
車宿ノ方ニ行テ立隠レヌ。盗人ニテ有ケレバ、大刀ヲ以テ
一八
門ヲ□開ケ、ハラ〳〵ト
二〇
入テ南面ノ方ニ立廻ル
程ニ、貞盛、盗人ノ中ニ
立交リテ、物共置タル方
ニハ不遣ズシテ、物共無
キ方ヲ、「此ニナム物ハ有
ナル。只此ヲ踏開テ入レ」
ト行ヒケレバ、盗人、貞盛ガ云フ
トモ更ニ不知デ有ルニ、
今火吹ク程ニ、貞盛ガ思ハク、「盗
人入リ立ナバ、不意ニ
法師モゾ被殺ル。然レバ盗人ノ奴ノ立不ヌ前
ニ射テム」ト思ヘドモ、
調度負テ□気ナル盗人ノ奴ノ喬
二一
ニ立テレバ、危ク思ヒケレドモ、「然リトテ有可キ事カハ」
一六
ト思テ、其奴ヲ、後ノ方ヨリ征箭ヲ以テ後ヨリ前ニ射出シツ。
然テ後ニ、貞盛、「後ヨリ射ニコソ有ケレ」ト云テ、此ノ
被射タル奴ヲ、「逃ゲヨ」ト云テ、射伏セタル奴ヲ奥様へ引
入レツ。亦、異奴ノ、「射ニコソ有ケレ。気シクハ不有ジ。

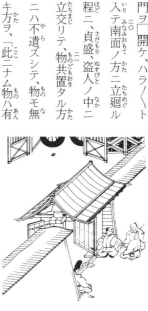

中門・車宿（春日権現験記）

只打入レ」ト癁ヤカニ行フ奴ヲ、亦貞盛喬ヨリ走リ寄テ最中ヲ
九
差宛テ射ツ。然テ亦貞盛、「射ニコソ有ケレ。今ハ逃ゲヨ、
己等」ト云テ、其レヲモ奥様ニ引入レツレバ、二人乍ラ奥ノ
方ニ倒レ臥ヌ。

一〇
其ノ後、貞盛ノ、奥ノ方ヨリ鳴箭ヲ以テ射次ケ〳〵レバ、残
一一
ノ盗人共ハ、門様へ追シラガヒテ出ル、シヤ背ヲ、押重ネテ
一二
フタ〳〵ト射持行クニ、箭ニ付テ門ノ前ニ、三人ハ射伏セツ。
一三
本ノ十人許有ケル盗人ナレバ、其ノ残ノ奴原ハ傍へノ有ラム
一四
様モ不知ズ、走テ逃テ去ニケリ。然レバ、四人ハ箭庭ニ射殺
シタリケリ、今一人ハ四五町許逃去テ、腰ヲ被射ニケレバ
一五
否不逃デ、溝ノ有ケルニ倒レ入テ有ケル。夜明テ後ニ其
奴ヲ問テ、其ヨリナム傍へノ奴原ヲ捕ヘタリケル。
然レバ、賢キ、貞盛ノ朝臣ノ来リ会テ、命ヲ存シタル法師
一六
ニナム有ケル。

「余リ固ク忌テ不入ザラマシカバ、法師ハ必ズ被殺ナマシ」
トゾ人云ケル、トナム語リ伝ヘタルトヤ。

방면放免들이 강도가 되어
인가人家에 침입했다 잡힌 이야기

동쪽 감옥 부근에 거주하던 방면放免들이, 상경上京에 사는 자산가資産家를 목표로 삼아 도적질을 하려고 계획하고, 그 집에서 일하는 시골 출신 머슴을 꾀어 길잡이를 하게 하려고 하였는데, 머슴은 정말로 승낙한 척하고는 주인에게 밀고하여, 만반의 경비 태세를 갖추어 침입한 죄수들을 전원 붙잡아 사살射殺했다는 이야기. 방면들이 촌놈이라고 무시했던 머슴에게 역으로 허를 찔러 궁지에 몰리게 된 것으로, 머슴의 사리분별과 현명함이 칭송된다. 앞 이야기와는 도적집단이 사살된다는 점이 공통된다.

　이제는 옛이야기이지만, □□□□¹라는 사람이 있었다. 집은 상경上京 근처²에 있었다. 젊어서부터 수령을 따라 여러 지방에 다니는 일을 하고 있었기 때문에 차츰 재산도 모을 수 있게 되었고, 무엇 하나 부족함 없이 집도 풍족하고 종자들도 많고 자신의 영지도 갖고 있었다.

　한편, 집이 동쪽 감옥³에서 가까운 곳에 있었기 때문에, 감옥 근처에 사는

1　성명 명기를 위한 의도적 결자.
2　상경上京 부근은 교토京都 북부의 어소御所를 중심으로 한 일대로, 상류계급의 사람들이 많이 살고 있었음.
3　헤이안 경平安京에는 동쪽과 서쪽에 감옥이 있었는데, 동쪽 감옥은 좌경左京, 근위近衛대로의 남쪽, 서동원西洞院대로의 서쪽에 있었음.

방면放免[4] 여러 명이 모여 작당하여 □□[5]의 집을 털기로 하였지만, 이 집의 사정은 잘 알지 못했다. 그래서

"어떻게든 이 집에 있는 한 사람을 동료로 끌어들이자."

라고 계획을 세웠는데, 때마침 이 집에 □□[6]라고 해서 셋쓰 지방攝津國[7]에 갖고 있는 영지에서 숙직宿直[8]으로 올라와 있는 신분이 미천한 자가 있었다. 방면들은

"저놈은 촌놈이니까 《속일 수》[9] 있을 것이다. 돈만 좀 주면 설마 싫다고 하진 않을 것이야."

라고 서로 이야기하고, 그 숙직의 남자를 속여서 방면의 집으로 끌어들였다. 맛있는 것을 만들어서 대접하고 술 등을 마시게 한 뒤에

"듣자하니, 당신은 시골에서 온 사람이라고 하더군. 도읍에서는 무엇이든 갖고 싶을 때도 있을 것이고 해 주었으면 하는 일도 있을 것이야. 정말 자네가 불쌍하네. 연유가 있어 자네를 안됐다고 생각하고 있는데, 자네는 아직 젊으니 잘 모를 것이야. 그러니 이제부터 도읍에 있는 동안은 언제든 이렇게 찾아와 주시게. 맛있는 것을 대접해 드리겠네. 또 부탁할 일이 있을 때는 말씀하시게."

라고 친절히 말했기 때문에 남자는 기쁘면서도 수상쩍은 느낌이 들었지만, 무엇인지 그럴만한 사정이 있겠지 하고 집으로 돌아왔다.

이런 일이 네다섯 번 거듭되자, 방면들은 '이제 완전히 《속아》[10] 넘어왔

4 　형기刑期를 마치고(일설에 형 일부를 면제받고) 출옥해서 검비위사청의 하인으로서 봉직奉職한 자. 검비위사의 병사로서 순사巡査와 옥리獄吏를 겸한 듯하며 특히 실제 현장에서 범인 체포를 담당.

5 　→ 주1.

6 　→ 주1.

7 　→ 옛 지방명. 현재 오사카大阪 서부와 효고 현兵庫縣 동남부의 옛 지명.

8 　옛날, 궁중·관청 등에서 밤에 근무를 하는 것을 일컬었지만, 사저私邸의 경우에도 썼음.

9 　한자 명기를 위한 의도적 결자. 추정하여 보충함.

10 　→ 한자 명기를 위한 의도적 결자. 추정하여 보충함.

다'고 생각하고 이제 와서 싫다고 할 수 없도록 잘 회유한 뒤에

"실은 부탁이 있네. 우리들에게 자네가 숙직하고 있는 집을 안내해 주지 않겠나? 그렇게만 해 준다면 후하게 답례를 하겠네. 이 세상에서 자네 한 사람 살아갈 수 있을 정도는 충분하게 답례해 주지. 이건 아무도 모르는 일이네. 이 세상에 살아 있는 사람은 신분의 높고 낮음을 막론하고 자기 한 몸을 위해서는 나쁜 일을 저지르기도 하는 것이라네."

라며 교묘히 《속이》[11]려고 했다. 이 남자는 신분은 낮았지만 사려 깊고 현명한 자로, 마음속으로

'이건 실로 옳지 못한 일이니 이런 계략에 넘어가서는 안 된다.'

라고는 생각했지만,

'이 자리에서 바로 거절하면 분명 난처해질 것이다.'

라고 생각하여 "그야 쉬운 일이지요." 하고 승낙했다.

방면들이 기뻐하며 "비록 적지만 답례로" 하면서 비단과 삼베 등을 건넸지만, 남자는

"그렇게 바로 주지 않아도 됩니다. 일이 잘 마무리되고 나서 주셔도 됩니다."

라고 말하고 받지 않고 돌아가려고 하였다. 그러자 방면들이

"그럼 내일 밤에 결행하려고 하니 한밤중에 기다리고 있다가 우리가 대문 앞에 가서 문을 밀면 문을 열어 주게."

라고 말했다. 남자는 "그야 쉬운 일이지요."라고 말하고 돌아갔다. 방면들은 그 집이 무사의 집이 아니었기에, 쉽게 생각하고 남의 집에 침입하여 강도짓을 해본 적이 있는 자, 열 명 정도가 한마음으로 내일 밤 만날 계획을

---

11 → 한자 명기를 위한 의도적 결자. 추정하여 보충함.

세우고 해산했다.

남자는 주인집에 돌아와서

'어떻게든 이 일을 주인에게 조용히 전해 드려야겠다.'

하고 기회를 엿보고 있자니, 주인이 마루 근처에 나왔다. 그러자 남자가 땅바닥에 무릎을 꿇고 주변에 인기척이 없나 살핀 후 뭔가 말하고 싶은 듯한 모습을 하고 있었다. 그것을 보고 주인이

"자네, 무슨 할 말이 있는가? 휴가를 얻어 고향에 돌아가고 싶은 것이냐?"

라고 물으니, 남자가

"그런 것이 아니옵니다. 긴히 드릴 말씀이 있사옵니다."

라고 하였다. 주인은 대체 무슨 일이지?하고 궁금히 여겨 남의 눈에 띄지 않는 그늘진 곳으로 그를 불러 이야기를 들으니, 남자는

"이렇게 말씀드리자니 너무도 부끄럽고 송구합니다만, 무슨 일이 있어도 말씀드려야 하겠기에, 실은 이러이러한 일이 있었습니다."

라고 말했다. 주인은

"정말 잘 말해 주었다. 미천한 자는 대체로 욕심에 눈이 멀어 이런 생각을 하지 못하는 법인데 정말 기특하구나."

라고 말하며,

"그렇다면 상관없으니 자네는 문을 열어 강도들을 들이게."

라고만 하였다. 마음속으로는

'문 밖에서 쫓아 버리면 잡지도 못하고 도적의 정체도 모른 체 끝나게 될 것이다. 그건 안 될 말이지.'

라고 생각하고, 오랫동안 친한 관계인 □□□□[12]라는 무사의 집에 황급히

---

12 무사의 성명 명기를 위한 의도적 결자.

달려가 몰래 이 일을 이야기하였다. 이야기를 전해 들은 □□[13]는 놀라며 주인과는 원래 친분이 두터운 사이인지라

"낭등郎等이고 하인[14]이고 할 것 없이, 무술에 능한 자 오십 명 가량을 내일 저녁에 보내겠네."

라고 말해 주어서, □□[15]는 기뻐하며 돌아왔다.

다음날 저녁 무렵이 되자, 그 무사는 활과 화살, 큰 칼과 작은 칼 등을 뭔가에 감싸거나 긴 궤짝에 넣어 태연하게 먼저 들고 가져가게 하고, 밤이 되자 무사들은 아무것도 손에 들지 않고 보통 사람으로 위장하여 한 사람씩 그 집에 가서 숨어 있었다. 이윽고 예정된 시각이 다가오자 어떤 자는 활과 화살을 들고, 어떤 자는 큰 칼을 쥐고 모두 갑옷과 투구를 갖춰 입고는 손에 침을 바르며 도적들이 들어오기만을 벼르고 있었다. 또한 밖으로 도망가는 자도 있겠지 싶어 몇몇은 밖에 있는 골목골목에 세워 두었다.

방면들은 이런 사정은 꿈에도 모르고, 길잡이를 해 주기로 한 남자를 믿고 밤도 깊어질 무렵 그 집에 가서 대문을 밀었다. 남자는 기다리고 있었던 터라, 나가서 문을 열자마자 뛰어 돌아와서 마루 밑으로 깊숙이 기어들어 갔다. 동시에 방면들이 우르르 몰려 들어왔다. 다 들어오게 한 후에, 용의주도하게 만반의 준비를 갖추고 있었던 무사들인지라 어찌 실수가 있겠는가? 한 사람씩 모조리 붙잡아 버렸다. 도적들은 열 명 정도 되었지만, 솜씨가 대단한 무사들 사오십 명이 미리 준비를 갖추고 기다리고 있었으니, 꼼짝 못하게 모두 붙잡아 수레를 세워 두는 곳의 기둥에 묶어 두었다. 그날 밤은 그대로 두고, 아침이 밝고 나서 보니, 모두 묶인 채로 눈을 깜빡깜빡거리고 있

---

13 → 주12.
14 원문에는 "雑色"이라고 되어 있음.
15 → 주1.

었다. 이런 놈들은 감옥에 집어넣어 봤자 나중에 풀려나면 또 나쁜 짓을 꾸밀 것이라 생각하고 아무 일이 없었다는 듯이 사람들에게 알리지도 않고, 밤중에 몰래 밖으로 끌고 나가 모두 사살射殺해 버렸다. 그리하여 이 도적들은 이 집에 강도로 들어와서 사살당한 것으로, 그렇게 사건은 종결되었다.

쓸데없는 욕심을 부려서 목숨을 잃은 자들이다. □□[16]는 현명한 남자였기 때문에, 그 덕분에 목숨을 건졌다고 이렇게 이야기로 전하여 내려오고 있다 한다.

16 → 주1.

放免共為強盗入人家被捕語第六

今昔、[一七]ノ[一八]ト云フ者有ケリ、家ハ上辺ニナム住ケル。若カリケル時ヨリ[一九]受領ニ付テ、国々ニ行クヲ役トシテ有ケレバ、便漸ク出来テ、万ヅ叶テ家モ豊ニ従者モ多ク、知ルコソハ有ケメ」ト思テ返ヌ。

所ナドモ儲テゾ有ケル。

而ル間、東ノ獄ノ辺近キ所ニテ有ケレバ、獄ノ辺ニ住ム放免共、数相ヒ議シテ、強盗ニテ[四]ガ家ニ入ラムト思ケルニ、其ノ家ノ有様ヲ委モ不知ザリケレバ、「構ヘテ、其ノ家ニ有ラム者ヲ一人語ヒ取ラム」ト謀ケルニ、[五]ガ摂津ノ国ニ知ル所ノ有ケルヨリ宿直[六]ニ上タリケル[七]下衆男ノ有ケルヲ、放免共、「其奴ハシモ田舎人ナレバ、被[九]ナムカシ。物ヲダニ得テハ、ヨモ不聞又様不有ジ」ト議シテ、構ヘテ、其ノ宿直人ノ男ヲ放免ノ家ニ謀寄セテケリ。物吉シテ食ハセ酒ナド呑セテ、語ヒケル様、「和主ハ[一〇]田舎人ニテ有ナレバ、京ニテハ常ニ物欲キ時モ有ラム、[一一]亦要事ナル事モ有ラム。和主ハ若ケレバ極テ糸惜シ。[一二]故有テ和主ヲ糸惜ト思フ事ノ有ルゾ。[一三]和主ハ若[一四]否不知ジ。然レバ今ヨリハ京ニ有ラム程ハ、[一五]此様ニ常ニ坐セ。物モ食セム。[一六]亦、用有ラム事ハ云ヘ」ナド勤ニ語ヒケレバ、亦、男、[一七]「喜」ト思ヒ乍ラ、「怪」ト思ケレドモ、亦、[一八]「然ル様

330

此様ニ為ル事既ニ四五度ニモ成ニケレバ、放免共、「今ハ
□得ツ」ト思テ、辞ビ気無ク語ヒ付テ後、云ケル様、「実ニ
ハ和主ノ宿直スル家ニ我等入レテムヤ。然ラバ無限キ喜ビヲ
云ハム。此ノ世ニ身一ツ過許ノ事ヲコソハセメ。此レ人ノ
可知キ事ニ非ズ。世ニ有ル人ハ上モ下モ、身ノ為ニコソ人モ
怖シケレ」ナド思ケレバ、此ノ男下衆ナレドモ思量有
テ賢カリケル奴ニテ、心ノ内ニハ、「奇異キ事ナレバ思ヒ不
懸マジキ事」トハ思ケレドモ、「只今辞ビバ定メテ悪カリナ
ム」ト思テ、「糸安キ事也」ト請テケリ。
放免共喜テ、「且」トテ絹布ナド取セケレドモ、男、
「只今不念ズトモ」ト、「為得テム後ニ」ト云テ、不取デ返ル
ニ、放免共ノ云ク、「然ラバ明日ノ夜トナム思フヲ、夜半許
ニ其ノ門ノ許ニ至テ門ヲ押サバ、儲テ門ヲ開ヨ」ト。男、
「事ニモ非ズ」ト云テ、返ヌ。放免共ハ、彼ノ所兵ノ家ニ非
ネバ、心安ク思テ、其ノ心得タル者共十人許同心ニテ、明
日ノ夜来リ可会キ由ヲ契テ、散ヌ。

此ノ男ハ主ノ家ニ返テ、「何カデ此ノ事ヲ蜜ニ主ニ聞セム
ト思テ伺カ行程ニ、主延ノ辺ニ出タリケレバ、男土ニ突居テ、
前ニ人モ無キ程ニ、「物云ハム」ト思タル気色ナレバ、主、
和男ハ、『何事云ハム』ト思フゾ。暇得テ本国ニ下ラムト思
フカ」ト問ケレバ、男、「然ニハ不候ズ。忍テ可申キ事ノ候
フ也」ト云ケレバ、主、「何事ナラム」ト怪ビ思テ、隠レノ
方ニ呼ビ放テ聞ケバ、男、「申スニ付テ極ジク皮□ク候フ事
ナレドモ、『聞セ不奉ラデハ何カデカ』ト、思ヒ給ヘテナム。
然然ノ事ノ候フ也」ト云ヘバ、主、「極ク喜ク告タル。下衆
ハ物ノ欲キマヽニ、此ル心ハ無キ者ヲ。哀レ比ヒケリ」ト云テ、
「然ラバ、和男、只門ヲ開テ盗人ヲ入レヨ」ト許云テ、心ニ
思ハク、「外ニテ追ヒ返シテハ否不捕ズシテ、誰トモ不知デ
止ナム。悪カリナム」ト思テ、手迷ヒヲシテ、親ク年来知タ
リケル□ノ□ト云フ兵ノ許ニ行テ、蜜ニ此ノ事ヲ云ケレ
バ、□聞キ驚テ、深キ契有ケル人ニテ、「郎等トモ無ク雑
色トモ無ク、兵ノ道ニ達レル者共五十人許ヲ、明日ノ夕ニ窃

二遣ラム」ト云ケレバ、□喜テ返ニケリ。

亦ノ夜ニ成テ、彼ノ兵者、弓箭兵杖共ヲバ、或ハ物ニ裏

ミ、或ハ長櫃ニ入レナドシテ、然リ気無キ様ニテ前ニ遣テ、

夜ニ成テ、兵共ハ只ノ様ニテ、一人ヅヽゾ其ノ家ニ行テ隠

レテ居タリケル。漸ク其ノ時ニ成テ、或ハ調度ヲ負ヒ、或ハ

打物ヲ取テ、皆甲冑ヲ着テ、手ヲ舐テ待ケリ。亦出テ逃ル

事有ラバトテ、少々ハ外ノ辻々ニモ立チタリケリ。

放免共ハ努々此ノ事ヲ不知ズシテ、只偏ニ仲人ノ男ヲ憑テ、

夜打深ケル程ニ、其ノ家ニ行テ門ヲ押セバ、男支度シタル事

ナレバ、行テ門ヲ開ルマヽニ、走リ返テ板敷ノ下ニ深ク這入

ヌ。其ノ時ニ放免共ハラヽヽト入レ立テ、兵共儲

タル事ナレバ、正ニ愚ナラムヤハ、独リ宛ニ捕ヘツ。盗人ハ

十人許有ケルニ、艶ヌ兵共ノ四五十人兼テ儲テ待タムニ

ハ、聊ニ不動サズシテ皆捕ヘテ、車宿ノ柱ニ縛リ付テ、其ノ

夜ハ有テ、夜明テ後ニ見レバ、皆目ヲシバ叩テ被縛付テ有リ。

此ル奴原ハ獄ニ禁ジタリトモ、後ニ出ナバ定メテ悪キ心有ナ

ムト思ケレバ、然リ気無クテ、人ニモ不知セズシテ、夜ニ入

テ窃ニ外ニ将行テ、皆射殺サセテケリ。然レバ強盗シニ其ノ

家ニ行テ、被打殺タル様ニテナム止ニケル。

由無キ物欲クシテ命ヲ亡ス奴原カナ。□ハ賢キ男ノ徳ニ

命ヲゾ存シタリケル、トナム語リ伝ヘタルトヤ。

도 대부藤大夫 □□ 집에 들어온 도적이
잡힌 이야기

도 대부藤大夫 아무개가 시골근무를 끝내고 상경上京하여 가지고 온 재물을 정리하고
있었는데, 그것에 눈이 먼 옆집 남자가 훔치려고 동료를 꾀어내 한밤중에 침입하여 도
적질을 한다. 온 집안 사람들이 기겁을 하여 허겁지겁 숨는 와중에, 도 대부의 집에서
일하는 작은 체구의 사내가 기민하고 과감하게도 도적 한 놈을 베어 죽이고 숨겨 놓
는다. 다음날 검비위사檢非違使에게 이 사건을 이야기한 바, 그 사체의 신원이 밝혀지
고 도적 전원이 잇달아 체포되어 투옥되었다고 하는 이야기. 앞 이야기와 마찬가지로
수령을 따라 지방에 내려간 관원이 부자가 되어 상경하고, 그것을 노린 도적이 있다고
하는 내용. 앞 이야기는 하인의 현명한 사리분별, 이 이야기에서는 작은 사내의 용감
한 행동에 의해 위난危難에서 벗어남.

이제는 옛이야기이지만, 저웅猪熊과 능릉綾 소로小路[1]에 도 대부藤大夫[2] □
□[3]라고 하는 사람이 살고 있었다.

수령의 수행원이라도 했던 것인지, 시골[4]에 내려갔다 도읍으로 돌아왔
는데 많은 물건을 가지고 돌아왔다. 그 정리를 하고 있는 것을 옆에 사는 도

1 　저웅소로猪熊小路와 능소로綾小路가 교차하는 지점. → 평안경도平安京圖.
2 　후지와라藤原 씨로 오위五位의 지위에 있는 인물의 통칭에 사용함. 여기서는 아래 결자부분에 해당하는 인
　　물의 통칭.
3 　인명 명기를 위한 의도적 결자.
4 　여기서는 국사國司의 부임지.

벽盜癖이 있는 자가 보고, 친하게 지내던 같은 도적일당 여러 명을 끌어들여 그 집에 침입을 했다. 집 안에 있던 사람들은 모두 보이지 않는 곳에 숨거나 또는 마루 밑에 기어들어가 숨었다. 맞서 싸우는 사람이 한 사람도 없었기로 도적들은 유유히 집안의 모든 물건을 찾아 돌아다니며 모조리 챙겨 갔다.

그런데 마루 밑으로 도망쳐 엎드려 숨어 있던 작은 체구의 남자가 있었다. 도적들이 물건을 다 훔치고 이제 나가려던 때에, 이 마루 밑에 숨어 있던 작은 사내가 마루에서 뛰어내리려고 하는 도적의 발을 꽉 붙잡고 잡아당겼다. 그 때문에 도적은 앞으로 고꾸라졌다. 게다가 그 작은 사내가 달려들어 칼을 빼들고 도적의 □[5]를 두 번, 세 번 찔렀다. 도적은 다리를 잡혀 세게 넘어지는 바람에 가슴을 부딪쳐 의식을 잃었는데, 이같이 □[6]를 몇 번이나 찔려서 아무 저항도 하지 못하고 그대로 죽어 버렸다. 그래서 이 작은 사내는 도적의 양 발목을 잡고 마루 밑 깊숙이 잡아끌어다 놓았다.

그렇게 해 두고 이 작은 사내가 아무 일도 없었다는 듯이 밖으로 나오자, 도적들이 떠났기 에 달아나 숨어 있던 다른 모든 사람들이 나와 큰 소리로 떠들썩하게 이야기하였고 도적에게 옷을 빼앗긴 사람은 알몸으로 떨고 있었다. 집 안의 온갖 물건들이 엉망진창으로 짓밟혀 깨지고 부서져 있었다. 도적들은 물건을 훔친 후 저웅소로猪熊小路에서 남쪽으로 도주하려고 하였는데, 이웃집 사람들이 달려 나와 화살을 쏘았기에 뿔뿔이 흩어져 달아났다. 그러나 동료 한 명이 칼에 찔려 죽었다는 사실은 알지 못했다.

도적이 들이닥친 것은 한밤중 일이었기 때문에 곧 날이 밝았다. 이웃집

---

5 한자표기를 위한 의도적 결자로, 신체부위의 어느 명칭이 들어가야 알맞은 곳임.
6 → 주5.

사람들도 몰려와 보고는 야단법석을 떨었다. 서동원西洞院 대로와 □□[7]에 살고 있는 도 판관藤判官[8] □□[9]라는 검비위사檢非違使[10]도 이 도 대부와는 친분이 두터운 사이였기 때문에 사람을 보내 위문을 하게 했는데, 도적을 찔러 죽인 이 작은 사내가 그 도 판관의 집에 가서 "이러이러한 일을 했사옵니다."라고 아뢰었다. 도 판관이 이 말을 듣고 놀라 방면放免[11]을 불러 도 대부의 집으로 보내 조사하게 했다. 방면이 그 집에 들어가 찔려 죽은 그 도적을 끌어내 보니, 그것은 이웃집 아무개 나리의 하인[12]이었다. 놀랍게도, 옆집에서 많은 물건을 가져온 것을 보고 훔치러 들어온 것이었다.

방면이 이것을 도 판관에게 보고하자, 도 판관은 즉시 그 하인의 집으로 사람을 보내, 그 아내를 체포하게 했다. 도 판관은 하인의 아내가 분명 그 내막을 알고 있을 것이라고 여겨 심문을 했는데, 아내는 숨길 수가 없었기에

"어젯밤, 아무개, 아무개가 집에 와서 밀담을 나누었습니다. 그 자들이 집은 어디어디입니다."

라고 자백하였다. 이에 다시 검비위사 별당別當[13]에게 보고하고 그 여자를 앞세워 집집마다 가서 체포하려고 했는데, 도적들은 전날 밤 도적질로 인해 지쳐 자고 있었기에, 그들을 일망타진하여 포박하였다. 변명의 여지가 없는 일이라 모조리 감옥에 들어갔다. 또 훔친 물건도 전부 되찾았다. 한편 도적

7　남북으로 뻗은 서동원 대로와 동서로 뻗은 □□대로가 교차하는 지점. 서동원 대로는 도읍 중앙을 뻗은 주작朱雀대로와 동단東端을 뻗은 경극京極대로와의 한중간에 해당.

8　후지와라 씨로 검비위사 檢非違使의 위尉인 인물의 통칭. '판관'은 대보령大寶令 3등관 일반을 말하지만, 오로지 검비위사청의 위尉인 자에게만 사용.

9　도 판관藤判官의 이름 명기를 위한 의도적 결자.

10　영외令外의 관官으로, 도읍 안 사법 · 경찰 · 치안을 담당한 직책.

11　형기刑期를 마치고(일설에 형 일부를 면제받고) 출옥해서 검비위사청의 하인으로서 봉직奉職한 자. 검비위사의 병사로서 순사巡査와 옥리獄吏를 겸한 듯 하며 특히 실제 현장에서 범인 체포를 담당.

12　원문에는 "雜色"으로 되어 있음. 심부름 등의 잡일을 하는 하인.

13　검비위사청 장관. 참의參議 이상으로 위문독衛門督이나 병위독兵衛督인 자가 겸직.

을 찔러 죽인 그 작은 사내는 그 후 훌륭한 무사로서 등용되었다.

그러므로 집에서는 여러 가지 물건을 늘어놓고 함부로 남에게 보이는 것이 아니다. 이렇게 훔치려고 하는 사람이 있을 수 있는 것이다. 가령 종자라 하더라도 마음을 놓아서는 안 된다. 하물며 생판 모르는 사람에게는 그런 마음이 있을 것이라고 반드시 의심하지 않으면 안 된다고 이렇게 이야기로 전하여 내려오고 있다 한다.

藤大夫□家入強盗被捕語第七

今昔、猪熊ト綾ノ小路トニ、藤大夫□ト云フ者住ケリ。

受領ノ共ニヤ有ケム、田舎ニ行テ返リ上タリケルニ、物共

多ク持来テ繚ケルヲ、隣ニ有ケル盗心有ケル者見テ、此様

ノ態シケル得意共ヲ数語ヒ集メテ、強盗ニテ、其ノ家ニ入ニ

ケリ。家ノ内ニ有ケル人皆或ハ物ノ迫ニ隠レ、或ハ板敷ノ下

ニ這入ヌ。待受テ戦フ人一人モ無ケレバ、盗人共、糸静ニ家

ノ内ノ万ノ物ヲ涼テ、露残ス物無ク皆取テ去ヌ。

而ル間、板敷ノ下ニ逃入タル小男ノ低臥セル有ケリ。盗人

ノ物取畢テ返ル時ニ、其ノ盗人ヲ、此ノ板敷ノ下ニ隠レ居シ

小男ノ、盗人ノ板敷ヨリ走リ下ル足ヲ、掻抱テ引ケレバ、盗

人低シニ倒レニケリ。其ノ上ニ此ノ小男蹙懸リテ、盗人ノ□

ヲ刀ヲ抜テ二刀三刀突ケレバ、盗人足ヲ被取テ痛ク倒レニケ

レバ、胸ヲ突テ物モ不思エザリケルニ、此ク□ヲ数度被突ニ

ケレバ、此モ彼モ不為デヤガテ死ニケリ。其ノ時ニ此ノ小男、

盗人ノ二ノ足ノ頸ヲ取テ、板敷ノ下ニ奥様ニ深ク引入ツ。

然テ、此ノ小男ハ然ル気無キ様ニテ出来タレバ、逃隠レタ

リツル者共、盗人去ヌレバ、皆出来テ喤リ合タリ。

ル者共ハ裸ニテ筋フ。家ノ内ノ万ノ物共皆被踏壊レ、被打損タ

ル事無限シ。盗人ハ物ヲ取畢テ、猪熊下ニ出テ走ケルニ、隣

ノ者共ノ起合テ、箭ヲ射懸ケレバ、散々ニ逃テ去ニケリ。其

ノ一人ガ被突殺タルヲ否ズ知ズ。

夜半過テ入タル盗人ナレバ、其ノ後幾モ無クテ夜明ヌ。

隣ノ人モ集リ来テ訪ヒ喤ル。

西ノ洞院ト□トニ有ル藤判

官□ト云フ検非違使モ、此ノ藤大夫ト得意ニテ有ケレバ、

人ヲ遣セテ訪ヒケルニ、此ノ盗人突殺シタル小男、彼ノ藤判

官ノ許ニ云テ行テ、「然々ノ事ナム仕タル」ト聞セケレバ、藤

判官聞キ驚テ、放免ヲ呼テ、彼ノ藤大夫ガ家ニ遣テ見セケ

レバ、放免其ノ家ニ入テ被突殺タル盗人ヲ引出シテ見レバ、

隣ニ有ル某殿ノ雑色也ケリ。早ウ、隣ニテ物共ヲ持来タリ

ケルヲ見テ入タル也ケリ。

放免此ノ由ヲ藤判官ニ申セバ、藤判官、即チ彼ノ雑色ノ家

ニ二人ヲ遣テ、妻ヲ搦サセツ。「妻ハ定メテ知タラム」トテ問

ケレバ、妻否不隠サデ、「夜前コソ其丸彼丸ハ詣来テ私語

仕リシカ。其等ガ家共ハ其々也」ト云ケレバ、且ツ検非違

使ノ別当ニ申シテ、其ノ女ヲ前ニ立テ、其ノ家々ニ行テ捕

レバ、其奴原今夜盗シ極ジテ臥セリケルヲ、皆員ヲ尽シテ尋

ネ捕ヘテケリ。可遁キ事ニモ非ネバ、片端ヨリ皆獄ニ被禁

ニケリ。亦其ノ盗ミ取タル物共モ、員ニ依テ取出テケリ。然

テ、此ノ盗人突殺シタル小男ハ、其ヨリ後、極キ兵ニ被用テ

ナム有ケル。

然レバ、人ノ家ニハ物共取リ披テ由無カラム人ナドニハ不

見マジキ也。此ル心発ス者ノ有ル也。従者トテモ心可免キ

者ニ非ズ。況ヤ疎カラム者ノ然ル心有ラムハ此レ必ズ可疑キ

事也、トナム語リ伝ヘタルトヤ。

시모쓰케下野 수령 다메모토爲元 집에 들어온
강도 이야기

12월 말경, 시모쓰케下野 수령, 후지와라노 다메모토藤原爲元의 집에 침입한 강도가 신분이 높은 여방女房(가잔인花山院의 여왕女王)을 인질로 삼고 달아났다. 강도가 여자의 몸에 걸치고 있는 옷을 벗기고 길 위에 버려두고 갔기 때문에, 알몸의 여자는 심한 추위의 겨울밤을 헤맨 끝에 동사凍死했다. 시체는 잔인하게도 개에게 물어 뜯겨 갈기 갈기 찢겨져 있었다고 하는 처참한 이야기. 즉시 범인을 체포하라는 선지宣旨가 내려졌는데, 한때는 난폭한 삼위三位 후지와라藤原 아무개에게 혐의가 씌워졌으나, 다다음 해에 검비위사檢非違使 다이라노 도키미치平時道가 하하소노 모리枯の杜라는 곳에서 잡은 남자가 범행을 자백해 사건은 해결되었다고 한다. 『소우기小右記』, 『좌경기左經記』에서도 관련 기사를 볼 수 있다. 만수萬壽 원년(1024) 12월 6일에 발생한 가잔인의 여왕 살해사건이 설화화說話化된 것. 이 이야기와 역사기록을 비교하면 범행의 수법, 하수인, 진범 등 상황이 다소 상이하다. 사건의 배후에는 후지와라노 고레치카藤原伊周 일가의 원한이 있었다고 한다.

　이제는 옛이야기이지만, 시모쓰케下野 수령, 후지와라노 다메모토藤原爲元¹라는 사람이 있었다. 집은 삼조三條² 대로에서는 남쪽, 서동원西洞院³

1　→ 인명.
2　→ 평안경도平安京圖.
3　→ 평안경도.

대로에서는 서쪽에 해당하는 곳에 있었다.

선달그믐 무렵에, 그 집에 강도가 침입했다. 옆집 사람들이 놀라 시끄럽게 떠들었기 때문에, 도적은 제대로 물건도 훔치지 못했고, 포위되었다고 여겨 그 집에 있던 신분이 높은 여방女房[4]을 인질로 삼아 데리고 도망쳤다. 강도는 삼조三條 대로에서 서쪽으로 도망쳤는데 이 인질을 말에 태워 대궁大宮 대로 사거리[5] 쯤 왔을 때, 뒤에서 추격자가 뒤쫓아 온다고 생각해 여방의 옷을 벗겨 빼앗고 여인은 버리고 달아나 버렸다.

여인은 난생 처음 이런 험한 일을 당해, 알몸으로 겁에 질려 부들부들 떨고 있던 중, 오미야 강大宮川[6]으로 그만 떨어지고 말았다. 사방의 물은 얼어 있고 바람은 살을 에는 듯이 차가웠다. 간신히 물위로 기어 올라와서 가까운 인가에 들러 문을 두드렸지만 무서워서 누구하나 응답해 주는 사람도 없었다. 그래서 여인은 결국 《얼어》[7] 죽었고 개에게 먹혀 버렸다. 다음날 아침에 보니, 아주 긴 머리카락과 새빨간 머리, 다홍빛 치마만이 갈기갈기 찢겨진 채 얼음 속에 내버려져 있었다.

그 뒤 선지宣旨가 내려져

"만약 이 도적을 잡아내는 사람이 있다면 막대한 은상恩賞을 주겠노라."

라고 했기 때문에, 그것이 세간의 큰 화제가 되었다. 이 사건에 대해, 황삼위荒三位[8]라고 일컬어지는 후지와라노藤原《미치마사道雅》[9]라는 사람이 범인으로 의심을 받았다. 그 이유는 이 황삼위가 개에게 먹힌 그 아가씨를 연

4   가잔인花山院의 여왕女王을 가리킴. 당시 조토몬인上東門院의 여방으로서 출사出仕. 박복한 황녀로, 다메모토爲元가 가잔인을 가깝게 모신 인연으로 이 집에서 살게 된 것임.
5   삼조三條대로와 동대궁東大宮대로의 교차점일 것으로 추정. → 평안경도.
6   동대궁 대로를 따라 흐르던, 땅을 파서 궁중宮中으로 끌어들여 도랑을 이룬 수로. 현존하지 않음.
7   한자표기를 위한 의도적 결자.
8   성질이 난폭한 삼위三位라는 뜻으로, 후지와라노 미치마사藤原道雅(→인명)의 이명異名.
9   후지와라 아무개의 이름 명기를 위한 의도적 결자로, '미치마사道雅'가 해당할 것으로 추정됨.

모하고 있었지만 거절당했기 때문에 그리 한 것이라고 세간 사람들은 너나 할 것 없이 이야기했기 때문이다.

한편 검비위사檢非違使 좌위문위左衛門尉[10]인 다이라노 도키미치平時道[11]가 선지를 받들어 범인 색출에 나섰다. 그러다 야마토 지방大和國으로 내려가는 도중 야마시로 지방山城國의 하하소노 모리柞の杜[12]라는 곳 부근에서 한 남자를 만났다. 검비위사를 보고 엎드린 그 남자의 모습이 이상해 그 남자를 포박해 나라사카奈良坂[13]에 연행해서

"너는 무언가 나쁜 짓을 저지른 게로구나."

하고 계속 심문하였다. 남자는 "절대로 하지 않았습니다."라고 부인했지만 더욱더 강하게 심문하니

"실은 재작년[14] 섣달그믐 경, 남의 꼬임에 넘어가 삼조 서동원三條西洞院에 있는 저택에 침입했습니다만, 아무것도 얻지 못하고 신분이 높은 여방을 인질로 삼아 대궁대로大宮大路 사거리에 버려두고 도망쳤습니다. 그 이후 듣자니 《얼어》[15] 죽어 개에게 먹히셨다고 합니다."

라고 자백했다. 이것을 들은 도키미치는 기뻐하며 그 남자를 도읍으로 연행해 사건의 자초지종을 아뢰었다. 세간에서는

"도키미치는 대부위大夫尉[16]로 승진할 것이야."

라는 소문이 자자했지만 어떤 상도 없었다. 어찌된 일일까? 반드시 상을 내

---

10 검비위사檢非違使로 좌위문위左衛門尉를 겸한 자. 좌위문위는 좌위문부左衛門府 3등관.
11 → 인명.
12 → 지명.
13 → 지명.
14 사실에 의하면 '작년'이라고 해야 함.
15 → 주7.
16 대부大夫는 오위五位의 통칭. 위尉는 육위六位에 상당하는 관직이지만, 공적으로 특히 오위를 하사받아 '대부 위'라 함.

리실 것이라고 말씀하셨는데, □□.[17]

　도키미치는 결국 오위 벼슬을 받아 자위문左衛門 대부라고 불렸다. 세간 사람들이 모두 비난했기 때문일 것이다.

　이것을 생각하면, 설령 여자라 할지라도 역시 침실은 조심하고 또 조심해야 한다. 방심하고 자고 있었으니 이같이 인질로 잡힌 것이라고 사람들은 서로 이야기하였다고 이렇게 이야기로 전하여 내려오고 있다 한다.

17　이하 탈문脫文이 있을 것이라는 설(대계大系)과 전도법轉倒法이라는 설이 있으나, 아래 문장과의 문맥의 연결이 안 좋은 점을 보면 전자일 가능성이 있음.

下野守為元家入強盗語第八

今昔、下野ノ守藤原ノ為元ト云フ人有ケリ。家ハ三条ヨ

リハ南、西ノ洞院ヨリハ西ニナム住ケル。

十二月ノ晦比ニ、其ノ家ニ強盗入ニケリ。隣ノ人驚キ

合テ嘖ケレバ、墓墓シク物モ否取リ不得デ、盗人、「被籠ヌ」

ト思エケレバ、其ノ家ニ吉キ女房ノ御ケルヲ、質ニ取テ抱テ

出ニケリ。三条ヨリ西様ニ逃テ行ケルヲ、此ノ質ヲバ馬ニ打

乗セテ、大宮ノ辻ニ出タルニ、人追テ来ニタリト思エケレバ、

此ノ女房ノ御衣ヲ引剝テ、盗人ハ棄テ逃ニケリ。

女房習ヒ不給ヌ心地ニ、裸ニテ怖々シト思ヒケル程ニ、

大宮河ニ落入ニケリ。水モ凍シテ風冷キ事無限シ。水ヨリ這

上テ人ノ家ニ立寄テ門ヲ叩ケドモ、恐テ耳ニ聞入ル人無シ。

然レバ女房□テ遂ニ死ニケレバ、狗ニ被食ニケリ。朝見ケ

レバ、糸長キ髪ト赤キ頭ト紅ノ袴ト、切々ニテゾ凍ノ中ニ有

ケル。

其ノ後宣旨下テ、「若シ此ノ盗人捕奉タラム者ニハ、止

事無キ賞ヲ可給シ」トテ、嘖リ合タル事無限シ。此ノ事ハ荒

三位ト云テ藤原ノ□ト云フ人ゾ負ケル。其レハ、其ノ荒三

位ノ、彼ノ狗ニ被食タル姫君ヲ仮借シケルニ、不聞ザリケ

ルトゾ世ニ人云ヒ嘖ケル。

而ル間、検非違使左衛門ノ尉平ノ時道、承ハリテ尋ネ求ル

間、大和ノ国ニ下ルニ、山城ノ国ニ柞ノ杜ト云フ所ノ辺ニ男

出ニケリ。検非違使見テ突居タル気色ノ怪カリケ

レバ、其レヲ搦テ奈良坂ニ将行テ、「己ハ犯シタル者ニコソ

有メレ」ト云テ、只問々ケレバ、男ノ、「更ニ犯不仕ズ」ト

諍ケルヲ、責テ問ケレバ、「去々年ノ十二月ノ晦比ニゾ、

人ニ被倡テ、三条ト西ノ洞院トニ有シ殿原ニ罷入テ、物ヲバ

否不取デ、止事無カリシ女房ヲ質ニ取リ奉テ、大宮ノ辻ニ

棄テ罷逃ニシ。其ノ後承ハリシカバ□死テ狗ニ被食給ヒニ

ケリ」ト云フヲ聞テ、時道喜テ、其ノ男ヲ将上テ、其ノ由

ヲ申シ上タリシカバ、「時道、大夫ノ尉ニ可当シ」ト世ニ云

ヒ嘲シカドモ、其ノ賞モ無クテ止ニキ。何ナル事ニカ有ケム、

「必ズ賞可有シ」ト仰セ被下タリシカドモ□。

遂ニ時道冠ヲ得テ、左衛門ノ大夫トテナム有シ。世ノ人

皆謗リ申シ、事ナメリ。

此レヲ思フニ、女也トモ尚寝所ナドハ拵テ可有キ也。「泛

ニ臥タリシカバ此ク質ニモ被取タル也」トゾ人云ケル、トナ

ム語リ伝ヘタルトヤ。

344

아미타阿彌陀 성인聖人이 사람을 죽이고
그 집에 머물다 피살당한 이야기

염불 성인念佛聖이 여행 도중, 어떤 산속에서 점심을 베풀어 준 자비로운 남자를 살해하고, 그의 옷과 소지품을 빼앗아 도주했는데, 천벌은 모면하기 힘든 것으로 그날 밤 머무른 곳이 기이하게도 죽은 남자의 집이었다. 도적질한 옷의 특징으로 남자의 아내가 의심을 품고, 그녀의 통보로 모인 마을사람들에게 포박당해 고문을 받고 결국엔 자백했지만 사살되었다는 이야기. 극악무도한 파계승破戒僧의 현보담現報譚. 이러한 천벌은 권20 제31화 · 32화 · 33화에도 보인다. 이름뿐인 수행승의 파괴 무참한 무리의 횡행橫行을 전하는 이야기로서, 권26 제21화와는 좋은 한 쌍을 이룸.

이제는 옛이야기이지만 □□지방國 □□군郡에 □□[1]데라寺라는 절이 있었다. 그 절에 아미타阿彌陀 성인聖人이 하는 일[2]을 하며, 여러 지방을 돌아다니는 법사法師가 있었다. 위에 사슴뿔을 붙이고 끝에 두 갈래의 쇠 장식을 붙인 지팡이를 짚고 금고金鼓[3]를 치며 여기저기 아미타阿彌陀 염불을 권하며 걸어 다녔는데, 어떤 산속을 지나던 때에 짐을 짊어진 한 남자를 만

---

1   각각 지방명. 군명, 사찰명 명기를 위한 의도적 결자.
2   아미타불의 명호名號를 외며 여러 지방을 돌아다니며 왕생극락의 가르침을 설교하는 행각승. 여기서는 그 행위.
3   승려. 특히 염불성인念佛聖이 포교를 할 때에 가슴 앞에 매단 구리로 만든 일종의 타악기. 평평하고 동그란 원형이며 당목으로 두드려 소리를 냄.

났다.

　법사가 이 남자와 길동무가 되어 걷고 있던 중에, 남자가 길옆에 멈춰 서고 앉아서 점심도시락[4]을 꺼내 먹기 시작했다. 법사가 그대로 지나쳐 가려고 하자 남자가 법사를 불러서 법사는 그에게 가까이 다가섰다. 그러자,

　"이걸 드시지요."

라며 밥을 나누어 주었기에 법사는 사양 않고 받아먹었다. 한편 식사가 끝나자 남자는 원래 지고 있던 짐을 들어 짊어지려 했다. 그때 법사는 문득

　'이곳은 사람이 거의 오지 않는 곳이다. 이 남자를 때려죽이고 옷과 소지품을 빼앗은들 아무도 알 리가 없다.'

라고 생각하고는 이제 막 짐을 지려고 하는 남자가 방심한 틈을 타서 갑자기 공격하여 쇠장식이 달린 지팡이로 목을 찔러 눌렀다. 남자가

　"무슨 짓입니까."

라고 소리치며 손이 닳도록 빌며 버둥댔지만, 법사는 원래 힘이 센 자인지라 듣지도 않고 죽이고 말았다. 그리고는 옷과 소지품을 빼앗아서는 날아가듯 도망쳤다.

　까마득히 멀리 산을 넘어 마을이 있는 곳까지 도망쳐 와서

　'여기까지 왔으니 설마 아무도 알 리 없겠지.'

라고 생각하고 어떤 인가에 들러

　"아미타불 염불을 권하며 다니는 법사입니다. 날도 저물고 하여 오늘 하룻밤 잠자리를 청할 수 있는지요."

라고 말했다. 그러자 그 집의 여주인이 나와서

　"남편이 좀 볼일이 있어 나가 있습니다만, 오늘밤만이시라면 머무시지

4　당시의 일반적인 식생활은 하루 2식이었지만, 여행 중에 점심을 취하는 것은 그다지 특별한 일이 아니었을 것임.

요."

라며 안으로 들게 했다. 신분이 미천한 자들이 사는 좁은 집이라 여자는 법사를 자신과 얼마 떨어지지 않은 바로 옆의 부뚜막 앞에 앉도록 했다. 그래서 여자가 법사와 마주 보고 있는데 법사가 입고 있는 옷 소맷부리가 문득 여자의 눈에 띄었다. 그것은 자신의 남편이 입고 간 포의布衣[5]의, 염색한 가죽[6]을 꿰매 이은 소매와 꼭 닮았다. 여자는 생각지도 못 한 일이었으므로 설마 그런 일이 있었을 것이라고는 알아차리지는 못했지만, 아무래도 그 소맷부리가 신경이 쓰여 태연한 척하며 자세히 보니, 실로 남편의 것이었다.

그때 여자는 정말 놀라 괴이하게 여기며, 이웃집에 가서 몰래

"이런 일이 있는데 도대체 어찌된 일일까요?"

라고 귓속말을 하자, 이웃집 사람이

"그것은 실로 괴이한 일이군, 어쩌면 훔친 것일지도 모르겠군. 정말로 수상쩍은 일이다. 정말 의심의 여지없이 남편의 옷이라 확인하였다면, 그 성인을 잡아 추궁해야 합니다."

라고 말했다. 여자가

"훔친 것인지 아닌지는 모르겠지만, 어쨌든 옷소매는 확실히 남편 것입니다."

라고 하자, 이웃사람이

"그렇다면 법사가 도망치기 전에 빨리 추궁해 볼 필요가 있습니다."

라고 하며 그 마을의 힘센 젊은 남자 너댓 명에게 이 사실을 알리고 밤에 그 집에 불러들였다. 법사가 그런 줄도 모르고 식사를 끝마치고 방심하여 잠을

---

5   서민들이 평상복으로 입던 베로 만든 가리기누狩衣.
6   무두질하고 염색한 가죽. 소맷부리가 닳아 손상되는 것을 방지하기 위해 꿰매 붙여 놓은 것일 것임.

자고 있는 사이, 마을 사람들은 재빨리 달려들어 진압을 했다. 법사가

"도대체 무슨 일이냐?"

라고 말했지만 개의치 않고 꽁꽁 묶어 끌어낸 뒤 다리를 단단히 조여[7] 고문했지만

"나는 절대 아무것도 하지 않았다."

라며 자백하지 않았다. 그러자 다른 사람이

"법사의 짐을 풀어 보자. 이 집 남편의 소지품이 있을지도 모르니까."

라고 말하자,

"과연 그렇다."

하며 보자기를 열어 보니 남편이 가지고 나간 물건들이 고스란히 들어 있었다.

"예상했던 대로다."

라며 이번에는 법사의 머리 위에 접시에 불을 넣어 얹어 두고 추궁하자, 마침내 법사가 뜨거움을 참지 못하고

"사실은 어디어디 산속에서 이러이러한 남자가 있었는데, 그자를 죽이고 빼앗은 물건입니다. 그런데 이 일을 물어보시는 분은 도대체 누구십니까?"

라고 말했다.

"이곳은 그 사람 집이다."

라고 하자, 법사는

"그럼 나는 천벌을 받은 것이구나."

라고 말했다. 한편 날이 밝자 마을사람들은 모여 그 법사를 앞세우고 그 장소로 가보니 정말로 여자의 남편이 죽어 있었다. 아직 새나 짐승이 손대지

---

7 미상. 다리를 단단히 누르거나 무언가 단단한 것으로 조이는 고문으로 추정됨.

않아 그대로의 모습으로 남아 있었기에 처자식은 이것을 보고 울며 슬퍼했다. 그래서

"이 녀석을 데리고 돌아가 봤자 어쩌겠어."

하며 즉시 그 자리에서 그 법사를 책형磔刑[8]으로 사살射殺해 버렸다.

　이것을 들은 사람들은 모두 그 법사를 증오했다. 남자가 자비심이 있어 일부러 불러 밥을 나누어 준 은혜도 모르고, 법사의 몸이면서 사견邪見[9]이 깊어 소지품을 훔치려고 사람을 죽인 것을, 하늘이 노여워하신 것이다. 다른 집에 가지 않고 곧장 죽은 장본인 집으로 가서 이렇게 실제로 죽임을 당하다니, 참으로 감개무량한 일[10]이라고, 이 이야기를 들은 사람들은 서로 이야기하였다고 이렇게 이야기로 전하여 내려오고 있다 한다.

8　나무 등에 사지를 묶어 맨 것일 것으로 추정. 이런 식으로 묶어 놓고 사살하는 방법은 특히 중죄인을 처형할 때 사용하는 방법임.
9　인과응보라는 불교의 근본이치를 무시하는 잘못된 생각.
10　인과응보의 불교 교리가 어김없이 실제로 실현된 것에 대한 감탄.

阿弥陀聖殺人宿其家被殺語第九

今昔、□ノ国□ノ郡ニ□寺ト云フ寺有リ。其ノ寺
ニ阿弥陀ノ聖ト云フ事シテ行ク法師有ケリ。鹿ノ角ヲ付タ
ル杖ヲ、尻ニハ金ヲ杖ニシタルヲ突テ、金鼓ヲ扣テ、万ノ所
ニ阿弥陀仏ヲ勧メ行ケルニ、山ノ中ヲ過ギケル程ニ、男ノ物
荷ヒタル会ヒタリ。

法師相共ニ行ケルニ、男傍ニ立寄テ突居テ、昼ノ物ヲ取
出シテ食フニ、法師ハ過ナムト為ルヲ、男法師ヲ呼ケレバ、
寄ヌ。「此レ食」トテ飯ヲ分テ取セタレバ、法師吉ク食ツ。

既ニ食畢ツレバ、男本荷ヲ物ヲ取テ荷ハムト為ル程ニ、法
師ノ思ハク、「此ニ忽二二人不来マジキ所也。此ノ男ヲ打殺シ
テ、持タル物ト着タル衣共ヲ取ラムニ、誰カハ可知キ」ト
思テ、今物持タムト為ル男ノ、思ヒ不懸ヌヲ、法師俄ニ金杖

ヲ以テ頸ヲ突フレバ、男、「此ハ何ニシ給フゾ」ト云テ、手
ヲ摺テ迷ヘドモ、法師本ヨリ強力也ケル者ニテ、聞モ不入ズ
シテ打殺シテケリ。然テ持タル物ト着タル衣共ヲ取ルマ、
ニ、飛ブガ如クニシテ逃テ去ヌ。

遥ニ山ヲ隔テ、遠ク去テ、人郷ノ有ケルニ行出ニケレバ、
「今ハ我人モ不知ジ」ト思テ、人ノ家ノ有ニ寄テ、「阿
弥陀仏勧メ行ク法師也。日暮ニ成リ。今夜許宿シ給テムヤ」
ト云ケレバ、家主ノ女有テ、「男ハ物ニ罷行ニタレドモ、然
ラバ今夜許ハ宿リ給ヘ」ト云テ入レタレバ、下衆ノ小家ナレ
バ、程モ不隔ズシテ、法師ヲ竈ノ前ニ居ヘタリ。然レバ家ノ
女、此ノ法師ニ向テ見ルニ、法師ノ着タル衣ノ袖口急ト見ユ。
其レニ、我ガ夫ノ着テ行ニシ布衣ノ、袖ニ色革ヲ縫合タリケ
ルニ似タリ。女思ヒモ不寄ネバ然モ心モ不得デ有ルニ、家ノ
女尚此ノ袖口ノ極ク怪ク思エケレバ、然ル気無キ様ニテ見
ルニ、只其レニテ有ケリ。

其ノ時ニ家女驚キ怪ムデ、隣ニ行テ蜜ニ、「此ル事ナム有

ル。

何ナル事ニカ有ラム」ト云ケレバ、隣ノ人、「其レハ極
テ怪キ事ニコソ有ナレ。若シ盗タルニヤ有ラム。極ク不審キ
事也。実ニ一定其ノ衣ト見給ハヾ、聖ヲ捕ヘテ可問キニコ
ソ有ナレ」ト云ケレバ、家女、「盗ミ不盗ズハ不知ズ、先ヅ
衣ノ袖ハ正シク其也」ト云ケレバ、隣人ノ、「然テハ、法師ノ
不逃又前ニ疾ク問テ可聞キ事ナヽリ」ト云テ、其ノ郷ノ若キ
男共ノ強力ナル四五人許ニ此ノ事ヲ聞セテ、夜ル其ノ家ニ
呼テ、法師ノ、物打食テ、思ヒモ不懸デ打解テ臥ルヲ、俄ニ
寄テ抑ヘテ搦ケレバ、法師、「此ハ何ニ」ト云ケレドモ、只
縛リニ縛テ引出シテ足ヲ交ムデ問ケレドモ、「更ニ我レ犯ス
事無シ」ト云テ不落ザリケレバ、亦人有テ、「其ノ法師ノ持
タリツル袋ヲ開テ見ヨ。家ノ主ノ物ヤ有ル」ト云ケレバ、
「現ニ然ル事也」トテ、袋ヲ開テ見ルニ、男ノ持テ出ニシ物
ノ限リ有リ。

「然レバコソ」ト云テ、其ノ時ニ、法師ノ頭ノ上ニ坏ニ火ヲ
入レテ置テ問ケレバ、其ノ時ニナム、法師熱サニ不堪ズシテ、

「実ニハ其々ノ山中ニテ男ヲ然々侍リシヲ、殺シテ取タル物
也。抑モ此ハ誰ガ問ヒ給フゾ」ト云ケレバ、法師、「此レ其ノ人
ノ家也」ト云ケレバ、法師、「然テハ我レ天ノ責蒙ニケリ」
トゾ答ヘケル。然テ夜明テ其ノ法師ヲ前ニ立テ、郷ノ者共
集テ行見ケレバ、実ニ其ノ男ヲ殺シテ置タリケリ。未ダ
者モ不噉失ハデ直クテ有ケレバ、妻子此レヲ見テ哭悲ビケリ。
然テ其ノ法師ヲバ、「将返テモ何ニカハセム」ト云テ、ヤガ
テ其ノ所ニ張付テ射殺シテケリ。

此レヲ聞ク人、法師ヲナム憾ミケル。「男ノ慈悲有テ、呼
ビ寄セテ飯分テ食セナドシタルヲ思ヒモ不知デ、法師ノ身ニ
テ邪見深クシテ、物ヲ盗ミ取ラムトテ殺シタルヲ天ノ憾ミ給
テ、外ヘモ不行ズシテ、ヤガテ其ノ家ニ行テ、現ニ此ク被殺
ル、哀ナル事也」トゾ聞ク人云ケル、トナム語リ伝ヘタルト
ヤ。

호키伯耆 국부國府 창고에 침입한 도적이
죽임을 당한 이야기

다치바나노 쓰네쿠니橘經國가 호키伯耆 수령으로 재임하던 중에, 세상에 대기근이 발생해 먹을 것도 없던 해의 일로, 굶주린 한 남자가 말린 밥을 훔쳐 내려고 국부國府 창고의 지붕으로 침입했는데, 예상과는 달리 창고 안은 텅텅 빈 상태였다. 남자는 네댓새 창고에서 탈출을 시도했지만 성공하지 못하고, 굶주림을 견디다 못해 문을 두드려 자신이 창고 안에 있음을 알리고 죄를 자백했는데, 수령은 정상참작의 배려도 없이 주위의 간언도 듣지 않은 채, 남자를 책형磔刑의 극형에 처했다는 이야기. 이 이야기의 도적은 앞 이야기의 흉악한 염불 성인과는 달리 천성이 악한 자가 아니라 굶주림을 견디다 못해 저지른 일이었고, 또한 자수하여 나왔으니 추방 처분이 온당한 처사임. 수령의 심히 야박하고 지나친 조치에 비난이 일었던 것임.

이제는 옛이야기이지만, 호키伯耆 수령[1]인 다치바나노 쓰네쿠니橘經國[2]라는 사람이 있었다. 이 사람이 호키 수령을 담당했던 당시, 세상에 심한 흉년이 들어 전혀 먹을 것이 없던 해가 있었다.

그런데 국부國府[3] 근처에 □□원院[4]이라는 창고가 있었다. 그 창고의 물건은 전부 꺼내 써버렸기에 아무것도 남아 있지 않았는데, 어떤 사람이 창

---

1 → 옛 지방명.
2 미상.
3 국사國司의 관청. 현재의 현청에 해당.
4 원명 명기를 위한 의도적 결자.

고 옆을 지나고 있으려니 창고 안에서 문을 두드리는 자가 있었다.

"누가 문을 두드리는 것이냐?"

라고 묻자, 창고 안에서

"도적입니다. 이 일을 바로 수령님께 말씀드려 주십시오. 이 창고에 말린 밥乾飯⁵이 있는 것을 보고 조금 훔쳐 목숨을 연명하려고 했습니다. 창고 위로 올라가 지붕에 구멍을 뚫고 말린 밥을 찾으려고 손을 떼고 안으로 뛰어내렸습니다. 그러나 말린 밥도 없고 창고 안은 텅 비어 있었기에, 네댓새 동안 기어오르려고 해도 기어오를 수가 없었습니다.⁶ 당장이라도 굶어 죽을 지경입니다. 어차피 죽을 목숨이라면 차라리 밖에 나가서 죽고 싶습니다."

라고 말했다.

밖에 있던 사람이 이 말을 듣고 놀라 수령에게 이를 알리자, 수령은 즉시 국부 관리를 불러 창고를 열어 조사토록 했다. 그러자 나이 마흔 정도의 외모가 아주 늠름하고 스이칸水干⁷ 의복을 제대로 갖춰 입은 새파랗게 질린 남자가 끌려 나왔다. 사람들은 이것을 보고 "벌을 가할 정도의 일은 아닙니다.⁸ 속히 추방하십시오."

라고 말하자, 수령은

"그럴 수야 없지. 나중에 어떤 말이 나올지도 모르니."라고 말하고 창고 옆에 책형磔刑대⁹를 만들어 책형으로 다스렸다.

그렇더라도 스스로 자진해서 자백한 자이니만큼 석방했어야 했는데 너무한 처사였다고 사람들은 비난했다.

---

5   한 번 지은 밥을 건조시킨 것으로, 보존식량 또는 휴대용 식량 등으로 삼음.
6   창고 안에 물건이 있으면 그것을 쌓아 올려 발판으로 삼아 탈출할 수 있는 것임.
7   * 천에 풀을 먹이지 않고 물에 적셔 재양판에 붙여 말린 천으로 지은 평상복.
8   곤궁한 자가 우발적으로 일어난 나쁜 생각으로 범한 가벼운 행위라고 인정하고 있음.
9   형벌 도구. 책형용 받침목.

이 남자의 얼굴을 알아본 사람은 한 명도 없이 일은 종결되었다고 이렇게 이야기로 전하여 내려오고 있다 한다.

伯耆国府蔵入盗人被殺語第十

今昔、伯耆ノ守橘ノ経国ト云フ人有ケリ。其ノ人ノ伯耆ノ守ニテ有ケル時、世ノ中極ク辛クテ、食物無キ年有ケリ。其レニ、国府ノ傍ニ□院ト云フ蔵共有リ。蔵ノ物共ハ皆下シ畢テ物モ無カリケル時ニ、人ノ、蔵ノ辺ヲ過ケルニ、蔵ノ内ニ叩ク者有リ。「何ノ叩クゾ」ト聞ケレバ、蔵ノ内ニシテ云ク、「盗人ニ侍リ。此ノ由疾ク申シ上給ヘ。此ノ蔵ニ飼ノ有シヲ見テ、『少シ取テ命ヲ助ケム』ト思テ、蔵ノ上ニ登テ、屋上ヲ穿テ、飼ニ落懸ラムトシテ手ヲ放テ落入タレバ、飼モ無クテ空ナレバ、此ノ四五日返リ可上キ方モ無クテ、既ニ餓死侍ナムトス。人此レヲ聞テ、「奇異」ト思テ、守ニ此ノ由ヲ申ケレバ、忽ニ在庁ノ官人ヲ召テ、蔵ヲ開サセテ見レバ、年四十許ナ

ル男ノ糸鑭ラカナルガ、水旱装束直クシタルガ、色モ無キヲ引出タリ。人々有テ此レヲ見テ、「云フ甲斐無シ。後ノ聞エモ有リ」ト云テ、蔵ノ傍ニ幡物結テ張懸テケリ。然ルハ痛ウ云タル奴ナレバ可免放キニ、口惜キ態シタリトナム、人云ヒ誹ケル。

此ノ男ノ顔見知タル人更ニ無クテナム止ニケル、トナム語リ伝ヘタルトヤ。

追放ヨ」ト云ケレドモ、守、「何デカ。速ニ被

어린아이가 참외를 훔쳐
아버지에게 의절을 당한 이야기

어린 자식이 참외를 훔쳐 먹는 것을 보고 도벽을 알아챈 아버지가 장래를 염려해 그 지역 유력자들의 서명을 받아 부모와 자식의 연을 끊는 증서를 만들었다. 가족은 이것을 보고 정신 나간 짓이라고 했지만, 아니나 다를까 그 아들은 성인이 된 후 도적질을 저질러 검비위사檢非違使에게 체포되어 투옥되었다. 비록 아들은 투옥되었지만 아버지는 몇 해 전 작성했던 증서가 효력을 발해 연좌죄를 면했다는 이야기. 아마 실화가 아니라 외국의 이야기를 번안飜案한 것으로 생각되며 그 원류源流는 대륙에서 찾아야 할 것으로 추정된다.

이제는 옛이야기이지만, □□□□[1]라고 하는 사람이 있었다.

어느 여름 무렵, 이 사람이 좋은 참외를 얻었기에

"이것은 진귀한 것이니 저녁 무렵 집에 돌아와서 다른 사람에게 선물로 주어야겠다."

라고 말하며 열 개 정도를 찬장[2] 깊숙이 넣어 두고, 집을 나올 때도

"절대로 이 참외를 꺼내서는 안 된다."

라고 말해 두고 외출했다. 그러나 그 후 일고여덟 살 정도의 남자 아이가 이

---

1   성명 명기를 위한 의도적 결자.
2   원문에는 "廚子"라고 되어 있음. 여기서는 음식 등을 넣어 두는 안에 선반을 단 찬장.

찬장을 열고 참외 하나를 꺼내 먹어 버렸다.

해질 무렵 부친이 집에 돌아와 찬장을 열어 보니 하나가 없어져 있었다. 그래서 아버지가 "참외가 하나 없어졌다. 누가 가져간 것이냐?"
라고 하자, 집안사람들은
"저는 안 가져갔어요.", "저도 안 가져갔어요."
라고 이구동성으로 앞 다투어 말했다. 하지만
"분명 이것은 집안사람 소행이다. 밖에서 사람이 들어와 가져갈 리가 없지 않느냐."
라고 하며 엄하게 추궁을 계속하자, 주인이 거처하는 안방을 돌보는 여자가
"제가 낮에 보니 도련님이 찬장을 열고 참외 하나를 꺼내 먹었습니다."
라고 말했다. 부친은 이 말을 듣고 아무런 말없이 그 마을에 사는 유력자 몇 명을 불러 모았다.

집안의 신분이 높고 낮은 남녀들이 그것을 보고
'무엇 때문에 이렇게 사람들을 불러 모으시는 걸까?'
라고 생각했다. 집으로 불렀던 마을 사람들이 모두 모이자, 부친은 참외를 훔친 그 아들과 평생 의절하기 위해 이 사람들의 서명[3]을 받으려고 했다. 그러자 서명을 하는 사람들이 "도대체 무슨 일입니까?"
라고 물었지만, 부친은
"그저 생각하는 바가 있어서입니다."
라고 말하며 모든 사람의 서명을 받았다. 이것을 본 집안사람들은
"이런 참외 하나를 훔친 일 정도로 자식과 의절하시다니 말도 안 됩니다. 성말 어처구니가 없는 일입니다."

---

3 증인證人으로서 서명을 받은 것임.

라고 말했지만, 당사자가 아닌 다른 사람이 어떻게 할 수 있겠는가. 모친은 당연히 원망 섞인 말을 했지만 부친은

"쓸데없이 참견 마시오."

라고 하며 들으려고 하지도 않고 그대로 의절을 해 버렸다.

그 후 세월이 흘러, 의절을 당했던 아들도 어느덧 성장하여 성인식[4]도 치르고 자신의 앞가림을 하며 살아가고 있었다. 그러나 부친은 의절 후, 결코 아들의 얼굴을 보려고 하지 않았다. 그런데 이 성년식을 치른 청년이 어느 집에 고용살이를 하던 중에 도적질을 했다. 그래서 붙잡혀 심문을 받았을 때,

"이러이러한 자의 아들입니다."

라고 하기에 검비위사檢非違使 별당別當에게 이 사실을 보고하자, 별당이

"확실히 부모가 있는 자인 것 같다. 부모의 진술을 들어 보고 처분함이 마땅하다."

라고 말했다.

그래서 검비위사청 부하[5]들이 이 청년을 앞세워 부모의 집으로 찾아가 부모에게 그 뜻을 말하고 체포하려고 하자,[6] 부모가

"이 자는 절대 내 아들이 아닙니다. 왜냐하면 이 자와 의절한 후 얼굴도 전혀 보지 않은 채 벌써 수십 년이 지났기 때문입니다."

라고 말했다. 그러나 검비위사청 부하들은 그 말을 받아들이지 않고 큰 소리로 호통을 쳤다. 이에 부모는

"당신들이 내 말을 정말 못 믿으시겠다면 자, 이것을 보시오."

---

4 원문에는 "元服"으로 되어 있음. 성인식. 남자가 성인이 된 것을 나타내기 위해서 머리를 묶고 관을 쓰고 의복을 새롭게 입는 것. 통상 11세에서 15세 사이에 행해짐.
5 검비위사의 최하급직. 그들은 주로 방면放免이라고 불리는 석방된 전과자였음.
6 방면들에 의한 치안활동은 대단히 난폭하여 종종 근거 없는 강압적인 실력행사도 행해졌음.

라고 하며 그곳 유력자들에게 받아둔 서명 증서를 꺼내 검비위사청 사람들에게 보여 주었다. 그리고 그 서명을 했던 사람들을 불러 이것에 관해 이야기하자, 그 사람들도

"틀림없이 몇 해 전에 그러한 일이 있었습니다."

라고 말하였기에 부하 한 명이 돌아가 검비위사[7]를 통해 별당에게 보고했다. 그러자 별당이

"과연 부모가 알지 못하는 것 같구나."

라고 납득을 하였기에 검비위사청 부하들은 말없이 청년을 데리고 돌아왔다. 그의 범행은 명백한 것이어서 감옥에 투옥되었지만 부모는 아무런 일 없이 무사했다. 이렇게 되자 처음에 '굳이 의절까지 하지 않아도 될 것을'이라고 생각했던 자들도 이제는 '정말 현명한 사람'이라고 이 부모를 칭송했다.

그러므로 부모의 자식 사랑은 이루 다 말로 표현할 수 없는 일이지만, 현명한 사람은 이 같이 미리 자식의 성격을 알고 이렇게 의절을 하여 후일의 화를 입지 않는 것이다. 이 일을 보고 들은 사람들은 대단한 현인賢人이라고 하며 그 부모를 칭찬했다고 이렇게 이야기로 전하여 내려오고 있다 한다.

---

7 검비위사청의 정규 관원. 별당 밑에 대략 다음과 같은 관리가 있었음. 좌佐(좌우위문 각 2명, 실무상으로는 좌가 장이 됨) · 대위大尉(좌우위문 각 2명, 명법가明法家가 임명됨) · 소위少尉(인원수 부정, 무인 중에서 선발, 주로 추포를 담당) · 도지道志(명법도明法道 출신자를 임명) · 위문부생衞門府生 · 간독장看督長(하인들을 이끌고 추포를 하거나 옥사 관리를 담당) · 안주案主(서기). 여기서는 확실하지 않지만, 아마도 추포를 담당하는 소위나 차관급인 좌일 것임.

幼児盗瓜蒙父不孝語第十一

今昔、□ノ□ト云フ者有ケリ。

夏比、吉キ瓜ヲ得タリケレバ、「此レハ難有キ物ナレバ、夕サリ方返来テ、人ノ許ヘ遣ラム」ト云テ、十果許ヲ厨子ニ入レテ納メ置テ云ク、「出ヅ」トテ云ク、「努々此ノ瓜不可取ズ」ト云置テ出ヌル後ニ、七八歳許有ケル男子ノ此ノ厨子ヲ開テ、瓜一菓ヲ取テ食テケリ。

夕サリ方祖返テ、厨子ヲ開テ瓜ヲ見ルニ、一菓失ニケリ。

然レバ父、「此ノ瓜一菓失ニケリ。此ハ誰ガ取タルゾ」ト云ヘバ、家ノ者共、「我レモ不取」、「我レモ不取ズ」ト諍合タレバ、「正シク此レ、此ノ家ノ人ノ為態也。外ヨリ人来テ可取キニ非ズ」ト云テ、半無ク責問フ時ニ、上ニ仕ヒケル女ノ云ク、「昼見候ツレバ、阿子丸コソ御厨子ヲ開テ、瓜一ツヲ取リ出テ食ツレ」ト。祖此レヲ聞テ此モ彼モ不云デ、其ノ町ニ住ケル長シキ人々ヲ数呼集メケリ。

家ノ内ノ上下ノ男女此レヲ見テ、「此ハ何ノ故ゾ此ハ呼給フニカ有ラム」ト思ヒ合タル程ニ、郷ノ人共被呼テ皆来ヌ。

其ノ時ニ父、其ノ瓜取タル児ヲ永ク不孝シテ、此ノ人々ニ判ヘバ、「只然思フ様ノ侍ル也」ト云テ、皆判ヲ取ツ。家ノ内ノ者共ハ此レヲ見テ、「此許ノ瓜一菓ニ依テ、子ヲ不孝シ可

給キニ非ズ。糸物狂ハシキ事カナ」ト云ヘドモ、外ノ人ハ何

ガハ可為キ。母ハタラ可云キニモ非ズ、極ク恨ミ云ケレドモ、

父、「由無キ事ナ不云ソ」ト云テ、耳ニモ不聞入レズシテ止

ニケリ。

其ノ後、年月ヲ経ル程ニ、此ノ被不孝タル児漸ク勢長ジテ、

元服ナドシテ世ノ中ニ有ケレドモ、父不孝シテ後、敢テ相見

ル事無カリケリ。而ル間、其ノ冠者可然キ所ニ宮仕ヘシケ

程ニ盗ヲナシテシテケリ。然レバ被捕テ被問ケルニ、「然々ノ者ノ

子也」ト云ケレバ、検非違使ノ別当ニ其ノ由ヲ申スニ、別当、

「慥ニ祖有ル者ナリ。祖ニ付テ沙汰ヲ可致キ也」ト有ケレ

バ、庁ノ下部共此ノ冠者ヲ前ニ立テ、祖ノ家ニ行テ、此ノ由

ヲ云テ、追捕セムト為ルニ、祖ノ云ク、「此レ更ニ己ガ子ニ

非ズ。其ノ故ハ、此レヲ不孝シテ敢テ不相見ズシテ既ニ数十

年ニ成ヌ」ト云ヘドモ、庁ノ下部共不用ズシテ、恐喝シ嘲ケ

レバ、祖、「若シ、其達此ノ事ヲ虚言ト思ハバ、速ニ此レヲ

可見シ」ト云テ、彼ノ在地ノ判取タル文ヲ取出テ、下部共ニ

見ス。亦、彼ノ判シタル人共ヲ呼テ、此ノ旨ヲ云ヘバ、判シ

タル人共、「正シク先年ニ然ル事有キ」ト云ヘバ、下部一人

返テ検非違使ヲ以テ此ノ由ヲ申セバ、別当、「尤モ祖不知マ

ジカナリ」ト有ケレバ、下部共可云フ方無クテ、其ノ冠者ヲ

具シテ返ヌ。犯シ隠レ無カリケレバ、獄ニ被禁ニケリ。但シ

祖ハ更ニ事無クテ止ニケリ。然レバ其ノ時ニナム、「然マデ

不有マジ」ト思ケル者共モ、「極ク賢カリケル人カナ」ト祖

ヲ讃メ嘲ケル。

然レバ祖ハ子ヲ愛スル事譬ヒ無キ事ナレドモ、賢キ者ハ兼

テ子ノ心ヲ知テ、此ク不孝シテ、後ノ過ヲ不蒙ヌ也ケリ。此

レヲ見聞ク人、此ノ祖ヲゾ、「極カリケル賢人カナ」トテ讃

ケル、トナム語リ伝ヘタルトヤ。

지쿠고 전사^{筑後前司} 미나모토노 다다마사^{源忠理} 집에 들어온 도적 이야기

가타타카에^{方違え}를 하는 곳에서 자신의 집에 침입하려는 도적의 밀담을 전해들은 미나모토노 다다마사^{源忠理}가 귀가하자마자 서둘러 가재^{家財} 일체를 남의 집에 맡기고, 가족도 피신시켜 집을 텅 비어 있는 상태로 만들어 침입한 도적을 깜짝 놀라게 한다. 적의 앞잡이를 했던 다다마사 집 부하는 적에게 화풀이를 당해 혼쭐이 나고 더 이상 주인집에도 있을 수 없게 되어 자취를 감춰 버린 이야기. 올곧고 완고한 기질로 대범한 다다마사는 그 후에도 집안재산을 남의 집에 계속 맡겨 놓았고, 집안에서 값이 나가는 물건이라곤 큰 궤짝 하나가 전부였는데, 이웃에 불이 났을 때 그것을 들고 나온 신참 부하들이 안을 열어 보고 무일푼인 것에 어이가 없어서, 이런 가난한 사람 밑에 있어서는 장래에 희망이 없다고 보고 두 사람이 함께 달아났다고 한다.

이제는 옛이야기이지만, 야마토 수령^{大和守} 후지와라노 지카토^{藤原親任}[1]라는 사람이 있었다. 그 사람의 장인으로 지쿠고^{筑後} 전사^{前司}, 미나모토노 다다마사^{源忠理}[2]라는 사람이 있었다. 현명한 사람으로 만사에 능통하고 우수한 재능을 가진 자였다.

이 사람이 가타타가에^{方違え}[3]를 하고자, 자기 집 인근의 오두막집에 가

1 → 인명.
2 → 인명.
3 음양도에서 말하는 속설. 출타할 때 덴이치진^{天一神}이 순행^{巡行}하는 곳에 마주치면 화를 입기 때문에, 그 순행하는 방위를 피하는 일. 전날 밤에 길한 방향의 집에 머물러, 방위를 한 번 바꿔서 목적지로 가던 풍습.

서, 남몰래 잠을 자고 있었다. 그 집은 대로를 마주한 노송나무 판자로 이은 울타리를 따라 침소가 만들어져 있어 그곳에서 자고 있었다. 그날 밤 비가 몹시 내렸는데 빗발이 잠시 멈춘 한밤중이 지났을 무렵 사람의 발소리가 나더니, 자신이 자고 있는 집 근처의 울타리 옆에 멈춰 선 듯한 느낌이 들었다.

'그런데 무슨 일이지. 내 목숨을 노릴 만한 적은 없는 것 같은데. 그렇다면 이 집 주인을 어떻게 하려는 것인가.'

하고 두려움에 잠을 이룰 수가 없었다. "거기 누구 있느냐."라고 해본들, 바로 믿음직스럽게 대답해 줄 종자도 없었기 때문에, 정신을 차리고 귀를 기울이고 있으려니, 대로에서 다시 발자국 소리가 나더니 사람이 지나갔다. 그때 아까부터 울타리 옆에 서 있던 자가 《휘파람》[4]을 불자, 대로를 지나가던 자가 멈춰 서고, 소곤거리는 목소리로

"아무개 나리이신가."

라고 말했다. "그렇다."라고 말하자, 가까이 다가오는 모양이었다.

이를 알게 된 지쿠고 전사는

'지금이라도 문을 박차고 쳐들어오는 것은 아닐까?'

《하고》,[5] 두려움에 몸을 움츠리고 누워 있었는데, 바로 들어오려는 기색은 아니었고, 무언가 은밀히 이야기를 하고 있었다. 그래서 울타리 쪽으로 몸을 기대고 귀를 기울이니, 어느 집에 침입하여 도적질할 것에 대해 상의하고 있는 중이었다.

'이 도적들이 어디로 들어가려고 하는 걸까?'

하고 듣고 있으려니, '지쿠고 전사'라는 말을 했다.

---

4   한자표기를 위한 의도적 결자.
5   파손에 의한 결자. 추정하여 보충함.

'놀랍게도 우리 집에 침입하려는 도적이로구나. 게다가 우리 집에서 믿고 부리는 시侍[6]가 길잡이 역을 하고 있는 것이 아닌가.'

하고 확실히 듣고 알 수 있었다. 그자들은 상의를 끝마치고,

"그럼, 내일모레 아무개 씨를 데리고 꼭 만나세."

등의 약속을 하고 헤어져 걸어가는 듯 했다. 전사는

'마침 운 좋게 이곳에 묵게 되어서 이런 엄청난 일을 알게 되었군.'

이라고 생각하며 날이 새기만을 기다려 동틀 녘에 집으로 돌아왔다.

요즘 사람 같으면 날이 밝기가 무섭게 숙직 경호를 하는 자들을 많이 불러 모아[7], 그 길잡이를 한다고 했던 부하를 사로잡아, 침입하려는 도적에 대해 알아내어 별당別當[8]에게도 검비위사檢非違使의 관원에게라도 고해 알릴 것이다. 그러나 그 당시만 해도 사람의 마음이 고풍古風스러운데,[9] 이 지쿠고 전사는 특히 빈틈이 없는 인물이었기 때문인지, 태연한 얼굴로 슬며시 이 길잡이를 맡은 부하를 심부름을 시켜 밖으로 내보낸 다음, 그자가 없는 동안 집안의 좋은 물건이든 나쁜 물건이든 하나도 남김없이 몰래 밖으로 옮기고, 부인과 딸 등도 미리 다른 일을 구실로 삼아 다른 집으로 보내 놓았다. 드디어 그 약속한 날의 해질 녘이 되었다. 그 길잡이를 맡은 부하가 돌아왔는데, 집에 사람이 없다는 것을 알아채지 못하도록 하고, 자신들도 집에 있는 것처럼 꾸미며, 밤이 깊을 무렵 조용히 몰래 나와 근처 집에 가서 자고 있었다.

그 사이에 도적이 찾아와 먼저 문을 두드렸다. 길잡이의 부하가 문을 열

---

6 * 일본어로 '사부라이'로 읽음. 후세의 사무라이侍와는 다르게, 신분이 낮은 고용살이를 하는 남자의 총칭. 경비나 잡무에 종사하는 고용인.
7 이 구절은 본권 제6화에서의 주인의 태도를 상기시킴.
8 검비위사청檢非違使廳의 장관.
9 좀스럽지 않고 대범한 의미로 사용됨.

어 주자, 열에서 스무 명 정도의 도적이 들어왔다. 도적들은 손에 잡히는 대로 집을 뒤졌으나, 무엇 하나 훔칠 만한 것이 없었기 때문에, 도적들은 찾다 못해 지쳐 나가려고 하다가 이 길잡이 부하를 붙잡았다. 도적들은

"우리들을 속이고 이런 아무것도 없는 집에 들여보내다니."

라고 하며, 여러 명이 달라붙어 부하를 마구 걸어차고 짓밟더니, 끝내는 포박하여 여간해서는 풀지 못하도록 수레를 세우는 곳의 기둥에 단단히 묶어 놓고 나가 버렸다.

새벽녘에 지쿠고 전사가 집으로 돌아와 밤새 집에 있었던 것 같은 얼굴로 이 앞잡이역의 부하를 불렀으나 나오지 않았다. 수레를 세우는 곳 쪽에서 무슨 신음소리가 났다. 뭘까? 하고 가보니, 그 부하가 기둥에 묶여 있었다. 지쿠고 전사가

'길잡이 역을 잘못하여 도적들에게 붙잡혀 묶인 거로군.'

이라고 생각하자 우스웠지만,

"자네, 어째서 이런 일을 당한 것이냐?"

하고 물으니, 부하는

"어제 밤 침입한 도적들이 성을 내고 이렇게 묶어 놓고 나갔습니다."

라고 대답했다. 지쿠고 전사는, "이렇게 아무것도 없는 집이라고 알면서, 그분들이 오신 것은[10] □[11]이지만,[12] □□" □□ 일단락되었다. 이후부터 이곳은 아무것도 없는 집이라 하여 도적들도 침입하지 않게 되었다. 이러한 이유로, 요즘 사람들의 마음과는 역시 다르다.[13] 그 길잡이를 한 부하는 어느

---

10 도적들을 희롱하는 말투.
11 한자표기를 위한 의도적 결자.
12 이대로라면 다음의 회화부분의 결탈缺脫이 상정되어 이하, '□□" □□ 일단락되었다.'라고 결탈 표시를 했으나, 만약 '이지만ㅏ(ㅏ)ㅌ'이 '이라고 해서ㅏㅜ'의 오자誤字라면 문장의 의미는 명백함.
13 앞의 "요즘 사람 같으면~"에 대응하는 것으로, 지쿠고 전사筑後前司의 대범하고 기지 있는 도난대책이 번거로운 사태를 동반하지 않고, 매우 바람직한 것이었다고 판단하고 있음.

샌가 이 집을 나가 자취를 감췄다.

그 후, 새롭게 시侍[14] 두 명이 찾아와 고용되었다. 그렇지만 집안의 재산은 다른 집에 옮긴 채로 두었다. 그곳은 믿을 만한 곳이었기 때문에, 다시 집으로 가져올 생각도 하지 않고, 필요한 물건만 가져오게 해서 사용했다. 그러던 중 집근처에서 불이 났다. 불길이 번질지도 모른다고 가재도구를 꺼내 놓는데 값나가는 물건은 전과 같이 남의 집에 두었기 때문에, 꺼내야 할 만한 이렇다 할 귀한 물건도 없었다. 그래서 아무것도 들어 있지 않은 큰 당궤唐櫃[15]가 하나 있는 것을 이 신참 부하 둘이서 짊어지고 나왔다. 그러던 중, 불이 옮겨 붙지도 않고 꺼졌기 때문에 지쿠고 전사는 들고 나온 가재도구를 둔 곳으로 가서 가만히 서 있었는데, 그것도 모르고 두 명의 부하는 큰 당궤 자물쇠를 비틀어 빼고 안을 열어 보았더니 아무것도 들어 있지 않았다. 두 사람은 얼굴을 마주 보고,

"이 집은 아무것도 없는 집이다. 이 큰 당궤만을 기대했건만, 이것도 텅 비어 있고 아무것도 들어 있지 않다. 우리들도 이대로 이집에 있어 보았자, 이 주인에게서는 제대로 된 것을 받을 수 있을 것 같지도 않다. 어떤 기대도 할 수 없다. 자, 떠나세."

라고 말하고는 둘이서 함께 도망쳐 달아났다. 그래서 이 큰 당궤는 여자들이 메고 집으로 옮겼다.

한편 지쿠고 전사는 이렇게 말했다.

"집안 살림살이를 다른 곳에 옮겨 두는 것에는 좋은 점도 있고 나쁜 점도 있다. 도적에게 빼앗기지 않았다는 것, 이것은 정말 좋은 점이다. 그러나 두

---

14 * 일본어로 '사부라이'로 읽음. 후세의 사무라이侍와는 다르게, 신분이 낮은 고용살이를 하는 남자의 총칭. 경비나 잡무에 종사하는 고용인.

15 여섯 개의 발이 달린 당풍의 궤짝. 의복, 문서 갑옷 등을 넣어 둠.

명의 부하를 놓친 것, 이것은 참으로 나쁜 점이다."

현명한 인간이기 때문에 이렇게 했다고 생각되지만, 이것도 그리 좋은 일이라고는 여겨지지 않는다. 필요할 때마다 물건을 가져와 사용했다는 것도 실로 불편했을 터인데. 옛날에는 이런 고풍스럽고 느긋한 마음을 가진 사람이 있었다고 이렇게 이야기로 전하여 내려오고 있다 한다.

筑後前司源忠理家入盗人語第十二

今昔、大和ノ守藤原ノ親任ト云フ人有キ。其ノ人ノ舅ニ、筑後ノ前司源ノ忠理ト云フ人有ケリ。心賢ク万ノ事知テ、極キ物ノ上手ニテゾ有ケル。

其ノ人、方ヲ違フトテ、我ガ家近カリケル小家ニ行テ、窃ニ寝タリケルニ、大路面ノ檜垣ニ副ヘテ寝所ヲシタリケルニ、其ニ寝タリケルニ、雨痛ク降テ少シ止タリケルニ、夜中ニヤ成ヌラムト思フ程ニ、人ノ足音シテ、我ガ寝タル傍ノ檜垣ニ立副ヌト聞ケルニ、「何ナル事ニカ有ラム。我レヲ可殺キ敵モ不思ネバ、此ノ家主ヲ可セムズル者ニヤ有ラム」ト思フニ、怖クテ不被寝ズシテ聞クニ、憑モシク、「有ヤ」ナド云ハムニ音合スベキ従者モ無カリケレバ、目ヲ醒シテ、耳ヲ立テ聞ケレバ、大路中ヨリ小人ノ足音シテ過ケルヲ、此ノ本ヨ

リ檜垣辺ニ立テル者□吹ヲシケレバ、大路中ヨリ行ク者立テ、「何主ノ坐スルカ」ト云フ。「然也」ト答フレバ、寄来ヌナリ。

然レバ筑後ノ前司、「今ゾ踏開テ入ラムトスル」□、恐ヂ屈リテ寝タリケルニ、忽ニ入ラムズル気色ニハ非デ、忍テ物ヲ云フヲ、檜垣ニ付テ耳ヲ立テ聞ケバ、人ノ許ニ入テ物ヲ取ラムズル由ヲ云ヒ語フ也ケリ。「何ニ入ラムズル盗人ニカ有ラム」ト聞ケバ、「筑後ノ前司」ナド云ヘバ、「既ニ我ガ家ニ入ラムズル盗人ニテ有リ。其レニ我ガ許ニ心安ク思テ仕フ侍ノ仲スル事ゾ」ト吉ク聞ツ。云畢テ、「然ラバ明後日何主ヲ具シテ必ズ坐シ会ヘ」ナド契テ、歩ビ別レテ去ヌナリ。「賢ク此ニ臥シテ此ル事ヲ聞ツル」ト思ケルニ、辛クシテ明ヌレバ、暁ニ家ニ返ヌ。

近来ノ人ナラバ、明ルヤ遅キト宿直ヲモ数儲ケ、彼ノ「仲スルゾ」ト云ツル侍ヲモ搦メ置テ、入来ラムトセム盗人ヲモ尋テ、別当ニモ検非違使ニ可触キニ、其ノ比マデハ人

ノ心モ古代也ケルニ合セテ、其ノ筑後ノ前司ガ心直シキ者ニ
テシケルニヤ、此ノ仲スル侍ヲ、然ル気無キ様ニテ白地ニ外
ニ遣テ、其レガ無カリケル間ニ、窃ニ家ノ内ノ物ヲ吉キ悪
キモ、一ツモ不残サズ、外ニ運シ置テケリ。妻娘ナドヲモ兼テヨ
リ異事ニ付テ外ニ渡シ置テケリ。然テ其ノ契ケル日ノ暗々ニ
成ル程ニゾ、此ノ仲スル侍ヒ来タリケレバ、気色モ更ニ不見
セズ不知セズシテ、我等モ有ル様ニ持成シテ、夜打深更ル程
ニ忍テ出テ、近キ人ノ家ニ入臥ニケリ。

其ノ間ニ盗人共来テ、先ヅ門ヲ叩ケルニ、此ノ仲スル侍、
門ヲ開テ入レタリケレバ、十二十人許ノ盗人立ニケリ。心ニ
任セテ家ノ内ヲ涼ケレドモ、露許ノ物モ無カリケレバ、盗人
求メ侘テ出テ行クトテ、此ノ仲スル侍ヲ捕ヘテ、「我等ヲ謀
テ物モ無キ所ニ入レタリケル」ト云テ、集テ吉ク蹴踏挼ジテ、
畢ニハ縛テ車宿ノ柱ニオボロケニテハ可時免キ様モ無ク結ヒ
付テ、出テ去ニケリ。

暁ニ筑後ノ前司返テ本ヨリ有ル様ニ持成シテ、此ノ仲ス

ル侍ヲ求メケレドモ無シ。而ル間ニ、車宿ノ方ニ吟フ者有ナリ。
「何ゾ」ト思テ見スレバ、此ノ侍ヲ車宿ノ柱ニ結付タリ。筑
後ノ前司、「此レハ仲シ損テ、盗人ニ被縛付タルナメリ」ト
見ルニ、可咲カリケレドモ、「此ハ何ニシテ此ク目ハ見タル
ゾ」ト問レバ、侍、「今夜盗人ノ嗔テ此ク縛リ付テ罷去リ候
ヌル也」ト答ヘケレバ、筑後ノ前司、「此ク物モ無キ所
知タル、其ノ主達ノ坐スルコソ□ナレドモ□、止ニケ
リ。其ノ後、物無キ所ト知テ、盗人モ不入デゾ有ケル。然レ
バ近来ノ人ノ心ニハ替タリカシ。其ノ仲シケル侍ハ其ノ事
モ無クテ、其ノ所ヲバ出テ去ニケリ。

其ノ後、亦侍二人出来テ被仕ケリ。其レニ、其ノ家ノ物
ハ外ニ運ビタリケルマ丶ニ、置タル所モ憑モシキ所ニテ有ケ
レバ、取寄スル事モ無クテ、要有ル物ヲバ取寄セツ丶ゾ仕ケ
ケル。而ル間、近キ所ニ火ノ出来タリケレバ、「移モゾ為ル」
トテ物共ヲ取出シケルニ、本ヨリ外ニ置タル物ナレバ、墓々
シク可取出キ物モ無カリケレバ、物モ不入レヌ大キナル唐櫃

ノ一ツ有ケルヲ、此ノ今出来タル侍二人シテ搔出シケル程
二、火モ不移デ消ニケレバ、筑後ノ前司、物共取出タル所ニ
忍テ行テ立リケルヲバ不知ズ、此ノ二人ノ侍大唐櫃ノ鏁ヲ
捻抜テ開テ見ケルニ、露物モ無カリケレバ、二人シテ云ヒ合
スル様、「此ハ物無キ所ニコソ有ケレ。此ノ唐櫃ヲヨコソ心憶
ク思ヒツレドモ、此レモ空ニテ物無カリケリ。我等モ被仕レ
テ有トモ、物可得キ様モ無キ人ニコソ有ケレ。何ヲ憑テカ有
ラム。去来去ナム」ト云テ、搔烈テ逃テ去ニケリ。然レバ其
ノ唐櫃ヲバ女ゾ搔入レテ置ケル。

筑後ノ前司ノ云ケル様ハ、「家ノ物外ニ運ビ置テ、吉キ事
有リ、悪キ事有リ。盗人ニ物不被取ヌ、此レ吉キ事也。
二人ノ侍逃シツル、此レ極テ悪キ事也」トゾ云ケル。

賢キ者ナレバ此ル事共ハシタルゾト思ヘドモ、此レ糸吉
キ事トモ不思エズ。物ヲ取寄セツ、仕ヒケムモ極テ悪カリケ
ム物ヲ。古ハ此ル古代ノ心持タル人ゾ有ケル、トナム語リ伝
ヘタルトヤ。

민부대부民部大夫 노리스케則助가 집에 든 도적에게
자신을 살해하려는 자에 대한 밀고密告를 받은 이야기

저녁 무렵 귀가한 민부대부民部大夫 노리스케則助가 자신의 집에 몰래 숨어든 도적으로부터 정부情夫와 공모한 아내의 남편 살해계획을 밀고密告받고 종자에게 집안을 샅샅이 뒤지라 명하여 천정에 숨어 있던 자객을 붙잡아 검비위사檢非違使에게 넘기는 한편, 그 도적에게는 밀고를 해 준 보상으로 그가 노리던 갈색 명마를 주었다고 하는 이야기. 앞 이야기와는 간계奸計가 미연에 발각되어 무사했다고 하는 공통의 요소로 이어진다.

이제는 옛이야기이지만, 민부대부民部大夫[1] □□[2] 노리스케則助[3]라는 사람이 있었다. 어느 날 종일 외출하고 해질 녘에 집에 돌아오니 수레를 세우는 곳의 한쪽 구석에서 한 사내가 나타났다. 노리스케는 그자를 보고

"너는 도대체 누구냐?"

라고 묻자, 사내는

"은밀히 말씀드릴 일이 있습니다."

라고 말했다. 노리스케가

---

1 민부성民部省의 대승大丞·소승小丞(육위六位) 중 선발되어 오위五位를 하사받은 자. 민부성은 팔성八省의 하나로, 당명唐名 호부戶部라 하며, 호적·전답·산천·도로·조세 등 소위 민정을 관장하는 관청.
2 노리스케則助의 성姓 명기를 위한 의도적 결자.
3 전래 미상.

"게의치 말고 어서 말하거라."

라고 하였지만, 사내가

"반드시 은밀히 말씀드리고 싶습니다."

라고 하였기에 사람들을 모두 물러나게 했다.

　그러자 그가 가까이 다가와서 속삭이듯이

"저는 실은 도적이옵니다만, 나리께서 타고 다니시는 갈색 말이 훌륭한 명마라고 보았습니다. 오늘, 내일 중으로 수령受領을 모시고 동국東國 지방으로 가게 되었는데 이 말을 타고 가면 좋겠다는 생각이 들어, 어떻게든 훔쳐보려고 열려 있던 대문으로 들어와 숨어서 동태를 살피고 있었습니다. 그런데 안에서 부인으로 여겨지는 여성이 나와 그곳에 기다리고 있던 남자와 귓속말을 나누고, □□[4]긴 창鉾[5]을 쥐어 주고는 지붕 위로 올라가게 했습니다. 필시 무언가 좋지 않은 계략을 꾸미고 있는 것이겠지요. 그것을 보니 나리께서 참으로 안되셨다는 생각이 들어, 잠자코 있을 수도 없고 해서 어찌 되든 이 일을 알려 드린 후에 도망치자고 생각하여 이렇게 나타난 것입니다."

라고 말했다. 이것을 들은 노리스케는 사내에게

"잠시 숨어 있어라."

라고 말하고 부하를 불러 귓속말을 하여 내보냈다. 사내는 '나를 포박하려는 걸까.'라고 생각했지만 나가지도 못하고 있는 사이, 매우 강해 보이는 남자 두세 명을 데리고 왔다.

　즉시 횃불을 밝혀 지붕 위로 올라가게 하고 마루 밑을 샅샅이 《수색》[6]하

4　한자표기를 위한 의도적 결자. '긴長+'에 붙인 접두어로 추정됨.
5　양날의 검에 긴 자루를 붙인 검 같은 형태의 무기.
6　한자표기를 위한 의도적 결자. 추정하여 보충함.

게 했다. 잠시 후 천정에서 스이칸水干[7] 차림의 시侍[8] 정도로 보이는 자를 붙잡아 끌고 내려왔다. 뒤이어 창을 들고 가져왔다. 천정에는 구멍이 뚫려 있었다. 그래서 그 남자를 심문했더니,

"저는 아무개의 종자입니다. 더 이상 숨기지 않겠습니다. 부인께서 '이 집 나리가 깊이 잠들면 천정에서 창을 내리거라. 밑에서 창끝을 가슴에 대면[9] 있는 힘껏 찔러라.'라고 하셨습니다."

라고 자백했기 때문에 이 남자를 붙잡아 검비위사檢非違使에게 넘겼다.

이것을 알려 준 도적을 불러내어 그가 원하던 갈색 말에 안장을 얹어 저택 안에서 말에 태워 그대로 내쫓았다. 그 후 이 도적의 행방은 알 수 없었다.

이 사건은 아내에게 정부가 있어 꾸민 것일까. 그러나 남편은 그 후에도 이 아내와 오래도록 함께 살았다. 정말 납득이 안 되는 일이다. 설령 부부의 인연이 깊고, 보통 이상의 애정을 가진 사이라고 해도 어찌 목숨과 바꿀 수 있단 말인가. 또 희대의 명마名馬 덕분에 간신히 목숨을 건진 사람이기도 하다. 또한 이 도적의 심성도 참으로 기특하다고 이 이야기를 들은 사람들은 서로 이야기하였다고 이렇게 이야기로 전하여 내려오고 있다 한다.

7 → 권27 제24화 참조.
8 * 일본어로 '사부라이'로 읽음. 후세의 사무라이侍와는 다르게, 신분이 낮은 고용살이를 하는 남자의 총칭. 경비나 잡무에 종사하는 고용인.
9 부인이 노리스케의 가슴에 창끝을 대는 것임.

民部大夫則助家来盗人告殺害人語第十三

今昔、民部ノ大夫□〔一〕ノ則助ト云フ者有ケリ。

終日行テタサリ方家ニ返リ来タリケルニ、車宿ノ片角ヨリ
男一人指出タリケリ。則助此レヲ見テ、「此ハ何ゾノ者ゾ」
ト問ケレバ、男、「忍テ可申キ事ノ候フ也」ト云ヘバ、則助、
「疾ク云ヘ」ト云フニ、男、「極テ蜜ニ申サムト思フ也」ト云
テ、人皆去リツ。

近ク寄テ私語ク様、「己ハ盗人ニ候フ。此ノ乗セ給ヒタル
栗毛ノ御馬ハ、極キ一物カナ」ト見給テ、今明日東ノ方ニ受
領付シテ罷候フヲ、『此ニ罷乗テ罷ラバヤ』ト思給ヘテ、
『構ヘテ盗マム』ト思フ心ノ候テ、御門ノ開テ候ヒツルヨリ
入立テ、隠レテ見候ツレバ、内ヨリ御許立タル女出来テ、男ヲ
ノ候ツルト語ヒテ、□〔一七〕長キ鉾ヲ取セテコソ屋ノ上ニ登セ候

ヒツレ。定メテ事セムト構ル態ニコソ候フメレ。見給フルニ
糸皮□キ事ニテ候ヘバ、破無ク思ヘテ、然ハレ、『告申シテ
逃テ罷ナム』ト思給ヘテナム」ト云ヘバ、則助、「暫シ隠レテ
立タレ」ト云テ、従者ヲ呼テ、打私語テ遣レバ、男、「我レ
ヲ搦メムト為ルニヤ有ラム」ト思ヘドモ、否不出デ有ル程ニ、
糸強気ナル者共二三人将来ヌ。

即チ火ヲ燃シテ屋ノ上ニ登セ、板敷ノ下ヲ□ス。暫許有
テ天井ヨリ侍際ノ者ノ水旱装束ナルヲ捕ヘテ引出シテ将来
タリ。次ニ鉾ヲ取テ持来タリ。天井ニ穴馭タリケリ。然レバ
其ノ男ヲ問フニ、「己ハ然々ノ人ノ従者也。隠シ可申キニモ
非ズ。『殿ノ寝入リ給ヒナムニ、天井ヨリ鉾ヲ指下セ。下ニ
テ取宛テ取ラム時ニ、只指セ』ト侍ツレバナム」ト云ヘバ、男ヲ
捕ヘテ検非違使ニ付ケツ。

告ル盗人ヲバ召出テ、其ノ欲ガリケル栗毛ノ馬ニ鞍置テ、
ヤガテ家ノ内ニテ乗セテ追出シテケリ。其ノ後、其ノ盗人ノ
有様ヲ不知デ止ニケリ。

此レハ妻ノ蜜夫ノ有ケレバ、謀タル事ニテ有ケルニヤ。然レドモ其ノ妻ヲバ尚其ノ後モ久ク棲ケリ。極ク心不得ヌ事也。譬ヒ契リ深ク、志不愚ヌ中也ト云フトモ、命ニ可代シヤ。亦希有ノ乗馬ノ徳ニ命ヲ存シタル者也。亦盗人ノ心モ哀レ也ケリ、トゾ聞ク人云ケル、トナム語リ伝ヘタルトヤ。

구조九條의 호리 강堀河에 사는 여자가
남편을 죽이고 우는 이야기

어느 날 밤, 다이고醍醐 천황이 침소에서 여자의 울음소리를 듣고, 도읍 안을 수색하게 해서 여자를 구조九條 호리 강堀河에서 찾아낸다. 여자를 연행하여 심문하니, 여인은 내연남과 공모하여 남편을 살해하고 거짓으로 울고 있었던 것을 자백했다는 이야기. 헤이안 경平安京의 남쪽 끝에 있는 구조 호리 강에서 우는 소리가 북쪽 끝에 있는 대궐까지 들릴 리는 없지만, 그것을 마음의 귀로 알아듣고는 거짓 울음이라는 것을 꿰뚫어 본 다이고 천황의 영민함을 전하여 연희延喜의 치세를 찬양한 것으로, 앞 이야기와는 간통한 여인의 남편 살해라는 공통된 모티브를 통해 이어지고 있다.

이제는 옛이야기이지만, 연희延喜¹의 치세에, 천황이 밤에 청량전淸涼殿²의 침소에 계셨는데, 별안간 장인藏人³을 부르셨기에, 장인 한 사람이 대령하였다. 그러자 천황이

"여기서 동남쪽 방향에 여인이 울고 있는 소리가 들린다. 속히 찾아보도록 하라."

---

1   → 인명. 연희는 제60대 다이고 천황醍醐天皇 치세의 연호(901~923)이나, 다이고 천황 자체를 가리킴.
2   헤이안 경平安京 내리內裏에 있는 궁전의 하나. 자신전紫宸殿의 서쪽, 교서전校書殿의 북쪽에 있는 구간사면九間四面의 건물.
3   장인소藏人所의 직원. 처음에는 기밀의 문서나 소송을 담당했으나, 후에 천황의 옷이나 식사 등을 돌보고, 어명을 전하거나, 천황에게 아뢰거나, 관리임명 및 여러 궁중 의식 등, 궁중의 잡일을 도맡았음.

라고 명을 내리셨다. 장인이 어명을 받들어 경비 대기소에 있는 길상吉上[4]을 불러서 횃불을 밝히고 궁궐[5] 안을 샅샅이 찾게 하였으나 울고 있는 여인은 어디에도 없었다.

밤도 깊어 인적조차 없었기에 돌아와 그 사정을 아뢰자, 천황이

"더욱 잘 찾아보라."

고 명하셨다. 그래서 이번에는 팔성八省[6] 안 청량전 동남쪽의 여러 청사廳舍[7] 안을 하나하나 수색하며 돌아다녔는데 어디에도 소리를 내는 자가 없었다. 그래서 다시 돌아와 팔성 안에는 없다는 사정을 아뢰자,

"그렇다면 팔성 밖[8]을 더 찾아보라."

라고 명하셨다. 장인은 즉시 마사馬司의 말을 가져오게 해 말을 타고, 길상에게 횃불을 들게 하여 앞세우고는 많은 사람들을 이끌고 궁궐[9] 동남쪽 방향의 온 도읍의 마을을 찾아 돌아다니며 이곳저곳 수소문해 보았다. 하지만, 온 도읍 안은 모두 잠들어 있어 조용하고 어디에도 사람의 소리는 나지 않았다. 하물며 여인의 울음소리 따위는 전혀 들리지 않았다. 결국 구조九條 호리 강堀河[10] 부근까지 오게 되었다. 그러자 오두막집 한 채가 있고 그곳에서 여인의 울음소리가 들려왔다.

장인은 천황이 혹시 이 소리를 들으신 것은 아닐까 하고 수상하게 여기며

---

4 육위부의 하급관리로 위사衛仕, 사정仕丁보다 계급상 위이고, 대궐의 경호 및 체포를 담당하였음.

5 *원문에는 "內裏"로 되어 있음. '내리'는 '궁궐'로 '대내리大內裏'는 '궁성'으로 번역함. '내리'는 천황이 계시는 곳. 어소御所.

6 태정관太政官에 속한 여덟 개의 중앙행정관청. 중무中務, 식부式部, 치부治部, 민부民部, 병부兵部, 형부刑部, 대장大藏, 궁내宮內의 팔성.

7 청량전 동남쪽이 여러 관청에는 궁내성宮内省, 대취료大炊寮, 대선직大膳職, 아악료雅樂寮, 동원東院(신기관神祇官), 대사인료大舍人寮 등이 있음.

8 대내리大內裏(궁성) 밖, 즉 도읍 시내.

9 *원문에는 "內裏"로 되어 있음.

10 구조九條 대로가 호리 강堀川과 교차하는 지점. 호리 강은 대궐 동쪽 끝에서 2정町 동쪽을 남북으로 도읍을 종단해서 흐르는 개천으로, 이것을 따라 호리 강 소로小路가 나 있음. → 평안경도.

그 오두막집 앞에 말을 세운 채로, 길상을 궁궐로 급히 보내

"온 도읍 안이 모두 잠들어 조용하고 여인의 울음소리는 들리지 않았습니다. 다만 구조 호리 강에 있는 오두막집에 울고 있는 여인이 한 명 있습니다."

라고 아뢰게 하였다. 그러자 그 길상이 즉시 달려와서

"'그 여인을 확실히 붙잡아 데려오너라. 그 여인은 내심 사람을 속이고자 울고 있는 것이다.'라는 천황의 선지宣旨가 있었습니다."

라고 말하기에 장인은 여자를 포박하게 하였다. 그러자 여인은

"저희 집에는 죽은 자가 있어 부정不淨하옵니다. 오늘 밤 도적이 들어 남편이 죽임을 당했습니다. 죽은 남편의 시체가 아직 집 안에 있습니다."

라고 말하고는 울부짖었다. 그러나 어명을 어길 수는 없어 여인을 포박하여 궁궐까지 연행했다. 그리고 이 사정을 아뢰자, 즉시 검비위사檢非違使를 불러 궁궐 밖[11]에서 여자를 넘기게 하고, 말씀하시길

"이 여자는 중한 죄를 저질렀다. 그러나 본심을 숨기고 겉으로만 슬피 우는 것이다. 즉시 법에 따라 규명糾明하고 처벌하여라."

라고 하셨기에 검비위사는 여자를 인도받고 물러났다.

날이 밝고 나서 이 여인을 심문하자, 처음에는 자백하지 않았지만 고문을 가하자 여자는 있는 그대로 자백을 했다. 놀랍게도, 정부情夫와 합심하여 본 남편을 살해한 것이었다. 남편을 죽여 놓고는 마치 남편의 죽음을 슬피 한탄하는 것처럼 남들에게 들려주기 위해 울고 있었던 것이었는데, 결국 숨기지 못하고 자백하기에 이른 것이었다. 검비위사는 이런 말을 듣고 입궐하여 천황에게 이 사실을 아뢰자, 천황이 이를 들으시고는

---

11 * 원문에는 "內裏"로 되어 있음. 여인의 몸에 붙은 죽음의 부정不淨을 피하기 위해 천황이 사는 내리 안에는 들이지 않은 것임.

"생각했던 대로구나. 그 여자의 울음소리는 본심과는 다르게 들렸기에 어떻게든 찾아내도록 명한 것이었다. 그 정부도 반드시 찾아내 체포토록 하라."

라고 분부를 내리셨다. 그래서 정부도 붙잡아, 그 여인과 함께 감옥에 투옥시켰다.

그러므로 성격이나 성품이 나쁘다고 생각되는 아내에게는 마음을 놓아서는 안 된다고 이것을 보고 들은 사람들은 모두 입을 모아 이야기하였다.

또 사람들은 천황에 대해서 "역시 보통 분이 아니시다."라며 존귀하게 여겼다고 이렇게 이야기로 전하여 내려오고 있다 한다.

九条堀河住女殺夫哭語第十四

今昔、延喜ノ御代ニ、天皇夜ル清涼殿ノ夜ルノ大臣ニ御
マシケルニ、俄ニ蔵人ヲ召ケレバ、蔵人一人参タリケルニ、
仰セ給ヒケル様、「此ノ辰巳ノ方ニ女ノ音ニテ泣ク者有リ。
速ニ尋テ参レ」ト。蔵人仰セヲ奉ハリテ、陣ノ吉祥ヲ召シ
テ、火ヲ燃サセテ、内裏ノ内ヲ求ムルニ、更ニ泣ク女無シ。
夜深更ニタレバ人ノ気色ダニ無ケレバ、返テ其ノ由ヲ奏ス
ルニ、天皇、「尚吉ク尋ネヨ」ト仰セ給ヘバ、其ノ度ハ八省

ノ内ヲ、清涼殿ノ辰巳ニ当ル所ノ官々ノ内ヲ尋ネ聞クニ、
何ニモ音スル者無ケレバ、亦返リ参テ、八省ノ内ニハ不候ヌ
由ヲ奏スルニ、「然ラバ八省ノ外ヲ尚尋ネヨ」ト仰セ有ケレ
バ、蔵人忽ニ馬司ノ御馬ヲ召シテ、蔵人其レニ乗テ、吉祥
ニ火ヲ燃サセテ前ニ立テ、人数具シテ、内裏ノ辰巳ニ当ル
京中ヲ行テ普ク聞クニ、京中皆静マリテ、敢テ人ノ音不為ズ。
況ヤ女ノ泣ク音無シ。遂ニ九条堀河ノ辺ニ至ヌ。一ノ小家ノ
有ルニ、女ノ泣ク音有リ。

蔵人、「若シ此レヲ聞食ケルニヤ」ト奇異ク思テ、蔵人ハ
其ノ小家ノ前ニ打立テ、吉祥ヲ以テ令走テ、「京中皆静マリ
テ、女ノ泣ク音無シ。但シ九条堀河ノ小家ニナム女ノ泣ク、
一人候フ」ト奏シケレバ、即チ吉祥返リ来テ、「『其ノ女ヲ
掐テ可将参シ。其ノ女心ノ内ニ謀ノ心ヲ以テ泣ク也』
ト宣旨有」ト云ヘバ、蔵人女ヲ掐サスルニ、女ノ云ク、「己
ガ家ハ穢気也。今夜盗人入リ来テ、我ガ夫既ニ被殺ニタリ。
其ノ死タル夫、家ノ内ニ未ダ有」ト云テ、音ヲ挙テ叫ブ事無

限シ。然レドモ宣旨有限ルニ依テ、女ヲ搦テ内ニ将参ヌ。其

ノ由ヲ奏スレバ、即チ内裏ノ外ニシテ、検非違使ヲ召テ女ヲ

給ヒテ、「此ノ女大キナル犯有リ。而ルニ内ノ心ヲ隠シテ外

ニ泣キ悲ム事有リ。速ニ法ニ任セテ勘問シテ、其ノ過ヲ可

行シ」ト仰セ給ヒケレバ、検非違使女ヲ給ハリテ罷出ヌ。

夜明テ此レヲ勘問スルニ、暫ハ不承伏ザリケレドモ、責メ

テ問ケレバ女落テ有ノマヽニ申ケリ。早ウ、此ノ女ハ蜜夫ト

心ヲ合セテ実ノ夫ヲ殺セテケル也ケリ。然テ此レヲ歎キ悲ム

ト人ニ聞セムガ為ニ泣ケルヲ、女遂ニ否不隠サズシテ落ニケ

レバ、検非違使此ク聞テ、此ノ由ヲ奏シケレバ、

天皇聞食シテ、「然レバコソ、其ノ女ノ泣ツル音ハ、内ノ心

ニ違タリト聞シカバ、強ニ『尋ネヨ』トハ被仰シ也。其ノ

蜜夫懃ニ尋ネ搦メヨ」ト仰セ給ケレバ、蜜夫ヲモ搦テ女ト

共ニ獄ニ被禁ニケリ。

然レバ、心悪ト見ム妻ニハ、心ヲ不免マジキ也トゾ、此レ

ヲ聞見ル人、皆云ケル。

亦天皇ヲゾ、「尚只人ニモ不御マサヾリケリ」ト人貴ビ申

ケル、トナム語リ伝ヘタルトヤ。

검비위사檢非違使가
실을 훔치고 발각된 이야기

도적을 잡은 어느 검비위사檢非違使가 하인과 공모하여 도적의 집에서 많은 실을 훔쳐내어 하카마袴 안에 숨겼으나, 그의 수상한 거동과 불룩한 바지 모양에 동료 검비위사들의 의심을 사고, 강가로 미역 감기를 간다는 빌미로 억지로 바지를 벗겨 범행이 탄로 나게 되었다는 이야기. 도읍의 치안유지를 맡고 있는 검비위사가 도적의 물건을 가로채는 악질적인 범죄로, 당시의 사법, 경찰계의 부패와 타락을 연상케 하는 일례이기도 하지만, 이와 비슷한 이야기는 어느 시대에도 있음직한 일로, 현대에서도 사법관의 부정행위, 폭력단과 경찰관의 유착癒着 등 유사한 화제가 매스컴을 떠들썩하게 하고 있다.

이제는 옛이야기이지만, 어느 여름날 여러 검비위사檢非違使들이 도적을 잡기 위해 하경下京¹ 부근으로 가, 도적을 잡아 포박하고 이제 돌아가야 했을 때, □□□□□²라는 한 검비위사檢非違使가

"아직 의심스러운 점이 있다."

며 말에서 내려 도적의 집으로 들어갔다.

잠시 뒤 그 검비위사가 집 밖으로 나왔는데, 그 모습을 보니, 조금 전에는

---

1 * 원문에는 "下邊". 주로 상인들이 거주함.
2 검비위사檢非違使의 성명 명기를 위한 의도적 결자.

그렇지 않았는데, 하카마袴 바지자락이 전보다 불룩해 보였다. 다른 검비위사들이 그 점에 주목하고 왠지 수상하다고 생각했다. 그 검비위사가 아직 도적의 집에 들어가기 전에, 무구를 들고 있는 하인[3]이 먼저 이 집에서 나와, 주인인 이 검비위사와 무언가 은밀히 얘기하고 있던 것을 이상하게 생각하고 있었는데, 이렇게 바지까지 불룩 나와 있으니 다른 검비위사들이

"아무래도 수상하다. 이것을 규명하지 못하면 우리들의 수치가 될 것이다. 이대로 둘 수는 없다. 어떻게 해서든 이 검비위사의 옷을 벗겨 조사해 보자."

라고 말하고는, 함께 묘안을 생각해 냈다.

"잡은 도적을 가모 강가賀茂河原로 데려가 심문을 하자."

라고 말을 맞춰 보부노우라屛風裏[4]라는 곳으로 연행했다.

그곳에서 도적을 심문한 뒤, 원래대로라면 그대로 돌아가야 하는 것을 검비위사 한 명이, "자자, 날이 몹시 더우니 모두 미역이라도 감지 않겠는가." 라고 말했다. 그러자 다른 검비위사들도

"그거 좋은 생각이다."

라며 모두 말에서 내려 옷을 훌훌 벗기 시작했다. 하카마가 불룩한 검비위사는 이것을 보고

"이는 옳지 않은 일이다. 실로 가당치 않군. 경망스럽게 강가에서 미역 감기나 하는 검비위사가 어디 있단 말인가. 마치 말을 사육하는 아이들이나 할 법한 행동이다. 정말 볼썽사납다."

라며 자신의 옷을 벗기려는 책략인 줄도 모르고 몹시 안절부절못하며 화를 냈다. 그 모습을 다른 검비위사들이 곁눈질로 보면서 서로 눈빛을 교환하며

---

3 원문에는 "調度懸"라고 되어 있음. 주인이 외출할 때 궁시弓矢나 무구武具를 들고 수행하는 역.
4 미상.

자신들의 옷을 착착 벗었다. 그리고 그 검비위사가 화를 내며 옷을 벗지 않는 것을, 고집을 부린다며 강제로 그의 옷을 벗겨 버렸다.

　그리고는 □⁵간看의 장長⁶을 불러

　"이분들의 옷을 하나씩 깨끗한 곳에 놔 두어라."

라고 명하자, □⁷간의 장이 가까이 다가와 먼저 이 불룩한 하카마의 검비위사 옷을 집어 들고 잡초 위에 두었다. 그러자 하카마의 발목을 졸라매는 끈⁸ 부분에서, 앞쪽을 종이로 감싼 흰 실이 이삼십 개 정도가 후드득 아래로 떨어졌다. 검비위사들이 이를 보고

　"저게 뭐야, 저게 뭐야."

라며 가까이 다가와 서로 눈짓을 하며 큰소리로 물었다. 불룩한 하카마를 입은 이 검비위사는 새파랗게 질려서 망연자실하게 서 있었다. 다른 검비위사들도 방금 전까지만 해도 그토록 심술궂게 행동했지만, 이것을 보고는 딱하게 여기고 각자 옷을 집어 황급히 입고는 제각각 말에 뛰어 올라타고 쏜살같이 사라졌다. 그 후, 불룩한 하카마를 입은 이 검비위사 홀로 남아 가슴앓이를 하고 있는 것 같은 얼굴로 넋이 나간 듯이 옷을 입고, 말을 타고 그저 말이 가는 대로 몸을 맡긴 채 돌아갔다.

　그래서 □⁹간의 장이 혼자 그 실을 주워 모아 그 검비위사의 하인에게 건네주었는데, 그 하인도 그저 망연한 얼굴로 그 실을 받아들었다. 방면放免¹⁰들은 이것을 보고, 동료들끼리 몰래 서로

5　한자표기를 위한 의도적 결자로 추정. 해당어는 불명. '간독장看督長'의 표기를 위한 것으로도, 또는 '좌左·우右'의 명기를 위한 것으로도 여겨짐.

6　검비위사청의 하관下官으로 감옥의 관리를 업무로 하였으나, 후에 죄인 체포를 주 업무로서 한 자.

7　→ 주5.

8　* 사시누키 하카마指貫袴(바지자락에 끈을 꿰어 발목을 졸라매게 한 일본 옷)의 소매로 통과시켜 묶기 위한 끈.

9　→ 주5.

10　검비위사청의 하인.

"우리들이 도적질을 하여 죄인이 되고, 지금 이렇게 방면의 신분이 된 것은 전혀 수치스러운 일이 아니다. 이런 일도 있으니."
라고 이야기하며, 뒷전에서 서로 웃었다.

이것을 생각하면, 이 검비위사는 실로 어리석은 자이다. 제아무리 욕심이 난다고 해서 범인 체포현장에서 실을 훔쳐 발각되다니, 참으로 어처구니없는 일이다.

그러므로 이 일에 관해서는 다른 검비위사들도 《과연》[11] 딱하게 여겨 숨기려고 했지만, 어느 사이엔가 세간에 널리 알려져 이렇게 이야기로 전하여 내려오고 있다 한다.

11 한자표기를 위한 의도적 결자.

検非違使盗糸被見顕語第十五

今昔、夏ノ比、検非違使数下辺ニ行テ、盗人追捕シケル
ニ、盗人ヲバ捕ヘテ縄付テケレバ、今ハ可返キニ、□
ト云フ検非違使一人、「疑ハシキ事尚有リ」ト云テ、馬ヨ
リ下テ、其ノ家ニ入ヌ。

暫許有テ検非違使出来タルヲ見レバ、前ニハ然モ不見エ
ザリツルニ、袴ノ裾ノ、初ヨリハ複ヨカ也ケレバ、異検非違
使共皆目ヲ付テ、「怪シ」ト思ケルニ、其ノ検非違使ノ、
家へ未ダ不入ザリケル時ニ、其ノ調度懸ノ男ノ、此ノ家ヨリ
出来テ、出来テ主ノ検非違使ト私語ツルヲ、「怪シ」ト思ル
ニ合セテ、此ク検非違使ノ袴ノ複ラカナレバ、異検非違使共

ノ云ヒ合セテ云フ様、「此レハ極ク心不得ヌ事也。此ノ事不
見顕ズハ、我等ガ為ノ恥也。此テハ否不止ジ。構ヘテ此ノ検
非違使ノ装束ヲ解セテ見ム」ト謀テ、「此ノ捕ヘタル盗人ヲ川
原ニ将行テ問ハム」ト云合セテ、屏風ノ裏ト云フ所ニ将行ヌ。
其ニテ盗人ヲ問テ後、可返キニ、川原ニテ、「去来我等熱
キニ水浴ム」ト一人ノ検非違使ノ云ケレバ、異検非違使共、
「糸吉キ事也」ト云テ、皆馬ヨリ下テ裳ヲ只解ニ解ケルニ、
此ノ袴複ラカシタル検非違使、此レヲ見テ、「此レ、更ニ不
有マジキ事也。糸便無シ。軽々ニ、何ナル検非違使カ、川原
ニテ水ハ浴ム。馬飼フ童部ナドノ様ニ。穴異様」ト云テ、我
ガ装束ヲ解セムト謀ルヲバ不知デ、只スゴロヒニスゴロヒテ
腹立気色ヲ、異検非違使共見ツ、目ヲ咋テ、己等ガ装
束ヲバ只解ニ解ツ。此レガ腹立テ不解ヌヲモ、アヤ慳立ツ
ニテ、只解ニ解セツ。

然テ□看ノ長ヲ呼テ、「此ノ殿原ノ装束共一具ヅヽ、浄キ
所ニ取リ置ケ」ト云ケレバ、□看ノ長寄テ、先ヅ此ノ袴複ラ

ミノ検非違使ノ装束ヲ、莱草ノ上ニ置ク程ニ、袴ノ扶ヨリ白

キ糸ノ頭ヲ紙シテ被裹タル二三十許、フタ〳〵ト落シタリ。

検非違使共此レヲ見テ、「彼レハ何ゾ、何ゾ」ト集テ、目ヲ

咋セテ喤リ問ヘバ、此ノ袴複ラマシキ検非違使、顔ノ色ハ朽

シ藍ノ様ニ成テ、我レニモ非ヌ気色シテ立テリ。異検非違使

共、然コソアヤ憒立ツレドモ、見ルニ糸惜カリケレバ、装束

共ヲ取テ忩ギ着テ、馬ニ乗テ思々ニ馳散ジテ逃テ去ニケル。

此ノ袴複ラマシキ検非違使一人胸病タル者ノ顔ツキシテ、我

レニモ非デ装束打シテゾ馬ニ乗テ馬ニ被任テ返ニケル。

然レバ□看ノ長一人ナム其ノ糸ヲバ拾取テ、此ノ検非違使

ノ従者ニ取セケル。　従者モ我レニモ非ヌ気色ニテゾ、糸ヲバ

取ケル。　放免共此レヲ見テ、己等ガドチ蜜ニ私語ケルニ、

「我等ガ盗ヲシテ身ヲ徒ニ成シテ、此ル者ト成タルハ、更ニ

恥ニモ非ザリケリ。　此ル事モ有ケリ」ト云テゾ、忍テ咲ヒ合

タリケル。

此レヲ思フニ、其ノ検非違使極テ愚也セルケル者也。　極ク欲

ク思フトモ、然カ追捕セム所ニテ、糸ヲ取テ被見顕ル、極テ

奇異キ事也。

然レバ此ノ事異検非違使共□ニ糸惜ク思ケレバ、隠スト

スレドモ自然ラ世ニ聞エテ、此クナム語リ伝ヘタルトヤ。

어느 곳의 여방^{女房}이 도적질을 업^業으로 삼다가
발각된 이야기

제16화는 표제만이 있고 본문이 없음. 그 이유는 추측하기 어려우나, 원래부터 본문이 누락된 것이라 여겨진다. 내용에 대해서는 표제에서 나타내는 대로, 어떤 집에서 일하던 여방이 도적질을 업으로 삼고 있다가 발각되어 체포, 투옥되었다고 하는 줄거리이었던 듯하고 『고금저문집古今著聞集』 권12 제433화에 "검비위사 별당別堂인 다카후사隆房 집의 여방女房이 강도짓이 발각되어 투옥된 이야기"라는 이야기가 있어, 이 이야기와 비슷한 줄거리를 가지고 있다. 앞 이야기와는 도적질이 발각된다는 공통의 모티브로 이어지고 있다. 그리고 저본은 본문에 15행 정도의 공백을 둠.

본문 결缺

◉ 제16화 ◉
어느 곳의 여방女房이 도적질을 업業으로 삼다가 발각된 이야기

或所女房以盗為業被見顕語第十六
あるところにようばうぬすみをもつてわざとなししみあらはさることだいじふろく

셋쓰 지방攝津國의 고야데라小屋寺에 와서
종을 훔쳐 간 이야기

도적단이 사예死穢를 이용해, 누구 하나 접근하지 않는, 사람이 없는 종당鐘堂에서 유유히 큰 범종梵鐘을 훔쳐 낸 이야기로, 선발로 간 노법사의 박진감 넘치는 죽는 연기와, 적당한 때를 봐서 나타나 그럴싸한 말들을 늘어놓으며 유해遺骸를 가져간, 아들이라고 칭하는 남자들의 연계 플레이는 지극히 교묘하다. 또한 일당들을 대동원해서 절 뒷산에서 장례식을 치르고, 징을 치는 소음 속에서 마음껏 도적질을 하는 수법은 지능범의 수법이라 할 수 있음.

이제는 옛이야기이지만, 셋쓰 지방攝津國[1] □□[2]군郡에 고야데라小屋寺[3]라고 하는 절이 있었다.

그 절에 여든 살 정도 되어 보이는 법사가 찾아와 주지승住持僧을 만나

"저는 서쪽 지방西國에서 올라와서 도읍으로 가려고 합니다만, 늙고 몹시 지쳐서 이제 도저히 걸을 수 없을 것 같아 이 절의 어딘가에 잠시 머무르고자 합니다. 적당한 곳이 있으면 머무르게 해 주시지 않으시겠습니까?"

라고 부탁을 했다. 주지는

---

1 → 옛 지방 명.
2 군명 명기를 위한 의도적 결자.
3 → 사찰 명.

"지금 당장 머물 수 있는 곳이 없습니다. 그렇다고 벽도 없는 법당 회랑 같은 곳에 있으시면 바람이 불어 몸이 얼어 버리시겠지요."

라고 말하자, 이 노법사는

"그렇다면 종당鐘堂[4] 밑이라면 머물 수 있겠지요. 주위가 완전히 둘러싸인 곳이니 그곳에 있게 해 주시는 것은 어떠하신지요."

라고 말했다. 주지는

"옳거니, 그곳이라면 괜찮겠습니다. 그렇다면 그곳에 가서서 머무시지요. 그리고 종도 쳐 주시면 참 좋을 것 같습니다."

라고 말했기에 노법사는 매우 기뻐했다.

그래서 주지는 노법사를 데리고 종당 밑으로 가서

"종을 치는 법사가 사용하는 돗자리와 거적 같은 것이 있습니다. 그것을 쓰시고 여기서 머무십시오."

라며 그곳에 묵게 하였다. 그리고는 종 치는 법사를 만나

"조금 전에 잘 곳이 없는 노법사가 찾아와서 '종루 밑에서 머물게 해 달라.'고 하여 머물도록 했다. '종도 치겠다.'고 하여 '그럼 머무는 동안 종을 쳐주시오.'라고 말해 두었다. 그동안 너는 좀 쉬고 있어라."

라고 말하니, 종치는 법사가

"그거 잘된 일입니다."

라며 물러갔다.

그래서 그 후 이틀 밤 정도는 이 노법사가 종을 쳤다. 그다음 날의 오전 열시경, 종 치는 법사가 찾아와서

'이렇게 □□[5]하게 종을 치는 법사는 어떠한 사람인지 한번 보자.'

---

4   종루鐘樓. 종이 달려 있는 법당.
5   한자표기를 위한 의도적 결자. 해당어 미상.

라고 생각하여 종당 밑으로 가

"스님은 계신가?"

라고 말하며 문을 밀어 열고 들어가 보았다. 그러자 나이 여든 정도의 매우 늙고 키가 큰 법사가 초라한 포의布衣[6]를 허리에 두르고 손발을 쭉 늘어뜨린 채 죽어 있었다. 종치는 법사는 이것을 보자마자 법당에 있는 주지에게로 황급히 되돌아가

"어찌된 일인지 노법사가 죽어 있습니다. 어떻게 하지요?"

라고 당황해서 허둥거리며 고하자, 주지도 놀라서 종치는 법사를 데리고 종당으로 가서 문을 살짝 열고 들여다보니 노법사가 정말 쓰러져 죽어 있었다.

그래서 문을 닫고 주지가 절의 승려들에게 이 사실을 알리자, 승려들은

"이 대화상大和尚,[7] 정체도 모르는 늙은 중에게 거처를 빌려줘서 절에 부정함[8]을 초래했다."

라고 하며 모여서 크게 화를 냈다.

"그렇지만 이제 와서는 어쩔 도리가 없다. 마을 사람들을 모아 치워 버리게 하는 것이 좋겠다."

고 하여 마을 사람들을 불러 모았지만

"신사의 축제가 코앞으로 다가왔는데 부정을 탈 수는 없다."

고 하며 죽은 사람에게 아무도 손을 대려고 하지 않았다. "그렇다고 이대로 놔 둘 수는 없다."라고 소란을 피우는 중에 어느덧 오후 한시가 되었다.

---

6 보통 신분이 낮은 사람이 착용하는 무늬 없는 가리기누狩衣를 뜻하나, 여기서는 마포麻布 등으로 만든 변변치 못한 의복을 가리킴.
7 원문에는 "대덕大德". 덕이 높은 승려, 명승名僧, 고승高僧을 말하며 승려에 대한 존칭으로도 사용. 여기에서는 주지를 빈정거리며 한 말임.
8 죽음의 부정不淨.

그러자 나이가 서른 살 정도의 옅은 회색의 스이칸水干[9]에, 소매가 짙은 자색 하카마袴를 입은 남자 두 명이, 하카마 양 옆의 트인 곳 아귀를 높다랗게 허리띠에 지르고 허리에 대도를 보란 듯이 차고, 아야이綾藺 삿갓[10]을 목에 걸치고 비천한 자이면서도 볼썽사납지 않게 경쾌한 모습으로 나타났다. 그리고는 승방僧房에 승려들이 모여 있는 곳으로 가서

"혹시 이 절 부근에 늙은 법사가 오지 않았습니까?"

하고 물었다. 승려들이

"요 며칠 전부터 종당 밑에 여든 정도의 늙고 키가 큰 승려가 와 있었습니다. 그런데 오늘 아침에 보니 죽어 있다고 합니다."

라고 하자, 이 두 사람은

"이런, 큰일 났군."

라고 말하며 그와 동시에 큰 소리로 울기 시작했다. 승려들이

"당신들은 어떤 분들이신데, 어찌 그리 울며 묻는 것입니까?"

라고 묻자, 두 남자는

"실은 그 노법사가 저희 아버지이십니다. 그런데 노인의 외고집으로, 사소한 일에도 생각대로 안 되면 항상 이렇게 집을 나가 버리시는 것입니다. 하리마 지방播磨國[11]의 아카시 군明石郡에 살고 있습니다만, 며칠 전에 또 집을 나가셨기에 분담해서 며칠 동안 찾고 있었습니다. 저희는 그리 가난한 사람은 아닙니다. 전답 10여 정町은 저희들 명의名義[12]로 되어 있습니다. 이 옆 군郡에도 부리는 종자들이 많이 있습니다. 그건 그렇고, 어찌됐든 그곳

---

9 풀을 사용하지 않고 물에 적셔 말린 비단으로 만든 가리기누狩衣의 한 종류로, 남자의 평상복.
10 난초로 엮어 만들어 속에는 비단을 붙인 삿갓. 꼭대기의 중앙에 돌출부가 있어 여기에 상투의 밑동을 넣음. 무사가 여행이나, 말을 타고 화살을 쏘는 경기를 할 때에 사용.
11 → 옛 지방 명.
12 명전名田(이름붙인 밭)으로, 중고·중세의 사유전私有田의 하나. 황폐한 땅을 개간하거나 혹은 양도받은 전지田地에 소유자의 이름을 붙여 부름.

에 가서 보고 정말로 저희 아버지이시면 저녁 무렵 장례를 치르고자 합니다."

라고 말하며 종당 밑으로 들어갔다.

주지도 같이 가 밖에서 서서 보고 있으니, 이 두 남자는 안으로 들어가 노법사의 얼굴을 보자마자

"아버님이 여기에 계셨구나."

라고 하며 갑자기 푹 엎드려 몸부림치면서 소리를 낼 수 있는 데까지 내지르며 울부짖었다. 주지도 이것을 보고 동정하며 눈물을 흘렸다. 두 남자는

"나이를 드시고 완고해지셔서 걸핏하면 몰래 돌아다니시더니, 결국 이렇게 초라한 곳에서 돌아가시고 말았구나. 슬프다. 임종도 보지 못하고."

라고 계속 말하며 하염없이 눈물을 흘렸다. 잠시 뒤에

"일이 이렇게 되었으니, 이제 장례 준비를 시작하자."

라며 문을 닫고 나왔다. 주지는 이 남자가 슬피 운 것을 절의 승려들에게 말하며 매우 불쌍히 여겼다. 이 이야기를 전해 들은 승려들 중에는 덩달아 우는 자도 있었다.

그 후 오후 8시 무렵이 되자, 사오십 명 정도의 사람들이 찾아와 시끄럽게 떠들면서 법사를 둘러메고 나왔는데, 그중에는 활과 화살로 무장한 사람도 여럿 있었다. 승방은 종당에서 멀리 떨어져 있었기 때문에 노법사를 둘러메고 나오는 것을 밖에 나와 보는 사람은 없었다. 모두들 두려워하며 모든 방문에 자물쇠를 채우고 안에 들어가 듣고 있었는데, 뒷산 기슭에 있는 10여 정 정도 떨어진 솔밭 숲속에 유해를 가져가 밤새도록 염불을 하고 징을 치며 새벽녘까지 장례를 치른 뒤 떠났다.

절의 승려들은 그 이후로도 법사가 죽은 종당 근처에는 한 사람도 다가

가려 하지 않았다. 그래서 사예死穢가 있는 30일[13] 동안에는 종 치는 법사도 이곳에 와서 종을 치려고 하지 않았다. 30일이 지나고 종 치는 법사가 종당 밑을 쓸어 청소하려고 가보니, 대종大鐘이 사라지고 없었다.

"이게 어찌된 일인가."

하고 절의 승려들에게 돌아다니며 한 명도 빠짐없이 알렸다. 승려들이 몰려와서 보았지만, 도적이 훔쳐 갔으니 있을 리가 없었다. 승려들은

'그 노법사의 장례식은 이 종을 훔치려고 꾸민 연기였구나.'

라고 깨닫고

"장례 치른 곳은 어떻게 되어 있나."

하고 절의 승려들이 많은 마을 사람들과 함께 그 솔밭 숲속에 가보니 큰 소나무를 잘라서 종을 세워 놓고 태웠는지, 동銅 파편이 사방팔방 여기저기에 흩어져 있었다.

"놈들, 잘도 꾸며 댔구나."

라고 말하며 와자지껄 법석을 떨었지만, 누구의 소행인지도 모르기 때문에 어쩔 도리 없이 사건은 일단락되었다. 그래서 그 이후 이 절에는 종이 없는 것이다.

이것을 생각하면, 계획적으로 도적질을 행하려는 사람이 있는 것이다. 하지만 어떻게 죽은 척을 하며 몸도 움직이지 않고 장시간 있을 수 있단 말인가. 또 어떻게 제 마음대로 눈물을 흘릴 수 있었단 말인가. 실제로, 그것을 보고는 관련 없는 사람들[14]까지도 모두 슬퍼했던 것이다. 이것을 보고 들은 사람들은

"참으로 잘도 속인 놈들이다."

13 사예의 기간은 30일임(『습개초拾介抄』).
14 주지와 승려들을 가리킴.

라고 떠들썩하게 이야기했다.

그러므로 이렇듯 모든 것이 당연하다고 생각되는 일이더라도 잘 모르는 사람이 하는 것은 한 번 더 곰곰이 생각하고 의심해 보아야 한다고 이렇게 이야기로 전하여 내려오고 있다 한다.

◎ 제17화 ◎

摂津国来小屋寺盗鍾語第十七

셋쓰 지방[摂津國]의 고야데라[小屋寺]에 와서 종을 훔쳐 간 이야기

今昔、摂津ノ国□ノ郡ニ小屋寺ト云フ寺有リ。

其ノ寺ニ年八十許ハ有ラムト見ユル法師出来テ、其ノ寺ノ住持ノ法師ニ会テ語フ様、「己ハ西ノ国ヨリ罷上ル京ノ方ヘ行カムト思給フルニ、年老ヒ身羸テ、罷リ可上キ様モ不思エヌヲ、此ノ御寺ノ辺ニ、暫シ候ハムトナム思給フル。可然カラム所ニ居ヘ給ヒテムヤ」ト云ケレバ、住持、「忽ニ可被居キ所コソ無ケレ。廻リモ無キ御堂ノ廊ナドニ被居テハ、風ニ吹キ被疲レ給ナム」ト云ケレバ、此ノ老法師ノ云ハ、「然ラバ鍾堂ノ下コソ候ヒヌベカメレ。廻リモ全ク侍ル所ナレバ、其ニ侍ラムト思フハ何ニ」ト云ヘバ、住持ノ云ク、「其レハ吉キ所也。然ラバ其ニ坐シテ被居タレカシ。然テ鍾ヲモ被搥ムハ糸吉キ事也」ト云ヘバ、老法師喜ブ事無限シ。

然レバ住持、老法師ヲ搔具シテ、鍾堂ノ下ニ将行テ、「鍾搥ガ莚薦ナド有リ。其レニヤガテ居給タレ」トテ居ヘツ。然テ鍾搥ノ法師ニ会テ、「此ニ浮タル老法師ノ出来テ、『鍾堂ノ下ニ居タラム』ト云ツレバ宿シツ。『鍾モ搥テム』ト云ツレバ、『居タラム程ハ搥ケ』トナム云ツル。其ノ程ハ和院ハ息ミテ居タレ」ト云ヘバ、鍾搥ノ法師、「糸吉キ事ナナリ」ト云テ、去ヌ。

然テ其ノ後、二夜許、此ノ老法師鍾ヲ搥ク。其ノ次ノ日ハ巳時許ニ、鍾搥ノ法師出来テ、「此ク□ニ鍾ヲ搥ク法師ハ

何ナル者ゾ、ト見ム、ト思テ、鍾堂ノ下ニ、「御房ハ坐スルカ」ト云テ、戸ヲ押開テ這入テ見レバ、年八十許ナル老法師ノ極気ナルガ長高キ、賤気ナル布衣ヲ腰ニ巻テ、差喬リテ死テ臥セリ。

鍾搥此レヲ見テ去返テ、御堂ニ住持ノ許ニ行テ、「老法師ハ早ウ死テ臥セリ。此ハ何ガセムト為ル」ト、周テル気色ニテ云ヘバ、住持驚キ、鍾搥ヲ具シテ鍾堂ニ行テ、戸ヲ細目ニ開テ云ヘバ、老法師実ニ死テ臥セリ。

然レバ戸ヲ引立テ、住持ノ僧、寺ノ僧共ニ此ノ由ヲ告レバ、寺ノ僧共、「由無キ老法師ヲ宿シテ、寺ニ穢ヲ出シツル大徳カナ」ト云テ、腹立合タル事無限シ。「然レドモ今ハ甲斐無シ。郷ノ者共ヲ催シテ取テ棄サセヨ」ト云ヘバ、郷ノ者共ヲ催サスルニ、「御社ノ祭近ク成ニタルニハ、何デ可穢キゾ」ト云テ、「死人ニ手懸ケム」ト云フ者一人無シ。「然リトテ可有キ事カハ」ト云テ嗔ル程ニ、日モ午未許ニ成ヌ。

而ル間、年三十許ナル男二人、椎鈍色ノ水旱ニ裾濃ノ袴着タルガ、袴ノ喬取テ高ク交ミテ、前ニ大キナル刀現ニ差シテ、綾藺笠頭ニ懸テ、下衆ナレドモ月々シク軽ビカナル出来ヌ。

僧房ノ僧共ノ居タル所ニ行テ、僧共ニ云フ様、「若シ此ノ御寺ニ二年老タル法師ヤ罷リ行ク」ト問ヘバ、僧共、「一日ヨリ鍾堂ノ下ニ二年八十許ナル老僧ノ長高キ有リツレ。其レガ今朝見レバ死テ臥セルトコソ聞ケ」ト云ヘバ、此ノ男共、「極ク候ヒケル事カナ」ト云フマヽニ、只泣ニ泣ク。僧共、「此ハ何ナル人ナレバ此ク泣テハ尋ヌルゾ」ト問ヘバ、男共、「其ノ老法師ハ己等ガ父ハ侍リ。其レガ老僻ミテ、墓無キ事ヲ思フ事ニ違ヒヌレバ、此モスレバ逃テ此ク失スル事ヲ仕ル也。

幡磨ノ国ノ明石ノ郡ニナム住ミ侍フ。其レガ一日失セテ候ヘバ、手ヲ分テ此ノ日来求メ候ツル也。己等ハ不合ノ身ニモ不候ハズ、田十余町ハ名ニ負ヒ侍リ。此ノ隣ノ郡マデ知リタル下人ハ数侍リ。然ルニテモ罷テ見テ実ニ其レガ候ハヾ、夕サリ葬候ハム」ト云テ、鍾堂ノ下ニ入ヌ。

住持モ副テ行キ、外ニ立テ見レバ、此ノ男共這入テ、老法師ノ顔ヲ見ルマヽニ、「我ガ父ハ此ニ坐カリケルハ」ト云テ、

只臥シ丸ビテ、音ヲ挙テ泣キ叫ブ。住持モ此レヲ見ルニ、哀レ二思エテ被泣ヌ。男共、「老僻ミ給テ、此ノ為レバ隠ヲシ行キ給テ、遂ニ由無キ所ニテ死給ヒヌル。悲キ死ノ刻ニ不会ナリヌル事」ト云ヒ次ケテ、泣ク事無限シ。然テ暫ク許有テ、「今ハ葬リ進ラム事構ヘム」ト云テ、戸ヲ引立テ出テ去ヌ。

住持モ此ノ男ノ泣ツル事共ヲ寺ノ僧共ニ語テ、哀レガル事無限シ。僧共モ此レヲ聞テ泣ク者モ有リ。

而ル間、戌時許ニ成テ、人四五十人許来テ嗥シテ此ノ法師ヲ将出スニ。調度負タル者共モ数有リ。僧房共ハ鍾堂ヨリ遠ク去タレバ、法師ヲ将出スヲ出テ見ル人無シ。皆恐テ房ノ戸共ヲ差シテ籠テ聞ケバ、後ノ山本ニ、十余町許去テ松原ノ有ル中ニ将行テ、終夜念仏ヲ唱ヘ、金ヲ叩テ、明ルマデ葬テ去ヌ。

寺ノ僧共、其ノ後、此ノ法師ノ死タル鍾堂ノ当リニ、惣テ寄ル者無シ。然レバ穢ノ間、三十日ハ鍾撞モ寄テ不撞ズ。三十日既ニ畢ヌレバ、鍾撞ノ法師、鍾堂ノ下掃ムト思テ行テ見レバ、大鍾失ニケリ。「此ハ何ニシタル事ゾ」トテ、寺ノ僧共、普ク告廻セバ、僧共皆集リ来テ見ルニ、盗テケレバ、何ニシニカハ有ラムズル。「其ノ老法師葬リシハ、早ウ、此ノ鍾ヲ盗マムトテ謀タリケル也ケリ」ト思テ、「葬リシ所何ナラム」ト云テ、寺ノ僧共郷ノ者共多ク具シテ、彼ノ松原ニ行テ見ケレバ、大キナル松ノ木ヲ鍾ニ切懸テ焼タリケレバ、銅ノ砕共所々ニ散タリ。「極ク構タリケル奴カナ」ト云テ、嗥リ合タレドモ、此レ誰ガシタルト可知キニモ非ラネバ、云フ甲斐無クテ止ニケリ。然テ其ヨリ其ノ寺ノ鍾ハ無キ也。

此レヲ思フニ、構ヘテ盗マム事ハ為ル者モ有ナム。何デカ然カ虚死ハシテ不動ズシテ久クハ有ラム。亦何デカ涙ハ心ニ任セテ泛サム。実ニ見ケルニ、由無キ者モ皆悲カリケル事也。「極カリケル奴原ノ構ヘカナ」トナム見聞ク人云ヒ嗥ケル。

然レバ万ノ事ヲ現ニト思ユル事也ト云フトモ、不見知ザラム者ノセム事ヲバ尚吉ク思ヒ廻シテ可疑キ也、トナム語リ伝ヘタルトヤ。

나성문^{羅城門} 상층^{上層}에 올라가
죽은 사람을 본 도적 이야기

아쿠타가와 류노스케芥川龍之介의 『나생문羅生門』을 통해 세상에 널리 알려진 이야기로, 단편이지만, 시정市井의 한 사건을 통해서 헤이안平安 시대의 처절했던 어두운 단면과 인심의 황폐를 그려낸 수작秀作. 죽은 젊은 여성의 머리카락을 뽑아 가발을 만들어 내일의 양식을 얻으려는 백발의 노파, 그 노파를 위협해서 옷을 빼앗고 노파가 뽑은 머리카락과 죽은 사람 옷까지 빼앗아 사라진 도적의 행위, 나생문 상층에 버려진 겹겹이 쌓인 시체, 어느 것 할 것 없이 모두 전율을 느끼게 하는 것뿐으로, 표면상의 번영과 우아한 생활을 구가한 왕조 귀족정치의 치부恥部가 가장 간결한 필치로 단적으로 드러나 있다.

이제는 옛이야기이지만, 셋쓰 지방攝津國[1] 부근에서 도적질을 하기 위해 도읍으로 올라온 사내가, 아직 날이 저물지 않아 나생문羅生門[2] 아래에 숨어 있었는데, 주작朱雀[3] 대로 쪽은 아직 사람들의 왕래가 빈번했다. 그래서 사람왕래가 끊어질 때까지 있어야겠다고 생각하여 문 아래에 서서 기다리

---

1 → 옛 지방 명.
2 헤이안 경平安京 외곽의 정문으로 주작朱雀대로의 남단에 세워진, 이중각二重閣 7간間(또는 9간)의 기와집 구조의 장대한 문으로, 위층에는 왕성王城 수호를 기원해 도발비사문천兜跋毘沙門天이 모셔져 있음. → 평안경도平安京圖.
3 본래는 사신四神의 하나로, 남방을 관장하는 신의 이름이지만, 여기서는 나성문의 북측인 주작대로를 말함.

고 있는데, 야마시로山城 쪽[4]에서 많은 사람들이 오는 소리가 났기 때문에, 들킬세라 문의 위층으로 살짝 기어 올라갔다. 올라가서 보니 어슴푸레하게 불이 밝혀져 있었다.

도적은 이상하다는 생각이 들어 나무창살 창문[5]으로 들여다보니, 젊은 여자가 죽어 누워 있었다. 그 머리맡에 불을 밝히고 매우 나이든 백발의 노파가 그 죽은 사람의 머리맡에 앉아 죽은 사람의 머리카락을 거칠게 잡아 뽑고 있는 것이었다.

도적은 이것을 보고 도저히 납득이 가질 않아 어쩌면 이것은 오니鬼[6]일지도 모른다는 생각이 들어 두려웠으나, 혹은 죽은 사람의 영靈[7]일 수도 있다는 생각이 들어 한번 위협하여 확인해 봐야겠다고 생각했다.[8] 그래서 살짝 문을 열고 칼[9]을 빼들고

"이놈, 이놈"

하고 소리를 지르며 덤벼들자, 노파는 어찌할 줄 몰라 당황하여 손을 모아 싹싹 빌었다. 그러자 도적이

"이 할망구. 너의 정체는 뭐냐? 여기서 뭘 하고 있었느냐?"

하고 묻자, 노파는

"이분은 제가 모셨던 주인이십니다만, 돌아가시어도 장사 지내 줄 사람이 없어서 이렇게 이곳에 둔 것입니다. 그 머리카락이 키를 넘을 정도로 매우

---

4 지리적으로 헤이안 경은 야마시로 지방山城國의 구역 안에 위치하나, 행정상의 구분으로는 도읍과 야마시로 지방은 다른 것으로 구별되어 있었음. 이로 인해 사람들의 감각으로도 야마시로는 도읍의 밖에 있다고 여겨졌던 것으로 추정. 여기서는 나성문의 남측을 말함.
5 원문에는 "連子"로 되어 있음. 몇 개의 가느다란 나무를 가로, 세로로 엮어 만든 창.
6 권24 제24화에는 나성문 상층에서 오니鬼가 비와琵琶의 명기名器 현상玄象을 타는 내용이 보이는데, 당시 나성문 위에는 오니鬼가 살고 있다고 생각되던 것이 다른 서적에도 보임.
7 원문에는 "死人"으로 되어 있음. '어쩌면 단순한 사령死靈일지도 모른다.'라는 의미.
8 당시 사람들은 사령이라도 영귀靈鬼가 되지 않은 것은 그다지 무서운 존재로 여기지 않았던 것이라 추측됨.
9 원문에는 "刀"로 되어 있음. 날이 긴 태도太刀가 아닌 소도小刀를 말함.

길어 그것으로 붙임머리[10]를 만들기 위해 뽑고 있었습니다. 부디 살려 주십
시오."

라고 말했다. 그러자 도적은 죽은 사람이 입고 있는 옷과 노파가 입은 옷,
게다가 뽑은 머리카락마저도 빼앗아 위층에서 뛰어내려와 도망쳐 사라졌
다.

　그런데 그 상층에는 죽은 사람의 많은 해골이 굴러다니고 있었다. 장례를
치르지 못하는 죽은 사람을 이 문 위에다 버려 둔 것이다.

　이 이야기는 그 도적이 어떤 사람에게 이야기한 것을 듣고 전하여, 이렇
게 이야기로 전하여 내려오고 있다 한다.

---

10 ＊원문에는 "鬘"이라고 되어 있음. '가발'이라고 번역을 해도 크게 틀린 것은 아니지만 엄밀하게는 두발을
　　풍성하게 하기 위해 보충하는 다리(예전에, 여자들의 머리숱이 많아 보이라고 덧넣었던 딴머리)에 가까운
　　의미로, 현대식으로 '붙임머리'로 번역했음.

羅城門登上層見死人盜人語第十八

今昔、摂津ノ国辺ヨリ盗セムガ為ニ京ニ上ケル男ノ、日ノ未ダ明カリケレバ、羅城門ノ下ニ立隠レテ立テリケルニ、朱雀ノ方ニ人重ク行ケレバ、人ノ静マルマデト思テ、門ノ下ニ待立テリケルニ、山城ノ方ヨリ人共ノ数来タル音ノシケレバ、其レニ不見エジト思テ、門ノ上層ニ和ラ搔ツリ登タリケルニ、見レバ、火暗ニ燃シタリ。

盗人、「怪」ト思テ、連子ヨリ臨ケレバ、若キ女ノ死テ臥タル有リ。其ノ枕上ニ火ヲ燃シテ、年極ク老タル嫗ノ白髪白キガ、其ノ死人ノ枕上ニ居テ、死人ノ髪ヲカナグリ抜キ取ルトヤ。

盗人此レヲ見ルニ、心モ不得ネバ、「此レハ若シ鬼ニヤ有ラム」ト思テ怖ケレドモ、「若シ死人ニテモゾ有ル。恐シテ試ム」ト思テ、和ラ戸ヲ開テ、刀ヲ抜テ、「己ハ、己ハ」ト云テ走リ寄ケレバ、嫗手迷ヒヲシテ、手ヲ摺テ迷ヘバ、盗人、「此ハ何ゾノ嫗ノ此ハシ居タルゾ」ト問ケレバ、嫗、「己ガ主ニテ御マシツル人ノ失給ヘルヲ、繚フ人ノ無ケレバ、此テ置奉タル也。其ノ御髪ノ長ニ余テ長ケレバ、其ヲ抜取テ鬘ニセムトテ抜ク也。助ケ給ヘ」ト云ケレバ、盗人、死人ノ着タル衣ト嫗ノ着タル衣ト抜取テアル髪トヲ奪取テ、下走テ逃テ去ニケリ。

然テ其ノ上ノ層ニハ死人ノ骸骨ゾ多カリケル。死タル人ノ葬ナド否不為ヲバ、此ノ門ノ上ニゾ置ケル。

此ノ事ハ其ノ盗人ノ人ニ語ケルヲ聞継テ此ク語リ伝ヘタル也ケリ。

하카마다레^{袴垂}가 세키 산^{關山}에서 죽은 체하고 사람을 죽인 이야기

대사면으로 출옥한 하카마다레^{袴垂}가 오사카 산^{逢坂山}의 길가에 벌거벗은 채로 죽은 척하고 있자 지나가던 호기심이 많은 사람들의 눈에 띄어 큰 소동이 났는데, 때마침 지나가던 다이라노 사다미치^{平貞道} 일족이 시체에 상처가 없는 것을 수상히 여겨 경계를 엄하게 하고 지나가서 구경꾼들로부터 겁쟁이 무사라고 비웃음을 당했다. 그러나 그 후에 혼자 말을 타고 지나가던 무사가 아무런 의심도 품지 않고 다가가서 활 끝으로 시체 주위를 이리저리 건드리자 하카마다레가 활을 붙잡고 일어나 무사를 찔러 죽이고 옷과 무구를 빼앗아 복장을 갖추고, 미리 약속한 대로 함께 사면되어 출옥한 동료 이삼십 명과 합류하여 가는 곳마다 옷과 무구를 빼앗고 장비를 강화하여 쉽사리 맞서 대적할 수 없는 위세로 확장되어 갔다는 이야기. 다이라노 사다미치의 깊은 생각과 무심코 다가가서 살해당한 무사의 얕은 생각을 대조적으로 그려서, 무인으로서 사려 깊은 사다미치에 대한 칭찬의 말로써 끝을 맺고 있다.

이제는 옛이야기이지만, 하카마다레^{袴垂}[1]라는 도적이 있었다. 도적질을 일삼았기에 붙잡혀 옥사^{獄舍}에 있었는데 대사면^{大赦免}[2]을 받아 출옥을 했다. 하지만 의지할 곳도 없고 어떻게 해야 할지 몰라 오사카 산^{逢坂山}[3]에 가

---

1 → 인명. 미상.
2 옛날의 범인의 죄를 용서하는 사면 중 하나. 살인죄 이하 팔학^{八虐}·고살^{故殺}·모살^{謀殺}의 죄를 용서하는 것.
3 원문은 세키 산^{關山}으로, 오래된 관문이 있는 오사카 산^{逢坂山}을 뜻함. 현재 시가 현^{滋賀縣} 오쓰 시^{大津市}.

서 몸에 뭐 하나 걸친 것도 없는 알몸인 채로 죽은 사람인 척을 하고 길 가에 누워 있었다. 오가는 사람들이 이것을 보고

"이 남자는 어떻게 죽은 걸까, 상처도 없는데."

라고 하며 주위를 에워싸고 시끌벅적 소동을 벌였는데, 때마침 그때 훌륭한 말에 올라타고 궁시를 맨 무사가 많은 낭등郎等과 가신 무리를 이끌고 도읍 쪽에서 왔다. 많은 사람들이 뭔가를 구경하고 있는 것을 보고 급히 말을 멈추고 부하를 불러

"저것은 무엇을 보고 있는 것이냐."

하고 가서 보고 오게 하자 부하가 달려가 보고 오더니

"상처 하나 없이 죽은 자가 있사옵니다."

라고 말했다. 주인은 이것을 듣자마자 대열을 가다듬고 활을 다시 고쳐 잡아 죽은 자로부터 거리를 두고 말을 타고 가면서 죽은 사람 쪽에 눈을 떼지 않고 주시하며 지나갔다. 그러자 이것을 본 사람들이 손뼉을 치고 웃으면서

"저렇게 많은 낭등과 가신을 대동한 무사가 죽은 자를 보고 벌벌 떨다니, 그것 참 대단한 무사로다."

라며 비웃었지만 무사는 그대로 지나쳐 갔다.

그 후 구경꾼도 모두 흩어지고 죽은 자의 주위에는 아무도 없게 되었다. 그러자 또 말을 탄 무사가 그곳을 지나갔다. 이 무사는 낭등이나 가신도 거느리고 있지 않았다. 단지 활과 화살만을 지니고 있었는데 죽은 자의 곁으로 말을 가까이 몰고 가서는

"불쌍한 녀석이군. 어째서 죽은 것일까, 상처도 없는데."

라고 하면서 활로 찔러 보기도 하고 당겨 보기도 했다. 그 순간 죽은 자가

그 활을 잡고 □□[4] 벌떡 일어나 덤벼들어 말에서 끌어내리고서는

"부모의 원수는 이렇게 하는 것이다."

라고 말함과 동시에 무사의 허리에 꽂은 칼을 뽑아 찔러 죽였다.

죽은 척한 자는 그렇게 하고서 무사의 스이칸水干 하카마袴를 벗겨서 몸에 걸치고 활과 화살통을 빼앗아 등에 메자, 말을 타고 쏜살같이 동쪽을 향해 내달렸다. 같이 감옥에서 나온 열에서 스무 명 정도의 벌거벗은 자들이 미리 약속한 대로 뒤에서 따라왔기에 그들을 수하로 삼았다. 가는 길마다 마주치는 사람의 스이칸 하카마나 말 등을 모조리 빼앗고 궁시와 검, 칼을 많이 빼앗아 그 벌거벗은 수하들에게 입히고 무장시켜 말에 태워 낭등郎等 이삼십 명을 거느린 몸으로 산을 내려오자 그와 맞서 대적할 만한 사람도 없을 정도였다.

이런 자들은 조금이라도 틈만 보이면 이런 짓을 하는 것이다. 그것을 모르고 가까이 다가가 손이 닿을 만한 곳에 있으면, 어찌 습격당하지 않을 수 있겠는가. 처음에 조심조심 지나간 말 탄 무사가 '누굴까? 현명한 자다.'라고 생각해 물어서 찾아봤더니, 무라오카노 고로村岡五郎인 다이라노 사다미치平貞道[5]라는 자였다. 그 이름을 듣고 사람들은

"그 사람이야말로 도리에 맞는 사람"

이라고 입을 모아 말했다. 그렇게 많은 낭등과 가신을 거느리고도 그것을 알고 방심하지 않고 지나갔으니 참으로 현명하다. 그와는 달리 부하들도 거느리지 않은 몸으로 가까이 다가가 살해당한 것은 참으로 어리석은 짓이다. 이것을 들은 사람들은 칭찬도 하고 비난도 하면서 수근거렸다고 이렇게 이야기로 전하여 내려오고 있다 한다.

---

4   한자표기를 위한 의도적 결자.
5   → 인명.

袴垂於関山虚死殺人語第十九

今昔、袴垂ト云フ盗人有ケリ。盗ヲ以テ業トシテ有ケレ

バ被捕テ獄ニ被禁タリケルガ、大赦ニ被掃テ出ニケルガ、

可立寄キ所モ無ク、可為キ方モ不思ザリケルガ、関山ニ行テ、

露、身ニ懸タル物モ無ク裸ニテ、虚死ヲシテ路辺ニ臥セリケ

レバ、路チ行キ違フ者共此レヲ見テ、「此ハ何ニシテ死タル

者ニカ有ラム。疵モ無キカ」ト見繚ヒ云ヒ嘆ケル程ニ、吉キ

馬ニ乗タル兵ノ、調度ヲ負テ数ノ郎等眷属ヲ具テ京ノ方ヨリ

来タリケルガ、此ク人ノ多ク立約テ物ヲ見ルヲ見テ、馬ヲ急

ト留メテ、従者ヲ寄セテ、「彼レハ何ニヲ見ルゾ」ト見セケ

レバ、従者走リ寄テ見テ、「疵モ無キ死人ノ候フ也」ト云ケ

レバ、主然カ聞クマ〃ニ、引組テ弓ヲ取リ直シテ、馬ヲ押去

テ、死人ノ有ル方ニ目ヲ懸テ過ケレバ、此レヲ見ル人、手ヲ

叩テ咲ヒケリ。「然許郎等眷属ヲ具シタル兵ノ、死人ニ会テ

心地涼スハ極キ武者カナ」ト、咲ヒ嘲ケリケル程ニ、武者

ハ過テ行ニケリ。

其ノ後、人皆行キ散ナドシテ死人ノ辺ニ二人モ無ケレバ、

亦武者ノ通ル有ケリ。此レハ郎等眷属モ無シ。只調度ヲ負テ、

此ノ死人ニ只打ニ打懸リテ、「哀レナル者カナ。何ニシテ死

タルニカ有ラム。疵モ無シ」ナド云テ、弓ヲ以テ差引ナド為

ルヲ、此ノ死人ヤガテ其ノ弓ニ取リ□テ起走テ、馬ヨリ引

キ落シテ、「祖ノ敵ヲバ此クゾ為ル」ト云フマ〃ニ、武者ノ

前ニ差タル刀ヲ引抜テ差シ殺シテケリ。

然テ其ノ水旱袴ヲ曳剝テ打着テ、弓胡録ヲ取テ搔負テ、其

ノ馬ニ這乗テ、飛ブガ如ク二東様ニ行ケルニ、同様ニ被掃

裸ナル者共十二十人許、云契タリケレバ、末ニ来リ会タリケ

ルヲ共人トシテ、道ニ会フ者ノ水旱馬ナドヲ取リ弓

箭兵杖ヲ多ク奪取テ、其ノ裸ナル者共ニ水旱馬ナドヲ取リ弓

馬ニ乗セテ、郎等二三十人具シタル者ニテゾ下ケレバ、会フ

敵無キ者ニテゾ有ケル。

此ル者ハ少ノ隙モ有レバ、此ル事ヲ為ル也。其レヲ不知デ、

近ク打寄テ、手便ニ有ラムニハ、当ニ不取付ヌ様ハ有ナムヤ。

初メ心地立テ過シ馬乗ヲ、「誰ニカ有ラム、賢カリシ者カナ」

ト思テ問ヒ尋ネケレバ、村岡ノ五郎平ノ貞道ト云ケル者也ケ

リ。其ノ人ト聞テケレバ、人、「理也ケリ」トナム云ケル。

然許許郎等眷属有ケレドモ、此レヲ知テ不緩ズシテ通ケル、

賢キ事也。其レニ、従者モ無キ者ノ、近ク打寄テ被殺ル、墓

無キ事也トゾ、聞ク人讃メモ誹リモ云ヒ縡ケル、トナム語リ

伝ヘタルトヤ。

명법박사明法博士 요시즈미善澄가
강도에게 살해당한 이야기

명법박사明法博士로서 중용重用되던 기요하라노 요시즈미淸原善澄가 무단 침입한 강도에게 깡그리 도적맞는 것이 너무 분하여 숨어 있던 마루 밑에서 참지 못하고 뛰쳐나와 퇴각하는 강도단의 등 뒤에서 증오 섞인 말을 퍼부었다. 하지만 요시즈미는 마침 목격자를 없애려고 되돌아온 강도에게 죽임을 당했다는 이야기이다. 역사적 사실이 설화화된 것으로, 사건발생은 관홍寬弘 7년(1010) 7월의 일이었다(『일본기략日本紀略』, 『계도찬요系圖纂要』). 요시즈미가 학문적 지식은 뛰어났지만 사려 깊지 못해 애석하게 목숨을 잃게 된 일은 앞 이야기에 등장한 분별없는 무사의 죽음과 유사하다. 요시즈미가 몹시 별나고 상궤常軌에서 벗어난 인물이었다는 것은 『미도관백기御堂關白記』 간홍 4년 5월 30일 기록에서도 엿볼 수 있다.

이제는 옛이야기이지만, 명법박사明法博士[1]로 조교助教[2]인 기요하라노 요시즈미淸原善澄[3]라는 사람이 있었다. 학문적 지식[4]은 견줄 자가 없고, 옛날의 박사들에게도 결코 뒤지지 않는 자였다. 나이는 70세 남짓[5]으로, 세간에서 중용되고 있었지만 집안은 매우 가난하여 하루하루 생활하는 데 어

---

1   내학료大學寮에서 율령 즉, 법률을 가르치는 직책. 정원 2명. 정칠위하正七位下.
2   '조박사'라고도 함. 대학료에서 경서經書에 관한 학문을 가르치고, 학생學生의 과거시험을 관장하는 등 명경박사明經博士를 보좌하는 직책. 정원 2명. 정칠위하.
3   → 인명.
4   명경明經, 명법明法, 문장文章, 산算, 음양陰陽 등의 전문적 지식.
5   『일본기략日本紀略』에 의하면, 이 이야기의 사건 당시 요시즈미는 68세였음.

려운 점이 많았다.

그런데 그 집에 강도가 들었다. 요시즈미는 도망치자마자 재치 있게 순간적으로 마루 밑으로 숨어 들어가 도적들에게 들키지 않을 수 있었다. 도적들은 안으로 침입해서 닥치는 대로 훔치고 때려 부숴 우당탕탕 온 집안을 쑥대밭으로 만들어 놓고 시끄럽게 떠들며 나갔다.

그때 요시즈미가 마루 밑에서 서둘러 기어 나와 나가는 도적을 뒤따라 대문 쪽으로 달려 나가서는 큰 소리로

"야, 너희들의 그 낯짝, 모조리 잘 봐 두었다. 날이 새면 검비위사檢非違使의 별당別當[6]에게 고하여 모조리 잡게 할 것이다."

하고 몹시 화가 난 나머지 문을 치면서 큰 소리로 소리쳤다. 이것을 들은 도적들이

"자네들 들었지? 자, 되돌아가서 놈을 때려 죽이자."

라고 말하자마자 우르르 다시 달려왔다. 당황한 요시즈미는 집으로 도망쳐 들어가 서둘러 마루 밑으로 기어 들어가려고 했지만, 당황하여 마루에 이마를 부딪쳐 잽싸게 들어가지 못하고 있는 동안에, 도적이 달려와서 끌어내 태도太刀[7]로 머리를 마구 내리쳐 죽이고 말았다. 도적은 그대로 도망쳐 가 버렸기에 어떻게 하지도 못하고 일단락되었다.

요시즈미는 학문적 지식은 뛰어났지만 사려 분별이 전혀 없던 자로, 그 때문에 이런 유치한 말을 해서 죽게 된 것이라고 이것을 들은 사람들 모두가 비난했다고 이렇게 이야기로 전하여 내려오고 있다 한다.

---

6   검비위사 장관.
7   한쪽의 날이 있고 등이 휘어진 장검長劍.

明法博士善澄被殺強盗語第二十

今昔、明法博士ニテ助教清原ノ善澄ト云フ者有ケリ。道
ノ才ハ並無クシテ、古ノ博士ニモ不劣ヌ者ニテゾ有ケル。
年七十二余テ、世ノ中ニ被用テナム有ケル。其レガ家極ク
貧カリケレバ、万ヅ不叶デゾ過ケル。

而ル間、居タル家ニ強盗入ケリ。賢ク構ヘテ、善澄逃テ板
敷ノ下ニ這入ニケレバ、盗人モ否不見付ズ成ヌ。盗人入リ立
テ心ニ任セテ物ヲ取リテ、物ヲ破リ打ガハメカシ踏壊チ、嗔
リテ出ニケリ。

其ノ時ニ、善澄板敷ノ下ヨリ念ギ出テ、盗人ノ出ヌル後ニ、
門ニ走リ出デヽ、音ヲ挙テ、「耶、己等、シヤ顔共皆見ツ。
夜明ケムマヽニ検非違使ノ別当ニ申シテ、片端ヨリ捕ヘサセ
テムトス」ト、極ク妬ク思エケルマヽニ、叫テ門ヲ叩テ云懸
ケレバ、盗人此ヲ聞テ、「此レ聞ケ、己等。去来返テ、此レ
打殺シテム」ト云テ、ハラ〱ト走リ返ケレバ、善澄手ヲ迷
シテ、家ニ逃入テ、板敷ノ下ニ念ギ入ラムト為ルニ、迷テ入
ル程ニ、額ヲ延ニ突テ急トモ否入リ不敢ザリケルバ、盗人走
リ来テ、取テ引出テ、大刀ヲ以テ頭ヲ散々ニ打破テ殺シテケ
リ。然テ盗人ハ逃ニケレバ、云フ甲斐無クテ止ニケリ。

善澄才ハ微妙カリケレドモ、露、和魂無カリケル者ニテ、
此ノ心幼キ事ヲ云テ死ヌル也トゾ、聞キト聞ク人ニ云ヒ被謗
ケル、トナム語リ伝ヘタルトヤ。

기이 지방紀伊國의 하루즈미晴澄가
도적을 만난 이야기

기이 지방紀伊國의 사카노우에노 하루즈미坂上晴澄는 다이라노 고레토키平惟時의 낭
등郎等으로 유명한 무사였지만, 우연히 어떠한 일로 지방에서 도읍으로 올라가던 중,
하경下京 근처에서 기마의 귀족 자제로 가장한 도적단과 마주치게 되어, 그 간계奸計
에 속아 주인과 시종들이 입고 있던 옷, 무구武具 등을 모두 빼앗긴 이야기로, 하루즈
미는 이것을 매우 수치스러워 하여, 이후 두 번 다시 무사로서 세상에 나서는 일이 없
었다고 한다. 도적이 귀족 자제로 가장하여 상대를 위압하는 것은 상투적인 수법으로,
유사한 예는 권23 제15화에서도 보인다. 앞 이야기나 이번 이야기나 모두 얕은 생각,
부주의 등, 마음의 미숙함이 화가 되어 강도에게 감쪽같이 당하는 이야기라고 할 수
있다.

이제는 옛이야기이지만, 기이 지방紀伊國 이토 군伊都郡[1]에 사카노우에노
하루즈미坂上晴澄[2]라는 사람이 있었다. 무도武道에 관해서는 조금의 빈틈도
없는 남자였다. 전사前司 다히라노 고레토키平惟時[3]의 낭등郎等[4]이었다.

어느 날, 도읍에 볼일이 있어서 상경하던 중, 그를 원수로 여기며 늘 뒤를
밟고 노리던 자가 있었기 때문에, 방심하지 않고 자신도 활과 화살을 지니

---

1 → 지명.
2 → 인명.
3 → 인명.
4 가신. 종자.

고, 낭등들에게도 활과 화살을 지니게 하여, 습격할 틈이 없을 만큼 방비를 굳건히 했다. 그렇게 한밤중에 마을로 볼일을 보러 나가는 도중, 하경下京[5]의 근처에서 말을 타고 떠들썩하게 벽제辟除를 하며 앞세우고 다가오는 공달公達 일행과 우연히 마주쳤다.

길잡이가 큰 소리로 전도前導 벽제辟除를 하며 왔기 때문에, 하루즈미가 말에서 내려서 있자,

"활의 줄을 《풀》[6]고 엎드려 있어라."

라고 시끄럽게 말했기 때문에, 당황하여 활의 줄을 모두 《풀》[7]었다. 땅에 이마를 대고 모두 엎드려 있었는데, 이 공달이 지나갔다고 생각한 그때, 사람들이 몰려들어 하루즈미를 비롯해 낭등, 종자[8] 할 것 없이 모두의 목덜미를 꽉 눌러 밀어 넘어뜨렸다. 이것이 어찌된 일인가 싶어, 얼굴을 들고 쳐다보니, 공달이라고만 생각했었는데, 갑옷과 투구를 쓰고 활과 화살을 가진 대여섯 명의 말을 탄 아주 무서운 자들이, 활을 겨누며

"이놈들, 움직이기만 해봐라, 쏴 죽여 버리겠다."

라고 말했다. 놀랍게도 공달이 아닌 도적이었던 것이다. 이것을 알고 나니, 실로 분하고 비참하기 이를 데 없었다. 조금이라도 몸을 움직이려 하면 활에 맞아 죽게 될 것 같기에, 그저 그자들이 시키는 대로 바닥에 나뒹굴거나 일어나거나 하는 사이, 그놈들은 자신들 뜻대로 모두의 옷을 벗겨 빼앗고, 활과 화살통은 물론이거니와 말의 안장과 태도太刀,[9] 작은 칼, 신발에 이르기까지 모조리 빼앗아 가 버렸다.

---

5 하경下京 근처는 집도 드문 한적한 곳임.
6 한자표기를 위한 의도적 결자. 문맥을 고려하여 보충.
7 한자표기를 위한 의도적 결자. 문맥을 고려하여 보충.
8 말을 탄 무사인 낭등에 대해서, 물건을 드는 등의 잡역을 하는 하인을 말함.
9 한쪽의 날이 있고 등이 휘어진 장검長劍.

이런 일을 당하고, 하루즈미는

"방심만 하지 않았다면, 어떤 도적이건 나에게 이런 치욕을 주기 위해서는 나를 죽여야만 했을 것이고, 있는 힘껏 싸운다면 붙잡을 수도 있었을 텐데. 하지만, 큰 소리로 벽제를 해서 예를 갖춰 엎드려 있었을 때에 이렇게 당하면 도저히 손쓸 방법이 없다. 이것은 내가 무사로서의 운이 없기에 생긴 일이다."

라고 말하고, 그 이후 어엿한 무사로서의 활약을 보이지 못하게 되었으며, 그저 시중드는 사람으로 되고 말았다.

그러므로 벽제를 하며 오는 사람과 마주쳐도 충분히 주의를 해야 한다고 이렇게 이야기로 전하여 내려오고 있다 한다.

紀伊国晴澄値盗人語第二十一

今昔、紀伊ノ国ノ伊都ノ郡ニ坂上ノ晴澄ト云フ者有ケリ。兵ノ道ニ極テ緩ミ無カリケリ。前司平ノ惟時ノ朝臣ガ郎等也。

京ニ要事有テ上タリケルニ、身ニ敵有ケレバ、不緩ズシテ我レモ調度負ヒ、郎等共ニモ調度負セナドシテ、物へ行ケルニ、懸クモ無クテ、夜深更ル程ニ、二前追フ君達ノ馬ニ乗リ次キタルニ値ヒヌ。

前ヲ追ヒ嘖レバ、晴澄馬ヨリ下テ居タルヲ、「弓□シテ臥シテ候へ」ガヤヽト云ケレバ、手迷ヲシテ、弓共皆□シツ。顔ヲ土ニ付ケテ皆居タルニ、「此ノ君達過ギ給フ」ト思フ程ニ、晴澄ヨリ始メテ、郎等従者ニ至ルマデ、項ノ許ニ皆

人来テ登テ押臥ス。「此ハ何カニ為ル事ニカ有ラム」ト思テ、顔ヲ仰テ見上タレバ、君達ト見ツルニ、馬ニ乗タル者五六騎、甲冑ヲ着、調度ヲ負テ、極ク怖シ気ナル者共、箭ヲ番テ、「己ハ動カバ射殺シテム」ト云フ。早ウ、君達ニハ非デ強盗ノ謀ツル也ケリ。此ク見ルニ、実ニ妬ク侘シキ事無限リ。少シモ動カバ被射殺ヌベケレバ、只此原ノ為ルニ任セテ被打臥被引起、心ニ任セテ、一人不残サズ皆着物ヲ剥、弓胡録モ馬鞍モ大刀刀モ、履物ニ至ルマデ悉ク取テ去ヌ。

然レバ晴澄、「不緩ズシテ有マシカバ、何ナル盗人有トモ殺シテ許コソハ此ハ被捼メ。手ノ限リ戦テ掃ムル様モ有ナム。其レニ、前ヲ追ヒ嘖レバ、畏マリテ屈リ居タルヲ、此クセムヲ何ニカ可為キ。此レハ我ガ兵ノ道ニ不運ナルヲ致ス所也」ト云テ、其レヨリ後ハ、武者モ不立ズシテ、脇垂ノ者ニ成テナム有ケル。

然レバ前追フ人ニ値フトモ、吉ク可用意キ事也、トナム語リ伝ヘタルトヤ。

도리베데라鳥部寺에 참배하러 간 여인이
강도를 만난 이야기

이것도 도적을 만나 참변을 당한 이야기다. 고난을 겪은 사람은, 신앙심 깊은 30세 전후의 부인으로 도리베데라鳥部寺의 빈두로존자賓頭盧尊者가 영험靈驗이 뛰어나다는 말을 듣고 어린 하녀 여자아이 한 명을 거느리고 참배를 했는데, 조금 후에 참배하러 온 어떤 잡색雜色 사내에게 붙잡혀 폭행, 강간을 당하고, 부인과 하녀 모두 입고 있던 옷을 빼앗겨서, 어쩔 수 없이 어린 하녀가 기요미즈데라淸水寺의 스님이 계신 곳으로 가서 승려 옷을 빌려 입고 황급히 귀가했다고 한다. 이것도 여자의 사려 깊지 않은 생각이 초래한 것으로, 평어評語에서도 분별없는 여자의 외출을 경고하고 있다. 한편 범인인 잡색 사내는 원래 시侍 출신의 방면放免이었다고 하는데, 방면의 범죄에 관해서는 본권 제6화를 참조.

이제는 옛이야기이지만, 절에 참배하러 가는 것을 유난히 좋아하는 부인이 있었다. 누구의 부인이라고는 굳이 말하지 않기로 하겠다.[1] 나이는 서른 정도로 용모도 아름다웠다. 그 부인이

"도리베데라鳥部寺[2]의 빈두로賓頭盧[3] 님은 정말 영험靈驗이 뚜렷하시다."

---

1 구체적 성명 명시를 어떠한 사정에 의해 삭간 것. 성명의 명기를 가급적 하고자 하는 본집의 일반적 경향으로 봤을 때, 이것은 이 이야기의 자료가 된 것의 표현을 직접 계승한 것이 아니라 본집 편자의 의도적 표기일 가능성이 높음.
2 → 사찰명.
3 → 불교.

라고 말하며, 어린 여동女童 한 명을 데리고, 10월 20여일 정오 무렵, 매우 아름답게 옷을 차려입고 참배를 하러 갔다. 부인이 절에 도착해 참배를 하고 있자니, 조금 늦게 다부진 체격의 잡색雜色⁴ 사내 한 명이 또 참배하러 왔다.

그런데 갑자기, 이 잡색雜色 사내가 절 안에서 이 부인과 함께 온 여동의 손을 움켜잡고 끌어당겼다. 계집아이는 벌벌 떨며 울기 시작했다. 인근에 집 한 채 없는 들 한복판이라 주인여자도 이를 보고 두려움에 떨었다. 남자는 여동을 붙잡은 채,

"자, 찔러 죽이겠다."

라고 하며 칼을 뽑아 갖다 댔다. 여동은 소리도 못 내며, 입은 옷을 차례차례로 벗어 던졌다.

사내는 그것을 빼앗고는 이번에는 주인여자를 끌어당겼다. 여자는 이루 말할 수 없이 무서웠지만, 도무지 어찌할 방법이 없었다. 사내는 여자를 불상 뒤로 끌고 가서 안고 누웠다. 여자는 저항도 하지 못한 채 남자가 말하는 대로 따랐다. 그 후 남자는 일어나서 여자의 옷을 빼앗고,

"불쌍하니 속옷은 봐 주지."

라고 하며, 여자와 여동이 입고 있던 옷을 들고 동쪽 산으로 뛰어 들어갔다.

이렇게 되어 주인여자와 여동은 계속 울고 있었는데, 이제 와서 어떻게 할 도리가 없었다. 그렇다고 이대로 마냥 있을 수도 없어, 여동이 기요미즈데라清水寺⁵의 사승師僧⁶이 있는 곳으로 가서,

"사정이 이러이러합니다. 도리베데라에 참배를 하러 갔었는데, 노상강도

4　잡일에 종사하는 남자.
5　→ 사원명.
6　참롱자參籠者와 사단師檀의 관계에 있는 사승寺僧.

를 만나 주인마님은 지금 벌거벗은 채로 그 절에 계십니다."

라고 말했다. 여동은 짙은 회색 승복僧服 한 벌을 빌리고, 자신은 명주로 된 승복을 빌려 몸에 걸친 뒤, 스님 한 명을 붙여 주기에, 그를 데리고 도리베데라로 되돌아가서 주인에게 그 빌려온 옷을 입게 하고 도읍으로 돌아갔다. 도중에 마중하러 나온 수레를 가모賀茂 강변[7]에서 만나, 그것을 타고 집으로 돌아갔다.

그러므로 사려가 깊지 않은 여자는 돌아다니지 말아야 한다. 이런 무서운 일도 있는 것이다. 그 사내도 주인여자와 육체적 관계까지 가졌으니, 옷만은 빼앗지 말고 갔으면 좋았을 것을, 참으로 매정한 자이다. 사내는 원래는 시侍[8]였는데, 도적질을 하여 감옥에 들어간 뒤 방면放免[9]이 된 자였다.

이 일은 사람들에게 숨기려고 했지만 어느 사이에 세간에 알려지게 됐는지, 이렇게 이야기로 전하여 내려오고 있다 한다.

---

7 가모 강賀茂川(교토 시京都市 동부를 남북으로 흐르는 강) 강변. 도리베노鳥部野 서쪽에 해당.
8 * 일본어로 '사부라이'로 읽음. 후세의 사무라이侍와는 다르게, 신분이 낮은 고용살이를 하는 남자의 총칭. 경비나 잡무에 종사하는 고용인.
9 형기를 마치고 검비위사청의 하인으로 봉직한 자. 방면이 다시 나쁜 짓을 저지르는 설화는 본권 제6·19화 등에서 볼 수 있음.

詣鳥部寺女値盗人語第二十二

今、昔、物詣破無ク好ケル、人ノ妻有ケリ。其ノ人ノ妻ト
ハ故ニ不云ズ。年三十許ニテ、形チ有様モ美カリケリ。其レ
ガ、「鳥部寺ノ賓頭盧コソ極ク験ハ御スナレ」トテ、其ノ女
ノ童一人許ヲ具シテ、十月ノ廿日比ノ午時許ニ、微妙ク
装ゾキ立テ参ケルニ、既ニ参着テ居タル程ニ、少シ送レテ鑭
ラカナル雑色男一人亦詣デタリ。

此ノ雑色男、寺ノ内ニテ此ノ共ニ有ル女ノ童ヲ引手触ル。
女ノ童愕テ泣ク。隣モ無キ野中ナレバ、主此レヲ見ルニ怖シ
キ事無限シ。男、女ノ童ヲ捕ヘテ、「然ラバ突殺シテム」ト
云テ、刀ヲ抜テ押宛タリ。女ノ童音モ不為デ、衣ヲ只脱ニ脱

テ棄テツ。
男其レヲ取テ、亦主ヲ引手触ル。主実ニ奇異ク怖シク思
ユレドモ、更ニ術無シ。男主ヲ仏ノ御後ノ方ニ引将行テ二
人臥ヌ。主可辞得キ様無ケレバ、男云フ事ニ随ヒヌ。其ノ
後、男起テ、主ノ衣ヲ引剝テ、「糸惜ケレバ袴ハ許ス」トテ、
主従二人ガ着物ヲ提テ、東ノ山ニ走リ入ニケリ。
然レバ主モ女ノ童モ泣居タレドモ、更ニ甲斐無シ。此テ
可有キ事ニ非ネバ、女ノ童、清水ノ師ノ僧ニ行テ、
「然々、鳥部寺ニ詣給ヘリツル程ニ、引剝ニ値テ裸ニテナム
其ノ寺ニ御スル」ト云テ、僧ノ鈍色ノ衣一ツヲ借テ、女ノ童
ハ僧ノ紬ノ衣ヲ借着テ、法師一人ヲ副ヘタリケレバ、其レヲ
具シテ鳥部寺ニ返リ行テ、主ニ其ノ衣ヲ着セテナム京へ返ケ
ル程ニ、川原ニ迎ノ車ナド来会タリケレバ、其レニ乗テナム
家ニハ返リタリケル。
然レバ心幼キ女ノ行キハ可止キ也。此ク怖シキ事有リ。其
ノ男、主ト親シ成ナバ、衣ヲバ不取デ去ネカシ。奇異カリケ

ル心カナ。共ノ男、本ハ侍ニテ有ケルガ、盗シテ獄ニ居テ、

後放免ニ成ニケル者也ケリ。

此ノ事隠ストスレドモ世ニ広ク聞エニケルニヤ、此ナム語リ伝ヘタルトヤ。

아내를 데리고 단바 지방丹波國으로 가던 남자가 오에 산大江山에서 도적에게 결박당한 이야기

아내와 함께 단바 지방丹波國으로 내려가던 남자가, 오에 산大江山 근처에서 동행을 하게 된 남자에게 방심하고 욕심에 사로잡혀 활과 화살을 상대방의 칼과 교환한 탓에, 동행한 남자로부터 활로 위협을 받고 나무에 포박당한 채, 눈앞에서 아내가 강간을 당한 이야기. 범행 후 동행한 남자는 말을 빼앗아 도주했지만, 여자에게 정이 든 나머지 그 옷도 빼앗지 않고 남편의 목숨도 살려 주었다. 추태를 드러낸 남편은 아내에게까지 정이 떨어져 무시당하지만, 이혼도 하지 않고 또 다시 단바로 향하였다고 한다. 이야기 말미의 평어評語에서 두 남자를 평가하여, 범인을 정말 훌륭한 남자로 칭찬하고, 방심하여 실수한 남편을 어리석은 자로 단정하고 있는 것은 언뜻 보기에 이상하지만, 평가의 기준이 행위의 선악에 있는 것이 아니라 남자로서의 마음가짐에 있었던 것을 시사하고 있다. 앞 이야기와는 도적의 여자 옷 강탈 여부를 매개로 연결되고 있다. 참고로, 아쿠타가와 류노스케芥川龍之介의 『덤불속薮の中』은 본 이야기를 소재로 한 작품으로 제목명도 본 이야기의 본문에서 인용한 것이다. 구로사와 아키라黑澤明 감독의 영화 『나생문羅生門』도 『덤불속』을 매개로 하여 본 이야기와 연결된다.

이제는 옛이야기이지만, 도읍에 사는 한 남자가 있었다. 아내가 단바 지방丹波國[1] 사람이라 아내를 데리고 단바로 내려가는 길이었는데, 아내는 말에 태우고 남편은 대나무로 만든 화살통에 화살을 열 대 가량 꽂아 등에 메

---

1 → 옛 지방명.

고, 활을 들고 뒤따라가고 있었다. 그러던 중 오에 산大江山² 근처에서 태도 太刀³만을 허리에 찬 매우 강해 보이는 젊은 남자와 동행하게 되었다.

그래서 함께 걸어가며 서로 잡담을 하면서

"댁은 어디로 가시오?"

며 위에 이야기를 주거니 받거니 하고 있었다. 그런데 지금 동행을 하는 이 태도를 찬 남자가

"내가 차고 있는 이 태도는 무쓰 지방陸奧國⁴에서 입수한 유명한 태도인데 한번 보시겠소?"

하며 뽑아 보여 주었는데 실로 훌륭한 태도였다. 처음의 남자⁵는 이것을 보고 탐이나 견딜 수 없었다. 그러자 지금의 남자가 그 모습을 보더니

"이 태도가 갖고 싶으시다면 들고 있는 그 활과 바꿉시다."

라고 하는 것이었다. 활을 가진 남자는 자신이 갖고 있는 활은 그다지 쓸 만한 물건이 아닌 반면에 그 태도는 실로 훌륭한 물건이었기 때문에, 태도가 탐이 났던 참에 물건을 교환하면 크게 득이 되겠다 싶어 주저 없이 바꾸고 말았다.

그렇게 한참을 가는데 이 지금의 남자가

"내가 활만 가지고 있으면 남 보기에 이상하지 않겠습니까? 산길을 가는 동안 그 화살을 두 대만 빌려 주시지요. 댁한테도 내가 이리 동행을 하고 있으니 매한가지가 아니겠습니까?" 하고 말을 꺼냈다. 이 말을 들은 처음의 남자는 그도 그렇다 싶은데다가 훌륭한 태도를 시시한 활을 주고 바꾼 것이

---

2 → 지명.
3 한쪽의 날이 있고 등이 휘어진 장검長劍.
4 옛날 무쓰 지방은 우수한 도검류 생산지로 알려져 있었음.
5 * 원문에는 "本ノ男"로 되어 있음. 부인을 단바로 데리고 가는 남편을 가리킴. 한편, 동행이 된 젊은 남자는 원문에서는 "今ノ男", 즉 '지금의 남자'로 하여 남편과 구별하고 있음.

기쁜 나머지 달라는 대로 화살을 두 대 뽑아 건네주었다. 그랬더니 젊은이는 활을 들고 화살 두 대를 손에 쥐고[6] 뒤따라왔다. 처음의 남자는 대나무로 만든 화살통만을[7] 메고 칼은 허리에 찬 채 걷고 있었다.

그러던 중 처음의 남자가 점심을 먹기 위해 덤불 속으로 들어가려 하자 지금의 남자가,

"사람들 왕래가 잦은 길옆은 남 보기에 뭐하지 않습니까. 좀 더 안쪽으로 들어가지요."

라고 해서 더욱 안쪽으로 들어갔다. 그리고 아내를 말에서 안아 내리는 순간 이 활을 가진 남자가 느닷없이 화살을 메기고 처음의 남자를 겨누고 힘껏 당기더니

"이봐, 움직이면 쏴 죽일 거야."

라고 했다. 처음의 남자는 전혀 예상치 못했다가 이러한 일을 당하고 멍하니 서 있었다. 그때

"산속으로 들어가. 어서."

하고 위협하자, 처음의 남자는 목숨이 아까워 아내를 데리고 7, 8정町[8] 가량 산속으로 들어가자 이번에는

"태도와 칼을 집어 던져."

하고 명령하였기에 모두 던져 버리고 서 있으니, 지금의 남자가 가까이 다가와 빼앗고는 처음의 남자를 쓰러뜨린 후 말고삐로 나무에다 단단히 붙들어 맸다.

---

6 언제라도 화살을 쏠 수 있게 채비를 한 것.
7 앞의 내용에 "화살통에 화살을 열 대 가량 꽂아 등에 메고"라고 되어 있어서 그중에 화살 두 대를 주었으니 화살이 남아 있을 것임. 따라서 '화살통만을'이라고 표현한 것은 모순됨. 이미 활을 소유하지 않게 되었기 때문에 활이 있어도 소용이 없다고 생각해서 생긴 표현일 가능성이 있음.
8 약 800미터 정도. 1정은 60간間으로 약 110미터.

그런 다음 지금의 남자가 여자 옆으로 다가가 보니 나이는 스물 남짓에 미천하지만 매력 있고 대단히 아름다운 여자였다. 이를 보고 마음이 바뀐[9] 남자는 앞뒤 가리지 않고 여자의 옷을 벗기려 들었다. 저항할 도리가 없어 여자가 시키는 대로 옷을 벗자, 남자도 옷을 벗어던지고 여자를 안고 두 사람은 같이 누웠다. 여자가 어쩔 수 없이 남자가 시키는 대로 하는 것을, 나무에 묶인 채 보고 있던 처음의 남자의 심정은 오죽했을까?

그 후 남자는 일어나 옷을 챙겨 입고, 대나무로 화살통을 등에 매고 태도를 주워 허리에 찬 후 활을 거머쥐고 말에 올라타더니 여자를 향해

"미안하게 됐지만 달리 방도가 없으니 나는 가오. 당신 얼굴을 봐서 특별히 남자를 죽이지 않고 그냥 놔두었소. 빨리 이곳을 벗어나기 위해 말은 실례하오."

라고 한 후 쏜살같이 달아나 어디로 갔는지 행방을 알 수 없었다.

그 후 여자가 남자 곁으로 다가가 포박을 풀어 주자 남자는 망연자실한 얼굴을 하고 있었다. 여자가

"어찌 그리도 한심할 수가 있어요? 이런 정신 상태라면 앞으로 어떻게 믿고 살라는 말이에요?"

라고 했지만, 남편은 아무 말도 못하고 여자를 데리고 단바로 내려갔다.

지금의 남자는 실로 감탄할 만하다.[10] 남자는 여자의 옷을 빼앗아 가지 않았으니 말이다.[11] 처음의 남자는 실로 한심하다. 산속에서 생면부지의 남자에게 활과 화살을 넘겨주다니 어리석기 짝이 없는 일이다.

---

9   처음의 목적은 물건을 뺏고자 하는 것이었으나 욕정 쪽으로 그 목적이 바뀌었음.
10 뒷문장이 이렇게 평가되는 이유가 됨. 이하의 두 남자에 대한 평가의 기준이 현대인의 상식과 다른 점에 주목해야 함. 상대적인 평가이지만 여자에 대한 배려를 잊지 않았던 가해자의 심리를 칭찬하고 한편으로 난세亂世를 살아가는 남자의 마음가짐을 망각한 피해자의 방심을 비난하고 있음.
11 가해자의 작은 배려를 칭찬하고 있음. 앞 이야기의 잡색雜色 남자의 행동 및 이에 대한 평가와 대조적임.

그 남자가 누구였는지는 끝내 밝혀지지 않았다고 이렇게 이야기로 전하여 내려오고 있다 한다.

めをぐしてたんばのくにへゆくをとこおほえやまにしてしばらるることだいにじふさむ
具妻行丹波国男於大江山被縛第二十三

今昔、京ニ有ケル男ノ、妻ハ丹波ノ国ノ者ニテ有ケレ
バ、其ノ妻ヲ具シテ、丹波ノ国ヘ行ケルニ、妻ヲバ馬ニ乗
テ、夫ハ竹薮簿ノ箭十許差タルヲ掻負テ、弓打持テ後ニ立
テ行ケル程ニ、大江山ノ辺ニ、若キ男ノ大刀許ヲ帯タルガ糸
強気ナル、行烈ヌ。

然レバ相具シテ行クニ、互ニ物語ナドシテ、「主ハ何ヘゾ」
ナド語ヒ行ク程ニ、此ノ今行烈タル大刀帯タル男ノ云ク、
「己ガ此ノ帯タル大刀ハ陸奥ノ国ヨリ伝へ得タル高名ノ大刀

也。此レ見給へ」トテ抜テ見スレバ実ニ微妙キ大刀ニテ有リ。
本ノ男此レヲ見テ欲キ事無限シ。今ノ男、其ノ気色ヲ見テ、
「此ノ大刀要ニ御セバ、其ノ持給ヘル弓ニ被替ヨ」ト云ケレ
バ、此ノ弓持タル男、持タル弓ハ然マデノ物ニモ非ズ、彼ノ
大刀ハ実ニ吉キ大刀ニテ有ケルニ、大刀ノ欲カリケルニ合セ
テ、「極タル所得シテムズ」ト思テ、左右無ク差替ヘテケリ。

然テ行ク程ニ、此ノ今ノ男ノ云ク、「己ガ弓ノ限リ持タル
ニ、人目モ可咲シ。山ノ間其ノ箭二筋被借ヨ。其ノ御為ニモ
此ク御共ニ行ケバ、同事ニハ非ズヤ」ト。本ノ男此レヲ聞ク
ニ、「現ニ」ト思フニ合セテ、吉キ大刀ヲ弊キ弓ニ替ツルガ
喜サニ、云マヽニ箭二筋ヲ抜取セツ。然レバ弓打持テ箭二
筋ヲ手箭ニ持テ、後ニ立テ行ク。本ノ男ハ竹薮簿ノ限ヲ掻
負テ大刀引帯テゾ行ケル。

而ル間、昼ノ養セムトテ藪ノ中ニ入ルヲ、今ノ男、「人近
ニハ見苦シ。今少シ入テコソ」ト云ケレバ深ク入ニケリ。然
テ女ヲ馬ヨリ抱キ下シナド為ル程ニ、此ノ弓持ノ男、俄ニ弓

ニ箭ヲ番テ、本ノ男ニ差宛テ強ク引テ、「己ガ動カバ射殺シテ
ム」ト云ヘバ、本ノ男、更ニ此ハ不思懸ザリツル程ニ、此ク
スレバ、物モ不思エデ只向ヒ居リ。

入レ、入レ」ト恐セバ、命ノ惜キマヽニ、妻ヲ具シテ七八
町許山ノ奥ヘ入ヌ。然テ、「大刀刀投ヨ」ト制命ズレバ、
皆投テ居ルヲ、寄テ取テ打伏セテ、馬ノ指縄ヲ以テ木ニ強ク
縛リ付ケツ。

然テ、女ノ許ニ寄来テ見ルニ、年二十余許ノ女ノ、下衆
ナレドモ愛敬付テ糸清気也。男此レヲ見ルニ心移ニケレバ、
更ニ他ノ事不思エデ、女ノ衣ヲ解ケバ、女可辞得キ様無ケレ
バ、云フニ随テ衣ヲ解ツ。然レバ男モ着物ヲ脱テ、女ヲ掻臥
セテ二人臥ヌ。女云フ甲斐無ク男ノ云フニ随テ、本ノ男被縛
付テ見ケムニ、何許思ケム。

其ノ後、男起上テ、本ノ如ク物打着テ、竹菷薄掻負テ、大
刀ヲ取テ引帯テ、其ノ弓打持テ、其ノ馬ニ這乗テ、女ニ云ク、
「糸惜ト思ヘドモ、可為キ様無キ事ナレバ、去ヌル也。亦

ニ其ニ男ヲバ免シテ不殺ナリヌルゾ。馬ヲバ、疾ク逃ナムガ為
ニ乗テ行ヌルゾ」ト云テ、馳散シテ行ニケレバ、行ケム方
ヲ不知ザリケリ。

其ノ後、女寄テ男ヲバ解免シテ行ケレバ、男我レニ非ヌ顔
ツキシテ有ケレバ、女、「汝ガ心云フ甲斐無シ。今日ヨリ後
モ此ノ心ニテハ更ニ墓々シキ事不有ジ」ト云ケレバ、夫更ニ
云フ事無クシテ、其ヨリナム具シテ丹波ニ行ニケル。

今ノ男ノ心糸恥カシ。男、女ノ着物ヲ不奪取デ、本
ノ男ノ心糸墓無シ。山中ニテ一目モ不知ヌ男ニ弓箭ヲ取セケ
ム事、実ニ愚也。

其ノ男遂ニ不聞エデ止ニケリ、トナム語リ伝ヘタルトヤ。

오미 지방近江國의 여주인을 미노 지방美濃國으로 데려가 팔아 버린 남자 이야기

의지할 곳이 없던 오미 지방近江國의 과부가 오랜 세월 자신을 모셨던 남자 하인을 의지하며 살아가고 있었는데, 남자 하인이 여주인을 속이고 미노 지방美濃國으로 데려가 어느 남자에게 팔아 버린다. 여인은 자신의 노예와 같은 삶을 비관하고 수치스럽게 여겨, 식사를 끊은 지 칠일 만에 지조志操 있게 죽었다는 이야기. 살아서 치욕을 당하느니 차라리 죽음을 선택한 자긍심 강했던 여인의 행동은, 앞 이야기에 등장한 한심스러운 남자의 이야기와 비교해 볼 때 실로 대조적이다.

이제는 옛이야기이지만, 오미 지방近江國 □□[1]군郡에 사는 사람이 있었다. 그리 나이가 들기도 전에 죽어 버려 그의 아내는 아직 마흔 살 정도였다. 자식은 한 명도 낳지 않았고, 도읍 출신이었다.

부인은 죽은 남편을 잊지 못하고 항상 그리워하며 슬퍼하고 있었다. 하지만 이제 와서 어찌할 도리가 없어, 차라리 도읍으로 올라갈까라는 생각도 해 보았지만, 도읍에도 의지할 사람이라고는 없어, 어찌할지 고민하며 보내고 있었다. 그런데 집에 오랜 세월 곁에 두고 일을 시켜 온 남자가 있었는데, 무슨 일이든 믿음직하게 열심히 해 주어서, 남편의 사후에도 이 자를 의

---

1 군郡명의 명기를 위한 의도적 결자.

지하며 무슨 일이든 상의를 했다. 어느 날 그 남자가,

"이렇게 혼자 외롭게 계시는 것보다 이 근처 가까운 곳에 산사山寺가 있습니다만, 그곳에 가서 잠시 온천욕도 하시고, 차분히 여기저기 돌아다녀 보시는 것은 어떠십니까?"

라고 권했다. 여인은 그것도 실로 좋은 생각이라고 여겨,

"그렇게 가까운 곳이라면 한번 가보지요."

라고 말하니, 남자는

"아주 가까운 곳입니다. 어찌 허튼 소리를 하겠습니까."

라고 대답했다. 여인은

"도읍에 올라갈까 했지만 도읍에도 부모님이나 친척도 없으니, 차라리 그런 곳에 가서 비구니라도 될까 보다."

라고 말하자, 남자는

"산사에 계시는 동안 제가 잘 모시도록 하겠습니다."

라고 말했다. 그래서 여인은 서둘러 떠날 채비를 했다.

남자는 여인을 말에 태우고 그 뒤에서 걸어갔다. 바로 근처라고 말했었는데, 아주 멀리까지 갔기에, 여자가

"왜 이렇게 먼 겐가?"

하고 물으니

"그냥 가시지요. 절대 안 좋은 일은 없을 겁니다."

라고 하며 삼일이나 데리고 갔다. 이리하여 남자는 어느 집 대문 앞에서 여인을 말에서 내리게 하고 집 안으로 들어갔다. 여인은 도대체 어떻게 하려는 건지 의심스러웠지만 그대로 서서 기다리고 있자, 남자가 되돌아와서 여인을 안으로 데리고 들어갔다. 그리고 돗자리가 깔린 툇마루에 앉게 했는데, 그녀는 영문도 모른 채 보고 있으려니, 이 집 주인이 남자에게 비단과

삼베 등을 주고 있었다.[2] 왜 주는 거지? 하고 생각하고 있는데, 남자는 이 물건들을 받자마자 도망치듯 떠났다.

나중에 사정을 들으니,[3] 놀랍게도 남자가 이 여주인을 속여 미노 지방美濃國으로 데리고 와서 팔아 버린 것이었다. 그리고 여인이 보는 앞에서 대가를 받아 간 것이었다. 여인은 그것을 알고 놀랍고 기가 막혀서,

"이건 또 무슨 일이냐. 나에게 여차여차 말해서, 절에 가려고 데리고 온 것이 아닌가. 어떻게 이럴 수가."

하며 눈물을 흘리며 호소했지만, 남자는 들은 척도 하지 않고 대가를 받자 말에 올라 떠나 버렸다.

그래서 여인은 혼자 울며 앉아 있었는데, 이 집 주인이 여인을 잘 사들였다고 생각하며 여자에게 사정을 물었다. 여인이 지금까지의 자초지종을 여차여차 이야기하며, 눈물을 흘리며 울었지만, 집주인도 들어 주려고 하지 않았다. 여자는 홀몸인지라 의논할 사람도 없고 도망칠 수도 없었기에, 슬피 울며,

"저를 사들였다 한들 어떤 이득도 없을 것입니다. 저를 죽도록 부리신다 해도, 어차피 이제 곧 이 세상을 떠날 몸이니까요."

라고 말하며 엎드려 울었다.

그 후, 음식 등을 가져다가 주었지만, 전혀 일어나려고도 하지 않고 하물며 음식을 입에 대려고도 하지 않았기 때문에, 집 주인도 어찌할 도리가 없었다. 하인들은,

"무슨, 한동안은 엎드려 탄식만 하고 있겠지만 결국 얼마 안 있어 일어나

---

2   이 집에 여인을 팔아넘긴 대가를 받은 것임.
3   여인은 남자가 떠난 뒤에 사정을 들은 것이 되지만, 바로 뒤에 또 다시 그 남자에게 말하는 내용이 나와, 서술의 혼선이 보임.

서 먹을 겁니다. 그냥 내버려두고 지켜보고 계십시오."

라고 이구동성으로 말했다. 그러나 며칠이 지나도 여인은 전혀 일어날 기미를 보이지 않았고 이 때문에 주인은

"터무니없는 놈에게 《속고》[4] 말았군."

이라 여기고 있던 중, 결국 온 지 7일 만에 여인은 죽고 말았다. 집 주인도 어찌할 도리가 없어 일은 일단락되었다.

이것을 생각하면, 입으로는 아무리 듣기 좋은 말을 하더라도, 결코 천한 자의 말에 넘어가서는 안 된다.

이 이야기는 이 집 주인이 상경해서 말한 것을 듣고 전해서, 실로 놀랍고 가엾은 이야기라고 이렇게 이야기로 전하여 내려오고 있다 한다.

---

4   한자표기를 위한 의도적 결자. 문맥을 고려하여 보충.

近江国主女将行美濃国売男語第二十四

今昔、近江ノ国[　]郡ニ住ム者有ケリ。未ダ年モ不老ヌ
程ニ失ニケレバ、其ノ妻モ未ダ年四十ノ程ニテゾ有ケル。子

一人モ不産ザリケリ。京ノ人ニテゾ有ケル。

其ノ夫ノ失タルヲ強ニ恋悲ミケレドモ、甲斐無クテ、京ニ
上ナムト思ヒケレドモ、京ニモ可打憑キ人モ不思エザリケレ
バ、思ヒ繚テ有ケル程ニ、年来付仕ヒケル男ノ、万ニ付テ後

安ク翔ケレバ、夫失テ後ハ、此レヲ打憑テ何事モ云合セテ過
ケルニ、此ノ男ノ云ク、「此テ徒然ニテ御マシハ、此ヨリ近
キ山寺ノ候フニ御マシテ、暫ク御湯ナドモ浴サセ給ヒ、御

行ナドモ心静ドカニ為サセ給ヘカシ」ト勧メケレバ、女、
「実ニ然モ有ル事也」ト思テ、「然様ニ近キ所ナラバ、行ナ
ム」ト云ケレバ、男、「近キ所ニ候フ。何デカ愚カナラム事ハ

申候ハム」ト答フレバ、女、「京ニモ上ナムト思ヘドモ、京
ニモ祖共モ無ク類親モ無ケレバ、然様ナラム所ニ行テ尼ニモ
成ナバヤト思フゾ」ト云ヘバ、男ノ、「然テ御マサム間ノ事

ハ、己コソハ繚キ奉ラメ」ト云ヘバ、女只出立ニ出立ツ。
女ヲバ馬ニ乗セテ、男ハ後ニ立テ行ケルニ、近キ所ト云
ツレドモ、遥ニ遠ク将行ケレバ、女、「此ハ何カニ此クハ遠

キゾ」ト云ケレバ、「只御マセ。ヨモ愚ナル事ハ不仕ラジ」ト云テ、三日許将行ニケリ。然テ人ノ家ノ有ル門ニ、女ヲバ馬ヨリ下シテ、男ハ家ノ内ニ入ヌ。女、「此ハ何カニ為ル事ヤラム」ト心モ不得ネドモ、待立テル程ニ、男返リ出テ女ヲ内ヘ将入ヌ。板敷ノ有ル所ニ畳敷タル所ニ居ヘタレバ、此ノ心モ不得デ女見居タレバ、此ノ男ニ家ヨリ絹ヤ布ナドヲ取ラス。「此ハ何事ニテ取スルニカ有ラム」ト思フ程ニ、男此ノ物ヲ取ルマヽニ、逃ル様ニシテ去ヌ。

其ノ後ニ聞ケバ、早ウ、此ノ男ノ謀ケル様ハ、此ノ女ヲ美濃ノ国ニ将行テ売ツル也ケリ。然テ目ノ前ニ直ヲ取テ行ク也ケリ。女此ク聞テ、「奇異」ト思テ、「此ハ何カニ。我レヲバ然々云テコソ山寺ヘトテ将来シカ。何カニ此ハ」ト泣々ク云ヘドモ、耳ニモ不聞入ズシテ、男ハ直ヲ取テ馬ニ這乗テ馳テ去ヌ。

然レバ女泣居タル程ニ、其ノ家ノ主、「女ヲ買得タリ」ト思テ、女ニ事ノ有様ヲ問ケレバ、女、「然々也」ト本ヨリノ有様ヲ語テ、涙ヲ流シテ泣ケレドモ、家ノ主モ耳ニモ不聞入デ有ケルニ、女只独リニテ、可云合キ人モ無ク可逃キ様モ無カリケレバ、泣悲ムデ云ケル様、「我レヲ買取リ給テ、更ニ其ノ益不有ジ。極ク、我レヲ殺シ給フトモ、我ガ世ニ可有クハコソ」ト云テ、低臥ニケリ。

其ノ後、物ナド持来テ食セケレドモ露起上ル事モ無カリケリ。云ハムヤ努々物食フ事ハ無カリケレバ、家主モ思ヒ繚テ有ケルニ、亦従者共ハ、「然リトモ、暫コソ歎キ臥タラメ、遂ニ起上テ物モ食テム。只御覧ゼヨ」ナド口々云ケレドモ日来ヲ経テ更ニ不起上ザリケレバ、「希有也ケル奴ニ被□テ」ナド思ヒ云ケル程ニ、此ノ女遂ニ来タリシ日ヨリ七日ト云フニ思ヒ死ニ死ニケリ。然レバ家主云フ甲斐無クテ止ニケリ。

此レヲ思フニ、尚極ク事吉ク云フトモ、下衆ノ云ハム事ニハ不付マジキ也。

此ノ事ハ其ノ家主ノ京ニ上テ語ケルヲ聞伝ヘテ、「糸奇異ク哀レ也ケル事カナ」ト思テ、此ク語リ伝ヘタルトヤ。

단바丹波 수령 다이라노 사다모리平貞盛가
태아의 간을 취한 이야기

다이라노 마사카도平將門의 난을 평정했던 장수로서 널리 알려진 다이라노 사다모리 平貞盛가, 단바丹波 수령 재임 시에 저질렀던 전율할 만한 악행담. 사다모리가 자기 몸의 화살에 맞은 상처를 치료하기 위해 도읍에서 의사를 불렀는데, 의사가 태아의 간이 특효약이라고 일러주자마자 자기 아들인 좌위문위左衛門尉 아무개의 처를 죽여 태아의 간을 구하려 하고, 상처가 아물자마자 세상에 소문이 날까 봐 생명의 은인인 의사를 사살하라고 좌위문위에게 명한다. 사다모리의 잔인무도함은 이루 다 말로 표현할수가 없는데 자신의 몸 보전을 위해서는 혈족, 은인의 목숨조차도 아랑곳하지 않았던 사다모리의 배덕함과 좋은 대조를 이루는 것이 좌위문위의 행동이다. 그는 인정과 의리가 강해 처자식을 구해 준 보은으로 사다모리의 명령을 의사에게 몰래 알려 주고 좋은 방도를 알려 줘 그의 목숨을 구해 주었다고 한다. 이 이야기가 사실을 설화화한 것인지, 아니면 전혀 가공된 이야기인지는 쉽게 단정할 수 없지만, 이야기 말미에 사다모리의 첫 번째 부하인 다테노 모로타다館諸忠의 딸을 전승자를 하고 있는 것에 주목해야 하고, 무엇인가 유사한 사건이 있어서 그것을 바탕으로 이런 이야기가 탄생했을 가능성도 배제할 수 없다.

이제는 옛이야기이지만, 다이라노 사다모리平貞盛[1]라는 무사武士가 있었다.

1 → 인명.

그가 단바丹波 수령으로 재임하던 중, 부임지에서 몸에 악성 종양²이 생겨, □□□□³라는 명의名醫를 도읍에서 불러와 진찰을 받았다. 의사⁴가 하는 말이

"정말로 무서운 종양입니다. 이 병은 태아의 간으로 만든 아간兒肝⁵이라고 하는 약을 구해서 치료해야 합니다. 이것은 다른 사람에게는 말해서는 안 되는 약입니다. 그것도 며칠이 지나면 약효가 없을 것입니다. 빨리 구하셔야만 합니다."

라고 하고는 다른 곳⁶으로 가 있었다.

그래서 수령은 자기 아들인 좌위문위左衛門尉,⁷ □□⁸라고 하는 자를 불러서,

"저 의사는 나의 종양을 화살로 인한 상처라고 진단하였다. 이것 참 큰일이 아니냐. 하물며 이 약을 구하고자 하면 절대로 소문이 나지 않을 리 없다. 그런데 너의 처는 회임 중이라고 들었다. 그 태아를 나에게 다오."

라고 말했다. □□는 그 말을 듣는 순간 눈앞이 캄캄해지고 망연자실하였다. 그렇다고 안 된다고 할 수도 없어,

"바로 불러들이십시오."

---

2 종기 등의 피부질환이나 외상 등을 곪아서 치료될 때 부스럼 딱지가 생기는 것의 총칭. 악성으로 좀처럼 낫지 않음.
3 의사의 성명 명기를 위한 의도적 결자.
4 궁내성宮內省 전약료典藥寮에 속한 종칠위하從七位下에 해당하는 관직. 정원은 10명임. 참고로 의사에 관해서는 오로지 와케和氣, 단바丹波 두 성씨가 담당하여 이 방면의 관직은 모두 두 성씨 출신 및 그 제자들이 차지하고 있었음.
5 고래古來의 의약서 등에는 태아의 간이 종양 치료의 특효약이라는 것은 보이지 않음.
6 약이 약인만큼, 사다모리에게 깊이 생각할 시간과 결단의 시간을 주기 위한 행위임.
7 좌위문부左衛門府(궁성 경호를 주된 임무로 한 무관부武官府)의 판관判官. 대위大尉는 종육위상從六位上, 소위少尉는 종칠위상에 상당함.
8 사다모리의 아들로 좌위문위인 인물의 이름 명기를 위한 의도적 결자. 같은 핏줄로 손자인 고레토키維時가 좌위문위였기에 이 사람으로 추정하는 설이 있으나 아직은 미상.

라고 대답하니, 사다모리는

"정말 고맙구나. 그럼 너는 잠시 동안 다른 곳에 가서 장례 준비[9]를 하며 있도록 해라."

라고 명령했다.

한편, □□는 그 의시한테 가서

"일이 이렇게 되었습니다."

라고 눈물을 흘리며 이야기하자, 의사도 그 말을 듣고 눈물을 흘렸다. 잠시 후 의사는

"이야기를 듣고서 매우 놀랐습니다. 제가 어떻게든 방법을 강구해 보겠습니다."

라고 말하고, 수령 저택에 가서

"어떻게 되었습니까? 약은 손에 넣으셨습니까?"

라고 수령에게 물었다. 수령이

"그것이 말이지 좀처럼 구할 수가 없네. 그래서 회임한 좌위문위의 처의 것을 받기로 하였네."

라고 답하자, 의사는

"그것으로는 별 소용이 없습니다. 자기 핏줄인 사람의 것은 약이 되지 않습니다. 즉시 다른 것으로 바꾸십시오."

라고 말했다. 수령은 실망을 하며

"그러면 어찌해야 좋은가. 여봐라, 모두 함께 찾아 보거라."

라고 명했다. 그러자 어떤 자가 "취사를 담당하는 하녀가 회임한 지 6개월이 되었습니다."라고 말했더니 수령은

---

9 아내와 태아의 장례 준비.

"그렇다면 즉시 그 태아를 가져오너라."

라고 하여 그 여자의 배를 갈라 보니 여자아이여서 그대로 내버렸다. 그래서 또 다시 태아를 찾아 구해서 수령은 목숨을 건졌다.

그 후 의사에게 훌륭한 말과 의복과 쌀 등을 셀 수 없이 주고 도읍으로 돌려보낼 때, 수령이 아들인 좌위문위를 불러 은밀히

"내가 화살로 인한 상처로 종양이 생겨 태아의 간을 사용했다는 것이 틀림없이 세상에 소문날 게다. 조정에서도 나를 믿음직한 사람이라 여기고, 에비스夷[10]가 반란을 일으켰다고 하여 바로 이 나를 무쓰 지방陸奧國에 보내려고 하고 있다.[11] 그런데 내가 아무개에게 화살을 맞아 상처를 입었다는 소문이 나면 그거야 말로 큰일이 아니겠느냐. 그러니 그 의사를 어떻게든 죽여 버려야겠다. 오늘 상경한다고 하니 도중에 기다리고 있다가 사살해 버려라."

라고 말했다. 좌위문위는

"아주 쉬운 일입니다. 상경하는 도중에 산에서 잠복하고 있다가 강도로 위장하여 사살하는 것이 좋겠습니다. 그러니 의사를 저녁 무렵에 출발시켜 주십시오."

라고 대답하자, 수령이

"좋은 생각이다."라고 했기에, 좌위문위는

"그럼 준비를 하겠습니다."

라며 서둘러 나갔다.

한편 좌위문위는 몰래 의사한테 가서

"수령이 여차여차 이야기하셨습니다. 어떻게 하면 좋지요?"

---

10 동쪽 지방의 도적이라는 말.
11 사다모리는 단바 수령 재임 중간에 무쓰 수령으로 옮겼음.

라고 몰래 알려 주자, 의사는 이거 큰일 났다 싶어

"그저 어떻게든 당신 생각대로 하시고 절 구해 주십시오."

라고 말했다. 그래서 좌위문위는

"상경하시는 도중 산에 접어들면, 당신을 배웅하기 위한 판관대判官代[12]를 말에 태우고 당신은 걸어서 산을 넘으세요. 요전에 도와주신 일은 평생 잊지 못할 정도로 고맙게 생각하고 있어서 이렇게 알려 드리는 것입니다."

라고 하자 의사는 손을 비비며 기뻐했다.

한편 수령은 태연한 얼굴로 의사를 떠나보냈고 의사는 오후 6시쯤 출발을 했다. 좌위문위가 알려준 대로 산에 다다르자 의사는 말에서 내려 따르는 종자從者처럼 걸어갔다. 그때 도적이 나타났다. 도적은 미리 약속한 대로 말을 타고 가는 판관대를 일행의 주인이라고 판단한 듯 활로 쏴 죽였다. 종자들은 모두 뿔뿔이 도망쳤고 의사는 무사히 도읍에 당도했다.

좌위문위가 저택에 돌아가 사살한 것을 수령에게 보고하자 수령은 기뻐했다. 그러나 얼마 안 있어 의사가 도읍에서 건재하고 사살된 것은 판관대였다는 사실을 수령이 알게 되어

"이것이 어떻게 된 일이냐?"

라고 물었다. 좌위문위는

"의사가 종자처럼 걸어서 가는 것을 알지 못하고, 말에 타고 있던 판관대를 주인이라고 생각하고 잘못 쏴 죽인 것입니다."

라고 대답하였고, 수령은 어쩔 수 없는 일이라 생각하여, 그 후에는 구태여 추궁하지 않았다. 이렇게 해서 좌위문위는 의사에게 바로 보은할 수 있었던 것이다.

---

12 지방 관리로 행정실무를 담당한 수령의 대관代官임. 법령에 의해 정해진 관직이 아니라서 정확한 것은 미상이나 그 지역 유력호족이 임명되어 세습적인 것이었던 것으로 추정.

사다모리가 자기 아들의 처가 회임한 배를 갈라서 태아의 간을 가지려고
한 것은 이루 말할 수 없이 잔혹한 마음이다.

이것은 사다모리가 가장 신뢰하는 낭등郎等[13]인 다테노 모로타다館諸忠[14]의
딸이 이야기한 것을 듣고 전하여, 이렇게 이야기로 전하여 내려오고 있다
한다.

---

13 가신, 종자.
14 미상.

丹波守平貞盛取児干語第二十五.

たんばのかみたひらのさだもりちごのきもをとることだいにじふご

今昔、平ノ貞盛ノ朝臣ト云フ兵有ケリ。

いまはむかし たひらの さだもり あそん い つはものあり

丹波ノ守ニテ有ケル時、其ノ国ニ有ケルニ、身ニ悪キ瘡ノ

たんば かみ あり とき そ くに あり み あし かさ

出タリケレバ、 ̄ ̄ノ ̄ ̄ト云フ止事無キ医師ヲ迎ヘ下シテ

いで の い やむごとな くすし むか くだ

見セケレバ、医師此レヲ、「極ジク可慎キ瘡也。然レバ児干

み くすしこ いみ つつしむべ かさなり さ ちご

ト云フ薬ヲ求メテ可治キ也。其レハ人ニ不知セヌ薬也。日来

い くすり もと ぢすべ なり そ ひと しら くすりなり ひごろ

経バ其レモ難聞カリナム。疾ク可求給キ也」ト云テ、外ナル

へ そ ききがた と もとめたまふべ なり いひ ほか

所ニ出ヌ。

ところ いで

然レバ守、「我ガ子ノ左衛門ノ尉 ̄ ̄ ̄ト云フヲ呼テ、「我ガ

しか かみ わ こ さゑもん じよう い よび わ

瘡ヲバ疵ト此ノ医師ハ見テケリ。極キ態カナ。増シテ此ノ薬

かさ きず こ くすし み いみじ わざ ま こ くすり

ヲ求メバ、更ニ世ニ隠レ不有ジ。然レバ、其ノ妻コソ懐任シ

もと さら よ かく あら しか そ め くわいにむ

タナレ。其レ我レニ得サセヨ」ト云フヲ、 ̄ ̄ ̄聞クニ目モ暗

われ え い き め くれ

テ、更ニ物不思ズ。然リトテ可惜キ様無ケレバ、「早ウ疾ク

さら もの おぼえ さ しな やうな はや と

召セ」ト答フレバ、貞盛、「糸喜シ。然ラバ其ハ暫シ外ニ御

め こた さだもり いとうれ しか しば ほか おは

シテ葬リ儲ケヲセヨ」ト云ヒ固メツ。

はうぶり まう い かた

然テ ̄ ̄此ノ医師ノ許ニ行テ、「此ノ事ナム有ル」ト泣々

さ こ くすし もと ゆき かか こと あ なくな

ク語レバ、医師モ此レヲ聞テ泣ヌ。然テ云フ様、「此ノ事ヲ

かた くすし きき なき さ い やう こ こと

聞クニ実ニ奇異シ。己構ヘム」ト云テ、館ニ行テ、「何ゾ。

き まこと あさ をのれかま い たち ゆき いかに

薬ハ有ヤ」ト問ニ、守、「其レヲ求メ得難クテ無キ也。

くすり あり とひ かみ そ もと えがた な なり

医師、「其レヲバ何ニカセム。我ガ胤ハ薬ニ不成ズ。疾ク求

くすし そ いか たね くすり なら と もとめ

メテ給ヘ」ト云ヘバ、守歎テ、「然ハ何ガ可為キ、尋ネヨ」ト

たま いへ かみなげき さ いか すべ たづ

云フニ、人有テ、「御炊ノ女コソ懐任テ六月ニ成ヌレ」ト云

い ひとあり おほむかしき をむな くわいにむして むつき なり いひ

ケレバ、「然ラバ其レヲ疾ク取セヨ」ト云テ、間テ見ケレバ、

しか そ と い ひま み

女子ニテ有ケレバ、棄テケリ。然レバ外ニ亦求メテ、守生キ

をむなご あり す しか ほか またもと かみい

ニケリ。

然テ医師ニ吉キ馬、装束、米ナド員不知ズ取セテ返シ上ス

さ くすし よ むま しやうぞく こめ かず しら と かへ のぼ

然テ、子ノ左衛門ノ尉ヲ呼テ蜜ニ云ク、「『我ガ瘡ハ疵ニテ有

さ こ さゑもん じよう よび ひそか い わ かさ きず あり

ケレバ、児干ヲコソ付テケレ』ト世ニ弘ゴリテ聞エナムト

ス。公モ我レヲバ憑モシキ者ニ思シ食テ、夷乱レタリトテ陸

奥ノ国ヘモ遣サムトスナリ。其レニ、『其ノ人ニコソ被射ニ

ケレ』ト聞エムニ極キ事ニハ非ズヤ。然レバ、『此ノ医師ヲ

構ヘテ失ナヒテム』ト思フヲ、今日京ヘ上セムニ、行会テ射

殺セ」ト云ケレバ、左衛門ノ尉、「糸安キ事ニ候フ。罷上ラ

ムヲ山ニ罷会テ、強盗ヲ造テ射殺シ候ヒナム。然レバタ立サリ

懸テ出シ立サセ可給キ也」ト云ヘバ、守、「然ナリ」トテ、

左衛門ノ尉、「其ノ構ヘ仕ラム」トテ忩ギ出ヌ。

然テ忩テ左衛門ノ尉医師ニ会テ、蜜ニ云ク、「然々ノ事ヲ

ナム守宣フ。其レヲバ何ガ可為キ」ト云ヘバ、医師、「奇異」

ト思テ、「只何ニモ其ニ量ラヒテ助ケ可給キ也」ト云ヘバ、

左衛門ノ尉ノ云ク、「上給ハムニ、山ニテ、送リニ被付ル判

官代ヲバ馬ニ乗セテ、其ハ歩ニテ山ヲ越給ヘ。一日ノ事ノ

世々ニモ難忘ク喜ク候ヘバ、此ク告申ス也」ト。医師手ヲ摺

テ喜ブ。

然ル気無クテ出シ立レバ、酉時許ニ出立ヌ。左衛門ノ尉ガ

教ヘツルマヽニ、山ニテ医師馬ヨリ下テ従者ノ様ニ成テ行ク

ニ、盗人出来ヌ。盗人馬ニ乗テ行ク判官代ヲ主ゾ思フ様ニ

テ、構ヘタル事ナレバ、射殺シツ。従者共ハ皆逃テ散ニケレ

バ、医師平カニ京ニ上着ニケリ。

左衛門ノ尉ハ館ニ返テ、射殺シツル由ヲ守ニ云ケレバ、守

喜テ有ケル間ニ、医師ハ存シテ京ニ有テ、判官代ヲ射殺シ

テケレバ、「此ハ何ニシタル事ゾ」ト問ケレバ、左衛門

ノ尉、「医師歩ニテ従者ノ様ニテ罷ケルヲ不知ズシテ、判官

代ガ馬ニ乗タルヲ主ゾト思テ、錯テ射殺シツル也」ト云ケレ

バ、守、「現ニ」ト思テ、其ノ後ニ強ニモ不云デ止ニケリ。

然レバ忽ニコソ左衛門ノ尉医師ニ恩ヲ酬タリケレ。

貞盛ノ朝臣ノ、婦ノ懐任シタル腹ヲ開テ、児干ヲ取ラムト

思ケルコソ奇異ク慚無キ心ナレ。

此レハ貞盛ガ一ノ郎等館ノ諸忠ガ娘ノ語ケルヲ聞継テ、此

ク語リ伝ヘタルトヤ。

휴가日向 수령 □□가
서생書生을 살해한 이야기

임기가 끝난 휴가日向 수령 아무개가 재임 기간 중에 저지른 악행이 탄로 날 것을 두려
워하여, 유능한 관리였던 서생書生에게 새로운 수령에게 건넬 인수인계 문서를 고치
고 가짜로 작성시킨 후, 비밀누설을 방지하기 위해 낭등郎等에게 시켜 무참히 살해한
이야기. 낭등이 인정을 베풀어 형장에 끌려가는 도중 서생의 집에 들려 노모, 처자식
과의 현생에서의 이별을 나누는 슬픈 대면장면은 실로 극적이며 이 이야기 구성의 클
라이맥스이다. 나중에 방해가 된다고 하여 자신에게 이익을 제공해 준 사람을 죽인다
는 점에서 앞 이야기와 상통한다.

이제는 옛이야기이지만, 휴가日向[1]의 수령 □□□□[2]라는 자가 있었
다.

부임지에 있는 동안 국사國司 임기[3]가 끝나, 신임국사의 도착을 기다리
는 동안, 인수인계를 위한 서류들을 정리하여 쓰게 하였다. 그중 특히 사무
능력이 뛰어나고 글을 잘 쓰는 서생書生[4]이 한 사람 있었으므로, 그자를 방

---

1 → 옛 지방명.
2 휴가日向 수령의 성명 명기를 위한 의도적 결자.
3 수령인 국사國司 임기는 대보율령大寶律令에 따라 처음에는 6년으로 했지만, 경운慶雲 연간(704~708) 이후
  4년을 원칙으로 했음. 다만 무쓰陸奧, 데와出羽의 두 지방 서해도西海道는 벽지僻地이므로 5년으로 했음(『연
  력교체식延曆交替式』, 『유취삼대격類聚三代格』 5).
4 지방관청인 국부國府에서 일하는 서기역의 하급 사무관.

에 가둬 놓고 옛 기록 등을 고치게 하고 있었다. 이 서생은

　'이런 허위 문서를 쓰게 한 이상, 내가 이 일을 신임국사에게 폭로할지도 모른다고 분명 의심을 품을 것이야. 이 수령은 심성이 좋지 않은 사람인 듯하니 반드시 나에게 위해를 가하겠지.'

라고 생각하였기에 어떻게든 도망치려 하였지만, 수령이 건장한 사내 네다섯 명을 붙여 밤낮으로 감시하여 도망칠 틈이 전혀 없었다.

　그래서 하는 수 없이 이렇게 계속 쓰고 있는 사이, 서생은 이십일 정도 만에 서류를 다 작성하였다. 그것을 보고 수령이

　"혼자서 그 많은 서류를 써 주어서 정말로 고맙네. 내가 상경하더라도 나를 의지하고 잊지 않아 주었으면 좋겠네."

라고 하며 비단 네 필을 포상으로 주었다. 그러나 서생은 포상을 받을 엄두도 나지 않고, 두려움에 가슴이 떨릴 뿐이었다. 포상을 받아 떠나려고 하려는데 수령이 심복 낭등郎等을 불러 길게 밀담을 나누고 있었다. 이것을 본 서생은 가슴이 《두근두근》[5]거려 안절부절못했다.

　수령과 이야기를 끝낸 낭등은 물러가면서

　"거기 서생나리, 이쪽으로 오시오. 남의 눈에 띄지 않는 곳에서 이야기를 좀 하죠."

라며 서생을 불러냈다. 서생은 마지못해 가까이 다가가 이야기를 들으려 하자 느닷없이 두 명의 사내가 그를 끌고 갔다. 낭등은 화살통을 짊어 메고 활에 화살을 메기고 떡하니 버티고 서 있었다. 그것을 보고 서생이

　"도대체 왜 이러시는 겁니까."

라고 묻자, 낭등은

5　한자 표기를 위한 의도적 결자.

"실로 안된 일이지만, 주인님의 분부를 따를 수밖에 없는 입장이라서."

라고 말했다. 서생은

"예상했던 대로군요. 하지만 어디서 죽이실 작정입니까?"

라고 물었다. 그러자 낭등은

"남의 눈에 띄지 않는 적당한 곳에 데려가 조용히 처리할 생각이오."

라고 대답했다. 그러자 서생이

"어쩔 수 없이 분부를 받고 하는 이상, 그것에 대해서는 말씀드릴 것이 없습니다. 다만, 당신과는 오랜 세월 서로 알고 지내온 사이이니, 제가 드리는 부탁을 들어 주십시오."

라고 말하자, 낭등은

"무슨 일이오?"

라고 물었다. 서생이

"실은 여든 정도 되는 노모를 오랜 세월 집에서 모시며 보살피고 있습니다. 또 열 살 된 어린아이도 한 명 있습니다. 그들의 얼굴을 한 번만 더 보고 싶습니다만, 저희 집 앞쪽으로 지나가 주시면 안 되겠습니까? 그렇게 해 주신다면 불러내어 얼굴을 한번 보려고 합니다."라고 말했다. 낭등은

"뭐 쉬운 일이오. 그 정도의 일이라면 들어 줄 수 있소."

라고 말하고 그의 집 쪽으로 데리고 갔다. 서생을 말에 태우고 두 남자가 말 고삐를 잡아 마치 병자라도 데리고 가듯이 태연한 얼굴로 데려갔다. 낭등은 그 뒤에서 화살통을 짊어 매고 말을 타고 갔다.

이윽고 집 앞을 통과할 때, 서생이 사람을 안에 들여보내 어머니에게 자초지종을 전하니, 어머니는 사람의 부축을 받으며 문 앞으로 나왔다. 봤더니, 머리카락은 심지를 위에 얹어 놓은 듯한 백발로 비틀비틀거리는 노파였다. 아이는 열 살 정도로 부인이 안고 나왔다. 서생은 말을 멈추고 어머니를

가까이 불러서

"저는 조금도 그릇된 일을 한 적이 없습니다만, 전세前世로부터의 숙명으로 목숨을 내어 드리게 되었습니다. 너무 슬퍼하지 마십시오. 이 아이는 설령 다른 사람의 아이가 된다고 해도[6] 어떻게든 살아갈 수 있겠지요. 다만, 어머니께서 앞으로 어떻게 살아가실지 생각하니 제가 죽는 것보다도 더욱 슬픕니다. 자 이제 안으로 들어가세요. 단 한 번이라도 얼굴을 뵙고 싶어 이렇게 찾아왔습니다."

라고 하였다. 이것을 듣고 그 낭등도 말고삐를 잡고 있던 자들도 눈물을 흘렸다. 서생의 어머니는 이것을 듣고 어찌할 바를 모르다가 정신을 잃고 말았다.

그렇지만 낭등은 언제까지나 이러고 있을 수만은 없어,

"너무 오래 끌지 마시오."

라며 억지로 끌고 갔다. 그 후 밤나무 숲속으로 데려가 사살射殺하고 머리를 잘라 가지고 돌아갔다.

이것을 생각하면, 휴가 수령은 어떤 죄를 지었던 것일까. 허위 문서를 쓰게 한 것만으로도 죄가 깊은데, 하물며 문서를 쓴 죄 없는 사람을 죽이다니, 그 죄의 깊음은 미루어 짐작할 수 있다. 그것은 중한 도적의 죄와 마찬가지라며 듣는 사람들은 모두 증오했다고 이렇게 이야기로 전하여 내려오고 있다 한다.

---

6   즉. 아내가 재혼하는 것을 말함.

日向守□□殺書生語第二十六

今昔、日向ノ守□□ト云ケル者有ケリ。

国ニ有テ任畢ニケレバ、新司ヲ待ケル程、国ノ可渡キ文書
共構ヘ書セケル間ニ、書生ノ中ニ極ク弁へ賢クテ、手吉ク書
ケル者一人ヲ呼籠テ、旧キ事ヲバ直シナドシテ書ケルニ、此
ノ書生ノ思ケル様、『此ル構ヘタル事共ヲ書セテハ、手吉ク書
ヤ語リヤ為ムズラム』ト守ハ疑ハシカルラムカシ。気シカラ
ヌ心バヘ有メレバ、定メテ『悪キ事共コソ有レ』ト思エケレバ、
「何カデ逃ナム」ト思フ心付ニケレドモ、強ナル者ヲ四五人
付テ、夜ル昼護セケレバ、白地ニモ可立出キ様モ無カリケリ。
此ク書キ居タル間、一十日許ニモ成ニケレバ、文共皆書キ
拈テケリ。其ノ時ニ二字ヲ云ク、「一人シテ多ノ文ヲ此ク書ツ
ル事、糸喜キ事也。京ニ上ヌトモ我レヲ憑テ不忘デ有レ」ナ

ド云テ、絹四疋ヲナム禄ニ取セタリケル。然レドモ書生禄得
ル空モ無ク、心ハ騒ギテゾ有ケル。禄得テ立ムト為ル程ニ、
守親ヘ仕ケル郎等ヲ呼テ、私語ヲ久クシケレバ、書生此レヲ
見ルニ、胸□テ静心不思エズ。

郎等私語畢テ出テ行クトテ、「彼ノ書生ノ主御セ。忍タル
所ニテ物申サム」ト呼放チケレバ、書生我レニ非デ寄テ聞
カムト為ルニ、忽ニ二人ヲ以テ書生ヲ引張セツ。郎等ハ調
度ヲ負テ箭ヲ差番テ立テ、書生ニ、「此ハ何カニセサセ給フ
ゾ」ト問ケバ、郎等、「極ク糸惜ク思ヒ進レドモ、主ノ
仰セナレバ難辞申クテナム」ト云ヘバ、書生、「然ニコソ
ハ候フナレ。但シ何ニコニテカ殺サセ給ハムズル」ト問ヘバ、
郎等、「可然カラム隠レニ将行テ忍ヤカニコソハ」ト云ヘバ、
書生、「仰セニ依テ此モ彼モシテ給ハムニ、事ハ可申キ様モ
無シ。但シ年来見奉リツ。己ガ申サム事ヲバ聞給テムヤ」ト
云ケレバ、郎等、「何事ゾ」ト問フニ、書生、「年八十ナル女
ナム家ニ置テ、年来養ヒ候ツル。亦十歳許ナル小童一人候

446

フ。『彼等ガ顔ヲナム今一度見ム』ト思給フルヲ、彼ノ家ノ

前ヲバ将渡シ給テムヤ。然ラバ彼等ヲ呼出テ顔ヲ見候ハム」

ト云ヘバ、郎等、「糸安キ事ナヽリ。然許ノ事ハ何ドカ無カ

ラム」ト云テ、其方様ニ将行クニ、書生ヲバ馬ニ乗セテ人

二人シテ馬ノ口ヲ取テ、病人ナド将行ノ様ニ、然ル気無シニ

テナム将行ケル。郎等ハ其ノ後ニ調度ヲ負テ馬ニ乗テナム行

ケル。

然テ家ノ前ヲ将渡ル程ニ、書生人ヲ入レテ、母ニ、「然々」

ト云遣タリケレバ、母人ニ懸リテ門ノ前ニ出来タリ。実ニ見

レバ、髪ハ灯心ヲ戴タル様ニテ、ユヽシ気ニ老タル嫗也ケリ。

子ノ童ハ十歳許ナルヲ妻ナム抱テ出来タリケル。馬ヲ留メテ、

近ク呼寄セテ母ニ云ク、「露錯タル事モ無ケレドモ、前ノ世

ノ宿世ニテ、既ニ命ヲ召シツ。痛ク不歎給ハデ御マセ。此ノ

童ニ至テハ自然ラ人ノ子ニ成テモ有ナム。嫗共何カニシ給ハ

ムズラムト思フナム、被殺ル難堪サヨリモ増テ悲キ。今ハ早

ウ入給ヒネ。今一度御顔ヲ見奉ラムトテ参ツル也」ト云ケル

ヲ此ノ郎等聞テ泣ケリ、馬ノ口ニ付タル者共モ泣ニケリ。母

ハ此レヲ聞テ迷ヒケル程ニ、死ニ入タリケリ。

而ル間、郎等此テ可有キ事ニ非ネバ、「永事ナ不云ソ」ト

云テ、引持行ヌ。然テ栗林ノ有ケル中ニ将入テ、射殺シテ頸

取テ返シニケリ。

此レヲ思フニ、日向ノ守何ナル罪ヲ得ケム。詐テ文ヲ書ス

ルソラ尚シ罪深シ。況ヤ書タル者ヲ咎無クシテ殺サム、可思

遣シ。此レ重キ盗犯ニ不異ズトゾ、聞ク人憾ケル、トナム語

リ伝ヘタルトヤ。

주전두主殿頭 미나모토노 아키이에源章家가
죄를 지은 이야기

미나모토노 아키이에源章家가 히고肥後 수령으로 재임在任하던 중, 잔인무도하게 살생을 일삼던 행위를 전하는 이야기로, 세 개의 이야기로 구성되어 있다. 그 첫 번째는 사랑하는 아이의 죽음으로 온 집안이 비탄에 잠겨 있는 바로 그날, 아키이에만은 그날 태연히 사냥을 나서 살생도 마다하지 않았다는 이야기. 두 번째는 관음의 연일緣日인 정월 18일, 관음의 영험靈驗이 신통한 절에 참예參詣하러 가던 도중, 들판에 불을 피워 토끼를 잡아 어미 토끼는 그 자리에서, 새끼토끼 여섯 마리는 돌아온 후 돌로 쳐서 죽인 파계무참한 이야기. 세 번째는 아키타飽田 사냥터의 땅을 고르게 해서 사방의 산에서 사냥터로 몰아넣은 사슴을 한 마리도 남김없이 포획해서 살생을 한 이야기. 앞 이야기의 휴가日向 수령 못지않은 아키이에의 극악무도한 모습을 기록하고, 집안사람이 전하는 아키이에의 임종 시의 회한과 비탄을 부기付記하며 끝맺고 있다. 한편, 아키이에의 생존 시기를 비추어 볼 때, 이 이야기의 기록 시기가 비교적 최근의 것으로 볼 수 있어, 이 이야기집의 성립이 12세기 이후라는 하나의 증거가 되기도 한다.

이제는 옛이야기이지만, 주전두主殿頭[1]인 미나모토노 아키이에源章家라는 사람이 있었다. 무사 집안은 아니었지만, 대단히 거친 기질을 가진 사람으로 밤이나 낮이나 살아 있는 것을 죽이기를 일삼았다. 아키이에의 심성은

---

1 궁내성宮內省에 속하여, 천황의 가마나 목욕, 궁전의 청소 등을 담당하는 주전료主殿寮의 장관. 종오위하 상당.

도무지 인간이라고 볼 수 없는 경우가 많았다.

아키이에가 히고肥後의 수령으로 부임지에 있었을 때의 일이다. 무척 어여삐 여기던 □□살² 정도의 사내아이가 있었는데, 그 아이가 중병에 걸려 며칠이나 병상에 누워 있었다. 모두가 한숨을 쉬며 간병을 하고 있던 바로 그날에 아키이에는 작은 매사냥³을 나섰다. 그것조차 낭등郎等⁴이나 종자從者⁵들은 정말 한심한 일이라고 비난했는데,⁶ 그 아이는 끝내 죽고 말아 아이의 어머니는 넋이 나간 사람처럼 죽은 아이의 곁을 떠나지도 않고 쓰러져 울다 몸져눕고 말았다. 여방女房과 시侍들도 오랫동안 그 아이와 친해진 터라, 마음씨 착한 도련님이었다고 회상하며, 끝내 울음을 참지 못하고 눈물을 흘리고들 있었는데, 아키이에는 아이가 죽은 것을 보면서도 그날 당장 사냥을 나섰기 때문에, 이것을 본 사람들은 이루 말할 수 없이 무참한 짓이라고 생각했다. 이를 본 학식이 있고 행동이 바른 훌륭한 승려들도 아키이에를 책망하면서도 일을 원만하게 수습하기 위해,

"이것은 제정신을 가진 사람이 하는 짓이 아니다. 무슨 모노物⁷에 씌어서 그런 것이겠지."

라고 말했다. 도무지 무슨 일이든 털끝만큼의 자비심도 없어 살아 있는 생물을 그저 죽이는 것으로만 알고 불쌍히 여기는 마음은 전혀 없었다.

---

2   연령 명기를 위한 의도적 결자.
3   매사냥을 원래 겨울에 하는 것이지만, 가을에 하는 경우도 있어, 이런 가을의 매사냥을 본격적인 것이 아니라는 의미에서 '작은 매사냥小鷹狩'이라 함.
4   아키이에는 주전료 장관 등에 임명된 인물이므로, 이 낭등은 수령단의 낭등, 즉, 수령의 사적인 관리라는 의미로 추정됨.
5   원문에는 "眷屬"으로 되어 있음. '낭등'이 먼저이고 이어서 '권속'이 오는 점에 주목. 수령이라는 지위에서 사용하는 낭등에 비해, 가사家事 등의 임무를 맡은 사용인使用人이라는 의미로 추정됨.
6   아이가 병에 걸렸을 때에는, 옆에 붙어 있어 주지는 못할지언정, 불벌佛罰의 대상인 살생 같은 것은 당연히 삼가야 하는 것이 당시의 상식.
7   * 원문에는 "모노物"로 되어 있음. 정체를 알 수 없는 것. 요괴妖怪, 영귀怨靈 등 불가사의한 영력靈力을 가진 존재.

또 정월 18일,[8] 아키이에가 관음觀音의 영험靈驗이 신통한 절에 참배를 간 적이 있는데, 가는 도중에 들판에 타다 남은 풀[9]이 조금 있는 것을 보고, 아키이에가

"분명 이 풀 속에 토끼가 있는 게 틀림없다."

라고 하며 하인을 시켜 쫓게 하자, 새끼 토끼 여섯 마리가 뛰쳐나왔다. 그것을 하인들이 몰려가 붙잡았다. 아키이에는

"그것 봐라. 여기에 토끼가 있었다."

라며 그 풀에 불을 붙이려는 것을, 함께 따르던 낭등들이

"새해 첫 십팔일에 절에 참배하러 가시는데, 그것은 당치도 않은 일입니다. 적어도 돌아가시는 길에 행하심이 어떠하십니까."

라고 말렸다. 그러나 아키이에는 들으려고도 하지 않고, 말에서 내려서 자신이 직접 그 풀에 불을 붙였는데, 토끼가 많지는 않고 단지 아까 그 토끼의 어미로 보이는 토끼가 한 마리 뛰쳐나와, 하인이 그것을 때려잡아 주인에게 건넸다. 새끼 토끼들은 시侍들이 자신들의 아이에게 주어 키우게 할 요량으로 한 마리씩 가져갔다.

한편 귀가하여 저택으로 들어섰는데, 저택의 시侍가 모이는 방[10] 입구에는 평평하고 큰 돌이 있어, 그것을 밟고 마루로 올라가는 구조로 되어 있었다. 아키이에는 그곳에 서서,

"아까 그 새끼 토끼들은 어찌하였느냐."

라고 물었다. 가져간 자들이 제각기 어린 하인 등의 품에 들고 가져오게 하자, 아키이에는 "여기서 잠시 기어가게 해보자."

---

8 매월 18일은 관음의 연일緣日에 해당되어, 당시의 관음신앙의 융성을 반영해서 본집에도 이날에 대한 기술이 다수 나타남.
9 겨울이나 초봄에, 풀이 잘 자라도록 하게 하기 위해 마른 풀에 불을 놓고 타다 남은 풀.
10 侍所. 경비를 맡는 자가 모이는 장소로 당연히 건물 입구 가까이에 있음.

라고 하며 집어 들었다. 양손에 여섯 마리 새끼토끼를 한꺼번에 안아 들고 서, 엄마가 아이를 달래는 것처럼,

"아이고, 내 새끼. 아이고, 내 새끼."라며 □[11]하기에, 낭등들은 그저 데리고 놀고 있는 것이라 여겨, 마당에 죽 늘어서서 보고 있었다. 그런데 아키이에가

"연초에 달리는 짐승[12]을, 이대로 살려 둔 채 먹지 않는 것도 아깝지."
라고 말하고는, 그 평평한 돌에 여섯 마리 새끼토끼를 한꺼번에 내리쳐 □[13]해 버렸다. 평상시에는 주인이 사슴이나 새를 죽이는 것을 꽤 즐거워하며 요란하게 장단을 맞추던 낭등들도, 이날 이 모습을 보고는 너무나 가여운 나머지 일제히 일어나 도망쳐 버렸다. 아키이에는 그날 그것을 구워 먹었다.

그리고 또 이 지방에 아키타飽田[14]라고 하는 곳이 있었는데, 그곳은 사냥터였다. 그 사냥터는 지금은 잘 정돈되어 있지만, 원래는 쓰러진 나무들이 첩첩이 높게 쌓여 있었고, 크고 작은 돌멩이들이 많아서 말이 제대로 달리지도 못하던 곳이었다. 그래서 사슴 열 마리가 나타났다 하더라도 그중 예닐곱 마리는 도망치고 말았다. 그런데 그곳을, 아키이에가 이 지방 사람들을 징집하여 삼천 명 정도가 그 돌들을 전부 치우고 움푹 페인 곳은 그 돌들로 메워 그 위에 흙을 평평하게 다졌다. 높다란 곳은 말이 걸려 넘어지지 않을 만큼 땅을 고른 다음, 그 후 많은 사람들로 하여금 다른 산들에 있는 사슴을 이 사냥터로 몰아넣었기 때문에, 나온 사슴이 열 마리라면 그중에 한

11　아키이에의 동작을 표현하는 말의 한자표기를 위한 의도적 결자. 해당어 미상.
12　빨리 달리는 것. 즉 토끼나 사슴 등을 말함.
13　한자표기를 위한 의도적 결자. 내리쳐 박살내 버렸다는 의미.
14　히고 지방 국부國府는 현재의 구마모토 시熊本市 데미즈 정出水町에 있었으므로 사냥터도 그 부근이었을 것으로 추정됨.

마리도 달아나지 못했다.

그래서 아키이에는 매우 기뻐하며, 셀 수도 없이 많은 사슴을 잡았다. 그 사슴 가죽은 그 지방 사람들에게

"잘 무두질해서 바처라."

라고 하여 맡기고, 사슴고기만을 지방 관아로 옮겨와 저택의 남쪽의 나무도 없는 넓은 마당에 빈틈없이 늘어놓았지만, 그래도 다 놓을 수가 없어서 동쪽 정원에까지 늘어놓을 정도였다. 이렇게 밤낮을 가리지 않고 아침이나 저녁이나 잠시도 쉬는 날 없이 계속 죄를 저질렀다. 그 아키타 사냥터 들녘은 지금도 돌 하나 없이 평평하다고 하니, 이것을 생각해볼 때, 원래는 다른 사람이 사냥을 해도, 열 마리 나온 사슴 중에 예닐곱 마리는 도망쳤었는데, 아키이에가 돌을 줍게 하고 나서는 한 마리도 도망치지 못하게 된 것이다. 그러니 그때부터 지금까지의 모든 살생의 죄는 아키이에에게 그 책임이 있는 것이다.

그러므로 아키이에는 임종 시에도 아키타 사냥터의 돌을 치운 죄를 어떡하면 좋으냐고 한탄하며 죽었다고 그 집안사람이 이야기했다고 이렇게 이야기로 전하여 내려오고 있다 한다.

主殿頭源章家造罪語第二十七

今昔、主殿ノ頭源ノ章家ト云フ人有ケリ。兵ノ家ニハ非ネドモ、心極テ猛クテ、昼夜朝暮ニ生命ヲ殺スヲ以テ役トセリ。凡ソ此ノ章家ガ心バヘ人トモ不思エヌ事共ナム多カリケル。

肥後ノ守ニテ有ケル時、其ノ国ニ有ケルニ、極ク愛シケル男子ノ□[九]許[一〇]有ケルガ、日来重ク煩ケレバ、此レヲ歎キ[一一]繚ケル程ニ小鷹狩ニ出ケルヲダニ二郎等眷属[一二]世ニ不知ヌ疎キ[一三]事ニ思ヒ云フニ、其ノ子遂ニ失ニケレバ、其ノ母死ニタル如クニテ、其ノ死タル児ノ傍ヲ不離デ[一四]、泣沈ミテ臥タリケリ。女房侍ナドモ年来其ノ児ヲ見馴テ、心バヘ厳カリケルヲ思ヒ出ツ、難忍ク泣キ迷ヒ合ヘリケルニ、章家ハ児死ヌト見置テ、其ノ日ヲダニ不過サズ出テ行ニケレバ、此レヲ見ト見ケル者ハ、云フ甲斐無ク懃無キ[一五]事ニナム思ケル。智リ[一六]有リ浄キ僧ナドモ、此レヲ見テ章家ヲ責テ吉キ様ニ云成サムト思テ云ケルハ、「此レハ只ナラム人ノ可為キ事ニモ非ズ。物ノ託テ坐スルナメリ」ナドゾ云ケル。凡ソ何ニマレ露許ノ慈悲[一七]無クテ、只生タル者ヲバ殺ス事ゾトノミ知テ、哀ビノ心ハ努々無カリケリ。

亦正月ノ十八日[一八]ニ観音ノ験ジ給フ寺へ此ノ章家詣ケルニ、

道ニ野ノ中ニ焼キ残シタル草ノ少シ有ケルヲ見テ、章家、「此ノ草ノ中ニ必ズ菟有ラムカシ」ト云テ、人ヲ入レテ追ハセケレバ、菟ノ子六ツ走リ出タリケルヲ、下衆共集リテ捕テケリ。章家、「然レバコソ此ニ菟有ケリ」ト云テ、其ノ草ニ火ヲ付ムトシケルニ、共ニ有ケル郎等共、十八日ニ御物詣セサセ給フニ、此レ不候マジキ事也。責テハ還向ニモ非ズ」ナド云テ止ケレドモ、章家聞モ不入ズシテ、殺シテ奉テケリ。其ノ子共ヲバ侍ノ、子共ニ取セテ飼セムトテ一ヅヽ取テケリ。馬ヨリ下テ自ラ其ノ草ニ火ヲ付タリケレバ、菟多クモ無クテ、只有ツル子共ノ祖ト思シキ菟一ツゾ走リ出タリケルヲバ、打殺テ、其ノ子共ヲバ侍ニ取セテ飼セム。

然テ還向シテ館ニ返テ、侍ニ上ル所ニ、平ナル石ノ大キナルヲ置テ、其レヲ踏ヘテ板敷ノ上ヘ上ル石有ケリ、守其レニ立テ、「有ツル菟ノ子共ハ」ト問ケレバ、取タル者共、各小舎人童ナドニ抱セテ持来タリケルヲ、守、「此ニ暫シ這セテ見ムズルゾ」ト云テ、乞取テケリ。然テ左右ノ手ニ六ツノ菟ノ子ヲ一度ニ取テ取合セテ、母ガ幼キ子ヲセヽラカス様ニ、「我ガ子、我ガ子」ト云テ□ケレバ、郎等共ハ「只為ル事ナメリ」ト思テ、庭ニ居並テ見ケル程ニ、守、「年ノ始メノ者ヲ生テ、不食ザラムハ忌々シキ事也」ト云フマヽニ、其ノ平ナル石ニ六ツノ菟ノ子ヲ一度ニ打□テケリ。主ノ鹿鳥殺スヲ極ク興有ル事ニ思テ、常ハ云早シケル郎等共モ、其ノ日、此レヲ見テハ、糸惜サニ否不堪ズシテ、一度ニ立テゾ逃テ去ニケル。ヤガテ其ノ日、守焼ナドシテ食テケリ。亦、其ノ国ニハ飽田ト云フ所、狩地ニテ有ナリ。其ノ狩地ハ微妙カリケレドモ、本ハ臥木共高ク、大キナル小キ石多クテ、馬ノ否不走ザリケレバ、十出来ル鹿ノ六ツ七ツハ必ズ逃テゾ遁ケル。其レヲ此ノ守、国ノ人ヲ発シテ三千人許ヲ以テ、其ノ石ヲ皆拾ヒ去サセテ、窪ミタル所ヲバ馬ノ走リ不当マジキ所ニハ其ノ石ヲ堀リ埋テ、上ニ土ヲ直シク置セ、高キ所ヲバ窪ミ、異山々ノ鹿ヲ多ノ人ヲ集メテ其ノ山ニ追ヒ懸ケレバ、十出来ル鹿ノ一ツ遁ル事無カリケリ。然レバ

守極ク喜ビテ員不知ヌ鹿ヲ取リケリ。其ノ鹿ノ皮共ヲバ国ノ者

共ニ、「出シ奉レ」トテ預ケテ、鹿ノ身ノ限ヲ国府ニ運バセ

テ、館ノ南面ノ遥々ト広クテ木モ無キ庭ニ隙モ無ク並ベ置セ

タリケレバ、其レニモ置キ余リテ、東面ノ庭ニゾ置タリケ

ル。此様ニ昼夜朝暮ニ緩ム月日モ無ク罪ヲナム造ケル。其ノ

飽田ノ狩ノ原ハ今ニ石一ツモ無ク直シクテ有ナレバ、此レヲ

思フニ、其ノ後、異人ノ狩ルニモ、本ハ十出来ル鹿ノ六ツ七

ツハ遁レテ逃シニ、章家石拾ハセテ後ニハ、一ツ遁ル事無ケ

レバ、于今至ルマデ其ノ罪ヲバ章家コソハ負フラメ。

然レバ章家死ヌル尅ニモ飽田ノ石拾ノ罪ヲ何ニセムズラム

ト歎テゾ死ニケル、トゾ其ノ家ノ者語ケル、トナム語リ伝ヘ

タルトヤ。

기요미즈데라淸水寺 남쪽 부근에 사는 거지가 여인을 이용해 사람을 유인해 죽인 이야기

기요미즈데라淸水寺 남쪽 부근에 호화로운 저택을 꾸며 놓은 거지가 납치한 미녀를 미끼로 사람을 유인한다. 그리고 그 사람이 여인과 동침할 때 살해하고는 재물을 뺏고 있었는데, 여인은 우연히 함정에 걸린 근위중장近衛中將을 연모하여 진상을 털어놓고, 자신이 대신 죽어 중장을 도망치게 한 이야기. 구사일생으로 살아난 중장은 그 뒤 남몰래 여인의 명복을 빌었고, 이 소문을 들은 세간 사람이 그 유적에 절을 건립했다고 한다. 실제로 있었던 일이라고 생각되지 않으나, 기요미즈데라 일대에 거지와 같은 부류가 많이 거주했고, 더욱이 그중에는 거지두목이라고 할 만한 호사스러운 생활을 보낸 자도 있었다고 하는 사회상을 짐작하게 하여, 사회사적으로도 주목된다.

이제는 옛이야기이지만, 누구인지 이름은 모르나 고귀한 집안의 공달公達[1]로 젊고 아름다운 자가 있었다. 근위중장近衛中將[2] 정도 될 것이다.

그 사람이 은밀히 기요미즈데라淸水寺[3]에 참배를 하러 갔었는데, 《나긋나긋》[4] 부드러운 의상을 차려입고 참배하러 온 몹시 아름다운 여성과 마

---

1 '君達'이라고도 함. 섭정攝政과 관백關白, 대신, 삼품 이상의 당상관(상달부上達部)과 같은 귀족의 자제를 칭하는 말.
2 근위부近衛府(육위부의 하나로 황궁을 경호하는 무관부)의 차관.
3 → 사찰명.
4 한자표기를 위한 의도적 결자.

주쳤다. 중장은 그 여인을 보고 '이 여성은 신분이 천한 자가 아닐 것이야, 신분이 높은 여성이 남몰래 걸어서 참배하러 온 것일 테지.'
라고 생각했다. 무심코 고개를 든 여성의 얼굴을 보니, 나이는 20살 정도로 정말 이루 말할 수 없이 아름답고 귀여운 얼굴이었다. 중장은
'대체 어떤 사람일까. 어떻게든 말을 걸어 봐야지.'
라고 생각하니 이것도 저것도 다 잊고 마음을 뺏겨, 여인이 불당[5]을 나가는 것을 보고, 소사인小舍人 동자[6]를 불러
"저 여인이 돌아가는 곳을 확실하게 보고 와라."
라고 명하여 뒤를 밟게 했다.

한편 중장은 집으로 돌아왔는데, 이윽고 소사인 동자가 돌아와서
"확실히 봐 두고 왔습니다. 집은 도읍에 있지 않았습니다. 기요미즈 남쪽에 있는 아미다 봉阿彌陀峰[7]의 북쪽에 있는 저택이었고 대단히 유복해 보이는 집이었습니다. 그분을 모시고 온 나이가 꽤 든 여성이 제가 뒤를 밟는 것을 보고는, '이상하군요. 어째서 수행하는 사람처럼 따라오시는 겁니까?'라고 묻기에, '저희 나리께서 기요미즈 불당에서 잠깐 보시고 돌아가는 집을 확인하고 오라고 하셨습니다.'라고 대답했더니, '앞으로 이곳에 오시는 일이 있으면, 저를 찾아 주세요.'라고 했습니다."
라고 보고를 했다. 그래서 중장은 기뻐하며 편지를 써서 보냈는데, 여인이 멋진 필치로 답장을 보내왔다.

이리하여 몇 번이고 편지를 주고받던 중, 여인으로부터
"저는 산촌에서 자란 몸이라, 도읍에는 잘 나가지 않사옵니다. 그러니 이

---

5   본존本尊의 관음상을 안치해 놓은 불당.
6   근위부의 중장, 소장 등이 거느리고 다니는 소년. 또는 넓게 시중드는 나이 어린아이의 총칭.
7   → 지명.

곳으로 와 주십시오. 칸막이 너머로라도 이야기를 나누시지요.”

라고 말을 해 왔다. 중장은 여인을 보고 싶은 일념으로 시侍[8] 두 명 정도와 그 소사인 동자, 그리고 말을 끌고 가는 사인舍人만을 데리고 말을 타고 어두워질 무렵 도읍을 출발해 몰래 찾아 갔다.

그 집에 당도하여, 동자에게 찾아온 뜻을 전하게 하니 그 나이든 여자가 나와

“이쪽으로 들어오십시오.”

라고 하여 뒤를 쫓아 들어갔다. 주변을 둘러보니 저택 주위의 토담이 참으로 견고하고 문이 높게 세워져 있었다. 정원에는 깊은 해자垓字[9]가 파여 있고 그 위에 다리가 놓여 있었다. 그 다리를 건너서 안으로 들어가려 했으나 수행하는 자들과 말 등은 해자 밖에 있는 건물에 머물도록 했다. 중장이 홀로 들어가 보니 많은 건물이 있고 그중 손님방이라 여겨지는 방이 있었다. 모퉁이에 있는 문[10] 안으로 들어가 보니 내부는 정말 잘 《장식되어》[11] 있었는데, 병풍이나 휘장대 등이 세워져 있고 깨끗한 돗자리[12] 등이 깔려 있고 안채에는 발이 쳐져 있었다.

이런 산촌인데도 제법 유서 있어 보이게 저택을 꾸며 놓은 것을 보고 중장은 기품이 있다고 생각하고 있는데, 이윽고 밤이 깊어져 주인인 여인이 나왔다. 그래서 휘장대 안으로 들어가 동침을 했다. 이렇게 남녀의 인연을 맺고 나니 여인은 한층 더 아름다워 보이고 더할 나위 없이 사랑스럽게 느

---

8 후세의 시侍(사무라이)와는 다르게, 신분이 낮은 고용살이를 하는 남자의 총칭. 경비나 잡무에 종사하는 고용인.

9 방어를 위해 건물 둘레에 판 도랑.

10 원문에는 “妻戸”로 되어 있음. 침전寢殿 구조에서 건물의 네 귀퉁이에 있는 쌍여닫이 판자문.

11 한자표기를 위한 의도적 결자.

12 원문에는 ‘畳’로 되어 있음. 현재의 다다미畳가 아니라, 판자마루에 깐 깔개로 지금의 가선 두른 돗자리나 돗자리에 해당하는 물건.

껴졌다.

이후 평소의 그리움 등을 이야기하고 서로 변치 않는 사랑을 약속하며 누워 있었는데, 이 여인이 뭔가 골똘히 생각에 잠긴 모습으로 몰래 울고 있는 듯했다. 이상하게 생각한 중장이 "왜 그렇게 슬픔에 젖어 계시오?"
라고 물으니 여인이

"그저 왠지 모르게 슬픈 생각이 듭니다."
라고 말했다. 그래도 중장은 여전히 미심쩍은 생각이 사라지지 않았다.

"벌써 이러한 깊은 사이가 되었으니, 어떤 것이라도 숨기지 말고 말씀해 주시오. 그런데 무슨 일이 있는 것이오. 아무래도 심상치 않구려."
라고 계속 캐물으니, 여인은

"말씀드리지 않으려고 한 것은 아니지만, 말씀드리기도 괴로운 일입니다."
라고 눈물을 흘리며 말했다. 그래서 중장은

"개의치 말고 말씀해 주시오. 혹여 제 목숨에 관계되는 일이라도 있는 것입니까?"
라고 말하니, 여인은

"숨길 일도 아니지요. 실은, 저는 도읍에 살던 이러이러한 사람의 딸이었습니다. 그런데 부모님이 돌아가시고 혼자 있을 때였습니다.[13] 이 집 주인은 거지이지만 꽤나 유복해져서 이렇게 이곳에 오랫동안 살고 있는데, 이자가 도읍에 있던 저를 계획적으로 납치해 기르며 때때로 예쁘게 치장시켜서 기요미즈데라에 참배를 가게 합니다. 그리고 도중에 우연히 마주친 남자분이 저를 보고 당신처럼 말을 걸어 접근하면, 당신이 오신 것처럼 이렇게

---

13 불우한 미인을 주인공으로 하는 설화나 이야기에서 부모가 돌아가신 것을 적는 것은 상투적 수법. 권16에 많이 보임.

이곳으로 유인하여, 자고 있는 동안에 천장에서 창을 내려서[14] 창끝을 남자분의 가슴위에 댄 순간 찔러 죽여 입고 있던 옷을 빼앗습니다. 같이 온 자들은 해자 밖에 있는 집 안에서 모두 몰살시키고 옷을 벗기고 탈것을 빼앗습니다. 이러한 일이 벌써 두 번째입니다. 이후로도 이런 일이 계속될 테지요. 그러니 이번에는 당신을 대신해 제가 창에 찔려 주으려고 합니다. 어서 빨리 도망치십시오. 같이 온 사람들은 이미 모두 살해당했겠지요. 다만 이제 두 번 다시 만나 뵐 수 없다고 생각하니, 그것이 슬플 따름입니다."

라고 말하며 쓰러져 울었다.

이것을 들은 중장은 그저 망연자실하였다. 그러나 겨우 마음을 다잡고

"거참, 정말 놀랐습니다. 저를 대신하겠다고 하신 것은 정말로 감사한 일이지만, 당신을 내버려 둔 채 혼자서는 절대 도망칠 수 없습니다. 그러니 함께 도망칩시다."

라고 하였다. 그러자 여인은

"저도 몇 번이고 그리 생각도 해 보았지만, 창에 닿는 감촉이 없으면 그자는 분명 서둘러 천장에서 내려와 살펴볼 텐데, 둘 다 없다면 반드시 쫓아와 둘 다 죽일 것입니다. 지금은 당신 혼자라도 목숨을 보존하시어 저를 위해 꼭 공덕功德[15]을 쌓아 주십시오. 앞으로 어떻게 이런 무자비한 죄를 또 지을 수 있겠습니까."

라고 말했다. 중장은

"당신이 제 목숨을 대신해 주려 한다는데, 공덕을 쌓아 당신의 은혜에 어찌 보답하지 않을 수 있겠소. 그건 그렇더라도 어떻게 도망쳐야 하지요?"라고 물으니, 여인이

---

14 본권 제13화에서는 여인이 정부情夫를 시켜 남편을 죽일 때 동일한 방법을 쓰고 있음.
15 → 불교.

"해자의 다리는 아까 건너신 후 바로 제거했을 것입니다. 그러니 이곳에서 저기 미닫이문으로 나가서 해자 저편의 좁은 물가를 건너면 토담에 좁은 수문이 있습니다. 그곳으로 어떻게 해서든 기어 나가십시오. 이미 시간이 다 됐습니다. 창을 내리면 제가 그것을 잡고 제 가슴에 대서 찔려 죽겠습니다."라고 말하는 순간 안쪽에서 사람의 발자국 소리가 났다. 실로 형용할 수 없이 무서웠다.

중장은 눈물을 흘리며 일어나 하나만 걸친 옷자락을 걷어 올리고 알려 준 미닫이문으로 몰래 나가서 해자 물가를 건너서 가까스로 수문으로 기어 나왔다. 잘 빠져 나오긴 했으나 도대체 어디로 가야 할지 몰라 그저 다리가 향하는 대로 무작정 내달렸는데, 뒤에서 달려오는 자가 있었다.

'추격자가 쫓아오나.'

싶어 정신없이 뒤돌아보니 그건 자신과 같이 온 소사인 동자였다. 중장이 기뻐하며

"대체 어떻게 된 것이냐."

라고 물으니, 동자는

"나리께서 안으로 들어 가시자마자 해자 다리를 제거하기에 이건 뭔가 이상하다 싶어 가까스로 토담을 뛰어넘어 밖으로 나왔는데, 남은 자들은 모두 살해당했다고 들었사옵니다. 그래서 나리께서도 어떻게 되신 것은 아닐까 하고 슬퍼서, 그대로 돌아가지도 못하고 덤불 속에 숨어 무사하시든 아니든 끝까지 지켜보려고 살피고 있었사온데, 누군가가 뛰어와 어쩌면 나리가 아닐까 하고 달려온 것입니다."

라고 했다. 중장은

"실은 이러한 일이 있는 줄도 모르고, 정말로 황당한 일이구나."

라고 하며 아이와 함께 도읍을 향해 뛰어갔는데, 고조가와라五條川原[16] 부근에서 뒤를 돌아보니, 조금 전의 그 집 쪽에서 맹렬하게 불길이 치솟고 있었다.

이것은 집 주인이 창을 내려 찔러 죽였다고 생각했는데 어느 때와 달리 여인의 목소리도 들리지 않아 이상히 여기고 서둘러 아래로 내려와 보니, 남자는 없고 여인이 찔려 죽어 있었기에

'남자가 도망친 것이라면 곧 관인들이 들이닥쳐 붙잡히고 말겠구나.'
라고 판단하고 곧바로 모든 건물에 불을 지르고 도망친 것이었다.

중장은 집으로 돌아와 소사인 동자가 다른 사람에게 아무 말도 하지 않게 하고, 자신도 그 후 이 사건에 대해서는 일체 입 밖에 내지 않았다. 다만 누구를 위한 것인지도 말하지 않고 매년 성대한 불사佛事를 거행하여 그날은 공덕을 쌓았다. 분명 그 여인을 위해서일 것이다. 이 일은 나중에 세간에 알려져, 어떤 사람이 그 집이 있었던 터에 절을 세웠다. □□데라寺[17]라고 하여 지금도 있다.

이것을 생각하면 여인은 참으로 기특한 마음씨를 가졌다. 또한 소사인 동자도 실로 영리한 아이였다. 그러니 이 이야기를 들은 사람들은 여인의 아름다운 모습 따위를 보고 얼떨결에 잘 모르는 낯선 곳에 함부로 가지 말아야 한다고 사람들이 말했다고 이렇게 이야기로 전하여 내려오고 있다 한다.

16　오조五條 대로와 교차하는 가모 강賀茂川 강변.
17　절 이름 명기를 위한 의도적 결자.

住清水南辺乞食以女謀入人殺語第二十八

今昔、誰ハ不知ズ家高キ君達ノ年若クシテ形チ有様美

麗ナル有ケリ。

近衛ノ中将ナドニテ有ケルニヤ。

其ノ人忍ビテ清水ニ詣デタリケルニ、歩ナル女ノ糸浄気ニ

テ□ニヤカニ着物ナド有ル、参会タリ。中将此レヲ見ケルニ、

何心モ無ク仰タルヲ見レバ、年二十余許也。形チ浄気ニテ

愛敬付タル事世ニ不似ズ微妙カリケレバ、「此ハ何ナル者ニ

カ有ラム。此ニ物不云デハ何デカ有ラム」ト思フニ、万ゾ

不思エズ心移リ畢テ、女ノ御堂ヨリ出ルヲ見テ、中将小舎人

童ヲ呼テ、「彼ノ女ノ入ラム所ヲ慥ニ見テ来レ」ト云テ遣ツ。

然テ、中将家ニ返テ後、小舎人童返来テ云ク、「慥ニ見入

レ候ヒヌ。京ニハ不候ザリケリ。清水ノ南ニ当テ、阿弥陀ノ

峰ノ北ナル所ニ候フ家也。糸賤ハ、シ気ニ住テナム候ヒツル。

共ニ候ヒツル長シキ女ノ、己ガ後ニ立テ罷ツル見テ、『怪

何カニ御共ニ参ル様ヤ』ト問ヒ候ツレバ、『

彼ノ清水ノ御堂ニテ見奉ラセ給ヒツル殿ノ、『樋ニ入セ給ハ

ム所、見テ参リ来』ト、候ツレバナム』ト申シ候ツ

『此レヨリ後ニ若シ参ル事有ラバ、己ヲ尋ヨ』ト申シ候

ツ」ト語レバ、中将喜テ文ヲ遣タリケレバ、女艶ズ書テ

返事有ケリ。

此様ニ度々云遣ケル程ニ、女ノ返事ニ、「山郷人ナレバ京

ナドヘ出ル事ハ否不有ジ。然ラバ此方ニ渡セ給ヘ。自ラ物越

ニテモ申サム」ト云タリケレバ、中将女ノ見マ欲カリケル

余ニ、喜ビ乍ラ、侍二人許、此ノ小舎人童馬ノ舎人許ヲ具

シテ、馬ニ乗テ、京ヲ暗ク成ル程ニ出テ、忍テ行ニケリ。

彼ニ行着テ童ヲ以テ、「此ナム」ト云入サセタリケレバ、

女出テ、「此方ニ入セ給ヘ」ト云ケレバ、女ノ後ニ立テ入ル

二、見レバ、廻ノ築垣糸強クシテ、門高ク立タリ。庭ニ深キ塹ヲシテ橋ヲ渡シタリ。其レヲ渡テ入ルニ、共ノ者共、馬ナドヲバ塹ノ外ナル屋ニ留メツ。我レ独リ入テ見レバ、屋共数有リ。客人居ト思シキ所有リ。妻戸ノ有ルヨリ入テ見レバ、糸吉ク□ヒテ、屏風几帳ナド立、浄気ナル畳ナド敷テ母屋ニ簾懸タリ。

中将、此ル山郷ナレドモ、故有テ住成シタレバ、心憾ク思テ居タル程ニ、夜モ深更ヌレバ、主ノ女出タリ。然レバ几帳ノ内ニ入テ臥ヌ。気近ク成テ後ハ、近増シテ労タキ事無限シ。而ル間、日来ノ事ナド云次ケテ、中将末マデノ深キ契ナド云臥タルニ、此ノ女極ク物思タル気ハヒニテ、忍テ泣ナドラムト思ユ。中将怪クテ、「何ド此ハ物歎タル気色ナルゾ」ト問ケレバ、女、「只物哀レニ思ユル也」ト云ケレバ、中将尚極テ怪ク思ユ。「今ハ此ク馴ヌレバ、何事也トモ不隠シゾ。然テモ何ナル事ノ有ゾ」ト、「此ク不只ヌ気色ナルハ」ト強ニ問ケレバ、女ノ云ク、「不申ジトハ不思ネドモ、申サムニ付テ心疎キ事ナレバ」ト泣々ク云ケレバ、中将、「只宣ヘ。若シ我ガ可死キ事ナドノ有ルカ」ト云ケレバ、女、「実ニハ隠シ可奉キ事ニモ非ズ。己ハ京ニ有シ然々ト云シ人ノ娘也。其レガ、父母失ニシカバ独リ有シヲ、此ノ家主我レガ京ニ有シ便リノ付テ、此ニ此ノ年来居タリケルガ、構テ我レガ京ニ有シヲ盗取テ、養ヒ置テ為立テ、時々清水ニ参スレバ、参会タル男我レヲ見テ、此様ニ仮借スレバ、此ク御マシタル様ニ、此ニ謀寄セテハ、寝スル際ニ天井ヨリ鉾ヲ差下シタレバ、我ガ男ノ胸ニ取充タル時ニ、差殺シテ、其ノ着物ヲ剥取リ、我人ヲバ塹ノ外ナル屋ニ置テ、皆殺シテ、其ノ着物ヲ剥、乗物ヲ取ル。此様ニ為ル事既ニ二度ニ成ニタリ。此ヨリ後モ亦此ノミコソハ候ハムズレ。然レバ此ノ度、已レ殿ニ代リテ鉾ニ当テ、死ナムト思フ也。速ニ逃給ヒネ。御共ノ人ハ皆死ヌラ

妻戸（狭衣物語絵巻）

ム。但シ亦見奉ラム事ノ不有マジキコソ悲ケレ」ト云テ、泣

ク事無限シ。

中将此ヲ聞クニ惣テ物不思エズ成ヌ。然レドモ思ヒ念ジテ云ク、「実ニ奇異キ事カナ。我レニ代ラムト有ル八世ニ難有キ事ナレドモ、其ヲ見棄テ、独リ逃ムコソ悲ケレ。然ラバ具シテ逃ム」ト云ヘバ、女ノ云ク、「絡返シ然ハ思ヘドモ、鉾空クハ定メテ念ギ下テ見ムニ、二人乍ラ無クハ、必ズ被追テ二人乍ラ死ナムトス。只殿独リ命ヲ存シテ、我ガ為ニ必ズ功徳ヲ作リ給ヘ。此ヨリ後モ何カデカ然ノミハ罪ミハ作ラム」ト云ヘバ、中将、「其ノ我ニ代ナムヲバ、何デカ功徳ヲ作テ其ノ恩ヲバ不報ザラム。然モ何ニシテカ逃ムズルゾ」ト云ヘバ、女、「漫ノ橋ハ渡給テ後、即チ引ツラム。然レバ其方ナル遣戸ヨリ出テ、漫ノ其方ナル狭キ岸ヲ渡テ、築垣ニ狭キ水門有リ、其レヨリ構テ這出給ヘ。既ニ其ノ時ニ鉾ヲ差下サバ、我レ自ラ胸ニ取充テ被差テ死ナム漸ク成ヌ。

トス」ト云フ程ニ、奥ノ方ニ二人ノ音スレバ、怖シト云ヘバ愚

中将泣々ク起テ衣一ツ許ヲ引折テ、窃ニ其ノ教ヘツル遣戸ヲ出テ、其ノ岸ヲ渡テ水門ヨリ構テ這出ヌ。出タルハ賢ケレドモ可行キ方モ不思エザリケレバ、只向タル方ニ走ケル程ニ、後ニ二人走テ来ル。「人ノ追テ来ル也ケリ」ト思フニ、物モ不思デ見返テ見レバ、此ノ我ガ小舎人童也ケリ。喜乍ラ、「此ハ何ニ」ト問ヘバ、童ノ云ク、「入セ給ヒツルママニ漫ノ橋ヲ引候ツル怪シト思

主を待つ童（石山寺縁起）

給ヘテ、構テ築垣ヲ超テ出候ヌルニ、残ル者共ヲ皆殺シ候ヌト承ツレバ、『殿モ何ガ成セ給ヌラム』ト悲ク思給テ、否罷リ不返デ、藪ノ中ニ隠居テ、此モ彼モ承ラムトテ候ツルニ、人ノ走リ候ヘバ、『若シ殿ニヤ』ト思給ヘテ走リ参ツル也」ト云ヘバ、中将、「然々ノ事有ケルヲ不知デ、奇異キ事也」ト云テ、相具シテ京ノ方へ走ケル程ニ、五条ト川原

ノ辺ニテ見返テ見ケレバ、其ノ有ツル家ノ方ニ、大ナル火出来タリケリ。

早ウ、「鉾ヲ差下シテ突殺シツ」ト思ケルニ、例ニモ不似ズ、女ノ音モ不為ザリケレバ、怪ムデ念下テ見ケルニ、男ハ無クテ女ヲ差殺シタリケレバ、「男逃ヌバ、即チ人来テ被搦ナムトス」ト思ケレバ、程無ク屋共ニ火ヲ付テ逃ニケル也ケリ。

中将ハ家ニ返テ童ニモ口固メ、我レモ其ノ後此ノ事ヲ人ニ不語ズシテ止ニケリ。但シ誰ガ為ニトモ不云シテ、毎年ニ大キニ仏事ヲ儲テ、其ノ日功徳ヲ修ケリ。定メテ彼ノ女ノ為ニコソハ有ケメ。此ノ事世ニ聞ヘテ、人有テ彼ノ家ノ跡ニハ寺ヲ起ケリ。 □一四 寺トテ今有リ。

此レヲ思フニ、女ノ心実ニ難有シ。亦童ノ心糸賢カリケリ。然レバ、「美ナラム女ナド見テ、我ガ心ノマヽニ不知ザラム所ニ行カム事ハ、此レヲ聞テ可止キ也」トゾ人云ケル、トナム語リ伝ヘタルトヤ。

거지에게 붙잡혀
자신의 아이를 버리고 도주한 여자 이야기

산속에서 두 명의 거지에게 습격당한 여인이 정조를 지키기 위해, 배변排便을 구실로 거지를 속여 업고 있던 사랑하는 아이를 인질로 맡기고 도망쳤지만, 도중에 말을 탄 무사의 무리와 우연히 만나 사정을 이야기하고 함께 현장으로 되돌아가보니, 잔인하게도 사랑하는 아이가 사지가 찢겨진 채 죽어 있었다는 이야기다. 무사들은 지조를 지킨 이 여인의 행동을 칭송하였고, 화말 평어에서도 그것에 동조한다. 앞 이야기와는 거지의 살인과 탈주라는 모티브를 통해서 연결된다.

이제는 옛이야기이지만, 두 거지가 함께 □□¹지방國 □□²군郡에 있는 산을 지나가고 있었는데, 그들 앞에 아이를 업은 젊은 여인이 걸어가고 있었다.

여인은 이 거지들이 바로 뒤따라오는 것을 보고, 길옆으로 비켜서서 앞서 가게 하려고 했지만, 거지들은 멈춰 서서

"괜찮으니 먼저 가쇼."

라며 앞서 가지 않으려 했다. 여자는 그대로 앞서서 걸어가려고 하자, 거지 한 명이 갑자기 다가와 여자를 붙잡았다. 아무도 없는 산속이라 도망칠 수

---

1 지방명 명기를 위한 의도적 결자.
2 군명 명기를 위한 의도적 결자.

도 없어

"왜 이러십니까?"

라고 하자, 거지는

"자, 저쪽으로 가자. 할 이야기가 있으니"

라고 하며 산속으로 억지로 끌고 들어갔다. 또 한 명의 거지는 옆에서 망을 보고 있었다. 여인이

"그렇게 거칠게 행동하지 말아주세요. 말하는 대로 하겠습니다."

라고 말하자, 거지는

"좋아, 좋아, 그럼 어서"

라고 말했다. 여인이

"아무리 산속이라고 해도, 어떻게 이런 곳에서 할 수 있겠습니까. 작은 잡목이라도 세워서 안 보이게 해 주세요."

라고 하자, 거지도 그렇게 생각하고 잎이 무성한 나뭇가지를 잘라 떨어뜨리고, 또 한 놈은 앞에 서서 혹시나 여자가 도망칠까 망을 보고 있었다.

여인은

"절대 도망치지 않아요. 그렇지만 저는 아침부터 배탈이 나서 그러니 저쪽에서 볼일을 보고 싶어요. 곧바로 돌아올 테니 조금만 기다려 주시지 않겠습니까?"

라고 말했다. 거지가

"절대 안 된다."

라고 딱 거절하자, 여인이

"그러면 제 아이를 인질로 두지요. 이 아이는 제 몸 이상으로 아끼는 아이입니다. 이 세상 사람은 신분을 막론하고 누구나 다 자기 자식을 소중하게 생각하는 법이지요. 그러니 이 아이를 버리고 도망치는 일은 절대 없습

니다. 단지 심한 배탈이 나서 잠시도 참을 수 없어서, 조금 전의 그곳에서도 일을 보려고 멈춰 서서 당신들을 먼저 보내려고 했던 것입니다."

라고 말했기에, 거지는 설마 아이를 버리고 도망치지 않겠지 생각하고 그 아이를 넘겨받아 안고서,

"그럼, 빨리 갔다 와라."

라고 말했다. 여인은

'멀리 가서 볼일을 보는 것처럼 가장하여, 아이를 버려두고 그대로 도망치자.'

라고 생각하고 뛰고 또 뛰어 정신없이 달아나던 중 우연히 길로 나오게 되었다. 마침 그때, 활과 화살을 짊어 메고 말을 탄 자 네다섯 명이 한 무리를 이뤄 오고 있었다. 여인이 헐떡거리며 달려오는 것을 보고,

"왜 그렇게 달려오는 것이냐?"

라고 물었다.

"이러이러한 일이 있어 도망치고 있는 중입니다."

라고 여인이 대답하자,

"좋아, 그놈들은 어디에 있느냐?"

라며 무사들은 여인이 가르쳐 주는 대로 말을 달려 산으로 들어가 보니, 조금 전의 그 장소에 잡목이 세워져 있고, 아이를 두 갈래 세 갈래로 찢어 놓고 거지들이 달아나 버린 뒤였다. 그래서 하는 수 없이 일은 일단락되었다. 아이는 사랑했지만 거지에게는 절대로 몸을 허락할 수 없다고 생각해서 아이를 버리고 도망친 여인을 무사들은 매우 칭송했다.

이렇듯 천한 신분의 사람 중에서도 이렇게 수치를 아는 사람은 있다고 이렇게 이야기로 전하여 내려오고 있다 한다.

女被捕乞匃棄子逃語第二十九

今昔、□[一六]ノ国□[一七]ノ郡ニ有ル山ヲ乞匃[一八]ニ二人[一九]烈テ通ケル

ニ、前ニ子ヲ負タル若キ女行ケリ。

女、此ノ乞匃共ノ後ニ近ク来ルヲ見テ、傍ニ立寄テ過サ
トシケルニ、乞匃共立留テ、「只疾ク行ケ」ト云テ、不前立
ザリケレバ、女尚前ニ行ヲ、一人ノ乞匃走寄テ女ヲ捕ヘツ。
女、人モ無キ山中ナレバ、可辞キ様モ無クテ、「此ハ何ニシ
給フゾ」ト云ケレバ、乞匃、「去来彼へ。可云キ事ノ有ル也」
ト云テ、山中へ只引ニ引入レバ、今一人ノ乞匃ハ傍ニ見立テ
リ。

女ノ云ク、「此ク半無クナシ給ソ。云ハム事ハ聞ム」ト云
ヘバ、乞匃、「吉々シ。然ラバ去来」ト云フニ、女ノ云ク、
「山中也トモ何デカ此ル所ニテハ人ニ物ヲバ云ハム。柴ナド
ヲ立テ、廻ヲ隠セ」ト云ケレバ、乞匃、「現ニ」ト思テ、
木ノ枝ノ滋ヲ伐下シナド為ルニ、今一人ノ奴ハ、「女モゾ逃
ル」ト思テ、向ヒ立テリ。

女、「ヨモ不逃ジ。但シ、我レ今朝ヨリ腹ヲ術無ク病テナ
ム有ルヲ、『彼ニ罷テ返テ来ム』ト思フニ、暫ク免シテムヤ

470

ト云ケレバ、乞匄、「更ニ不免サジ」ト云ケレバ、女、「然ハ此ノ子ヲ質ニ置タラム。此ノ子ハ我ガ身ニモ増テ思フ者也。世ニ有ル人、上モ下モ子ノ悲サ皆知ル事也。然レバ此ノ子ヲ棄テヨモ不逃ジ」ト、「只腹ヲ術無ク病テ隙無キ事ノ有レバ、彼ニテモ『留ラム』ト思テ、立留テ過シ申サムトハシツル也」ト云ケレバ、乞匄其ノ子ヲ抱キ取テ、「然リトモヨモ子ヲ棄テハ不逃ジ」ト云ケレバ、女、「遥ニ行テ、其ノ事構フル様ニ見セテ、ヤガテ子ヲモ不知ズ逃ナム」ト思テ、走ニ走テ逃ケレバ、道ニ走リ出ニケリ。

其ノ時ニ調度負テ馬ニ乗タル者四五人打群テ会タリ。女ノ喘タキテ走ルヲ見テ、「彼レハ何ド走ルゾ」ト問ケレバ、女、「然々ノ事ノ侍テ逃ル也」ト云ケレバ、武者共、「イデ、何クニ有ルゾ」ト云テ、女ノ教ヘケルマヽニ馬ヲ走セテ山ニ打入テ見ケレバ、有ツル所ニ柴ヲ立テ、其ノ子ヲバ二ツ三ツニ引破テナム逃テ去ニケル。然レバ甲斐無クテ止ニケリ。女

ノ、「子ハ悲ケレドモ、乞匄ニハ否不近付ジ」ト思テ、子ヲ棄テ逃タル事ヲゾ、此ノ武者共讃メ感ジケル。

然レバ下衆ノ中ニモ此ク恥ヲ知ル者ノ有也ケリ。此ナム語リ伝ヘタルトヤ。

가즈사^{上總}의 수령 고레토키^{維時}의 낭등^{郎等}이 쌍륙^{雙六} 놀이를 하다가 갑자기 살해당한 이야기

가즈사^{上總}의 수령 다이라노 고레토키^{平維時}의 수석 낭등^{郎等}인 다이키니^{大紀二}가 동료와 함께 쌍륙^{雙六} 놀이를 하고 있었는데, 옆에서 관전하던 몸집이 자그마한 남자가 말참견을 했다. 화가 난 다이키니는 작은 남자의 눈을 심하게 찔렀고, 순간 눈물을 보이며 일어서는 듯 보였던 작은 남자가 기회를 노려 반격에 나서서 다이키니가 차고 있던 작은 칼을 빼앗아 다이키니를 찔러 죽이고, 도주하여 종적을 감추었다는 이야기. 쌍륙 놀이와 관련된 살인담殺人譚으로, 이 이야기에서는 대국을 하는 사람끼리의 다툼이 아니라, 관전 중이던 제3자의 쓸데없는 말참견이 사건의 발단이 되었는데, 결국 쌍륙 놀이가 상해傷害를 동반하기 쉬운 놀이였던 것은 권26 제23화에서도 해설로 기술한 바 있다. 또 혹 불면 날아가 버릴 듯한 작은 남자가 대단한 호걸인 다이키니를 단숨에 해치운 점에서 권25 제4화와도 상통된다. 맺음말의 방심은 금물, 남을 업신여겨서는 안 된다는 교훈은 실로 정곡을 찌른 말이다.

이제는 옛이야기이지만, 가즈사^{上總}[1]의 수령 다이라노 고레토키^{平維時}[2]라

---

1 가즈사^{上總}, 히타치^{常陸}, 고즈케^{上野}의 세 지방은, 천장^{天長} 3년(826) 9월에 중납언^{中納言} 기요하라노 나쓰노^{清原夏野}의 상주^{上奏}에 의해 친왕^{親王}(대군)의 부임지로 정해져, 이 세 지방의 수령은 태수^{太守}라 칭하고 친왕을 임명하였다. 다만 태수는 요임^{遙任}(헤이안 시대에 지방관인 수령으로 임명된 자가 자신은 임지에 가지 않고 교토에 있으며 녹봉만 챙기고, 아랫사람을 현지에 보내어 업무를 보게 하던 일)이었으므로 사실상의 장관은 차관인 개^介였음. → 옛 지방명.
2 → 인명.

는 사람이 있었다. 이 사람은 《고레마사維將》[3]의 아들로, 대단한 무사였다. 그래서 공사公私에 걸쳐 조금도 빈틈이 없었다.

그런데 그의 낭등郎等 중에, 이름은 모르나 통칭 다이키니大紀二[4]라고 하는 자가 있었다. 고레토키의 부하 중에는 수많은 낭등이 있었지만 그중에서도 이 다이키니에 견줄 자가 없을 정도로 뛰어난 무사였다. 키가 크고 풍채가 당당했던 그는 힘이 세고 재빠르며, 담력도 세고 사려가 깊어, 세상에 둘도 없는 무예가 출중한 사람이었다. 이런 까닭에 고레토키는 이 다이키니를 부하 중 제일 낭등으로 삼아 부렸는데, 티끌만큼도 방심하여 실수한 적이 없었다.

그러던 어느 날, 고레토키의 집에서 다이키니가 동료와 쌍륙雙六[5] 놀이를 하고 있었다. 그런데, 쌍륙판 옆에 초라한 모습에 텁수룩한 살쩍[6]을 가진, 몸집이 자그마한 시侍가 앉아 보고 있었다. 한편 다이키니의 상대가 좋은 패를 두자, 다이키니는 어떻게 대응할까 고민하고 있는데, 이 자그마한 남자가,

"이렇게 두면 어떠한가."

라며 괜찮은 방법을 조언했다. 다이키니는 그 순간 열화와 같이 화를 내며,

"바보 같이 말참견을 하는 녀석은 이렇게 해 주는 것이다."

라고 말하며 주사위통 밑바닥으로 작은 남자의 눈가를 세게 찔렀다. 눈을 찔린 작은 남자는 눈물을 흘리며 일어서는가 싶더니 갑자기 다이키니의 얼굴을 위로 쳐올렸다. 힘이 센 다이키니였지만 뜻밖의 일격을 당해 뒤로 벌

---

3 고레토키維時의 부친명 명기를 위한 의도적 결자. 친아버지의 고레마사維將와 양부인 사다모리貞盛의 두 사람의 이름이 추정되나, 어느 쪽인지는 미상.

4 전 미상. '대大'는 연장자, '기니紀二'는 기씨의 차남을 의미하는 것으로 추정됨.

5 중국에서 전래된 유희遊戲. 대국자 두 사람이 흑백의 말을 나누어 가지고 목판 위의 좌우 12조의 진지에 흑백 각 15개의 말을 늘어놓아 중앙의 공지空地를 지나 적진으로 말을 보내 넣는 유희. 번갈아가며 목통木筒과 죽통竹筒에 넣은 두 개의 주사위를 던져서, 나온 수만큼 말을 전진시킴. 빨리 자신의 말을 전부 적진에 넣는 쪽이 승리. 도박에 이용되는 일이 많았음. 『하세오 이야기長谷雄草紙』의 기노 하세오紀長谷雄와 오니鬼의 승부, 그리고 『도연초徒然草』제110단의 이야기는 유명함.

6 상투를 확실히 묶지 않았기 때문에 묶은 머리가 느슨해져서 빈모가 부풀어 올라 있는 모습을 말함.

러덩 나자빠졌다. 그 순간 칼을 갖고 있지 않았던[7] 이 작은 남자는 다이키니를 내리누르며 그가 배에 차고 있던 작은 칼[8]을 빼들어 다이키니의 가슴 위쪽을 벌벌 떨며 한 치 정도 찔렀다. 그리고 칼을 손에 든 채, 다이키니의 몸에서 잽싸게 일어나 도망쳤다. 이것을 보고 있던 쌍륙 놀이 상대도《망연자실하》[9]여 아무것도 하지 못하고 그냥 지켜만 보고 있었던 터라 그대로 달아나 버렸다.

급소를 찔린 다이키니는 두 번 다시 일어서지 못하고 몸을 뒤로 젖히고 죽고 말았다. 그때서야 집안사람들이 대소동을 벌이며 작은 남자를 찾아 돌아다녔지만, 어찌 그 부근에 있을 리가 있겠는가. 종적을 감추고 사라져버렸기 때문에 어쩔 도리 없이 일단락되었다.

이것을 생각하면, 이 작은 남자는 힘은 물론, 모든 것이 다이키니의 발끝에도 못 미쳤지만, 다이키니는 그자를 얕보았기 때문에 이렇게 허무하게 한 마디 소리도 못 지른 채 단칼에 살해당한 것이다. 그래서 그의 주인을 비롯해 집안사람들이 경악을 금치 못하며 소란을 피웠지만, 이 작은 남자의 행방은 끝내 알 수 없었다. 주인인 고레토키는 몹시 애석해 하며 탄식을 했다.

다이키니는 대단한 무사였지만 사려 깊지 못한 행동을 하여 참으로 유감스럽다. 남자라면 그처럼 눈가를 심하게 찔리고 분개하지 않을 수 없을 터이다. 그런 것을 생각 못하고 결국 칼을 맞아 죽었으니 역시 사람을 업신여겨서는 안 된다고 이 이야기를 들은 사람들은 다이키니를 비난했다고 이렇게 이야기로 전하여 내려오고 있다 한다.

---

7 신분이 미천한 사람이었으므로, 태도太刀는 물론 작은 칼 하나도 가지고 있지 않았음.
8 긴 칼에 곁들여 차는 작은 칼은 몸 옆 허리에 차지 않고, 정면에 칼날을 위로 하여 거의 수평으로 해서 참.
9 한자표기를 위한 의도적 결자. 추정하여 보충함.

가즈사 上総의 수령 고레토키維時의 낭등郎等들이 쌍륙雙六 놀이를 하다가 갑자기 살해당한 이야기

上総守維時郎等打双六被突殺語第三十

今昔、上総ノ守平ノ維時ノ朝臣ト云フ者有ケリ。此レハ□ガ子ナレバ極タル兵也。然レバ公私ニ付テ露許モ緩ナル事無カリケリ。

而ル間、其レガ郎等ニ、名ハ不知ズ、字大紀ニト云フ者有ケリ。此ノ維時郎等ガ許ニ数ノ郎等有ケル中ニ、此ノ大紀ハ並ビ無キ兵ニテナム有ケル。長高ク見目鄙ラカニシテ、力強ク足早ク、魂太ク思量リ賢クテ、並無キ手聞ニテゾ有ケル。然レバ維時此レヲ一ノ郎等トシテ仕ケル程ニ、塵許モ弊キ事無カリケリ。

而ル間、維時ガ家ニテ此ノ大紀ニ同僚ト双六ヲ打ケルニ、賤シ様ナル小侍男ノ鬢フクダミタル有テ、其ノ双六打ツ喬ニ居テ見ケル程ニ、此ノ大紀ガ敵ノ吉キ目ヲ打テ、立テ煩ケル手ヲ、此ノ小男、「此コソ引カメ」ト吉キ手ヲ教ヘシタリケルヲ、大紀ニ大キニ嗔テ、「白者ノ和繧ハ此ゾ為ル」ト云テ、筒尻ヲ以テ小男ノ眦ヲ痛ク突タリケルニ、俄ニ大紀ニ顔ヲ仰様ニ突ケレバ、小男被突テ泣立ツト見ル程ニ、大紀ニ力強キ者ナレドモ、思ヒ不懸ザリケルニ、仰様ニ倒ルヽヲ、小男我レハ刀モ不持ザリケレバ、大紀ガ前ニ差タル刀ヲ押シ伏ルマヽニ引抜テ、大紀ガ乳ノ上ヨリ小男恐々一刀ヲ寸許ニ突立テケリ。然テ其ノ上ヨリ刀ヲ提乍ラ踊テ逃テ行クヲ、向テ見ル敵モ□テ此モ彼モ否不為ザリケレバ、逃テ去ニケリ。

大紀ハ吉キ所ヲ被突ニケレバ、亦モ不起上ズシテ差反テ死ニケリ。其ノ時ニ一家ノ者嗟合テ求メ騒ケレドモ、何シ跡ヲ暗クシテ失ニケレバ、云フ甲斐無クニカハ有ラムズル。

テ止ニケリ。

然レバ此ノ小男力ヨリ始メテ万ノ事大紀二ガ片爪ニモ不当マジカリケレドモ、蔑タリケル程ニ、此ク云フ甲斐無ク、只一刀二後言ヲダニ不為デ被突殺ヌレバ、主ヨリ始メテ家ノ内ノ者共、奇異ガリ騒ケレドモ、此ノ小男ノ行方ヲ更ニ不知デ止ニケリ。主ノ維時極ク惜ミテ歎ケリ。

大紀二極タル兵也ケレドモ、思ヒ不懸ヌガ糸弊キ也。「然眠ヲ痛ク突テハ男ト成ナム者ハ不安ズヤ思フラム」トハ不疑ズシテ、其ヲ思ヒ不寄デ被突殺ヌレバ、尚人ヲ蔑ル事ハ悪キ事トゾ、聞ク人云謗ケル、トナム語リ伝ヘタルトヤ。

진제이鎭西 사람이 신라에 건너가 호랑이를 만난 이야기

교역을 하기 위해 신라로 건너온 규슈九州 사내가 귀항하던 중 목격했다는 맹호 이야기. 낭떠러지 위에서 정박해 있는 배를 노리던 호랑이를 뱃사람들이 얼른 발견하고 급히 서둘러 출항했다. 그 때문에 거리를 잘못 계산한 호랑이가 바다로 떨어졌는데, 상어에게 왼쪽 앞발을 물려 뜯긴다. 그러나 호랑이는 주눅 들지 않고 다시 습격해온 상어를 해변가로 집어던져 죽인 후 어깨에 들쳐 메고 남은 세 발로 절벽을 질주해 올라가는 맹위를 보여 준다. 그것을 본 배안에 있던 사람들은 간담이 서늘해졌고 규슈에 돌아온 후 구사일생한 기쁨을 전했는데, 그것을 전해 들은 사람들도 호랑이의 맹위에 겁을 먹고 벌벌 떨었다고 한다.

이제는 옛이야기이지만, 진제이鎭西[1]의 □□지방國 □□[2]군郡에 살고 있던 사람이 장사를 하기 위해 배 한 척에 많은 사람들을 태워 신라新羅[3]로 건너갔다.

장사를 끝내고 돌아오던 중에, 신라의 어느 산기슭을 따라 노를 저어 가다가 배에 물을 실으려고 물이 흘러나오는 곳에 배를 정박하고 사람들을 내

---

1   규슈九州의 총칭. 대재부大宰府를 진제이후鎭西府라고 불렀던 것이 기원.
2   지방명·군명 명기를 위한 의도적 결자.
3   → 지명.

리게 하여 물을 긷게 하고 있었다. 그때 배에 타고 있던 한 사람이 뱃전으로 나가 바다를 내려다보고 있자니 산의 그림자가 물에 비치고 있었다. 그런데 자세히 보니, 3, 4장丈[4] 정도나 되는 높은 낭떠러지 위에 한 마리의 호랑이가 웅크리고 앉아, 뭔가를 노리고 있는 모습이 수면에 비치고 있었다. 그래서 근처에 있는 사람에게 이 사실을 알리고, 물을 길으러 갔던 사람들을 서둘러 불러 모아 배에 태운 후 저마다 노를 잡고 급히 서둘러 배를 출발시켰다. 바로 그 순간 호랑이는 낭떠러지에서 몸을 던져 배에 뛰어들려 했다. 하지만 배가 한발 앞서 해안을 벗어났고, 호랑이가 떨어지기까지 시간이 조금 걸렸기 때문에 일 장丈 정도 간발의 차이로 배에 뛰어들지 못하고 바다로 떨어졌다.

이것을 보고 있던 배에 탄 사람들은 겁에 질려 벌벌 떨며 서둘러 배를 저어 도망치면서도 모두 이 호랑이를 주시하고 있었다. 바다에 빠진 호랑이는 잠시 뒤 헤엄치기 시작하여 물가에 도착하는 것이 보였고, 물가에 있는 평평한 바위 위에 올라갔다. 어쩔 셈일까 궁금해 하며 봤더니, 호랑이 왼쪽 앞발이 무릎 밑으로 잘려나가 없었고 피가 흐르고 있었다. 바다에 빠졌을 때 상어가 물어뜯었나 싶어 보고 있자니, 호랑이는 잘린 발을 바닷물에 담그고 웅크리고 앉아 있었다.[5]

그러자 바다 쪽에서 한 마리의 상어가 이 호랑이가 있는 쪽을 향해 헤엄쳐 왔다. 상어가 가까이 와서 호랑이를 덮치는가 싶더니 호랑이가 오른쪽 앞발로 상어의 머리를 발톱으로 내리쳐 해안 쪽으로 던져 올렸다. 해변으로 일 장 정도 나가떨어진 상어는 뒤집힌 상태로 모래 위에서 버둥버둥 거리고 있었다. 호랑이는 달려가서 상어의 턱 밑을 노리고 덤벼들어 물고 늘어지며 두세

4 1장丈은 약 3미터임.
5 호랑이가 잘린 다리를 미끼로 상어를 유인해, 다가오면 덮치려고 꼼짝 않고 도사리고 있는 모습.

차례 정도 세게 흔들었고, 상어가 《축 늘어졌》[6]을 때에 상어를 어깨에 걸쳤다. 그리고는 한 오륙 장 정도나 되는, 손바닥을 세운 듯한 바위절벽의 내리막 언덕길을 남아 있는 세 개의 발로 질주하듯 달려갔다. 이것을 보고 배 안에 있던 사람들은 거의 살아 있어도 살아 있다는 느낌이 들지 않았다.

"맙소사, 저 호랑이의 소행을 보니, 만약 저놈이 배에 올라탔다면 우리들은 한 명도 남김없이 호랑이에게 물려 죽어, 집에 돌아가 처자식들의 얼굴도 보지 못하고 죽었겠지. 설령 기막히게 좋은 활과 화살이나 무기를 가진 천명의 군병이 막았다한들 전혀 소용이 없었을 듯하오. 더구나 좁은 배안에서는 태도太刀와 작은 칼을 뽑아 맞서도 저 호랑이가 저렇게나 힘이 세고 발이 빠른데 어떻게 대적할 수 있겠어."

라고 제각기 이야기하며 혼비백산하여 배를 어떻게 저었는지도 모르게 정신없이 규슈로 돌아왔다. 그리고 각각 처자식에게 이 이야기를 하며 간신히 살아남아 돌아온 기쁨을 나눴다. 다른 사람들도 이 이야기를 듣고 매우 겁에 질려 벌벌 떨었다.

이것을 생각하면, 상어도 바다 속에서는 용맹하고 영리한 동물이니 호랑이가 바다에 떨어진 것을 보고 발을 물어뜯은 것이다. 그럼에도 불구하고 상어는 아무 생각 없이 또 호랑이를 먹으려고 해안으로 다가섰기에 목숨을 잃게 된 것이다.

이렇듯 만사는 모두 이와 같은 것이다. 사람들은 이 이야기를 듣고 자신의 분수를 모르고 행동하는 것은 삼가야 한다고 사람들이 이야기로 전하여 이렇게 내려오고 있다 한다.

6 　한자 표기를 위한 의도적 결자. 「우지습유 이야기宇治拾遺物語」를 참조하여 보충함.

鎮西人渡新羅値虎語第三十一
ちんぜいのひとしらぎにわたりてとらにあふことだいさむじふいち

今昔、鎮西□ノ国□ノ郡ニ住ケル人商セムガ為ニ、
いまはむかし　ちんぜい　くに　こほり　すみ　ひとあきなひ　ため

船一ツニ数ノ人乗テ、新羅ニ渡ニケリ。
ふねひとつ　あまた　ひとのり　しらき　わたり

商シ畢テ返ケルニ、新羅ノ山ノ根ニ副テ漕行ケル程ニ、
あきなひ　はて　かへり　しらき　やま　ね　そひ　こぎゆき　ほど

船ニ水ナド汲入レムトテ、水ノ流レ出タル所ニテ船ヲ留メテ、
ふね　みづ　くみいれ　みづ　なが　いで　ところ　ふね　とど

人ヲ下シテ水ヲ汲スル程ニ、船ニ乗タル者一人舷ニ居テ海
ひと　おろ　みづ　くま　ほど　ふね　のり　もの　ひとりふなばた　ゐ　うみ

ヲ臨ケルニ、山ノ影移タリ。其レニ高キ岸ノ三四丈許上タ
のぞき　やま　かげうつり　そ　たか　きし　さむしじゃうばかりのぼり

ル上ニ、虎ノ縮リ居テ物ヲ伺フ様ニテ有ケル、其ノ影ノ海
うへ　とら　ちぢま　ゐ　もの　うかが　やう　あり　そ　かげ　うみ

ニ移タリケルヲ、傍ノ者共ニ此レヲ告テ、水汲ニ行タル者共
うつり　かたはら　ものども　こ　つげ　みづくみ　ゆき　ものども

ナド念ギ呼ビ乗セテ、手毎ニ艫ヲ取テ念ギテ船ヲ出ケル時ニ、
いそ　よ　の　てごと　ろ　とり　いそ　ふね　いだ　とき

其ノ虎岸ヨリ踊下リテ船ニ飛入ラムト為ルニ、船ハ疾ク出ヅ、
そ　とらきし　をどりお　ふね　とびいり　す　ふね　と　いで

虎ハ落来ル程ノ遅ケレバ、今一丈許不踊着ズシテ虎海ニ落
とら　おちきた　ほど　おそ　いまいちぢゃうばかりをどりつか　とらうみ　おち

入ヌ。
いり

船ニ乗タル者共此レヲ見テ恐迷テ、船ヲ漕テ念ギ逃ルマ、
ふね　のり　ものども　こ　み　おぢまどひ　ふね　こぎ　いそ　にぐ

ニ、集テ此ノ虎ニ目ヲ懸タリケルニ、虎海ニ落入テ暫許有
あつまり　こ　とら　め　かけ　とらうみ　おちいり　しばらくばかりあり

テ游テ陸ニ上タルヲ見レバ、汀ニ平ナル石ノ有ル上ニ登ヌ。
およぎ　くが　あがり　み　みぎは　たひら　いは　あ　うへ　のぼり

「何態為ルニカ有ラム」ト見レバ、虎ノ左ノ前足膝ヨリ下切
なにわざす　あ　み　とら　ひだり　まへあしひざ　したき

レテ無シ。血出ユ。海ニ落チ入リツルニ、鰐ノ咋切タルナメ
な　ち　いで　うみ　お　い　わに　くひき

リト見ル程ニ、其ノ切タル足ヲ海ニ浸シテ平ガリ居タリ。
み　ほど　そ　きれ　あし　うみ　ひた　たひら　を

而ル間、息ノ方ヨリ鰐、此ノ虎ノ居ル方ヲ差シテ来ル。鰐ニ
しか　あひだ　おき　かた　わに　こ　とら　を　かた　さ　きた　わに

来テ虎ニ懸ルト見ル程ニ、虎右ノ方ノ前足ヲ以テ鰐ノ頭ニ爪ヲ打立テ、陸様ニ投上レバ、一丈許浜ニ被投上テ、鰐仰様ニテ砂ノ上ニフタメクヲ、虎走リ寄テ、鰐ノ頤ノ下ヲ、踊リ懸テ咋テ、二度三度許打籬テ、鰐□ル際ニ、虎肩ニ打懸テ手ヲ立タル様ナル巖ノ高サ五六丈許有ルヲ、今三ツノ足ヲ以テ、下坂ナド走リ下ル様ニ走リ登テ行ケレバ、船ノ内ニ有ル者共此レヲ見ルニ、半ハ皆死ヌル心地ス。

「然ハ此ノ虎ノ為態ヲ見ルニ、船ニ飛入ナマシカバ、我等ハ一人残ル者無ク皆咋ヒ被殺テ、家ニ返テ妻子ノ顔モ否不見デ死ナマシ。極キ弓箭兵杖ヲ持テ、千人ノ軍防クトモ更ニ益不有ジ。何況ヤ狭キ船ノ内ニテハ、大刀刀ヲ抜テ向会フトモ、然許彼ガ力ノ強ク足ノ早カラムニハ、何態ヲ可為キゾ」

ト、各云合テ肝心モ失セテ、船漕グ空モ無クテナム鎮西ニハ返リ来タリケル。各妻子ニ此ノ事ヲ語テ、奇異キ命ヲ生テ返タル事ヲナム喜ビケル。外ノ人モ此レヲ聞テ極クナム恐ヂ怖レケル。

此レヲ思フニ、鰐モ海ノ中ニテハ猛ク賢キ者ナレバ、虎ノ海ニ落入タリケルヲ、足ヲバ咋切テケル也。其レニ由無ク、尚虎ヲ咋ハムトテ、陸近ク来テ命ヲ失ナフ也。然レバ万ノ事皆此レガ如ク也。人此レヲ聞テ、余リノ事ハ可止シ、只吉キ程ニテ可有キ也、トゾ人語リ伝ヘタルトヤ。

무쓰 지방^{陸奧國}의 이누야마^{犬山}의 개가
큰 뱀을 물어 죽인 이야기

큰 뱀의 거처인 줄도 모르고 산속 나무 동굴에 머문 무쓰 지방^{陸奧國}의 사냥꾼이, 밤이 깊어진 후 함께 온 개가 그것을 눈치 채고 머리 위의 큰 뱀을 물어 죽인 덕분에 목숨을 건졌다는 이야기. 충견에 관한 이야기로서, 비슷한 이야기가 여러 지역에 많이 분포되어 있다.

이제는 옛이야기이지만, 무쓰 지방^{陸奧國}[1] □□[2]군^郡에 신분이 낮은 남자가 한 명 살고 있었다. 그 남자는 집에서 개를 많이 키우고 있었다. 남자는 언제나 그 개를 데리고 깊은 산속에 들어가 개에게 멧돼지나 사슴을 공격하게 하고, 물어 죽이도록 하여 사냥하는 것을 매일 밤낮으로 하고 있었다. 그래서 개들도 멧돼지나 사슴에게만 달려들어 물도록 길들여져 있었고, 주인이 산에 들어가면 어떤 개도 기뻐하며 주인을 앞서거니 뒤서거니 하며 함께 다녔다. 이렇게 하는 것을 세간에서는 이누야마^{犬山}[3]라고 부르고 있다.

그러던 어느 날, 이 남자가 여느 때와 같이 개들을 데리고 산에 갔다. 식

---

1   현재의 후쿠시마^{福島}·미야기^{宮城}·이와테^{岩手}·아오모리 현^{青森縣} 일대에 해당함. 무쓰 지방에는 36개의 군이 있었음.

2   군명 명기를 위한 의도적 결자.

3   *수렵방법의 하나로 길들인 개를 부려서 사냥감을 물어 죽이는 방식. 권26 제7화 및 권27 제21화 참조.

량 등을 가지고 이삼일 산에 들어가 지내는 것은 지금까지 늘 있던 일이기 때문에 이날도 산에서 밤을 새우게 되었다. 밤이 되어 한 거목의 굴속에 들어가 옆에 낡고 보잘것없는 활과 화살통, 태도太刀 등을 두고, 앞에는 불을 지피고[4] 있었다. 개들은 그 주변에서 잠자고 있었다. 그런데 많은 개들 중에 오랜 세월동안 키우며 길들인 특히 뛰어나고 영리한 개가 있었다. 밤이 깊어지자 다른 개들은 모두 잠이 들었는데 이 개 한 마리만이 갑자기 일어나 달려와 나무 동굴 안에 기대서 잠들어 있던 주인 쪽을 향해 요란하게 짖어 댔다. 주인은 대체 무슨 일로 짖어대고 있는지 이상하게 여겨 좌우를 둘러보았지만 딱히 개가 보고 짖어댈 만한 것이 없었다.

그러나 개는 계속 멈추지 않고 짖어댔고 결국에는 주인을 향해 덤벼들기까지 하며 짖었다. 주인은 깜짝 놀라

'저 개가 짖을 이유도 없는데 나를 향해 달려들며 짖는구나, 짐승은 주인의 은덕을 모른다고 하더니만, 분명 인적이 드문 산속에서 나를 잡아먹으려하는 것일 거야. 이 녀석 찔러 죽여 버리자.'

라고 생각해서 태도를 뽑아 위협했지만, 개는 아무리 위협해도 그만두지 않고 계속 달려들며 짖어댔다. 주인은 이런 좁은 굴에서 이 녀석이 물고 늘어지면 어찌할 도리가 없을 거라 생각하고 굴 밖으로 뛰쳐나간 순간, 개는 자신이 있던 굴 위를 향해 뛰어 오르더니 뭔가를 물어뜯었다.

그제야 주인은 개가 자신한테 달려들어 물려고 짖은 것이 아니었다는 것을 알아차리고, 이 녀석이 무엇을 물었나 보려는 순간, 굴 위에서 매우 커다란 것이 떨어졌다. 개가 놓아주지 않고 물고 있는 것을 보니 크기는 예닐

---

4   맹수의 내습을 방지하기 위한 방법임.

곱 치[5] 정도이고 길이는 2장[6] 남짓이나 되는 큰 뱀이었다. 뱀은 꼼짝없이 개에게 머리를 물려 견디다 못해 떨어진 것이었다. 주인은 이것을 보고 이루 말할 수 없이 무서웠지만, 개의 마음씨가 갸륵하다고 생각하며 태도를 들고 뱀을 찔러 죽였다. 그제야 비로소 개는 뱀에게서 떨어졌다.

사실은, 나무 끝이 보이지 않을 정도로 까마득히 높은 거목의 굴 안에, 큰 뱀이 살고 있는 것도 모르고 들어가 잠을 청하던 남자를, 뱀이 집어삼키려고 내려왔을 때 이 개가 뱀의 머리를 보고 계속 달려들며 짖어 댔던 것이었다. 주인은 위를 쳐다보지 않았기에 그것을 몰라 개가 그저 자신에게 달려들어 물려고 한다고 생각해 태도를 뽑아 개를 죽이려고 한 것이다. 남자는 만약 개를 죽였더라면 얼마나 후회했을까 라고 생각하며 잠시도 눈을 붙이지 못하고 있는 사이 날이 밝아 왔고, 뱀의 크기와 길이가 눈에 들어온 순간 숨이 막힐 듯한 심정이었다.

'깊이 잠들어 있을 때 이 뱀이 내려와 나를 휘감았다면 어찌할 도리가 없었을 것이다. 이 개는 정말 훌륭하다. 나에게 있어서 이 세상에 둘도 없는 보물이다.'
라고 생각하고 개를 데리고 집으로 돌아갔다.

이것을 생각하면, 정말로 개를 죽였더라면 개도 죽고 주인도 그 뒤 뱀에게 먹히고 말았을 것이다. 이렇듯 이러한 때에는 충분히 마음을 가라앉히고 나서 어떠한 행동을 취해야 한다.

이러한 놀랄 만한 일이 있었다고 이렇게 이야기로 전하여 내려오고 있다 한다.

---

5 약 20센티. 한 치는 약 3센티.
6 약 6미터. 1장은 약 3미터.

陸奥国狗山狗咋殺大蛇語第三十二

今昔、陸奥ノ国□ノ郡ニ住ケル賤キ者有ケリ。家ニ数ノ狗ヲ飼置テ、常ニ其ノ狗共ヲ具シテ深キ山ニ入テ、猪鹿ヲ、狗共ヲ勧メテ咋殺セテ取ル事ヲナム、昼夜朝暮ノ業トシケル。

然レバ狗共モ役ト猪鹿ヲ咋習ヒテ、主山へ入レバ各喜テ後前ニ立テゾ行ケル。此ク為ル事ヲバ世ノ人狗山ト云ナルベシ。

而ル間、此ノ男例ノ事ナレバ、狗共ヲ具シテ山ニ入ニケリ。

前々モ食物ナドモ具シテ二三日モ山ニ有ル事也ケレバ、山ニ留マリテ有ケル夜、大キナル木ノ空ノ有ケル内ニ居テ、傍ニ賤ノ弓、胡録、大刀ナド置テ、前ニ火ヲ焼キテ有ケルニ、狗共ハ廻ニ皆臥タリケリ。其レニ、数ノ狗ノ中ニ殊ニ勝レテ賢カリケル狗ヲ年来飼付テ有ケルガ、夜打深更ル程ニ、異狗共ハ皆臥タルニ、此ノ狗一ツ俄ニ起走テ、寄臥シテ有ル方ニ向テ、愕タシク吠ケレバ、主、「此ハ何ヲ吠ルニカ有ラム」ト怪ク思テ、喬平ヲ見レドモ、可吠キ物モ無シ。

狗尚吠ル事不止ズシテ、後ニハ主ニ向テ踊懸リツ、吠ケレバ、主驚テ、「此ノ狗ノ可吠キ物モ不見エヌニ、我レニ向テ此ク踊懸リテ吠ユルハ、獣ハ主不知ヌ者ナレバ、我レヲ、定メテ此ル人モ無キ山中ニテ咋テム下思フナメリ。此奴切殺シテバヤ」ト思テ、大刀抜テ恐シケレドモ、狗敢テ不止ラズシテ、踊懸リツ、吠ケレバ、主、「此ル狭キ空ニテ此ノ奴咋付ナバ悪カリナム」ト思テ、木ノ空ヨリ外ニ踊出ル時ニ、此ノ

狗我ガ居タリツル空ノ上ノ方ニ踊上テ物ニ咋付ヌ。

其ノ時ニ主、「我レヲ咋ハムトテ吠ケルニハ非ザリケリ」ト思テ、「此奴ハ何ニ咋付タルニカ有ラム」ト見ル程ニ、空ノ上ヨリ器量キ物落ツ。狗此レヲ不免サシテ咋付タルヲ見レバ、大キサ六七寸許有ル蛇ノ長サ二丈余許ナル也ケリ。蛇頭ヲ狗ニ痛ク被咋テ、否不堪ズシテ落ヌル也ケリ。主此レヲ見ルニ、極テ怖シキ物カラ、狗ノ心哀ニ思エテ、大刀ヲ以テ蛇ヲバ切殺シテケリ。其ノ後ゾ狗ハ心離レテ去ニケル。

早ウ、木末遥ニ高キ大キナル木ノ空ノ中ニ、大キナル蛇ノ住ケルヲ不知ズシテ寄臥シテ寝タリケルヲ、呑ムト思テ蛇ノ下ケルガ頭ヲ見テ、此ノ狗ハ踊懸リツ、吠ケル也ケリ。主其レヲ不知ズシテ上ヲバ不見上ザリケレバ、「只我レヲ咋ムズルナメリ」ト思テ、大刀ヲ抜テ狗ヲ殺サムトシケル也ケリ。「殺シタラマシカバ何許悔シカラマシ」ト思テ、不被寝ザリケル程ニ夜明テ、蛇ノ大キサ長サ見ケルニ、半ハ死ヌル心地ナムシケル。「寝入タラム程ニ、此ノ蛇ノ下テ巻付ナムニハ、何態ヲカセマシ。此狗ハ、極カリケル、我ガ為ノ此ノ不世ヌ財ニコソ有ケレ」ト思テ、狗ヲ具シテ家ニ返ニケリ。

此レヲ思フニ、実ニ狗ヲ殺タラマシカバ、狗モ死テ主モ其ノ後蛇ニ被呑マシ。然レバ然様ナラム事ヲバ吉々ク思ヒ静テ、何ナラム事ヲモ可為キ也。

此ル希有ノ事ナム有ケル、トナム語リ伝ヘタルトヤ。

486

히고 지방肥後國의 독수리가
뱀을 물어 죽인 이야기

히고 지방肥後國에 사는 아무개가 기르던 독수리가 잠자고 있는 데, 큰 뱀이 나타나 대여섯 번 칭칭 감고 옥죄어서, 구경꾼들이 그 광경을 조바심을 내며 보고 있었다. 하지만 과연 짐승의 왕 독수리는 서두르지 않고, 마침내 눈을 떠서 발로 큰 뱀을 잡아 올려 순식간에 몸에서 뱀을 떼어 내어 세 동강이 내버리고는, 아무렇지도 않은 듯 태연했다는 이야기.

　이제는 옛이야기이지만, 히고 지방肥後國 □□[1]군郡에 살고 있는 사람이 있었다. 그 사람의 집 앞에는, 집을 뒤덮을 것처럼 가지가 무성한 커다란 팽나무가 있었는데, 그 아래에 독수리 집[2]을 만들어 놓고 그곳에 독수리를 기르고 있었다.

　어느 날 많은 사람들이 보는 앞에서 길이 7, 8척尺이나 되는 큰 뱀이 그 팽나무의 가지를 타고 독수리 집 쪽으로 내려왔다. 모두 모여,

"저 뱀이 어떻게 하는지 보자"

라고 하며 보고 있자니, 뱀이 가지를 타고 독수리 집 위에 내려와 그곳에 몸을 서리고, 목을 쭉 뻗어 독수리장 안을 위에서 엿보았다. 그때 독수리는 깊

1　군명 명기를 위한 의도적 결자.
2　수렵狩獵용 독수리를 키워두기 위한 장소.

이 잠들어 있었다. 뱀은 그것을 보고 독수리장의 기둥을 슬금슬금 타고 내려와, 목을 쳐들고 잠들어 있는 독수리의 배 근처에 입을 가져다 댔다. 그리고 입을 열어 독수리의 부리 끝까지 삼키고 꼬리로 독수리의 목을 비롯해서 몸통을 대여섯 번 정도 감고, 아직 남아 있는 꼬리로 독수리의 한쪽 발을 세 번 정도 칭칭 감아 옭아매듯이 《비틀어》³ 조였다. 독수리의 털이 거꾸로 서고, 뱀은 독수리의 몸을 깊게 옥죄어서 독수리가 가느다랗게 될 정도로 강하게 조였다⁴. 그때 독수리가 눈을 떴지만, 부리가 뱀에게 물려 있어서 아직 눈을 감고 잠들어 있는 것 같았다.

그것을 본 사람들 중에는

"저 독수리는 뱀에게 정신이 홀려 버린 게지.⁵ 독수리는 분명 죽을 것이오. 자, 호되게 쳐서 풀어 줍시다."

라고 말하는 자도 있었으나, 또

"설사 어떠한 일이 있어도, 저 독수리가 홀릴 리가 없다. 됐으니까 어떻게 하는지 봅시다."라고 말하는 자도 있어 가만히 놔두고 보고 있었다. 그러던 중, 독수리가 다시 눈을 뜨고 얼굴을 파르르 좌우로 흔들었다. 뱀이 부리를 끝까지 삼켜서 아래쪽으로 끌어내리려고 한 순간, 독수리가 묶여 있지 않은 쪽의 다리를 들어 올려 자신을 목부터 어깨 부근까지 감고 있는 뱀을, 날카로운 발톱으로 잡고 와락 잡아당겨 짓밟으니, 부리를 삼키고 있던 뱀의 머리도 떨어지고 말았다. 이어서, 뱀이 옥죄고 있는 한쪽 발을 들어 올려, 날개 전체를 감고 있는 뱀을 또 움켜잡고 앞에서와 같이 잡아당겨 짓밟았다.

3　한자표기를 위한 의도적 결자. 추정하여 보충함. 뱀이 독수리를 감아 비틀듯이 세게 조이는 모습.

4　강하게 감겨 붙었기 때문에. 독수리의 날개깃털이 거꾸로 서고. 뱀의 모습이 그 안에 숨겨져 보이지 않게 된 것임.

5　제정신을 잃게 만든다는 의미. 뱀이 사람이나 다른 동물을 최면상태에 빠뜨리는 힘을 갖고 있다는 내용은 본권 제39화에도 보임.

그리고 먼저 움켜쥔 곳을 들어 올려 확 물어뜯자, 뱀의 머리 쪽이 한 척 정도 찢겨졌다. 뒤이어서 또, 나중에 움켜쥔 쪽을, 발을 들어 올려 물어뜯었다. 게다가 이번에는 발을 감고 있던 남은 부분을 또 물어뜯었다. 이렇게 세 동강이로 물어뜯어, 부리로 물어서는 앞 쪽으로 내던지고, 몸을 털며 날개를 가다듬고 꽁지 등을 흔들면서, 전혀 아무렇지도 않는 듯이 있었다. 그래서 보고 있던 사람들 중에서

"설마 독수리가 뱀에 홀릴 리가 없다."

고 말했던 자가

"그것 봐라, 무슨 일이 있어도 독수리가 홀릴 리가 없다. 저것은 짐승의 왕[6]이니, 역시 기백이 다른 짐승과는 남다른 것이다."

라고 하며 매우 칭찬을 했다.

이것을 생각하면, 뱀은 분수를 몰랐던 것이다. 본디 뱀이 자신보다 큰 것을 삼킬 수 있다고는 하여도, 독수리를 노리다니 참으로 어리석은 짓이다.

그러므로 사람도 이것을 교훈삼아 깨달아야 한다. 자신보다 뛰어난 것을 범해 해치고자 하는 생각은 결코 해서는 안 된다.[7] 이처럼 오히려 자신의 목숨을 잃는 수가 있는 것이라고 이렇게 이야기로 전하여 내려오고 있다 한다.

---

6   독수리를 새의 왕, 사자를 동물의 왕이라고 하는 것은, 이 이야기집 천축(인도)부 권5 제14화, "사자가 원숭이 새끼를 불쌍히 여겨 자기 살을 독수리에게 준 이야기" 등에 보이나, 여기서는 "다른 짐승과는 남다른 것이다."라고 되어 있는 것으로 보아, 사자나 호랑이가 없던 일본에서는 독수리를 동물 전체의 왕으로 보는 견해가 있었던 것 같음.

7   이 이야기집이 성립한 원정기院政期라고 하는 시대 배경을 생각할 때 지극히 현실적, 정치적인 교훈이라는 느낌이 강함.

肥後国鷲咋殺蛇語第三十三

히고 지방肥後國의 독수리가 뱀을 물어 죽인 이야기

今昔、肥後ノ国□ノ郡ニ住ケル者有ケリ。家ノ前ニ大キナル榎ノ木ノ枝滋ク差覆タルガ有ケル下ニ鷲屋ヲ造テ、其レニ鷲ヲ置テナム飼ケル。

其レニ人数有テ見ケレバ、大キナル蛇ノ七八尺許有ケルガ、其ノ榎ノ木ノ下枝ヨリ伝ヒ下テ、鷲屋様ニ下ケルヲ、「此ノ蛇ノセム様見ム」ト云テ集テ見ケレバ、蛇下枝ヨリ伝ヒ下テ、鷲屋ノ上ニ下テ蟠リ居テ、頸ヲ延ベテ鷲屋ノ内ヲ下様ニ臨ケルニ、其ノ時ニ鷲ハ吉ク寝入タリケルニ、蛇此レヲ見テ、鷲屋ノ柱ヨリ漸ク伝ヒ下テ、鷲ノ寝入タルヲ、蛇頭ヲ以テ鷲ノ腹ノ許ニ口ヲ宛ツ。然テ、口ヲ開テ鷲ノ胯ヲ本マデ呑テ、尾ヲ以テ鷲ノ頸ヨリ始メテ、身ヲ五ツ辛巻、六辛巻許巻テ、尚残タル尾ヲ以テ鷲ノ片足ヲ三返リ許巻キ、縛ル様ニ□□レバ、毛ハ上テ蛇ハ沈ミテ、鷲ノ細ク成許ニ強ク巻キ辛ム。其ノ時ニ鷲、目ヲ打見開テ有ルニ、胯ヲ被呑タレバ、目ヲ塞テ亦寝入ヌ。

此レヲ見ル人、「此ノ鷲ハ此ノ蛇ニ被蕩ニタルニコソ有メレ。此ノ鷲ハ死ナムトス。去来打放テム」ナド云フ者モ有リ。亦、「極キ事有トモ其ノ鷲蛇ニ不被蕩ジ。只為ム様ヲ見ヨ」ト云フ人モ有ケレバ、此モ彼モ不為デ見ケル程ニ、鷲亦目ヲ見開テ其ノ顔ヲ此彼廻ルニ、胯ヲ本マデ呑下様ニ引下ル様ニ為レバ、其ノ時ニ鷲、不被彼方ノ足ヲ持上テ、頸肩様ニ引下ル程マデ巻タル蛇ヲ鷲爪ヲ以テ□テ、急ト引テ踏フレバ、胯ヲ呑タリ

490

ツル蛇ノ頭モ抜ケテ離レヌ。

亦被巻タル片足ヲ持上テ、翼縣テ被巻タルヲ亦國テ初ノ如ク引テ亦踏ヘツ。然テ、前ノ度亂タリツル所ヲ持上テ、フツト咋切ツ。

一尺許切レヌ。亦後ニ亂タリツルヲ足ヲ持上テ亦咋切ツ。

然テ亦足巻タリツル残ヲ亦咋切ツ。此ク三切レニ咋切テ觜ヲ以テ咋ツ、前ニ投置テ、身節打シテ翼疏シ、尾ナド打振テ、露事シタリトモ不思タラデ有ケレバ、此レヲ見ル者ノ共、彼ノ、「ヨモ、鷲蛇ニ不被蕩ジ」ト云ツル者ハ、「然レバコソ。極キ事有リトモ被蕩ナムヤ。此レハ物ノ王ナレバ尚魂ハ余ノ獸ニハ殊ナル者也」ナド云テゾ讚メ嘲ケル。

此レヲ思フニ、蛇ノ魂ノ極テ唏キ也。本ヨリ蛇ハ我レヨリ大キナル物ヲ呑ムトハ云乍ラ、鷲ヲ思ヒ懸ルガ極テ愚ナル也。

然レバ人モ此レヲ以テ可知シ。我レニ増タラム物ヲ傾ケ犯サムト思ハム心ハ努々可止シ。此ク返テ我ガ命ヲ失ナフ事ノ有ル也、トナム語リ伝ヘタルトヤ。

민부경^{民部卿} 다다부미^{忠文}의 매가
원래 주인을 알아본 이야기

매를 좋아하는 민부경民部卿 후지와라노 다다부미藤原忠文가 같은 취미를 가진 시게 아키라重明 친왕親王으로부터 두 번이나 매를 달라는 요청을 받아 그때마다 애지중지 하는 뛰어난 매를 내어 주었으나, 두 마리 모두 전 주인을 그리워하여 새로운 주인의 뜻에 따르지 않고, 시험 삼아 나선 사냥에서도 전혀 꿩을 잡으려고 하지 않았다는 이 야기. 앞 이야기인 독수리에 이어서 매의 이야기를 배치한 것으로, 금수마저도 주종主從의 연을 안다는 것을 설명하는 점에서는 앞앞이야기와도 상통하는 부분이 있다.

이제는 옛이야기이지만, 민부경民部卿[1]인 후지와라노 다다부미藤原忠文[2] 라고 하는 사람이 있었다. 이 사람은 우지宇治[3]에 살고 있었으므로, 세간에 서는 우지 민부경이라고 불렀다.

이 사람은 매를 무척이나 좋아하였다. 그런데 당시 □□[4]경卿 시게아키 라重明 친왕親王[5]이라고 하는 분이 계셨다. 이분도 또한 매를 매우 좋아하 였는데, 다다부미 민부경의 집에 좋은 매가 많이 있다는 것을 듣고, 그것을

---

1 민부성民部省의 장관. 민부성이란 팔성八省 중의 하나로, 백성을 관리하고 호적이나 조세, 부역 등을 담당하는 관청.
2 → 인명.
3 → 지명.
4 행정 관청의 이름 명기를 위한 의도적 결자. '중무中務' 또는 '식부式部'가 추정됨.
5 → 인명.

얻기 위해 우지에 있는 다다부미의 집으로 행차하셨다.

다다부미는 매우 놀라서 허둥지둥 마중을 나가

"생각지도 못하였는데, 대체 어인 일로 찾아 주셨습니까."

라고 묻자, 친왕은

"매를 많이 가지고 있다고 들어, 한 마리 얻고자 하여 온 것입니다."

라고 말씀하셨다. 다다부미는

"사람을 시켜 분부하셔야 마땅한 일을, 이렇듯 일부러 찾아와 주셨으니,
어찌 드리지 않을 수 있겠사옵니까."

라고 말하며 매를 바치려고 하였다. 다다부미가 가지고 있는 수많은 매들
중에 가장 으뜸인 매는 세상에 둘도 없을 정도로 영리한 매로, 꿩과 마주치
면 반드시 오십 장丈[6]을 채 날기도 전에 꿩을 잡아 오는 매였다. 다다부미는
그 매를 아까워하여 그다음으로 뛰어난 매를 시게아키라 친왕에게 바쳤다.
이 또한 좋은 매이긴 하였으나, 그 제일가는 매와는 비교가 되질 않았다.

한편, 친왕은 매를 받아 기뻐하여 몸소 손등 위에 앉히고 도읍으로 돌아
오는 도중에, 꿩이 들판에 숨어 있는 것을 보고 이 얻은 매를 풀어놓았다.
그런데 이 매는 몹시 서툴러서 새를 잡지 못하였다. 이에 친왕은

"이런 쓸모없는 매를 잘도 넘겨주었구나."

라고 역정을 내고는 다시 다다부미의 집으로 되돌아가 이 매를 돌려주니,
매를 받아든 다다부미가

"이것은 좋은 매라고 생각하여 드린 것입니다. 그럼 다른 매를 드리겠습
니다."

라고 하며, '이렇게 일부러 찾아와 주셨으니.'라고 생각하며 그 제일의 매[7]

---

6   약 150미터.
7   이 매에 관해 『강담초江談抄』에는 친왕이 다루기 힘들 것이라고 예언하는 다다부미의 말이 있음.

를 드렸다.

친왕은 또 그 매를 손등 위에 앉히고 돌아가고 있었는데, 고하타木幡[8] 부근에서 매를 시험해보려고 들판에 개[9]를 풀어놓고 꿩을 쫓도록 했다. 그러자 꿩이 날아올랐고, 이 매도 날려 보냈는데, 이 매 또한 새를 잡지 못하고 그대로 구름 속으로 들어가 사라져 버렸다. 그러나 친왕은 이번에는 아무 말도 않으시고 도읍으로 돌아가셨다.

이것을 생각하면, 이 매가 다다부미 곁에서는 이를 데 없이 영리하였으나, 친왕의 손을 거치자 이렇듯 서툴고, 결국 날아가 사라져 버렸다고 하는 것은, 매도 길러준 주인을 아는 것이다.

이렇듯 마음이 없는 조수鳥獸라고 할지언정 원래의 주인을 알아보는 것이다. 하물며, 마음을 가진 사람은 이 일을 교훈삼아 자신을 알아주는 사람을 위하여 최선을 다해야 한다고 이렇게 이야기로 전하여 내려오고 있다 한다.

---

8 → 지명.
9 매사냥을 할 때에는 먼저 들판에 개를 풀어놓고 새를 내쫓고, 그때 매로 하여금 사냥토록 한다. 이런 상황에 관해서는 권19 제8화에 자세히 나와 있음.

民部卿忠文鷹知本主語第三十四

今昔、民部卿藤原ノ忠文ト云フ人有ケリ。此ノ人宇治ニ

住ケレバ、宇治ノ民部卿トナム世ノ人云ケル。

鷹ヲゾ極テ好ケルニ、其ノ時ニ[一七]卿ノ重明ノ親王ト云フ

人御ケリ。其ノ宮モ亦鷹ヲ極テ好ミ給ケレバ、「忠文ノ民部

卿ノ許ニ吉鷹数有」ト聞テ、其レヲ乞ハムト思テ、忠文ノ

宇治ニ居タリケル家ニ御ニケリ。

忠文驚キ騒テ念ギ出会テ、「此ハ何事ニ依テ思ヒ不懸ズ渡

リ給ヘルゾ」ト問ケレバ、親王、「鷹数持給ヘル由ヲ聞テ

『其レ一ツ給ハラム』ト思テ参タル也」ト宣ケレバ、忠文、

「人ナドヲ以テ仰セ可給キ事ヲ、此ク態ト渡セ給ヘレバ、何

デカ不奉ヌ様ハ侍ラム」ト云テ、鷹ヲ与ヘムト為ルニ、鷹

数持タリケル中ニ、第一ニシテ持タリケル鷹ハ、世ニ並無

ケリ。

ク賢カリケル鷹ニテ、鳩ニ合スルニ必ズ五十丈ガ内ヲ不過

シテ取ケル鷹ナレバ、其レヲバ惜テ、次也ケル鷹ヲ取出テ与

ヘテケリ。其レモ吉キ鷹ニテハ有ケレドモ、彼ノ第一ノ鷹ニ

ハ可当クモ非ズ。

然テ親王鷹ヲ得テ喜テ、自ラ居ヘテ京ニ返給ケルニ、道ニ

鴙ノ野ニ臥タリケルヲ見テ、親王此ノ得タル鷹ヲ合セタリケ

ルニ、其ノ鷹弊クテ、鳥ヲ否不取ザリケレバ、親王、「此ク

弊キ鷹ヲ得サセタリケル」ト腹立テ、忠文ノ家ニ返リ行テ、

此ノ鷹ヲ返シケレバ、忠文鷹ヲ得テ云ク、「此レハ吉キ鷹ト

思テコソ奉リツレ。然ラバ異鷹ヲ奉ラム」ト云テ、「此ク態

ト御タルニ」ト思テ、此ノ第一ノ鷹ヲ与ヘテケリ。

親王亦鷹ヲ居ヘテ返ケルニ、木幡ノ辺ニテ試ム□思テ、

野ニ狗ヲ入レテ鳩ヲ狩セケルニ、雄ノ立タリケルニ、此ノ鷹

ヲ合セタリケレバ、其ノ鷹亦鳥ヲ不取ズシテ飛テ雲ニ入テ失

ニケリ。然レバ其ノ度ハ、親王何ニモ不宣ズシテ、京ニ返ニ

此レヲ思フニ、其ノ鷹忠文ノ許ニテハ並無ク賢カリケレド
モ、親王ノ手ニテ此ク弊クテ失ニケルハ、鷹モ主ヲ知テ有ル
也ケリ。

然レバ智リ無キ鳥獣ナレドモ、本ノ主ヲ知レル事如此シ。

何況ヤ、心有ラム人ハ、故ヲ思ヒ専ニ親カラム人ノ為ニハ

可吉キ也、トナム語リ伝ヘタルトヤ。

진제이鎭西의 원숭이가 독수리를 떼려잡아 여자에게 주어 은혜를 갚는 이야기

규슈九州에서 일어난 일로 전해 내려온 원숭이의 보은담. 조개를 주우러 해안가로 나온 신분이 미천한 여자가, 조개에 손을 물려 어쩔 줄을 몰라 하는 원숭이를 구해 주었는데, 원숭이는 여자의 귀여운 아이를 유괴해, 그 아이를 미끼로 독수리를 유인하여, 나무를 잡아당겼다 튕겨 떨어뜨린 다섯 마리의 독수리를 보답으로 남기고, 아이를 돌려주고 떠났다고 하는 줄거리. 앞 이야기의 맺음말에 입각하여, 비록 짐승이지만 인간의 호의를 알고 보답한 원숭이의 이야기를 배치한 것임.

이제는 옛이야기이지만, 진제이鎭西[1]의 □□[2]지방國 □□[3]군郡에 미천한 신분의 남자가 있었다.

해안가에 살고 있어서, 그의 아내는 언제나 해안가에 나가 □[4]를 했다. 어느 날 이웃 여자와 둘이 함께 해변에 가서 조개를 줍고 있었다. 여자는 등에 업고 있던 두 살배기 아기를 평평한 바위 위에 내려놓고, 데려온 어린아이와 함께 놀게 하고 조개를 따라 다녔다. 이 근처는 산기슭에 가까운 바닷가였기 때문에, 원숭이가 해안가에 내려와 있었는데, 이것을 여자들이 발견

---

1 규슈九州의 옛 이름임. 옛날 대재부大宰府를 한때 진제이 후鎭西府라고 한 데서 비롯됨.
2 지방명 명기를 위한 의도적 결자.
3 군명 명기를 위한 의도적 결자.
4 한자표기를 위한 의도적 결자. '어패류나 해조류를 찾아다니는 일' 정도의 의미가 해당될 것으로 추정됨.

하고,

"저걸 보세요. 물고기를 노리는 것일까, 저기에 원숭이가 있어요. 한번 가 봅시다."

라고 말하며, 이 두 여자가 함께 그 근처로 갔다. 원숭이가 무서워하며 도망칠 것이라고 생각했는데, 무서워하는 듯 보이면서도 무언가 고통스러워 하며 도망치지 않고, 끽끽 소리만 지르고 있었다. 여자들은 무슨 일이지 하고 그 주위를 맴돌면서 보았더니, 큼직한 미조가이溝貝[5]라고 하는 조개가 입을 벌리고 있는 것을, 이 원숭이가 잡아먹으려고 손을 넣는 순간 조개가 입을 다무는 바람에 원숭이의 손이 그 사이에 물려, 빼지도 못하고 있던 것이었다. 바닷물이 차올라 오자 점점 조개는 더욱더 바닥으로 기어들어 가고 있었다.

이제 조금만 더 있으면 바닷물이 차서 원숭이는 바닷속으로 휩쓸려버릴 것 같은 그런 상태였다. 여자들은 이 모습을 보고 큰 소리로 웃으며 떠들었다. 그러다 한 여자가 이 원숭이를 때려죽이려고 큰 돌을 집어 들고 던지려고 했다. 그러자 아이를 업고 있던 쪽의 또 한 여자가

"어찌 무모한 짓을. 가엾어라."

라고 하며 던지려고 하는 돌을 억지로 뺏었다. 돌을 던지려 했던 여자는

"좋은 기회예요, 이 녀석을 때려 죽여 집에 가지고 돌아가서 구워 먹을까 했는데.[6]"

라고 말했지만, 다른 여자는 억지로 원숭이를 넘겨받았고, 나무를 조개의 입에 쑤서 넣고 《비틀》[7]었더니, 조금 입이 벌어져 원숭이의 손이 빠졌다. 그

---

5   마테가이馬蛤貝 과의 조개. 긴 나선형 조개로, 껍질은 얇고 자갈색임. 혼슈本州 북부에서 규슈까지 분포.

6   고대로부터 원숭이의 생간은. 병을 치료하는 데 묘약이라고 할 정도로 유명하며, 이 이야기집 권5 제25화에도 "원숭이의 간은 배 아픈 데 최고의 약이다."라고 보이지만, 구워 먹는 예는 보이지 않음.

7   한자표기를 위한 의도적 결자. 추정하여 보충함.

리고

"원숭이를 구하려고, 조개를 죽일 수는 없지."

라고 말하며, 원래 조개를 주우려고 온 것이지만, 이 조개를 살짝 들어 올려서 모래 안으로 넣어 주었다.

한편, 손이 빠진 원숭이는, 도망치며 이 여자 쪽을 돌아보고 기쁜 듯한 표정으로 □[8] 하고 있었다. 여자가

"원숭아, 사람이 너를 때려죽이려고 했던 것을, 억지로 넘겨받아 놓아준 것은 《보통》[9]의 호의가 아니다. 설령 짐승이라도 은혜는 알아야 된다."

라고 말을 건네자, 원숭이는 그것을 알아들었다는 듯한 얼굴을 하고 산 쪽으로 달려가다가, 이 여자가 아기를 놓아둔 바위 쪽으로 달려 올라갔다. 여자는 이상하다고 생각했는데 원숭이는 그 아이를 안아 들고 산으로 도망쳤다. 같이 놀게 했던 어린아이가 이것을 보고 무서워 울기 시작했다. 엄마가 그 소리를 듣고 자세히 보았더니 원숭이가 자기 아이를 안고 산속으로 달려가고 있었기에

"아아, 저 원숭이가 내 아이를 잡아 갔다. 은혜도 모르는 놈이."

라고 소리쳤다. 그러자 때려죽이려 했던 여자가

"그것 봐, 내가 뭐랬나. 얼굴에 털이 있는 것이 은혜를 알 리가 있나. 그때 때려죽였다면, 나는 원숭이를 손에 넣어 덕을 보고, 당신은 아기를 뺏기지 않았을 것을. 그건 그렇더라도 정말 못된 놈이야."

라고 말하며 두 여자는 함께 뛰어 원숭이를 쫓아갔다. 원숭이는 달아나면서도 □[10] 멀리 달아나지는 않고 산으로 들어갔다. 여자들이 마구 달려 쫓아

---

8 한자표기를 위한 의도적 결자. '끽끽 울다.' 정도의 내용이 들어갈 것으로 추정됨. 감사하는 마음.
9 한자표기를 위한 의도적 결자. 문맥을 고려하여 보충.
10 한자표기를 위한 의도적 결자. '그다지' 정도의 내용이 들어갈 것으로 추정됨.

오면 원숭이도 그것에 맞춰 달렸다. 여자들이 천천히 걷자 원숭이도 천천히 걸으면서 달아났다. 이렇게 1정(町)[11] 정도의 간격을 유지하면서 산속 깊숙이 들어가고 말았기에, 나중에는 여자들도 달리는 것을 멈추고 원숭이를 향해

"너도 은혜를 모르는 원숭이구나. 목숨을 잃을 뻔한 상황에서 구해 주었는데, 그것을 고맙다고 생각은 못할망정, 내 귀여운 아이를 사서가다니 도대체 무슨 생각이냐. 설령 그 아이를 먹고 싶더라도 네 목숨을 구해 준 보답으로, 내게 그 아이를 돌려주렴."

이라고 말하는 사이, 원숭이는 더욱더 산속 깊숙이 들어가 아기를 안은 채 큰 나무 위로 까마득히 높게 올라갔다.

엄마는 그 나무 밑으로 가까이 다가가서, 이 일을 어찌해야 하나 생각하며 나무를 올려다보고 서 있었다. 그러자 원숭이는 나무 끝의 큰 가지가 두 갈래로 나눠진 곳에서 아이를 안은 채로 앉아 있었다. 다른 여자는

"집에 돌아가 당신 남편에게 알려 주고 올께."

라며 달려 되돌아갔다.

엄마는 나무 밑에 남아서 나무 끝을 올려다보며 울고 있었다. 원숭이는 큰 나뭇가지를 잡아 휘어가지고 아이를 겨드랑이에 끼고 흔들자, 아이는 큰 소리로 울기 시작했다. 울다 멈추면, 다시 울렸다. 그러자 독수리가 그 소리를 듣고 아이를 낚아채 가려고 쏜살처럼 날아들었다. 엄마는 그것을 보고,

'아무래도 내 아이는 잡아먹힐 것이 틀림없구나. 원숭이가 먹지 않아도, 저 독수리가 필시 낚아채 가겠지.'

싶어 울고 있는데, 원숭이는 잡아당겨 두었던 가지를 좀 더 잡아당겨 독수리가 날아오는 순간에 맞춰 그것을 놓으니, 독수리가 머리를 맞고, 밑으로

---

11 약 110미터.

곤두박질치며 떨어졌다.

그 후에도 원숭이는 똑같이 가지를 당겨 휘게 하여 아이를 울리고 다시 독수리가 날아들어 오면, 전처럼 하여 맞춰 떨어뜨렸다. 그제야 비로소 엄마는 상황을 이해하고

'그런 거였구나. 이 원숭이는 아이를 잡아간 것이 아니었구나. 나에게 은혜를 갚고자 독수리를 잡아 나에게 주려고 했던 것이다.'

라고 생각하고

"이봐, 원숭아. 네 뜻은 잘 알겠다. 이제 그 정도로 하고 그냥 내 아이를 무사히 돌려주지 않겠니."

라고 눈물을 흘리며 호소하고 있는 동안에도, 이전처럼 하여 독수리 다섯 마리를 때려잡았다.

그 후, 원숭이는 다른 나무를 타고 내려와, 아기를 나무 밑에 살짝 두고 다시 나무 위로 달려 올라가 몸을 긁고 있었다. 엄마는 기뻐 하염없이 눈물을 흘리며 아이를 안고 젖을 먹이고 있었다. 그때 아이의 아버지가 숨을 헐떡이며 달려오는 것을 보고, 원숭이는 나무를 타고 모습을 감춰 버렸다. 나무 밑에는 독수리 다섯 마리가 맞아 떨어져 있었다. 아내는 남편에게 자초지종을 들려주었는데 남편도 얼마나 의외라고 생각했을까.

한편 남편은 그 다섯 마리의 독수리의 깃과 꼬리를 잘라 들고, 엄마는 아이를 안고 집으로 돌아갔다.

그리하여 그 독수리의 깃과 꼬리[12]를 팔아 생활에 필요한 양식을 마련했다. 원숭이 쪽에서는 은혜를 갚기 위한 것이기는 했어도, 자초지종을 알기까지 여자의 마음은 얼마나 괴로웠을까.

---

12 독수리의 꽁지 깃은. 독수리 깃과 마찬가지로 장식이나 화살 깃의 재료로 사용되어 고가였음.

이것을 생각하면, 짐승[13]이라도 은혜를 안다는 것은 바로 이런 것이다. 하물며 마음을 갖고 있는 인간은 반드시 은혜를 알아야 한다. 그렇다 하더라도 원숭이의 수법은 정말 영리한 것이라고 사람들이 말했다고 이렇게 이야기로 전하여 내려오고 있다 한다.

---

13 이 이야기집에서는 "짐승은 은혜를 알고, 사람은 은혜를 모른다."(권5 제19화), "인간은 사려 깊고 인과因果를 알고 있음에도 불구하고 짐승보다 도리어 은혜를 모르고 마음도 진실하지 못하다"(권27 제40화)라는 사상이 여기저기 보임.

진제이鎭西의 원숭이가 독수리를 때려잡아 여자에게 주어 은혜를 갚는 이야기

鎭西猿打殺鷲爲報恩与女語第三十五

今昔、鎭西□ノ国□ノ郡ニ賤キ者有ケリ。

海辺近キ所ニ住ケレバ、其ノ妻常ニ浜ニ出テ礒□ヲシケ
ルニ、隣ニ有ケル女ト二人礒ニ出テ、貝ツ物ヲ拾ケルニ、
一人ノ女、二歳許ノ子ヲ背ニ負タリケルヲ、平也ケル石ノ上
ニ下シ置テ、亦幼キ童ノ有ケルヲ付テ遊バセテ、女ハ貝拾ヒ
行ク程ニ、山際近キ浜ナレバ、猿ノ海辺ニ居タリケルヲ、此

ノ女共見テ、「彼レ見ヨ。彼ニ、魚伺フニヤ有ラム、猿ノ居
ルゾ。去来行テ見ム」ト云テ、此ノ女二人烈テ歩ビ寄ルニ、
猿、逃行ナムズラムト思フニ、否不去デカ、メキ居ケレバ、女共、「何ナル
事ノ有ルゾ」ト思テ立廻テ見レバ、溝貝ト云フ物ノ大キナル
ガ口ヲ開テ有ケルヲ、此ノ猿ノ取テ食ハムトテ手ヲ差入レタ
リケルニ、貝ノ覆テ有ケレバ、猿ノ手ヲ咋ヘラレテ否不引出サ
デ、塩ハ只満ニ満来ルニ、貝ハ底様ニ堀入ル。

今暫シ有ラバ塩満テ海ニ入ヌベキ程ニ、此ノ女共此レヲ見
テ咲ヒ喤ルニ、一人ノ女此ノ猿ヲ打殺サムトテ、大キナル石
ヲ取テ罸タムト為ルヲ、今一人ノ子負タリツル女、「ユ〻シ
キ態為ル御許カナ。糸惜気ニ」ト云テ、罸タムト為ル石ヲ奪
ヘバ、罸タムト為ル女、「此ル次デニ此奴ヲ打殺シテ、家ニ
持行テ焼テ食ハムト思フゾ」ト云ケレドモ、此ノ女強ニ乞
請テ、木ヲ以テ貝ノ口ヲ差入レテ□ケレバ、少シ桃ヘタレバ、
猿ノ手ハ引出デツ。然テ、「猿ヲ助ケムトテ貝ヲ可殺キニ非

「ズ」ト云テ、異貝共ヲバ拾フ心ナレドモ、其ノ貝ヲバ和ラ引

抜テ砂ニ掻埋テケリ。

然テ、猿ハ手ヲ引抜テ走リ去テ、此ノ女ニ向テ、事吉気顔

造テ□居ケレバ、女、「己ヨ、人ノ打殺サムトシツルヲ、強

ニ乞請テ免スハ□ノ志ニモ非ズ。獣也トモ思ヒ知レ」ト云

テ、猿此レヲ聞顔ニテ、山様ニ走リ行ケルガ、此ノ女ノ子居

タル石ノ方様ニ走リ懸リテ行ケレバ、女、「怪」ト思フ程ニ、

猿其ノ子ヲ掻抱テ山様ニ逃行ケレバ、付テ置タリツル小童、

ハ、「然テ懲ヨ、和御許ニ、面ニ毛有ル者ハ物ノ恩知ル者カハ。

此レヲ見テ愕泣ケルヲ、母聞付テ見遣タルニ、猿我ガ子ヲ抱

テ山様ニ走リ入レバ、女、「彼ノ猿ノ我ガ子ヲ取テ行クハ、

物思ヒ不知ザリケル奴カナ」ト云ヘバ、打殺サムトシツル女

ハ、「然テ懲ヨ、和御許ノ、打殺タラマシカバ、我レ所得シタル者ノ、和御許ノ子ハ不被

取ザラマシ。然テモ妬キ奴カナ」ヘ云テ、女二人乍ラ走リ

懸リテ追ヘバ、猿逃レドモ□ニ遠クハ不逃去シテ山ヘ入ル

ニ、女共痛ク走リ追ヘバ、其レニ随テ猿モ走ル。女共静ニ歩

ベバ、猿モ静ニ歩ビ去ツ、、一町許ヲ隔テ、山深ク入レバ、

後ニハ女共不走シテ、猿ニ向テ、「心疎カリケル猿カナ。

己ガ命ノ失ヌベカリツルヲ助ケタルヲ、其レヲ喜ト思ハム事

コソ難カラメ、我ガ悲ト思フ子ヲ取テ行クハ、何カニ思フゾ。

譬ヒ其ノ子ヲ食ハムト思フトモ、命ヲ生ツル代ニ、我レニ其

ノ子得セヨ」ト云フ程ニ、猿山深ク入テ、大キナル木ノ有ル

ニ、子ヲ抱キ乍ラ遥カニ登ヌ。

母ハ木ノ本ニ寄テ、「奇異キ態カナ」ト思テ見上テ立テ

バ、猿木ノ末ニ大キナル胯ノ有ルニ子ヲ抱テ居リ。一人ノ女

ハ、「家ニ返テ、和御許ノ主ニ告ム」ト云テ、走リ返テ行ヌ。

母ハ木ノ本ニ留テ見上テ居タレバ、猿木ノ枝ノ大キナル

ヲ引撓テ持テ、子ヲバ脇ニ狭テ子ヲ動カセバ、子音ヲ高クシ

テ泣ク。泣止レバ亦泣カセ為ル程ニ、鷲其ノ音ヲ聞テ、取ラ

ムト思テ疾ク飛テ来ル也ケリ。猿此レヲ見テ、「何様ニテモ

我ガ子ハ被嗷ナムズルニコソ有ケレ。猿不嗷ズトモ、此ノ鷲

ニ必ズ被取ナムトス」ト思テ、泣居ル程ニ、猿此ノ引撓タル

枝ヲ、今少シ引撓テ、鷲ノ飛テ来ルニ合セテ放タレバ、鷲ノ

頭ニ当テ逆様ニ打落シツ。

[一〇]其ノ後、猿尚其ノ枝ヲ引撓テ子ヲ泣セケレバ、鷲ノ

タルヲ、前ノ如クシテ打落シツ。其ノ時ニゾ母心得ケル、

[一一]「早ウ、此ノ猿ハ子ヲ取ラムトニハ非ザリケリ。我レニ恩ヲ

酬ムトテ鷲ヲ打殺シテ我レニ得サセムト為ル也ケリ」ト思テ、

[一二]「彼ノ猿ヨ。志ノ程ハ見ツ。然許ニテ只我ガ子ヲ平カニテ得

サセヨ」ト泣々ク云ケル程ニ、同様ニシテ鷲五ツヲ打殺シテ

ケリ。

其ノ後、猿他ノ木ニ伝テ木ヨリ下テ、子ヲ木ノ本ニ和ラ居

[一五]ヘテ、木ニ走リ登テ、身打搔テ居ケレバ、母泣々ク喜テ子ヲ

[一六]抱テ乳飲セケル程ニゾ、子ノ父ノ男走リ喘タキテ来タリケ

バ、猿ハ木ニ伝ヒテ失ニケリ。木ノ下ニ鷲五ツ被打落テ有ケ

[一七]レバ、妻夫ニ此ノ事ヲ語リケルニ、夫モ何カニ奇異ク思ケム。

[一八]然テ、夫其ノ鷲五ツガ羽尾ヲ切取テ、母ハ子ヲ抱テ家ニ返

[一九]ニケリ。然テ其ノ鷲ノ尾羽ヲ売ツ、ゾ仕ケル。恩報ズト云乍

ラ、女ガ心何カニ侘シカリケム。

此レヲ思フニ、獣ナレドモ恩ヲ知ル事ハ此ナム有ケル。何

況ヤ心有ラム人ハ必ズ恩ヲバ可知キ也。但シ、「猿ノ術コソ

糸賢ケレ」トゾ人云ケル、トナム語リ伝ヘタルトヤ。

스즈카 산^{鈴鹿山}에서
벌이 도적을 쏘아 죽인 이야기

이세 지방伊勢國을 왕래하며 막대한 재산을 모았던 도읍의 수은水銀 상인이, 이세 지
방에서 백여 마리의 말로 막대한 물자物資를 운송하던 중에 스즈카 산鈴鹿山의 도적단
에게 습격을 당했지만, 평소 길들여 키워온 벌을 불러 모아 도적단을 섬멸하고, 그들
이 수년 동안 모은 재산마저도 손에 넣어 더욱 큰 부자가 되어 번창했다는 이야기. 원
숭이가 보은報恩하는 앞 이야기에 이어, 벌의 보은담을 배치한 것임.

　이제는 옛이야기이지만, 도읍에 수은水銀을 파는 사람이 있었다.[1] 오랜
세월동안 오로지 장사에 힘써 큰 부자가 되어, 많은 재산을 가지고 유복한
생활을 하고 있었다.

　그는 오랜 세월 이세 지방伊勢國과 도읍 사이를 오가고 있었다. 말 백여 마
리에 비단, 삼베, 실, 솜, 쌀 등 여러 가지 물건을 싣고 항상 왕래를 하고 있
었지만, 단지 나이 어린 한 아이에게 말을 몰고 가게 할 뿐이었다. 이러는
동안 그도 차츰 나이를 먹고 늙게 되었다. 하지만 이렇게 왕래를 해도 아직

1　수은은 화장용 분의 원료로, '수은소사백근이세국소진水銀小四百斤伊勢國所進'(연희식내장료식延喜式內藏寮
　式)이라고 되어 있고, 『속일본기續日本紀』 화동和銅 6년(713) 5월 11일에도 "이세伊勢는 수은水銀"이라 보여,
　이세(→옛 지방명)가 주요한 수은 산지였음을 알 수 있다. 권17 제13화에서는 '수금水金'이라고도 표기되어,
　이세의 이타카 군飯高郡에서 수은 캐는 사람이 낙반사고 때문에 생매장되는 이야기가 보인다. 이 이야기도
　이세와 도읍을 잇는 스즈카 산鈴鹿山에서의 사건임.

도적에게 종이 한 장 뺏긴 적이 없었다. 그래서 점점 더 부유해지고, 재물을 잃거나 화재를 당하거나, 또 물에 빠지거나 하는 일도 없었다.

특히 이세 지방이라는 곳은 부모의 물건이라도 빼앗고, 친하고 소원한 사이를 따지지 않고, 귀천도 가리지 않고 서로 틈을 노려 상대방을 속이고 약한 자가 가지고 있는 물건을 아무렇지 않게 빼앗아서 자신의 소유로 하는 것이 심한 곳이다.[2] 다만 이 수은 상인이 이와 같이 밤낮으로 왕래해도 무슨 일인지 그의 물건만은 뺏기는 일이 없었다.

그런데 어떤 도적이었는지, 팔십여 명이 일당을 이뤄 스즈카 산鈴鹿山[3]에서 여러 지방을 왕래하는 사람들의 물건이나 공사公私의 재물을 빼앗고 죽이는 생활로 세월을 보내고 있었다. 조정朝廷도 국사國司도 이들을 체포할 수 없었다. 그런데 어느 날, 이 수은 상인이 이세 지방에서 말 백여 마리에 온갖 재물을 싣고 언제나처럼 나이 어린 아이에게 고삐를 쥐게 하고, 식사 준비 등을 시키는 여자들을 대동하여 도읍으로 올라가는 중이었다. 그때 이 팔십 명 남짓의 도적이 이것을 발견하고

'이 얼마나 엉뚱하고 바보 같은 놈이냐. 이 녀석이 갖고 있는 물건을 모조리 뺏어 버리자.'라고 생각하고 스즈카 산속에서 일행의 앞뒤를 막고 서서 가운데로 모아 위협하자, 아이를 비롯해 모두들 도망쳤다. 그래서 도적들은 짐을 짊어진 말을 뒤쫓아서 모두 뺏고, 여자들의 옷도 남김없이 모조리 빼앗고 쫓아냈다. 수은 상인은 연노랑색의 우치기누打衣[4]에 검푸른색의 우치카리바카마打狩袴[5]를 입고, 엷은 노란색의 솜으로 된 두꺼운 옷을 세 장 정도

---

2 이세인의 기질을 말한다. 속되게 말하는 "오미 상인 이세 거지近江商人伊勢乞食"와 통하는 것으로, 중세 말이나 근세에는 일반화된 이런 평가가 이미 헤이안平安 시기에 있었다는 것이 흥미로움.
3 → 지명.
4 비단천을 두들겨서 광택을 낸 것으로 만든 옷.
5 광택이 있는 비단의 가리바카마狩袴. 가리기누狩衣의 아래에 입는 바지.

겹쳐 입고, 사초 삿갓莎笠을 쓰고 암말雌馬을 타고 있었다. 수은 상인이 거우 목숨만 부지하여 조금 높은 언덕위로 도망쳐 올라갔다. 도적들도 이것을 봤지만

"저 녀석, 어차피 아무것도 하지 못할 놈일 게다."

라고 대수롭지 않게 여기며 모두 계곡으로 들어갔다.

한편 팔십 명 남짓의 도적들은 각각 맘에 든 물품을 앞다퉈 나눠 가졌다. 이게 무슨 짓이냐고 굳이 나무라는 사람도 없었기 때문에, 마음 편히 있는데, 수은 상인이 높은 산봉우리에 우뚝 서서 별 생각 없는 모습으로 하늘을 올려다보면서 큰 소리로

"어찌 된 거야, 어찌 된 것이냐. 늦구나, 늦어."

라고 소리쳤다. 그러자 한 시간 정도 지나 크기가 세 치나[6] 정도나 되는 무시무시한 벌이 공중에 나타나, 윙윙 날개소리를 내며 근처의 높은 나뭇가지에 멈춰 섰다. 수은 상인은 이것을 보고 더욱 간절하게

"늦구나, 늦어."

라고 말하고 있는 사이, 갑자기 하늘에 두 장丈[7] 정도의 폭으로 길게 늘어선 빨간 구름떼가 나타났다.

행인들도 "저것은 대체 무슨 구름이지?"

하며 보고 있고, 도적들은 뺏은 물건들을 옮길 준비를 하고 있었는데, 그 구름이 점차 내려와 도적들이 있는 계곡으로 들어갔다. 나무에 멈춰 있던 벌도 날아올라 그쪽으로 날아갔다. 놀랍게도 구름이라고 보였던 것은 수많은 벌들이 떼를 지어 날아온 것이었다.

이렇게 해서 무수한 벌이 도적 한 명 한 명에게 붙어서 모조리 쏘아 죽였

---

6   10센티 정도의 벌. 두목격의 벌임.
7   6미터 정도.

다. 한 명에게 백 마리, 이백 마리의 벌이 달라붙으면, 어떤 인간이 당해낼 수 있겠는가. 그런데 한 명에게 두세 석石[8]이나 되는 벌들이 달라붙었으니, 조금씩 쏘였다고 해도 모든 도적들이 쏘여 죽고 만 것은 당연한 일이다. 그 후 구름이 걷히듯 벌이 모두 날아갔다.

그래서 수은 상인은 그 계곡으로 내려가서, 도적들이 몇 년 동안 빼앗아 모아둔 물건들, 수많은 활, 화살통, 말, 안장, 옷 등에 이르기까지 모두 거둬 들여 도읍으로 돌아왔다. 그 덕분에 한층 더 부자가 되었다.

사실을 말하자면 이 수은 상인은 자택에 술을 빚어 놓고 다른 것에는 쓰지도 않고, 오로지 벌에게 마시게 하며 소중히 기르고 있었다. 그래서 어느 도적도 그의 재산을 뺏으려 하지 않았지만, 그 사정을 모르는 도적이 재산을 뺏으려고 하다가 이와 같이 쏘여 죽게 된 것이었다.

그러므로 벌들조차도 은혜를 알았던 것이다. 마음을 갖고 있는 사람은 남에게 은혜를 입었으면, 반드시 은혜에 보답하지 않으면 안 된다. 또 커다란 벌이 나타나면 결코 때려죽여서는 안 된다. 이와 같이 많은 벌을 거느리고 와서, 반드시 앙갚음을 한다.

이 이야기는 언제 적 일이었을까라고 이렇게 이야기로 전하여 내려오고 있다 한다.

---

8 한 석은 백승百升. 약 180리터. 여기서 말하는 두세 석은 몸도 보이지 않을 정도로 무수한 벌이 달라붙어 있는 상태를 말함.

於鈴香山蜂螫殺盗人語第三十六
すずかのやまにしてはちぬすびとをさしころすことだいさむじふろく

今昔、京二水銀商スル者有ケリ。年来役ト商ケレバ、大
キニ富テ財多クシテ家豊力也ケリ。

伊勢ノ国二年来通ヒ行ケルニ、馬百余疋二諸ノ絹、布、糸、
綿、米ナドヲ負セテ、常二下リ上リ行ケルニ、只小キ小童部
ヲ以テ馬ヲ追セテナム有ケル。此様ニシケル程二漸ク年老二
ケリ。其レニ此ク行ケルニ、盗人二紙一枚被取ル事無カリケ
リ。然レバ弥ヨ富ビ増リテ、財失スル事無シ。亦火二焼ケ水
二溺ル事無カリケリ。

就中二伊勢ノ国ハ、極キ、父母ガ物ヲモ奪取リ、親キ疎キ
ヲモ不云ズ、貴キモ賤キモ不商ズ、互二隙ヲ量テ魂マシ
テ、弱キ者ノ持タル物ヲバ不憚ズ奪取テ、己ガ貯ト為ル所也。

其レニ、此ノ水銀商ガ此ク昼夜二行クヲ、何ナル事ニカ、
此レガ物ヲノミナム不取ザリケル。

而ル間、何也ケル盗人二カ有ケム、八十余人心ヲ同クシテ
鈴香ノ山ニテ、国々ノ行来ノ人ノ物ヲ奪ヒ、公モ私ヲ取
テ、皆其ノ人ヲ殺シテ、年月ヲ送ケル程二、公モ国ノ司モ此
レヲ被追捕ル事モ否無カリケルニ、其ノ時二此ノ水銀商、
伊勢ノ国ヨリ馬百余疋二諸ノ財ヲ負セテ、前々ノ様ニ小童部
ヲ以テ追セテ、女共ナドモ具シテ食物ナドモ持セテ上ケル程
二、此ノ八十余人ノ盗人ノ、「此ハ極キ白者カナ。此ノ物共
皆奪取テム」ト思テ、彼ノ山ノ中ニシテ、前後ニ有テ中二立
挟メテ恐シケレバ、小童部ハ皆逃テ去ニケリ。物負セタル馬
共ハ皆追取ツ。女共ヲバ皆着タル衣共ヲ剥取テ追棄テケリ。
水銀商ハ浅黄ノ打衣二青黒ノ打狩袴ヲ着テ、練色ノ衣ノ綿

厚ラカナル三ツ許ヲ着テ、菅笠ヲ着テ、草馬ニ乗テゾ有ケル
ガ、辛クシテ逃テ高キ岳ニ打上ニケリ。盗人モ此レヲ見ケレ
ドモ、「可為キ事無キ者ナメリ」ト思ヒ下シテ、皆谷ニ入ニ
ケリ。

然テ八十余人ノ者 各 思シキ随テ靜ヒ分ケ取テケリ。敢
テ「何ニ」ト云フ者無ケレバ、心静ニ思ケルニ、水銀商 高
キ峰ニ打立テ、敢テ事モ不思タラヌ気色ニテ、虚空ヲ打見
上ツ、、音ヲ高クシテ、「何ラ何ラ、遅シ遅シ」ト云立テリ
ケルニ、時半許有テ大キサ三寸許ナル蜂ノ怖シ気ナル、空
ヨリ出来テ「ブン」ト云テ、傍ナル高キ木ノ枝ニ居ヌ。水銀
商 此レヲ見テ弥ヨ念ジ入テ、「遅シ遅シ」ト云フ程ニ、虚
空ニ赤キ雲二丈許ニテ長サ遥ニテ俄ニ見ユ。

道行ク人モ、「何ナル雲ニカ有ラム」ト見ケルニ、此ノ盗
人共取タル物共 拈ケル程ニ、此ノ雲漸ク下テ其ノ盗人ノ
有ル谷ニ入ヌ。此ノ木ニ居タリツル蜂モ立テ、其方様ニ行ヌ。
早ウ、此ノ雲ト見ツルハ多ノ蜂ノ群テ来ルガ見ユル也ケリ。

此レ何レノ程ノ事ニカ有ラム。此ナム語リ伝ヘタルトヤ。

然テ若干ノ蜂、盗人毎ニ皆付テ皆螫殺シテケリ。一人ニ一
二百ノ蜂ノ付タラムニダニ、何ナラム者カハ堪ヘムト為ル。
其レニ、一人ニ二三石ノ蜂ノ付タラムニハ、少々ヲコソ打殺
シケレドモ、皆被螫殺ニケリ。其ノ後、蜂皆飛去ニケレバ、
雲モ晴レヌト見エケリ。

然テ水銀商ハ其ノ谷ニ行テ、盗人ノ年来取貯タル物共、
多ノ、弓、胡録、馬、鞍、着物ナドニ至マデ、皆取テ京ニ返
ニケリ。然レバ弥ヨ富増テナム有ケル。

此ノ水銀商ハ家ニ酒ヲ造リ置テ、他ノ事ニモ不仕ズシテ、
役ト蜂ニ呑セテナム此レヲ祭ケル。然レバ彼レガ物ヲバ盗人
モ不取ザリケルヲ、案内モ不知ザリケル盗人ノ取テ此ク被螫
殺ル也ケリ。

然レバ蜂ソラ物ノ恩ハ知ケリ。心有ラム人ハ人ノ恩ヲ蒙リ
ナバ必ズ可酬キ也。亦大キナラム蜂ノ見エムニ、専ニ不可打
殺ズ。此ク諸ノ蜂ヲ具シ将来テ必ズ怨ヲ報ズル也。

此レ何レノ程ノ事ニカ有ラム。此ナム語リ伝ヘタルトヤ。

벌이 거미에게
원수를 갚으려 한 이야기

벌이 거미가 쳐놓은 거미줄에 걸려들었지만, 아주 아슬아슬하게 목숨을 건지고, 복수를 위해 많은 동료들을 데리고 거미를 습격하였다. 벌들은 거미의 소재를 찾기 위해 거미줄을 따라가 연못의 연꽃잎에 이르러, 그곳을 무차별적으로 침으로 찔렀지만, 거미는 안전지대로 도망가서 살아났다는 이야기. 호조지法成寺 아미타당阿彌陀堂에서 일어난 일로, 거미로부터 벌을 구해준 아미타당의 주지승이 실제 보았던 이야기로서 전해진다.

이제는 옛이야기이지만, 호조지法成寺[1]의 아미타당阿彌陀堂[2]의 처마에 거미가 거미집을 만들었다. 그 거미《줄》[3]이 길게 뻗어서, 동쪽 연못의 연꽃잎에 걸려 있었다. 이것을 본 사람이

"이 거미《줄》은 꽤 멀리까지 뻗어 있구나."

라고 말하고 있을 때, 큰 벌이 한 마리 날아와서 거미집 근처를 날아다니다가, 그 거미줄에 걸리고 말았다.

그때 어디서 나왔는지 갑자기 한 마리의 거미가 《줄》을 타고 모습을 드

---

1 →사원명·헤이안 경도平安京圖.
2 아미타불阿彌陀佛을 본존本尊으로 안치한 불당. 호조지法成寺를 대표하는 불당임.
3 한자표기를 위한 의도적 결자. 문맥을 고려하여 보충.

러내, 이 벌을 무작정 감고 또 감았기 때문에, 거미줄에 감긴 벌은 달아나지 못하고 있었다. 그런데 그 어당御堂[4]의 주지승이 그것을 발견하고 벌이 죽는 것을 불쌍히 여겨서, 나무토막으로 벌을 떨어뜨려 주었다. 벌은 흙 위에 떨어졌는데 완전히 거미줄에 날개가 감겨 있어 날지도 못 했기 때문에 승려는 나무토막으로 벌을 눌러《줄》을 걸어 주자, 그제야 벌이 날아갔다.

그 후, 하루 이틀이 지나서 큰 벌이 한 마리 날아와서 어당御堂의 처마 끝을 윙윙 날아다니고 있었다. 그 뒤를 이어 난데없이 같은 크기의 벌이 이삼백 마리 정도 날아왔다. 그리고 모두 거미가 줄을 친 부근을 날아다니며 처마와 서까래[5]의 빈틈 등을 찾아보고 있었는데 그때는 거미는 보이지 않았다. 그렇게 벌은 한동안 거미를 찾은 후에, 거미가 쳐놓은 《줄》을 따라서 동쪽 연못까지 가서, 그 《줄》이 걸려 있는 연꽃잎 위에 멈춰 서서는 한층 더 윙윙거리고 있었다. 그러나 그곳에도 거미가 보이지 않았기 때문에 한 시간 정도 있다가 벌은 모두 날아가 버렸다.

그때 이것을 본 어당의 주지승이 이상하게 생각하며

'그러고 보니 이것은, 거미집에 걸려 감겨 있던 며칠 전의 벌이 많은 벌을 데리고 와서 원수를 갚으려고 그 거미를 찾았던 것이다. 그리고 그것을 안 거미가 숨은 것이구나.'

라고 알아차리고 벌이 모두 날아간 뒤에 그 거미집 근처에 가서 처마 끝을 쳐다봤지만, 도무지 거미는 보이지 않았다. 그래서 연못으로 가서 거미줄이 걸려 있는 연꽃잎을 보니, 그 연꽃잎이 바늘로 찌른 것처럼 빈틈없이 찔려 있었다. 한편 거미는 그 연꽃잎 밑에 숨어 있었는데 잎 뒤에 붙어 있는 것이

4 　아미타당. 이 불당이 있었기 때문에, 호조지를 단지 미도御堂라고도 하고, 건립자인 후지와라노 미치나가藤原道長를 미도관백御堂關白이라고 했음.
5 　원문에는 "垂木"로 되어 있음. 지붕을 이는 데 쓰이는 널빤지 등을 받치기 위해 용마루부터 처마에 걸친 다수의 가느다란 각재角材를 말함.

아니고, 벌에게 쏘이지 않을 정도로 《줄》을 따라 물가로 내려와 있었던 것이다. 연꽃잎은 뒤집혀 축 처져 있고 다른 여러 가지 풀들이 연못에 무성했기 때문에, 그 안에 거미가 숨어 있어 그것을 벌이 발견하지 못한 것이리라. 이렇게 주지승이 보고 돌아와서 이야기를 전했던 것이다.

이것을 생각하면, 지혜가 있는 사람조차 좀처럼 이런 생각을 하지 못할 것이다. 벌이 많은 벌을 데리고 와서 원수를 갚으려고 하는 것은 있을 법한 일이다. 짐승은 모두 서로 적을 공격하는 것이 다반사다. 다만 거미가 벌이 공격하러 올 것을 알아차리고, 이것만이 나의 생명을 구하는 방법이다라고 생각해내서, 그렇게 몸을 숨기고 간신히 목숨을 구했다고 하는 것은 좀처럼 있을 수 없는 일이다. 그러므로 벌보다 거미가 훨씬 지혜롭다.

이것은 주지승 자신이 틀림없이 이야기로 전하여 이렇게 내려오고 있다 한다.

蜂擬報蜘蛛怨語第三十七

今昔、法成寺ノ阿弥陀堂ノ檐二、蜘蛛ノ網ヲ造タリケリ。

其ノ[六]長ク引テ東ノ池二有ル蓮ノ葉二通ジタリケリ。此レヲ見ル人、「遥二引タル蜘蛛ノ[ハ][カナ]」ヽド云テ有ケル程二、大キナル蜂一ツ飛来テ、其ノ網ノ辺ヲ渡ケルニ、其ノ網二懸リニケリ。

其ノ時二何コヨリカ出来ケム、[九]蜘蛛[一〇]二伝ヒテ、急ト出来テ、此ノ蜂ヲ只巻二巻ケレバ、蜂被巻テ可逃キ様モ無クテ有ケルヲ、其ノ御堂ノ預也ケル法師此レヲ見テ、蜂ノ死ナムズルヲ哀ムデ、木ヲ以テ掻落シケレバ、蜂土二落タリケレドモ、翼ヲツフト被巻籠テ否不飛ザリケレバ、法師木ヲ以テ蜂ヲ抑ヘテ、[一四][一六]ヲ掻去タリケル時二、蜂飛テ去ニケリ。

其ノ後、一両日ヲ経テ、大キナル蜂一ツ飛来テ、御堂ノ檐二ブメキ行ク。[一七]有リ。其レ二次キテ何コヨリ来ルトモ不見エデ、同程ナル蜂二三百許飛来ヌ。其ノ蜘蛛ノ網造タル辺二皆飛付テ、檐垂木ナドヲ求ケルニ、其ノ時二蜘蛛不見ザリケリ。

蜂暫ク有テ其ノ[二〇]ヲ尋テ、東ノ池二行テ、其ノ[二一][一九]引タル蓮ノ葉ノ上二付テ、ブメキ喤ケルニ、蜘蛛其レ二モ不見エザリケレバ、時半許有テ、蜂皆飛去テ失ニケリ。

其ノ時二御堂ノ預ノ法師、此レヲ見テ怪ビ思フニ、「此レハ早ウ、一日蜘蛛ノ網二懸リテ被巻タリシ蜂ノ、多ノ蜂ヲ[二六]倡テ来テ、敵罸ムトテ、其ノ蜘蛛ヲ求ル也ケリ。然レバ蜘蛛ハ其レヲ知テ隠レニケルナメリ」ト心得テ、蜂共飛去テ後二、法師其ノ網ノ辺二行テ檐ヲ見ルニ、蜘蛛更二不見エザリケレバ、池二行テ其ノ引タル蓮ノ葉ヲ見ケレバ、其ノ蓮ノ葉ヲコソ針ヲ以テ差タル様二隙モ無ク差タリケレ。然テ蜘蛛ハ其ノ蓮ノ葉ノ下二、蓮ノ葉ノ裏二モ不付テ、[一九]二付テ不被螫マジキ程二、水際二下テコソ有ケレ。蓮ノ葉裏返テ垂敷キ、異草共ナド池二滋タレバ、蜘蛛其ノ中二隠レテ、蜂ハ否不見

付ザリケルニコソハ。

此レヲ思フニ、智リ有ラム人ソラ、然ハ否思ヒ不寄ジカシ。

蜂ノ多ノ蜂ヲ倡ヒ集テ来テ怨ヲ報ゼムト為ルハ然モ有ナム。獣ハ皆互ニ敵ヲ罸ツ、常ノ事也。其レニ、蜘蛛ノ、「蜂我レヲ罸ニ来ラムズラム」ト心得テ、「然テ許コソ命ハ助カラメ」ト思得テ、破無クシテ此ク隠レテ命ヲ存スル事ハ難有シ。然レバ蜂ニハ蜘蛛遥ニ増タリ。

預ノ法師ノ正シク語リ伝ヘタルトヤ。

預ノ法師此ト見テ返テ語リ伝ヘタル也ケリ。

어미 소가
늑대를 찔러 죽인 이야기

나라奈良 우경右京에서 일어난 일로, 송아지와 함께 논에 남겨진 암소가, 송아지를 노린 늑대에 맞서서 늑대의 배에 뿔을 들이박아 절벽으로 밀어붙인 채로 밤새 움직이지 않고 서 있었다는 이야기이다. 동물사회의 정도 인간사회와 다르지 않다는 것을 전하고 있다. 매우 있을 법한 이야기인데다가 이 이야기로부터 엄마가 아이를 생각하는 정은 동물도 인간과 다르지 않다고 하는 교훈성이 도출된다는 점에서 이 이야기는 메이지明治 시대 이후 그때그때 걸맞은 형태로 약간의 변형이 가해져, 여러 책에 수록되어 아동교육의 자료로 사용되어 왔다.

이제는 옛이야기이지만, 나라奈良의 서쪽 경京¹ 부근에 살고 있던 신분이 미천한 남자가 농경²에 이용하기 위해 집에서 암소를 키우고 있었다. 그 암소는 송아지 한 마리를 데리고 있었다. 가을 무렵 이 소를 논에 풀어놓았다. 보통 저녁때가 되면 하인 아이가 가서, 소를 외양간에 몰아넣는데, 그날은 주인도 아이도 소를 몰아넣는 것을 완전히 잊어버렸기 때문에, 그 소는 송아지를 데리고 풀을 먹으며 논을 여기저기 돌아다녔다. 그러던 중, 해질 녘이 되어 한 마리의 큰 늑대가 나타나 그 송아지를 잡아먹으려고 그 주위를

---

1 헤이조 경平城京의 서쪽 반분, 즉 우경右京을 말함.
2 헤이조 경은 도시라고 해도, 역내 곳곳에 논과 밭이 여기저기 흩어져 있는 전원도시였음.

맴돌았다. 어미 소는 송아지를 사랑하여 늑대가 자신의 소중한 자식을 잡아먹지 못하도록 늑대에 맞서서 가로막듯이 돌고 있었다. 이윽고 늑대가 토담 같이 된 절벽을 등 뒤로 하여 돌고 있을 때에 어미 소가 정면에서 늑대를 노리고 갑자기 확 들이박았다. 배를 찔린 늑대는 뒤로 자빠지며 절벽으로 밀쳐져 꼼짝을 하지 못했다. 어미 소는 만약 늑대를 놓치면 물려 죽을 것이라고 생각했기 때문인지 혼신의 힘을 다해 뒷다리에 힘을 주어 꼭 밀어붙이자 늑대는 견디지 못하고 죽어 버렸다.

소는 그런 줄도 모르고 늑대가 아직 살아 있다고 생각한 것인지, 뿔을 들이댄 채로 가을의 긴 밤이 새도록 있는 힘을 다해 버티고 있었고 송아지는 옆에 서서 울고 있었다. 한편 이 소 주인의 이웃집 아이가 자기 집 소를 외양간에 몰아넣으려고 논에 가서, 늑대가 그 소 주위를 맴돌며 걷고 있는 것을 보기는 보았었다. 그러나 아직 어린아이인지라, 날이 저물자, 자신의 소를 몰아 집으로 돌아왔지만 아무 말도 하지 않았다. 날이 밝고 그 소 주인이

"어젯밤은 소를 몰아넣는 것을 깜박 했다. 풀을 뜯어먹다가 사라졌을지도 모른다."

라고 떠들어대기 시작하자, 이웃집 아이가

"어젯밤 이러이러한 곳에서 이웃집 소 주변을 늑대가 맴돌고 있었어요."

라고 말했다. 소 주인은 이 말을 듣고, 놀라 소란을 피우며 황급히 가 보자, 소가 큰 늑대를 절벽으로 밀어붙이고 꼼짝하지 않고 서 있고, 송아지는 옆에서 엎드려 울고 있었다. 소는 주인이 온 것을 보고 그제야 늑대를 놓았지만 늑대는 죽어 완전히 □[3]어 있었다. 소 주인은 이것을 보고 매우 놀랐다. 그리고

---

3 한자표기를 위한 의도적 결자. 해당어 미상.

'그렇다면 어젯밤 늑대가 와서 잡아먹으려고 한 것을, 이처럼 절벽으로 밀어붙였지만 놓으면 잡아먹힐지도 모른다고 생각해서 밤새 놓지 않고 있었던 것이다.'

라고 알아차리고, 소를 향해

"참으로 영리한 녀석이야."라고 칭찬하고 집으로 데려왔다.

그러므로 짐승이라 할지라도 배짱 좋고 현명한 녀석은 이와 같은 것이다. 이 이야기는 틀림없이 그 부근 사람들이 듣고 전하여, 이렇게 이야기로 전하여 내려오고 있다 한다.

母牛突殺狼語第三十八

今昔、奈良ノ西ノ京辺ニ住ケル下衆ノ、農業ノ為ニ家ニ牝牛ヲ飼ケルガ、子ヲ一ツ持タリケルヲ、秋比田居ニ放タリケルニ、定マリテ夕サリハ小童部行テ追入レケル事ヲ、家主モ小童部モ皆忘レテ不追入ザリケレバ、其ノ牛、子ヲ具シテ田居ニ食行ケル程ニ、夕暮方ニ大キナル狼一ツ出来テ、此ノ牛ノ子ヲ咋ハムトテ、付テ廻リ行ケルニ、母牛子ヲ悲ムガ故ニ、狼ノ廻ルニ付テ、「子ヲ不咋セジ」ト思テ、狼ニ向テ防キ廻ケル程ニ、狼、片岸ノ築垣ノ様ナルガ有ケル所ヲ後ニシテ廻ケル間ニ、母牛、狼ニ向様ニテ俄ニハ卜ク寄テ突ケレバ、狼其ノ岸ニ仰様ニ腹ヲ被突付ニケレバ、否不動デ有ケルニ、母牛ハ、「放ツル物ナラバ、我レハ被咋殺ナムズ」ト思ケルニヤ、力ヲ発シテ後足ヲ強ク踏張テ、強ク突カヘタリケル程ニ、狼ハ否不堪ズシテ死ニケリ。

牛其レヲモ不知シテ、「狼ハ未ダ生タル」トヤ思ヒケム、突ヘ乍ラ終夜秋ノ夜ノ永キニナム踏張テ立テリケレバ、子ハ傍ニ立テナム泣ケル。

牛追入レムトテ田居ニ行タリケルガ、狼ノ牛ヲ廻行ケルマデハ見ケレドモ、幼キ奴ニテ、日ノ暮ニケレバ、牛ヲ追テ家ニ返リ来タリケレドモ、此モ彼モ不云デ有ケルニ、彼ノ牛主ノ、

夜曀テ、「夜前牛ヲ不追入ザリケル。其ノ牛ハ食ヤ失ヌラム」

ト云ケル時ニゾ、隣ノ小童部、「御牛ハ夜前然々ノ所ニテコ

ソ狼ノ廻リ行シカ」ト云ケレバ、牛主聞驚テ迷ヒ騒テ行テ

見ケレバ、牛大キナル狼ヲ片岸ニ突付テ不動デ立テリ。子ハ

傍ニ泣テ臥セリケリ。牛主ノ来レルヲ見テ、其ノ時ニナム

狼ヲ放タリケレバ、狼ハ死テ皆□テナム有ケル。

牛主此レヲ見テ、「奇異」ト思ケルニ、「夜前狼ノ来テ咋

ハムトシケルヲ、此ク突付タリケルニ、『放テバ被噉ナムズ』

ト思テ、終夜不放ザリケル也ケリ」ト心得テ、牛ヲナム、

「極ク賢カリケル奴カナ」ト讃テ、具シテ家ニ返ニケリ。

然レバ、獣ナレドモ魂有リ賢キ奴ツハ、此ゾ有ケル。此

レハ、正シク其ノ辺ナル者ノ聞継テ此ク語リ伝ヘタルトヤ。

뱀이 여성의 음부를 보고 욕정을 일으켜
구멍에서 나오다 칼에 맞아 죽은 이야기[1]

어느 해 여름, 도읍의 무나카타宗像 신사 작은 길의 토담 앞에서 소변을 보고 있던 젊은 여자가, 토담 구멍에 숨은 뱀에 홀려 꿈을 꾸는 듯한 기분으로 한참동안 앉아 있었는데, 지나가던 남자가 일의 낌새를 알아차리고, 단도를 구멍의 입구에 세우고 여자를 안아 올려 그곳에서 떼어놓자, 뱀이 여자를 뒤쫓아 튀어나오다가 단도에 머리가 깊숙이 세로로 잘렸다는 이야기. 뱀의 음淫을 전하는 이야기는 예로부터 각지에 다수 전해져 오고 있어, 이 이야기와 같은 내용이 만들어질 소지는 상당히 있었다.

이제는 옛이야기이지만, 한 젊은 여자가 여름철에 근위대로近衛大路[2]를 서쪽으로 걸어가고 있었다. 그런데 소일조小一條[3]라는 곳에 무나카타宗像 신사[4]가 있어, 여자가 그 북쪽을 걸어가고 있을 때, 도저히 소변을 참을 수가 없어, 토담[5]을 향해 남쪽을 보고 쭈그리고 앉아서 소변을 봤다. 함께 있던 어린 하녀는 대로에 선 채로

---

1   이 이야기와 다음 이야기의 이야기 번호 '제39화' '제40화'가 원본에는 없음. 또 본권 총 제목에도 이 두 이야기의 표제가 없는 것으로 보아 총 제목이 완성된 후에 이 두 이야기가 덧붙여진 것이라 추정됨. 이 이야기집의 성립에 관련된 문제임.
2   궁성(大內裏)의 양명문陽明門, 은부문殷富門에 연결되는 동서東西를 통하는 대로.
3   → 헤이안 경도平安京圖. 여기에 무나카타宗像 신사가 있었음.
4   → 사원명.
5   원문에는 "築垣"로 되어 있음. 토담 위쪽에 지붕을 올린 것.

'언제 볼일을 끝내고 일어서실까. 일어서실까.'

하고 기다리고 있었다. 그때가 마침 진시辰時[6] 쯤의 일로, 2시간 정도가 지나서도 여자가 일어나지 않았기 때문에 어린 하녀는 어떻게 된 일인가 싶어

"아가씨, 아가씨."

하며 말을 걸었지만 여자는 아무 말도 없이 같은 모습으로 쭈그리고 앉아 있었다. 마침내 4시간 정도나 지나고 시간은 벌써 오시午時[7]가 되었다. 어린 하녀는 여자에게 아무리 말을 걸어도 아무런 대답이 없자, 아직 어린아이인지라 그저 울며 서 있었다.

그때 말을 탄 남자가 많은 종자들을 데리고 마침 그곳을 지나갔는데 어린 하녀가 울며 서 있는 것을 보고

"어찌하여 울고 있는 것이냐"

라고 종자에게 묻게 하자, 어린 하녀는

"이러이러한 일이 있어서"

라고 대답했다. 그래서 남자가 자세히 보니, 정말로 허리띠[8]를 두르고 이치메市女 갓[9]을 쓴 여자가 토담을 향해서 쭈그리고 앉아 있었다.

"도대체 언제쯤부터 저러고 있는 것이냐."

라고 묻자, 어린 하녀는

"오늘 아침부터 이러고 계십니다. 4시간째 이대로 계십니다."

라고 말하며 울기에 남자는 수상쩍게 생각하고, 말에서 내려 곁으로 다가가 여자의 얼굴을 들여다보니 이미 혈색이 없고 죽은 사람과 다름이 없었다. 남자가

---

6 * 오전 8시경.
7 * 정오경.
8 옷을 입을 때에 허리주변을 띠나 끈으로 묶는 것.
9 중고中古시대 이후, 부녀자가 외출할 때에 쓴 철자형凸字型의 갓. 사초莎草로 짜고 옻을 칠했음.

"무슨 일이냐. 병이라도 난 것이냐. 지금까지 이런 적이 있었느냐."
라고 물었지만, 여자는 아무 말도 하지 않았다. 어린 하녀가
"한 번도 이런 일은 없었습니다."
라고 말하기에 남자가 자세히 살펴보니 신분이 아주 미천한 사람 같지는 않았다. 그래서 가엽게 여겨 일으켜 세워보려 했지만 여자는 꼼짝도 하지 않았다.

그때 남자가 맞은편의 토담 쪽을 무심코 쳐다보니 토담에 뚫린 구멍에서 큰 뱀이 머리를 조금 안으로 집어넣고 이 여자를 지긋이 지켜보고 있었다. 남자는
'그렇다면 이 뱀이 소변을 보고 있는 여자의 음부를 보고 욕정을 일으켜 여자의 정신을 잃게 하여, 일어설 수 없게 된 것이다.'
라고 알아차리고 허리에 꽂은 단도를 뽑아서 뱀이 있는 구멍의 입구에 칼날을 안쪽으로 향하게 하여 단단히 찔러 꽂았다.

그렇게 해 두고 나서, 종자들에게 여자의 몸을 들어 올려 일으켜 세우게 한 후 그곳을 벗어났다. 그때 갑자기 뱀이 토담의 구멍에서 창을 찌르듯이 튀어나왔기 때문에, 그대로 두 동강이 나고 말았다. 뱀은 1척尺[10] 정도나 찢어졌기 때문에 구멍에서 나오지도 못하고 죽어 버렸다. 놀랍게도 뱀이 여자를 뚫어지게 쳐다보아 정신을 잃게 한 것이었는데, 갑자기 여자가 떠나가는 것을 보고, 칼이 꽂아 있는 것도 알아차리지 못하고 튀어나온 것임에 틀림없다. 이렇듯 뱀의 마음은 이루 말할 수도 없이 무서운 것이다. 지나다니는 많은 사람들이 모여들어 이 뱀을 본 것도 당연한 일이었다.

남자는 다시 말을 타고 갔다. 칼은 종자가 뽑아냈다. 여자의 일이 마음에

10   *약 30센티.

걸러서 종자를 딸려 확실하게 집까지 잘 데려다 주도록 시켰다. 여자는 중병에 걸린 사람처럼 종자의 손에 이끌려 비틀비틀 걸어갔다. 참으로 인정 많은 남자이다. 서로 누구인지도 몰랐지만 남자에게는 분명 자비심이 있었을 것이다. 그 후 어떻게 되었는지는 모른다.

그러므로 이 이야기를 들은 여자는, 그와 같은 덤불을 향해 용변을 보아서는 안 된다.

이 이야기는 실제로 본 사람들이 이야기한 것을 듣고 전해서, 이렇게 이야기로 전하여 내려오고 있다 한다.

蛇見女陰発欲出穴当刀死語第四

뱀이 여성의 음부를 보고 욕정을 일으켜 구멍에서 나오다 칼에 맞아 죽은 이야기

今昔、若キ女ノ有ケルガ、夏ノ比、近衛ノ大路ヲ西様ニ行

ケルガ、小一条ト云フハ宗形也、其ノ北面ヲ行ケル程ニ、小

便ノ急也ケルニヤ、築垣ニ向テ南向ニ突居テ尿ヲシケレバ、

共ニ有ケル女ノ童ハ大路ニ立テ、「今ヤ為畢テ立、々」ト思

ヒ立リケルニ、辰ノ時許ノ事ニテ有ケルガ、漸ク一時許不

立ザリケレバ、女ノ童、「此ハ何カニ」ト思テ、「ヤ、」ト思

ケレドモ、物モ不云デ只同ジ様ニテ居タリケルガ、漸ク二時

許ニモ成ニケレバ、日モ既ニ午時ニ成ニケリ。女ノ童物云ヘ

ドモ何ニモ答ヘモ不為ザリケレバ、幼キ奴ニテ只泣立リケリ。

其ノ時ニ馬ニ乗タル男ノ、従者数具シテ其ヲ過ケルニ、

女ノ童泣立リケルヲ見テ、「彼レハ何ド泣ゾ」ト、従者ヲ

以テ問セケレバ、「然々ノ事ノ候ヘバ」ト云ケレバ、男見ル

ニ、実ニ、女ノ中結テ市女笠着タル、築垣ニ向テ蹲ニ居タ

リ。「此ハ何ヨリ居タル人ゾ」ト問ケレバ、女ノ童、「今朝ヨ

リ居サセ給ヘル也。此テ二時ニハ成ヌ」ト云テ泣ケレバ、男

怪ガリテ馬ヨリ下テ、寄テ女ノ顔ヲ見レバ、顔ニ色モ無クテ、

死タル者ノ様ニテ有ケレバ、「此ハ何カニ。病ノ付タルカ。例モ此ル事ヤ有ル」ト問ケレバ、主ハ物モ不云ズ。女ノ童、「[一]前々此ル事無シ」ト云ヘバ、男ノ見ルニ、[二]無下ノ下主ニハ非ネバ、糸惜クテ引立ケレドモ、不動ザリケリ。

然ル程ニ男、[三]急ト向ノ築垣ノ方ヲ不意ズ見遣タルニ、築垣ノ穴ノ有ケルヨリ、大ナル蛇ノ頭ヲ少シ引入テ、此ノ女ヲ守テ有ケレバ、「[四]然ハ、此ノ蛇ノ、女ノ尿シケル[五]前ヲ見テ、愛欲ヲ発シテ[六]蕩タレバ不立ヌ也ケリ」ト心得テ、前ニ指タリケル[七]一トビノ釼ノ様ナルヲ抜テ、其ノ蛇ノ有ル穴ノ口ニ、奥ノ方ニ[八]刀ノ歯ヲシテ強ク立テケリ。

然テ、従者共ヲ以テ女ヲ[九]済上テ、引立テ其ヲ去ケル時ニ、蛇俄ニ築垣ノ穴ヨリ、[一〇]鉾ヲ突ク様ニ出ケル程ニ、二ニ割ニケリ。一尺許割ニケレバ否不出ズシテ死ケリ。[一一]早ウ、女ヲ守テ蕩シテ有ケルニ、俄ニ去ケルヲ見テ、刀ヲ立タルヲモ不知デ出ケルニコソハ。然レバ、蛇ノ心ハ奇異ク怖シキ者也カシ。諸ノ行来ノ人集テ見ケルモ理也。

男ハ馬ニ打乗テ行ニケリ、従者刀ヲバ取テケリ。女ヲバ[一二]不審ガリテ従者ヲ付テゾ慥ニ送リケル。然レバ吉ク病ヒシタル者ノ様ニ、手ヲ被捕テゾ、漸ゞ、行ケル。男哀レ也ケル者ノ心カナ。互ニ誰トモ不知ネドモ、慈悲ノ有ケルニコソハ。其ノ後ノ事ハ不知ズ。

然レバ此レヲ聞カム[一三]女ナ、[一四]然様ナラム藪ニ向テ、然様ノ事ハ不為マジ。

此レハ見ケル者共ノ語ケルヲ聞継テ、此ク語リ伝ヘタルトヤ。

낮잠 자는 승려의 성기를 본 뱀이
정액을 받아먹고 죽은 이야기

이것도 어느 여름의 일, 주승主僧을 모시고 미이데라三井寺에 간 젊은 승려가 낮잠의 꿈에 젊은 미녀와 정을 통하고 잠에서 깨어나 옆을 보니 5척尺 정도의 뱀이, 입에서 정액을 토해 내고 죽어 있었다. 승려는 꿈속의 성교를 뱀의 소행이라는 것을 깨닫고, 놀람과 공포로 잠시 동안 환자처럼 되었다고 한다. 뱀이 여성의 음부를 범한 앞 이야기든 뱀이 남근을 범한 이 이야기든, 모두 뱀의 다음多婬을 전하는 세간의 이야기로, 음욕이 화근이 되어 뱀이 죽었다고 하는 모티브도 두 이야기에 공통적으로 보인다.

이제는 옛이야기이지만, 어느 고승[1]을 곁에서 모시는 젊은 승려가 있었다. 이 승려는 처자식을 두고 있었다.

그가 고승을 모시고 미이데라三井寺[2]에 갔다. 여름이라 낮부터 졸음이 몰려왔다. 넓은 승방이었기에 인적이 없는 곳으로 가서, 문지방을 베고 누웠다. 푹 잠이 들었고, 깨우는 사람도 없기 때문에 긴 시간 자고 있었다. 그런데 꿈속에서 자기 옆에 다가온 예쁜 젊은 여자와 함께 누워 마음껏 관계를 맺고 사정하고, 문득 잠에서 깨서 옆을 보니 5척尺[3] 정도나 되는 뱀이

---

1   매우 고귀한 승려의 의미이지만, 여기서 고귀하다고 평가되고 있는 것은 그 승려의 득도의 깊이 · 덕의 높음 등 내면적인 것이 아니라, 신분 · 사회적 지위의 높음에 의한 것임.

2   → 사원명.

3   1척은 약 30센티.

있었다. 승려가 놀라 벌떡 일어나 자세히 보니, 뱀이 죽은 채로 입을 벌리고 있었다. 놀랍기도 하고, 무섭기도 했다. 그리고 자신의 남근을 보니 사정을 하여 젖어 있었다. 승려가 그렇다면 내가 자는 동안 예쁜 여자와 꿈에서 관계를 맺었던 것은, 이 뱀과 관계를 맺었던 것인가라고 생각하자, 이루 말할 수 없이 무서워졌다. 그리고 승려가 뱀의 열린 입을 보니 정액을 입에서 토해내고 있었다.

승려가 이것을 보고

'놀랍게도 내가 푹 잠들어 있는 사이, 성기가 발기한 것을 뱀이 보고 가까이 다가가 성기를 삼킨 것을, 나는 여자와 관계했다고 생각한 것이다. 그리고 사정했을 때에 뱀이 고통을 견디지 못하고 죽은 것이로구나.'

라고 알아차리자마자 이루 말할 수 없이 무서워져 그곳에서 도망쳐 나와 사람들의 눈에 띄지 않는 곳에서 성기를 꼼꼼히 씻었다. 그리고 이 일을 누군가에게 말할까라고도 생각했지만 이런 쓸데없는 일을 사람에게 말해서 소문이 난다면

"저 녀석은 뱀과 관계를 맺은 승려다."

라는 말을 듣지는 않을까라는 생각이 들었기 때문에 말하지 않고 있었다. 하지만 역시 이 일은 매우 기괴한 일이었으니, 결국 특별히 친한 승려에게 이야기를 들려주었고, 이야기를 들은 승려도 매우 무서워했다.

그러므로 인적이 없는 곳에서 혼자서 낮잠을 자서는 안 된다. 그러나 이 승려는 그 후 별다른 일은 없었다.

'짐승이 인간의 정액을 먹으면 견디지 못하고 반드시 죽고 만다.'

는 것은 사실이었다. 승려도 두려워서 한동안 병이 난 것 같은 상태였다.

이 이야기는 이야기를 들려준 승려가 이야기한 것을 들은 사람이 이야기로 전하여 이렇게 내려오고 있다 한다.

蛇見僧昼寝間呑受嬶死語第(一五)

今昔、若キ僧ノ有ケルガ、止事無キ僧ノ許ニ宮仕シケル有ケリ。妻子ナド具シタル僧也ケリ。

其レガ主ノ共ニ三井寺ニ行タリケルニ、夏ノ比、昼間ニ眠タカリケレバ、広キ房ニテ有ケルニ、人離レタル所ニ寄テ、長押ヲ枕ニシテ寝ニケリ。吉ク寝タリケルニ、驚カス人モ無カリケレバ、久ク寝タリケル夢ニ、美キ女ノ若キガ傍ニ来タルト見テ、急ト驚キ覚タルニ、傍ヲ見レバ、五尺許ノ蛇有リ。愕テカサト起テ見レバ、蛇死テ口ヲ開テ有リ。奇異ク恐シクテ、我ガ前ヲ見レバ、嬶ヲ行ジテ湿タリ。「然ハ我レハ寝タリツルニ美キ女ト婚ト見ツルハ、此ノ蛇ト婚ケルカ」ト思フニ、物モ不思エズ恐シクテ、蛇ノ開タル口ヲ見レバ、嬶口ニ有テ吐出シタリ。

此レヲ見ルニ、「早ウ、我ガ吉ク寝入ニケル、間ノ発タリケルヲ、蛇ノ見テ寄テ呑ケルガ、女ヲ嫁ト思エケル也ケリ。然テ嬶ヲ行ジツル時ニ、蛇ノ否不堪デ死ニケル也ケリ」ト心得ルニ、奇異ク恐シクテ、其ヲ去テ、隠ニテ閇ヲ吉ク洗テ、「此ノ事人ニヤ語ラム」ト思ケレドモ、「由無キ事ニ語テ聞エナバ、『蛇嫁タリケル僧也』トモゾ被云」ト思ケレバ、遂ニ吉ク親カリケル僧ニ語ケルニ、尚此ノ事ノ奇異ク思エケレバ、不語ザリケルニ、聞ク僧モ極ジク恐ケリ。

然レバ人離レタラム所ニテ、独リ昼寝ハ不可為ズ。然レドモ此ノ僧、其ノ後別ノ事無カリケリ。「畜生ハ人ノ嬶ヲ受ケツレバ、否不堪デ必ズ死ヌ」ト云フハ実也ケリ。僧モ憶病ニ暫ハ病付タル様ニテゾ有ケル。

此ノ事ハ其ノ語リ聞ケル僧ノ語ケルヲ聞タル者ノ此ク語リ伝ヘタルトヤ。

금석이야기집今昔物語集

부록

출전·관련자료 일람

1. 『금석 이야기집』의 각 이야기의 출전出典 및 동화同話·유화類話, 기타 관련문헌을 명시하였다.
2. 「출전」란에는 직접적인 전거典據(2차적인 전거도 기타로서 표기)를 게재하였고, 「동화·관련자료」란에는 동문성同文性 또는 동문적 경향이 강한 문헌, 또 시대의 전후관계를 불문하고, 간접적으로라도 어떠한 관련이 있다고 판단되는 문헌, 자료를 게재했고, 「유화·기타」란에는 이야기의 일부 또는 소재의 유사성이 있다고 판단되는 문헌을 게재했다.
3. 각 문헌에는 관련 및 전거가 되는 권수(한자 숫자), 이야기·단수(아라비아숫자)를 표기하였으며, 또한 편년체 문헌의 경우 연호年號·해당 연도를 첨가하였다.
4. 해당 일람표의 작성에는 여러 선행 연구에 의거하는 부분이 많은데, 특히 일본고전문학전집 『금석 이야기집』 각 이야기 해설(곤노 도루今野達 담당)에 많은 부분의 도움을 받았다.

권28

권/화	제 목	출 전	동화·관련자료	유화·기타
권28 1	近衛舍人共稻荷詣重方値女語第一	未詳		狂言「花子」「釣針(釣女)」「二九十八」舍人の失敗(瀧井孝作)
2	賴光郎等共紫野見物語第二	未詳		
3	圓融院御子日參曾禰古忠語第三	未詳	小右記永觀三年二月一三日條 古事談一15 大鏡裏書六紫野子日事 中古歌仙三十六人傳	
4	尾張守□□五節所語第四	未詳		
5	越前守爲盛付六衛府官人語第五	未詳		小右記長和四年七月五日條
6	歌讀元輔賀茂祭渡一條大路語第六	未詳	宇治拾遺物語162	古事談一28 續古事談一16 今昔二八26

권/화	제 목	출 전	동화·관련자료	유화·기타
7	近江國矢馳郡司堂供養田樂語第七	未詳		
8	木寺基僧依物答付異名語第八	未詳		
9	禪林寺上座助泥鮍破子語第九	未詳	二中歷一能歷·私曲	
10	近衛舍人秦武員鳴物語第十	未詳		宇治拾遺物語34 今物語51 沙石集(梵舜本)六8
11	祇園別當感秀被行誦經語第十一	未詳		沙石集(米澤本)五末2 のろま狂言「長持男」
12	或殿上人家忍名僧通語第十二	未詳		
13	銀鍛治延正蒙花山院勘當語第十三	未詳		
14	御導師仁淨云合牛物被返語第十四	未詳		今昔一〇9 俊賴髓腦 宇治拾遺物語152 十訓抄三1 古今著聞集五152 六183 穎原本犬筑波 醒睡抄 민담「西行と小僧」「西行戻りの松」
15	豊後講師謀從鎭西上語第十五	未詳	本朝語園六320	
16	阿蘇史値盜人謀遁語第十六	未詳		浮世はなし鳥追剝 古典落語「藏前駕籠(そってん芝居)」
17	左大臣御讀經所僧醉茸死語第十七	未詳	小右記寛弘二年四月八日條 日本紀略寛弘二年四月八日條 御堂關白記寛弘元年一〇月二九日條	
18	金峰山別堂食毒茸不醉語第十八	未詳		
19	比叡山横河僧醉茸誦經語第十九	未詳		
20	池尾禪珍內供鼻語第二十	未詳	宇治拾遺物語25	鼻(芥川龍之介)
21	左京大夫□□付異名語第二十一	未詳	宇治拾遺物語124	
22	忠輔中納言付異名語第二十二	未詳	類聚本系江談抄三16(醍醐寺本166 前田家本60)	

권/화	제 목	출 전	동화 · 관련자료	유화 · 기타
23	三條中納言食水飯語第二十三	未詳	宇治拾遺物語94 古今著聞集一八644	
24	穀斷聖人持米被咲語第二十四	未詳	宇治拾遺物語145 文德實錄齊衡元年七月二二日條 政事要略 令抄卿戶令	大智度論一六 古今著聞集一二424
25	彈正弼源顯定出閤被咲語第二十五	類聚本系江談抄二31範國恐懼事(醍醐寺本57,前田家本19)		古事談一54 看聞御記永享五年四月二二日條
26	安房守文室清忠落冠被咲語第二十六	未詳	御堂關白記寛弘四年正月二八日條	今昔二八6
27	伊豆守小野五友目代語第二十七	未詳		
28	尼共入山食茸舞語第二十八	未詳		
29	中納言紀長谷雄家顯狗語第二十九	未詳		武道傳來記五4火燵もありく四足の庭
30	左京屬紀茂經鯛荒卷進大夫語第三十	未詳	宇治拾遺物語23	
31	大藏大夫藤原淸廉怖猫語第三十一	未詳		今昔二八32
32	山城介三善春家恐蛇語第三十二	未詳		今昔二八31
33	大藏大夫紀助延郎等屑被咋龜語第三十三	未詳		法苑珠林六五
34	筑前守藤原章家侍錯語第三十四	未詳		
35	右近馬場殿上人種合語第三十五	未詳	敎訓抄五高麗曲物語·壹越調曲·納蘇利條 吉野古水院樂書 體源抄九 本朝通鑑長元元年條	江家次第一九 宇治拾遺物語144 古事談三88 續本朝往生傳沙門增賀 類聚本系江談抄一44 發心集一5 增賀上人行業記 私聚百因緣集八3 元亨釋書一〇 三國傳記一〇15
36	比叡山無動寺義淸阿闍梨嗚呼繪語第三十六	未詳		

권/화	제 목	출 전	동화·관련자료	유화·기타
37	東人通花山院御門語第 三十七	未詳		
38	信濃守藤原陳忠落入御 坂語第三十八	未詳		今昔二〇36
39	寸白任信濃守解失語第 三十九	未詳		
40	以外術被盜食瓜語第 四十	未詳	本朝語園七354	搜神記一24 法苑珠林七六十惡編綺語部引證部 聊齋志異一14
41	近衛御門倒人蝦蟆語第 四十一	未詳		
42	立兵者見我影成怖語第 四十二	未詳		
43	傅大納言鳥帽子侍語第 四十三	未詳		
44	近江國篠原入墓穴男語 第四十四	未詳		七卷本寶物集六 雜談集四7 法華經直談鈔方便品 近江縣物語七 木曾街道膝栗毛垂井宿條

권29

권/화	제 목	출 전	동화·관련자료	유화·기타
권29 1	西市藏人盜人語第一	未詳		古事談四1
2	多衰丸調伏丸二人盜人語第二	未詳		
3	不被知人女盜人語第三	未詳		古今著聞集一二432·433 類聚國史八七延曆二〇年九月二五日條 續日本後紀承和四年一二月五日條 文德實錄天安元年一〇月二三日條 三代實錄貞觀一一年七月五日條 新今昔物語(菊池寬)
4	隱世人智成□□□□語第四	未詳		
5	平貞盛朝臣於法師家射取盜人 語第五	未詳		
6	放免共爲强盜入人家被捕語第 六	未詳	小右記長德二年六月 一四日·寬仁三年四月 一二日條	
7	藤大夫□□家入强盜被捕語第 七	未詳		

권/화	제목	출전	동화·관련자료	유화·기타
8	下野守爲元家入强盜語第八	未詳	小右記萬壽元年一二月八日·同二年三月一七日·同年七月二五日·同月二八日條 左經記萬壽二年四月五日條	
9	阿彌陀聖殺人宿其家被殺語第九	未詳		今昔二六21
10	伯耆國府藏入盜人被殺語第十	未詳		
11	幼兒盜瓜蒙父不孝語第十一	未詳		
12	筑後前司源忠理家入盜人語第十二	未詳		
13	民部大夫則助家來盜人告殺害人語第十三	未詳		今昔二四14 二九14
14	九條堀河住女殺夫哭語第十四	未詳		今昔二九13 一休諸國物語二 韓非子難三38 酉陽雜俎續集四954 搜神記一一298 太平御覽487 太平廣記171嚴遵 論衡一〇 獨異志下 疑獄集 折獄龜鑑 棠陰比事 아라비안나이트948夜
15	檢非違使盜絲被見顯語第十五	未詳	中右記寬治八年九月一日條	
16	或所女房以盜爲業被見顯語第十六	未詳		今昔二九3 古今著聞集一二433
17	攝津國來小屋寺盜鍾語第十七	未詳	十訓抄七23	
18	羅城門登上層見死人盜人語第十八	未詳		羅生門(芥川龍之介)
19	袴垂於關山虛死殺人語第十九	未詳		今昔二五7
20	明法博士善澄被殺强盜語第二十	未詳	日本紀略寬弘七年七月某日條 系圖纂要號外五淸原氏 御堂關白記寬弘四年五月三〇日條	
21	紀伊國晴澄値盜人語第二十一	未詳		今昔二三15
22	詣鳥部寺女値盜人語第二十二	未詳		今昔二九6

권/화	제목	출전	동화·관련자료	유화·기타
23	其妻行丹波國男於大江山被縛第二十三	未詳		藪の中(芥川龍之介)
24	近江國主女將行美濃國賣男語第二十四	未詳		
25	丹波守平貞盛取兒干語第二十五	未詳		金澤文庫本觀音利益集32 淨瑠璃「奧州安達原」第四段
26	日向守□□殺書生語第二十六	未詳		今昔一六25 二〇36 二八38
27	主殿頭源章家造罪語第二十七	未詳		
28	住清水南邊乞食以女謀入人殺語第二十八	未詳		淺草の石枕傳說(廻國雜記淺草條 江戶砂子二淺草寺條) 朝日堂夕日堂傳說(栃木縣茂木町) 續續城說話(今昔一一11 打聞集18 宇治拾遺物語170) 安達原の一つ家傳說
29	女被捕乞匃棄子逃語第二十九	未詳		
30	上總守維時郎等打雙六被突殺語第三十	未詳		今昔二三17 二五4 二六23 牛若丸와 辨慶 설화 一寸法師의 鬼退治 설화
31	鎭西人渡新羅値虎語第三十一	未詳	宇治拾遺物語39	
32	陸奧國狗山狗咋殺大蛇語第三十二	未詳		搜神記二〇458 三國傳記二18 榻鴫曉筆九14 近江國與地志略犬上郡富尾村犬上神社條 민담「忠義な犬」
33	肥後國鷲咋殺蛇語第三十三	未詳		古今著聞集二〇718
34	民部卿忠文鷹知本主語第三十四	類聚本系江談抄三22 忠文民部卿好鷹事(醍醐寺本61, 前田家本24)		
35	鎭西猿打殺鷲爲報恩與女語第三十五	未詳		민담「猿報恩」「猿と貝」
36	於鈴香山蜂螫殺盜人語第三十六	未詳		今鏡六唐人の遊び 古事談一92 十訓抄一6 민담「蜂の援助」

권/화	제 목	출 전	동화 · 관련자료	유화 · 기타
37	蜂擬報蜘蛛怨語第三十七	未詳		
38	母牛突殺狼語第三十八	未詳	本朝語園一〇529	
(39)	蛇見女陰發欲出穴當刀死語第	未詳		日本靈異記中41 今昔二四9 古今著聞集二〇694 看聞御記應永二三年七月二六日條 甲子夜話七 三輪山傳說 中國의 雷峰塔緣起譚(西湖佳話一五, 警世通言二八)
(40)	蛇見僧晝寢閇吞受淫死語第	未詳		日本靈異記中41 今昔二四9 沙石集(梵舜本)七4 古今著聞集二〇694·720

인명 해설

1. 원칙적으로 본문 중에 나오는 호칭을 표제어로 삼았으나, 혼동하기 쉬운 경우에는 본문의 각주에 실명實名을 표시하였고, 여기에서도 실명을 표제어로 삼았다.
2. 배열은 한글 표기 원칙에 의한 가나다 순으로 하였다.
3. 해설은 최대한 간략하게 표기하며, 의거한 자료·출전出典을 명기하였다. 이는 일본고전문학전집 『금석 이야기집今昔物語集』의 두주를 따른 경우가 많다.
4. 각 항의 말미에 해당 인물이 등장하는 이야기를 숫자로 표시하였다. 예를 들면 '㉘ 1'은 '권28 제1화'를 가리킨다.

[가]

가루베노 긴토모輕部公友

출생, 사망 시기는 자세히 전해지지 않음. 이치조一條·고이치조後一條 천황의 치세의 근위관인近衛官人. 장덕長德 4년(998)경에는 좌근부생左近府生(『권기權記』). 『소우기小右記』 장화長和 2년(1013) 2월 29일 조에는 "左將監重方云、大原野祭使將監公友、依勅進過狀、依舞人不着摺袴"라고 기록되어 있음. ㉘ 1

가모노 다다유키賀茂忠行

출생, 사망 시기는 자세히 전해지지 않음. 헤이안平安 중기의 음양사陰陽師. 에히토江人의 아들. 천력天曆 3년(949) 『오미 국사해近江國司解』에는 "正六位上權少掾"이라고 되어 있으며, 『존비분맥尊卑分脈』에는 "從五位下丹波權介"라고 되어 있음. 다다유키의 제자로는 아베노 세이메이安倍晴明가 있으며 자식으로는 야스노리保憲, 요시시게노 야스타네慶滋保胤(자쿠신寂心) 등이 있음. ㉙ 5

가잔인花山院

제65대, 가잔花山 천황天皇. 안화安和 원년(968)~관홍寬弘 5년(1008). 재위, 영관永觀 2년(984)~관화寬和 2년(986). 레이제이冷泉 천황의 제1황자. 어머니는 후지와라노 고레마사藤原伊尹의 딸인 가이시懷子. 후지와라노 가네이에藤原兼家의 모략에 의해 가잔지花山寺로 출가. 엔유圓融 천황의 제1황자로, 가네이에의 손자인 이치조 천황에게 보위를 양위함. ㉘ 13·37

간슈感秀

출생, 사망 시기는 자세히 전해지지 않음. 가이슈戒秀를 가리킨다고 추정. 가이슈戒秀는 ?~장화長和 4년(1015). 기요하라노 모토스케淸原元輔의 아들. 동생으로는 무네노부致信와 세이 소납언淸少納言이 있음. 『예악요기叡岳要記』 '堂供養'에는 "定額寺僧戒秀"라고 되어 있음. 『미도관백기御堂關白記』 관홍寬弘 원년(1004) 6월 15일 조에는, 미치나가道長가 기온 감신원祇園感神院에 참배한 기사가 있어, "別當戒秀"라고 보임. 또한 『소우기小

右記』장화長和 4년 윤閏 6월 12일 조에는 병상에 있던 기온祇園 별당別當 가이슈의 저택에 번개가 떨어지고, 수일 후 사망하였다고 함. ⑳ 11

겐진賢尋

정력正曆 3년(992)~천희天喜 3년(1055). 후지와라노 사네카타藤原實方의 아들. 대승정大僧正 사이신濟信의 부법付法. 엔유지圓融寺 별당別當. 영승永承 5년(1050) 권율사權律師, 천희天喜 3년 권소승도權少僧都가 됨(『승강보임僧綱補任』). ⑳ 9

고이치조後一條 천황天皇

제68대 천황. 고이치조 법황. 관홍寬弘 5년(1008)~장원長元 9년(1036). 재위, 장화長和 5년(1016)~장원 9년. 이치조一條 천황의 제2황자. 어머니는 후지와라노 쇼시藤原彰子. 아쓰히라敦成 친왕親王. 관홍寬弘 8년 황태자皇太子가 되고, 장화長和 5년 2월 7일에 즉위. 후지와라노 미치나가藤原道長가 섭정攝政, 후에 후지와라노 요리미치藤原賴通가 관백關白이 됨. 장원長元 9년 4월 17일에 청량전淸凉殿에서 붕어崩御. 29세. 능은 보리수원릉菩提樹院陵. 태어나던 당시의 모습은 『무라사키 식부 일기紫式部日記』에 자세히 전해짐. ⑳ 35

교묘慶命

강보康保 2년(965)~장력長曆 2년(1038). 후지와라노 다카토모藤原孝友의 아들. 헨쿠遍敎, 가슈賀秀, 교엔慶圓의 제자. 장보長保 4년(1002) 호쇼지法性寺 아사리阿闍梨. 다음 해 손에이尊叡 승도僧都가 물러나고, 권율사權律師가 됨(『승강보임僧綱補任』). 만수萬壽 5년(1028) 6월 19일에 제27대 천태좌주天台座主. 장원長元 4년(1031) 대승정大僧正. 무도지無動寺 검교檢校였기 때문에 무도지 좌주座主로 불림. 후지와라노 미치나가藤原道長에 중용되어 미치나가가 행한 수법修法에 자주 관련됨(『미도관백기御堂關白記』 장화長和 2년〈1013〉 8월 14일 조 등). ⑳ 36

교반慶範

장덕長德 3년(997)~건평康平 4년(1061). 후지와라노 야스타카藤原安隆의 아들(『무도지 검교차제無動寺檢校次第』). 이 이야기 집에서는 기미마사公正의 아들로 되어 있으나, 잘못된 것임. 대승정大僧正 교묘慶命의 제자. 장원長元 6년(1033) 권율사權律師, 장구長久 4년(1043) 권소승도權少僧都, 다음 해 소승도少僧都, 천희天喜 3년(1055) 권승정權僧正, 강평康平 3년 승정僧正. 호쇼지法性寺 별당別當・호코지法興寺 별당・소지지惣持寺 별당・평등원平等院 권별당權別當을 역임. 가인歌人으로도 유명함(『존비분맥尊卑分脈』). 엔조보圓城房 승정僧正이라고 불림. ⑳ 36

교엔敎圓

천원天元 원년(978)~영승永承 2년(1047). 후지와라노 다카타다藤原孝忠의 아들. 지쓰인實因 승도僧都의 제자. 치안治安 3년(1027) 법교法橋, 만수萬壽 4년(1027) 법안法眼, 장원長元 원년(1028) 권소승도權少僧都, 만수 6년 권대승도權大僧都. 보당원寶幢院 검교檢校로는 장원長元 원년에 임명되었음. 장력長曆 2년(1038) 대승도大僧都가 되고, 다음해 3월 12일, 제28대 천태좌주天台座主에 취임. 설경說經에 뛰어났음. 『영화 이야기榮花物語』 권29에는 겐시姸子의 35일의 법요法要에서, 교엔이 뛰어난 설법을 행하여, 어머니인 미나모토노 린시源倫子의 눈물을 흘리게 한 기사가 보임. ⑳ 7

구조도노九條殿

후지와라노 모로스케藤原師輔. 연희延喜 8년

(908)~천덕天德 4년(960). 아버지는 다다히라忠平. 어머니는 미나모토노 요시아리源能有의 딸 아키코昭子. 우대신右大臣. 종이위從二位. '구조 도노'는 구조문九條門의 남쪽, 마치지리町尻의 동쪽에 그 저택에 있었기에 붙은 호칭(『습개초拾芥抄』). 일기『구력九曆』, 고실서故實書『구조연중행사九條年中行事』가 있음. ② 9

기노 도키후미紀時文

출생, 사망 시기는 자세히 전해지지 않음. 쓰라유키貫之의 아들. 어머니는 후지와라노 시게모치藤原滋望의 딸. 대선대부大膳大夫·목공두木工頭·내장조內藏助. 종오위상從五位上.『후찬집後撰集』의 편자 5인(나시쓰보梨壺의 5인) 중의 한 명.『후습유집後拾遺集』을 비롯한 칙찬집勅撰集에 다섯 수가 수록되어 있음. 능서가能書家로 유명. ② 3

기노 하세오紀長谷雄

승화承和 12년(845)~연희延喜 12년(912). 사다노리貞範의 아들. 정관貞觀 18년(876) 문장생文章生이 되고, 스가하라노 미치자네菅原道眞의 문하생으로 들어감. 소외기少外記를 거쳐 관평寬平 2년(890) 문장박사文章博士. 대학두大學頭·식부대보式部大輔·참의參議·권중납언權中納言 등을 역임하여 연희延喜 11년 중납언中納言. 시문가詩文家로 유명하고, 한시문집漢詩文集에『기가집紀家集』이 있음. 또한 일문逸文만 남아 있지만,『기가괴이실록紀家怪異實錄』이라는 괴이한 이야기를 수록한 것도 있음. 연희延喜 12년 2월 10일, 68세로 사망. ② 29

기요하라노 모토스케淸原元輔

연희延喜 8년(908)~영조永祚 2년(990). 하루미쓰春光의 아들. 후카야부深養父의 손자. 자식으로는 세이 소납언淸少納言이 있음. 가와치河內 권소

승權少丞·소감물少監物·중감물中監物·대장소승大藏少丞·민부소승民部少丞·민부대승民部大丞·가와치河內 권수權守·스오周防 수령·히고肥後 수령 등을 역임. 종오위상從五位上. 가인으로도 유명하고, 삼십육가선三十六歌仙 중의 한 명.『후찬집後撰集』의 편자(나시쓰보梨壺의 5인) 중의 한 명. 칙찬집勅撰集에는 백 수나 되는 노래가 수록되어 있음. 가집家集에는『모토스케집元輔集』이 있음. ② 3·6

기요하라노 요시즈미淸原善澄

천경天慶 6년(943)~관홍寬弘 7년(1010). 요시카吉柯의 아들. 직강直講·조교助敎. 종오위하從五位下.『이중력二中曆』일능력一能曆의 명경明經의 항목에 이름이 보임.『미도관백기御堂關白記』관홍寬弘 4년 5월 30일 조에는 "善澄如狂人. 未如此奇事. 衆人成恐. 若是狂歟、若醉歟云. 是本性云々. 追立事了"로 되어 있어, 그 기행奇行이 기록되어 있음.『일본기략日本紀略』에 의하면, 관홍寬弘 7년 7월, 도적에 의해 살해되었다고 함. 명법明法박사博士였다는 것은 미상. ② 20

ⓝ

노부마사延正

출생, 사망 시기는 자세히 전해지지 않음.『소우기小右記』영관永觀 3년(985) 2월 7일 조條에 "召銀鍛治延正. 令打銀器"라고 되어 있음. 본집 권28 제13화에서 가잔인花山院이 그를 총애하고 있던 것을 생각하면, 높은 신분의 사람들을 고객으로 하는 솜씨 좋은 세공사細工師였을 것으로 추정. ② 13

ⓓ

다이고醍醐 천황天皇

제60대 천황天皇. 인화仁和 원년(885)~연장延長 8

년(930). 재위 관평寬平 9년(897)~연장 8년. 우다宇多 천황天皇의 제1황자. 어머니는 후지와라노 다카후지藤原高藤의 딸, 인시胤子. 후지와라노 도키히라藤原時平를 좌대신左大臣으로, 스가와라노 미치자네菅原道眞를 우대신右大臣으로 삼았으며, 천황친정天皇親政에 의한 정치를 행하여, 후세에 '연희延喜의 치세'라 불림. 이 천황의 치세 때,『일본삼대실록日本三代實錄』,『유취국사類聚國史』,『고금집古今集』,『연희격식延喜格式』등의 편찬이 이루어져, 문화사업文化事業으로서 주목해야 할 점이 많음. ㉙ 14

다이라노 도키미치平時道

출생, 사망 시기는 자세히 전해지지 않음. '時通'라고도 함. 관홍寬弘 9년(1012)에서 만수萬壽 2년(1025)에 걸쳐 우병위부右兵衛府·우위문부右衛門府의 위尉를 역임. 좌위문위左衛門尉라고 하는 기록은 아직 보지 못함.『소우기小右記』,『좌경기左經記』에 의하면, 사건 당시에는 우위문위右衛門尉. 또한『조야군재朝野群載』권11·연위延尉의 만수 2년 5월 3일자 선지宣旨에 의하면, 검비위사檢非違使·우위문대위右衛門大尉로 야마토 지방大和國에 강도추포强盜追捕를 위해 파견되었음. ㉘ 2

다이라노 사다모리平貞盛

?~영조永祚 원년(989)?. 구니카國香의 아들. 통칭은 헤이타平太. 승평承平 5년(935) 다이라노 마사카도平將門에 의해 아버지가 살해당하여, 추토追討를 시도하였으나 실패. 그러나 천경天慶 3년(940) 2월에 시모쓰케 압령사下野押領使인 후지와라노 히데사토藤原秀鄕와 함께 마사카도 추토에 성공. 그 공功으로 인해 종오위상從五位上 우마조右馬助가 됨. 그 후, 진수부장군鎭守府將軍. 천록天祿 3년(972) 정월에 단바 수丹波守, 천연天延 2년(974) 11월에 무쓰陸奧 수령이 됨(『유취부선초類聚符宣抄』). 종사위하從四位下. ㉙ 5·25

다이라노 사다미치平貞道

출생, 사망 시기는 자세히 전해지지 않음. 요시후미良文의 차남. 옛 이름은 다다미치忠道. 관백關白 후지와라노 다다미치藤原忠通와 동명同名인 것을 피하고자 '사다미치'라고 개칭(평군계도平群系圖). 무라오카村岡 지로다이후二郎大夫라고 칭함. 사가미 대연相模大椽, 종오위하從五位下. 미나모토노 요리미츠源賴光 4천왕四天王(와타나베노 쓰나渡邊綱·다이라노 스에타케平季武·다이라노 사다미치·사카타노 긴토키坂田公時)의 세 번째. ㉘ 2 ㉙ 19

다이라노 스에타케平季武

출생, 사망 시기는 자세히 전해지지 않음. 미나모토노 요리미쓰源賴光(948~1021)의 낭등郎等으로, 와타나베노 쓰나渡邊綱, 다이라노 사다미치平貞道, 사카타노 긴토키坂田公時와 함께, 이른바 요리미쓰 사천왕賴光四天王의 한 사람(『고금저문집古今著聞集』·권9·무용武勇12). 단 본집 권28 제2화에는 와타나베노 쓰나의 이름이 보이지 않음. ㉘ 2

[마]

마무타노 다메쿠니茨田爲國

출생·사망 시기는 자세히 전해지지 않음.『소우기小右記』,『미도관백기御堂關白記』등에 보이는 '하타노 다메쿠니秦爲國'로 추정됨. ㉘ 1

마무타노 시게카타茨田重方

출생, 사망 시기는 자세히 전해지지 않음. 마무타노 아이헤이茨田相平의 아들. 근위부近衛府의 관인官人. 정력正曆 4년(993)부터 치안治安 3년(1023)에 걸쳐 좌근부생左近府生·좌근장감左近

將監을 거쳐 야마시로山城 개介에 오름(『권기權記』, 『소우기小右記』). 사령私領을 고후쿠지興福寺 동리東里에 소유하고 있었던 것이 알려져 있음(『헤이안 유문平安遺文』 5·천치天治 2년〈1125〉 8월 25일 매권売劵). ㉘ 1

몬토쿠文德 천황天皇

제55대 천황. 천장天長 4년(827)~천안天安 2년(858). 재위, 가상嘉祥 3년(850)~천안 2년. 다무라田邑 천황天皇이라고도 함. 닌묘仁明 천황天皇의 제1황자. 어머니는 후지와라노 노부코藤原順子. 천안 2년 32세의 나이로 붕어崩御. ㉘ 24

무라카미村上 천황天皇

연장延長 4년(926)~강보康保 4년(967). 제62대 천황. 재위, 천경天慶 9년(946)~강보 4년.다이고醍醐 천황의 제14황자(『일본기략日本紀略』). 어머니는 후지와라노 모토쓰네基經의 딸인 온시隱子. 천력天曆 3년(949)의 후지와라노 다다히라藤原忠平의 사후에는 섭정攝政· 관백關白을 두지 않고, 친정親政을 행했음. 무라카미 천황의 치세는 다이고 천황의 치세와 함께, 연희延喜·천력天曆의 치治라고 하여 후세에 성대聖代로 여겨짐. 일기로는 『무라카미 천황어기村上天皇御記』가 있음. ㉘ 21

미나모토노 구니마사源邦正

출생, 사망 시기는 자세히 전해지지 않음. 다이고 천황醍醐天皇의 아들인, 삼품三品 식부경式部卿 시게아키라重明 친왕親王의 장남. 어머니는 후지와라노 다다히라藤原忠平의 딸. 종사위하從四位下. 시종侍從·좌경대부左京大夫로 임명되었으며, 아오靑 시중侍從이라고 불림. 또한 세간 사람들에게는 아오쓰네靑常라는 이명異名으로 불렸다고 함(『존비분맥尊卑分脈』, 『본조황윤소운록本朝皇胤紹運錄』). ㉘ 21

미나모토노 다다마사源忠理

출생, 사망 시기는 자세히 전해지지 않음. 고코 미나모토 씨光孝源氏. 스케마사助理의 아들. 종오위하從五位下·지쿠고筑後 수령에 이름(『존비분맥尊卑分脈』). 후지와라노 지카토藤原親任의 장인에 해당하며, 형제로는 다메마사爲理가 있음. ㉙ 12

미나모토노 시게유키源滋之

'重之'라고도 함. 출생, 사망 시기는 자세히 전해지지 않음. 가네노부兼信의 아들로, 백부伯父인 가네타다兼忠의 양자가 됨. 좌근장감左近將監·사가미相模 권수權介. 후반생後半生은 관직을 받지 못하고 만년晩年인 장덕長德 원년(995) 무쓰陸奧 수령 후지와라노 사네카타藤原實方를 수행하며 무쓰로 내려감. 무쓰에서 장보長保 연간年間(999~1004)에 사망. 삼십육가선三十六歌仙의 한 사람. 사가집私家集으로는 『시게유키집重之集』이 있음. ㉘ 3

미나모토노 아키모토源顯基

장보長保 2년(1000)~영승永承 2년(1047). 미나모토 씨源氏. 아버지는 권대납언權大納言 미나모토노 도시카타源俊賢. 어머니는 우근위독右近衛督 후지와라노 다다기미藤原忠君의 딸. 후지와라노 요리미치藤原賴通의 양자養子가 되었으며, 장인두藏人頭·참의參議를 역임하고, 정삼위正三位 권중납언權中納言에 오름. 두중장頭中將은 치안治安 3년(1023)부터 장원長元 2년(1029)까지(『직사보임職事補任』). 고이치조後一條 천황天皇의 총신寵臣. 장원 9년에 천황이 붕어崩御함에 따라 출가하여, 요카와橫川나 오하라大原에 은거. 법명法名은 엔쇼圓照. 충신忠臣은 두 주군을 섬기지 않기에 출가했던 이야기나, 백낙천白樂天의 시를 좋아하여 애송愛誦했던 이야기는 유명함. 관련 일화가 많으며, 『속본조왕생전續本朝往生傳』 4, 『고사담古事談』 권1, 『십훈초十訓抄』 권6 등에 보임. ⑧ 35

미나모토노 아키사다源顯定

?~치안治安 3년(1023). 무라카미 미나모토 씨村上源氏. 다메히라 친왕爲平親王의 아들. 어머니는 미나모토노 다카아키라源高明의 딸. 형제로는 노리사다憲定(?~1017), 요리사다賴定(977~1020), 다메사다爲定 등이 있음. 시종侍從·탄정대필彈正大弼·민부대보民部大輔. 장화長和 5년(1016) 2월, 재궁별당齋宮別當으로 임명됨(『좌경기左經記』, 『일본기략日本紀略』). 종사위상從四位上. 치안 3년 8월 4일 사망(『소우기小右記』). ⑧ 25

미나모토노 아키이에源章家

출생, 사망 시기는 자세히 전해지지 않음. 다이고醍醐 미나모토 씨源氏. 아키토章任의 아들(『존비분맥尊卑分脈』). 『영창기永昌記』 가승嘉承 원년(1106) 10월 16일에는 "延暦肥後章家息"이라는 내용이 있음. ⑧ 27

미나모토노 요리미쓰源賴光

천력天曆 2년(948)~안치治安 원년(1021). 미쓰나카滿仲의 장남. 어머니는 미나모토노 스구루源俊의 딸. 후지와라노 미치나가藤原道長의 충실한 가인家人. 동궁대진東宮大進·동궁량東宮亮·내장두內藏頭·미노美濃 수령·이요伊予 수령·셋쓰攝津 수령 등을 역임. 정사위하正四位下. 오에 산大江山의 슈텐酒呑 동자童子 퇴치나 괴도 기도마루鬼同丸의 추포 등의 이야기는 유명. 『이중력二中曆』 일능력一能曆·무사의 항목에 보임. 치안治安 원년 7월 24일 사망(『존비분맥尊卑分脈』, 『미도관백기御堂關白記』, 『소우기小右記』). ⑧ 2

미나모토노 요리치카源賴親

출생·사망 시기는 자세히 전해지지 않음. 미쓰나카滿仲의 차남. 형세로는 요리미쓰賴光, 요리노부賴信이 있음. 야마토 미나모토 씨大和源氏의 선조. 어머니는 후지와라노 무네타다藤原致忠의 딸. 검비위사檢非違使·좌위문위左衛門尉·좌병승左兵水·궁내승宮內丞·우마두右馬頭·야마토大和 수령·스오周防 수령·아와지淡路 수령·시나노信濃 수령 등을 역임. 정사위하正四位下. 관인寬仁 원년(1017) 3월 8일, 요리치카賴親의 낭등이 전前 대재소감大宰少監 기요하라노 무네노부淸原致信를 살해함. 『미도관백기御堂關白記』 관인寬仁 원년 3월 11일조에는 "人々廣云、件賴親殺人上手也"라고 되어 있음. 이 사건에 대해서는 『미도관백기御堂關白記』나 『부상약기扶桑略記』에 상세하게 나옴. 『이중력二中曆』 일능력一能曆·무사의 항목에 보임. ⑧ 30

㉛

사다토定任

출생, 사망 시기는 자세히 전해지지 않음. 후지와라노 다메모리藤原爲盛의 아들. 자식으로는 사네무네實宗, 아키이에章家 등이 있음. 장원長元 4년(1031) 9월 25일에 행해진 스미요시住吉·기요미즈淸水 참배에는, 조토몬인上東門院 쇼시彰子를 가까이에서 모시는 신하 중 한 사람으로 따라갔음(『영화 이야기榮花物語』31). 이가伊賀·지쿠젠筑前·히젠肥前·야마토大和 수령을 역임. 종사위상從四位上. 『수좌기水左記』 영보永保 원년(1081) 9월 9일 조에는 "大和守定任朝臣出家"라고 되어 있음. ⑧ 34

사카노우에노 하루즈미坂上晴澄

출생, 사망 시기는 자세히 전해지지 않음. 『헤이안 유문平安遺文』 4·1271호·관치寬治 3년(1089)

5월 6일 자의 '散位坂上經澄解案'에 "祖父散位坂上晴澄宿禰"라 되어 있음. 동일인물이라면 11세기 중엽의 인물임. ㉙ 21

사카타노 긴토키板田公時

출생, 사망 시기는 자세히 전해지지 않음. 미나모토노 요리미쓰源賴光(648~1021)의 낭등郎等. 와타나베노 쓰나渡邊綱·다이라노 사다미치平貞道·다이라노 스에타케平季武와 함께, 요리미쓰의 사천왕四天王 중의 한 사람으로 알려짐(『고금저문집古今著聞集』 권9·무용武勇 12). ㉘ 2

산조三條 **우대신**右大臣

후지와라노 사다카타藤原定方. 정관貞觀 15년(873)~승평承平 2년(932). 다카후지高藤의 아들. 어머니는 미야지노 이야마스宮道彌益의 딸. 자식으로는 아사타다朝忠, 아사히라朝成, 아사요리朝頼, 다이고醍醐 천황天皇의 여어女御가 된 노시能子가 있음. 연희延喜 13년(913) 중납언中納言, 연희延喜 19년 우대장右大將, 연희延喜 20년 대납언大納言, 연장延長 2년(924) 우대신右大臣. 사망하기 전까지 우대신으로 있었음. 종이위從二位. 시에 뛰어나, 『고금집古今集』을 비롯한 칙찬집勅撰集에 열아홉 수의 노래를 수록. 가집家集에는 『산조 우대신집三條 右大臣集』이 있음. 승평承平 2년 8월 사망. 후에 종일위從一位가 추증됨. ㉘ 23

산조三條 **중납언**中納言

후지와라노 아사히라藤原朝成. 연희延喜 17년(917)~천연天延 2년(974). 사다카타定方의 6남. 천력天曆 9년(955) 장인두藏人頭, 천덕天德 2년(958) 참의參議, 동 3년 감해유장관勘解由長官, 안화安和 3년(970) 권중납언權中納言, 천록天祿 2년(971) 중납언中納言이 됨. 종삼위從三位. 천연 2년 4월 5일 사망(『공경보임公卿補任』) ㉘ 23

소네노 요시타다曾禰好忠

출생, 사망 시기는 자세히 전해지지 않음. 연장延長 연간年間(923~31) 초기에 출생. 단고丹後 연掾. 육위六位. 세간에서는 '소탄고曾丹後', '소탄曾丹'이라 불림. 가인歌人으로서 유명하며, 중고삼십육가선中古三十六歌仙의 한 사람. 정원貞元 2년(977) 후지와라노 요리타다藤原賴忠의 우타아와세歌合와 장보長保 5년(1003) 후지와라노 미치나가藤原道長의 우타아와세에도 초대되었음. 가집家集으로는 『소탄집曾丹集』(『요시타다집好忠集』)이 있음. ㉘ 3

스자쿠인朱雀院

스자쿠朱雀 천황. 연장延長 원년(923)~천력天曆 6년(952). 제61대 천황. 재위 연장 8년~천경天慶 9년(946). 다이고醍醐 천황의 제11황자. 어머니는 후지와라노 모토쓰네藤原基經 의 딸 온시穩子. 무라카미村上 천황의 동복형제. 연장 3년 10월 21일, 3세의 나이로 동궁東宮. 연장 8년 11월, 8살의 나이로 즉위. 재위 중에 승평承平·천경天慶의 난亂이 발생. 천경 9년 무라카미 천황에게 양위하고 주작원朱雀院을 어소御所로 삼음. 주작원은 우경右京의 삼조三條와 사조四條 사이에 주작대로朱雀大路와 마주하여 세워짐. 시가詩歌에 뛰어났으며, 가집歌集 『스자쿠인어집朱雀院御集』이 있음. 천력 6년 8월 15일 닌나지仁和寺에서 붕어. ㉘ 14

시게아키라重明 **친왕**親王

연희延喜 6년(906)~천력天曆 8년(954). 식부경궁式部卿宮이라고도 함. 다이고醍醐 천황天皇의 제4황자. 어머니는 미나모토노 노보루源昇의 딸. 연희 8년 친왕의 지위를 받음. 초명初名인 마사야스將保를 바꾸어 시게아키라重明로 함. 연장延長 6년(928) 고즈케上野 태수太守가 되었고, 그 후 탄정윤彈正尹·중무경中務卿. 천력 4년에는 식부경式部卿이 됨. 삼품三品. 일기日記로서 『이부왕기吏部王記』가 있음. 와카和歌와 관현管絃에 뛰어나, 관련 일화逸話가 『강담초江談抄』나 『고금저문집古今著聞集』 등에 전승됨. ㉘ 21 ㉙ 34

시모쓰케노 긴스케下野公助

출생, 사망 시기는 자세히 전해지지 않음. 시모쓰케노 아쓰유키下野敦行의 아들(본집 권19 제26화)이라고도, 다케노리武則의 아들(『고사담古事談』 6, 『십훈초十訓抄』 6, 『고금저문집古今著聞集』 8)이라고도 전해짐. 형제로는 기미토모公奉, 기미요리公頼가 있음. 엔유圓融 천황 때부터 고이치조後一條 천황 때에 걸쳐 활약한 근위관인近衛官人. 『소우기小右記』 장화長和 원년(1012) 8월 27일 조條에 "將監公助"라고 기록되어 있음. 장화 5년 4월 18일 '高扶明'가 출사出仕하지 않아서 소환하여 심문했던 때도, '장감將監'이었음(『소우기小右記』). ㉘ 1

시모쓰케노 긴타다下野公忠

출생, 사망 시기는 자세히 전해지지 않음. 시게유키重行의 아들. 아쓰유키敦行의 손자. 미치나가道長, 요리미치頼通의 수행원. 기마騎馬의 명수로, 장화長和 2년(1013) 미치나가저택 행차 때에 경마競馬에서 좌부생左府生 사사키베 고레쿠니雀部是國와의 대전에서 승리함(『소우기小右記』). 부생府生으로서 활약하였으나, 난행亂行으로 인해 미치나가에게 의절을 당하였고, 치안治安 원년(1021) 7월 19일 후지와라노 무네미쓰藤原致光에게 활을 쏘아 입옥入獄, 부생에서 물러나게 됨(『소우기』, 『좌경기左經記』). 그 후 용서를 받아 같은 해 10월 13일 우근부생右近府生(『소우기』). 이후, 요리미치의 수행원으로서 활약. 『춘기春記』 장력長暦 2년(1038) 10월 8일 조條에는, "右近將監下毛野公忠"이라고 되어 있음. ㉘ 35

시모쓰케노 아쓰유키下野敦行

출생, 사망 시기는 자세히 전해지지 않음. 시모쓰케 씨下野氏. 아쓰유키厚行라고도 함. 무라카미村上 천황 시대에 우근장감右近將監이 됨(『강가차제江家次第』 권19). 본집 권19 제26화, 권20 제44화, 권23 제26화에 이름이 보이며, 승마乘馬의 명수로 스자쿠朱雀·무라카미 천황 시대 때, 가장 활약한 근위사인近衛舍人. 자식으로는 긴스케公助가 있음. ㉘ 5

[아]

엔유圓融 **천황**天皇

제24대 천황. 엔유인圓融院. 천덕天德 3년(959)~정력正暦 2년(991). 재위, 안화安和 2년(969)~영관永觀 2년(984). 무라카미村上 천황의 제5황자. 어머니는 후지와라노 모로스케藤原師輔의 딸 야스코安子. 법명은 곤고호金剛法. 후지와라노 센시藤原詮子와의 사이에서 태어난 장남은 제66대 이치조一條 천황으로 즉위. ㉘ 3

오나카토미노 요시노부大中臣能宣

연희延喜 21년(921)~정력正暦 2년(991). 오나카토미노 요리모토大中臣頼基의 아들. 스케치카輔親의 아버지. 사누키讃岐 연掾·신기소우神祇少祐·신기대우神祇大祐·신기대부神祇大副·이세伊勢 신궁神宮 제주祭主 등을 역임. 정사위상正四位上. 삼십육가선三十六歌仙 중의 한 명. 『후찬집後撰集』 편자(나시쓰보梨壺의 5인) 중의 한 명. 가집家集에 『요시노부집能宣集』이 있음. ㉘ 3

오노노미야 사네스케小野宮實資

후지와라노 사네스케藤原實資. 천덕天德 원년(957)~영승永承 원년(1046). '오노노미야小野宮'는 호. 사다토시齊敏의 아들. 후에, 조부인 사네요리實頼의 양자가 됨. 천원天元 4년(981)에 장인두장인두藏人頭, 영관永觀 원년(983) 좌중장左中將. 대납언大納言을 거쳐, 치안治安 원년(1021) 7월 5일에 우대신右大臣이 됨. 사망하기 전까지 우대신으로 있었음. 종일위從一位. '현인우부賢人右府'라 불리고, 고실故實(*옛날의 법제·의식·복식 등에 관한 규정이나 관습)에 능통함. 강직한 인품으로, 당시의 권력자인 미치나가와도 대립. 일기『소우기小右記』, 고실서故實書『오노노미야 연중행사小野宮年中行事』가 있음. ⑳ 25

오노노 이쓰토모小野五友

정확한 표기는 '小野五倫'. 출생, 사망 시기는 자세히 전해지지 않음. 장화長保 3년(1001) 권소외기權少外記, 장화長保 6년(1004) 정월 대외기大外記(『외기보임外記補任』). 외기로서의 활동은 『본조세기本朝世紀』나『미도관백기御堂關白記』에 기록되어 있음. 관홍寬弘 원년(1004) 10월에 종오위하從五位下. 이즈伊豆 수령 재임기간은 알려지지 않음. ⑳ 27

오노 요시모치多好茂

승평承平 4년(934)~장화長和 4년(1015). '吉茂', '好用'라고도 함. 긴모치公用의 장남. 병위좌兵衛佐. 외종오위하外從五位下. 춤을 잘 추어, 『미도관백기御堂關白記』 관홍寬弘 7년(1010) 7월 17일 조에 "右兵衛尉多吉茂年七十余、當時物上手也。可加任右衛門權少尉者、是立舞間、上達部等多哀憐"이라고 되어 있음. 『오씨 계도多氏系圖』에 의하면, 요시모치는 장화長和 4년 사망하였음. 그러나 이 이야기집 권28 제35화는 만수萬壽 3년(1026) 이후의 일로, 시대적으로 모순되고 있음. ⑳ 35

오에노 도키무네大江時棟

출생, 사망 시기는 자세히 전해지지 않음. 마사히라匡衡의 양자. 관홍寬弘 2년(1005) 정월에 소외기少外記, 관홍 4년 정월에 대외기大外記, 관홍 5년에는 종오위하從五位下가 됨(『외기보임外記補任』). 관인寬仁 4년(1020) 데와出羽 수령(『좌경기左經記』). 『십훈초十訓抄』 3에, 어릴 적에 후지와라노 미치나가藤原道長의 눈에 띄어, 마사히라 밑에서 학문을 배운 이야기가 보임. ⑳ 26

오와리노 가네토키尾張兼時

출생, 사망 시기는 자세히 전해지지 않음. 야스이安居의 아들. 장덕長德 4년(998)에 좌근위장감左近衛將監. 경마競馬·무악舞樂에 뛰어나며 후지와라노 미치나가藤原道長의 아들인 노리미치敎通·요시노부能信의 무용 스승이 됨(『미도관백기御堂關白記』·관홍寬弘 4년〈1007〉 2월 8일 조). 무라카미村上 천황의 치세부터 이치조一條 천황의 치세에 걸쳐 활약한 인물. 근위관인近衛官人으로서 걸출傑出하였는데, 노년에는 쇠함이 나타나, 관홍 6년 11월 22일 가모賀茂 임시제臨時祭에서 춤을 추었으나 원래만 못하고, 사람들이 안타깝게 여김(『미도관백기』). ⑳ 1·5

와케노 시게히데和氣重秀

와케노 기요마로和氣淸麻呂의 장남인 히로요廣世가 의약醫藥에 통달했기 때문에, 헤이안平安 시대, 와케 씨和氣氏는 단바 씨丹波氏와 함께 의도醫道의 명가로 여겨졌는데, '시게히데'는 와케씨 계도系圖에서도 보이지 않으며 자세히 알려지지 않음. 같은 인물명을 후문後文에서 모두 결자缺字로 하는 점을 미루어 보아, 원래는 결자이고, 후대 사람이『우지 습유 이야기宇治拾遺物語』의 '藥師重秀'라는 부분을 보고 자의적恣意的으로 보충한 것이라 생각됨. 또한 강보康保 2년(965) 5월 전약두典藥頭에 임명되었고, 장덕長德 4년(998) 7월에 사망한 마무타 시게히데茨田滋秀라는 설도 있음. 짓센여자대학본實踐女子大學本에서는 이

부분이 결자로 되어 있어 '重秀松ィ'라고 방서傍書. ㉘ 23

이사伊佐 입도入道

법명法名은 노칸能觀. 출생, 사망 시기는 자세히 전해지지 않음. '肥前國府知津之惣追捕使'인 이사노 헤이지카네모토伊佐平次兼元와 동일인물로 추정. '平'은 다이라 씨平氏. 이 이야기집 권28 제15화에서는 "伊佐ノ平新發"라고 함. '新發'은 발심發心하여 새롭게 승이 된 자라는 뜻. ㉘ 15

이치조一條 섭정攝政

후지와라노 고레마사藤原伊尹를 말함. 연장延長 2년(924)~천록天祿 3년(972). 모로스케師輔의 적남嫡男. 어머니는 후지와라노 모리코藤原盛子. 안화安和2년(969)의 안화의 변에 의해 대납언大納言이 되었으며, 그 후 우대신右大臣·태정대신太政大臣·섭정攝政이 됨. 고레마사의 일조제一條第는 동대궁대로東大宮大路의 동쪽, 일조대로一條大路의 남쪽에 있으며, 일조원一條院이란 호칭으로 이내리里內裏로서 중요한 위치를 점함. 제택第宅의 이름인 일조원一條院과 관련하여 이치조 섭정이라 칭함. 그 자식으로는 지카카타親賢·고레카타惟賢·다카카타擧賢·요시타카義孝·요시타카義賢·요시치카義懷·가이시懷子가 있음. 요시타카가 천연天延 2년(974)에 세상을 떠난 후, 요시타카의 아들, 유키나리行成가 양자가 됨. 시호諡號는 겐토쿠 공謙德公. ㉘ 8

[자]

젠치禪智

출생, 사망 시기는 자세히 전해지지 않음. 본집 권28 제20화의 목록目錄·표제標題에서는 '禪珍'. 『우지 습유 이야기宇治拾遺物語』 25에서도 '禪珍'(고활자본古活字本'善珍'). 『수릉엄원이십오삼매결연과거장首楞嚴院二十五三昧結緣過去帳』의 관인寬仁 원년(1017) 6월 10일 조條에도, '禪珍大德'이라는 내용이 있으나, 동일인물인지는 불명. ㉘ 20

주잔中算

'仲算'이라고도 함. 승평承平 5년(935)~정원貞元 원년(976) 고후쿠지興福寺 별당別當 소승도少僧都 구세이空晴에게 사사師事. 신키眞喜, 효닌平忍, 수초守朝와 함께 구세이의 사신족四神足이라 불림. 마쓰무로松室에 거주. 강보康保 4년(967) 유마회維摩會 수의竪義. 천연天延 원년(973) 사이다이지西大寺 별당別當. 내외전內外典에 능통하고, 현교顯敎의 명인名人이라 불림. 42세의 나이로 사망. ㉘ 8

진젠深禪

올바르게는 진젠尋禪. 천경天慶 6년(943)~영조永祚 2년(990). 천태종天台宗의 승려. 후지와라노 모로스케藤原師輔의 아들. 어머니는 모리코 내친왕盛子內親王. 료겐良源에게 사사師事. 호쇼지法性寺 좌주座主를 했고, 권소승도權少僧都·소승도少僧都를 거쳐 권승정權僧正이 됨. 관화寬和 원년(985) 제19대 천태좌주天台座主. 이무로 좌주飯室座主, 묘코인妙香院이라 불림. 영험자靈驗者로서 유명하였으며,『이중력二中歷』 명인력名人歷의 밀교密敎, 험자의 항목에도 보임. 시호諡號는 지닌慈忍. ㉘ 9·10

[하]

하다노 다케카즈秦武員

출생, 사망 시기는 자세히 전해지지 않음. 근위사인近衛舍人. 본집 권28 제10화에서는 "左近ノ將曹"라고 되어 있음. ㉘ 1·10

하카마다레袴委

10세기 후반, 혹은 11세기 초기에 전설적인 대도적大盜賊. 본집 권25 제7화에도 등장. 후세에는 하카마다레 야스스케袴垂保輔라 불리게 됨. 이는 동시대의 강도强盜였던 후지와라노 야스스케藤原保輔와 혼동하여 부르게 된 것. ㉓ 19

후지와라노 가네미치藤原兼通

연장延長 3년(925)~정원貞元 2년(977). 모로스케師輔의 둘째 아들. 어머니는 후지와라노 모리코藤原盛子. 장인두藏人頭·궁내경宮內卿을 역임한 뒤, 관백關白·태정대신太政大臣. 단, 중장中將에 취임就任한 사실은 보이지 않음. 종일위從一位. 시호諡號는 주기 공충의공. 호리카와 도노堀河殿, 호리카와堀河 태정대신太政大臣이라 불림. 정원 2년 10월 53세의 나이로 사망. ㉘ 21

후지와라노 가네이에藤原兼家

연장延長 7년(929)~영조永祚 2년(990). 모로스케師輔의 아들. 자식으로는 미치타카道隆, 미치카네道兼, 미치나가道長 등이 있음. 정원貞元 3년(978) 10월 2일 우대신右大臣에 임명. 우대신 재임 기간은 관화寬和 2년(986) 6월 23일까지. 관화 2년 6월, 책략을 세워 가잔花山 천황天皇을 퇴위시키고, 외손外孫인 야스히토懷仁 친왕親王을 이치조一條 천황天皇으로서 즉위시킴. 그로 인해 가네이에는 섭정攝政·관백關白이 됨. 영조 원년 태정대신太政大臣, 종일위從一位. 다음해 7월 2일 사망. 호코인法興院이라 칭하게 됨. 법흥원法興院은 원래 이조二條 북쪽, 교고쿠京極 동쪽에 있었던 가네이에兼家의 저택으로 이조경극저二條京極邸(동이조원東二條院)라 칭했는데, 가네이에가 출가한 후인 영조 2년 5월에 사찰이 됨. ㉘ 3

후지와라노 기요카도藤原淸廉

출생, 사망 시기는 자세히 전해지지 않음. 야마시로山城·야마토大和·이가伊賀에 광대한 소령所領을 가지고 있던 영주領主. 종오위하從五位下의 지위를 매관買官하여, 대장대부大藏大夫가 됨. 사망 연도는 명확하지 않으나 『헤이안 유문平安遺文』 3·991호·강평康平 7년(1064) 2월 16일자에 "散位藤原信良解案"에 "大藏大夫淸廉朝臣…七十七其身死去"라는 내용이 있어, 향년享年은 77세. 사망 후, 그 소유지는 아들인 사네토實遠, 양자인 노부요시信良에게 물려짐. ㉘ 31

후지와라노 긴마사藤原公政

출생, 사망 시기는 자세히 전해지지 않음. 후지와라노 사다나카藤原貞仲의 아들. 자식으로는 긴후사公房, 긴사다公貞, 모토타카職孝, 긴나카公仲가 있음(『존비분맥尊卑分脈』). 문장생文章生·수납언사帥納言使·시모쓰케 수下野守. 종오위상從五位上. 관홍寬弘 2년(1005)에서 관인寬仁 3년(1019)까지의 기록이 있음. 또한 권28 제36화에서는 게이한慶範을 긴마사公政의 아들로 하고 있으나, 기록에는 보이지 않음. 게이한慶範은 후지와라노 야스타카藤原安隆의 아들(『무도지 검교차제無動寺檢校次第』)이라고 보는 것이 올바름. ㉘ 36

후지와라노 나리토키藤原濟時

천경天慶 4년(941)~장덕長德 원년(995). 후지와라노 모로타다藤原師尹의 차남. 어머니는 후지와라노 사다카타藤原定方의 딸. 아버지에게 물려받은 소일조전小一條殿에 거주했던 것에서 고이치조小一條 대장大將이라 칭함. 장인두藏人頭·참의參議·중납언中納言 등을 거쳐, 정력正曆 2년(991) 대납언大納言에 임명됨. 장덕 원년 4월 23일, 정이위正二位 대납언大納言 겸 좌대장左大將으로 사망. 장화長和 원년(1012) 우대신右大臣의 직위를 추증. 와카和歌에 뛰어나, 『습유집拾遺集』 등에 수록. 사네카타實方는 실제 아버지인 사다토키定時가 일찍 사망함으로써 숙부인 나리토키를 아버지로 삼음(『영화 이야기榮花物語』 1). ㉘ 22

후지와라노 노리쿠니藤原範國

후지와라藤原는 다이라平의 오류로 추정. 다이라노 노리쿠니平範國는 진슌珍俊의 아들. 『좌경기左經記』 장원長元 4년(1031) 9월 21일 조條에 가이甲斐 전사前司라고 되어 있는 기사가 보임. 『강담초江談抄』에는, 요리미치賴通가 관백關白이던 시기에 가이 전사에서 오위五位 장인藏人으로 임명된 날, 인사人事에 불만을 가진 사네스케實資가 노리쿠니範國를 비웃어 관백 요리미치의 문책을 받았다는 것을 기록하고 있음. ㉘ 25

후지와라노 노부타다藤原陳忠

출생, 사망 시기는 자세히 전해지지 않음. 대납언大納言 모토카타元方의 아들. 어머니는 참의參議 다치바나노 요시타네橘良殖의 딸. 이즈미 수和泉守·위문좌衛門佐를 역임. 천원天元 5년(982)에는 시나노 수信濃守(『소우기小右記』). 정오위하正五位下. 장보長保 5년(1003) 11월 이전에 사망(『존비분맥尊卑分脈』, 『권기權記』). ㉘ 38

후지와라노 다다부미藤原忠文

정관貞觀 15년(873)~천력天曆 원년(947). 에다요시枝良의 아들. 좌마두左馬頭·좌위문권좌左衛門權佐·우소장右少將·셋쓰攝津 수령·단바丹波 수령·야마토大和 수령 등을 역임. 천경天慶 2년(939) 정사위하正四位下 수리대부修理大夫로 참의參議. 다이라노 마사카도平將門의 난을 진압하기 위해 천경 3년 정월 19(8)일에 정동대장군征東大將軍이 되고, 같은 해 2월 8일 출발(『정신공기貞信公記』, 『일본기략日本紀略』). 다만, 현지 도착하기 전에 마사카도가 죽었기 때문에 교토로 돌아왔음. 다음 해에는 후지와라노 스미토모藤原純友의 난을 진압하기 위해 정서대장군征西大將軍이 되었음. 이해에는 민부경民部卿이 됨. 『이중력二中歷』 명인력名人歷·명신名臣의 항목에는 "宇治民部卿忠文"라고 되어 있음. 우지宇治에 별장을 가지고 있었던 것으로부터 우지宇治 민부경民部卿이라고 불리었음. 천력天曆 원년 6월 26일 사망. 중납언中納言 정삼위正三位를 받음. ㉙ 34

후지와라노 다다스케藤原忠輔

천경天慶 7년(944)~장화長和 2년(1013). 구니미쓰國光의 아들. 대학두大學頭·우대변右大辨·병부경兵部卿 등을 역임. 동궁학사東宮學士·권중납언權中納言. 정삼위正三位. 장화 2년 6월 70세의 나이로 사망(『공경보임公卿補任』). ㉘ 22

후지와라노 다메모리藤原爲盛

?~장원長元 2년(1029). 야스치카安親의 아들. 어머니는 후지와라노 기요카네藤原淸兼의 딸. 장인藏人. 종사위하從四位下. 만수萬壽 5년(1028) 4월 5일 에치젠 수越前守에 임명되었으나, 이듬해 장원長元 2년 윤閏 2월, 재임 중에 사망(『존비분맥尊卑分脈』, 『소우기小右記』). ㉘ 5

후지와라노 다메모토藤原爲元

출생, 사망 시기는 자세히 전해지지 않음. 오와리 수尾張守 쓰라사다連眞의 아들. 종오위하從五位下. 『소우기小右記』 장보長保 원년(999) 조條에 가잔인花山院 판관대判官代로서의 활약이 보임. 장보 3년~6년(1001~1004)경 시모쓰케下野 수령(『권기權記』). 관홍寬弘 7년(1010) 12월 시모쓰케 전사前司(『유취부선초類聚符宣抄』). ㉙ 8

후지와라노 미치나가藤原道長

강보康保 3년(966)~만수萬壽 4년(1027). 가네이에兼家의 아들. 어머니는 후지와라노 나카마사藤原中正의 딸 도키히메時姬. 섭정攝政·태정대신太政大臣이 되지만 관백關白은 되지 않음. 하지만 세간에서는 미도관백御堂關白·호조지관백法成寺關白이라 칭해짐. 큰형 미치타카道隆·둘째 형 미치가네道兼가 잇달아 사망하고 미치타카의 아들 고리치카伊周·다카치카隆家가 실각하자 후지와라 일족에서 그에게 대항할 자가 없어져 '일가삼후一家三后'의 외척 전성시기를 실현함. 처인 린시倫子와의 사이에서 태어난 쇼시彰子는 이치조一條 천황의 중궁이 되고, 그 시녀 중에 무라사키식부紫式部가 있었고, 역시 이치조 천황의 황후가 된 미치타카의 딸 데이시定子의 시녀에는 세이 소납언淸少納言이 있어서 여방문학원女房文學園의 정화精華를 연 것으로 유명하지만 이 책에는 거기에 대해서는 일절 기록이 없음. 미치나가의 일기인 『미도관백기御堂關白記』는 헤이안 시대의 정치, 사회, 언어생활을 알 수 있는 귀중한 자료. ㉘ 17

후지와라노 미치마사藤原道雅

정력正曆 2년(991)~천희天喜 2년(1054). 고레치카伊周의 아들. 언동言動이 거칠어, 만수萬壽 3년(1026) 좌근위중장左近衛中將에서 우경권대부右京權大夫로 좌천당함. 관덕寬德 2년(1045) 좌경대부左京大夫가 됨. 종삼위從三位. 『존비분맥尊卑分脈』에는 '荒三位'라는 이명異名을 기록하고 있음. 전재궁前齋宮 도시(마사코)當子 내친왕內親王과 밀통密通 사건을 일으킴. 가인歌人이자, 중고삼십육가선中古三十六歌仙의 한 사람으로 『후습유집後拾遺集』에 그 시가 수록되어 있음. ㉙ 8

후지와라노 미치쓰나藤原道綱

천력天曆 9년(955)~관인寬仁 4년(1020). 가네이에兼家의 두 번째 아들. 어머니는 『하루살이 일기蜻蛉日記』의 작자 후지와라노 도모야스藤原倫寧의 딸. 이복형제로 미치타카道隆·미치나가道長가 있음. 장덕長德 3년(997) 7월 대납언大納言·동궁대부東宮大夫. 관홍寬弘 4년(1007) 정월 동궁부東宮傅. 이후, 후傅 대납언大納言이라 불림. 정이위正二位. 관인 4년 10월 66세의 나이로 사망(『공경보임公卿補任』, 『존비분맥尊卑分脈』). ㉘ 43

후지와라노 스케키미藤原輔公

출생, 사망 시기는 자세히 전해지지 않음. 기요미치淸通의 아들. 우마두右馬頭·장인藏人·우위문좌右衛門佐·미카와三河·이즈미 수和泉守 등을 역임. 또한 형제인 나리이에濟家와 함께 후지와라노 미치나가藤原道長의 가사家司를 담당. 종사위하從四位下. 『헤이안 유문平安遺文』2·478호·관인寬仁 원년(1017) 9월 5일자 '大和國榮山寺牒'에 의하면, "右馬頭兼守藤原朝臣輔公"라는 내용이 있어, 야마토 수大和守를 겸임하였음을 알 수 있음. ㉘ 31

후지와라노 시게타다藤原重尹

영관永觀 2년(984)~영승永承 6년(1051). 대납언大納言 가네타다懷忠의 아들. 어머니는 후지와라노 마사타다藤原尹忠의 딸. 우근위좌右兵衛佐·이요伊予 개介·좌중변左中辨·우중변右中辨 등을 거쳐, 만수萬壽 3년(1026) 10월 장인두藏人頭. 장원長元 2년(1029)까지 재임. 장력長曆 2년(1038) 권중납언權中納言으로 임명되었으며, 좌대변左大辨·감해유장관勘解由長官·수리대부修理大夫 등을 겸임. 장구長久 3년(1042) 대재권수大宰權帥. 종이위從二位. 영승 6년 3월 68세의 나이로 사망. ㉘ 35

후지와라노 아사테루藤原朝光

천력天曆 5년(951)~장덕長德 원년(995). 후지와라노 가네미치藤原兼通의 3남. 형에 아키미쓰顯光가 있음. 어머니는 노시能子 여왕女王. 참의參議·권중납언權中納言을 거쳐, 정원貞元 2년(977) 권대납언權大納言. 같은 해 12월에 좌대장左大將. 가네미치가 사망하자 세력을 잃음. 가인歌人으로서도 유명하여,『습유집拾遺集』이하의 칙찬집勅撰集에 29수首가 수록되어 있음. 호는 간인閑院(좌)대장(左)大將. ㉘ 3

후지와라노 아키이에藤原章家

출생, 사망 시기는 자세히 전해지지 않음. 사다토定任의 아들. 어머니는 이나바 수因幡守 도키모리時盛의 딸. 춘궁소진春宮少進·지쿠젠筑前 수령. 치력治曆 4년(1068) 7월 19일 종오위하從五位下로 승진(『존비분맥尊卑分脈』,『본조세기本朝世紀』). 연구延久 4년(1080)에 지쿠젠 수에 임명됨(『어로우초魚魯愚抄』). 또한,『수좌기水左記』에는 승력承曆 4년(1080)에 '筑前前守'라고 보임. ㉘ 34

후지와라노 요리미치藤原賴通

정력正曆 3년(992)~연구延久 6년(1074). 아버지는 미치나가道長. 어머니는 미나모토노 마사노부源雅信의 딸 린시倫子. 권중납언權中納言·권대납언權大納言을 거쳐, 관인寬仁 원년(1017) 3월에 26세의 젊은 나이로 섭정攝政의 자리에 오름. 섭정攝政·관백關白·태정대신太政大臣. 종일위從一位. 법명은 렌케카쿠蓮花覺, 이후 자쿠카쿠寂覺. 우지宇治에 은거하여 우지도노宇治殿라고도

불림. 고이치조後一條·고스자쿠後朱雀·고레이제이後冷泉 3대 천황天皇에 걸쳐 섭정·관백關白을 51년간 담당함. 고스자쿠·고레이제이 천황에게 입궁시킨 딸 겐시嫄子와 간시寬子에게 황자皇子가 태어나지 않아, 외척外戚 관계가 없는 고산조後三條 천황天皇이 즉위. 이에 따라 치력治曆 3년(1067) 동생인 노리미치敎通에게 관백의 자리를 물려주고, 우지宇治로 은퇴隱退. 연구 4년 정월에 출가하여, 연구 6년 2월 2일, 83세의 나이로 사망. 우지의 평등원平等院 봉황당鳳凰堂을 건립. 우지의 평등원平等院은 입말법入末法인 영승永承 7년(1052)에 요리미치가 소유하고 있던 별업別業을 사찰로 개조한 것. ㉘ 30·35

후지와라노 지카토藤原親任

출생, 사망 시기는 자세히 전해지지 않음. 스케유키相如의 아들. 어머니는 후지와라노 야스치카藤原安親의 딸. 대사인두大舍人頭·야마토 수大和守가 됨. 정오위하正五位下(『존비분맥尊卑分脈』). 장보長保 6년(1004) 정월 5일 민부대승民部大丞(『권기權記』), 만수萬壽 3년(1026) 4월 23일 이세 수伊勢守(『일본기략日本紀略』). ㉘ 12

훈야노 기요타다文室淸忠

'文屋淸忠'라고도 함. 출생, 사망 시기는 자세히 전해지지 않음. 관홍寬弘 2년(1005) 권소외기權少外記, 동 3년 소외기少外記, 동 5년 대외기大外記, 이듬해 6년 종오위하從五位下. 아와 수安房守 임관任官에 대해서는 확실하지 않음. ㉘ 26

불교용어 해설

1. 본문 중에 나오는 불교 관련 용어를 모아 해석하였다.
2. 불교용어로 본 것은 불전佛典 혹은 불전에 나오는 불교와 관계된 용어, 불교 행사와 관계된 용어이지만 실재 인명, 지명, 사찰명은 제외하였다.
3. 배열은 가나다 순으로 하였다.
4. 각 항의 말미에 해당 단어가 등장하는 각 편을 숫자로 표시하였다. 예를 들면 '㉘ 1'은 '권28 제1화'를 가리킨다.

㉮

강사講師

여러 지방의 국분사國分寺에서 경론經論·강설講說, 교법홍포敎法弘布를 관장하던 승관僧官. 전신前身은 대보大寶 2년(702)에 각 지방에 설치된 국사國師로 각 지방의 승니僧尼의 관리도 담당하였음. 연력延曆 14년(795)에 강사로 개칭. 시업試業·복複·유마수의維摩竪義·하강夏講·공강供講의 다섯 단계의 공시公試를 거친 학덕學德과 함께 뛰어난 승려가 임명됨. ㉘ 15

계절의 독경季の御讀經

해의 독경年の讀經이라고도 함. 봄, 가을 두 계절에 『대반야경大般若經』을 강독講讀하는 법회法會. 일반적으로는 궁중宮中에서 행해진 것을 가리키며, 통상적으로 2월과 8월에 3일 내지는 4일간, 자신전紫宸殿이나 대극전大極殿에서 개최됨. 화동和銅 원년(708) 이래의 법회로, 국가의 안녕과 옥체玉體의 안온安穩을 기원하는 행사. 헤이안平安 중기 이후, 궁중 이외의 섭관가攝關家나 대신가大臣家 등에서도 행해짐. ㉘ 8·17

공덕功德

현재 혹은 장래에 좋은 과보果報가 생기게 하는 선행善行. 보통 기도祈禱·사경寫經·희사喜捨·후세공양後世供養 등의 행위를 말함. 정토교淨土敎에서는 염불이 최고의 공덕 있는 행위라고 여겨짐. ㉘ 7

공봉供奉

내공봉십선사內供奉十禪師. '내공內供', '내봉공內供奉', '공봉십선사'라고도 함. 여러 지방에서 선발하여 임명된, 지덕智德을 겸비한 10명의 승려로, 궁중의 내도장內道場에서 봉사奉仕함. 어재회御齋會 때는 강사를 담당하며, 청량전清涼殿에서 요이夜居(밤에 숙직宿直하는 것)를 담당하는 승직僧職. ㉘ 7

교화敎化

넓은 의미의 교도감화敎導感化. 중생衆生을 설법을 통해 가르쳐 인도하여, 불도佛道에 귀의하게 하는 것. 법회 때, 존사尊師가 불법佛法을 찬탄하며 외우는 여러 구句의 문장으로 음률韻律이 있

음. 교화문敎化文. ㉘ 7 · 14 · 19

극락極樂

아미타불阿彌陀佛이 사는 정토淨土. 서방십만억토西方十萬億土의 저편에 있으며, 고통이 전혀 없는 안락한 세계. 『관무량수경觀無量壽經』에 의하면, 사람이 생전에 쌓은 공덕에 의해, 아홉 종류의 단계로 왕생往生한다고 함. 이를 구품왕생九品往生이라고 하며, 상품上品 · 중품中品 · 하품下品의 각각을 상생上生 · 중생中生 · 하생下生으로 세분함. ㉘ 7

㉯

내공內供

'내공봉內供奉', '내공봉십선사內供奉十禪師'의 줄임말. → 공봉供奉㉘ 20

㉰

덴구天狗

하늘의 개天の狗라는 뜻. 야마부시山伏의 모습으로 날개가 달렸으며, 신통력神通力이 있어 자유로이 하늘을 남. 대부분은 매의 모습. 본집本集에서는 대부분이 불법佛法에 장해障害를 초래하는 마물魔物로 반불법적反佛法的 존재. 시대에 따라 그 인식방식에 차이를 보이며, 후에는 권선징악勸善懲惡 · 불법수호佛法守護를 행하는 산신山神, 추락墜落한 승려로 변신한 모습, 현세의 원한이나 분노忿怒의 정념情念에 의해 변신한 모습 등으로 여겨짐. 중세中世에 마계魔界로서의 덴구도天狗道가 확립되어, 원령怨靈으로서 실체화實體化됨. 수험도修驗道와 깊은 관련이 있음. ㉘ 28

도사導師

중생衆生을 인도하여 불도佛道에 들어가게 하는 스승이라는 의미. 여기에서는 창도唱導의 스승을 말하며 법회法會 때, 원문願文이나 표백表白을 읽어 의식을 주도하는 승려. ㉘ 14

㉳

불명佛名

불명회佛名會. 궁중 및 여러 지방에서 음력 12월 15일부터, 후에는 19일부터 3일간 『불명경佛名經』을 독송하고, 삼세三世의 제불諸佛 1만 3천의 명호名號를 읊어 죄장罪障을 참회懺悔하는 법회法會. 보귀寶龜 5년(774)에 행해진 것이 처음. 승화承和 5년(838) 이후에는 매년 항례恒例가 됨. 궁중에서는 청량전淸涼殿 · 능기전綾綺殿 · 인수전仁壽殿 등에서 개최됨. ㉘ 14

빈두로賓頭盧

빈두로바라타賓頭盧婆羅墮, 빈두로 존자尊者의 줄임말. 십육나한十六羅漢의 첫 번째 존자. 백두, 장미長眉의 상相을 지님. 일본에서는 빈두로 존자의 신앙이 예전부터 있었으며, 그 상을 가람伽藍 앞에 안치하여, 상을 쓰다듬은 뒤 자신의 병이 있는 부위에 문지르면 치료가 된다고 믿어짐. ㉙ 22

㉴

설교說教

법회 장소 등에서, 불교의 교의教義나 경문經文을 알기 쉽게 민중民衆에게 설명하여 들려주는 것. 설경說經 · 설법說法 · 창도唱導라고도 함. 비유譬喩 · 인연因緣 · 예증例證으로 설화를 사용하여, 뛰어난 화술로 강설하고 때로는 해학諧謔을 섞어 재미있게 들려주기도 함. ㉘ 7

수정회修正會

정월正月 초반에 3일간에서 7일간, 제종파의 사원寺院에서 행하는 법회法會. 국가안녕國家安寧 ·

오곡풍양五穀豊穣을 기원하며 독경讀經을 함. 도다이지東大寺의 수정회는 유명하며, 정월 1일부터 7일까지, 당내堂內를 장엄莊嚴하게 하고, 독경·기도祈禱·무악舞樂을 행함(『도다이지요록東大寺要錄』·4). ㉘ 36

[아]

영취산靈鷲山

범어梵語 Grdhrakuta의 번역. '기사굴산耆闍崛山'이라고도 번역됨. 고대 인도 마가다국摩揭陀國의 수도, 왕사성王舍城(현재 라즈기르)의 동북에 있음. 석가재세釋迦在世 때의 『법화경法華經』을 설법한 곳. 석가는 입멸 후에도 이곳에서 설법을 계속하고 있다고 여겨져, 영취산을 불국토佛國土(정토)로 하는 신앙이 왕성해짐. 영산靈山, 취산鷲山이라고도 함.

오내五內

심장心·간肝·폐肺·콩팥腎·지라脾의 다섯 가지 내장으로, 오장五臟이라고도 함. ㉘ 19

육근六根

눈眼(目)·귀耳·코鼻·혀舌·몸身·마음意의 여섯 감각기관感覺器官. '근根'은 어떠한 움직임을 발생시키는 능력. 이 육근이 색色·성聲·행香·미味·촉觸·법法(육진六塵)과 연을 가지며, 중생衆生에게 번뇌를 일으킴. 그 미혹을 끊는 것을 '육근청정六根淸淨'이라고 함. ㉘ 19

[자]

진언眞言

범어梵語 mantra의 번역. 다라니陀羅尼라고도 함. 기도를 할 때에 읊는 경문經文·게송偈頌 등을 범어梵語 그대로 읽는 주문의 총칭. 일본에서는 원어의 구절을 번역하지 않고 범자 그대로, 혹은 한자로 음을 옮긴 것을 독송함. ㉘ 20

[하]

회향대보리廻向大菩提

회향문廻向文을 끝맺을 때의 상투구常套句. '이 선행善行의 공덕功德을 위대한 깨달음(대보리大菩提)으로 향하게 하라.'라는 의미. '회향'은 자신이 수행한 선행의 공덕을 타인에게 돌리는 것. ㉘ 19

후세後世

후생後生과 같음. 내세來世에 있어서의 안락安樂. 사후 극락極樂으로 왕생往生하는 것. 또한 사후에 다시 태어날 것이라 믿는 세상 그 자체를 가리킴. ㉘ 7

지명 · 사찰명 해설

1. 본문 중에 나오는 지명 · 사찰명 중 여러 번 나오는 것, 특히 긴 해설을 필요로 하는 것을 일괄적으로 해설하였다. 바로 해설하는 것이 좋은 것은 본문의 각주脚注에 설명했다.
2. 배열은 한글 표기 원칙에 의한 가나다 순으로 하였다.
3. 각 항의 말미에 그 지명 · 사찰명이 나온 이야기를 숫자로 표시하였다. 예를 들면 '㉘ 1'은 '권28 제1화'를 가리킨다.

㉮

고야데라小屋寺

정확하게는 곤요지(고야데라)昆陽寺. 진언종眞言宗 고야산파高野山派. 효고 현兵庫縣 이타미 시伊丹市 데라모토寺本에 소재. 산호山號는 곤론 산崑崙山. 『교키 연보行基年譜』에 의하면, 교키行基가 천평天平 3년(731)에 궁핍한 농민을 구제하기 위하여 곤양시원昆陽施院을 설립, 그것이 후에, 곤요지(고야데라)가 되었음. 셋쓰 지방攝津國 제일의 사찰로 번영하였으나, 천정天正 연간(1573~92)에 화재에 의해 소실. 『십훈초十訓抄』 권7에는 "兒屋寺"라고 되어 있음. ㉙ 17

고이치조小一條 **신사**

소일조원小一條院은 동경일조제東京一條第, 동경제東京第라고도 불리고, 좌대신左大臣 후지와라노 후유쓰구藤原冬嗣의 저택을 말함. 그 후, 요시후사良房 · 다다히라忠平 · 모로마사師尹가 물려받음. 『습개초拾芥抄』에 "近衛南東洞院西"라고 되어 있고, 현재의 교토 시京都市 가미교 구上京區 경도어원京都御苑. 어원御苑 내의 하립매어문下立賣御門의 동북에 해당함. 신사는 그 구 저택 내의 서남측에 세워진 무나카타宗像 신사神社를 가리키며, 어원 내에 현존하고 있음. 헤이안平安 초기, 후유쓰구가 지쿠젠筑前 무나카타宗像 신사의 신을 권청勸請하여, 후에 가잔인가花山院家의 진수鎭守가 되었음. → 무나카타宗形 ㉘ 17

굴천원堀川院

'堀河院'이라고도 표기함. 『습개초拾芥抄』 중中에 "二條南堀川東、南北二町"이라고 되어 있음. 현재의 교토 시京都市 나카교 구中京區 야하타 정矢幡町 남부에 해당. 헤이안 경平安京 삼조이방三條二坊 9, 10정町에 걸쳐 존재하던 섭관가攝關家의 저택. 태정대신太政大臣 후지와라노 모토쓰네藤原基經 저택을 비롯하여, 엔유圓融 천황天皇의 이내리里內裏, 호리카와堀河 천황의 황거皇居로도 사용되었음. 호리 강堀川에 접한 서문을 정문으로 하고 있기 때문에 굴천원이라고 불림. 모토쓰네로부터 증손자인 가네미치兼通가 물려받았고, 아키미쓰顯光, 요리미치賴通, 모로자네師實로 이어졌음. ㉘ 3

기데라木寺

자세히 전해지지 않음. 닌나지仁和寺의 자원子院 중의 하나로 추정. 『닌나지 제원가기仁和寺諸院家記』에 "木寺或云喜寺"로 되어 있음. 이 이야기집 권28 제8화에는 "히에이 산比叡山과 미이데라三井寺를 비롯한 나라奈良에 있는 여러 절의 훌륭한 학승들을 뽑아"라고 되어 있어, 히에이 산比叡山에 있는 절로도 추정됨. ㉘ 8

기온祇園

기온사祇園社. 야사카八坂 신사의 옛 이름. 교토 시京都市의 시조대교四條大橋의 동쪽, 마루야마圓山 대곡大谷의 서쪽에 소재. 정관貞觀 18년(876), 나라奈良의 승려 엔뇨圓如가 하리마 지방播磨國 히로미네사廣峰社의 고즈牛頭 천왕天王(무토武塔 천신天神)을 권청勸請하여 창건. 당초에는 지금의 교토 시京都市 히가시야마 구東山區 기온아라 정祇園荒町에 소재. 미야데라宮寺의 감신원感神院은 고후쿠지興福寺의 말사末寺가 되었으며, 승평承平 5년(955) 정액사定額寺에 속했으나, 천연天延 2년(974) 3월(『일본기략日本紀略』에는 5월), 엔랴쿠지延曆寺 별원別院이 됨. 이십일사二十一寺 중 하나. ㉘ 11

기요미즈데라清水寺

교토 시京都市 히가시야마 구東山區 기요미즈清水에 소재. 현재 북법상종北法相宗 본사(본래 진언종). 보귀寶龜 11년(780) 사카노 우에노 다무라마로坂上田村麻呂가 창건했다고 전해짐. 본존本尊은 목조 십일면관음十一面觀音이다. 서국삼십삼소西國三十三所 관음영장觀音靈場 중 16번째. 헤이안平安 시대 이후, 이시야마데라石山寺·하세데라長谷寺와 함께 관음영장의 필두로서 신앙됨. 관음당觀音堂은 무대로 유명. 고지마야마데라子島山寺(미나미칸온지南觀音寺)와 대비되어 기타칸온지北觀音寺라 불림. 그 창건에 대해서는 권11 제32화에 상세. ㉙ 22·28

㉯

나라사카奈良坂

나라奈良 북부에 있는 경가도京街道의 언덕. 현재의 나라 시奈良市 나라자카 정奈良阪町으로, 나라 북부의 헤이조 산平城山을 넘는 급한 언덕길. 교토 부京都府 소라쿠 군相樂郡 기즈 정木津町으로 통함. 이 경가도는 기타야마고에北山越·나라사카고에奈良坂越라고도 칭하며, 서쪽의 우타히메고에歌姬越에 대한 호칭임. 고대로부터 도적의 출몰이 잦은 지역임. ㉙ 8

㉰

도리베데라鳥部寺

호코지寶皇寺(法皇寺)의 별칭. '鳥戶寺'라고 표기하기도 함. 야마시로 지방山城國 아타기 군愛宕郡의 히가시 산東山 도리베노鳥邊野 부근에 있던 절. 현재의 교토 시京都市 히가시야마 구東山區 묘호인마에카와 정妙法院前側町 부근임. 도리베노鳥部(邊)野는 헤이안平安 시대의 화장터·묘지. 창건 시기는 분명하지 않으나, 대동大同 원년(806)에 간무桓武 천황天皇의 47재齋가 행해졌으며, 천장天長 3년(826)에 쓰네요恒世 친왕親王을 장사 지냄. 또한 도리베데라는 진코지珍皇寺의 전신前身이라는 설도 있지만, 다른 절로 봐야 할 것임. ㉙ 22

도원桃園

헤이안 경平安京 대내리大內裏의 북동쪽에 접한 도원桃園이 있던 저택을 말함. 우대신右大臣 후지와라노 쓰구타다藤原繼繩가 만년에 이곳의 저택에서 살았기 때문에, 모모조노桃園 우대신이라고 불림. 또한 모모조노桃園 친왕親王이라고 불린 사다즈미貞純 친왕, 모모조노桃園 병부경兵部卿이라고 불린 아쓰카타敦固 친왕의 저택이기도 함. 그중에서도, 미나모토노 야스미쓰源保光의 모모조노 저택을 후지와라노 고레마사藤原伊尹로부터 물려받은 후지와라노 유키나리藤原行成가, 이곳에 세손지世尊寺를 건립한 것으로 유명. 또한 우대신 후지와라노 모로스케藤原師輔도 저택을 소유하고, 그곳에 딸(아이노미야愛宮)과 사위인 미나모토노 다카아키라源高明를 살도록 한 적도 있음. 다만, 후의 세손지와는 구별됨. ㉘ 8

도지東寺

정확하게는 교오고코쿠지教王護國寺. 교토 시京都市 미나미 구南區에 소재. 도지東寺 진언종 총본산. 본존本尊은 약사여래藥師如來. 헤이안平安 천도와 함께 나성문羅城門의 좌우에 건립된 동서 양쪽 관사官寺 중 하나. 연력延曆 15년 간무桓武천황의 칙원勅願. 홍인弘仁 14년(823) 사가嵯峨 천황이 구카이空海에게 진호국가의 도장으로서 하사함. 이후 진언교학眞言教學의 중심도장이 됨. ㉘ 9

도쿠다이지德大寺

교토 시京都市 우쿄 구右京區 부근에 있던 절. 닌나지仁和寺 사원 중 하나로, 후지와라노 모로스케藤原師輔의 손자 조주朝壽 율사律師가 창건. 구안久安 3년(1447) 6월 후지와라노 사네요시藤原實能에 의해 재건 공양供養이 있은 후, 도쿠다이지 가德大寺家가 물려받았음. 무로마치室町 시대, 보덕寶德 2년(1450) 호소카와 가쓰모토細川勝元에 의해 류안지龍安寺가 같은 곳에 건립됨. ㉘ 9

[마]

무나카타宗形

정확하게는 무나카타宗像. 후지와라노 후유쓰구藤原冬嗣의 구 저택인 소일조원小一條院의 곤坤(남서)각角(『습개초拾芥抄』)에 모셔졌던 무나카타 신사神社를 가리킴. 소일조원은 『습개초』에 「近衛南東洞院西」라고 되어 있고, 현재의 교토 시京都市 가미교 구上京區 교토어원京都御苑에 있음. 무나카타 신사는 어원 내에 현존. 헤이안平安 초기, 후유쓰구가 지쿠젠筑前 무나카타 신사를 우신隅神으로 권청勸請한 것. → 고이치조小一條 신사 ㉙ 39

무도지無動寺

히에이 산比叡山 동탑東塔 오곡五谷 중 하나. 동탑의 별소別所로, 근본중당根本中堂의 남쪽에 위치. 본당本堂은 무도지 명왕당明王堂(명왕원明王院·부동당不動堂이라고도 함)으로, 정관貞觀 7년(865) 소오相應 화상和尙이 창건하여, 부동명왕不動明王을 안치함. 원경元慶 6년(882) 칙명에 의해 천태별원天台別院이 됨. ㉘ 36

미이데라三井寺

정확하게는 온조지園城寺. 미이데라는 통칭. 사가 현滋賀縣 오쓰 시大津市 온조지 정園城寺町에 소재. 천태종天台宗 사문파寺門派 총본사總本山. 본존本尊은 미륵彌勒 보살菩薩. 오토모大友 황자皇子의 아들, 오토모요타노오키미大友與多王가 저택을 절로 창건하였다고 전해짐. 그 창건 설화는 본집 권11 제28화에 보임. 오토모 씨大友氏 가문의 절이었으나, 엔친圓珍이 부흥復興시키고, 엔랴쿠지延曆寺 별원別院으로 초대 별당別當이 됨. 사이초最澄 사망 후, 엔친은 제5대 천태좌주天台座主가 되지만, 엔닌圓仁 문도파門徒派(산문파山門派)와 엔친圓珍 문도파門徒派(사문파寺門派)의 대립에 의해, 정략正曆 4년(993) 엔친 문도門徒는 히에이 산比叡山 엔랴쿠지를 떠나, 온조지를 거점으로 독립함. 황실皇室이나 권문權門의 비호를 받아 대사원이 됨. 덴치天智·덴무天武·지토持統 세 천황이 갓난아이일 적에 사용하기 위한 목욕물을 길은 우물이 있었던 연유로 미이御井·미이三井라고 불림. ㉘ 8 ㉙ 40

미타케金峰山

'긴부센'이라고도 함. 긴푸센지金峰山寺가 있음. 나라 현奈良縣 요시노 군吉野郡 요시노 정吉野町에 있는 요시노에서 오미네大峰에 이르는 연이어진 산들의 총칭으로, 특히 오미네大峰를 산상山上, 요시노 산吉野山을 산하山下로 함. 미륵彌勒 신앙의 거점으로, 수험장修驗場의 영산靈場. 산내山內의 사원寺院을 총칭하여 긴푸센지라고 하며, 본당으로는 장왕당藏王堂. ㉘ 18

㉳

비파전琵琶殿

헤이안 경平安京 좌경左京 일조삼방一條三坊 15정町에 있는 저택. 『습개초拾芥抄』 중中에는 "左大臣仲平公宅、昭宣公家、近衛南、室町東、或鷹司ノ南、東洞院西一町"이라 되어 있음. 후지와라노 모토쓰네藤原基經의 저택이었고, 그의 아들인 나카히라仲平가 물려받아, 비와枇杷 좌대신左大臣이라고 불림. 그 후에 후지와라노 미치나가藤原道長가 소유함. 미치나가의 저택은 토어문전土御門殿이지만, 장보長保 4년(1002)에서 관홍寬弘 2년(1005) 3월경에 비파전을 개축하고, 자주 머물렀음. 관홍寬弘 3년 3월 이후에는 동궁東宮인 오키사다居貞 친왕親王(후에 산조三條 천황)의 저택이 되고, 관홍 6년 이후에는 이치조一條 천황의 이내리里內裏가 되었음. ㉘ 17

㉴

서탑西塔

동탑東塔·요카와橫川와 함께 히에이 산比叡山 삼탑三塔 중 하나. 히에이 산 서측에 위치. 석가당釋迦堂·보당원寶幢院을 가운데로 함. 북곡北谷·동곡東谷·남곡南谷·남미南尾·북미北尾의 오곡五谷을 기점으로 함. ㉘ 7

세손지世尊寺

후지와라노 유키나리藤原行成가 헤이안 경平安京 일조一條 대로大路 북쪽의 사저私邸를 불사佛寺로 창건한 사원. 장덕長德 원년(995) 권승정權僧正 간슈觀修의 권유로 유키나리는 사저를 사원으로 바꿀 것을 결의, 대일여래상大日如來像과 보현普賢·십일면관음十一面觀音의 두 보살을 만들고 장보長保 원년(999)에 절로 완성. 장보長保 3년(1001) 정액사定額寺가 되었지만, 양화養和 원년(1181)의 화재 이후, 사운寺運이 쇠퇴함. ㉘ 8

스즈카 산鈴鹿山

현재의 시가 현滋賀県 남동부와 미에 현三重県 북부의 현 경계에 이어져 있는 산지로, 동해도東海道의 난소難所 중의 하나. 산적이 횡행했음. 이가伊賀·이세伊勢·오미近江의 국경國境에 해당하고, 스즈카鈴鹿 고개에는 고대의 세 관문 중 하나로, 스즈카鈴鹿 관문이 세워졌음. 동해도 교통의 요충지. ㉙ 36

시노하라篠原

시가 현滋賀縣 야스 군野洲郡 야스 정野洲町 부근의 옛 지명. 『화명초和名抄』에 "之乃波良"라고 되어 있음. 교통의 요충지로, 『헤이케 이야기平家物語』권10에 미나모토노 요리토모源賴朝가 이즈 지방伊豆國에 유배되었을 때, "시노하라의 숙소しの原の宿"까지 보내진 것이 보임. 또한 명소로도 알려져 『마쿠라노소시枕草子』 '들판은(原は)'의 장단章段에 그 이름이 보임. ㉘ 44

신라新羅

4세기 중기부터 10세기 전반에 걸쳐서 조선朝鮮 반도에 있었던 왕조. 백제百濟·고구려高句麗와 함께 조선 삼국 중의 하나. 당唐과 연결하여 백제百濟, 고구려高句麗를 멸망시키고, 668년에 조선 반도를 통일. 예로부터 일본과 교류가 있었고, 중국 문화 전래에 중요한 역할을 함. 935년 신라 왕이 고려高麗의 왕권에 굴복하여 멸망. 다만, 헤이안平安 시대는 일반적으로 조선 반도를 신라라고 칭했음. ㉓ 31

신천원神泉苑

헤이안 경平安京 대내리大內裏의 남동쪽에 있었던 광대한 정원 연못. 현재도 교토 시京都市 나카교 구中京區 몬젠 정門前町에 이조성二條城의 남쪽에 접하여 존재하였으나, 그 규모는 옛날의 약 16분의 1로 축소되었음. 헤이안平安 초기에는, 자주 천황의 행행行幸, 유연遊宴이 있던 곳임. 구카이空海가 천장天長 원년(824)에 청우請雨의 수법修法을 행한 이래로, 기우祈雨의 장소로도 알려져 있음. ㉓ 24

㋐

아미다노미네阿彌陀峰

현재의 교토 시京都市 히가시야마 구東山區에 이마구마노 아미다가미네 정今熊野阿彌陀ヶ峯町에 있는 산. 히가시 산 36 봉우리 중의 하나로, 경락京洛과 야마시나山科를 연결하는 길의 경계에 있는 산. 이름은 산 중턱과 산기슭에 있는 아미타당阿彌陀堂이 있었던 것에 의한 것임. 『마쿠라노소시枕草子』 '봉우리는(峰は)'의 장단章段에 그 이름이 보임. 고대에는 도리베 산鳥邊山이라고도 함. ㉓ 28

야마시나데라山階寺

고후쿠지興福寺. 나라 시奈良市 노보리오지 정登大路町에 소재. 법상종 대본산. 남도칠대사南都七大寺·십오대사十五大寺 중 하나. 초창草創은 덴치天智 8년(669) 후지와라노 가마타리藤原鎌足의 부인 가가미노 오키미鏡女王가 가마타리 사후, 석가삼존상釋迦三尊像을 안치하기 위해 야마시나데라山階寺(교토 시京都市 야마시나 구山科區 오타쿠大宅)를 건립한 것으로부터 시작. 덴무天武 천황이 도읍을 아스카飛鳥 기요미하라淨御原로 옮길 때, 우마사카데라廐坂寺(나라 현奈良縣 가시하라 시橿原市)로 이전, 헤이조平城京 천도와 함께 화동和銅 3년(710) 후지와라노 후히토藤原不比等에 의해 현재 위치로 조영, 이축되어 고후쿠지라고 불리게 됨. 그 경위에 대해서는 권11 제14화에 상세. 후지와라 씨藤原氏 가문의 절氏寺로 융성했지만, 치승治承 4년(1180) 다이라노 시게히라平重衡의 남도南都(나라奈良) 방화로 대부분 전소全燒. 또한 이축 후에도 야마시나데라山階寺로 통칭. ㉓ 8

염전染殿

헤이안 경平安京 좌경左京 북변사방北邊四坊 7정町에 있던 저택. 후지와라노 요시후사藤原良房의 저택으로, 정원의 나무, 특히 벚꽃이 아름다운 것으로 잘 알려져 있음. 요시후사의 딸로, 몬토쿠文德 천황天皇의 여어女御인 아키라케이코明子가, 이곳을 어소御所로 하였기 때문에, 소메도노染殿 황후라고 칭함. 위치는 여러 설이 있어, 구조가 본九條家本 『연희식부도延喜式付圖』(도쿄東京 국립 박물관 소장)에는 "正親町北、富小路東、清和院殿北"이라고 되어 있음. 또한 『습개초拾芥抄』 중中에는 "正親町北、京極西二町、忠仁公家、或本染殿、清和院同所"라고 되어 있음. ㉓ 32

오에 산大江山

'大枝山'을 가리킴. 현재의 교토 시京都市 니시쿄 구西京區 오에大枝(야마시로 지방山城國 오토쿠니 군乙訓郡)와 가메오카 시龜岡市 시노 정篠町(단바 지방丹波國)과의 경계에 있는 산. 그 산길을 오이노사카老の坂 또는, 오에노사카大江の坂라고 함. 예로부터 와카和歌의 소재가 된 명승지이기도 하며,『만엽집萬葉集』을 비롯한 많은 가집歌集에 등장함. ㉙ 23

우지宇治

현재의 교토 부京都府 우지 시宇治市. 야마시로 지방山城國 우지 군宇治郡의 남쪽의 반과 구세 군久世郡의 북동쪽의 반에 해당하는 지역. 야마토大和에서 북쪽으로 향하는 옛 북륙도北陸道의 도하渡河 지점에 해당하고, 일본 최초의 가교架橋인 우지宇治 다리가 일찍이 세워짐. 북륙도는 예로부터 중요한 간선도로이며 교통·경제·군사의 요충지. 또한 헤이안平安 시대에는 귀인들의 별장지·피서지로, 후지와라 다다후미藤原忠文가 여름에 피서를 보내며 정무를 쉬었던 것은『강담초江抄談』권2에 보임. ㉘ 40 ㉙ 34

운림원雲林院

교토 시京都市 기타 구北區 무라사키노紫野에 소재한 절. 후나오카 산船岡山의 동쪽 기슭에 해당함. 당초에는 자야원紫野院이라고 함. 준나淳和 천황의 이궁離宮이었음. 천장天長 원년(824)에 운림정雲林亭으로 개칭하고, 운림원雲林院이라고도 불림. 닌묘仁明 천황의 황자인쓰네야스常康 친왕親王이 물려받지만 친왕의 출가出家에 의해 정관貞觀 11년(869) 2월에 헨조遍照 승정僧正이 부촉咐囑을 받아 사원寺院이 됨. 원경元慶 8년(884) 간케이지元慶寺 별원別院이 됨. 천덕天德 4년(960)에는 무라카미村上 천황의 어원탑御願塔이 건립. 보리강菩提講은『대경大鏡』의 무대로 유명. ㉘ 3

이나리稻荷

교토 시京都市 후시미 구伏見區 후카쿠사야부노우치 정深草藪之內町에 소재하는 후시미이나리伏見稻荷 대사大社. 연희식내사延喜式內社. 구관폐대사舊官幣大社. 제신祭神은 우카노미타마노 오카미宇迦之御魂大神. 사다히코노 오카미佐田彦大神·오미야노메노 오카미大宮能賣大神의 세 신. 화동和銅 4년(711) 하타노나카이에노 이미키秦中家忌寸가 모시기 시작하여, 하타 씨秦氏가 모심. 원래는 농경신農耕神이었지만, 헤이안平安 시대 이후, 초복제재招福除災·복덕경애福德敬愛의 신으로서 신앙됨. 하쓰우마 대제初午大祭·이나리제稻荷祭에는 참예자參詣者로 넘침. 도지東寺(교오고코쿠지敎王護國寺. 미나미 구南區 구조 정九條町)의 수호신이기도 함. ㉘ 1

이케노오池尾

교토 부京都府 우지 시宇治市 이케노오池尾. 다이고醍醐 가사토리笠取 산지의 남단, 우지 강宇治川 오른쪽 기슭에 위치하고, 서쪽에는 기센 산喜撰山이 있음. 우지 차의 산지로 알려져 있음. 진언종眞言宗 다이고지醍醐寺 소속의 사원寺院이 있었는지 없었는지는 분명하지 않음. ㉘ 20

이토 군伊都郡

기이紀伊 7군郡 중의 하나. 현재의 와카야마 현和歌山縣 북동부, 기 강紀川 유역으로, 군의 남부에는 고야 산高野山이 있음. ㉙ 21

[자]

젠린지禪林寺

교토 시京都市 사쿄 구左京區 에이칸도 정永觀堂

町에 소재. 정토종서산淨土宗西山 젠린지 파禪林寺派의 총본산總本山. 영관당永觀堂이라고도 함. 인수仁壽 3년(853)에 구카이空海의 제자인 신쇼眞紹가 후지와라노 세키오藤原關雄의 별장을 구입하여, 진언밀교眞言密敎의 도장道場으로 창건. 정관貞觀 5년(863) 정액사定額寺(나라의 녹을 받는 사원)가 되어 젠린지 사명을 하사받음(『삼대실록三代實錄』). 11세기 말에 에이칸永觀이 입사入寺하여, 정토교淨土敎의 염불도장念佛道場이 됨. ㉘ 9·10

㉗

하하소노 모리杵の杜

현재의 교토 부京都府 소라쿠 군相樂郡 세이카 정精華町 오아자호소노大字祝園 하하소노모리杵ノ森에 소재. 기즈 강木津川의 제방 위에 있는 숲에는 호소노祝園 신사神社가 진좌. 교토와 나라奈良를 연결하는 수륙水陸 교통의 요충지. 또한 예로부터 와카和歌의 소재가 된 명승지로 유명하여, 많은 노래로 읊어졌음. ㉘ 8

호조지法成寺

후지와라노 미치나가藤原道長가 조영한 절로, 섭관攝關 기간 중 최대로 웅장하고 화려하여 비할 것이 없다고 알려짐. 동경극대로東京極大路 동쪽, 근위말로近衛末路 북쪽, 토어문말로土御門末路 남쪽, 가모 강鴨川 제방 서쪽 방면의 2정町이 사역寺域임. 교토 시京都市 가미교 구上京區 데라마치도오리寺町通의 동측 끝에 위치. 그 조영은 관인寬仁 4년(1020) 3월의 무량수원無量壽院(아미타당阿彌陀堂·경극어당京極御堂이라고도 함)의 건립으로 시작. 그 이후 치안治安 2년(1022) 금당金堂·오대당五大堂이 완공되어 호조지라고 개칭. 무량수원은 아미타당이라는 호칭으로만 불림. 강평康平 원년(1058) 화재로 전소함. ㉔ 37

화산원花山院

헤이안 경平安京 좌경左京 일조사방一條四坊 삼정三町에 있던 가산인花山院의 이소御所. 『습개초拾芥抄』 중에는 "近衛南東洞院東一町、本名東一條(家)云々"이라고 되어 있음. 근위近衛의 남쪽, 다카쿠라高倉의 서쪽, 동동원東洞院의 동쪽, 감해유소로勘解由小路의 북쪽에 있던 저택으로, 비파전枇杷殿에 가까운 곳에 있음. 처음에는 동일조제東一條第라고 칭하였고, 세이와淸和 천황天皇의 황자인 사다야스貞保 친왕親王의 저택이었으나, 그 후에 후지와라노 다다히라藤原忠平(데이신 공貞信公), 후지와라노 모로스케藤原師輔(구조도노九條殿)가 소유함. 가잔花山 천황이 출가 후에, 사망하기 전까지 이 원에서 살았음. ㉘ 37

히에이 산比叡山

1) 히에이 산比叡山. 교토 시京都市와 시가 현滋賀縣 오쓰 시大津市에 걸친 산. 오히에이大比叡와 시메이가타케四明ヶ岳 등으로 되어 있음. 엔랴쿠지延曆寺가 있는 곳으로 유명하지만, 엔랴쿠지가 생기기 이전부터 신앙의 대상으로 여겨짐. 덴다이 산天台山이라고도 함.

2) 엔랴쿠지延曆寺를 말함. 오쓰 시大津市 사카모토 정坂本町에 소재. 천태종天台宗 총본산. 에이산叡山이라고도 함. 연력延曆 7년(788) 히에이 산 기슭에서 태어난 사이초最澄가 창건한 일승지관원一乘止觀院을 기원으로 함. 사이초의 사망 이후, 홍인弘仁 13년(822) 대승계단大乘戒壇의 칙허勅許가 내리고, 이듬해 홍인弘仁 14년(823) 엔랴쿠지라는 이름을 받음. 동탑東塔, 서탑西塔, 요카와橫川의 삼탑三塔을 중심으로 16곡谷이 정비되어 있음. 온조지園城寺(미이데라三井寺)를 '사문寺門', '사寺'로 칭하는 것에 비해, 엔랴쿠지를 '산문', '산'이라고 칭함. ㉘ 7·8

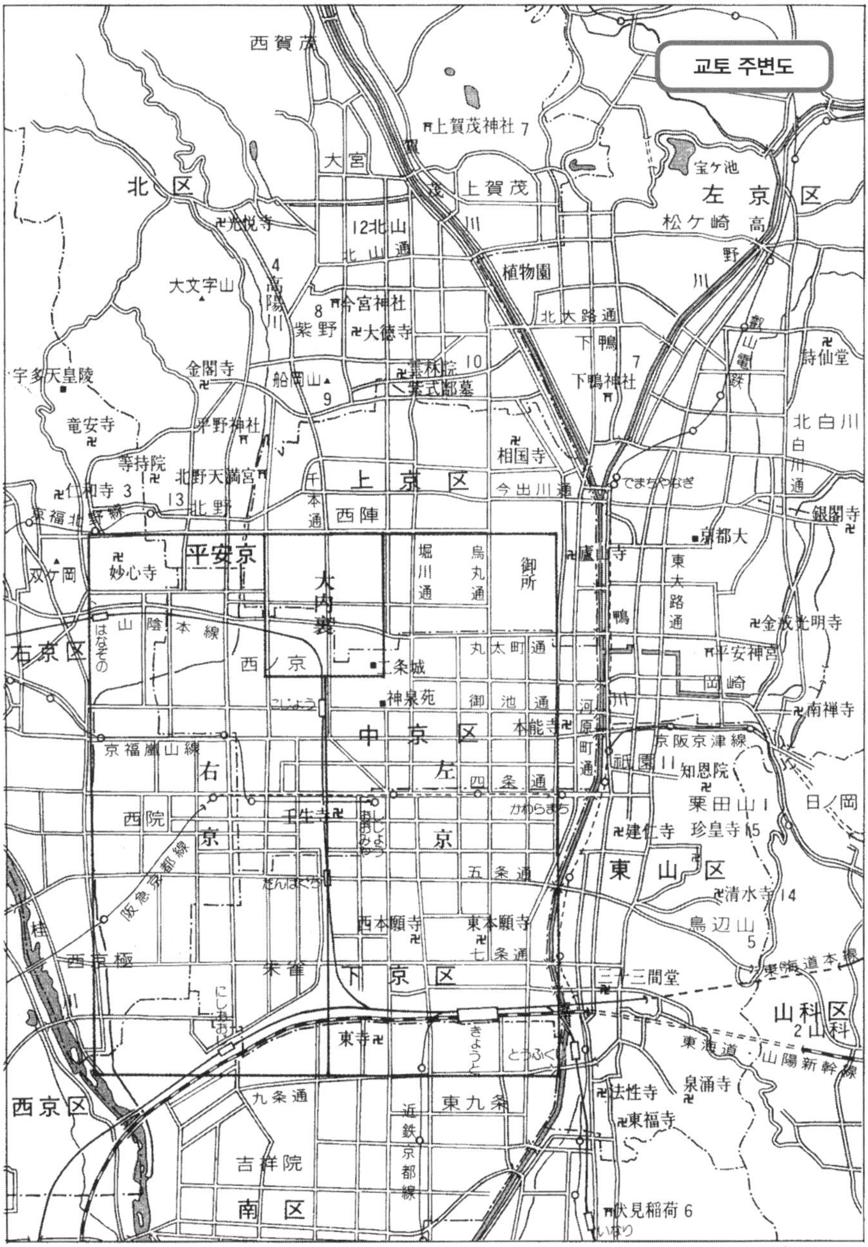

1㉗15、㉛1　2㉗15、㉛1　3㉗41、㉘8　4㉗41　5㉗41、㉙22、㉛8・30　6㉘1　7㉘2　8㉘2　9㉘3、㉙3　10㉘3、㉛23　11㉘11、㉛24　12㉘28、㉛15・20　13㉘35、㉛31　14㉙22・28　15㉛19

- 그림 중의 굵은 숫자는 권27~권31 이야기 속에 나오는 지점을 가리킨다.
- 지점 번호 및 그 지점이 나오는 권수 설화번호를 지점번호순으로 정리했다.
  1㉗1은 그림의 1 지점이 권27 제1화에 나온다는 의미이다.
  (다음의 헤이안경도의 경우도 동일하다)

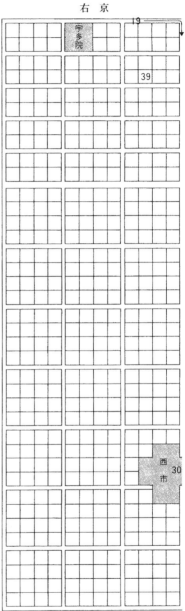

右　京

1 ㉗1
2 ㉗2・17
3 ㉗3、㉘8
4 ㉗4
5 ㉗5
6 ㉗6・22
7 ㉗12
8 ㉗12
9 ㉗19
10 ㉗27
11 ㉗28
12 ㉗28
13 ㉗29(1)
14 ㉗29(2)
15 ㉗31
16 ㉗31
17 ㉗33
18 ㉗38、㉘3、㉛26
19 →㉗41
20 ㉘3

21 ㉘6
22 ㉘9
23 ㉘13
24 ㉘13・37
25 ---→㉘16
26 ㉘17
27 ㉘3・21
28 ㉘22、㉙39
29 ---→㉘32
30 ㉙1
31 ㉙7
32 ㉙8
33 ㉙8
34 ㉙14
35 ㉙18
36 ㉙37
37 ㉚1
38 ㉚2
39 ㉛5
40 ㉛6

● →은 이야기 속에서 등장인물이 이동한 경로를 가리킨다.

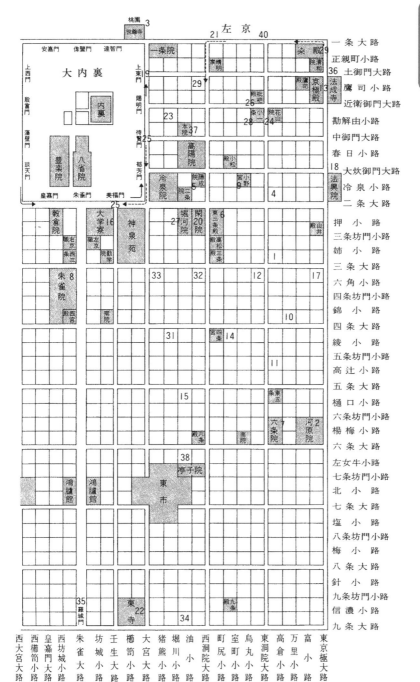

헤이안경 대내리도

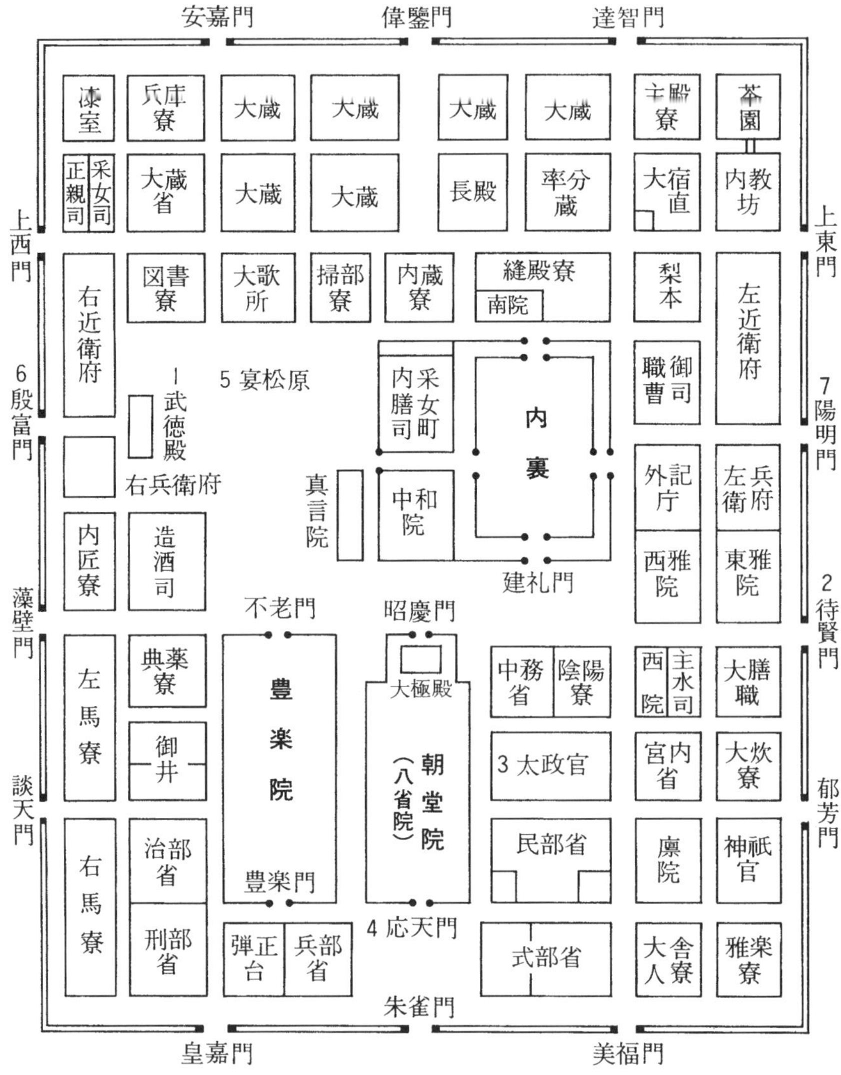

1 ㉗8　2 (中御門)㉗9、(東中御門)㉘16　3 (官)㉗9　4 ㉗33　5 ㉗38　6 (近衛御門)㉗38　7 (近衛御門)㉘41

● (　) 안은 이야기 속에서의 호칭.

헤이안경 내리도

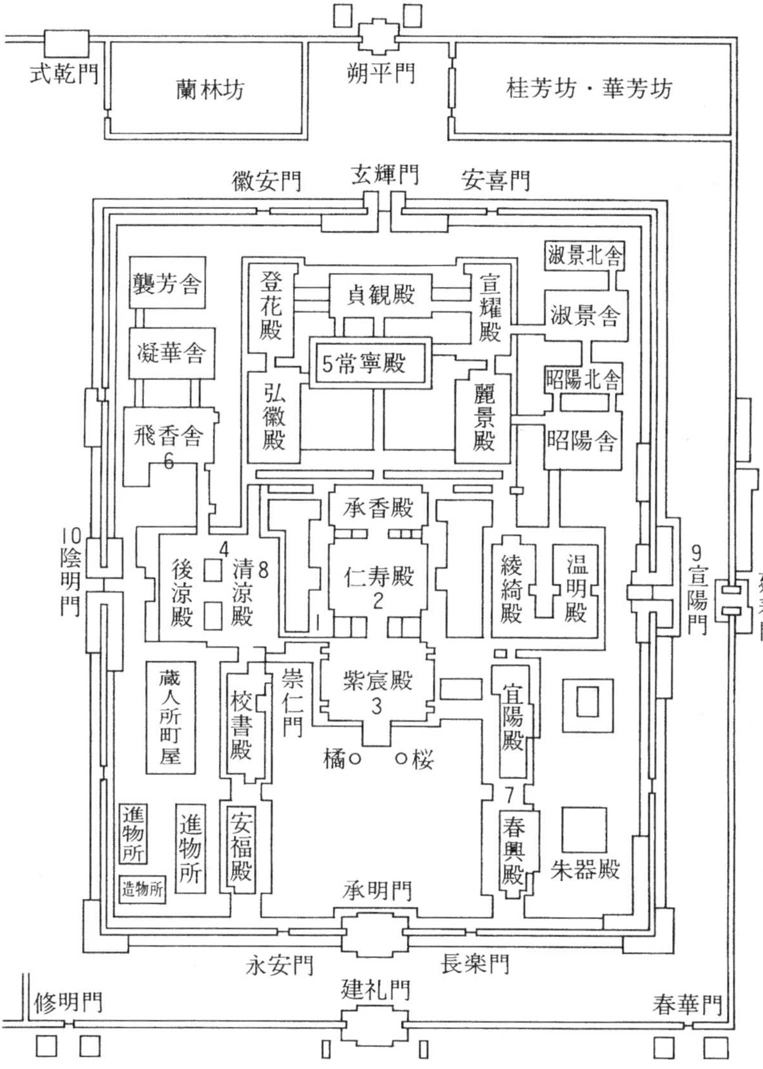

1(中橋)㉗10　2 ㉗10　3(南殿)㉗10　4(滝口)㉗41　5 ㉘ 4　6(藤壺)㉘14　7(陣の座)㉘25　8(夜御殿)㉙14　9(東ノ陣)㉛29　10(西ノ陣)㉛29

● (　) 안은 이야기 속에서의 호칭.

옛 지방명

- 율령제의 기본행정단위인 '지방國'을 나열하고, 지도에 위치를 나타냈다.
- 명칭의 배열은 가나다 순을 따랐으며, 국명의 뒤에는 국명보다 상위로 설정되었던 '오기칠도五畿七道' 구분을 적었고, 추가로 현대 도都·부府·현縣과의 개략적인 대응 관계를 나타냈다.
- 지방의 구분은 9세기경 이후에 이러한 모습으로 고정되었다. 무쓰陸奧와 데와出羽는 19세기에 세분되었다.

㉠
가가加賀 (북륙도) 이시카와 현石川縣 남부.
가와치河內 (기내) 오사카 부大阪府 남동부.
가이甲斐 (동해도) 야마나시 현山梨縣.
가즈사上總 (동해도) 치바 현千葉縣 중앙부.
고즈케上野 (동산도) 군마 현群馬縣.
기이紀伊 (남해도) 와카야마 현和歌山縣 전체, 미에 현三重縣의 일부.

㉡
나가토長門 (산양도) 야마구치 현山口縣 북서부.
노토能登 (북륙도) 이시카와 현石川縣 북부.

㉢
다지마但馬 (산음도) 효고 현兵庫縣 북부.
단고丹後 (산음도) 교토 부京都府 북부.
단바丹波 (산음도) 교토 부京都府 중부, 효고 현兵庫縣 동부.
데와出羽 (동산도) 야마가타 현山形縣·아키타 현秋田縣 거의 전체. 명치明治 원년(1868)에 우젠羽前·우고羽後로 분할되었다. → 우젠羽前·우고羽後
도사土佐 (남해도) 고치 현高知縣.
도토우미遠江 (동해도) 시즈오카 현靜岡縣 서부.

㉣
리쿠젠陸前 (동산도) 미야기 현宮城縣 대부분, 이와테 현岩手縣의 일부. → 무쓰陸津
리쿠추陸中 (동산도) 이와테 현岩手縣의 대부분, 아키타 현秋田縣의 일부. → 무쓰陸津

㉤
무사시 武藏 (동해도) 사이타마 현埼玉縣, 도쿄 도東京都 거의 전역, 가나가와 현神奈川縣의 동부.
무쓰陸津 (동산도) '미치노쿠みちのく'라고도 한다. 아오모리靑森·이와테岩手·미야기宮城·후쿠시마福島 4개 현에 거의 상당한다. 명치明治 원년(1868) 세분 후의 무쓰는 아오모리 현 전부, 이와테 현 일부. → 이와키磐城·이와시로岩代·리쿠젠陸前·리쿠추陸中
미노美濃 (동산도) 기후 현岐阜縣 남부.
미마사카美作 (산양도) 오카야마 현岡山縣 북동부.
미치노쿠陸奧 '무쓰むつ'라고도 한다. → 무쓰陸津
미카와三河 (동해도) 아이치 현愛知縣 동부.

㉥
부젠豊前 (서해도) 오이타 현大分縣 북부, 후쿠오카 현福岡縣 동부.
분고豊後 (서해도) 오이타 현大分縣 대부분.
비젠備前 (서해도) 오카야마 현岡山縣.
빈고備後 (산양도) 히로시마 현廣島縣 동부.
빗추備中 (산양도) 오카야마 현岡山縣 서부.

사가미相模 (동해도) 가나가와 현神奈川縣의 대부분.

사누키讚岐 (남해도) 가가와 현香川縣.

사도佐渡 (북륙도) 니가타 현新潟縣 사도 섬佐渡島.

사쓰마薩摩 (서해도) 가고시마 현鹿兒島縣 서부.

셋쓰攝津 (기내) '쓰つ'라고도 한다. → 쓰攝津

스루가駿河 (동해도) 시즈오카 현靜岡縣 중부.

스오周防 (산양도) 야마구치 현山口縣 동부.

시나노信濃 (동산도) 나가노 현長野縣.

시마志摩 (동해도) 미에 현三重縣 시마 반도志摩半島.

시모쓰케下野 (동산도) 도치기 현栃木縣.

시모우사下總 (동해도) 치바 현千葉縣 북부, 이바라키 현茨城縣 남부.

쓰攝津 (기내) '셋쓰せっつ'라고도 한다. 오사카 부大阪府 북서부, 효고 현兵庫縣 남동부.

쓰시마對馬 (서해도) 나가사키 현長崎縣 쓰시마 전도對馬全島.

⑩

아와安房 (동해도) 치바 현千葉縣 남부.

아와阿波 (남해도) 도쿠시마 현德島縣.

아와지淡路 (남해도) 효고 현兵庫縣 아와지 섬淡路島.

아키安藝 (산양도) 히로시마 현廣島縣 서반.

야마시로山城 (기내) 교토 부京都府 남동부.

야마토大和 (기내) 나라 현奈良縣.

에치고越後 (북륙도) 사도 섬佐渡島을 제외한 니가타 현新潟縣의 대부분.

에치젠越前 (북륙도) 후쿠이 현福井縣 북부.

엣추越中 (북륙도) 도야마 현富山縣.

오미近江 (동산도) 시가 현滋賀縣.

오스미大隅 (서해도) 가고시마 현鹿兒島縣 동부, 오스미 제도大隅諸島.

오와리尾張 (동해도) 아이치 현愛知縣 서부.

오키隱岐 (산음도) 시마네 현島根縣 오키 제도隱岐諸島.

와카사若狹 (북륙도) 후쿠이 현福井縣 남서부.

우고羽後 (동산도) 아키타 현秋田縣의 대부분, 야마가타 현山形縣의 일부. → 데와出羽

우젠羽前 (동산도) 야마가타 현山形縣의 대부분. → 데와出羽

이가伊賀 (동해도) 미에 현三重縣 서부.

이나바因幡 (산음도) 돗토리 현鳥取縣 동부.

이세伊勢 (동해도) 미에 현三重縣 대부분.

이와미石見 (산음도) 시마네 현島根縣 서부.

이와시로岩代 후쿠시마 현福島縣 서부. → 무쓰陸奧

이와키磐城 후쿠시마 현福島縣 동부, 미야기 현宮城縣 남부. → 무쓰陸奧

이요伊予 (남해도) 에히메 현愛媛縣.

이즈伊豆 (동해도) 시즈오카 현靜岡縣 이즈 반도伊豆半島, 도쿄 도東京都 이즈 제도伊豆諸島.

이즈모出雲 (산음도) 시마네 현島根縣 동부.

이즈미和泉 (기내) 오사카 부大阪府 남부.

이키壹岐 (서해도) 나가사키 현長崎縣 이키 전도壹岐全島.

㉠

지쿠고筑後 (서해도) 후쿠오카 현福岡縣 남부.

지쿠젠筑前 (서해도) 후쿠오카 현福岡縣 북서부.

㉭

하리마播磨 (산양도) 효고 현兵庫縣 서남부.

호키伯耆 (산음도) 돗토리 현鳥取縣 중서부.

휴가日向 (서해도) 미야자키 현宮崎縣 전체, 가고시마 현鹿兒島縣 일부.

히고肥後 (서해도) 구마모토 현熊本縣.

히다飛驒 (동산도) 기후 현岐阜縣 북부.

히젠肥前 (서해도) 사가 현佐賀縣의 전부, 이키壹岐·쓰시마對馬를 제외한 나가사키 현長崎縣.

히타치常陸 (동해도) 이바라키 현茨城縣 북동부.

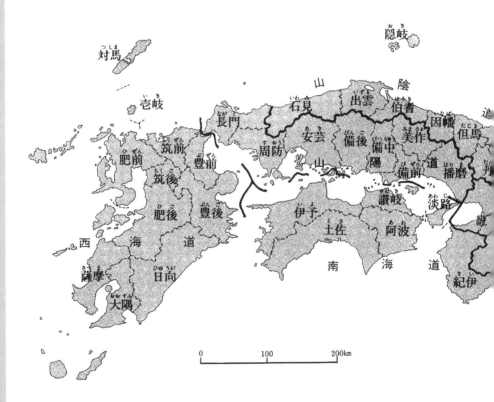

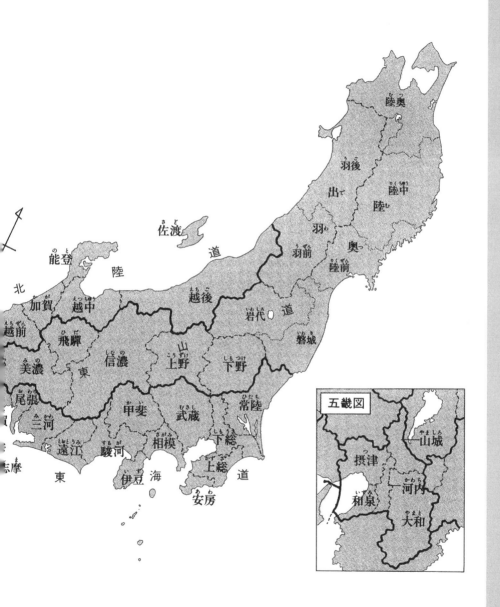

陸奥

羽後

出で

陸中

佐渡

能登

陸

道

羽前

羽わ

奥つ

北

加賀

越中

越後

陸前

越前

飛驒

東

信濃

山野

上野

岩代

道

磐城

美濃

尾張

甲斐

武蔵

下野

常陸

三河

相模

遠江

駿河

下総

伊豆

海

上総

道

安房

五畿図

山城

摂津

河内

和泉

大和

교주·역자 소개

마부치 가즈오馬淵 和夫

1918년 아이치현愛知県 출생. 도쿄문리과대학東京文理科大學 졸업(국어사 전공). 前 쓰쿠바대학筑波大學 교수.

저 서:『日本韻学史の研究』,『悉曇学書選集』,『今昔物語集文節索引·漢子索引』(감수) 외.

구니사키 후미마로国東 文麿

1916년 도쿄 출생. 와세다대학早稲田大學 졸업(일본문학 전공). 前 와세다대학 교수.

저 서:『今昔物語集成立考』,『校注·今昔物語集』,『今昔物語集 1~9』(전권 역주) 외.

이나가키 다이이치稲垣 泰一

1945년 도쿄 출생. 도쿄교육대학東京教育大學 졸업(중고·중세문학 전공). 前 쓰쿠바대학筑波大學 교수.

저 서:『今昔物語集文節索引卷十六』,『考訂今昔物語』,『寺社略縁起類聚 I』외.

한역자 소개

이시준 李市埈

한국외국어대학교 일본어과 및 동 대학원 석사졸업. 도쿄대학 대학원 총합문화연구과 박사(일본설화문학), 현 숭실대학교 일어일문학과 교수. 숭실대학교 동아시아언어문화연구소 소장.

저 서: 『今昔物語集 本朝部の硏究』(일본).
공편저: 『古代中世の資料と文學』(義江彰夫 編, 일본), 『漢文文化圈の說話世界』(小峯和明 編, 일본), 『東アジアの今昔物語集』(小峯和明 編), 『說話から世界をどう解き明かすのか』(說話文學會 編, 일본), 『식민지 시기 일본어 조선설화집 기초적 연구 1, 2』.
번 역: 『일본불교사』, 『일본 설화문학의 세계』, 『암흑의 조선』, 『조선이야기집과 속담』, 『전설의 조선』, 『조선동화집』.
편 저: 『암흑의 조선』 등 식민지 시기 일본어 조선설화집자료 총서.

김태광 金泰光

교토대학 일본어·일본문화연수생(일본문부성 국비유학생), 고베대학 대학원 문학연구과 석사졸업, 동 대학원 문화학연구과 박사(일본설화문학, 한일비교문화), 현 경동대학교 교수.

논 문: 「귀토설화의 한일비교 연구 —『三國史記』와 『今昔物語集』을 中心으로—」, 「『今昔物語集』의 耶輸陀羅」, 「『今昔物語集』 석가출세성도담의 비교연구」, 「금석이야기집(今昔物語集)의 본생담 연구」 등 다수.
저역서: 『한일본생담설화집 "석가여래십지수행기"와 "삼보회"의 비교 연구』, 『세계 속의 일본문학』(공저), 『삼보에』(번역) 등 다수.